도시와
그 불확실한
벽

도시와
그 불확실한
벽

무라카미 하루키
장편소설

홍은주 옮김

街 と そ の 不 確 か な 壁

MURAKAMI
HARUKI

문학동네

일러두기

1. 주석은 모두 옮긴이주다.
2. 본문 중 고딕체 및 방점은 원서의 표시에 따른 것이다.
3. 장편 문학작품 및 기타 단행본은 『 』, 곡명 및 영화 제목 등은 〈 〉로 구분했다.

그 땅에서는 성스러운 알프강이
헤아릴 수 없이 많은 동굴을 빠져나가
땅 아래 암흑의 바다로 흘러갔다.
새뮤얼 테일러 콜리지, 「쿠블라 칸」

Where Alph, the sacred river, ran
Through caverns measureless to man
Down to a sunless sea.
Samuel Taylor Coleridge, 「Kubla Khan」

차례

1부

009

2부

221

3부

697

작가 후기

762

1부

1

네가 나에게 그 도시를 알려주었다.

그 여름 해질녘, 우리는 달콤한 풀냄새를 맡으며 강을 거슬러올라갔다. 야트막한 물둑을 몇 번 건너고, 이따금 걸음을 멈추고서 웅덩이에서 헤엄치는 가느다란 은빛 물고기들을 구경했다. 둘 다 조금 전부터 맨발이었다. 맑은 물이 복사뼈를 차갑게 씻어내고 강바닥의 잔모래가 발을 감쌌다ㅡ꿈속의 부드러운 구름처럼. 나는 열일곱 살, 너는 나보다 한 살 아래였다.

너는 노란색 비닐 숄더백에 굽 낮은 빨간색 샌들을 대충 쑤셔넣고 모래톱에서 모래톱으로, 나보다 조금 앞서 걸어갔다. 젖은 종아리에 젖은 풀잎이 달라붙어 근사한 초록색 구두점을 만들었다. 나는 낡은 흰색 스니커즈를 양손에 들고 있었다.

너는 걷다 지친 듯 여름풀 위에 아무렇게나 주저앉아 말없이 하늘을 올려다본다. 작은 새 두 마리가 나란히 상공을 가로지르며 날카롭게 울었다. 침묵 속에서 푸른 땅거미의 전조가 둘을 감싸기 시작한다. 네 옆에 앉자 왠지 신기한 기분이 든다. 마치 수천 가닥의 보이지 않는 실이 너의 몸과 나의 마음을 촘촘히 엮어가는 것 같다. 네 눈꺼풀이 한 번 깜박일 때도, 입술이 희미하게 떨릴 때도 내 마음은 출렁인다.

그런 시간에는 너에게도 나에게도 이름이 없다. 열일곱 살과 열여섯 살의 여름 해질녘, 강가 풀밭 위의 선명한 기억—오직 그것이 있을 뿐이다. 얼마 지나지 않아 머리 위에 하나둘 별이 반짝일 테지만 별에도 이름은 없다. 이름을 지니지 않은 세계의 강가 풀밭 위에, 우리는 나란히 앉아 있다.

"도시는 높은 벽으로 사방이 둘러싸여 있어." 너는 이야기를 시작한다. 침묵의 밑바닥을 뒤져 말을 찾아 온다. 맨몸으로 심해에 내려가 진주를 캐는 사람처럼. "그다지 큰 도시는 아니야. 하지만 한눈에 다 들어올 만큼 작지도 않아."

네가 그 도시를 입에 올린 건 이번이 두번째다. 그렇게 도시에는 사방을 둘러싼 높은 벽이 생겼다.

너의 이야기를 따라 도시에는 아름다운 한줄기 강과 세 개의 돌다리(동쪽 다리, 옛 다리, 서쪽 다리)가 놓이고, 도서관과

망루가 세워지고, 버려진 주물공장과 소박한 공동주택이 생긴다. 여름날의 옅은 석양빛 아래, 나와 너는 어깨를 나란히 하고 그 도시를 바라보고 있다. 어떤 때는 아득히 먼 언덕 위에서 실눈을 뜨고, 또 어떤 때는 손이 닿을 만큼 가까이서 눈을 크게 뜨고.

"진짜 내가 사는 곳은 높은 벽에 둘러싸인 그 도시 안이야." 너는 말한다.

"그럼, 지금 내 앞에 있는 너는 진짜 네가 아니구나." 당연히 나는 그렇게 묻는다.

"그래, 지금 여기 있는 나는 진짜 내가 아니야. 대역에 지나지 않아. 흘러가는 그림자 같은 거야."

나는 그 말을 잠시 생각한다. 흘러가는 그림자 같은 것? 하지만 지금은 의견을 보류해두기로 한다.

"그래서, 그 도시에서 진짜 너는 뭘 하는데?"

"도서관에서 일해." 너는 나지막한 목소리로 대답한다. "일하는 시간은 저녁 다섯시쯤부터 밤 열시쯤까지."

"쯤?"

"그곳에선 모든 시간이 대략적이야. 중앙 광장에 높은 시계탑이 있지만 시곗바늘은 달려 있지 않아."

시곗바늘이 달려 있지 않은 시계탑을 나는 상상해본다. "그래서, 그 도서관에는 아무나 들어갈 수 있어?"

"아니. 아무나 자유롭게 들어가진 못해. 그곳에 들어가려면 특별한 자격이 필요해. 하지만 너는 들어갈 수 있어. 네게는 그 자격이 있으니까."

"특별한 자격이라는 게 —뭘까?"

너는 가만히 미소 짓는다. 하지만 질문에는 대답하지 않는다.

"그래도 그곳에 가기만 한다면, 나는 진짜 너를 만날 수 있는 거지?"

"네가 그 도시를 찾아낼 수 있다면. 그리고 만약……"

너는 그 대목에서 입을 다물고 얼굴을 살짝 붉힌다. 하지만 나는 네가 끝맺지 못한 말을 알아들을 수 있다.

그리고 만약 네가 정말로, 진짜 나를 원한다면…… 그것이 그때 네가 굳이 입 밖에 내지 않았던 말이다. 나는 네 어깨에 가만히 팔을 두른다. 너는 연녹색 민소매 원피스를 입고 있다. 너의 뺨이 내 어깨에 닿는다. 그러나 그 여름 해질녘에 내가 어깨를 안은 것은 진짜 네가 아니다. 네가 말한 대로, 그것은 너를 대신하는 그림자에 지나지 않는다.

진짜 너는 높은 벽에 둘러싸인 도시 안에 있다. 그곳에는 냇버들이 늘어진 아름다운 모래톱이 있고, 몇 군데 야트막한 언덕이 있고, 외뿔 달린 과묵한 짐승들이 곳곳에 있다. 사람들은 오래된 공동주택에 살면서 간소하지만 부족함 없는 생활을 한다. 짐승들은 도시에 자라는 나무 잎사귀와 열매를 즐겨 먹지만, 눈이 쌓이는 긴 겨울 동안 많은 개체가 추위와 굶주림으로 목숨을 잃는다.

그 도시에 가고 싶다고, 나는 얼마나 간절히 바랐던가. 그곳에서 진짜 너를 만나고 싶다고.

"도시는 높은 벽에 둘러싸여 있어서 들어가기가 무척 어려워." 너는 말한다. "나가기는 더 어렵고."

"어떻게 하면 그곳에 들어갈 수 있는데?"

"그냥 원하면 돼. 하지만 무언가를 진심으로 원한다는 건 그렇게 간단한 일이 아니야. 시간이 걸릴지도 몰라. 그사이 많은 것을 버려야 할지도 몰라. 너에게 소중한 것을. 그래도 포기하지 마. 아무리 오랜 시간이 걸려도, 도시가 사라질 일은 없으니까."

나는 그 도시에서 진짜 너와 만나는 상상을 한다. 도시 외곽에 아름답게 우거진 드넓은 사과나무 숲과, 강에 놓인 세 개의 돌다리와, 보이지 않는 밤꾀꼬리의 지저귐을 마음속에 그린다. 그리고 상상한다, 진짜 네가 일하고 있는 작고 오래된 도서관을.

"너를 위한 장소는 늘 그곳에 마련되어 있어." 네가 말한다.

"나를 위한 장소?"

"그래. 도시에는 딱 하나 빈자리가 있어. 너는 거기 들어가게 돼."

그건 어떤 자리일까?

"'꿈 읽는 이'가 될 거야"라고 너는 소리 낮춰 말한다. 중요한 비밀을 털어놓는 것처럼.

그 말에 나는 무심코 웃고 만다. "저기, 나는 내가 꾼 꿈도 제대로 기억 못해. 그런 인간이 '꿈 읽는 이'가 되기란 상당히 어려울 텐데."

"아니야, '꿈 읽는 이'가 직접 꿈을 꿀 필요는 없어. 도서관 서고에서, 그곳에 보관된 수많은 '오래된 꿈'을 읽기만 하면 돼. 하지만 누구나 할 수 있는 일은 아니야."

"그런데 나는 할 수 있다?"

너는 고개를 끄덕인다. "그래, 할 수 있어. 네게는 자격이 있으니까. 그리고 그곳에 있는 나는 너의 그 일을 도와. 매일 밤 네 곁에서."

"나는 '꿈 읽는 이'이고, 도시의 도서관에서 매일 밤 수많은 '오래된 꿈'을 읽는다. 그리고 내 곁에는 언제나 네가 있다. 진짜 네가." 나는 제시된 사실을 소리 내어 되뇐다.

내 팔 안에서 연녹색 원피스를 입은 너의 맨어깨가 작게 떨린다. 그러고는 갑자기 굳어진다. "맞아. 그런데 하나 기억해 줘. 만약 내가 그 도시에서 너를 만난다 해도, 그곳에 있는 나는 너에 대해 아무것도 기억하지 못한다는 걸."

어째서?

"어째서인지, 너는 모르겠어?"

나는 안다. 그렇다, 내가 지금 가만히 어깨를 안고 있는 것은 너의 대역일 뿐이다. 진짜 너는 그 도시에 살고 있다. 높은 벽에 둘러싸인, 아득히 먼 수수께끼의 도시에.

내 손안의 어깨는 무척 매끄럽고 따뜻해서, 나는 진짜 너의 어깨라고 생각할 수밖에 없지만.

2

이 실제 세계에서, 나와 너는 조금 떨어진 곳에 살고 있다. 아주 멀다고 할 정도는 아니지만 충동적으로 곧장 만나러 갈 수 있을 정도로 가깝지도 않다. 전철을 두 번 갈아타고 한 시간 반쯤 걸려야 네가 사는 도시에 다다를 수 있다. 그리고 우리가 사는 도시는 어느 쪽도 높은 벽에 둘러싸여 있지 않다. 그러니 물론 자유롭게 오갈 수 있다.

나는 바다 근처 조용한 교외 주택가에 살고, 너는 훨씬 크고 번화한 도시 중심부에 살고 있다. 그 여름, 나는 고등학교 3학년, 너는 2학년이다. 나는 이 지역 공립 고등학교에, 너는 네가 사는 도시의 사립 여자고등학교에 다닌다. 몇 가지 사정으로 인해 우리가 실제로 얼굴을 보는 건 한 달에 한두 번 정도다.

거의 번갈아가면서 한 번은 내가 너희 동네로 가고, 한 번은 네가 우리 동네로 온다. 내가 그 도시를 찾을 때면 너희 집 근처에 있는 작은 공원이나 공공 식물원에 간다. 식물원에 들어가려면 입장료를 내야 하지만 온실 옆에 언제고 크게 붐비지 않는, 우리가 좋아하는 카페가 있다. 그곳에 가면 커피와 사과 타르트를 주문하고(작은 사치다), 남몰래 둘만의 대화에 빠져들 수 있다.

네가 우리 동네에 올 때면 주로 단둘이 강가나 바닷가를 산책한다. 도심 한가운데 있는 너희 집 근처에는 강이 흐르지 않고 물론 바다도 없기 때문에, 너는 우리 동네에 오면 제일 먼저 강이나 바다를 보고 싶어한다. 그곳을 가득 채운 자연의 물 —너는 그것에 마음이 끌린다.

"물을 보고 있으면 왠지 마음이 차분해져"라고 너는 말한다. "물이 내는 소리를 듣는 게 좋아."

작년 가을 어떤 계기로 너를 알게 되어 친해진 지 여덟 달쯤 된다. 우리는 만나면 최대한 남의 눈에 띄지 않는 곳에서 서로를 안고 입술을 살짝 포갠다. 하지만 그 이상의 관계로 나아가진 않는다. 그럴 만한 시간적 여유가 없다는 게 한 가지 이유다. 보다 깊고 친밀한 관계를 맺기에 적당한 장소를 찾지 못했다는 현실적인 사정도 있다. 하지만 우리가 다른 무엇보다 둘만의 대화에 푹 빠져서, 시간 가는 걸 아쉬워하며 몰두한 것이

더 큰 이유일 테다. 나나 너나 그전까지는 이렇게 자유롭고 자연스럽게, 자기 기분과 생각을 있는 그대로 터놓을 수 있는 상대를 만나본 적이 없었다. 그런 상대를 만났다는 건 실로 기적에 가깝게 느껴진다. 그래서 한 달에 한두 번 만날 때마다 우리는 시간 가는 줄 모르고 이야기를 나누었다. 아무리 오래 대화해도 화제가 바닥나는 일은 없었고, 헤어질 시간이 되어 역 개찰구에서 작별인사를 할 때는 항상 중요한 이야기가 더 많이 남았는데 미처 말하지 못한 기분이 들었다.

물론 내가 신체적 욕구를 품지 않았던 건 아니다. 열일곱 살의 건강한 소년이 아름답게 가슴이 부푼 열여섯 살 소녀를 앞에 두고, 하물며 그 부드러운 몸에 팔을 두르면서 성적 욕구에 휩싸이지 않을 리 없다. 하지만 그런 것들은 좀더 나중으로 미뤄도 되리라고, 나는 본능적으로 느낀다. 지금 내게 필요한 건한 달에 한두 번 너를 만나 얼굴을 보고, 단둘이 긴 산책을 하고, 여러 가지 솔직한 이야기를 나누는 일이다. 서로의 정보를 친밀하게 교환하고, 보다 깊이 알아가는 일이다. 그리고 어딘가에 있는 나무 그늘에서 서로를 끌어안고 입술을 포갠다─그렇게 근사한 시간에 그 외의 요소를 성급하게 불러들이고 싶지 않았다. 그랬다가는 거기 있던 소중한 무언가가 망가져서, 다시는 원상태로 돌아갈 수 없을지도 모른다. 신체적인 건 나중 일로 남겨두자. 나는 그렇게 생각한다. 혹은 직감이 내게 그렇게 일러준다.

그런데 그렇게 이마를 맞대고서 우리는 대체 무슨 이야기를 나눴을까? 지금 와서는 기억나지 않는다. 너무 많은 이야기를 하는 바람에 화제를 하나하나 가려내기가 불가능해진 것이리라. 하지만 네가 높은 벽에 둘러싸인 특별한 도시 이야기를 들려주고부터는 그것이 우리 대화에서 주요한 부분을 차지하게 되었다.

주로 네가 도시의 큰 틀을 말해주면 내가 그에 대해 실제적인 질문을 하고 네가 대답해서 보충하는 식으로 도시의 구체적인 세부가 결정되고 기록되어갔다. 그 도시는 원래 네가 만들어낸 것이다. 혹은 네 안에 예전부터 존재했던 것이다. 그러나 그걸 눈에 보이는 것, 말로 묘사할 수 있는 것으로 구축해내는 데는 나도 적잖이 힘을 보탰다고 생각한다. 네가 말하고, 나는 그것을 받아적는다. 고대 철학자나 종교가가 저마다 충실하고 면밀한 서기를, 혹은 사도使徒라고 불리는 이들을 배후에 거느렸던 것과 마찬가지로. 나는 유능한 서기로서, 혹은 충실한 사도로서 그것을 기록하기 위한 작은 전용 공책까지 마련했다. 그 여름, 우리는 그 공동 작업에 푹 빠져 있었다.

3

가을, 짐승들의 몸은 다가올 추운 계절에 대비해 눈부신 황
금색 털로 뒤덮인다. 이마에 돋은 외뿔은 희고 날카롭다. 그들
은 차가운 강물에 발굽을 씻고, 가만히 고개를 뻗어 붉은 나무
열매를 탐하고 금작화 이파리를 씹는다.

아름다운 계절이었다.

벽을 따라 세워진 망루에 올라, 나는 저물녘의 뿔피리를 기
다린다. 해가 넘어가기 조금 전인 그 시간에 뿔피리는 길게 한
번, 짧게 세 번 울린다. 그것이 규칙이다. 부드러운 뿔피리 소
리가 석양에 물든 돌길 위를 미끄러져간다. 뿔피리의 울림은
짐작건대 수백 년간(혹은 더 긴 세월일지도 모른다) 변함없이
되풀이되었을 것이다. 집집의 돌벽 틈새에도, 광장의 울타리

를 따라 늘어선 석상에도 그 음색은 깊이 스며들어 있다.

뿔피리 소리가 도시에 울려퍼질 때, 짐승들은 태곳적 기억을 향해 고개를 든다. 누군가는 이파리를 씹던 것을 멈추고, 누군가는 포장된 길에 발굽을 쿵쿵 구르던 것을 멈추고, 누군가는 마지막 남은 햇볕 속 낮잠에서 깨어나 저마다 같은 각도로 고개를 쳐든다.

한순간 모든 것이 조각상처럼 고정된다. 움직이는 건 바람에 부드럽게 나부끼는 황금색 털뿐이다. 그런데 대체 무엇을 보는 걸까? 짐승들은 한 방향으로 고개를 돌려 허공을 응시하고 미동도 하지 않는다. 그렇게 뿔피리 소리에 귀를 기울인다.

뿔피리의 마지막 울림이 허공으로 빨려들어가 사라지면, 그들은 앞발을 가지런히 모아 몸을 일으키고, 혹은 기지개를 켜서 자세를 가다듬고는 일제히 걷기 시작한다. 잠시 동안 걸렸던 주문이 풀리고 쿵쿵거리는 짐승들의 발굽 소리가 한동안 도시를 지배한다.

줄지은 짐승들이 구불구불하게 뻗은 돌길을 나아간다. 누가 선두에 서는 것도, 대열을 이끄는 것도 아니다. 짐승들은 눈을 내리깔고 양옆으로 어깨를 작게 흔들면서 침묵의 강을 내려갈 따름이다. 그럼에도 그 한 마리 한 마리 사이에 부정하기 힘든 긴밀한 유대가 맺어진 듯 보인다.

몇 번 관찰하다보면 짐승들이 따라가는 코스와 속도가 엄밀하게 정해져 있음을 알 수 있다. 그들은 중간중간 동료들을 무리에 더해가면서 완만한 아치를 그리는 옛 다리를 건너 날카로운 첨탑이 서 있는 광장까지 걷는다(네 말대로 그 탑의 시계에는 바늘이 두 개 다 없다). 그리고 강의 모래톱으로 내려가 초록 풀을 뜯던 소수의 집단을 합류시킨다. 강가를 따라 상류로 나아가, 북쪽으로 뻗은 메마른 운하변의 공장가를 통과하고, 숲에서 나무열매를 찾아다니던 무리를 거둬들인다. 그런 다음 서쪽으로 방향을 틀어 주물공장의 지붕 달린 복도를 빠져나가고, 북쪽 언덕을 따라 긴 계단을 오른다.

도시를 둘러싼 벽에는 문이 하나뿐이다. 그 문을 여닫는 일이 문지기의 소임이다. 두꺼운 철판이 가로세로로 박힌, 육중하고 튼튼해 보이는 문이다. 그러나 문지기는 가볍게 밀어서 열고 닫는다. 다른 인간이 문에 손을 대는 건 허용되지 않는다.

문지기는 매우 억세고 우람한, 그러나 자기 일에는 지극히 충실한 사내다. 정수리가 뾰족한 머리를 말끔히 깎았고 얼굴도 매끈하다. 매일 아침 커다란 냄비에 물을 끓여서 크고 날카로운 면도칼로 공들여 머리카락과 수염을 깎는다. 나이는 가늠할 수 없다. 아침저녁으로 짐승들을 불러모으는 뿔피리를 부는 것도 그의 직무 중 하나다. 오두막 앞에 있는 높이 2미터 남짓한 망대에 올라 허공을 향해 뿔피리를 분다. 저렇게 투박하고 거의 야만적인 겉모습을 한 남자가 대체 어디서 이처럼 부드럽고 매끄러운 소리를 자아내는 걸까? 뿔피리 소리를 들을 때마다 나는 신기하게 생각한다.

해질녘에 짐승들을 남김없이 벽 바깥으로 내보내면 그는 다시 한번 육중한 문을 밀어서 닫고는 마지막으로 커다란 자물쇠를 채운다. 철커덩 하는 메마르고 차가운 소리와 함께.

북문 바깥은 짐승들의 장소다. 짐승들은 그곳에서 자고 교미하고 새끼를 낳는다. 숲과 덤불이 있고 작은 강도 흐른다. 그리고 그곳 역시 벽으로 둘러싸여 있다. 1미터가 조금 넘는 낮은 벽이지만 어째서인지 짐승들은 그 벽을 넘지 못한다. 혹은 넘으려 하지 않는다.

문 양쪽 벽에는 여섯 개의 망루가 있다. 오래된 나선형 나무 계단이 있어 누구든 올라갈 수 있다. 망루에서는 짐승들의 서식지가 한눈에 들어온다. 하지만 보통 때는 아무도 그런 곳에 오르지 않는다. 도시 주민들은 짐승들의 생활에 전혀 관심을 두지 않는 듯하다.

그러나 봄이 시작될 무렵의 일주일간, 사람들은 짐승들이 격렬히 싸우는 광경을 구경하기 위해 기꺼이 벽의 망루에 오른다. 그 시기 짐승들은 평소 모습에서는 상상할 수 없을 만큼 거칠어지고, 수컷들은 먹는 것도 잊은 채 사력을 다해 암컷을 두고 싸운다. 낮게 으르렁거리면서 경쟁자의 목과 배에 날카로운 외뿔을 찔러넣으려 한다.

교미기인 그 일주일 동안은 짐승들이 도시 안으로 들어오지 않는다. 사람들에게 위험한 일이 생기지 않도록 문지기가 문을 닫아버리기 때문이다(따라서 그 기간에는 아침저녁의 뿔피리도 울리지 않는다). 적지 않은 짐승들이 싸움중에 심각한 상처를 입고 몇몇은 목숨을 잃기도 한다. 그리고 그 땅에 흘린 붉은 피에서 새 질서와 새 생명이 탄생한다. 연둣빛 버들가지가 초봄에 일제히 싹을 틔우는 것과 마찬가지로.

짐승들은 우리가 가늠할 수 없는 독자적인 사이클과 질서 속에 살고 있다. 모든 것은 규칙적으로 반복되고, 질서는 그들 자신의 피와 맞바꾸어 주어진다. 격렬한 일주일이 지나고 보드라운 4월의 비가 핏물을 씻어낼 무렵, 짐승들은 다시 원래대로 정밀하고 온화한 존재로 돌아간다.

하지만 그 광경을 내가 직접 목격한 것은 아니다. 너에게 이야기를 들었을 뿐이다.

가을날 짐승들은 저마다 자리에 웅크리고 앉아 황금색 털을 석양에 빛내면서 뿔피리 소리가 허공에 빨려들어가기를 묵묵히 기다린다. 그 수는 짐작건대 천을 넘으리라.

그렇게 도시의 하루가 끝난다. 나날이 지나가고 계절이 바뀐다. 그러나 나날과 계절은 어디까지나 임시적인 것이다. 도시의 본래 시간은 다른 곳에 있다.

4

우리는 서로의 집에 가지 않는다. 가족의 얼굴을 보거나 친구를 소개하지도 않는다. 요컨대 누구에게도—이 세상 어떤 사람에게도—방해받고 싶지 않은 것이다. 나와 너는 둘이서 보내는 시간만으로 충분히 만족하기에 다른 무언가를 곁들이고 싶은 생각이 없다. 순수하게 물리적인 관점에서 보아도 무언가를 곁들일 여지가 없다. 앞서 말했다시피 우리 사이에는 해야 할 이야기가 산더미처럼 많고, 둘이 함께할 수 있는 시간은 제한되어 있기 때문이다.

너는 가족 이야기를 거의 하지 않는다. 내가 네 가족에 대해 아는 것은 단편적인 사실 몇 가지뿐이다. 지방공무원이었던 아버지는 네가 열한 살 때 어떤 불상사로 인해 어쩔 수 없이 사직했고, 지금은 입시학원 사무원으로 일한다. 정확히 어떤 '불상사'였는지는 모른다. 하지만 아무래도 네가 언급하고 싶어하지 않는 유의 일인 듯하다. 친어머니는 내장 쪽에 생긴 암으로 네가 세 살 때 세상을 떴다. 거의 기억이 없다. 얼굴도 생각나지 않는다. 네가 다섯 살 때 아버지가 재혼했고, 이듬해 여동생이 태어났다. 즉 지금의 어머니는 새어머니인 셈인데, 아버지보다는 그 어머니에게 '그나마 친밀감이 생기는 것 같다'는 요지의 말을 네가 한 번 한 적이 있다. 책 한구석에 작은 글씨로 인쇄된 큰 의미 없는 각주처럼. 여섯 살 어린 여동생에 대해서는 '고양이털 알레르기가 있어 집에서 고양이를 못 키운다'는 것 이상의 정보를 얻을 수 없었다.

네가 아이였던 시절, 진정으로 자연스러운 친밀감을 품은 상대는 외할머니뿐이다. 너는 기회가 되면 혼자 전철을 타고 이웃 동네에 있는 할머니 집을 찾아간다. 방학 때는 며칠 자고 오기도 한다. 할머니는 조건 없이 너를 예뻐해준다. 얼마 되지 않는 수입으로 소소한 물건을 사주기도 한다. 하지만 할머니 집에 갈 때마다 새어머니 얼굴에 마뜩잖은 기색이 비치는 걸 알아채고, 딱히 무슨 말을 들은 것도 아닌데 차츰 발길이 멀어졌다. 그 할머니도 몇 년 전 심장병으로 갑자기 세상을 뜨고 말았다.

너는 그런 사정을 띄엄띄엄 조각내어 들려준다. 오래된 코트 주머니에서 너덜너덜해진 무언가를 하나씩 꺼내놓는 것처럼.

또하나 지금도 생생히 기억하는 것—너는 가족 이야기를 할 때면 어째서인지 항상 자기 손바닥을 물끄러미 들여다보았다. 마치 줄거리를 따라가려면 그 위에 새겨진 손금(인지 무언지)을 꼼꼼히 해독하는 일이 필수불가결하다는 듯이.

나로 말하자면 가족에 대해 네게 해줄 만한 이야기가 거의 떠오르지 않았다. 부모님은 지극히 평범한 보통 사람이다. 아버지는 제약회사에 다니고, 어머니는 전업주부다. 평범하기 그지없는 부모처럼 행동하고, 평범하기 그지없는 부모처럼 말한다. 나이든 검은 고양이를 한 마리 키운다. 학교 생활에서도 특별히 이야기할 만한 부분은 없다. 성적은 나쁜 편이 아니지만 이목을 끌 만큼 우수하지도 않다. 학교에서 가장 편하게 느끼는 장소는 도서실이다. 그곳에서 혼자 책을 읽고 공상하며 시간 보내는 걸 좋아한다. 읽고 싶은 책은 대부분 학교 도서실에서 독파했다.

너를 처음 만났던 때는 또렷이 기억하고 있다. 장소는 '고등학생 에세이 대회' 시상식장이었다. 5등까지 입상한 학생들이 그곳에 불려왔다. 나와 너는 3등과 4등으로 옆자리에 나란히 앉아 있었다. 계절은 가을이고, 나는 그때 고등학교 2학년, 너는 아직 1학년이었다. 식이 영 따분했기에 우리는 사이사이 소리 죽여 짧은 이야기를 나누었다. 너는 남색 교복 재킷에 마찬가지로 남색 플리츠스커트를 입고 있었다. 리본이 달린 흰색 블라우스, 흰색 양말에 검은색 슬립온 슈즈. 양말은 온통 하얗고 신발은 얼룩 하나 없이 깨끗했다. 친절한 일곱 난쟁이가 날이 밝기 전에 정성껏 닦아준 것처럼.

나는 특별히 글을 잘 쓰는 편이 아니다. 책 읽는 건 어릴 적부터 무척 좋아해서 틈날 때마다 손에 잡고 살았지만, 직접 글을 쓰는 재능은 없다고 생각했다. 그런데 국어 시간에 우리 반 모두가 대회에 낼 에세이를 의무적으로 써야 했고, 그중 내가 쓴 글이 뽑혀서 심사위원회에 보내졌으며, 최종심사에 남더니 생각도 못한 높은 등수로 입상까지 했다. 솔직히 내 글의 어디가 그렇게 뛰어난지 이해할 수 없었다. 다시 읽어봐도 특출난 데 없이 평범한 작문으로만 보인다. 그래도 몇 명쯤 되는 심사위원이 읽고서 상을 줘도 되겠다고 생각한 이상, 뭐라도 괜찮은 구석이 있었으리라. 담임이었던 여자 선생님은 나의 입상을 무척 기뻐했다. 태어나서 그때까지, 학교 선생님이 내가 한 어떤 행동에 그렇게 호의적인 반응을 보인 건 처음이었다. 그래서 쓸데없이 토 달지 않고 감사히 상을 받기로 했다.

이 에세이 대회는 지역 합동으로 매년 가을에 열리며 해마다 다른 주제가 주어지는데, 그해의 주제는 '내 친구'였다. 유감스럽게도 나는 사백자 원고지 다섯 장을 채워가며 이야기할 만한 '친구'가 한 명도 떠오르지 않았기에 집에서 키우는 고양이에 대해 썼다. 나와 그 나이든 암고양이가 어떻게 친해지고, 함께 생활하고, 서로의 기분을—물론 한계가 있지만—전하는지를. 그 녀석에 대해서라면 할 이야기가 많았다. 아주 영리하고 개성 있는 고양이였으니까. 짐작건대 심사위원 중에 고양이를 좋아하는 사람이 몇 명 있었나보다. 대개 애묘인은 다른 애묘인에게 자연스러운 호의와 공감을 품기 마련이니까.

너는 외할머니 이야기를 썼다. 한 고독한 노년 여성과 한 고독한 소녀 사이에 오간 마음의 교류에 대해서. 그렇게 만들어진 소소하고 진실된 가치관에 대해서. 차밍한, 사람의 마음을 끄는 에세이다. 내가 쓴 글 따위보다 몇 배는 훌륭하다. 어째서 내 글이 3등이고 네가 4등인지 이해할 수 없다. 나는 너에게 솔직히 그렇게 말한다. 나는 반대로 네 글이 내 것보다 몇 배는 뛰어나다고 생각해, 너는 생긋 웃고는 말한다. 정말이야, 거짓말 아니고, 그렇게 덧붙인다.

"너희 집 고양이는 아주 멋진 고양이인가봐."

"응, 엄청 영리해." 내가 말한다.

너는 소리 없이 웃는다.

"너희 집은 고양이 키워?" 내가 묻는다.

너는 고개를 젓는다. "동생이 고양이털 알레르기야."

그것이 내가 너에 대해 처음으로 얻은 사소한 개인정보였다. 그녀의 동생은 고양이털 알레르기다.

너는 무척 아름다운 소녀다. 적어도 내 눈에는 그렇게 비친다. 아담한 체격, 얼굴은 동그란 편이고, 손가락이 가늘고 예쁘다. 머리는 짧고, 가지런히 자른 검은 앞머리가 이마를 덮고 있다. 신중히 선택한 그림자처럼. 곧게 뻗은 코는 작고, 눈이 아주 크다. 일반적인 미의 기준으로 보면 눈과 코의 균형이 맞지 않는다고 할 수도 있지만, 나는 왠지 그 부조화에 마음이 끌린다. 작고 얇은 살굿빛 입술은 늘 착실하게 다물려 있다. 중요한 비밀 몇 가지를 그 안에 숨기고 있는 것처럼.

다섯 명의 입상자가 차례로 단상에 올라 표창장과 기념 메달을 공손하게 받아든다. 1등상을 받은 키 큰 여자아이가 짧게 수상소감을 말한다. 상품은 만년필이었다(만년필 회사가 대회 후원사였다. 나는 그뒤로 그 만년필을 오랫동안 애용했다). 길고 따분한 시상식이 끝나갈 즈음, 수첩 메모난에 내 주소와 이름을 볼펜으로 적고 그 장을 찢어내 너에게 살짝 건넨다.

"혹시 괜찮으면, 나한테 편지를 한번 보내줄 수 있을까?" 나는 메마른 목소리로 너에게 말한다.

평소 나는 그렇게 대담한 짓을 하지 않는다. 워낙에 낯을 가리는 성격이다(그리고 물론 겁쟁이이기도 하다). 하지만 이대로 너와 헤어지고 두 번 다시 만날 일이 없을지도 모른다고 생각하니, 엄청나게 잘못되고 전혀 공정하지 않은 일처럼 느껴진다. 그래서 용기를 끌어모아 큰맘먹고 행동에 나선다.

너는 조금 놀란 표정으로 그 종이를 받아들고는 반듯하게 두 번 접어 교복 재킷의 가슴주머니에 넣는다. 완만하고 신비로운 커브를 그리는 가슴 위에. 그리고 앞머리를 쓰다듬고서 보일락 말락 뺨을 붉힌다.

"네가 쓴 글을 더 읽고 싶어." 내가 말한다. 실수로 다른 방문을 열어버린 사람이 서투르게 변명하듯이.

"나도, 네가 쓴 편지를 꼭 읽고 싶어." 너는 그러고서 몇 번 작게 고개를 끄덕인다. 나를 격려하는 것처럼.

네 편지는 일주일 후 나에게 도착한다. 멋진 편지다. 나는 적어도 스무 번쯤 그 편지를 읽는다. 그리고 책상 앞에 앉아 그날 부상으로 받은 새 만년필로 긴 답장을 쓴다. 그렇게 편지를 주고받으면서 우리는 둘만의 교제를 시작한다.

우리는 연인 사이였을까? 간단하게 그런 이름을 붙여도 될까? 나는 알 수 없다. 어쨌거나 나와 너는 적어도 그 시기, 일 년 가까운 시간 동안 서로의 마음을 티 없이 순수하게 한데 맺고 있었다. 이윽고 둘만의 특별한 비밀 세계를 만들어내고 함께 나누게 되었다—높은 벽에 둘러싸인 신비로운 도시를.

5

그 건물의 문을 민 것은 도시에 들어오고 사흘째 되는 날 저녁이었다.

이렇다 할 특징 없는 오래된 석조 건물이다. 강을 따라 한동안 동쪽으로 걷다가 옛 다리를 마주보는 중앙 광장을 지나면 나온다. 입구에 아무런 표시도 없기에 모르는 사람이 보면 그곳이 도서관임을 알기 어렵다. '16'이라고 새겨진 황동 플레이트가 무뚝뚝하게 박혀 있는 것이 전부다. 플레이트가 변색되어 숫자를 알아보기 힘들었다.

무거운 나무문이 낮게 삐걱이며 안쪽으로 열리자 어둑한 정사각형 방이 보였다. 사람은 없다. 천장이 높고, 벽에 달린 램프가 빈약한 빛을 내고, 공기에서 누군가의 마른 땀 냄새 같은 것이 났다. 모든 것이 점점 흐려져 분자로 해체되어 그대로 어딘가에 빨려들어갈 듯한 어둠이었다. 걸음을 옮길 때마다 닳은 삼나무 바닥이 여기저기서 날카로운 소리를 냈다. 세로로 긴 창문이 두 개 있고, 가구는 하나도 놓여 있지 않다.

마주보는 정면에 문이 있었다. 간소한 나무문으로, 얼굴 높이쯤에 작은 불투명 창이 있고 거기에도 '16'이라는 숫자가 고풍스러운 장식체로 적혀 있다. 불투명 유리 너머로 희미한 불빛이 보였다. 문을 가볍게 두 번 두드리고 기다렸지만 답은 없다. 발소리도 들리지 않는다. 조금 틈을 두었다가 호흡을 가다듬고서 변색된 황동 손잡이를 돌려 살며시 문을 열었다. 문은 삐거덕 소리를 냈다. '누가 왔다'고 주위에 경고하는 것처럼.

문 너머에는 사방 5미터 정도, 역시 정사각형인 방이 있었다. 천장은 방금 지나온 방만큼 높지 않다. 그리고 여기에도 사람이 보이지 않는다. 창은 하나도 없고 회벽이 사방을 둘러싸고 있다. 그림도 사진도 포스터도 달력도 없고, 물론 시계도 없고, 그저 매끈하게 텅 빈 벽이 보일 뿐이다. 투박한 나무 벤치 하나, 작은 의자 둘, 테이블이 하나 있고, 겉옷을 걸어두는 나무 행거가 있었다. 행거에 옷은 걸려 있지 않다. 방 한가운데서는 겉면에 녹이 슨 고풍스러운 난로 안에서 장작이 빨갛게 타오르고, 그 위에서는 큼지막한 검은색 주전자가 김을 피운다. 정면에는 대출 카운터 같은 것이 있고, 장부가 한 권 펼쳐진 채로 놓여 있었다. 작업하다 말고 무슨 급한 볼일이 생겼음을 알려주듯이. 그 누군가(아마 도서관원)는 오래지 않아 이 방으로 돌아올 것이다.

카운터 안쪽에는 서고로 통하는 걸로 보이는 짙은 색 문이 있었다. 그렇다면 이곳은 역시 '도서관'일 것이다. 책은 한 권도 보이지 않지만 어디를 보나 도서관다운 분위기가 남아 있었다. 크건 작건, 오래됐건 새롭건, 전 세계 도서관이 공통적으로 지닌 특별한 분위기다.

나는 무거운 외투를 벗어 행거에 걸고 딱딱한 나무 벤치에 걸터앉아 난롯불에 손을 녹이면서 누군가가 나타나기를 기다렸다. 주위는 완벽히 고요했다. 깊은 물속 같은 침묵이다. 괜스레 헛기침을 해봤지만 기침소리처럼 들리지 않았다.

네가 서고로 통하는 문을 열고 이쪽으로 나온 건 십오 분쯤 지나서다(아마 그 정도였지 싶다. 시계가 없어서 정확한 시간은 알 수 없지만). 너는 벤치에 앉아 있는 나를 보고 한순간 흠칫 놀라더니 눈을 크게 뜬다. 그리고 천천히 숨을 한 번 내쉬고 말한다. "기다리게 해서 죄송합니다. 방문객이 계신 줄 몰랐거든요."

나는 적당한 말을 찾지 못해 그저 잠자코 고개를 몇 번 끄덕인다. 네 목소리가 네 목소리처럼 들리지 않는다. 내가 기억하는 너의 목소리와 다르다. 아니면 이 방에서는 물건이든 사람이든 그 소리가 보통과 다르게 울리는지도 모른다.

주전자 뚜껑이 갑자기 덜거덕거리며 잠에서 깬 동물처럼 작게 몸을 떤다.

"무슨 일로 오셨나요?" 네가 묻는다.

내가 찾는 것은 '오래된 꿈'이다.

"'오래된 꿈' 말이군요." 너는 작고 얇은 입술을 일자로 다물고 나를 본다. 물론 너는 나를 기억하지 못한다.

"아시겠지만," 너는 말한다. "'오래된 꿈'은 '꿈 읽는 이'가 아니면 열람할 수 없습니다."

나는 말없이 진녹색 안경을 벗고 눈꺼풀을 들어올려 네게 보여준다. 누가 봐도 명백히 꿈 읽는 이의 눈이다. 한낮의 눈부신 빛 속으로는 나갈 수 없는.

"알겠습니다. 당신에게는 그 자격이 있군요." 너는 말하고 눈을 살짝 내리깐다. 아마 내 눈의 상태가 네 마음을 동요시켰을 것이다. 별수없다. 나는 이 도시에 들어오기 위해 눈을 그렇게 변질시켜야만 했다.

"오늘부터 일을 시작하시겠어요?" 네가 묻는다.

나는 끄덕인다. "잘될지 아직 모르겠지만, 조금씩이라도 익숙해져야 하니까."

방은 여전히 쥐죽은듯 고요하다. 주전자도 지금은 침묵을 되찾았다. 너는 내게 양해를 구하고 나머지 장부 작업을 재빨리 해치운다. 나는 벤치에 앉아 너를 바라본다. 겉으로는 아무것도 변하지 않았다. 그 여름날 해질녘의 모습 그대로다. 네가 신고 있던 선명한 빨간색 샌들을 나는 떠올린다. 가까운 풀더미에서 불쑥 뛰어오른 메뚜기도.

"어디서 그쪽을 만난 적이 있었을까?" 나도 모르게 묻고 만다. 무익한 질문인 줄 알면서도.

너는 장부에서 눈길을 들고 왼손에 연필을 쥔 채 잠시 내 얼굴을 바라보고는 (그렇다, 너는 왼손잡이다. 이 도시에서도, 이곳이 아닌 도시에서도) 고개를 가로젓는다.

"아뇨, 뵌 적 없는 것 같습니다." 너는 대답한다. 말투가 깍듯한 건 아마 너는 아직 열여섯 살 그대로인데 나는 열일곱 살이 아니기 때문일 것이다. 너에게 나는 이제 훨씬 나이 많은 어른 남자다. 어쩔 수 없는 일이라지만 시간의 흐름이 가슴을 찌른다.

기록 작업을 마치자 너는 장부를 덮어 등뒤 선반에 꽂아넣고서 내게 줄 약초차를 준비한다. 난로 위 주전자를 내려 뜨거운 물을 따르고 빻은 약초를 주의깊게 섞어서 짙은 쑥색을 띤 차를 우린다. 그리고 큼직한 도기 잔에 담아 내 앞에 내려놓는다. '꿈 읽는 이'에게 제공되는 특별한 차, 이것을 만드는 것도 너의 업무 중 하나다.

나는 천천히 그 약초차를 마신다. 걸쭉한데다 특유의 쓴맛이 나서 결코 편하게 마실 수 있는 차는 아니다. 그러나 그 양분이 아직 완전히 아물지 않은 내 눈을 치유하고 마음을 진정시킨다. 그렇게 특별한 용도를 지닌 차다. 너는 테이블 너머에서 그런 내 모습을 바라보고 있다. 자기 손으로 만든 약초차를 어떻게 생각하는지 걱정스러운 것이리라. 나는 너를 향해 작게 고개를 끄덕인다. 문제없어, 라고 말하듯이. 그러자 너도 입가에 안도의 미소를 띤다. 그리운 미소다. 나는 오랫동안 그 미소를 보지 못했다.

방은 따뜻하고 조용하다. 시계가 없어도 무음 속에서 시간은 흘러간다. 발소리를 죽이고 담장 위를 걸어가는 야윈 고양이처럼.

6

　우리가 그리 자주 편지를 주고받은 건 아니다. 대략 이 주일에 한 번꼴이었다. 그러나 편지의 내용은 매번 꽤 길었다. 그리고 대체로 네가 쓴 편지가 내가 쓴 편지보다 약간 길었지 싶다. 물론 편지의 길이가 우리 교류에 특별히 큰 의미를 차지했던 건 아니지만.

　네가 써준 편지는 지금껏 한 통도 빠짐없이 보관하고 있지만, 내가 쓴 편지는 일일이 복사해둔 것도 아니니 무슨 말을 했는지 구체적인 내용이 잘 떠오르지 않는다. 그다지 대단한 건 아니었을 것이다. 나날의 일상생활, 내 주위에서 일어난 자질구레한 일들을 주로 썼다. 무슨 책을 읽었고, 어떤 음악을 들었고, 영화는 무얼 보았는지. 학교에서 생긴 일도 썼다. 특별활동이 수영부라서(어쩔 수 없는 사정이 있어 들어갔을 뿐, 빈말로라도 열심히 하는 선수라고는 할 수 없었지만) 연습한 얘기 같은 것도 썼지 싶다. 너를 상대로는 무슨 말이든 술술 써내려갈 수 있었다. 내가 생각하는 것, 느끼는 것을 신기할 만큼 고스란히 글로 옮길 수 있었다. 그렇게 막힘없이 글이 써지는 건 난생처음이었다. 앞서 말했듯 나는 그전까지 스스로 글재주가 없다고 생각했다. 아마 나도 몰랐던 능력을 네가 훌륭히 끄집어내준 것일 테다. 너는 내 글에 담긴 소소한 유머를 늘 좋아해주었다. 내 생활에 제일 부족한 게 아마 그런 것 아닌가 싶어, 라고 너는 말했다.

"무슨무슨 비타민처럼?" 내가 말했다.

"그래. 무슨무슨 비타민처럼." 너는 힘주어 고개를 끄덕이고 말했다.

나는 너에게 푹 빠져 있었고, 자는 시간을 빼면 거의 항상 네 생각을 했던 것 같다. 아마 꿈속에서도. 하지만 편지에는 그런 마음을 직접적으로 드러내지 않으려고 최대한 자제했다. 그리고 가능하다면 실제적이며 구체적인 것에 대해서만 쓰기로 마음먹었다. 당시 나는 내 손으로 직접 만질 수 있는 세계에 매달리고 싶었던 것 같다—가능하면 어느 정도의 유머를 함께 담아서. 사랑이나 연애 같은, 요컨대 내면적인 마음의 움직임을 대놓고 글로 쓰기 시작하면 나 자신이 점점 막다른 골목으로 몰릴 듯한 기분이 들어서다.

　나와 반대로 네 편지에는 구체적인 신변잡기보다 내면의 생각 같은 것이 많았다. 혹은 꿈의 내용이나 짧은 픽션 같은 것. 특히 꿈 이야기 몇 가지가 내게 깊은 인상을 남겼다. 너는 곧잘 긴 꿈을 꾸었고 세부까지 선명히 기억했다. 마치 실제로 일어났던 일을 떠올리듯. 나로서는 믿기 힘든 일이었다. 나는 꿈을 거의 꾸지 않고, 꿨다 한들 내용을 거의 기억하지 못한다. 아침에 눈을 뜬 순간 모든 꿈이 뿔뿔이 흩어져 어딘가로 빨려들어가버린다. 선명한 꿈을 꾸다가 한밤중에 흠칫 눈을 뜨는 일은 있어도(여간해선 없지만), 이내 다시 잠에 빠져버려 다음 날 아침 일어났을 때는 아무것도 기억하지 못한다.
　내가 그렇게 말하자 너는 말했다.
　"난 머리맡에 공책과 연필을 챙겨두고 눈을 뜨면 제일 먼저 지난밤 꿈을 기록해. 시간에 쫓겨 바쁠 때도 마찬가지야. 특히 생생한 꿈을 꾸다가 한밤중에 깼을 땐 아무리 졸려도 그 자리에서 최대한 자세하게 적어둬. 그것들이 중요한 꿈일 때가 많고, 소중한 것들을 많이 가르쳐주거든."
　"소중한 것들?" 내가 묻는다.
　"내가 모르는 나에 대한 것." 너는 대답한다.

너에게 꿈이란 현실세계에서 실제로 일어나는 일들과 거의 동급이었고, 간단히 잊히거나 지워지는 것이 아니었다. 꿈은 너에게 많은 것을 전달해주는, 귀중한 마음의 수원水源 같은 것이었다.

"그런 건 훈련의 산물이야. 너도 노력하면 분명히 무슨 꿈을 꿨는지 조목조목 자세하게 기억해낼 수 있을걸. 한번 시험해봐. 네가 어떤 꿈을 꾸는지 무척 궁금하니까."

좋아, 해볼게, 나는 말했다.

하지만 나름대로 노력했음에도(머리맡에 공책과 연필을 챙겨두는 정도는 아니었지만), 아무리 해도 내가 꾸는 꿈에 흥미가 생기지 않았다. 내 꿈은 몹시 산만하고 일관성이 없었으며 대부분 이해하기 힘들었다. 그 안에서 들리는 언어는 흐릿했고, 눈에 보이는 정경에서는 맥락이라고 할 만한 것을 거의 찾아낼 수 없었다. 또한 때로는 남에게 차마 말할 수 없는 불온한 내용을 담고 있었다. 그런 것에 관심을 두느니 네가 꾼 길고 컬러풀한 꿈 이야기에 귀기울이고 싶었다.

가끔 네 꿈에 내가 등장하기도 했다. 그 말을 들으면 나는 매우 기뻤다. 어떤 형태로건 네 안에 있는 상상의 세계에 참여할 수 있었으니까. 너 역시 내가 꿈에 나타난 걸 기뻐하는 기색이었다. 네 꿈속에서 내게는 대개 그다지 중요한 의미가 없는, 드라마의 조연 같은 역할밖에 주어지지 않았지만.

너는 내 앞에서 말하고 싶지 않을 적나라한 꿈을—내가 종종 꾸는 것과 같은(가끔은 본의 아니게 속옷을 더럽히고 마는) 꿈을—꾸는 일이 없을까? 너는 자신이 꾼 꿈의 내용을 전부 솔직하게 말해주는 걸까? 너의 꿈 이야기를 들으면서 나는 항상 그런 의문을 가지곤 했다.

  너는 여러 가지를 숨기지 않고 스스럼없이 말해주는 것처럼 보인다. 그래도 진실은 아무도 모른다. 내 생각에, 이 세계에서 마음속에 비밀을 품지 않은 사람은 없다. 그것은 사람이 이 세계를 살아가기 위해 필요한 일이다.

  그렇지 않을까?

7

"만약 이 세계에 완전한 것이 존재한다면, 바로 이 벽이야. 누구도 이 벽을 넘을 수 없어. 누구도 이 벽을 부술 수 없고." 문지기는 그렇게 단언했다.

언뜻 봐서는 그저 오래된 벽돌담 같았다. 이다음에 강한 태풍이나 지진이 오면 간단히 허물어져버릴 것 같다. 어째서 이런 걸 완전하다고 할 수 있는 걸까? 내가 그렇게 말하자 문지기는 마치 자신의 가족에 대해 부당한 험담을 들은 사람 같은 얼굴을 했다. 그리고 내 팔꿈치를 붙잡고 벽 바로 앞으로 나를 데려갔다.

"가까이서 잘 봐. 벽돌과 벽돌 사이에 줄눈이 없지? 벽돌 하나하나의 모양도 조금씩 다를 거야. 그리고 그 하나하나가 머리카락 한 올 들어가지 못할 만큼 딱 맞물려 있을 거고."

정말 그랬다.

"이 칼로 벽돌을 긁어봐." 문지기가 윗옷 주머니에서 작업용 나이프를 꺼내고는 찰칵 소리 내어 날을 세워서 내게 건넨다. 언뜻 보면 낡아빠진 나이프지만 날이 세심하게 갈려 있다. "어디 흠집 하나 나는지 보라고."

그의 말대로다. 칼끝은 메마른 소리를 내며 갉작일 뿐, 벽돌에 흰 줄 하나 내지 못한다.

"이해했나? 태풍도 지진도 대포도, 그 무엇도 이 벽을 무너뜨리지 못해. 흠집을 내지도 못하지. 지금까지도 불가능했고 앞으로도 불가능할 거다."

그는 기념사진을 찍기라도 하듯 벽에 손바닥을 짚은 채 턱을 한껏 당기고 의기양양하게 나를 보았다.

아니, 이 세계에 완전한 것이란 없어, 나는 속으로 중얼거린다. 형체를 지닌 것이라면 무엇이든 반드시 약점이나 사각死角이 있다. 하지만 그 말을 입 밖으로 내진 않는다.

"이 벽은 누가 만들었나요?" 나는 물었다.

"아무도 만들지 않았어"라는 것이 문지기의 굳건한 견해였다. "처음부터 여기 있었지."

첫 일주일이 가는 동안, 나는 네가 골라준 '오래된 꿈' 몇 개를 집어들고 읽으려 시도했다. 그러나 그 오래된 꿈은 내게 의미 있는 말을 하나도 들려주지 않았다. 내가 들은 것은 불확실하게 꿈틀대는 중얼거림이고, 본 것은 초점이 맞지 않는 단편적인 이미지 몇 개뿐이었다. 조각을 되는대로 이어붙인 녹음테이프나 필름을 거꾸로 재생하는 기분이었다.

도서관 서고에는 책 대신 오래된 꿈이 무수히 놓여 있다. 긴 세월 손을 댄 사람이 없었던 듯 어느 것이나 표면에 희뿌연 먼지가 얇게 내려앉아 있었다. 오래된 꿈은 달걀처럼 생겼는데, 크기와 색깔은 하나하나 다르다. 여러 종류의 동물들이 낳고 간 알 같다. 하지만 정확히 말하면 달걀 모양이라고 할 수 없다. 손에 들고 자세히 들여다보면 아래쪽 절반이 위쪽에 비해 더 불룩한 것을 알 수 있다. 무게의 균형도 맞지 않는다. 그래도 그 덕분에 앉음새가 안정되어 따로 받쳐주지 않아도 선반에서 굴러떨어지는 일은 없다.

표면은 대리석처럼 딱딱하고 매끈하게 반질거린다. 그러나 대리석 같은 묵직함은 없다. 어떤 소재로 이뤄졌는지, 어느 정도의 강도를 지녔는지 나는 알 수 없다. 바닥에 떨어뜨리면 깨져버릴까? 어찌됐건 매우 주의깊게 다뤄야 한다. 희귀한 생물의 알을 다룰 때처럼.

도서관에는 책이 한 권도 없다—단 한 권도. 과거에는 책이 가득 꽂혀 있고, 사람들이 지식과 즐거움을 얻기 위해 이곳을 찾았으리라. 여느 도시의 도서관이 그렇듯이. 그 분위기가 잔향처럼 아직 주변을 희미하게 떠다닌다. 그러나 어느 시점엔가 서가에서 모든 책들이 치워지고, 그 자리를 오래된 꿈이 채운 모양이다.

'꿈 읽는 이'는 보아하니 나 말고는 없는 듯했다. 적어도 지금으로선 내가 이 도시의 유일한 꿈 읽는 이다. 나 이전에 다른 꿈 읽는 이가 있었을까? 있었는지도 모른다. 꿈 읽기에 관한 규칙이며 절차가 이토록 세세히 정해져 유지되어오는 것을 보면 아마 그랬을 것이다.

도서관에서 네가 하는 일은 이곳에 늘어선 오래된 꿈을 지키고 적절히 관리하는 것이다. 읽혀야 할 꿈을 골라내고, 그것이 읽혔다는 기록을 장부에 남긴다. 해질녘 전에 도서관 문을 열고, 램프를 밝히고, 추운 계절에는 난로에 불을 지핀다. 그에 필요한 유채기름과 장작이 떨어지지 않도록 챙겨둔다. 그리고 '꿈 읽는 이'를 위해―즉 나를 위해―쑥색 약초차를 준비한다. 그것은 내 눈을 치유하고 마음을 진정시킨다.

너는 커다란 흰색 헝겊으로 오래된 꿈에 하얗게 쌓인 먼지를 주의깊게 닦아 내 앞 책상 위에 올려놓는다. 나는 진녹색 안경을 벗고 오래된 꿈의 표면에 양손을 얹는다. 손바닥으로 그것을 감싼다. 오 분쯤 그러고 있으면 오래된 꿈이 깊은 잠에서 차츰 깨어나 표면이 엷게 빛나기 시작한다. 양 손바닥에 편안하고 자연스러운 온기가 전해진다. 그리고 그들이 꿈을 잣기 시작한다. 누에고치가 실을 뽑듯이, 처음에는 머뭇거리며, 이윽고 걸맞은 열의를 담아서. 그들에게는 해야 할 이야기가 있다. 그들은 껍질 밖으로 나갈 때가 오기를 선반 위에서 참을성 있게 기다려왔을 것이다.

그러나 그들의 목소리가 너무 가냘퍼서 무슨 이야기를 하는지 온전히 알아들을 수 없다. 그들이 비추는 이미지는 충분한 윤곽을 그려내기 전에 흐려지고 허물어져 허공으로 사라진다. 어쩌면 그들 탓이 아니라 나의 새로운 눈이 아직 제대로 기능하지 않아서인지도 모른다. '꿈 읽는 이'로서 나의 이해력이 자리잡지 못해서인지도 모른다.

그렇게 도서관을 닫아야 할 시간이 온다. 시계는 어디에도 없지만 그 시간이 다가왔음을 너는 자연히 알 수 있다.

"어때요? 일은 잘되시나요?"

"조금씩은." 내가 대답한다. "그런데 하나만 읽어도 힘이 다 빠져버려. 방법이 좀 잘못됐는지도 모르겠어."

"걱정할 것 없어요." 너는 그렇게 말하고 손잡이를 돌려 난로의 급기구를 막는다. 램프의 불을 하나씩 불어 끄고 테이블 맞은편에 앉아 내 얼굴을 똑바로 보며 말한다(그렇게 빤히 쳐다보면 나는 당황하고 만다). "서두를 필요 없어요. 이곳에는 시간이라면 얼마든지 있으니까요."

　정해진 순서를 하나하나 정확히 따라서 너는 도서관을 닫는다. 진지한 눈빛으로 서두름 없이 또렷하고 차분하게. 내가 보는 한 작업의 순서가 뒤바뀐 적은 결코 없다. 이 도서관의 문단속을 그렇게 철저히 할 필요가 있는지, 나는 그 모습을 바라보면서 의문을 가진다. 조용하고 평온한 이 도시에서 오래된 꿈을 훔치거나 파괴하려고 한밤중에 도서관에 숨어들 사람이 과연 있을까?

　"너를 집까지 바래다줘도 괜찮을까?" 사흘째 밤, 건물 밖으로 나왔을 때 나는 큰맘먹고 묻는다.

　너는 몸을 돌려 눈을 크게 뜨고 내 얼굴을 본다. 검은 눈동자에 하늘의 별 하나가 하얗게 비친다. 내 제안의 의미가 너는 잘 이해되지 않는 모양이다. 왜 이 사람이 나를 집까지 바래다줘야 하지?

　"이 도시에 온 지 얼마 안 돼서 너 말고는 얘기를 나눌 사람이 없어." 나는 설명한다. "가능하다면 누군가와 함께 걸으면서 얘기를 하고 싶어. 너에 대해서도 좀더 알고 싶고."

　너는 잠시 그 말을 생각하다가 살짝 뺨을 붉힌다.

　"당신이 사는 곳과 반대 방향일 텐데요."

　"상관없어. 걷는 건 좋아하니까."

"그런데 저의 어떤 점을 알고 싶은 건가요?" 네가 묻는다.

"이를테면 네가 이 도시 어디에 살고 있는지. 누구와 사는지. 도서관 일은 어떻게 하게 됐는지."

너는 잠시 침묵을 지킨다. 그리고 말한다.

"저희 집은 그다지 멀지 않아요." 그게 전부다. 그래도 그것은 하나의 사실이다.

너는 군용 모포처럼 거칠거칠한 소재의 파란색 코트에, 군데군데 올이 풀린 검은색 라운드넥 스웨터와 조금 커 보이는 회색 스커트를 입었다. 어느 것이나 누군가에게서 물려받은 옷처럼 보인다. 그러나 그렇게 보잘것없는 의복을 걸치고 있어도 너는 아름답다. 너와 나란히 밤길을 걷고 있자니 내 심장이 바짝 죄어든다. 제대로 숨을 쉴 수 없을 만큼. 그 열일곱 살 여름날 해질녘에 그랬던 것처럼.

"이 도시에 온 지 얼마 안 된다고 하셨는데, 어디서 오셨어요?"

"멀리 동쪽에 있는 도시에서." 나는 모호하게 대답한다. "아주아주 먼 곳에 있는 큰 도시야."

"저는 이곳 말고 다른 도시는 몰라요. 여기서 태어나 벽 바깥으로 한 번도 나간 적이 없어서."

그렇게 말하는 너의 목소리는 부드럽고 상냥하다. 네가 꺼내는 말들을 높이 8미터 남짓한 견고한 벽이 빈틈없이 보호해주고 있다.

"왜 여기까지 오셨어요? 다른 데서 이 도시를 찾아온 사람을 만난 건 당신이 처음이에요."

"왜일까." 나는 말끝을 흐린다.

너를 만나기 위해 여기까지 온 거야, 라고 털어놓을 순 없다. 그러기에는 아직 이르다. 그전에 나는 이 도시에 대해 더욱 많은 사실을 배워둬야 한다.

우리는 수도 많지 않고 빛도 충분하지 않은 가로등 아래 밤거리를 강을 따라서 동쪽으로 걷는다. 과거에 너와 그랬던 것처럼 어깨를 나란히 하고. 강물이 잔잔하게 흐르는 소리가 귀에 와닿는다. 밤꾀꼬리의 짧고 맑은 울음이 강 건너 숲에서 들려온다.

너는 내가 예전에 살았던 멀리 동쪽에 있는 도시에 대해 알고 싶어한다. 그 호기심이 나와 너의 거리를 조금 좁혀준다.

"그곳은 어떤 도시였나요?"

그곳은 대체 어떤 도시였을까, 불과 얼마 전까지 내가 생활했던 그 도시는? 그곳에서는 많은 말들이 오가고, 너무도 많은 의미가 만들어져 흘러넘쳤다.

그러나 그렇게 설명한들 과연 너는 얼마나 이해해줄 수 있을까? 움직임이 없고 말수 적은 이 도시에서 너는 태어나 자랐다. 간소하고 정밀한, 그리고 완결된 장소다. 전기도 가스도 없고, 시계탑에는 바늘이 없고, 도서관에는 단 한 권의 책도 없다. 사람들이 하는 말은 본래의 의미만을 지니고, 모든 것이 각자 고유의 장소에, 혹은 눈길이 닿는 그 주변에 흔들림 없이 머물러 있다.

"당신이 살던 도시에서 사람들은 어떤 생활을 하나요?"

나는 그 질문에 그럴듯하게 대답할 수 없다. 정말이지, 우리는 그곳에서 어떤 생활을 했을까?

너는 묻는다. "아무튼 이 도시와는 상당히 다를 테죠? 크기도 구성도, 그곳에 사는 사람들의 생활상도. 어떤 부분이 가장 다를까요?"

나는 밤공기를 가슴 가득 들이켜고 알맞은 언어와 적절한 표현을 찾는다. 그리고 말한다. "그곳에서 사람들은 누구나 그림자를 데리고 살았어."

8

그렇다. 그 세계에서 사람들은 누구나 그림자를 데리고 살았다. 나도 '너'도 각자의 그림자를 하나씩 지니고 있었다.

나는 네 그림자를 잘 기억하고 있다. 인적 없는 초여름의 길 위에서 네가 내 그림자를 밟고, 내가 네 그림자를 밟았던 걸 기억한다. 어린 시절 곧잘 했던 그림자밟기 놀이다. 어쩌다 시작했는지 몰라도 우리는 어느새 그 놀이를 하고 있었다. 초여름의 길 위에서 둘의 그림자는 몹시 까맣고 농밀하고 생기가 있었다. 밟히면 그 부분이 정말로 아프다고 느낄 정도로. 물론 무해한 놀이에 지나지 않았지만 우리는 진지하게 서로의 그림자를 밟았다. 그것이 무척 중요한 결과를 가져올 행위인 것처럼.

그뒤 우리는 제방의 그늘진 곳에 나란히 앉아 처음으로 키

스를 했다. 누가 먼저 청한 건 아니다. 미리 마음먹었던 것도
아니다. 명확한 결의 같은 게 있었던 것도 아니다. 지극히 자
연스러운 흐름이었다. 둘의 입술은 그곳에서 포개져야 했고,
우리는 마음이 시키는 대로 따랐을 뿐이다. 네가 눈을 감고 우
리의 두 혀끝이 조금 머뭇거리면서 맞닿았다. 그런 다음 한동
안 둘 다 뭐라고 말을 꺼내지 못했던 걸 기억한다. 나도 너도,
자칫 괜한 말을 했다가는 서로의 입술에 남은 소중한 감촉을
잃어버릴 듯한 기분이었을 것이다. 그래서 오랫동안 우리는
침묵을 지켰다. 이윽고 둘이 약속이나 한 듯 동시에 무슨 말을
하려고 입을 열면서 두 개의 언어가 부딪쳐 섞여들었다. 우리
는 웃었고, 다시 살짝 입술을 포갰다.

나는 너의 손수건을 한 장 가지고 있다. 하얀 거즈처럼 부드
러운 소재에 심플한 디자인으로, 귀퉁이에 은방울꽃 자수가
작게 들어가 있다. 어쩌다가 네가 빌려주었던 손수건이다. 세
탁해서 돌려줘야지 했지만 때를 놓쳤다. 아니, 사실 반쯤은 고
의로 돌려주지 않았다(물론 돌려달라고 했다면 깜박했던 척하
며 바로 돌려주었을 테지만). 나는 종종 그 손수건을 꺼내 손
바닥에 닿는 천의 감촉을 가만히 오랫동안 느껴보곤 했다. 그
감촉은 곧장 그대로 너에게 이어졌다. 나는 눈을 감고서 너의
몸에 팔을 두르고 입술을 포갰을 때의 기억에 잠겼다. 네가 내

가까이 있어주었을 때도, 어딘가로 사라져버린 후에도, 언제나 변함없이.

　네가 보낸 편지에 적혀 있던 어떤 꿈 이야기를(정확히는 그 꿈의 일부, 라고 해야겠지만) 나는 잘 기억하고 있다. 무려 여덟 장에 이르는 긴 편지였다. 너의 편지는 에세이 대회에서 부상으로 받은 만년필로 적혀 있었다. 잉크는 늘 터쿼이즈 블루. 우리는 둘 다 그때 부상으로 받은 만년필을 사용해 편지를 썼다. 말하자면 암묵의 약속 같은 것이었다. 우리에게 그 만년필은—그렇게 고급 제품은 아니었지만—소중한 기념품이자, 보물이자, 둘을 이어주는 끈이었다. 내가 쓰던 잉크는 검은색이다. 네 머리카락과 같은 칠흑. 트루 블랙.
　'어젯밤 꿈 얘기를 쓸게. 이 꿈에는 네가 조금 나왔어.' 네 편지는 그렇게 시작되었다.

*

　어젯밤 꿈 얘기를 쓸게.
　이 꿈에는 네가 조금 나왔어. 그다지 중요한 역할이 아니라 미안한데, 꿈이니까 어쩔 수 없지. 그도 그럴 것이 꿈은 내가 만드는 게 아니라 어딘가에서 누군가가 갑자기 '여기요' 하고 건네주는 거고, 나 혼자서 내용을 마음대로 바꿀 수도 없으니까(아마도). 그리고 어느 연극이나 영화에서든 조연은 중요하잖아. 조연에 따라 그 연극이나 영화의 인상이 상당히 달라지지. 그러니까 비록 주연이 아니더라도 좀 참아주고, 아카데미 남우조연상 같은 걸 목표로 삼기를.

그나저나 잠에서 깨고 좀 두근두근〔연필로 나중에 그은 듯한 짙은 밑줄이 쳐져 있다〕했지 뭐야. 현실로 돌아오고서도 한동안 네가 바로 옆에 있다는 기분을 지울 수 없었어. 정말로 그랬더라면 좀 재밌었을 텐데⋯⋯ 이건 물론 농담이야.

나는 여느 때처럼 곧바로 그 꿈의 내용을 머리맡에 놔둔 공책에 몽당연필로 축일(한자를 어떻게 쓰는지 모르겠네)해서 적었어. 내가 잠에서 깨면 언제나 제일 먼저 하는 일이지. 아침이건 한밤중이건, 잠이 덜 깼건 시간이 급하건, 방금 꾼 꿈의 내용을 기억나는 대로 최대한 자세히 공책에 써내려가는 것. 지금껏 일기 쓰는 습관은 들여본 적 없지만(몇 번 시도했는데 항상 일주일도 못 갔어), 꿈의 기록만은 하루도 거르지 않고 남기고 있어. 일기는 안 쓰면서 꿈은 빠짐없이 기록한다니, 마치 나에겐 현실의 일상생활보다 꿈속에서 일어나는 일이 더 중요하다고 공언하는 거나 다름없어 보이네.

하지만 실제로는 그렇게 생각하지 않아. 두말할 것 없이, 현실의 일상과 꿈속에서 일어나는 일은 그 성분이 전혀 달라. 지하철과 기구氣球만큼이나 차이가 나지. 그리고 나도 다른 사람들과 마찬가지로 나날의 일상에 꼼짝없이 붙들려, 지구의 보잘것없는 표면에 어찌어찌 달라붙어 살아가고 있어. 그 중력에서 벗어나는 건 제아무리 힘이 장사라 해도, 제아무리 돈이 많은 갑부라 해도 불가능해.

다만 내 경우엔 일단 이불 속에 파고들어 잠들면 그곳에서 펼쳐지는 '꿈의 세계'가 엄청나게 생생하고, 현실에 맞먹을 만큼, 아니, 종종(종종이라는 말이 왠지 마음에 들어) 현실보다 더 현실같이 느껴지거든. 게다가 그곳에서 펼쳐지는 건 하나같이 거의 예측하지 못한 놀라운 사건들이야. 그래서 결과적으로 뭐가 뭐였는지 구분이 안 될 때가 있어. 그러니까 '어, 이게 현실에서 진짜로 경험한 일이었나? 아니면 그냥 꿈에서 봤던 건가?' 하는 거지. 너는 그럴 때 없어? 꿈과 현실 사이에 선을 긋기 힘들어지는…… 아마 나는 다른 사람보다 그런 경향이 훨씬(저울의 바늘이 헛돌 정도로) 강한 게 아닌가 싶어. 어떤 이유로 인해, 아마도 타고난 기질 덕에.

그걸 깨달은 건 초등학교에 들어간 무렵이었어. 학교 친구들과 꿈 얘기를 하려고 하면 반응이 영 시큰둥해. 아무도 내가 꾼 꿈 같은 것엔 관심이 없고, 나처럼 꿈을 중요하게 생각하는 사람도 없는 것 같았어. 게다가 다른 애들이 꾸는―꿨다고 말해주는―꿈은 대개 색채나 감정의 동요가 결여되어 잘 와닿지 않는 것들이었어. 이유는 모르겠지만…… 그렇다보니 나도 자연히 학교 친구들과 꿈 얘기를 하지 않게 됐어. 집에서도 마찬가지야(솔직히 가족하고는 꼭 필요한 일 아니면 다른 얘기도 거의 안 하지만). 대신 자기 전 머리맡에 작은 공책과 연필을 챙겨두게 됐지. 그뒤로 오랫동안 그 공책은 내게 둘도 없는 마음의 벗이 됐어. 실은 상관없을지 모르지만, 꿈을 기록하기에는 몽당연필이 제일 좋아. 길이가 8센티미터 안 되는 것. 전날 밤에 몇 자루를 칼로 잘 깎아둬. 기다란 새 연필은 절대 안 돼! 왜 그럴까? 왜 꼭 짧은 연필이어야 꿈 얘기를 문제없이 써둘 수 있는 걸까? 생각해보니 희한하네.

공책이 유일한 친구, 라고 하니 꼭 『안네의 일기』 같다. 물론 나는 남의 집 비밀의 방에 숨어 살지 않고, 나치 병사가 주위를 에워싸고 있지도 않지만. 아니, 적어도 주변 사람들이 팔에 십자 갈고리 완장을 두르고 있진 않지만, 그래도.

아무튼 그후 그 에세이 대회가 열렸고, 시상식장에서 너를 만났지. 뭐니 뭐니 해도 지금껏 내 인생에 일어난 가장 고저스한 사건 중 하나였어. 대회가 아니라 너를 만난 게 말이야! 그리고 너는 내 꿈 얘기에 관심을 가지고 무척 열심히 들어줬어. 정말 근사한 일이었어. 그렇잖아, 내가 하고 싶은 말을 실컷 늘어놔도 되는 상대, 그 말에 집중해서 귀기울여주는 상대가 있다니, 그런 일은 태어나서 거의 처음이었으니까. 정말이야.

그나저나 내가 '거의'라는 말을 너무 많이 쓰나? 어쩐지 그런 기분이 들어. 나는 가끔 같은 어휘를 빈번히—빈번, 이라는 한자가 아무리 해도 안 외워져—써버리곤 해. 주의해야겠다. 원래는 내가 쓴 글을 다시 읽어보고 문장을 퇴고(이것도 한자를 모르겠어)해야겠지만, 썼던 글을 다시 읽으면 이도 저도 마음에 안 들어서 북북 찢어버리고 싶어지거든. 정말로.

맞다, 내 꿈 얘기를 하려고 했지. 그 얘기를 할게. 나는 뭔가를 쓰기 시작했다가도 이내 다른 얘기로 옮겨가서 좀처럼 본론으로 돌아가지 못해. 이것도 약점 중 하나야. 그런데 '약점'과 '단점'은 어떻게 다를까? 이 경우에는 약점이라고 해도 될까? 뭐, 이것도 아무려나 상관없는 얘기 같네. 거의[여기에도 연필로 밑줄] 비슷한 거니까. 아무튼 본론으로 돌아가자. 그래, 어젯밤에 꾼 꿈.

우선, 그 꿈에서 나는 알몸이었어. 완전히. 실오라기 하나 걸치지 않았다—라는 표현이 있잖아? 예전부터 좀 이상하달까, 지나치게 극단적인 표현이라고 생각했는데, 어쨌든 몸을 살펴보니 정말로 실오라기 하나 걸치지 않았더라고. 알고 보면 등뒤에 실밥 한 톨쯤은 붙어 있었을지 모르지만 그건 아무려나 좋은 얘기고. 나는 기다란 욕조에 들어가 있어. 클래식한 유럽풍의 흰색 욕조. 귀여운 고양이 발이 달린 것 있잖아. 그런데 욕조에 물은 차 있지 않아. 즉 텅 빈 욕조에 알몸으로 누워 있는 거야.

그런데 잘 보면 내 몸이 아니야. 나라고 하기에는 두 가슴이 너무 커. 가슴이 좀더 크면 좋겠다고 평소에 속으로 불평하긴 했지만, 막상 그만한 크기가 되고 보니 영 부자연스러워서 적응이 안 됐어. 왠지 기분이 묘해. 내가 나 같지 않아. 무엇보다 무겁고, 아래도 잘 안 보이고. 유두도 너무 크다 싶고. 이래서야 달리기할 때 흔들려서 불편하겠는데, 뭐 그런 생각이 들어. 차라리 예전처럼 작은 편이 좋았겠다고.

그러고서 내 배가 불룩하다는 걸 깨달아. 살이 쪄서 그런 건 아니야. 다른 신체 부위는 다 가늘거든. 배만 풍선처럼 부풀었어. 그래서 나는 임신했다는 걸 알아차리지. 내 뱃속에 아기가 있는 거야. 크기로 보아 칠 개월이나 팔 개월쯤일까.

그때 제일 먼저 무슨 생각을 했을 것 같아?

내가 떠올린 건 옷 생각이었어. 이렇게 가슴이 커다랗고 배도 불룩한데 대체 뭘 입어야 하나, 내가 입을 만한 옷이 어딘가에 있긴 할까. 그도 그럴 게 나는 완전히 알몸인데다 뭐라도 몸에 걸쳐야 하는 상황이잖아. 그렇게 생각하니 덜컥 불안해졌어. 이런 꼴로 길거리를 돌아다녀야 한다면 어떡하지?

나는 학처럼 고개를 길게 빼고 방안을 두리번거렸지만 옷 같은 건 어디에도 보이지 않았어. 목욕가운도 없어. 심지어 수

건 한 장 없어. 말 그대로 실오라기 하나 눈에 띄지 않았다고 할까.

그때 누군가가 문을 두드렸어. 똑똑, 짧고 또렷하게 두 번. 나는 몹시 당황했지. 이런 꼴로 누굴 마주할 순 없잖아. 어쩔 줄 모르고 머릿속으로 우왕좌왕하는 사이, 그 누군가가 멋대로 문을 열고 방안으로 들어왔어.

그 방은, 욕실이긴 하지만 아무튼 말도 안 되게 컸어. 보통 집의 거실만큼 넓고 소파 같은 것도 놓여 있어. 천장도 엄청 높아. 창문도 많아서 햇빛이 눈부셨어. 빛의 상태로 보아 아마 늦은 아침이었지 싶어.

그 누군가가 누구였을까? 어떤 사람이었는지는 결국 마지막까지 알 수 없었어. 얼굴이 보이지 않았거든. 그 사람이 문을 연 순간, 창문으로 들어오는 햇살이 갑자기 확 강렬해지면서 헐레이션을 일으키는 바람에 내 눈이 아무것도 볼 수 없게 됐거든. 그저 시커멓고 커다란 그림자가 문 앞에 우뚝 서 있는 것이 보였을 뿐. 몸의 윤곽으로 보아 남자였을 거야. 아주 건장한 어른 남자.

아무튼 몸을 가려야 한다고 생각했어. 나는 '실오라기 하나 걸치지 않은' 상태였으니까. 그리고 모르는 남자가 앞에 있었으니까. 하지만 몸을 가리고 싶어도 앞서 썼다시피 내 수중에는 아무것도 없어. 수건도 세면기도 브러시도, 아무것도 없다

고. 별수없이 손으로 배 아래쪽의 중요 부위―라고 하면 될까
―를 가리려는데 아무리 해도 손이 닿질 않아. 가슴과 배가
너무 클뿐더러 팔은 원래보다 확실히 짧아져 있었거든.

남자가 천천히 내 쪽으로 다가왔어. 어떻게든 해야 했지. 그
때 뱃속에서 아이가―아마 아이였을 거야―바동거리며 날뛰
기 시작하는 거야. 꼭 어두운 구멍 아래서 불만이 가득한 두더
지 세 마리가 반란을 일으킨 것처럼.

문득 정신이 들고 보니 더는 욕실이 아니었어. 아까 거실처
럼 커다란 욕실이라고 했는데 그게 지금은 진짜 거실이 됐고,
나는 벌거벗은 채 소파에 드러누워 있어. 그리고 어떻게 된 일
인지 양 손바닥에 눈이 하나씩 달려 있어. 손바닥 한가운데가
눈이 된 거야. 속눈썹까지 달려 있고 깜박이기도 해. 새카만
눈동자. 그것이 나를 가만히 바라보고 있어. 그런데 무섭진 않
아. 두 눈에는 희끄무레한 흉터가 있어, 그리고 눈물을 흘려.
너무도 고요하고 서글픈 눈물을.

여기까지 썼는데(바야흐로 이야기가 점입가경으로 치닫고,
너도 잠깐 조연으로 등장하겠지만) 유감스럽게도 나갈 일이
생겼어. 볼일이 있어 책상 앞을 떠나야 해. 그러니 일단 여기
서 편지 쓰기를 멈추고, 지금까지 쓴 걸 봉투에 넣고 우표를
붙여서 역 앞 우체통에 투함(한자를 어떻게 쓰더라? 그리고

나는 왜 사전이란 걸 찾아보지 않을까?)할 거야. 이어지는 뒷부분은 다음번에 쓸게. 기대해줘. 그리고 물론 나한테도 편지를 써줘. 도저히 다 읽을 수 없을 만큼 긴 편지를. 부탁이야.

*

결국 나는 그 꿈의 뒷부분을 듣지 못했다. 다음번에 온 편지에서는 전혀 다른 이야기를 하고 있었으니까(분명 뒷부분을 쓰겠다고 했던 걸 잊어버린 것이리라). 그래서 그녀의 그 꿈 속에서 내가 어떤 (조연) 역할을 했는지 알 길이 없어지고 말았다. 아마도 영원히.

9

그렇다. 사람들이 그곳에서는 그림자를 데리고 살았다.

이 도시 사람들에게는 그림자가 없다. 그림자를 버릴 때 처음으로 그것에 뚜렷한 무게가 있었음을 실감한다. 평소 생활에서 지구의 중력을 느낄 때가 거의 없는 것과 마찬가지로.

물론 그림자를 버리는 일은 간단하지 않다. 뭐가 됐건 오랜 세월 함께하며 친밀해진 상대와 갈라서는 건 아무래도 심란한 일이다. 이 도시에 도착했을 때, 나는 입구에서 문지기에게 내 그림자를 맡겨야 했다.

"그림자를 달고선 벽 안쪽에 발을 들일 수 없어." 문지기는 그렇게 고했다. "여기 맡기든지, 도시에 들어가는 걸 포기하든지, 둘 중 하나다."

나는 그림자를 버렸다.

문지기가 나를 따뜻한 양지에 세우고 내 그림자를 덥석 움켜쥐었다. 그림자는 겁에 질려 와들와들 떨었다.

문지기는 그림자를 향해 퉁명스럽게 말했다. "괜찮아. 겁낼 것 없어. 아무렴 생손톱을 뽑겠다는 게 아니니까. 아프지도 않고 금방 끝나."

그래도 그림자는 조금 저항했지만 곧 문지기의 억센 힘을 당해내지 못하고 내 몸에서 벗겨져나가, 힘을 잃고 옆 나무 벤치에 미끄러지듯 주저앉았다. 몸에서 분리된 그림자는 생각보다 훨씬 볼품없었다. 아무렇게나 벗어던진 낡은 장화처럼.

문지기는 말했다. "막상 떨어지고 나면 상당히 기묘하게 보이지. 뭐 저런 걸 애지중지 달고 다녔나 싶을 거야."

나는 대답을 얼버무렸다. 자신의 그림자를 잃고 말았다는 사실이 아직 제대로 실감나지 않았다.

"그림자 같은 건 실로 아무짝에도 쓸모가 없어." 문지기는 말을 이었다. "지금껏 그림자가 자신한테 대단한 도움을 줬던 기억이 있나?"

그런 기억은 없다. 적어도 곧바로 떠오르진 않는다.

"그럴 테지." 문지기는 의기양양하게 말했다. "주제에 입은 살아서 얼마나 달변이게. 저건 싫다느니 이건 그런대로 낫다느니, 혼자선 아무것도 못하면서 되잖은 핑계는 한아름이지."

"내 그림자는 이제 어떻게 되나요?"

"여기서 손님 대접 받으며 잘 지낼 거야. 방과 잠자리도 마련되어 있고, 호화로운 디너까진 아니지만 하루 세 끼 꼬박꼬박 나오고. 뭐, 가끔은 일을 거들어야 할 테지만."

"일?" 내가 말했다. "어떤 일을요?"

"그냥 잡일. 주로 벽 바깥에서 하는 작업인데, 대단한 건 아냐. 사과 따고, 짐승 돌보고…… 계절에 따라 조금씩 달라."

"만약 내가 그림자를 돌려받고 싶어지면요?"

문지기는 실눈을 뜨고 내 얼굴을 찬찬히 뜯어보았다. 마치 커튼 틈새로 아무도 없는 실내를 점검하는 양. 그리고 말했다.

"이 일로 제법 잔뼈가 굵었는데, 제 그림자를 돌려받고 싶다고 나서는 인간은 아직 만나보지 못했어."

내 그림자는 얌전히 웅크리고 앉아 내 쪽을 보고 있었다. 뭐라고 호소하는 것처럼.

"걱정할 것 없어." 문지기가 나를 격려하듯 말했다. "그쪽도 그림자 없는 생활에 차츰 익숙해질 거야. 머지않아 그림자를 달고 다녔다는 사실마저 잊게 될걸. 그러고 보니 그런 일이 있었더랬지, 하듯 말이야."

그림자는 웅크린 채 문지기의 말에 귀기울이고 있었다. 나는 일말의 가책을 느끼지 않을 수 없었다. 불가피한 상황이라지만 내 분신을 버리려는 것이니까.

"현재 도시의 출입구는 이 문 하나뿐이야." 문지기는 두툼한 손가락으로 문을 가리키며 말했다. "일단 이 문을 넘어 도시에 발을 들인 자는 두 번 다시 이 문을 통해 밖으로 나갈 수 없다. 벽이 허락하지 않아. 그게 이 도시의 규칙이야. 서명을 하거나 혈판을 찍거나 하는 거창한 절차는 없지만 그래도 엄연한 계약이야. 알고 있겠지?"

알고 있다고 나는 말했다.

"한 가지 더. 그쪽은 지금부터 '꿈 읽는 이'가 될 테니 '꿈 읽는 이'의 눈을 받게 된다. 이것도 규칙이야. 눈 상태가 안정될 때까지 얼마간 불편을 겪을 수도 있어. 그것도 알고 있지?"

그리하여 나는 도시의 문을 넘었다. 그림자를 버리고, '꿈 읽는 이'로서 눈에 상처를 내고, 두 번 다시 그 문을 넘지 않는다는 암묵의 '계약'을 맺고.

그 도시에서는(과거에 내가 살았던 도시에서는) 누구나 그림자를 데리고 살았어, 라고 나는 너에게 설명한다. 그림자는 빛이 있는 곳에서 사람(본체)과 같이 움직이고, 빛이 없는 곳에서는 살그머니 모습을 감춘다. 그리고 밤의 어둠이 오면 함께 잠든다. 그러나 사람과 그림자가 억지로 떨어지는 일은 없다. 눈에 보이건 보이지 않건 그림자는 늘 그곳에 있다.

"그림자가 사람에게 도움되는 게 있나요?" 네가 묻는다.

알 수 없지, 나는 말한다.

"그런데 왜 다들 그림자를 버리지 않죠?"

"버리는 방법을 몰랐다는 이유도 있어. 하지만 설사 알았더라도 아무도 그림자를 버리려 들진 않을 거야."

"어째서요?"

"사람들은 그림자의 존재에 익숙해져 있으니까. 현실적으로 쓸모가 있고 없고와는 관계없이."

물론 그게 어떤 얘기인지 너는 이해하지 못한다.

모래톱에 드문드문 늘어진 냇버들 가지 하나에 낡은 나무보트 한 척이 로프로 묶여 있고, 물결이 그 주변에서 경쾌한 소리를 냈다.

"우리는 어느 정도 성장하면 그림자와 떨어져요. 갓난아기의 탯줄이 끊어지고 어린아이의 유치가 빠지듯이. 그리고 떼어낸 그림자들은 벽 바깥으로 내보내요."

"그림자들은 바깥세계에서 혼자 살아가는구나?"

"대개는 입양처를 찾아줘요. 아무럼 황야 한복판에 툭 내던지진 않죠."

"네 그림자는 어떻게 됐을까?"

"글쎄요, 그건 모르겠어요. 그래도 벌써 오래전에 죽었을 거예요. 본체에서 떨어진 그림자는 뿌리 없는 식물 같은 거예요. 오래 살지 못해요."

"너는 그 그림자를 만난 적이 없는 거지?"

"내 그림자요?"

"응."

너는 신기하다는 듯 내 얼굴을 바라본다. 그리고 말한다. "어두운 마음은 어딘가 먼 곳으로 보내져 결국 생명을 다하게 돼요."

나와 너는 강을 따라 나란히 걷는다. 바람이 한 번씩 생각났다는 듯 수면을 훑고 지나고, 너는 양손으로 코트 깃을 여민다.

"당신의 그림자도 머지않아 생명을 잃겠죠. 그림자가 죽으면 어두운 생각도 함께 사라지고, 그 뒤엔 정적이 찾아와요."

네가 말하는 '정적'이라는 단어가 한없이 고요한 것처럼 들린다.

"그리고 벽이 그것을 지켜주고?"

그녀가 내 얼굴을 똑바로 바라본다. "그것 때문에 당신은 이 도시에 온 거잖아요. 아주 먼 어딘가에서."

'직공 지구'는 옛 다리 북동쪽에 펼쳐진 쇠락한 지역이다. 한 때 아름다운 물을 가득 채웠을 운하도 지금은 말라붙어 메마른 회색 진흙이 두껍게 쌓였을 뿐이다. 그러나 물이 마르고 꽤 오랜 세월이 흘렀음에도 아직 습한 공기의 기억이 남아 있다.

인적 없는 어두운 공장 지대를 벗어나면 직공들의 공동주택이 늘어선 구역이 나온다. 당장이라도 무너질 듯 낡아빠진 2층 짜리 목조 건물이다. 여기 사는 사람들을 뭉뚱그려 모두 '직공'이라고 부르지만 그들이 정말로 공장에서 일하는 건 아니다. 더이상 실체를 동반하지 않는, 그저 습관적인 호칭이다. 공장은 오래전에 조업을 중단했고 나란히 치솟은 높은 굴뚝에서도 연기가 피어오르지 않는다.

건물 사이 미로처럼 난 좁은 길의 포석에는 몇 세대에 걸쳐 사람들의 생활에서 발생한 온갖 냄새와 소리가 배어 있다. 판판하게 닳은 돌을 밟는 우리의 신발 바닥은 발소리도 내지 않는다. 미로의 한 지점에서 너는 갑자기 걸음을 멈추고 나를 돌아본다. "바래다주셔서 감사해요. 집으로 가는 길은 아시겠어요?"

"알 것 같아. 일단 운하로 나가면 그다음부턴 간단하니까."

너는 머플러를 고쳐 매고 나를 향해 가볍게 고개를 끄덕인다. 그러고는 몸을 돌리고서 구별하기 힘들 만큼 비슷비슷한 어두운 목조 주택 중 한 곳의 문 안쪽으로 빠르게 사라진다.

나는 깎아지른 듯 높이 솟은 두 감정의 골짜기를 빠져나와 천천히 걸어서 집으로 돌아간다. 이 도시에서 나는 더이상 외톨이가 아니라는 생각과, 그럼에도 철저히 외톨이라는 생각 사이를. 내 마음은 그렇게 정확히 둘로 쪼개져 있다. 냇버들 가지가 비밀스러운 소리를 내며 흔들린다.

10

나는 '관사 지구'라고 불리는 구역의 작은 집에서 지내게 되었다.

집에는 생활에 필요한 최소한의 가구와 집기가 갖춰져 있다. 일인용 침대, 동그란 나무 식탁, 의자 네 개, 붙박이 선반 몇 개, 장작을 때는 작은 난로. 그 정도다. 작은 옷장과 좁은 욕실도 딸려 있다. 그러나 업무용 책상이나 휴식을 위한 소파는 없다. 방안에 장식이라고 할 만한 건 아무것도 없다. 꽃병도 그림도 소품도 없고, 책 한 권 없고, 물론 시계도 없다.

부엌에서는 간단한 요리를 할 수 있다. 직접 식사를 차리고 싶을 때는 작은 부엌용 난로를 쓴다―전기도 가스도 없다. 식기와 의자는 하나같이 소박하고 손때가 묻었으며 모양과 크기가 제각각이다. 여기저기서 급하게 조달한 티가 난다. 창에는 나무 덧창이 달려 있다. 낮 동안 내려서 햇빛을 차단할 수 있도록(나의 약해진 눈에 꼭 필요한 설비다). 현관문에 열쇠 구멍은 없다. 이 도시 사람들은 열쇠로 출입문을 잠그지 않는다.

이 지구는 과거 한때 분명 세련되고 활기차다고 할 법한 풍경이었을 것이다. 길에서는 아이들이 뛰놀고, 어디선가 피아노 소리가 들리고, 개들이 짖고, 저녁 무렵이면 따뜻한 음식 냄새가 이 집 저 집의 창문에서 흘러나왔을 것이다. 집집의 화단에는 계절마다 아름다운 꽃이 만발했을 것이다. 그런 분위기가 아직 곳곳에 남아 있었다. 명칭이 말해주듯 여기 살았던 사람의 대다수는 관청에서 일하는 관리였던 모양이다. 혹은 장교급 군인이거나.

나는 점심나절 일어나 지급받은 식재료로 간단한 음식을 만들어 먹는다. 식사다운 식사는 이때 한 번뿐이다. 이 도시 사람들은 그렇게 자주 식사할 필요를 느끼지 않는 것 같다. 하루 한 번 간소한 식사로 충분하다. 그리고 내 몸도 놀랄 만큼 빠르게 그런 생활습관에 익숙해졌다. 다 먹고 식기를 치우면 덧창을 내린 어두운 방에 틀어박혀 아직 완전히 아물지 않은 눈을 쉬게 하며 오후를 보낸다. 시간은 평온하게 흘러간다.

나는 의자에 앉아 나라는 신체의 우리에서 의식을 해방시켜 상념의 너른 초원을 마음껏 달리게 한다―개의 목줄을 풀어 잠깐의 자유를 주는 것처럼. 그사이 나는 풀 위에 드러누워 아무 생각도 하지 않고 하늘을 떠가는 흰구름을 멍하니 바라본다(물론 이건 비유적 표현이다. 실제로 하늘을 올려다보진 않는다). 그렇게 시간은 탈없이 흘러간다. 필요할 때만 휘파람을 불어 그것을 불러들인다(물론 이것도 비유적 표현이다. 실제로 휘파람을 불진 않는다).

해가 기울어 주위가 어둑해질 즈음, 문지기가 뿔피리를 불 시각이 가까워지면 나는 (휘파람을 불어) 의식을 다시 몸속으로 불러들이고, 집을 나와 걸어서 도서관에 간다. 언덕을 내려가 강을 따라서 상류 쪽으로 걷는다. 도서관은 광장을 조금 지나친 곳에 있다. 옛 다리를 바라보는 광장에는 바늘 없는 시계탑이 무언가의 상징처럼 높게 솟구쳐 있다.

나 말고 도서관을 찾아오는 사람은 없다. 그러므로 도서관은 언제나 나와 너만의 것이다.

그러나 나의 '꿈 읽기' 기술에는 이렇다 할 진전이 없다. 가슴속에서 의문과 불안이 점점 커간다―내가 '꿈 읽는 이'로 임명된 건 무슨 착오가 아니었을까? 처음부터 내게는 꿈을 읽을 능력이 없었던 게 아닐까. 나는 맞지 않은 장소에서 맞지 않은 일을 맡은 게 아닐까? 어느 날 작업을 잠깐 쉬는 사이 나는 그런 불안함을 너에게 털어놓는다.

"걱정 마요"라고 너는 테이블 맞은편에서 내 눈을 들여다보며 말한다. "조금 시간이 걸릴 뿐이에요. 망설이지 말고 이대로 계속하세요. 당신은 올바른 장소에서 올바른 일을 하고 있으니까."

너의 목소리는 부드럽고 온화하지만 확신에 차 있다. 도시의 높은 벽을 이루는 벽돌처럼 견고하고 흔들림이 없다.

꿈을 읽으며 틈틈이 네가 내준 쑥색 약초차를 마신다. 너는 천천히 시간을 들여 마치 실험에 임하는 화학자처럼 진지한 얼굴로 주의깊게 약초차를 우린다―작은 봉과 절구, 냄비와 헝겊을 사용해서. 도서관 뒤쪽 좁은 마당에는 갖가지 약초를 키우는 작은 텃밭이 있고, 그걸 보살피는 것도 네가 하는 일 중 하나다. 한번은 약초들의 이름을 물어봤지만 너도 알지 못했다. 아마 그 풀들도 이 도시의 다른 많은 것과 마찬가지로 처음부터 이름이 없었던 것이리라.

하루일을 마치고 도서관을 닫으면 나는 상류 쪽으로 강변길을 걸어 너를 '직공 지구'의 공동주택까지 바래다준다. 그 일이 매일의 습관으로 자리잡는다.

가을비가 우리 주위에서 하염없이 내렸다. 시작도 끝도 없는, 조용하고 촘촘한 비다. 밤에는 달도 별도 바람도 없고, 밤꾀꼬리의 울음도 들리지 않는다. 모래톱의 냇버들이 가는 가지 끝에서 톡톡 물방울을 떨어뜨릴 뿐이다.

어깨를 나란히 하고 그 밤길을 걸으면서 나와 너는 거의 말이 없다. 그러나 내게 침묵은 조금도 고통스럽지 않다. 오히려 그 침묵을 환영했는지도 모른다. 침묵은 기억을 일깨워주므로. 너도 침묵에 딱히 신경쓰지 않는다. 이 도시 사람들은 많은 식사가 필요하지 않은 것처럼 많은 말도 필요로 하지 않는다.

비가 내리면 너는 두툼하고 뻣뻣한 노란색 레인코트를 입고 초록색 방수모자를 쓴다. 나는 집에 있던 오래되고 무거운 박쥐우산을 챙긴다. 네가 입은 레인코트는 족히 두 사이즈는 커서 걸을 때마다 양손으로 포장지를 구기는 듯한 소리가 난다. 왠지 그리운 소리다. 나는 너의 어깨를 가만히 감싸고 싶지만 (과거에 그랬던 것처럼) 이곳에서는 이룰 수 없는 일이다.

'직공 지구'의 공동주택 앞에서 너는 걸음을 멈추고 빈약한 불빛 아래서 내 얼굴을 잠시 들여다본다. 꼭 무슨 중요한 일을 떠올리려는 것처럼 미간을 가볍게 찡그리고는. 하지만 결국 아무것도 떠올리지 못한다. 가능성은 형태를 얻지 못한 채 어딘가로 빨려들어가 사라진다.

"내일 보자." 내가 말한다.

너는 가만히 고개를 끄덕인다.

너의 모습이 시야에서 사라지고 모든 소리가 멀어진 뒤에도 나는 한동안 혼자 남아 네가 남기고 간 기척을 말없이 음미한다. 그리고 서쪽 언덕에 있는 집을 향해, 쉼없이 내리는 가느다란 빗줄기 속을 홀로 걷기 시작한다.

"아무것도 걱정할 필요 없어요. 그저 시간이 걸릴 뿐이에요." 너는 그렇게 말한다.

그러나 내게는 그만한 확신이 없다. 과연 시간을—이 도시가 시간이라고 명명한 것을—그렇게까지 신뢰해도 괜찮을까? 그리고 이 끝나지 않을 듯 기나긴 가을 뒤에는 대체 무엇이 찾아올까?

11

전철을 타고 네가 사는 도시로 너를 만나러 간다. 5월의 일요일 아침, 맑게 갠 하늘에 한 조각 떠 있는 흰구름은 미끈한 물고기 모양이다.

도서관에 간다고 말하고 집을 나섰다. 하지만 나는 너를 만나러 간다. 나일론 냅색에는 점심으로 먹을 샌드위치(어머니가 만들어주었다. 랩으로 단단하게 싸여 있다)와 학용품이 들어 있지만 공부를 할 계획은 없다. 대입 시험까지 채 일 년도 남지 않았다. 그러나 그 사실은 되도록 생각하지 않기로 한다.

일요일 아침의 전철은 승객이 뜸하다. 여유롭게 좌석에 앉아 '영속적인'이라는 어휘를 생각해본다. 그러나 막 고등학교 3학년이 된 열일곱 살 소년이 영속적인 무언가에 대해 고찰하기란 간단한 일이 아니다. 그가 상상할 수 있는 영속성의 폭은 상당히 좁으니까. '영속적'이라는 어휘에서 떠올릴 수 있는 건 비 내리는 바다의 광경 정도다.

나는 바다에 비가 내리는 광경을 볼 때마다 어떤 감동을 받는다. 아마 바다가 영겁에 걸쳐―혹은 거의 영겁에 가까운 시간 동안―변화하지 않는 존재이기 때문일 것이다. 바닷물은 증발해 구름이 되고 구름은 비를 내린다. 영원한 사이클이다. 바닷물은 그렇게 조금씩 교체되어간다. 그러나 바다라는 총체가 변화하는 일은 없다. 바다는 늘 똑같은 바다다. 손으로 만질 수 있는 실체인 동시에, 하나의 순수하고 절대적인 관념이기도 하다. 내가 바다에 쏟아지는 비를 보면서 느끼는 건 (아마도) 그런 종류의 엄숙함이다.

그러므로 너와의 심적인 유대가 보다 강한 것, 좀더 영겁적인 것이 되기를 원할 때 내 머릿속에 떠오르는 건 조용히 비가 쏟아지는 바다의 광경이다. 나와 너는 해변에 앉아 그런 바다와 비를 바라보고 있다. 우리는 한 우산 아래 바짝 붙어앉아 있다. 네 머리가 내 어깨에 살짝 기대어 있다.

바다는 무척 평온하다. 바람다운 바람도 불지 않고 작은 파도가 소리 없이 규칙적으로 해변에 밀려온다. 마치 널어놓은 시트가 바람에 흔들리는 것처럼. 우리는 언제까지고 그곳에 앉아 있을 수 있다. 그러나 그곳에서 우리가 어디로 향하려 하는지, 어디로 향하면 좋은지, 그 이미지가 떠오르지 않는다. 우리는 그 해변에 우산을 나눠 쓰고 앉아 있음으로써 이미 완결되었기 때문이다. 이미 완결된 것이 새삼 몸을 일으킨다 한들 어디로 갈 수 있을까?

어쩌면 그것이 영겁이 지닌 한 가지 문제점인지도 모른다. 지금부터 어디로 향하면 좋을지 모른다는 것. 그러나 영겁을 추구하지 않는 사랑에 어느 정도의 가치가 있단 말인가?

그뒤 나는 영겁을 생각하기를 단념하고 너의 몸을 생각한다. 한쌍의 아름다운 가슴을 생각하고, 너의 스커트 안쪽을 생각한다. 그곳에 있을 것을 상상한다. 내 손가락이 너의 흰색 블라우스 단추를 하나씩 서투르게 풀고, 네가 입(고 있지 싶)은 흰색 속옷의 등 쪽 후크를 역시 서투르게 끄른다. 내 손은 조금씩 너의 스커트 안으로 뻗어간다. 너의 부드러운 허벅지 안쪽에 손이 닿고, 그런 다음…… 아니, 사실 나는 이런 생각을 하고 싶지 않다. 정말로 생각하고 싶지 않다. 하지만 생각하지 않을 수 없다. 영겁성 따위보다 훨씬 상상력을 발휘하기 쉬운 종류의 일이니까.

그러나 이래저래 상상에 빠져 있는 동안 내 몸의 일부가 어느새 완전히 딱딱해지고 만다. 볼품없는 모양의 대리석 장식품처럼. 딱 붙은 청바지 속에서 성기가 발기하면 엄청나게 불편하다. 어서 원상태로 되돌리지 않으면 자리에서 일어나기도 여의치 않을 것이다.

다시 한번 비 내리는 바다를 머릿속에 그려보기로 한다. 그 고요한 풍경이 지나치게 왕성한 성욕을 조금은 가라앉혀줄지도 모른다. 눈을 감고 정신을 집중한다. 하지만 바닷가의 이미지가 좀처럼 뇌리에 되살아나지 않는다. 나의 의지와 성욕이 각기 다른 지도를 손에 들고 다른 방향으로 나아가는 기분이다.

우리는 지하철역 근처 작은 공원에서 만나기로 했다. 전에도 몇 번 만났던 장소다. 어린이용 놀이기구 몇 대와 음수대가 있고 등나무 시렁 밑에 벤치가 있다. 나는 그 벤치에 앉아 너를 기다린다. 그런데 약속 시간이 되어도 너는 나타나지 않는다. 드문 일이다. 너는 그때까지 한 번도 늦은 적이 없었으니까. 그럴뿐더러 언제나 나보다 먼저 약속 장소에 와 있었다. 내가 약속 시간보다 삼십 분 일찍 나가도 너는 벌써 그곳에서 나를 기다리고 있었다.

"항상 이렇게 일찍 와?" 그렇게 물어본 적이 있다.

"네가 오기를 혼자서 기다리는 게 무엇보다 즐겁거든." 너는 말했다.

"기다리는 게?"

"응."

"나랑 만나는 것 자체보다?"

너는 생긋 웃는다. 하지만 질문에 대답하진 않는다. 그저 이렇게 말할 뿐이다. "이렇게 기다리는 동안은 이제부터 무슨 일이 일어날지, 무슨 일을 할지, 가능성이 무한히 열려 있잖아, 안 그래?"

맞는 말인지도 모른다. 실제로 상대를 만나고 나면 그 무한의 가능성은 불가피하게 오직 하나뿐인 현실로 치환된다. 너는 그게 괴로운 것이리라. 네가 하려는 말을 이해할 수 있다. 그러나 나 자신의 생각은 다르다. 가능성은 그저 가능성일 뿐. 실체로 네 곁에 있으면서 네 몸의 온기를 피부로 느끼고, 손을 잡거나 그늘에서 남몰래 입맞춤하는 쪽이 훨씬 좋다.

약속 시간에서 삼십 분이 지나도 너는 아직 보이지 않는다. 나는 손목시계의 바늘을 연신 확인하며 불안감에 휩싸인다. 네 신상에 무언가 예사롭지 않은 일이 일어난 건 아닐까? 심장이 메마르고 불길한 소리를 낸다. 갑자기 병으로 쓰러졌거나, 아니면 교통사고를 당했거나? 네가 구급차로 병원에 실려가는 장면을 상상한다. 구급차의 사이렌에 귀기울인다.

어쩌면 너는, 내가 그날 아침 전철에서 너를 두고 성적인 상상에 빠졌던 걸 알아차리고—어떻게 알았는지는 몰라도—그처럼 꼴사나운 짓을 하는 나를 더는 보기 싫어진 게 아닐까? 그렇게 생각하니 부끄러워서 귓불이 달아오른다. 그런 건 어쩔 수 없어, 라고 나는 열과 성을 다해 너에게 설명하고 변명한다. 그건 시커먼 대형견 같은 거야. 한번 어떤 방향으로 움직이기 시작하면 손쓸 도리가 없어. 아무리 튼튼한 목줄을 매어 잡아당겨도—

너는 약속 시간보다 사십 분 늦게 나타난다. 그리고 말없이 벤치 옆자리에 앉는다. 늦어서 미안해, 그런 말은 전혀 없다. 나도 아무 말 하지 않는다. 우리는 입을 다문 채 나란히 앉아 있다. 어린 여자아이 둘이 그네를 타고 있다. 누가 더 멀리 가는지 내기중이다. 너의 숨소리는 조금 거칠고 이마에는 희미하게 땀이 배어 있다. 아마 여기까지 뛰어왔나보다. 숨쉴 때마다 가슴이 오르락내리락한다.

너는 목깃이 둥근 흰색 블라우스를 입고 있다. 내가 전철에서 상상했던 것과 거의 비슷하게 장식이 없는 심플한 블라우스다. 내가 조금 전 (상상 속에서) 풀었던 것과 같은 작은 단추가 달려 있다. 그리고 남색 스커트. 색깔의 진하기는 약간 달라도 전체적으로는 역시 내 상상과 비슷하다. 너의 옷차림이 내가 상상한 것과—망상이란 말이 더 가까울까—거의 비슷하다는 사실이 놀라워 할말을 잃는다. 동시에 일말의 가책을 느끼지 않을 수 없다. 하지만 그 이상은 상상하지 않으려고 노력한다. 어쨌거나 일요일의 공원 벤치에서 간소한 흰색 블라우스에 무늬 없는 남색 스커트를 입은 너는 눈부시게 아름답다.

하지만 너는 여느 때와 달라 보인다. 그 차이를 정확히 집어내긴 어렵다. 다만 평소와 무언가 다르다는 사실은 한눈에 알 수 있다.

"왜 그래?" 나는 마침내 소리 내어 말한다. "무슨 일 있었어?"

너는 잠자코 고개를 가로젓는다. 하지만 무슨 일이 있었다는 걸 나는 알 수 있다. 인간의 가청범위 바깥에 있는, 섬세한 고속의 날갯짓소리를 알아들을 수 있다. 무릎 위에 모은 너의 양손 위에 내 손을 가만히 포갠다. 계절이 곧 여름인데도 네 작은 손은 차갑다. 나는 그 손에 조금이라도 온기를 전하려 한다. 우리는 한참 동안 그 자세를 유지한다. 그러는 내내 너는 말이 없다. 올바른 어휘를 모색하는 사람의 일시적인 침묵은 아니다. 침묵을 위한 침묵—그 자체로 완결된 구심적인 침묵이다.

어린 여자아이들은 아직 그네를 타고 있다. 쇠고리가 끽끽 맞닿는 소리가 규칙적으로 내 귀에 들려온다. 우리 앞에 있는 것이 드넓은 바다이고, 그 위에 비가 쏟아지고 있으면 좋겠다고 나는 생각한다. 만약 그렇다면 우리의 이 침묵은 지금보다 한층 친밀하고 자연스러워질 것이다. 하지만 이대로도 괜찮다. 굳이 이 이상을 원하지 않기로 한다.

이윽고 너는 내 손을 놓고 아무 말 없이 벤치에서 일어선다. 무슨 중요한 볼일이 생각난 사람처럼. 나도 얼른 따라서 일어난다. 너는 여전히 말없이 걷기 시작하고, 나는 그 뒤를 따라 간다. 우리는 공원을 벗어나 거리를 계속 걷는다. 큰길에서 골목으로 들어갔다가 다시 넓은 도로로 나온다. 지금부터 어디로 간다고도, 무엇을 한다고도 너는 말하지 않는다. 이 역시 평소에는 없는 일이다. 여느 때 같으면 내 얼굴을 보기가 무섭게 마치 기다렸다는 듯 온갖 이야기를 쏟아내니까. 너의 머릿속에는 언제든 내게 해야 할 말이 가득차 있는 것 같다. 그런데 오늘은 만난 뒤로 아직 한 마디도 하지 않았다.

오래 지나지 않아 나는 조금씩 깨닫는다—네가 어느 특정한 장소를 향해 걷는 게 아니라는 사실을. 너는 그저 한 장소에 머무르고 싶지 않아 걸음을 옮길 뿐이다. 이동 그 자체가 목적인 이동이다. 네 보폭에 맞춰 나는 나란히 걷는다. 역시 침묵을 지키면서. 하지만 나의 침묵은 올바른 어휘를 찾아내지 못한 사람의 침묵이다.

이런 때는 어떻게 행동해야 좋을까? 너는 내가 난생처음 가져본 걸프렌드다. 연인이라 해도 될 만큼 친밀한 관계를 맺은 첫 상대다. 그렇기에 너와 있는 동안 '평소와 다른 상황'에 직면하자 무얼 어떻게 해야 할지 적절한 판단을 내리지 못한다. 이 세상은 내가 아직 겪어보지 못한 일들로 가득하다. 더욱이 여자의 심리에 관해서라면 내 지식은 아무것도 적히지 않은 새하얀 공책이나 다름없다. 그래서 나는 평소와 다른 네 앞에서 어찌할 바를 모른다. 하지만 일단 침착해야 한다. 나는 남자고, 너보다 한 살 많지 않은가. 실제로는 대단한 차이가 아닐지도 모른다. 아무 의미 없는 말인지도 모른다. 그러나 때로는—특히 달리 의지할 만한 것이 보이지 않을 때는—그렇게 시시한 허울뿐인 처지도 어딘가에는 도움이 되지 않을까.

어쨌거나 당황해선 안 된다. 비록 겉모습만이라도 침착함을 유지해야 한다. 그래서 나는 말을 꾹 참고 그저 아무 일 아닌 것처럼, 지금이 지극히 평범한 상황인 것처럼 네 옆에서 보폭을 맞춰 걸을 따름이다.

얼마나 오래 걸었을까? 이따금 교차로에 멈춰 서서 신호가 초록불로 바뀌기를 기다린다. 그런 때 네 손을 잡고 싶었지만 너는 양손을 스커트 주머니에 넣은 채 앞만 보고 있다.

나도 모르게 너를 화나게 했을까? 어디서 실수를 저질렀을까? 아니, 그럴 리 없다. 우리는 이틀 전 밤에 통화했다. 그때 너는 무척 기분이 좋았다. 내일모레 만나는 게 정말 기대된다고 명랑하게 말했다. 그뒤로는 대화한 적이 없다. 네가 내게 화를 낼 이유는 하나도 없다.

침착해야 돼, 그렇게 스스로를 타이른다. 나 때문에 화난 게 아니다. 짐작건대 너는 나와 상관없는, 너 자신의 어떤 문제를 안고 있을 뿐이다. 신호를 기다리는 사이 나는 몇 번이고 심호흡을 한다.

삼십 분쯤 계속 걸었지 싶다. 좀더 길었는지도 모른다. 문득 정신을 차리니 우리는 다시 작은 공원으로 돌아와 있었다. 동네를 한참 동안 걸어다니다 결국 출발점으로 돌아온 셈이다. 너는 등나무 시렁 아래 벤치로 곧장 걸어가 말없이 걸터앉는다. 나도 옆자리에 앉는다. 처음에 그랬듯이 침묵한 채로, 우리는 군데군데 페인트칠이 벗어진 그 나무 벤치에 나란히 앉아 있다. 너는 턱을 당기고 앞쪽에 있는 무언가를 응시하고 있다. 눈도 거의 깜박이지 않고서.

그네를 타던 두 여자아이는 보이지 않았다. 그네 두 개가 5월의 햇빛 아래 미동도 없이 늘어져 있다. 타는 사람 없이 멎어 있는 그네는 왠지 몹시 내성적으로 보인다.

그리고 너는 내 어깨에 가볍게 머리를 기댄다. 마치 내가 옆에 있다는 사실이 불현듯 떠오른 것처럼. 나는 다시 한번 너의 작은 손 위에 내 손을 포갠다. 우리는 손 크기가 꽤 다르다. 네 손이 얼마나 작은지 볼 때마다 나는 번번이 놀란다. 그 작은 손으로 어떻게 그 많은 일을 하는지 감탄한다. 이를테면 병뚜껑을 비틀어 딴다거나, 여름밀감의 껍질을 벗긴다거나.

이윽고 너는 울기 시작한다. 소리를 죽이고 몸서리치듯 어깨를 가늘게 떨면서. 너는 울지 않으려고 지금껏 쉬지 않고 걸음을 서둘렀나보다. 나는 네 어깨를 가만히 감싼다. 네 눈물이 내 청바지 위에 톡톡 소리 내어 떨어진다. 이따금 목이 메어 짧은 오열 같은 것이 새어나온다. 하지만 말다운 말은 끝내 나오지 않는다.

나 역시 계속 침묵을 지킨다. 그저 그곳에 앉아 그녀의 슬픔—아마 슬픔일 것이다—을 그대로 받아들인다. 그런 경험은 난생처음인지도 모른다. 내가 아닌 누군가의 슬픔을 오롯이 받아들인다는 건. 누군가가 그 마음을 고스란히 내맡긴다는 건.

내가 좀더 강하면 좋을 텐데. 좀더 힘주어 너를 안고 좀더 믿음직한 말을 해줄 수 있다면 좋을 텐데—단 한 마디로 그 자리에 걸린 나쁜 주문을 확 풀어버리는, 올바르고 적확한 말을. 하지만 지금의 나는 아직 그만한 준비가 되어 있지 않다. 그 사실을 슬프게 생각한다.

12

　도서관에 있을 때 말고는 도시의 지도를 만들며 시간을 보
냈다. 흐린 오후 시간을 이용해 반쯤 기분전환으로 시작한 이
작업에 나는 이내 몰두하게 되었다.

　작업의 첫 단계는 도시의 대략적인 윤곽을 파악하는 것이었
다. 다시 말해 도시를 둘러싼 벽의 형상을 이해하는 것. '네'가
예전에 공책에 연필로 그려준 간단한 지도에 따르면, 그건 사
람의 콩팥을 옆으로 눕힌 듯한 모양이었다(움푹 꺼진 부분이
아래쪽이다). 그러나 정말로 그럴까? 사실인지 직접 확인해보
고 싶었다.

　생각보다 어려운 작업이었다. 주위에 그 정확한 모양을—
아니, 대강의 모양조차—파악하고 있는 사람이 아무도 없었

기 때문이다. 너도 문지기도, 이웃에 사는 노인들도(나는 그들 중 몇 명과 낯을 익혀서 가끔 짧은 대화를 나누는 사이가 되었다) 도시가 어떤 모양인지에 대해 정확한 지식이 없었고, 딱히 알고 싶어하지도 않는 듯했다. 또한 그들이 "대충 이럴 거야" 하고 그려주는 도시의 형상은 제각각 판이하게 달랐다. 어떤 것은 정삼각형에 가깝고, 어떤 것은 타원형이며, 어떤 것은 커다란 먹이를 삼킨 뱀 같은 모양새였다.

"그쪽은 왜 그런 걸 알고 싶어하지?" 문지기는 미심쩍어하는 표정으로 내게 물었다. "이 도시가 어떻게 생겼는지 안다 한들 무슨 쓸모가 있다고?"

순수한 호기심이라고 나는 설명했다. 지식을 얻고 싶을 뿐이다. 무슨 쓸모가 있고 없고의 문제가 아니라…… 그러나 문지기는 '순수한 호기심'이라는 걸 이해하지 못하는 눈치였다. 그의 이해력을 넘어서는 개념인 것이다. 그는 얼굴에 경계의 빛을 띠며 이놈한테 나쁜 꿍꿍이가 있는 게 아닐까, 하는 눈빛으로 나를 훑어보았다. 그래서 나는 그 이상 묻기를 단념했다.

"내가 해주고 싶은 말은," 문지기는 말했다. "머리 위에 접시를 얹고 있을 땐 하늘을 쳐다보지 않는 편이 좋다는 거야."

그 말이 구체적으로 무엇을 뜻하는지 잘 와닿지 않았다. 다만 철학적 성찰보다 실제적인 경고에 가까우리란 건 이해할 수 있었다.

다른 사람들이—너를 포함해서—나의 질문에 보이는 반응도 문지기의 그것과 어슷비슷했다. 도시의 주민들은 자신들이 사는 곳이 얼마나 넓고 어떻게 생겼는지에 도무지 관심이 없는 듯 보였다. 그리고 그런 데 흥미를 가지는 인간이 존재한다는 사실이 잘 이해되지 않는 모양이었다. 오히려 그것이 내게는 신기한 일이었다. 자신이 태어나 살고 있는 장소에 대해 보다 많은 것을 알고 싶다는 건 누구나 자연히 품을 법한 감정이 아닌가.

이 도시에는 원래부터 호기심이라는 것이 존재하지 않는지도 모른다. 혹은 존재하더라도 극히 희박하며 범위도 좁게 제한되어 있거나. 생각해보면 그게 이치에 맞는지도 모른다. 만약 도시에 사는 사람들 대부분이 여러 가지에, 이를테면 벽 바깥의 세계에 호기심을 느낀다면, 그(혹은 그녀)는 바깥세계를 한번 보고 싶다는 생각을 품을지도 모르고, 그런 마음의 움직임은 도시에 바람직한 일이 아니다. 도시는 벽 안쪽에서 빈틈없이 완결된 상태여야 하니까.

나는 이 도시의 형상을 알고 싶다면 발품을 팔아 직접 확인하는 수밖에 없다는 결론에 이르렀다. 걷는 건 전혀 꺼려지지 않았다. 평소의 운동 부족을 해소하기에도 딱 좋다. 그러나 약시弱視라는 불리함 때문에 작업 속도가 더뎠다. 바깥에서 오래 걸을 수 있는 게 흐린 날과 해질녘으로 한정되어서다. 눈부신 태양 아래서는 두 눈이 아팠고 금세 눈물이 줄줄 흘렀다. 그러나 고맙게도(아마 고마운 일일 것이다) 시간은 넘쳐났다. 원하는 만큼 얼마든지 그 작업에 날수를 할애할 수 있었다. 그리고 앞서 말했다시피, 그 가을에는 맑은 날이 별로 없었다.

진녹색 안경을 쓰고 종이 몇 장과 짧은 연필을 챙겨 들고서 도시를 둘러싼 벽 안쪽을 따라 걸으며 그 형상을 하나하나 적어나갔다. 간단한 스케치도 했다. 나침반이나 줄자가 없었으므로(이 도시에는 존재하지 않는다) 구름 뒤에 희미하게 가려진 태양의 위치를 찾아 대강의 방위를 가늠하고, 걸음수를 기준으로 거리를 재는 수밖에 없었다. 나는 북문의 문지기 오두막을 출발점으로 삼고 벽을 따라 시계 반대 방향으로 나아가기로 했다.

벽 안쪽 길은 황폐했다. 길이 끊겨 사라진 곳도 적지 않았다. 사람의 발자취는 거의 없었다. 과거에는 일상적으로 사용됐을 테지만(그 흔적이 여기저기 남아 있었다) 지금은 웬만해선 이쪽으로 지나다니는 사람이 없는 모양이다. 길은 대체로 벽 가까이에 붙어 나 있었지만 지형에 따라 안쪽으로 크게 우회하기도 하고 여기저기서 앞을 가로막는 덤불도 헤치고 가야 했다. 그러기 위해 두툼한 장갑을 꼈다.

벽 쪽의 땅은 오랜 세월 버려진 채 방치된 듯했다. 지금은 이 일대에 사는 사람이 전혀 없는 것 같다. 군데군데 집 같은 건물이 눈에 띄었지만 어느 것이나 폐가나 다름없는 상태였다. 지붕들은 비바람에 시달려 내려앉고 유리창은 깨지고 벽은 허물어졌다. 주춧돌만 덩그러니 남아 집터임을 알려주는 곳도 있었다. 원형이 온전히 보존된 건물도 더러 볼 수 있었지만 외벽이 생명력 넘치는 초록색 담쟁이덩굴로 온통 뒤덮여 있었다. 그러나 다 쓰러져가는 집들도 안이 텅 빈 건 아니었다. 다가가서 들여다보면 낡은 가구나 집기가 남아 있었다. 뒤집어진 테이블, 녹슨 집기, 깨진 들통 따위가 눈에 띄었다. 전부 먼지가 두껍게 쌓이고 습기를 먹어 반쯤 썩어 있었다.

지금보다 훨씬 많은 사람들이 과거에 이 도시에 살았던 듯하다. 평범한 생활을 영위하면서. 그러나 어느 시점에 무언가가 일어나 많은 주민들이 이 도시를 버리고 떠났다. 가재도구도 변변히 챙기지 못한 채 황급하게.

대체 무슨 일이 있었을까?

전쟁, 역병, 혹은 대규모의 정치적 변혁이 일어났을까? 사람들은 스스로의 의지로 다른 땅으로 이주했을까? 아니면 강제추방 같은 게 이뤄졌을까?

어쨌거나 어느 때 '무언가'가 일어났고, 많은 주민들이 제대로 된 준비 없이 타지로 옮겨갔다. 남은 사람들은 중앙부 강가의 평지와 서쪽 언덕에 모여들었고, 그곳에서 힘을 모아 조용하고 과묵하게 살아가게 되었다. 주변의 다른 땅은 포기한 채 황폐해지도록 내버려두었다.

남은 주민들이 그 '무언가'를 입에 올리는 일은 없다. 말하기를 거부하는 건 아니다. 그 '무언가'가 무엇이었는지, 집합적 기억을 송두리째 상실한 듯 보인다. 아마 그들은 제 손으로 떼어낸 그림자와 더불어 그런 기억도 빼앗기고 말았으리라. 이 도시 사람들은 지리에 대한 수평적 호기심이 없는 것과 마찬가지로, 역사에 대한 수직적 호기심도 딱히 느끼지 않는 듯했다.

사람들이 떠난 땅을 오가는 것은 단각수單角獸들뿐이다. 그들은 벽 근처 숲속을 삼삼오오 배회했다. 내가 좁은 길을 걷고 있으면 짐승들은 발소리를 듣고 고개를 돌려 이쪽을 보았지만 그 이상의 흥미는 드러내지 않았다. 그리고 나뭇잎과 열매를 찾아 계속 이동했다. 때로 바람이 숲속을 훑고 가면 나뭇가지가 오래된 뼈처럼 달각달각 소리를 냈다. 나는 버려진 무인의 땅을 걸으며 벽의 형상을 공책에 기록해갔다.

벽은 내 '호기심'에 별로 개의치 않는 듯했다. 그러려고 마음만 먹으면 벽은 나의 탐색을 얼마든지 방해할 수 있었을 것이다. 이를테면 쓰러진 나무로 길을 막거나, 빽빽한 덤불로 바리케이드를 치거나, 길 자체를 알아볼 수 없게 만들어버리거나. 벽이 가진 힘이라면 그쯤은 간단하다―매일 벽을 가까이서 관찰하면서 그런 인상이 강해졌다. 이 벽에는 그만한 힘이 있다. 아니, 인상이라기보다 확신에 가까웠다. 더욱이 벽은 나의 일거수일투족을 빈틈없이 지켜보고 있었다. 그 시선이 피부로 느껴졌다.

그러나 그런 방해 행위는 한 번도 일어나지 않았다. 나는 이렇다 할 장해물 없이 벽을 따라 나아가며 그 형상을 공책에 자세히 기록했다. 벽은 나의 그런 시도에 조금도 신경쓰지 않는다—고 할까, 오히려 재미있어한다는 느낌마저 들었다. **네가 그러고 싶다면 얼마든지 해봐라. 그래봐야 아무런 소용도 없을 테니까.**

하지만 결국 나의 지형 조사=벽 탐색은 약 이 주일로 끝을 맞았다. 어느 날 밤, 도서관에서 돌아온 뒤 고열이 나서 한동안 드러눕고 만 것이다. 그것이 벽의 의지인지, 아니면 다른 원인 때문인지는 알 수 없다.

고열은 일주일쯤 이어졌다. 열은 내 몸을 물집으로 뒤덮으며 어둡고 긴 꿈으로 잠을 채우게 했다. 구역질이 파도처럼 단속적으로 밀려왔지만 속이 메스꺼울 뿐 실제로 토하지는 않았다. 잇몸이 무디게 욱신거리고 씹는 힘이 사라진 기분이었다. 이대로 고열이 이어지면 치아가 몽땅 빠져버리는 게 아닐까 불안해질 정도였다.

벽에 대한 꿈도 꾸었다. 꿈속에서 벽은 시시각각 살아서 움직였다. 마치 거대한 장기臟器의 내벽처럼. 아무리 정확하게 글로 쓰고 그림으로 그려도 벽은 곧장 모습을 바꾸어 내 노력을 무위로 돌려버렸다. 내가 글과 그림을 고쳐쓰면 벽은 또 지체 없이 변화했다. 견고한 벽돌로 이뤄졌는데 어떻게 저리도 유연하게 모습을 바꿀 수 있는지, 나는 꿈속에서 고개를 갸웃했다. 벽은 눈앞에서 변화를 거듭하며 나를 조롱했다. 벽이라는 압도적 존재 앞에서는 나의 매일 같은 노력도 아무 의미가 없다—벽은 그 사실을 과시하려는 것이다.

"내가 해주고 싶은 말은," 문지기는 젠체하며 내게 충고했다. 혹은 경고했다. "머리 위에 접시를 얹고 있을 땐 하늘을 쳐다보지 않는 편이 좋다는 거야."

고열에 시달리는 동안 옆에서 보살펴준 이는 이웃에 사는 한 노인이었다. 아마 도시가 나를 위해 파견해준 것이리라. 누구에게 알린 것도 아닌데 내가 고열로 앓아누운 걸 도시는 알고 있었던 모양이다. 아니면 도시에 처음 들어온 '신참'이라면 누구나 경험하는 예측 가능한 발열이었을까. 그래서 도시가 미리 준비를 해두었는지도 모른다.

어쨌거나 노인은 어느 날 아침, 아무런 기미도 인사도 없이 지극히 당연하다는 듯 내 집으로 들어왔다(앞서 말했다시피 이 도시에서는 아무도 출입문을 잠그지 않는다). 그리고 찬물에 적신 수건을 내 이마에 얹어 몇 시간 간격으로 갈아주고, 익숙한 손놀림으로 땀에 젖은 몸을 닦아주고, 때로 간결한 격려의 말을 건넸다. 증상이 조금 나아지자 휴대용 캔에 담아 온 따뜻한 죽 같은 것을 조금씩 숟가락으로 떠서 입에 넣어주었다. 마실 것도 먹여주었다. 고열로 정신이 혼미했던 탓에 처음에는 또렷하게 알아볼 수 없었지만—내 눈에는 노인의 모습도 꿈의 일부로만 보였다—기억하는 한 그는 꾸준하고 살뜰하게 나를 간호했다. 노인의 달걀처럼 동그란 두상에 백발이 잡초처럼 들러붙어 있었다. 체격은 왜소하지만 등이 꼿꼿하고 움직임에 절도가 있다. 걸을 때 왼다리를 가볍게 끌어서 불규칙한 발소리가 나는 것이 특징이었다.

비가 쏟아지던 어느 날, 내가 겨우 정신을 차리기 시작한 오후에 노인은 창가 의자에 앉아 민들레로 만든 커피 대용차를 마시면서 옛 이야기를 몇 가지 해주었다. 이 도시의 주민 대다수와 마찬가지로 그도 과거 일을 거의 기억하지 못했지만(혹은 굳이 떠올리려 애쓰지 않았지만), 몇 가지 개인적인 사실은 띄엄띄엄하게나마 명료하게 기억하고 있었다. 아마 도시에 해될 것 없는 기억은 그대로 남겨지는 모양이다. 아무리 그래도 사람은 기억을 완전히 비워낸 채로 살아갈 수 없다. 물론 진실이 절묘하게 바꿔치기되거나 기억이 날조되지 않았다는 확증은 없다. 그러나 노인의 이야기가 내 귀에는—적어도 열 때문에 아직 머릿속이 약간 몽롱했던 나의 귀에는—실제로 있었던 일처럼 들렸다.

"나는 과거에 군인이었네." 그는 말했다. "장교였지. 아주 젊었을 때, 이 도시로 오기 전에 말이지만. 그러니까 이건 타지에서 있었던 이야기야. 그곳에서 사람들은 누구나 각자의 그림자를 지니고 있었지. 그 시절, 전쟁이 일어났네. 어디와 어디의 전쟁이었는지는 기억나지 않는군. 뭐 지금 와서는 아무려나 상관없는 일이지. 그쪽에선 늘 어딘가와 어딘가가 싸우고 있었으니까.

전선에서 참호에 앉아 있는데, 날아온 유탄의 파편이 왼쪽 허벅지 안쪽에 박혀서 후방으로 이송됐어. 마취제도 변변히 공급되지 않던 때라 고통이 상당했지만 그래도 목숨을 건진 게 어딘가. 처치가 빨랐던 덕에 다행히 다리를 잘라내는 일은 면했고 말이야. 나는 산속의 작은 온천마을로 후송되어 한 여관에 머물며 치료를 받았네. 군에서 그 여관을 접수해서 부상 장교들의 요양소로 쓰고 있었어. 상처가 낫도록 매일 한참을 온천물에 몸을 담그고 간호사의 처치를 받는 게 전부였지. 꽤 유서 깊은 여관이었는데, 방에 유리문이 달린 베란다가 있었네. 베란다에선 바로 아래를 흐르는 아름다운 계곡이 보였어. 내가 젊은 여자의 망령을 본 곳이 그 베란다였네."

망령? 나는 물으려 했지만 목소리가 나오지 않았다. 그러나 접시형 안테나처럼 커다란 노인의 귀는 그 말을 알아들은 듯했다.

"암, 망령이고말고. 새벽 한시쯤 문득 잠이 깼는데 베란다 의자에 웬 여자가 앉아 있는 거야. 허연 달빛을 받으면서. 한눈에 망령인 줄 알아봤네. 그런 미인은 현실세계에 존재하지 않으니까. 이 세상 것이 아니기에 그렇게 아름다울 수 있는 걸세. 그 모습에 나는 그저 말문이 막히고 몸이 얼어붙었어. 그순간 이런 생각이 들더군. 이 여자를 위해서라면 무엇을 잃어도 상관없다고. 한쪽 팔, 한쪽 다리, 심지어 목숨까지 내줄 수 있다고. 그건 필설로 표현할 수 없는 아름다움이었어. 내 인생에서 품어온 모든 꿈을, 좇아온 모든 아름다움을 그 여자가 체현하고 있었네."

노인은 그렇게 말하고 갑자기 입을 다물더니 창밖의 비를 조용히 응시했다. 밖이 어둑했기에 덧창이 활짝 열려 있었다. 젖은 돌 냄새가 냉기와 함께 창틈으로 흘러들었다. 이윽고 노인이 생각에서 빠져나와 다시 입을 열었다.

"그후로 여자는 매일 밤 어김없이 나타났네. 늘 같은 시각에 베란다의 등나무 의자에 앉아 가만히 밖을 보고 있었어. 내 쪽으로 항상 그 완벽한 옆얼굴을 보이고. 한데 나는 아무것도 할 수 없었어. 그녀 앞에선 말은커녕 입가의 근육을 움직일 수도 없더란 말일세. 가위눌린 양 그저 넋을 놓고 바라볼 뿐이었지. 그렇게 한참 시간이 흐르고 문득 정신이 들면 어느새 여자는 사라지고 없었어.

여관 주인에게 넌지시 물어봤어. 혹시 내가 머무는 방에 숨은 사연 같은 게 있느냐고. 하지만 주인은 그런 이야기를 들어보지 못했다더군. 거짓말 같진 않았네. 뭔가를 숨기는 눈치도 아니었고. 그렇다면 그 방에서 여자의 망령을, 혹은 환영을 본 사람은 나뿐인가. 왜지? 왜 나일까?

이윽고 상처가 아물어 다리를 좀 끌긴 해도 일상생활이 가능하게 됐지. 부상으로 군무가 해제되어 귀향해도 좋다는 허가를 받았어. 한데 고향에 돌아가서도 그 여자의 얼굴을 못 잊겠더란 말일세. 아무리 매력적인 여자와 잠자리를 가져도, 아무리 마음씨 고운 여자를 만나봐도 머릿속에는 그 여자뿐이었어. 꼭 구름 위를 걷는 기분이지. 말하자면 내 정신이 그 여자에게, 그 망령에게 홀딱 씐 걸세."

나는 머릿속이 몽롱한 채로 노인의 이야기가 이어지기를 기다렸다. 창을 때리는 비바람 소리가 어딘가 절박한 경고처럼 들렸다.

"그러던 어느 날, 한 가지 사실을 깨달았네─내가 여자의 반쪽밖에 보지 못했다는 걸. 여자는 늘 내게 왼쪽 얼굴을 보이고 꼼짝도 하지 않았어. 움직임이라고 해봐야 눈을 깜박이거나 이따금 보일락 말락 고개를 갸웃하는 정도야. 요컨대 지구에 사는 우리가 달의 한쪽 면밖에 보지 못하는 것처럼, 나는 여자의 한쪽 겉면만 보고 있었던 걸세."

노인은 그렇게 말하고 왼뺨을 손바닥으로 슥슥 문질렀다. 가위로 가지런히 다듬은 흰 수염이 뺨 위를 덮고 있었다.

"마음이 마구 요동쳤어. 어떻게든 그 여자의 오른쪽 얼굴을 봐야겠다고. 그걸 보지 않는 한 내 인생은 아무 의미도 없다는 생각마저 들었지. 애간장을 태우다가 결국 다 내던지고 그 온천마을로 향했네. 아직 전쟁중이었고(어지간히 오래 끈 전쟁이었지) 그곳까지 가는 것도 녹록지 않았지만, 군 시절의 연줄을 써서 허가증을 얻고 여관에 묵을 수 있었네. 낯익은 주인에게 딱 하룻밤만 예전의 그 방을 내달라고 부탁했어. 유리문 달린 베란다가 있는 방 말이야. 그러고선 숨죽이고 밤이 오기를 기다렸지. 여자는 같은 시각, 같은 장소에 나타났어. 마치 내가 돌아오기를 기다렸던 것처럼."

노인은 그 대목에서 다시 입을 다물고는 식어버린 커피 대용차를 삼켰다. 한번 더 긴 침묵이 흘렀다.

그래서 보셨나요, 여자의 오른쪽 얼굴을? 나는 힘겹게 소리 내어 물었다.

"그래, 봤네." 노인은 말했다. "나는 혼신의 힘을 다해 가위눌림을 떨쳐내고 몸을 일으켰어. 도무지 간단치 않았지만 일념으로 해냈지. 유리문을 열고 베란다로 나가서 의자에 앉아 있는 그 여자의 오른쪽으로 돌아갔어. 그리고 보름달 빛을 받은 그 얼굴을 들여다보았지…… 그런 짓은 하는 게 아니었는데."

뭐가 있던가요?

"뭐가 있었냐고? 아아, 그걸 설명할 수 있다면 오죽 좋겠나." 노인은 말했다. 그리고 오래된 우물처럼 깊은 한숨을 내뱉었다.

"그때 내가 본 것을 나 자신에게 어떻게든 설명하려고, 긴 세월 동안 말을 찾고 또 찾았네. 온갖 책을 뒤져보고 온갖 현자에게 가르침을 청했지. 하지만 원하는 말을 찾아낼 순 없었어. 그리고 올바른 말을, 적절한 표현을 찾아내지 못하면서 내 고뇌는 나날이 깊어갔어. 고통은 늘 나와 함께 있었네. 사막 한복판에서 물을 구하는 사람처럼."

노인은 달그락 메마른 소리를 내면서 커피잔을 도기 받침에 내려놓았다.

"한 가지 말할 수 있는 건—거기 있던 게 결코 사람이 봐서는 안 되는 세계의 광경이었다는 걸세. 그러나 한편으로는 누구나 자기 안에 품고 있는 세계이기도 하지. 내 안에도 있고, 자네 안에도 있어. 그럼에도 역시, 사람이 봐서는 안 되는 광경이라네. 그렇기에 우리는 태반이 눈을 감은 채로 인생을 보내는 셈이고."

노인이 한 번 헛기침을 했다.

"이해하겠나? 그걸 보면, 사람은 두 번 다시 원래대로 돌아가지 못해. 일단 눈으로 보면…… 자네도 모쪼록 조심하게나.

되도록 그런 것에 가까이 가지 않게끔. 가까이 가면 반드시 안을 들여다보고 싶어지지. 그 유혹을 물리치는 건 보통 일이 아닐세."

노인은 나를 향해 검지를 똑바로 세웠다. 그리고 다짐을 두듯 되풀이했다.

"모쪼록 조심하게나."

그래서 그림자를 버리고 이 도시에 온 건가요? 나는 노인에게 그렇게 묻고 싶었다. 그러나 목소리가 제대로 나오지 않았다.

노인은 그 소리 없는 질문을 듣지 못한 것 같았다. 혹은 들었더라도 대답할 생각이 없는 듯했다. 바람을 타고 창에 부딪히는 세찬 빗소리가 침묵을 메웠다.

13

"가끔 이렇게 돼버려." 너는 흰색 손수건으로 눈물을 닦으면서 말한다. 이미 눈물은 거의 멎었지만(공급이 바닥난 걸까?). 우리는 아직 공원의 등나무 시렁 밑 벤치에 나란히 앉아 있다. 그것이 그날 아침 네가 처음으로 꺼낸 말이다.

"마음이 굳어버려."

나는 여전히 침묵한다. 무슨 말을 어떻게 해야 할까?

너는 말한다. "그러면 내 힘으로는 아무것도 할 수 없어. 어딘가에 매달려서 시간이 흐르기를 기다리는 수밖에."

나는 네가 하려는 말을 조금이라도 이해하려 애쓴다.

마음이 굳어버린다?

그것이 구체적으로 어떤 상태를 뜻하는지 상상되지 않는다.

몸이 굳는 느낌은 알겠다. 아마 가위눌림 같은 것일 테다. 그런데 마음이 어떤 식으로 굳는다는 걸까?

"하지만 이번의 그것은 무사히 지나간 거지?" 나는 일단 그렇게 물어본다.

너는 미미하게 고개를 끄덕인다.

"지금으로서는 아마." 네가 말한다. "후폭풍 같은 게 올지도 모르지만."

오 분에서 십 분, 우리는 말없이 '후폭풍'을 기다린다. 집에서 제일 튼튼한 기둥을 붙들고 언제 닥칠지 모르는 여진에 대비하는 사람처럼. 네 어깨가 내 손안에서 천천히 오르내린다. 하지만 그것은 더는 돌아오지 않는 모양이다. 아마도.

"이제 뭘 할까?" 나는 조금 뒤에 너에게 묻는다.

오늘이 막 시작된 참이다. 하늘은 맑게 개어 있다. 지금부터 가고 싶은 곳은 어디든 갈 수 있고, 하고 싶은 일은 뭐든 할 수 있다. 정해둔 일정은 아무것도 없다. 몇 가지 소소한 현실적 제약이 있지만(이를테면 둘 다 가진 돈이 넉넉하진 않다) 기본적으로 우리는 자유의 몸이다.

"잠깐 이대로 있어도 될까? 마음이 좀 가라앉을 때까지." 네가 말한다. 마지막 남은 눈물 자국을 닦고 손수건을 작게 접어 스커트 무릎 위에 놓는다.

"좋아." 내가 말한다. "잠깐 이대로 있자."

이윽고 네 몸에서 긴장이 물러난다. 바닷물이 조금씩 빠지는 것처럼. 옷(흰색 블라우스다) 위로 나는 네 몸의 그런 변화를 느낄 수 있다. 그 사실을 기쁘게 생각한다. 나 자신이 미미하게나마 도움이 된 것 같다.

"가끔 이럴 때가 있어?" 나는 묻는다.

"아주 자주는 아니고, 가끔."

"그럴 때면 항상 아까처럼 걸어다니고?"

너는 고개를 젓는다. "항상 그러진 않아. 집에서 가만있을 때가 더 많아. 혼자 방에 틀어박혀서 가족들하고도 말을 안 해. 학교도 안 가고, 밥도 안 먹어. 아무것도 안 하고 그냥 바닥에 주저앉아 있어. 심하면 며칠씩 그러기도 해."

"며칠씩이나 아무것도 안 먹는다고?" 내가 생각하기에는 말도 안 되는 얘기다.

그녀는 고개를 끄덕인다. "물만 가끔 마셔."

"그렇게 되는 데 무슨 원인이 있어? 이를테면 불쾌한 일이 생겨서 우울해졌다든가."

너는 고개를 젓는다. "특별히 구체적인 원인 같은 건 없어. 그냥 순수하게 그렇게 돼버릴 뿐이야. 커다란 파도 같은 게 소리 없이 머리 위를 뒤덮고 나를 집어삼켜서 마음이 딱딱하게 굳어버려. 언제 닥쳐오고 얼마나 이어질지 예측할 수 없어."

"그러면 불편하겠다." 내가 말한다.

너는 미소 짓는다. 두터운 구름 사이로 희미한 햇빛이 새어 나오듯이. "맞아, 아닌 게 아니라 불편하겠지. 그런 식으로 생각한 적은 한 번도 없지만 듣고 보니 그렇네."

"마음이 굳는다라."

너는 잠시 생각한다. "그러니까 마음속의 끈이 엉망진창으로 엉키고 굳어서 풀 수 없어지는―그런 거야. 풀려고 하면 할수록 더 단단하게 뭉쳐져. 전혀 손을 못 댈 정도로 딱딱하게. 너는 그런 때 없어?"

내게는 그런 경험이 없는 것 같다. 그렇게 말하자 너는 작게 고갯짓을 한다.

"난 너의 그런 면을 좋아하는 것 같아."

"머릿속이 엉망진창으로 엉키지 않는 면을?"

"그게 아니라, 분석이나 충고 따위 하지 않고 말없이 나를 지지해주는 면을."

내가 쓸데없는 말을 하지 않는 건 그저 너의 '마음이 굳은' 상태를 어떻게 해석해야 할지, 그에 대해 어떤 충고나 의견을 밝히면 좋을지 짐작도 가지 않기 때문이다. 하지만 이대로도 괜찮다면, 아무 말 없이 그저 네 어깨를 안고 있는 건 나에게 불리할 것도, 마음이 불편할 것도 없다. 오히려 그 편이 훨씬 고마울지도 모른다. 하지만 그건 그거고 최소한의 실제적인 질문은 필요할 것이다.

"그래서…… 오늘의 그 파도 같은 것은 언제쯤 왔어?"

"오늘 아침, 잠에서 깼을 때." 너는 대답한다. "동쪽 하늘이 차츰 밝아올 무렵. 그래서 오늘은 너를 못 만나겠구나 했어. 아예 몸이 움직이지 않았거든. 손끝 하나 까딱할 수 없었어. 옷 단추를 채울 기력도 없었어. 그런 상태로 너를 만날 순 없잖아."

나는 잠자코 너의 이야기에 귀기울인다.

"그뒤로 계속 이불을 뒤집어쓰고 누워 있었어. 어딘가로 흔적도 없이 사라져버리면 좋겠다고 빌면서. 하지만 약속 시간이 다 됐을 때 생각했어. 너를 공원에서 마냥 혼자 기다리게 둘 순 없다고. 그래서 힘을 쥐어짜내 일어나 간신히 블라우스 단추를 채우고 여기까지 뛰어온 거야. 네가 이미 가버렸을지도 모른다고 생각하면서…… 머리를 빗을 시간도 없었어. 내 얼굴, 지금 엄청 엉망이지?"

"아니, 아주 근사해. 평소와 마찬가지로." 나는 말한다. 거짓 없는 의견이다. 너는 하나도 빠짐없이 근사하다. 평소와 마찬가지로. 아니, 평소보다 더.

"아니, 평소보다 더." 나는 덧붙인다.

거짓말, 네가 말한다.

거짓말 아니야, 나는 말한다.

너는 잠시 침묵하다가 입을 연다.

"어릴 때부터 이렇게 까다로운 성격이었어. 그래서 나를 좋아해주는 사람이 한 명도 없었어. 나를 품어주는 사람도 없었고. 돌아가신 할머니 말고는 단 한 사람도. 하지만 할머니는 이제 이 세상에 없고, 이 세상에 없는 사람 생각이 어땠는지는 솔직히 잘 모르겠어. 할머니는 그저 뭘 착각했던 건지도 몰라."

"나는 널 좋아해."

"고마워." 너는 말한다. "그렇게 말해주니 무척 기뻐. 하지만 그건 분명 아직 나를 모르기 때문일 거야. 만약 나를 더 잘 알게 되면―"

"만약 그렇다 해도 너를 좀더 잘 알고 싶어. 여러 가지를, 모든 것을."

"그중엔 모르는 편이 나은 것도 있을 거야."

"그래도 누군가를 좋아하면 자연히 그 사람의 모든 걸 알고 싶어지는 거야."

"그리고 그것을 떠맡겠다고?"

"그래."

"정말로?"

"물론이지."

열일곱 살이고, 사랑에 빠져 있고, 그날은 5월의 청명한 일요일이니 당연히 내게 망설임 같은 건 없다.

너는 스커트 무릎 위에 놓인 작은 흰색 손수건을 집어들어 다시 한번 눈가를 닦는다. 새로 솟은 눈물이 뺨을 타고 흐르는 게 보인다. 희미하게 눈물 냄새가 난다. 눈물에도 엄연히 냄새가 있구나, 나는 생각한다. 마음을 파고드는 냄새였다. 상냥하고 매혹적이고, 그리고 물론 어렴풋이 슬프다.

"있지." 네가 말한다.

나는 잠자코 다음 말을 기다린다.

"네 것이 되고 싶어." 너는 속삭이듯 말한다. "뭐든지 전부, 네 것이 되고 싶어."

숨이 막혀 아무 말도 할 수 없다. 가슴속에서 누군가가 문을 두드린다. 급한 용건인지 주먹을 꽉 쥐고서 몇 번이고, 몇 번이고. 그 소리가 텅 빈 방에 크고 또렷하게 울린다. 심장이 목까지 치고 올라온다. 나는 숨을 크게 들이쉬어 그것을 어떻게든 제자리로 되돌리려 애쓴다.

"하나도 빠짐없이 네 것이 되고 싶어." 너는 말을 잇는다. "너와 하나가 되고 싶어. 정말이야."

나는 네 어깨를 좀더 힘주어 끌어당긴다. 누군가가 또 그네를 타고 있다. 쇠고리가 삐걱이는 소리가 일정한 간격으로 귀에 와닿는다. 그건 현실의 소리라기보다 사물의 다른 면을 알리는 비유적인 신호처럼 들린다.

"그래도 서두르진 마. 내 마음과 몸은 조금 떨어져 있거든. 아주 조금 다른 곳에 있어. 그러니까 좀더 기다려주면 좋겠어. 준비가 될 때까지. 이해해?"

"이해할 것 같아." 나는 갈라진 목소리로 말한다.

"여러모로 시간이 걸려."

나는 시간의 경과에 대해 생각한다. 규칙적으로 삐걱이는 그네 소리에 귀를 기울이면서.

"가끔 내가 무언가의, 누군가의 그림자처럼 느껴질 때가 있어." 너는 중요한 비밀을 털어놓듯 말한다. "여기 있는 나한테는 실체 같은 게 없고, 내 실체는 다른 어딘가에 있어. 지금 여기 있는 나는 언뜻 나처럼 보여도 실은 바닥이나 벽에 비친 그림자일 뿐…… 그런 생각을 지울 수 없어."

5월의 햇살은 따갑고 우리는 서늘한 등나무 시렁 그늘에 앉아 있다. 실체가 다른 곳에 있다? 그건 대체 무슨 뜻일까?

"그렇게 생각해본 적 없어?" 네가 묻는다.

"나 자신이 누군가의 그림자일 뿐이라고?"

"그래."

"그런 생각은 한 번도 안 해본 것 같은데."

"그렇겠지, 내가 이상한지도 몰라. 하지만 그 생각을 지울 수가 없어."

"만약 그렇다면, 다시 말해 네가 누군가의 그림자일 뿐이라면, 너의 실체는 어디 있을까?"

"나의 실체는—진짜 나는—아주 먼 도시에서 완전히 다른 생활을 하고 있어. 도시는 높은 벽에 둘러싸여 있고 이름이 없어. 벽에 하나뿐인 문은 억센 문지기가 지키고 있고. 그곳에 있는 나는 꿈을 꾸지 않고 눈물을 흘리지도 않아."

그게 네가 처음으로 그 도시 이야기를 꺼낸 때였다. 나는 물론 무슨 말인지 전혀 이해할 수 없었다. 이름이 없는 도시? 문지기? 나는 망설이며 묻는다.

"나는 그곳에 갈 수 있어? 진짜 네가 있는, 이름이 없는 그 도시에."

너는 고개를 돌려 내 얼굴을 가까이서 바라본다. "만약 네가 정말로 그러기를 원한다면."

"도시 이야기를 더 자세히 듣고 싶은데. 거기가 어떤 곳인지."

"다음에 만나면." 너는 말한다. "오늘은 아직 그 이야기를 하고 싶지 않아. 다른 이야기를 하고 싶어."

"그래. 천천히 하자. 나는 기다릴 수 있으니까."

너는 작은 손으로 내 손을 꼭 잡는다. 약속의 징표처럼.

14

　겨우 열이 내리고 외출할 수 있게 되어 오랜만에 도서관 문을 열고 들어갔을 때, 건물 안의 공기가 예전보다 끈적하게 고여 있는 듯 느껴졌다. 습하고 흐린 해질녘이다. 안쪽 방에 인기척은 없고 난롯불도 꺼져 있었다. 불빛도 없고 뿌옇고 자욱한 땅거미가 눈에 보이지 않는 틈새로 소리 없이 방안에 숨어들었다.

　"아무도 없어요?" 나는 소리 내어 불렀다. 반응은 없다. 정적이 한층 깊어졌을 뿐이다. 목소리는 딱딱하고 메마르고 잔향이 없어서 내 것처럼 들리지 않았다. 난로 위 주전자에 손을 대봤다. 차갑게 식었다. 난롯불이 오랫동안 꺼져 있었던 모양이다. 주위를 둘러보고 다시 한번 좀더 크게 "아무도 없어요?"라고 소리쳐봤다. 역시 반응은 없다. 방에 달라진 건 없었다. 겉보기로는 마지막에 왔을 때와 똑같다. 그러나 여기 있는 모든 사물이 예전보다 어딘가 싸늘하고 황량한 빛을 띠는 듯했다.

벤치에 앉아 네가 오기를 기다리기로 한다. 혹은 다른 누군가가 모습을 보이기를. 그러나 한동안 기다려도 아무도 나타나지 않았다. 누군가가 나타날 기척도 없었다. 나는 성냥을 발견하고 대출 카운터 위에 있던 작은 램프에 불을 붙였다. 방이 조금 밝아졌다. 난롯불도 피울까 생각했지만(바로 불을 붙일 수 있도록 안에 장작이 들어 있었다), 그것이 허락된 행위인지 알 수 없거니와 방안이 그렇게까지 춥진 않았다. 그래서 불은 피우지 않기로 했다. 코트 깃을 여미고 머플러를 고쳐 매고 주머니에 손을 찌른 채 한차례 시간을 흘려보냈다.

역시 아무 소리도 들리지 않는다.

내가 집에서 고열로 앓아누운 동안 무슨 이변이라도 일어난 걸까? 도서관 운영 시스템이 바뀌었나? 내가 '꿈 읽는 이'에 부적격하다는 사실이 뒤늦게 밝혀져 그 결과로 더이상 너를 만날 수 없게 된 걸까? 몇 가지 불온한 가능성이 머릿속을 오간다. 그러나 생각을 정리할 수 없다. 무언가를 생각하려 들면 의식이 묵직한 자루가 되어 바닥 모를 구렁으로 가라앉았다.

아직 몸에 미열이 남았는지도 모르겠다. 나는 벤치에 앉아 벽에 등을 기댄 채 어느새 잠들고 말았다. 얼마나 잤을까. 별로 편하지 않은 자세인데도 깊이 잠들었다. 무슨 소리가 들려서 흠칫 눈을 뜨자 내 앞에 네가 서 있었다. 너는 처음 보았을 때와 똑같은 스웨터를 입고 가슴 앞에 팔짱을 끼고서 걱정스러운 듯 나를 내려다보고 있었다. 자는 사이 네가 불을 피운 모양이다. 난로 안에서 하늘거리는 붉은 불꽃이 보였다. 주전자가 하얀 김을 피워올렸다(그렇다면 나는 생각보다 깊고 긴 잠에 빠졌던 것이다). 램프는 더 크고 밝은 것으로 바뀌었다. 그 따뜻함과 밝기 덕분에, 그리고 네가 있는 덕분에 방은 완전히 예전의 도서관으로 돌아왔다. 조금 전까지 느껴진 황량한 냉기는 어딘가로 사라졌다. 그것을 깨닫고 나는 안도했다.

"계속 열이 나서 올 수 없었어. 일어나지도 못했거든."

너는 고개를 몇 번 작게 끄덕였지만 내 말에 딱히 의견이나 감상을 밝히진 않는다. 위로의 말 같은 것도 없다. 내가 고열로 앓아누운 사실을 이미 누군가에게서 들었는지, 혹은 아무것도 모르고 있었는지 네 표정을 보고는 판단할 수 없다. 아니면 '만약 그랬더라도 전혀 이상한 일이 아니다'라는 표정이었는지도 모른다.

"그래도 이제는 열이 내린 거네요?"

"움직이면 여전히 마디마디가 조금 뻣뻣해. 그래도 괜찮아, 일할 수 있어."

"뜨겁고 진한 약초차가 남은 열을 쫓아줄 거예요."

네가 우려준 뜨겁고 진한 약초차를 천천히 다 마시자 몸이 따뜻해지고 머릿속이 한결 맑아졌다. 나는 서고 한가운데 놓인 책상 앞에 앉는다. 두꺼운 목재로 만들어진 오래된 책상이다. 얼마나 긴 세월 동안 여기서 꿈 읽기에 사용되었을까? 거기에는 무수히 많은 오래된 꿈들의 잔향이 배어 있다. 내 손끝이 책상의 닳은 나뭇결에서 그 역사의 기척을 느낀다.

서고 선반에는 셀 수 없이 많은 오래된 꿈이 늘어서 있다. 서고가 천장까지 닿아서 네가 위쪽에 있는 오래된 꿈을 꺼내려면 나무 사다리를 타고 올라가야 한다. 긴 스커트 밑으로 엿보이는 너의 다리는 곧고 하얗고 싱그럽다. 그 아름답고 매끄러운 종아리의 모양에 나도 모르게 시선을 빼앗기고 만다.

그날 읽을 오래된 꿈을 골라 책상에 올려놓는 건 너의 역할이다. 너는 한 손에 장부를 들고 번호를 대조해가며 선반에서 그 꿈들을 골라낸 뒤 내 앞에 놓는다―주의깊고 조심스럽게. 하루에 세 개의 꿈을 읽어낼 때가 있는가 하면 두 개밖에 못 읽을 때도 있다. 읽는 데 긴 시간이 걸리는 꿈도 있고, 비교적 짧게 끝나버리는 꿈도 있다. 대개 그 크기가 클수록 오래 걸리는 것 같다. 그러나 지금껏 세 개를 넘어간 적은 없다. 현재 내 힘으로는 하루 세 개가 한계다. 다 읽은 꿈은 더 안쪽에 있는 방

으로 네가 직접 옮긴다. 선반으로 돌아가는 일은 없다. 읽히고
난 오래된 꿈이 어떻게 다뤄지는지도 알 길이 없다.

매일 거르지 않고 세 개씩 읽어도 서고의 선반을 가득 채운
오래된 꿈을 다 읽으려면 어림잡아 적어도 십 년은 걸릴 것이
다. 더욱이 여기 있는 것이 오래된 꿈 '재고'의 전부라는 확증
은 없다. 또한 오래된 꿈이 나날이 새로 더해지지 않는다는 확
증도 없다(네가 꺼내 오는 오래된 꿈은 먼지가 쌓인 상태로 보
건대 상당히 오래됐지 싶지만). 그러나 그런 생각을 해봤자 뾰
족한 수는 없다. 내가 할 수 있는 일은 눈앞에 놓인 꿈을 하나
하나 읽어나가는 것뿐이다―그 이유도 목적도 충분히 이해하
지 못한 채.

내 전임자들, 즉 나보다 앞서 이곳에 왔을 꿈 읽는 이들도
나처럼 설명다운 설명을 듣지 못하고, 그 행위의 의미도 파악
하지 못한 채, 날이면 날마다 오로지 오래된 꿈을 읽고 또 읽
었을까? 그들은 직무를 무사히 완수했을까? 그리고 무엇보다,
그들은 어디로 가버렸을까?

꿈을 하나 읽고 나면 잠시 쉬어야 한다. 책상에 팔꿈치를 괴
고 양손으로 얼굴을 가려 어둠 속에서 눈을 쉬게 하며 피로가
걷히기를 기다린다. 여전히 그들이 하는 말을 잘 알아들을 수
없었지만, 그것이 일종의 메시지라는 건 대강 추측할 수 있었

다. 그렇다, 그들은 무언가를 전달하려 한다—나에게, 혹은 누군가에게. 하지만 그들이 구사하는 건 내가 알아들을 수 없는 화법이며 귀에 익지 않은 언어였다. 그럼에도 하나하나의 꿈은 제각기 기쁨과 슬픔, 분노를 내포한 채 어딘가로 빨려들 듯 사라지는 것 같았다—내 몸을 그대로 통과해서.

꿈 읽기 작업을 거듭하는 사이 나는 그런 '통과의 감각'을 강하게 느꼈다. 그들이 원하는 건 일반적인 의미의 이해가 아닐지도 모른다. 그렇게 생각되는 면이 있었다. 그리고 나를 통과해 가는 그것들은 때때로 나의 안쪽을 기묘한 각도에서 자극하고, 오랫동안 망각했던 내 안의 몇 가지 감흥을 일깨웠다. 긴 세월 병 바닥에 쌓여 있던 오래된 먼지가 누군가의 숨결에 의해 허공으로 훅 피어오르는 것처럼.

너는 휴식중인 나에게 따뜻한 음료를 가져다주었다. 약초차 외에 커피 대용차나 코코아 같은(하지만 코코아는 아닌) 것도 종종 있었다. 이 도시에서 내오는 음식이나 음료는 하나같이 소박했고 대개 대용품이었다. 그러나 맛 자체는 결코 나쁘지 않았다. 뭐라고 표현하면 좋을까—어딘가 친근하고 정겨운 맛이 났다. 사람들은 검소하지만 곳곳에 여러 지혜를 쌓아가며 생활하고 있었다.

"당신이 꿈 읽기에 많이 익숙해진 것 같아요." 네가 책상 맞은편에서 격려하듯 말한다.

"조금은." 나는 대꾸한다. "그래도 하나를 읽고 나면 녹초가 돼. 온몸에서 힘이 빠진 것처럼."

"아직 열이 조금 남아 있을 테죠. 하지만 피로는 곧 가실 거예요. 열이 나는 건 어쩔 수 없으니까. 한 차례 그러고 나면 가라앉아요."

그건—일시적인 고열은—아마 신참 꿈 읽는 이의 통과의례 같은 것, 피할 수 없는 과정인 모양이다. 그렇게 나는 조금씩 이 도시의 일부로 받아들여지고 시스템에 동화된다. 나는 그 점을 기쁘게 생각해야 할 것이다. 너도 이렇게 기뻐해주고 있으니까.

오랫동안 계속된 습한 가을이 드디어 끝을 고하고 도시에는 혹독한 겨울이 찾아왔다. 벌써부터 목숨을 잃는 짐승들이 나왔다. 처음으로 큰 눈이 내린 아침, 서식지에 5센티미터쯤 쌓인 눈 속에 겨울 들어 흰색에 가까워진 황금색 몸뚱이 몇 개가 쓰러져 있었다. 늙은 짐승들, 몸이 어딘가 약한 짐승들, 무슨 이유에선가 어미에게 버림받은 어린 짐승들—가장 먼저 죽어가는 건 그런 개체들이다. 계절이 그들을 엄격하게 선별한다. 나는 벽의 망루에 올라 그런 짐승들의 사체를 바라보았다. 어딘지 슬프면서도 동시에 마음을 사로잡는 광경이었다. 아침해가 구름 너머에서 흐릿하게 빛나고, 그 아래 살아 있는 짐승들이 내뱉은 하얀 입김이 아침안개처럼 평평하게 깔렸다.

날이 밝으면 곧 뿔피리 소리와 함께 문지기가 여느 때처럼 문을 열고 짐승들을 불러들인다. 살아 있는 짐승들이 자리를 뜬 서식지에는 사체 몇 개가 대지의 혹처럼 남았다. 아침햇살에 눈이 고통을 호소할 때까지 나는 넋을 놓고 그 광경을 바라보았다.

하늘이 줄곧 흐렸음에도 집에 돌아오니 아침햇살에 눈이 생각보다 더 혹사당했다는 걸 알 수 있었다. 눈꺼풀 아래로 눈물이 뺨을 타고 줄줄 흘렀다. 나는 덧창을 내린 어두운 방안에서 눈을 감은 채, 어둠 속에서 떠올랐다가 사라져가는 갖가지 무늬를 바라보았다.

그때의 노인이 집으로 찾아왔다. 그는 내 눈 위에 찬 수건을 올려주고 내게 뜨거운 수프를 먹였다. 채소와 베이컨 같은 것(하지만 베이컨은 아닌 것)이 들어 있었다. 수프가 내 몸을 저 안쪽부터 덥혔다.

노인이 말했다. "눈 내린 아침에는 설령 하늘이 흐려도 자네 생각보다 햇살이 훨씬 강해. 아직 완전히 낫지도 않았을 텐데 밖에는 뭐하러 나갔나?"

"짐승들을 보러 갔습니다. 몇 마리 죽어 있었어요."

"으음, 겨울이 왔으니까. 앞으로 더 많이 죽을 걸세."

"짐승들은 왜 그렇게 맥없이 죽고 말까요?"

"약해. 추위와 배고픔에. 옛날부터 쭉 그랬어. 변함없이."

"아주 멸종하지는 않습니까?"

노인은 고개를 저었다. "저런 식으로 먼 옛날부터 끈질기게 맥을 이어왔어. 앞으로도 마찬가지일 게야. 겨울에는 많이들 목숨을 잃지만 이윽고 교미기인 봄이 오고 여름에는 새끼들이 태어나. 새 생명이 오래된 생명을 밀어내는 걸세."

"짐승들의 사체는 어떻게 됩니까?"

"태워. 문지기가." 노인이 난롯불에 양손을 녹였다. "구덩이에 던져넣고 유채기름을 뿌리고 불을 붙이지. 오후에는 도시 어디서나 그 연기를 볼 수 있어. 그게 매일 이어진다네."

노인의 예고대로 하늘에는 날마다 연기가 피어올랐다. 대체로 비슷한 오후 시각, 태양의 위치로 보아 얼추 세시 반쯤일까. 겨울은 나날이 깊어갔고 혹독한 북풍과 때때로 내리는 눈이 집요한 사냥꾼처럼 외뿔 달린 아름다운 짐승들을 덮쳤다.

아침부터 내리던 눈이 멎고 살짝 흐린 오후, 오랜만에 문지기의 오두막을 찾아갔다. 문지기는 장화를 벗어놓고 커다란 두 발에 불을 쬐고 있었다. 난로 위 주전자가 내뱉는 김이 값싼 파이프가 피워올리는 보랏빛 연기와 뒤섞여 방안 공기를 무겁고 탁하게 만들었다. 넓은 작업대 위에는 다양한 크기의 손작두와 손도끼가 일렬로 놓여 있었다.

"이봐, 눈이 아직 아픈가?" 문지기가 말했다.

"많이 좋아지긴 했지만 가끔 아픕니다."

"조금만 참아. 생활에 익숙해지면서 통증도 사라질 테니."

나는 고개를 끄덕였다.

"어때, 그림자를 잃은 게 신경쓰이나?"

그러고 보니 한동안 그림자 생각을 거의 하지 않았다는 사실을 깨달았다. 해가 진 뒤나 흐린 날에만 외출했기에 그림자를 —나에게 그림자가 없다는 사실을— 떠올릴 기회가 없기도 했다. 나는 일말의 가책을 느끼지 않을 수 없었다. 오랜 세월 한 몸처럼 살아왔는데 이렇게 간단히 그 존재를 잊을 수 있다니.

"그쪽 그림자는 그럭저럭 잘 지내고 있어." 문지기는 울퉁불퉁 옹이 박힌 양손을 난롯불 앞에서 맞비비며 말했다. "매일 한 시간쯤 밖에 내보내서 운동을 시키고, 식욕도 꽤 좋아. 오랜만에 만나볼 텐가?"

만나보고 싶다고 나는 대답했다.

그림자가 사는 곳은 도시와 바깥세계의 중간 지점이다. 나는 바깥세계에 나갈 수 없고, 그림자는 도시로 들어올 수 없다. '그림자 쉼터'는 그림자를 잃은 사람과 사람을 잃은 그림자가 교류할 수 있는 유일한 장소다. 문지기 오두막 뒤뜰에 있는 쪽문을 열고 나가면 바로 '그림자 쉼터'가 나왔다. 직사각형에 크기는 대략 농구 코트 정도다. 정면은 건물의 벽돌 벽이고 오른쪽은 도시를 둘러싼 벽, 나머지 두 면은 높은 판자울타리다. 구석에 느릅나무가 한 그루 있고, 내 그림자는 그 아래 벤치에 앉아 있었다. 큼직한 라운드넥 스웨터에 흠집투성이 가죽코트를 걸쳤다. 생기 없는 눈이 나뭇가지 사이로 구름 낀 하늘을 올려다보고 있었다.

"저 안에 숙식하는 방이 있어." 문지기가 정면의 벽돌 건물을 손가락으로 가리키며 말했다. "호텔 수준까지는 못 되어도 멀쩡하고 깨끗한 방이야. 시트도 일주일에 한 번 갈아주고. 어떤지 볼 텐가?"

"아뇨, 일단 여기서 얘기를 좀 하고 싶은데요." 나는 말했다.

"그러시든지. 둘이서 회포를 풀어. 하지만 미리 말해두는데, 자칫 다시 달라붙으면 곤란해. 또다시 떼어내려면 서로 번거로우니까."

문지기는 쪽문 옆 동그란 나무의자에 앉아 성냥을 긋고 파이프에 불을 붙였다. 그곳에서 우리를 감시할 생각인가보다. 나는 천천히 그림자 쪽으로 걸어갔다.

"이봐." 나는 말했다.

"안녕하세요." 그림자가 나를 보고 힘없이 말했다. 나의 그림자는 마지막으로 봤을 때보다 한층 작아 보였다.

"잘 지내?" 내가 물었다.

"덕분에요." 그 말이 얼마간 빈정거리는 투로 들렸다.

그림자 옆에 앉을까 하다가 자칫 다시 달라붙기라도 하면 곤란하니 그냥 선 채 얘기하기로 했다. 문지기 말마따나 '떼어내기'란 간단한 작업이 아니다.

"하루종일 이 '쉼터'에 있는 거야?"

"아뇨, 가끔은 벽 바깥으로 나가요."

"운동 같은 것도 해?"

"운동이라……" 그림자는 미간을 찌푸리고 문지기 쪽으로 턱짓을 했다. "처치가 벽 바깥에서 짐승 태우는 걸 거드는 정도랄까. 열심히 삽질을 해서 구덩이를 파죠. 그럭저럭 운동이 되긴 해요."

"짐승 태우는 연기는 우리집 창문에서도 잘 보여."

"불쌍하죠. 매일 죽어가요. 파리처럼 픽픽 쓰러져서." 그림자는 말했다. "그 사체를 질질 끌고 와서 구덩이에 던져넣고 유채기름을 뿌려 태워요."

"꺼림칙한 일이겠네."

"유쾌하다고는 못하죠. 태워도 냄새가 거의 안 나는 게 그나마 다행이지만."

"이곳에 다른 그림자도 있어? 너 말고."

"아뇨, 다른 그림자는 없어요. 처음부터 줄곧 여기엔 나뿐이에요."

나는 잠자코 있었다.

"나도 언제까지 버틸 수 있을지 모르겠어요." 그림자는 낮은 목소리로 말했다. "본체에서 억지로 벗겨져나간 그림자는 오래 살지 못해요. 나보다 먼저 왔던 그림자들은 죄다 이 '쉼터'에서 차례차례 죽어나간 모양이에요. 겨울의 짐승들과 마찬가지로."

나는 그 자리에 선 채 코트 주머니에 양손을 넣고 말없이 내 그림자를 내려다보았다. 느릅나무 가지 사이를 지나는 북풍이 이따금 머리 위에서 날카로운 소리를 냈다.

그림자는 말했다. "당신이 인생에서 무얼 추구할지는 당신 소관이죠. 누가 뭐래도 당신 인생이니까요. 나는 그저 부속물일 뿐이에요. 훌륭한 지혜를 가진 것도 아니고 현실에서도 거의 쓸모가 없죠. 그래도 말입니다, 내가 아예 없어지면 나름대로 불편한 점이 있을걸요. 잘난 체하고 싶진 않지만, 나도 지금껏 아무 이유 없이 당신과 함께 행동해온 게 아니라고요."

"하지만 달리 방법이 없었어." 나는 말했다. "나도 나름대로 신중하게 생각하고 결정한 거야."

정말 그럴까, 나는 문득 생각한다. 정말로 신중하게 생각했을까? 나무토막이 조류에 실려오듯 그저 어떤 힘에 이끌려 이곳에 와닿은 건 아닐까?

그림자는 어깨를 살짝 움츠렸다. "결국 당신이 결정할 일이니 나야 할말 없고요. 그런데 만약 원래 세계로 다시 돌아가고 싶다면, 그런 마음이 아직 남아 있다면, 되도록 빨리 결정을 내리는 게 좋아요. 지금이라면 어떻게 해볼 수 있어요. 하지만 내가 죽어버리면 늦어요. 그것만은 꼭 기억해두세요."

"기억해둘게."

"당신은 어때요? 잘 지내고 있어요?"

나는 고개를 갸웃했다. "아직 단언은 못하겠어. 기억해야 할 것들이 너무 많아. 바깥세계와는 전혀 다른 곳이니까."

그림자는 한동안 말이 없었다. 그러고는 고개를 들어 나를 보았다. "그래서…… 생각하던 사람은 만났고요?"

나는 가만히 고개를 끄덕였다.

"그건 다행이네요." 그림자는 말했다.

바람이 소리 내며 느릅나무 가지 사이를 지나갔다.

"어쨌거나 이렇게 면회까지 와주고 고마워요. 만나서 반가웠어요." 그러고서 그림자는 두툼한 장갑을 낀 한 손을 살짝 들어올렸다.

나와 문지기는 쪽문을 지나 오두막으로 향했다.

"밤사이 또 쏟아지겠는데." 문지기는 걸으면서 내게 말했다. "눈이 오기 전엔 꼭 손바닥이 가렵거든. 가려운 정도로 봐선 한 이 정도 쌓이겠어." 그는 손가락을 10센티미터쯤 벌려 보였다. "그리고 또 많은 짐승들이 죽겠지."

문지기는 오두막에 들어서자 작업대 위의 손작두를 하나 골라 들더니 실눈을 뜨고 날 상태를 살폈다. 그러고는 거침없이 숫돌에 갈기 시작했다. 삭삭거리는 날카로운 소리가 위협하듯 방안에 울렸다.

"육체는 영혼의 신전이라고 말하는 이도 있더라만." 문지기가 말했다. "맞는 소리인지도 모르지. 하지만 나처럼 날마다 가련하게 죽어나간 짐승들 뒤처리나 하다보면 육체 따위, 신전은커녕 그저 너저분한 폐가라는 생각밖에 안 들어. 그리고 그런 궁상맞은 용기容器에 욱여넣어진 영혼 그 자체에 점점 신뢰를 잃는단 말이지. 그까짓 거, 사체와 함께 유채기름을 끼얹어 확 불살라버리면 되지 않나 싶을 때도 있어. 어차피 살아서 고통받는 재주 말고는 없으니. 어때, 내 생각이 틀렸나?"

어떻게 대답해야 할까. 영혼과 육체에 대한 물음에 나는 그저 혼란스러울 뿐이다. 특히 이 도시에서는.

"아무튼 그림자가 하는 말은 진지하게 듣지 않는 게 현명해." 문지기는 다른 손작두를 집어들면서 말했다. "그쪽한테 무슨 소리를 했는지 몰라도, 하여간 입은 살았으니까. 자기가 살고 싶다는 일념으로 그럴싸한 소리를 되는대로 지껄이거든. 조심 또 조심하는 게 좋아."

나는 문지기 오두막을 뒤로하고 서쪽 언덕을 올라 집으로 돌아갔다. 뒤를 돌아보니 북쪽 하늘이 눈을 품은 두툼한 먹구름으로 뒤덮여 있었다. 문지기의 예언대로 아마 한밤중부터 눈이 내릴 것이다. 쌓여가는 눈 속에서 밤사이 더 많은 짐승들이 숨을 거둘 것이다. 그리고 영혼을 잃고서 그저 궁상맞은 '폐가'가 되어, 내 그림자가 판 구덩이에 던져지고, 유채기름을 덮어쓰고 태워지는 것이다.

15

그 여름 내내(내가 열일곱 살, 네가 열여섯 살이던 여름), 만나기만 하면 너는 열심히 그 도시 이야기를 했다. 멋진 여름이었다. 나는 너를 좋아했고, 너는 나를 좋아했다(고 생각한다). 우리는 만나면 손을 잡고 남의 눈이 닿지 않는 곳에서 입술을 포갰다. 그리고 이마를 맞대고는 그 도시에 대해 질리지도 않고 이야기를 나누었다.

도시는 높이 8미터 남짓한 굳건한 벽에 둘러싸여 있다. 벽은 아주 오래전부터 그 자리에 있었지만 특별히 단단한 벽돌로 공들여 지었기에 지금껏 구멍 하나 난 적이 없다. 완만하게 굽이치는 한줄기 강이 도시 한복판을 흐르며 그 땅을 북과 남으로 거의 균등하게 나눈다. 강에는 세 곳에 아름다운 돌다리가 걸려 있다. 풍부한 장식이 들어간 옛 다리 근처에 드넓은 모래톱이 있고, 근사한 냇버들이 우거져 수면 위로 나긋하게 가지를 늘어뜨리고 있다.

벽의 북쪽에는 문이 하나 있다. 과거에는 동쪽 벽에도 같은 문이 있었지만 지금은 빈틈없이 메워져 폐쇄되었다. 북문— 현재 도시의 유일한 출입구—은 억센 문지기 한 사람이 지키고 있다. 문은 아침저녁으로 한 번씩 짐승들을 통과시키기 위해 열린다. 날카로운 외뿔이 달린 과묵한 황금색 짐승들은 아침이면 정연히 줄지어 도시 안으로 들어왔다가 밤이 되면 벽바깥의 서식지에서 몸을 맞대고 잠든다. 그들은 전설 속 짐승이며, 이 도시 근처에서만 생존할 수 있다. 도시에서 자라는 특수한 나무열매와 이파리만 먹고 살기 때문이다. 겉보기는 아름다우나 강인한 생명력은 없다. 그 뿔은 날카롭지만 도시 주민을 해치진 않는다.

벽 안에 사는 사람들은 벽 바깥으로 나가지 못하고, 벽 바깥에 있는 사람들은 벽 안으로 들어오지 못한다. 그게 원칙이다. 도시로 들어오는 사람은 그림자를 지녀서는 안 되고, 벽 바깥으로 나가는 사람은 그림자를 지녀야 한다. 문지기도 도시 주민의 일원이니 그림자가 없지만, 직무상 필요에 따라 벽 바깥으로 나가는 것이 허용된다. 그러므로 그는 도시 외곽에 펼쳐진 사과나무 숲에서 사과를 양껏 따서 먹을 수 있었다. 그리고 남은 사과는 사람들에게 인심 좋게 나눠주었다. 그 맛이 매우 좋았기에 많은 이들이 문지기에게 고마워했다. 짐승들은 만성적인 먹이 부족으로 늘 굶주려 있음에도 사과는 입에 대지 않는다. 그들에게는 불운한 일이다. 서식지 주변에 사과 하나는 넘쳐났으므로.

도시의 인구는 명확히 밝혀진 바 없지만—혹은 아무도 궁금해하지 않는지도 모르겠지만—결코 많은 편이 아니다. 대부분 도시 북동부, 말라붙은 운하변의 '직공 지구'나 서쪽 언덕의 완만한 경사면에 자리잡은 '관사 지구'에 모여 산다. '관사 지구'에 사는 사람이 '직공 지구'를 찾는 일은 거의 없고 그 반대도 마찬가지다.

그 도시의 구성에 대해 나는 당연히 많은 의문이 있었다.

"그곳에는 전기가 통해?" 나는 묻는다.

"아니, 전기는 없어." 너는 대답한다. 망설임 없이. "전기도 가스도 없어. 사람들은 유채기름으로 램프를 밝히고 요리를 해. 난로는 장작불이고."

"수도는?"

"서쪽 언덕의 샘에서 파이프로 신선한 물을 끌어와. 수도꼭지를 돌리면 마실 물이 나오지. 우물도 많고 아름다운 강도 흘러. 그러니 아무리 가문 여름에도 도시에 물이 부족할 일은 없어. 먼 옛날 만들어진 상하수도도 그대로 남아 있어서 수세식 화장실을 쓸 수 있어."

"식료품은?"

"웬만한 건 자급자족이 가능해. 게다가 그 도시 사람들은 무척 소식을 해. 주어진 환경에 순응해서 그다지 많이 먹지 않아도 되는 몸으로 바뀌었거든."

"진화했구나." 내가 말한다.

"아마도." 네가 말한다.

"물건을 제작하는 사람은 있나?"

"식기, 도구, 옷 등을 전문으로 만드는 사람은 없지만 다들 직접 만들어서 충당이 돼. 필요에 따라 도구를 교환하고, 서로 빌려주기도 하고. 오래된 물건을 고쳐가며 아껴 쓰기도 하지. 도시에는 남겨진 것들이 많아. 도시를 떠난 사람들이 챙겨 가지 못하고 놔둔 것들이. 꼭 필요한 건 가끔 바깥세계에서 들여와. 어디서 간단한 물물교환이 이뤄지는 거겠지."

"유채기름이 중요한 연료인 셈이네?"

"응, 그게 부족할 일은 없어. 유채밭이 많으니 기름도 풍부하고 쉽게 구할 수 있거든. 사람들은 절약하면서 지혜롭고 알뜰하게 생활해."

"도시에 관청 같은 건 있을까? 이런저런 방침을 정하거나 사람들에게 역할을 배분하는 기관 말이야."

"그 정도 규모의 도시는 아니니까 아마 필요하면 그때그때 상의해서 간단한 규칙을 정하겠지. 그건 나도 잘 모르겠어. 내가 그 도시에 있었던 건 아주 어렸을 때니까."

"도시에 외뿔 달린 아름다운 짐승 말고 다른 동물도 있어? 이를테면 개, 고양이, 아니면 소나 말 같은."

너는 고개를 젓는다. "그런 건 한 번도 본 적 없어. 도시에는 단각수 말고 어떤 동물도 없을 거야. 개도 고양이도 가축도(따라서 버터도 우유도, 치즈도 고기도 없어. 대용품은 별개지만). 물론 새는 예외야. 새는 아무리 높은 벽이라도 자유롭게 넘나드니까."

"단각수는 그림자가 있어?"

"응, 짐승들은 그림자를 갖고 있어. 그 외 모든 것에도 그림자가 있어. 그림자가 없는 건 인간뿐이야."

"그리고 네가 아닌 너는—진짜 너는—지금도 그 벽 안쪽 도시에 살고 있고."

"그래, 진짜 나는 그곳에 살아. 전에 말한 것처럼 도서관에서 일하면서."

나는 네가 말해주는 도시의 모습이며 구조, 그곳에 펼쳐진 갖가지 광경을 전용 공책에 하나하나 적어나간다. 그렇게 벽에 둘러싸인 도시에 대해 많은 지식을 얻고, 도시의 존재를 보다 명확하게 받아들인다.

"그렇게 다 적어놔서 뭐하려고?" 너는 신기한 듯 묻는다. 너에게는 일일이 기록할 필요가 없는 것들이다.

"잊지 않으려고. 전부 글로 정확히 기록해둘 거야. 틀린 데가 없도록. 이 도시는 나와 너 단둘이서 공유하는 거니까."

그 도시에 가면 나는 진짜 너를 가질 수 있다. 그곳에서 너는 아마 전부를 내게 줄 것이다. 나는 그 도시에서 너를 갖고, 그 이상은 아무것도 원하지 않으리라. 그곳에선 너의 마음과 너의 몸이 하나가 되고, 유채기름 램프의 희미한 불빛 아래서 나는 그런 너를 품에 꼭 안을 것이다. 그것이 내가 원하는 바였다.

가을이 되어 너의 편지가 끊긴다. 새 학기가 시작되고 9월 중순에 마지막 편지가 온 뒤로 한 통도 오지 않는다. 나는 평소처럼 거의 주기적으로 너에게 긴 편지를 쓰지만 답장은 없다. 어째서일까? 네가 말한 '마음이 굳어버리는' 시기가 오래 이어져서 편지를 쓸 형편이 아닌 걸까?

"네 것이 되고 싶어"라고 너는 공원 벤치에서 말했다. "뭐든지 전부, 네 것이 되고 싶어."

그 말이 그뒤로 계속 내 머릿속에 울리고 있다. 그것이 거짓이거나 과장이거나 일시적인 충동이 아님을 나는 안다. 네가 무슨 말을 꺼낸다면 진심으로 그렇게 생각한다는 뜻이다. 특별한 잉크를 써서 특별한 종이에 적은 틀림없는 약속이다.

그래서 나는 그다지 걱정하지 않는다. 중요한 건 기다림이다. 나는 너의 편지를 간절히 기다리면서 평소 페이스대로 네게 보내는 편지를 계속 쓴다. 일상생활에서 생긴 일, 머릿속에 문득 떠오른 것을 글로 써서 보낸다. 벽에 둘러싸인 도시에 대한 새로운 의문도 덧붙인다. 항상 쓰는 편지지에 항상 쓰는 만년필과 항상 쓰는 잉크로. 하지만 소식이 끊기고 한 달이 지나자 큰맘먹고 너의 집에 전화를 걸어보기로 한다. 그때까지 너에게 전화한 적은 없다. 집으로 전화하지 않으면 좋겠다는 뜻의 말을 했었기 때문이다. 완곡하게, 그러나 제대로 알아들을 수 있도록. 사정이 있어서(어떤 사정인지는 모르겠지만) 내가 너의 집에 전화를 거는 건 바람직하지 않은 일인 듯하다. 그래도 더는 너의 편지를 가만히 기다리고만 있을 순 없다.

여섯 차례 전화를 했지만 아무도 받지 않았다. 신호가 가는 소리가 내 심장박동에 맞춰 허무하게 울릴 뿐이다. 집에 아무도 없는지도 모른다. 일곱번째 전화를 걸었을 때(밤 아홉시 반이 넘어서였다) 한 남자가 전화를 받고 언짢은 듯 낮은 목소리로 "여보세요"라고 말했다. 중년 남자의 목소리다. 내가 이름을 밝힌 뒤 늦은 시간에 죄송하지만 너와 통화하고 싶다고 말하자 상대는 아무 말 없이 전화를 끊었다. 코앞에서 문을 쾅 닫는 것처럼.

그렇게 10월이 지나 나는 열여덟 살이 되었고, 11월이 왔다.
가을이 깊어지고 고등학교 생활이 끝을 향해 간다. 나는 더더
욱 불안해진다. 네 신변에 무슨 일이 생긴 걸까? 그래서 연기
처럼 허공으로 사라져버린 걸까? 아니면 혹시 내 존재를 완전
히 잊었나?

아니, 네가 나를 간단히 잊을 리 없다. 내가 너를 잊을 리 없
는 것처럼―그렇게 거듭 스스로를 타이른다. 나 자신을 납득
시키려 한다. 그러나 여자에 대해, 그 심리나 생리에 대해 내
가 무얼 얼마나 안단 말인가? 아니, 그런 일반론을 떠나 내가
너에 대해서 아는 것이 대체 뭐란 말인가?

생각해보면 나는 너에 대해 아무것도 모르는 거나 다름없
다. 너에 대해 '이건 틀림없다'고 단언할 수 있는 객관적인 사
실, 구체적인 정보, 그런 것을 거의 가지고 있지 않다. 내 손안
에 있는 건 네가 직접 너에 대해 말해준 몇 가지 정보뿐이다.
하지만 그마저도 네가 사실로서 말했을 뿐, 진짜 사실인지 아
닌지는 확인할 길이 없다. 전부 꾸며낸 가상의 이야기였을지
도 모른다. 가능성을 따지면―어디까지나 가능성이지만―있
을 수 없는 일은 아니다.

너에 대해 틀림없이 확실한 것, 직접 확인할 수 있는 것은 네
가 여름 동안 얘기해준 '벽에 둘러싸인 도시' 정도다. 나는 그
도시에 대한 정보를 공책 한 권에 상세히 기록했다. 우리 둘만

그 존재를 아는 비밀의 도시다. 그곳에 가면 나는 너를 만날 수 있다—진짜 너를. 너의 편지를 애타게 기다리던 나날, 마음이 괴로우면 곧잘 눈을 감고서 강의 모래톱을 상상하고 그곳에 우거진 냇버들을 생각했다. 풍성한 초록 가지가 바람에 부드럽게 흔들리고 있었다. 외뿔 달린 짐승들이 열심히 찾아 먹는 금작화 이파리의 냄새를 맡을 수 있었다. 벽을 이루는 벽돌의 단단하고 차가운 표면을 손끝으로 느낄 수도 있었다.

가을이 지나고 계절은 겨울로 옮겨갔다. 달력은 마지막 장만 남았고, 사람들은 코트를 꺼내 입었으며, 거리에는 귀에 익은 크리스마스 노래가 흘렀다. 동급생들은 모두 대학 입시 문제로 머릿속이 가득했다. 하지만 그런 건 아무려나 좋다. 집에서나 학교 교실에서나, 전철에서나 길을 걸으면서나, 나는 너만을 생각한다. 그리고 너와 둘이서 만들어낸, 그 이름 없는 도시의 이런저런 세부를 생각한다. 그것을 나 나름대로 꼼꼼히 보강하고 색을 칠해간다.

"여러모로 시간이 걸려"라고 너는 말했다. 나는 그 말을 주문처럼 머릿속으로 몇 번이고 되뇐다. 그리고 시간이 흘러가는 양상을 참을성 있게 지켜보았다. 수시로 손목시계를 확인하고, 하루에 몇 번씩 벽걸이 달력을 쳐다보고, 때로는 역사 연표까지 펼쳐보았다. 시간은 몹시 느릿느릿하게, 그래도 결코 뒷걸음치지 않고 내 안을 통과해 갔다. 일 분에 정확히 일 분씩, 한 시간에 정확히 한 시간씩. 느리게 나아갈지언정 거꾸로 가는 법은 없다. 그것이 그때 내가 몸으로 깨달은 사실이었다. 당연한 얘기지만, 때로는 그 당연한 것에 무엇보다도 중요한 의미가 담겨 있다.

그리고 어느 날, 마침내 너의 편지가 도착한다. 두툼한 봉투, 장문의 편지다.

16

산등성이에서 내려온 물줄기는 지금은 굳게 메워진 동문 옆을 지나 벽 아래로 빠져나가서, 그 모습을 우리 앞에 드러내고 도시 한복판을 가로질러 흐른다. 인간의 뇌가 좌우로 나뉜 것처럼 도시는 그 강에 의해 남북으로 거의 절반씩 나뉜다.

서쪽 다리를 지나면 강은 방향을 왼쪽으로 틀고 완만한 호를 그리면서 야트막한 언덕 사이를 빠져나가 남쪽 벽에 닿는다. 그리고 벽에 약간 못 미쳐 흐름을 멈추고 깊은 '웅덩이'를 형성해 지하에 뚫린 석회암 동굴로 삼켜진다. 남쪽 벽 바깥에는 거칠거칠한 석회암으로 이뤄진 황야가 끝없이 이어진다고 한다. 매우 황폐하고 기괴하기 그지없는 풍경인 모양이다. 그리고 그 황야 아래에는 무수한 수로가 혈관처럼 뻗어 있다. 암흑의 미궁이다.

가끔 그 암흑의 강줄기에서 길을 잃은 듯한 기이한 생김새의 물고기가 강가로 밀려올라왔다. 그들 대다수는 눈이 없었다(혹은 작게 퇴화한 눈밖에 없었다). 그리고 태양 아래 불쾌하기 짝이 없는 악취를 풍겼다. 그러나 그런 물고기를 내가 직접 목격한 건 아니다. 그저 그렇다는 이야기를 들었을 뿐이다.

그런 불온한 정보를 제외한다면 강의 물줄기는 지극히 아름답고 상쾌했다. 계절마다 강가에 가지각색의 꽃을 피우고, 길거리에 듣기 좋은 물소리를 울렸으며, 짐승들에게 신선한 물을 제공했다. 강에는 이름이 없다. 그저 '강'이다. 도시에 이름이 없는 것과 마찬가지로.

남쪽 벽 바로 앞에 있다는 그 '웅덩이'에 대해 여러 가지 흥미로운 이야기를 듣는 사이, 아무래도 직접 가서 보고 싶어졌다. 하지만 나는 혼자 그곳까지 걸어갈 수 있을 만큼 도시의 지리를 잘 알지 못한다. 웅덩이에 가려면 험한 언덕을 넘어야 하는데, 그 길이 상당히 황폐하다고 한다. 그래서 나는 너에게 안내를 부탁하기로 한다. 언젠가 흐린 날 오후, 같이 남쪽 웅덩이를 보러 가줄 수 있을지 묻는다.

너는 내 제안을 잠시 곰곰이 생각한다. 얇은 입술이 일자로 굳게 다물려 있다.

"웅덩이에는 되도록 가까이 가지 않는 게 좋아요." 너는 말한다(이제는 내가 낯설진 않아 비교적 친밀한 말투를 쓰게 되었다). "무척 위험한 곳이거든요. 거기 빠졌다가 구덩이로 빨려들어가 그대로 행방불명된 사람이 한둘이 아니에요. 그 밖에도 무서운 이야기가 많이 전해지고요. 그래서 여기 사람들은 그 근처에 가지 않아요."

"멀찍이 서서 보기만 할 거야." 나는 너를 설득한다. "어떤 건지 궁금해서 그래. 물가에만 가까이 가지 않으면 되잖아."

너는 작게 고개를 젓는다. "아뇨, 아무리 조심해도 그 물이 사람을 불러들여요. 웅덩이에는 그런 힘이 있어요."

그건 사람들의 접근을 차단하려고 의도적으로 꾸며내 퍼뜨린 이야기가 아닐까 나는 의심한다. 사람들 사이에는 벽 바깥의 세계를 두고 갖가지 무서운 소문이 나돌았지만 대부분 근거 없는 것들이었다. 웅덩이에 대한 이야기(불길한 전승)도 그런 유의 위협이 아닐까. 그 웅덩이는 어쨌거나 벽 바깥의 세계로 통하는 셈이고, 만약 벽 바깥으로 주민이 나가는 걸 도시가 원치 않는다면 접근을 단념케 할 심리적 장치를 깔아두는 것도 있을 법한 얘기다. 그렇게 오싹한 이야기를 들으면 들을수록 웅덩이에 대한 나의 흥미는 더욱 강해졌다. 결국 너도 내 고집에 꺾여 나와 웅덩이까지 짧은 도보 여행(혹은 긴 산책)을 가는 데 동의한다.

"절대 물가 가까이 가지 않겠다고 약속해줄래요?"

"절대 가까이 안 가. 멀리서 보기만 할게. 약속해."

"길이 꽤 험할 거예요. 허물어진 데가 있을지도 몰라요. 오가는 사람이 거의 없고, 내가 마지막으로 갔던 것도 무척 오래전이라."

"네가 가고 싶지 않다면 괜찮아. 혼자 갈게."

너는 단호하게 고개를 젓는다. "아뇨, 당신이 간다면 나도 가요."

하늘이 잔뜩 찌푸린 오후, 나와 너는 옛 다리 옆에서 만나 남쪽 웅덩이로 향한다. 너는 장갑을 끼고 후줄근한 천으로 만든 자루를 어깨에 메고 있다. 자루에는 물통과 빵, 작은 담요가 들어 있다. 휴일의 피크닉이라도 가는 모습이다. 과거에 벽 바깥의 세계에서 너와―혹은 너를 꼭 닮은 '분신'과―데이트를 했던 날을 떠올리지 않을 수 없다. 그곳에서 나는 열일곱 살, 너는 열여섯 살이었다. 너는 연녹색 민소매 원피스를 입고 있었다. 여름에 어울리는 얇은 초록색―마치 서늘한 나무 그늘 같은. 하지만 그건 다른 세계, 다른 시간에서의 일이다. 계절도 다르다.

길은 점차 오르막으로 바뀌고, 바위땅이 험해졌으며, 굽이치는 강이 내려다보였다. 빽빽하게 우거진 수목이 시야를 가려서 강줄기가 보이지 않을 때가 많았다. 하늘에는 납빛 구름이 낮게 깔려 당장이라도 비나 눈을 뿌릴 것 같았지만, 그런 걱정은 없다고 너는 일찌감치 단언했다. 그래서 우산도 우비도 챙겨 오지 않았다. 어째서인지 이 도시 사람들은 다들 날씨 예측에 강한 확신을 보인다. 그리고 내가 아는 한 그들의 예측이 빗나간 적은 없다.

사흘 전에 내려서 얼어붙은 눈이 밟힐 때마다 뽀득거리는 소리를 낸다. 도중에 짐승 몇 마리를 스쳐지난다. 그들은 야윈 목을 힘없이 양옆으로 흔들고 반쯤 벌린 입으로는 하얀 숨을 토하면서 무거운 발걸음으로 좁은 길을 걸었다. 그리고 꿈꾸는 듯 공허한 눈으로 이제 얼마 남지 않은 나뭇잎을 찾아다녔다. 황금색 털은 겨울이 깊어감에 따라 원래 색을 잃고, 쌓인 눈에 섞여들듯 흰색에 가까워졌다.

가파른 비탈길을 끝까지 올라 남쪽 언덕을 넘자 더는 짐승들의 모습이 보이지 않는다. 짐승들은 그 너머 영역에 결코 발을 들이지 않는다—네가 그렇다고 알려준다. 벽 안에서 짐승들은 몇 가지 세세한 규칙에 따라 행동했다. 그들의 규칙이다. 언제 어떻게 그런 규칙이 확립되었는지는 아무도 모른다. 나아가 규칙의 대다수는 존재 이유나 의미가 밝혀지지 않았다.

한동안 비탈길을 내려오자 길다운 길이 끝나고, 풀이 무성해 경계를 알아보기 힘든 산길이 나왔다. 강은 이미 시야에서 사라졌고 물소리도 들리지 않는다. 우리는 발밑을 조심하면서 인적 없는 메마른 들판을 넘고 몇 채의 폐가 앞을 지난다. 과거에 작은 마을이 있었던 모양이지만 지금은 가까스로 흔적만 알아볼 수 있다. 네가 앞장서고 내가 뒤를 따른다. 내가 숨차하는 오르막길에서도 너는 아무렇지 않은 듯 가뿐하게 걷는다. 너는 건강한 두 다리와 젊은 심장 하나를 가지고 있다. 나는 뒤처지지 않고 따라가는 게 고작이다. 그러던 중 낯설고 기묘한 소리가 들려온다. 소리는 낮고 굵어졌다가, 갑자기 높아졌다가, 이어서 뚝 그쳤다.

"무슨 소리지?"

"웅덩이의 물소리예요." 너는 돌아보지도 않고 대답한다.

하지만 물소리처럼 들리지 않는다. 내 귀에는 무슨 질환을 앓는 거대한 호흡기의 헐떡임으로만 들린다.

"꼭 뭐라고 말을 거는 것 같은데."

"우리를 부르는 거예요." 네가 말한다.

"웅덩이에 의지가 있다는 말이야?"

"옛 사람들은 웅덩이 바닥에 거대한 용이 산다고 믿었어요."

너는 두툼한 장갑을 낀 손으로 풀을 헤치며 묵묵히 나아간다. 풀의 키가 갈수록 커지고, 길과 길 아닌 곳을 구분하기가 한층 어려워진다.

"옛날에 왔을 때보다 길 상태가 훨씬 안 좋아졌네요." 네가 말한다.

그 불가사의한 물소리가 들리는 방향을 향해 십 분쯤 산길을 걸어 덤불을 헤치고 나오자 갑자기 시야가 트인다. 눈앞에 평온하고 아름다운 초원이 펼쳐져 있다. 하지만 그 너머로 보이는 강은 내가 도시에서 늘 보던 것과 다르다. 상쾌한 소리를 내던 아름다운 물줄기는 이곳에 없다. 마지막 굽이를 돈 지점에서 강은 앞으로 나아가기를 멈추고 순식간에 진청색으로 바뀌어, 마치 먹이를 삼킨 뱀처럼 커다랗게 부풀어서 거대한 웅덩이를 만들고 있었다.

"가까이 가지 마요." 너는 내 팔을 힘주어 붙든다. "수면은 잔물결 하나 없이 평온해 보이지만, 한번 끌려들어가면 두 번 다시 떠오르지 못해요."

"얼마나 깊을까?"

"아무도 몰라요. 바닥까지 내려갔다가 돌아온 사람은 없으니까. 사람들 말에 따르면 옛날에 여기에다 이교도나 전쟁 포로를 던져넣었다고 해요. 벽이 생기기 전 시대에."

"빠지면 두 번 다시 떠오르지 못한다?"

"웅덩이 바닥에 입을 벌린 동굴이 있어서 물에 빠진 사람은 그곳으로 빨려들어가요. 그리고 땅 밑 암흑 속에서 익사하는 거예요." 너는 한기를 느낀 듯 어깨를 움츠린다.

웅덩이가 내뱉는 거대한 숨결이 주위를 무겁게 지배하고 있었다. 그 숨결은 낮아졌다가 급속히 높아지고, 이윽고 기침하듯 흐트러졌다. 곧 기분 나쁜 정적이 찾아온다. 그러기를 되풀이한다. 동굴이 대량의 물을 빨아들이는 소리이리라. 너는 풀 사이에서 양의 다리뼈만한 나무토막을 발견하고 웅덩이로 던진다. 나무토막은 오 초쯤 수면에 조용히 떠 있었지만, 갑자기 몇 차례 작게 몸을 떨다가 손가락을 세우듯 똑바로 일어서더니 마치 무언가에 끌려들어가는 것처럼 물속으로 휙 사라졌다. 그리고 두 번 다시 떠오르지 않는다. 그뒤에는 웅덩이의 깊은 숨결만 남았다.

"봤죠? 바닥에 거센 소용돌이가 있어서 모든 것을 암흑 속으로 끌어들여요."

우리는 웅덩이에서 충분히 거리를 두고 풀밭 위에 담요를 깔고 앉는다. 물통의 물을 마시고 네가 자루에 담아 온 빵을 말없이 먹는다. 멀리 떨어져서 보는 주위 풍경은 평화롭기 그지없다. 하얀 눈더미가 드문드문 남은 초원이 펼쳐져 있고, 그것에 에워싸이듯 파문 하나 일지 않는, 거울 같은 웅덩이의 수면이 보인다. 그 너머에는 울퉁불퉁한 석회암 바위산이 서 있고, 바위산 위로 남쪽 벽이 솟구쳐 있다. 웅덩이가 단속적으로 내뱉는 불규칙한 숨소리를 제외하면 아무 소리도 없다. 새들도 보이지 않았다. 벽을 자유롭게 넘나드는 새들조차 이 웅덩이 위를 가로지르는 건 꺼리는지도 모른다.

이 웅덩이 너머에는 바깥세계가 있다, 나는 생각한다. 그곳에 뛰어드는 상상을 한다. 그러면 물길에 빨려들어 벽 밑을 통과해 바깥세계로 나갈 수 있다. 그러나 그 너머에 있는 건 석회암 황야의 땅 밑, 암흑의 세계다. 살아서 지상으로 나가기는 불가능하리라─도시 사람들이 하는 이야기를 그대로 믿는다면.

"정말이에요." 네가 말한다. 내 마음을 읽은 것처럼. "빛이 들지 않는 무시무시한 지하 세계. 그곳에 사는 건 눈 없는 물고기들뿐."

열이 났을 때 나를 간호해주었던 다리가 불편한 노인─온천 여관에서 아름다운 여자의 망령을 보았던 옛 군인─이 들러 내 그림자의 근황을 알려주었다. 건강이 썩 좋지 않은 듯하네, 라고 그는 말했다.

"문지기 오두막에 볼일이 있어서 갔다가 들었는데, 자네 그림자가 식욕이 통 없고 그나마 먹은 것도 다 토해버린다더군. 요 사흘쯤은 바깥 작업도 못 갔다고 하고. 자네를 만나고 싶어 하는 모양이야."

그날 오후, 짐승들을 태우는 연기가 피어오르기를 기다렸다가 문지기 오두막을 찾았다. 예상대로 문지기는 벽 바깥으로 나가고 없었다. 짐승을 태우는 데는 시간이 걸린다. 나는 오두막으로 들어가 안쪽 뒷문을 통해 '그림자 쉼터'로 들어섰다.

내 그림자는 자기 방 침대에 똑바로 누워 있었다. 방에 장작 난로가 있지만 불은 꺼져 있었다. 공기가 싸늘하고 환자가 지내는 방 특유의 후터분한 냄새가 났다. 벽 위쪽에 광장을 면한 채광창이 하나 있었다. 램프도 켜지 않아 방안은 어둑했다.

나는 침대 옆에 놓인 작은 의자에 앉았다. 그림자는 천장을 올려다보며 느릿하게 숨을 쉬었다. 열이 나는지 말라붙은 입술에 군데군데 딱지가 앉았다. 숨쉴 때마다 목 안쪽에서 작게 색색대는 소리가 새어나왔다. 문득 그에게 몹쓸 짓을 했다는 생각이 들었다. 얼마 전까지는 틀림없는 나 자신의 일부였는데.

"몸이 안 좋다고 들었어."

"안 좋네요." 그림자가 힘없는 목소리로 말했다. "그리 오래 버티지 못할 것 같아요."

"어디가 안 좋은데?"

"어디가 안 좋은 건 아닙니다. 수명이죠. 그림자 혼자서는 오래 살지 못한다고 지난번에 말했잖아요. 본체에서 떨어진 그림자는 빈껍데기 같은 겁니다."

나는 적절한 말을 찾을 수 없었다.

"여기서 이대로 죽겠죠. 그러면 짐승들과 같이 구덩이에서 태워질 테고요. 유채기름을 끼얹은 채로. 하지만 짐승과 달리 내 몸에선 연기도 안 날 거예요."

"난로를 켜줄까?" 내가 물었다.

나의 그림자는 작게 고개를 저었다. "아뇨, 춥진 않습니다. 여러 감각이 점점 사라져가는 모양이에요. 음식맛도 안 느껴지고."

"내가 해줄 수 있는 게 있을까?"

"귀 좀 빌려주세요."

나는 몸을 숙여 그림자의 입가에 귀를 갖다댔다. 그림자는 작고 쉰 목소리로 속삭이듯 말했다. "저쪽 벽에 옹이 몇 개가 보이죠?"

침대 맞은편 벽으로 눈길을 돌리자 아닌 게 아니라 검은 옹이가 서너 개 보였다. 척 봐도 날림으로 지은 판벽이다.

"저게 계속 나를 감시하고 있어요."

나는 잠시 그 옹이를 바라보았다. 그러나 아무리 봐도 그저 오래된 옹이일 뿐이다.

"감시하다니?"

"저것들은 밤새 위치를 바꿔요." 그림자가 말했다. "아침이 되면 다른 데 가 있습니다. 정말이에요."

나는 벽 앞으로 가서 옹이를 하나하나 눈앞에서 관찰해봤다. 특이한 점은 보이지 않았다. 거칠게 깎은 목재에 생긴 메마른 옹이다.

"낮에는 얌전합니다. 하지만 밤이 되면 활동을 시작해서 돌아다녀요. 가끔은 눈도 깜박이고요. 사람 눈처럼 또렷하게."

나는 옹이 하나를 손끝으로 훑어봤다. 목재의 거친 촉감뿐이었다. 깜박인다고?

"내가 보지 않을 때 재빨리 깜박여요. 하지만 난 분명히 알 수 있어요. 저것들이 몰래 눈을 깜박인다는 걸."

"그리고 너의 상태를 엿본다."

"네. 내가 숨을 거두기를 기다리는 겁니다."

나는 자리로 돌아와 다시 의자에 앉았다.

"일주일 안에 마음을 정해주세요." 그림자는 말했다. "일주일 안이면, 나와 당신은 다시 하나가 되어 이 도시에서 나갈 수 있어요. 하나가 되면 나도 기운을 차리겠죠. 아직 늦지 않았어요."

"이곳에서 나가는 건 허락되지 않을 거야. 도시에 들어올 때 계약을 맺었으니까."

"압니다. 계약에 따르면 이 문으로 나갈 수 없다. 그렇다면 남쪽 웅덩이를 통해 빠져나가는 수밖에 없죠. 강의 동쪽 입구는 쇠창살로 막혀 있어서 불가능해요. 남은 가능성은 웅덩이뿐입니다."

"남쪽 웅덩이는 바닥에 거센 소용돌이가 있어서 그대로 지하 수로에 휩쓸려들어가. 얼마 전에 직접 보고 왔어. 거기로 들어갔다가 살아서 밖으로 나가기란 불가능해."

"그건 새빨간 거짓말일걸요. 놈들이 사람들을 겁주려고 지어낸 거라고요. 그 웅덩이를 통해 벽 밑을 빠져나가면 곧바로 바깥공기를 마실 수 있다는 게 내 추측이에요. 여기 있는 동안 나름대로 도시의 사정을 조금씩 알아봤어요. 이 오두막엔 간간이 사람들이 찾아오고 문지기도 보기보다 말이 많아서 여러 이야기가 귀에 들리거든요. 지하의 암흑 수로가 어쩌고 하는 말은 써먹기 편하도록 지어낸 게 분명해요. 이곳은 온갖 가짜 이야기로 가득하죠. 이 도시로 말할 것 같으면 구성부터가 모순투성이고요."

나는 고개를 끄덕인다. 그런지도 모른다. 그림자의 말마따나 이 도시는 가짜 이야기로 가득할지도 모르고, 구성은 모순투성이일지도 모른다. 그건 결국 나와 너 둘이서 여름 한 철을 들여 만든 상상 속 가상의 도시에 지나지 않으니까. 그러나 설령 그렇다 해도 도시는 실제로 사람의 목숨을 빼앗을 수 있을지도 모른다. 이 도시는 이미 우리 손을 떠나 독자적으로 성장을 이뤄냈기 때문이다. 일단 움직이기 시작한 그 힘을 나는 제어하거나 변경할 수 없다. 누구도 할 수 없다.

"만약 저들의 말이 사실이라면?"

"그러면 사이좋게 익사하는 수밖에 없지요."

나는 침묵한다.

"그래도 확신합니다"라고 나의 그림자는 말했다. "그 이야기는 엉터리라고요. 하지만 증명할 순 없어요. 내 직감을 믿어

달라는 수밖에. 건방진 소리 같지만, 그림자는 어느 정도 그런 능력을 가지고 있거든요."

"그러나 증명할 순 없다."

"네, 유감스럽지만 구체적 근거를 제시할 순 없어요."

"가능하다면 암흑 속에서 익사하는 건 피하고 싶어."

"물론 나도 마찬가지예요. 그런데 하나만 말씀드리죠. 당신은 바깥세계에 있던 것이 그녀의 그림자고, 이 도시에 있는 것이 본체라고 생각해요. 하지만 글쎄올시다. 실은 반대일지도 모르거든요. 어쩌면 바깥세계에 있던 것이 진짜 그녀이고, 이곳에 있는 건 그림자인지도 몰라요. 만약 그렇다면 모순과 가짜 이야기로 가득한 이 세계에 머무른다는 게 무슨 의미가 있을까요? 당신은 확신합니까, 이 도시에 있는 그녀가 진짜라고?"

그림자의 말을 나는 생각해봤다. 그러나 생각하면 할수록 머릿속이 혼란스러웠다.

"그런 일이 있을 수 있을까? 본체와 그림자가 감쪽같이 뒤바뀌는 게. 어느 쪽이 본체고 어느 쪽이 그림자인지 착각하게 된다는 게."

"당신에게는 없을 테죠. 나도 그러지 않을 거고요. 어디까지나 본체는 본체, 그림자는 그림자예요. 다만 어쩌다가 입장이 역전되는 상황이 생길지도 모르죠. 인위적으로 뒤바꾸는 경우도 있을지 모르고요."

나는 잠자코 있었다.

"당신은 나와 다시 한번 하나가 되어 벽 바깥의 세계로 돌아가야 해요. 내가 그저 여기서 죽고 싶지 않아서 이러는 게 아니에요. 당신을 생각해서 하는 말입니다. 정말로, 거짓말이 아니고요. 들어보세요, 내가 보기엔 저쪽이야말로 진짜 세계입니다. 그곳에서 사람들은 저마다 고생하며 나이들고 쇠약해져 죽어가요. 물론 썩 재미있는 일은 아니죠. 하지만 세상이란 원래 그런 것 아닌가요. 그 과정을 이어가는 게 순리입니다. 나 또한 미흡하게나마 그에 따르고 있고요. 시간은 멈출 수 없고, 죽은 것은 영원히 죽은 겁니다. 사라진 것은 영원히 사라진 겁니다. 그런 현실을 받아들이는 수밖에 없어요."

방안의 어둠이 짙어졌다. 이제 슬슬 문지기가 돌아올 것이다.

"이곳은 왠지 놀이공원과 비슷하지 않습니까?" 그림자는 말하고서 힘없이 웃었다. "아침에 문이 열리고, 해가 지면 문이 닫힌다. 무대배경 같은 광경이 사방에 펼쳐져 있다. 단각수가 돌아다닌다."

"조금 고민해봐도 될까." 나는 말했다. "생각할 시간이 필요해."

"당신은 짐승들이 왜 그리 맥없이 픽픽 죽어간다고 생각해요?"

모르겠다고 나는 말했다.

"그들은 온갖 것을 떠맡고 아무 말 없이 죽어갑니다. 아마도 이곳 주민들을 대신해서요. 도시를 성립시키고 시스템을 유지하기 위해선 누군가가 그 역할을 떠맡아야 하죠. 그것을 저 불쌍한 짐승들이 짊어진 겁니다."

방안이 아까보다 한층 싸늘해졌다. 나는 몸을 떨고 코트 깃을 여몄다.

"물론," 그림자는 말했다. "생각할 시간이 필요하겠죠. 좋습니다. 이 도시에 시간은 얼마든지 있으니까. 하지만 유감스럽게도 내게는 그럴 여유가 없어요. 일주일 안에 어떻게 할지 결정해주세요."

나는 고개를 끄덕였다. 그리고 그림자를 남겨두고 문지기 오두막을 나와 도서관으로 향했다. 도중에 네 마리쯤 되는 짐승 무리를 스쳐지났다. 그들이 등뒤로 사라진 후에도 달각달각 돌길을 밟는 메마른 발굽 소리가 귀에 와닿았다.

17

　너에게서 온 편지를 봉투도 뜯지 않고 책상 서랍에 넣어둔
채 한나절 묵힌다. 한시라도 빨리 읽고 싶다, 말할 것도 없이.
그러나 그 편지를 곧바로 읽지 않는 편이 좋다―는 예감(혹은
기우)이 든다. 그래서 열어볼 때까지 한동안 시간을 둔다. 떨
리는 마음으로.

　편지를 책상 서랍에서 꺼내 가위로 조심스레 가장자리를 자
른 건 밤 열시가 지나서다. 봉투에는 얇은 종이 여섯 장을 채
운 편지가 들어 있다. 만년필로 적힌 작은 글씨, 잉크는 여느
때와 같은 터쿼이즈 블루. 나는 책상 앞에서 잠시 눈을 감고
날뛰는 심장을 가라앉힌 뒤, 편지를 펼치고 읽기 시작한다.

안녕. 잘 지내? 계절이 바뀌고 있어. 주위 풍경이 전과 다르게 보이고 공기의 감촉이 바뀌어가. 아마 나도 조금은 변하고 있겠지. 하지만 어디가 변했는지는 스스로 알 수 없어. 자신에게는 자신의 모습이 보이지 않아. 마음을 거울에 비춰볼 수 있다면 좋을 텐데.

오랫동안 편지를 쓰지 못했지. 몇 번 시도는 했는데 번번이 좌절했어. 몇 줄 쓰고 나면 벽에 쿵 부딪히고 마는 거야. 아무리 애써도 한 문장이 다음 문장으로 이어지지 않아. 어떤 말도 서로 연결되기를 거부하고 뿔뿔이 흩어져버려. 그리고 두 번다시 돌아오지 않아.

거의 처음 겪는 일이었어. 그도 그럴 게 지금껏 다른 일들이 도무지 잘 풀리지 않을 때도 글만은 든든하게 내 편이 되어주었거든. 한 문장이 다음 한 문장으로 이어지면서 마음속에 있는 것을 표현할 수 있었지(아, 물론 어느 정도까진 그랬다는 뜻이야). 그런데 이제 그것도 못한다고 생각하니 얼마나 낙담했는지 몰라. 아니, 낙담 정도가 아니야. 방의 모든 문이 꽉 닫히고 바깥에 튼튼한 빗장이 걸린 것처럼 절망적이었어. 깊은 무력감…… 바다 밑바닥에 가라앉은 무거운 납 상자. 아무도 그걸 열 수 없어. 편지를 쓰지 못하면 더는 너에게 내 마음을 전할 수 없으니까. 숨을 쉬지 못하는 거나 마찬가지야.

벌써 일주일 넘게 그 누구하고도 말 한 마디 하지 않았어.

내가 하는(혹은 하려고 하는) 모든 말이 내 의도와 다르고 아무런 의미가 없는 듯 느껴져. 그래서 계속 침묵을 지키고 있어. 절대 침묵을 목적으로 한 침묵이 아니야. 하지만 사실이 아닌〔여기에 연필로 진한 밑줄이 그어져 있었다〕말을 꺼내면 나 자신이 산산이 부서져 보잘것없는 먼지 덩어리가 되어버릴 것 같아.

오늘은 이렇게 어찌어찌 만년필을 쥐고 글을 쓸 수 있어. 이유는 모르겠지만 마치 두꺼운 구름이 갈라지고 틈새로 밝은 햇빛 한줄기가 쨍하니 비치는 것처럼 글이 써져. 바로 지금, 정말 정말 오랜만에…… 신기하지. 이건 기적의 자투리 같은 것일지도 몰라. 그러니 그 자투리가 손안을 빠져나가기 전에 서둘러서 이 편지를 쓰려고 해. 그래, 시간과의 싸움이야(침몰 직전인 배의 통신실에서 필사적으로 마지막 통신을 보내는 기사의 절박함을 상상해줘).

그런 이유로 문장이 상당히 거칠지도 몰라. 뜻이 잘 통하지 않는 부분이 있을지도 몰라. 어쨌거나 일기가성(한자를 모르겠어)으로 단숨에 머릿속 얘기를 쓸게. 언제 다음번 편지를 쓸 수 있을지 짐작이 안 되니까. 내일이면(혹은 십 분 후에는) 또 한 줄도 못 쓰게 될지 몰라. 모든 말이 내 의도와 다른 방향으로 제멋대로 흩어져버릴지도. 모퉁이를 하나 돌면 세계가 이미 사라져 있을지도.

그나저나, 나는 무엇인가?

이게 아주 큰 문제야.

전에도 말한 것 같은데, 여기 있는 나는 진짜 나의 대역에 지나지 않아. 진짜 나의 그림자 같은 존재—아니, 말 그대로 '그림자'야. 그리고 본체와 떨어진 그림자는 그리 오래 살지 못해. 내가 지금까지 목숨을 부지한 건 매우 드문 경우야. 평범하지 않은 일이야. 나는 세 살 때 본체와 떨어져 벽 바깥으로 쫓겨나 양부모 밑에서 자랐어. 돌아가신 어머니와 지금도 살아 있는 아버지는 나를 진짜 딸이라고 생각하지만(생각했지만), 물론 잘못된 환상이야. 나는 그저 먼 도시에서 바람에 실려온 누군가의 그림자일 뿐이야. 그들은 그 사실을 몰라(몰랐어). 그리고 나를 자신들의 진짜 자식이라고 믿었어. 누군가가 그렇게 믿게 한 거야. 요컨대 기억을 통째로 바꿔넣은 거지. 그러니까 내가 이 사실로(내가 누군가의 그림자일 뿐이라는 사실로) 얼마나 괴로워했는지 그들은 상상도 못해.

사실을 말하자면 나는 이렇게 너를 만날 때까지, 내가 그저 그림자라는 사실을 누구에게도 털어놓은 적이 없었어. 이런 얘기는 아무도 이해할 수 없으리라 생각했으니까. 머리가 이상한 사람처럼 보일 뿐일 테니까. 그러니까 너를 만난 건 정말 말도 안 되는 특별한 사건이었지. 그렇게 기적 같은 일이 실제로 내 인생에 일어나리라곤 생각도 못했고, 솔직히 지금도 여전히 잘 믿기지 않아. 하지만 그 일은 일어났어. 바람 한 점 불지 않는 아침, 맑은 하늘에서 아름다운 무언가가 팔랑팔랑 떨어지듯이.

꽤 오랫동안 학교에 가지 않았어. 밖에 나가기가 힘들어. 몇 번 시도했지만 길모퉁이 두 개를 도는 것도 불가능했어. 첫번째 모퉁이를 도는 게 지독하게 힘들었고, 두번째 모퉁이는 결국 돌지 못했어. 그 너머에 뭐가 있을지 몰라서, 그게 너무 두려워서. 아니, 아니야, 그게 아니라…… 실은 그 너머에 뭐가 있는지 아니까 모퉁이를 돌지 못했던 거야.

어쨌거나 이런 상태로는 도저히, 도저히 너를 만날 수 없고, 이런 내 모습을 보여줄 수도 없어. 생명력이(정확히는 생명력 같은 것이) 바람 빠진 풍선처럼 술술 새어나가고 있어. 지금 상태로는 그 유출을 멈출 수도 없고. 내 손은 두 개뿐이고 손가락은 열 개뿐이니, 정말이지 어림도 없는 얘기야. 이런 때 어떻게 해야 하는지 나도 모르겠어. 자, 어떻게 해야 할까?

하지만 부디 믿어줘. 내가 지난번에 공원 벤치에서 너에게 한 말은 전부 사실이야.

나는 너의 것이야. 만약 네가 원한다면, 나의 모두를 너한테 주고 싶어. 하나도 남김없이. 다만 지금 당장은 어쩔 수 없이 불가능할 뿐이야. 알아주면 좋겠어.

　나는 여러모로 시간이 많이 걸린다고, 그때 말했지. 정확한 표현은 잊어버렸지만 그런 말을 했던 건 기억해. 너는 기억하니? 그런데 이제는 나에게 남은 시간이 그리 많지 않은지도 몰라. 그래서 톡톡톡, 필사적으로 키를 두드리고 있어. 톡톡톡톡…… 어쩌면 통신문을 끝맺지 못할지도 몰라. 바닷물이 당장이라도 문을 부수고 밀려들지도 몰라. 차갑고 심술궂고 짜디짠, 지극히 치명적인 바닷물이.

　안녕.
　내가 다시 한번 기운을 되찾고 햇빛이 구름 사이로 비쳐들어서, 항상 쓰는 만년필과 항상 쓰는 잉크로 너에게 또 이렇게 긴 편지를 쓸 수 있다면 좋을 텐데(정말로 그렇게 생각해. 진심으로. 마음속 깊고 깊은 곳에서부터).

12월 ＊＊일

＊＊＊＊＊＊〔너의 이름〕

　그러나 아무래도 햇빛은 비쳐들지 않았던 듯하다. 그것이 너에게서 온 마지막 편지가 되고 말았으니까.

18

매일같이 하염없이 도서관 안쪽에서 '오래된 꿈'을 읽었다.
고열로 앓아누운 일주일 남짓을 제외하면 하루도 작업을 쉬지
않았다. 너 역시 쉬는 날 없이 도서관에 출근해서(이 도시에는
요일이 없고, 따라서 주말 같은 것도 없다) 내 작업을 도와주
었다. 너는 수선한 흔적이 있고 조금 빛바랜, 그러나 청결해
보이는 옷을 입고 있었다. 그 검소하고 군더더기 없는 차림이
어떤 옷보다도 너의 아름다움과 젊음을 돋보이게 했다. 매끄
럽고 탄력 있는 피부는 유채기름 램프 불빛 아래서 싱싱한 광
채를 발했다. 방금 전에 막 완성된 것처럼.

어느 날 밤, 나는 이상한 꿈을 꾸었다. 아니, 꿈이 아니라 서

고에서 읽은 '오래된 꿈' 속의 한 장면이었는지도 모른다. 혹은 내가 고열로 쓰러져 의식이 몽롱했을 때 과거에 군인이었던 노인이 머리맡에서 들려준 추억담 중 하나였는지도 모른다. 그것이 의식에 착 달라붙어 있다가 뇌리에 재현되었는지도 모른다.

그 꿈 (같은 것) 속에서 나는 군인이었다. 전쟁이 한창이고, 나는 장교복 차림으로 정찰대를 이끌고 있었다. 부하는 여섯 명 정도, 그중 한 명은 고참 하사관이었다. 우리 분대는 전투가 벌어지는 산속에서 정찰 활동을 하고 있었다. 계절은 모르겠지만, 특별히 덥지도 춥지도 않았다.

이른 아침 시각, 산꼭대기 근처에서 흰옷 입은 사람들 한 무리가 걸어가는 것을 발견했다. 수는 서른 명 정도. 분대는 즉각 전투태세를 취했지만 이내 그럴 필요가 없다는 것이 밝혀졌다. 상대가 무장하지 않았거니와 노인과 여자, 어린아이도 섞여 있었기 때문이다. 그들 앞을 가로막고 "너희는 누구고 어디로 무얼 하러 가느냐"고 심문할 수도 있었지만, 어차피 말이 통하지 않을 성싶어 나는 포기했다(그렇다, 우리는 멀리 떨어진 이국에서 전투를 하는 중이었다).

남녀 할 것 없이 똑같은 흰옷을 입었다. 흰색 시트 한 장을 몸에 둘둘 말아 끈으로 고정한 것처럼 조잡하고 단순한 옷이다. 모두 맨발이다. 종교단체 신도처럼 보이기도 하고 병원에서 도망쳐나온 이들처럼 보이기도 한다. 도무지 누군가에게 위해를 가할 듯 보이진 않았지만, 우리는 만약에 대비해 일단 뒤를 따라가 상황을 지켜보기로 했다.

흰옷 입은 사람들은 가파른 오르막길을 올라갔다. 누구도 입을 열지 않았다. 선두에 선 이는 야위고 키가 큰 노인이었다. 긴 백발을 어깨까지 내려뜨렸다. 사람들은 노인의 뒤를 따라 묵묵히 걸었다. 이윽고 산꼭대기에 이르렀다. 오른쪽은 깎아지른 절벽이었는데, 그들은 그쪽으로 향했다. 그리고 가장 먼저 백발의 노인이 절벽에서 몸을 던졌다. 무슨 말을 내뱉지도 않고 망설이는 기색도 없이, 지극히 당연한 행위를 하는 것처럼 양손을 가볍게 펼치고 허공에 몸을 날렸다. 다른 이들도 차례차례 뒤따랐다. 마치 하늘로 날아오르는 새처럼, 조금도 주저하지 않고 흰옷 소매를 펼친 채 한 사람 또 한 사람씩 휙 몸을 던졌다. 여자와 아이들도 한 명도 빠짐없이, 표정 하나 바꾸지 않고. 오죽하면 이 사람들은 정말로 하늘을 날 수 있는 게 아닐까란 생각이 들었을 정도다.

그러나 물론 그들은 하늘을 날지 못했다. 우리는 절벽 끄트머리로 달려가서 주뻣주뻣 아래를 내려다보았다. 골짜기 여기저기에 시신이 널려 있었다. 그들이 걸친 흰옷은 깃발처럼 펼쳐진 채 사방에 튄 피와 뇌수로 얼룩져 있었다. 골짜기 아래, 날카로운 엄니를 줄지어 세우고 기다리던 바위땅이 그들의 머리를 산산조각낸 것이다. 그때까지 전장에서 참혹한 시신을 수없이 목격했음에도 그 골짜기에 펼쳐진 피투성이 광경은 눈을 돌리게 만들었다. 무엇보다 우리를 전율케 한 건 그들의 과묵함과 무표정이었다. 어떤 사정이 있건, 자신의 무참한 죽음을 앞두고서 그토록 냉정하고 무감각할 수 있을까?

"어째서지"라고 나는 옆에 있던 하사관에게 물었다. "저들은 대체 누구지? 왜 이래야만 하는 건가?"

하사관은 고개를 저었다. "아마 의식을 죽이기 위해서겠죠." 그가 메마른 목소리로 말했다. 그리고 손등으로 입가를 훔쳤다. "때로는 그게 가장 편한 길로 여겨지니까요."

"내 그림자가 죽어가는 모양이야." 나는 어느 날 밤 도서관에서 너에게 털어놓는다.

우리는 난로 앞에 테이블을 사이에 두고 마주앉아 있었다. 그날 밤 너는 뜨거운 약초차와 함께 하얀 파우더가 뿌려진 사과 과자를 내주었다. 사과 과자는 이 도시에서 귀한 음식이다. 분명 문지기에게 얻은 사과로, 나를 위해 만든 것일 테다.

"그리 오래 버티진 못할 거야." 나는 말한다. "상당히 약해진 모양이니까."

너는 그 말에 얼굴이 조금 어두워진다. 그리고 말한다. "딱하지만 별수없어요. 어두운 마음은 늦건 이르건 죽어서 스러져가는 거예요. 단념하는 수밖에."

"네 그림자를 기억하니?"

너는 가는 손가락 끝으로 이마를 가만히 훑는다. 마치 이야기의 줄거리를 따라가는 것처럼.

"전에도 말했지만 아직 어릴 때 그림자와 떨어졌고, 그뒤로는 한 번도 만난 적 없어요. 그러니까 자기 그림자가 있다는 게 어떤 건지 몰라요. 그건…… 없어지면 불편한가요?"

"잘 모르겠어. 지금 당장은 그림자와 떨어졌다고 딱히 곤란한 건 없어. 그래도 그림자를 영원히 잃는다면, 그와 함께 다른 소중한 무언가를 잃어버리지 않을까─그런 기분이 들어."

너는 내 눈을 들여다본다. "다른 소중한 무언가라니, 이를테면 어떤 거요?"

"정확히 말하긴 힘들어. 그림자를 영원히 잃는다는 게 구체적으로 어떤 일인지 감을 잡지 못하겠어."

너는 난로 문을 열고 장작을 몇 개 더 넣는다. 한 차례 풀무질을 해서 불을 일으킨다.

"그래서 당신 그림자가 뭔가를 요구하나요?"

"나와 다시 한번 하나가 되고 싶어해. 그러면 그림자는 원래의 생명력을 되찾을 수 있어."

"하지만 그림자와 다시 하나가 되면, 당신은 이 도시에 머무를 수 없어요."

"알아."

머리 위에 접시를 얹은 채 하늘을 쳐다볼 순 없다. 문지기는 내게 그렇게 고했다.

"그렇다면 역시 그림자를 단념하는 수밖에 없지 않나요?" 너는 나지막한 목소리로 말한다. "그림자에겐 안된 일이지만, 당신은 이 도시에서 그림자 없는 생활에 익숙해질 거예요. 조금 있으면 그림자 생각도 잊을 거고요. 누구나 그런 것처럼."

나는 사과 과자 한 조각을 입에 넣고 향을 음미한다. 입안에 달콤새큼하고 신선한 맛이 퍼진다. 이렇게 맛있는 사과가 다 있다니, 나는 감탄한다. 생각해보면 이 도시에 온 뒤로 무언가를 먹고 '맛있다'고 느낀 건 이번이 처음인지도 모른다.

너의 눈동자에 비친 난롯불 빛이 반짝인다. 아니, 그건 난롯불이 아니라 네 안에 내재된 빛인지도 모른다.

"걱정할 건 전혀 없어요." 너는 말한다. "당신은 이곳에 와서 주어진 일을 매우 훌륭하게 해내고 있는걸요. 다들 감탄할 정도로. 앞으로도 분명 잘될 거예요."

나는 고개를 끄덕인다.

다들 감탄할 정도로.

19

그것이 너에게서 받은 마지막 편지가 되었다.

나는 물론 그 편지를 수없이 반복해 읽는다. 구석구석까지 고스란히 외울 만큼 몇 번이고. 그리고 당장이라도 침몰하려는 배의—나는 늘 타이태닉호 같은 대형 여객선을 떠올렸다—통신실에서 전신 장치의 키를 톡톡톡톡 필사적으로 두드리는 너의 모습을 상상한다. 너는 그곳에서 나에게 마지막 통신문을 보내고 있다. 언제 어느 순간 차가운 바닷물이 문을 부수고 밀려들지 모르는 그때.

어떤 기적이 일어나 바닷물이 밀려들지 않았기를 나는 기도한다. 선체가 순조로이 복원력을 되찾고 아슬아슬하게 최악의 사태를 면했기를. 간발의 차로 위기에서 벗어난 선원과 승객

들이 갑판 위에서 얼싸안고, 감격의 눈물을 흘리고, 신에게든 무엇에든 자신들의 행운을 감사하는 훈훈한 광경을 나는 상상한다.

하지만 아마 그렇게 잘 풀리진 않았던 모양이다. 기적이 일어나지 않고, 행운도 찾아오지 않고, 환희의 포옹도 없었던 모양이다. 너의 연락은 그것을 마지막으로 끊기고 말았으니까.

나는 편지를 몇 통이나 써서 너에게 보냈지만 답장은 없다. 수취인 불명으로 반송되지도 않는다. 전화도 오지 않는다. 나는 큰맘먹고 너의 집에 전화를 걸어본다. 그러나 이제는 몇 번씩 다이얼을 돌려도 "이 번호는 현재 결번입니다"라는 안내 음성만 흘러나온다. 어쨌거나 전화는 내게 도움이 되지 않는다. 만약 네가 나와 무슨 이야기를 하고 싶다면, 네가 나에게 전화를 걸어올 테니까.

그렇게 소식이 완전히 끊기고, 너와 만날 길도 이야기할 길도 사라진다. 해가 바뀌어 2월에 대입 시험을 치르고 나는 도쿄의 사립 대학교에 진학한다. 물론 살던 지역의 대학교에 갈 수도 있었고 처음에는 그럴 생각이었지만(그러면 조금이라도 너와 가까이 있을 수 있다), 생각을 거듭한 결과 굳이 도쿄까지 가기로—다시 말해 너와 물리적인 거리를 두기로—했다. 한 가지 이유는, 이대로 집에 있으면 가만히 네 연락만 기다리는 생활이 끝없이 계속될 것 같아서다. 그리고 그렇게 '기다리는 생활' 속에서 나는 아마 너 말고는 아무 생각도 할 수 없게 될 것이다. 물론 그래도 상관없다. 나는 이 세계에서 그 무엇보다 너를 원하니까.

그러나 한편으로는 확고한 예감 같은 것이 있었다. 언제까지고 이런 생활을 이어가다보면 분명 나 자신을 똑바로 유지할 수 없을 테고, 그 결과 내 안의 소중한 무언가가 손상될 것이다 —그런 예감이었다. 어딘가에서 매듭을 지어야 한다. 또한, 대략적이지만 나는 알고 있었다. 나와 너의 관계에서 물리적인 거리는 정신적인 거리에 비하면 그리 큰 의미가 아니라는 것을. 만약 네가 나를 정말로 원한다면, 나를 정말로 필요로 한다면, 이 정도 거리는 아무런 걸림돌도 되지 않을 것이다. 그래서 나는 나고 자란 도시를 떠나 도쿄에 가는 쪽을 선택한다.

물론 도쿄에서도 너에게 편지를 쓴다. 그러나 답장은 없다. 그 시기 네 앞으로 보낸 수많은 편지는 어떤 운명을 맞았을까? 그 편지들은 과연 너에게 읽히기나 했을까? 아니면 뜯기지도 않은 채 누군가의 손을 거쳐 쓰레기통에 버려졌을까? 영원한 수수께끼다. 그럼에도 나는 너에게 계속 편지를 쓴다. 항상 쓰는 만년필과 항상 쓰는 편지지와 항상 쓰는 검은색 잉크로. 편지를 쓰는 것 말고 당시 내가 할 수 있는 일은 아무것도 없었으므로.

그 편지들에 나는 도쿄에서 보낸 나날의 일상을 적는다. 대학 생활에 대해 쓴다. 수업들이 대부분 상상을 초월하게 따분하고, 주위 사람들에게 이렇다 할 관심이 생기지 않는 것에 대해. 밤시간에 아르바이트하는 신주쿠의 작은 레코드가게에 대해. 그 활기차고 번잡한 동네에 대해. 그리고 네가 없는 생활이 얼마나 시시한지에 대해. 만약 지금 네가 옆에 있다면 여기서 어떤 일을 함께 할 수 있을지, 가슴 두근거리는 여러 가지 계획에 대해. 그러나 답장은 없다. 깊은 구덩이 가장자리에 서서 시커먼 바닥을 내려다보며 말을 거는 기분이다. 그래도 네가 그 안에 있다는 건 안다. 모습은 보이지 않는다. 목소리도 들리지 않는다. 그래도 너는 그곳에 있다. 나는 알 수 있다.

내게 남겨진 건 네가 예전에 터쿼이즈 블루 잉크로 써서 보내준 두툼한 편지 다발과, 빌린 채로 돌려주지 않은 흰색 거즈 손수건 한 장뿐이다. 나는 그 편지들을 몇 번이고 소중하게 되풀이해 읽는다. 그리고 손안에서 손수건을 가만히 움켜쥔다.

도쿄에서의 내 생활은 몹시 고독하다. 너와의 접촉을 잃음으로써(그 상실이 일시적인지 영속적인지도 판단할 수 없는 채로) 다른 사람과 관계를 맺기가 힘들어진 것 같다. 예전부터 내 안에 그런 경향이 있긴 했지만 더욱 심해졌다. 너 아닌 누군가와 교류하는 일에서 거의 의미를 발견하지 못한다. 학교에서는 어떤 서클이나 동호회에도 들지 않았고, 친구라 할 만한 상대도 찾지 못했다. 내 의식은 오로지 너 한 사람에게 집중하고 있었다. 아니, 네가 내 안에 남기고 간 기억에 집중했다고 해야 할 것이다.

자취방에 틀어박혀 많은 책을 읽고, 흘러간 영화를 상영하는 극장에서 동시상영 영화를 보며 시간을 죽이고, 가끔 공공 수영장에 가서 오래 수영을 했다. 걷다 지칠 때까지 정처 없이 긴 산책을 했다. 도쿄는 넓은 도시였고, 아무리 걸어도 길이 끝나지 않았다. 그 외에 또 무얼 했을까? 했는지도 모른다. 하지만 무얼 했는지는 기억나지 않는다.

여름방학이 되자마자 기다렸다는 듯 집으로 돌아왔지만 사태는 더 나빠지기만 했다. 나는 거의 하루걸러 한 번꼴로 네가 사는 동네에 가서, 자주 만났던 공원 벤치에 앉아 등나무 시렁 밑에서 하염없이 너를 생각한다. 둘이서 보낸 시간의 기억을 더듬는다. 네가 여기에 훌쩍 나타나지 않을까 하는 일말의 희망을 품고서. 물론 그런 일은 일어나지 않는다.

주소와 지도에 의지해 너의 집을 찾아가본다. 그 주소에는 작은 2층짜리 집이 서 있다. 정원도 차고도 없고 정면 폭이 좁은 오래된 단독주택이다. 그러나 현관에 걸린 문패에는 다른 이름이 적혀 있다. 너의 가족은 이미 다른 곳으로 이사한 걸까. 그렇다면 내가 보낸 편지는 새 주소로 전송되었을까? 관할 우체국에 가면 네 가족이 사는 새 주소를 알려줄까? 아니, 그러기는 힘들 것이다. 그리고 그런 짓을 한들 아무 소용도 없음을 나는 알고 있었다. 자꾸 반복하는 것 같지만, 만약 나에게 해야 할 이야기가 있으면 너는 어떻게든 연락을 해올 게 분명하다.

그렇게 나는 너에 대한 모든 단서를 잃고 만다. 아무래도 너는 나의 세계로부터 소리 없이 퇴출된 모양이다. 발자국 하나 남기지 않고, 설명다운 설명도 없이. 그 퇴출이 너의 의도였는지, 아니면 어떤 불가항력이 작용한 결과(이를테면 차가운 바닷물이 문을 부수고 쏟아져들어오는 것에 맞먹는)였는지는 모른다. 남은 것은 깊은 침묵과 선명한 기억과 이뤄질 수 없는 약속뿐이다.

쓸쓸한 외톨이로 보낸 여름이었다. 나는 어두운 계단을 내려간다. 계단은 끝없이 이어진다. 이쯤이면 지구의 중심에 닿지 않았을까 싶을 만큼. 그러나 나는 아랑곳하지 않고 계속 내려간다. 주위 공기의 밀도와 중력이 점점 바뀌어가는 게 느껴진다. 그러나 그게 뭐 어쨌다는 건가? 고작해야 공기 아닌가. 고작해야 중력 아닌가.

그렇게 나는 더욱 고독해진다.

20

그날 오후, 벽 바깥에서 짐승을 태우는 회색 연기가 피어오르는 것을 확인한 후 서둘러 문지기 오두막으로 향했다. 바람이 불지 않아 연기는 허공에 한줄기 선을 그리며 올라가서 두꺼운 구름 속으로 사라졌다. 이번에도 예상대로 문지기는 없었다. 문밖으로 나가 짐승의 사체를 태우고 있는 것이다. 나는 지난번처럼 아무도 없는 오두막 뒷문을 통해 '그림자 쉼터'를 가로지르고, 침대에 누워 있는 나의 그림자와 재회했다. 그림자는 여전히 몹시 야위고 안색이 나빴으며 때로 괴로운 듯 마른기침을 했다.

"어때요, 결심이 섰나요?" 그림자가 쉰 목소리로 기다렸다는 듯 물었다.

"미안하지만, 결심하기가 쉽지 않아."

"마음에 걸리는 게 있어요?"

나는 대답이 궁해 고개를 돌리고 창밖에 눈길을 주었다. 그에게 어떻게 설명하면 좋을까?

나의 그림자는 한숨을 쉬었다. "무슨 일이 있었는지 모르겠지만, 아마 도시가 당신을 눌러앉히는 단계에 들어갔지 싶네요. 갖은 수단을 써서."

"내가 도시에 그렇게 중요한 존재일까? 일부러 수를 써서 잡아둬야 할 만큼."

"당연하잖아요. 사실 당신이 이 도시를 만든 거나 마찬가지니까."

"나 혼자 만든 건 아니야." 나는 말했다. "아주 옛날, 그 작업을 좀 거들었을 뿐이야."

"그래도 당신의 열성적인 조력이 없었으면 이렇게까지 면밀한 구축물이 완성되지 않았을걸요. 당신이 이 도시를 오랫동안 유지하고, 상상력이라는 양분을 끊임없이 공급해왔어요."

"분명 처음에 이 도시는 우리의 상상 속에서 태어났을 거야. 하지만 긴 세월 동안 스스로 의지와 목적을 갖게 된 것 같아."

"더는 당신이 감당하기 힘들어졌다—그런 말인가요?"

나는 고개를 끄덕였다. "이 도시는 구축물이라기보다 생명을 지니고 움직이는 생물처럼 보일 때가 있어. 유연하고 교묘

174

한 생물이야. 상황에 맞춰 필요에 따라 그 모양을 바꿔나가지. 이곳에 온 뒤로 어렴풋이 느껴왔어."

"그런데 자유자재로 모양을 바꾼다면 생물보다 세포에 가깝지 않을까요."

"그럴지도 몰라."

사고하고, 방어하고, 공격하는 세포.

우리는 잠시 침묵한다. 나는 다시 창밖으로 눈길을 준다. 벽 바깥에서는 아직 연기가 올라가고 있다. 많은 짐승들이 목숨을 잃은 모양이다.

"내가 매일 밤 도서관에서 읽는 오래된 꿈은 대체 뭘까?" 나는 그림자에게 묻는다. "그건 이 도시에 어떤 의미지?"

그림자는 힘없이 웃었다. "난처하네요. 그걸 매일 읽는 사람은 당신이잖아요. 왜 나한테 묻나요?"

"그래도 너는 여기서 지내면서 그에 관한 이야기를 들었을 거잖아. 문지기나 이곳을 찾는 사람들에게서."

그림자는 조용히 고개를 저었다. "도서관에 오래된 꿈이 모여 있고, 꿈 읽는 이가―즉 당신이―매일 그걸 읽는다는 건 다들 알고 있어요. 그리고 밤마다 작업이 끝나면 당신이 그녀를 집까지 바래다준다는 것도…… 워낙에 작은 도시니까요. 하지만 당신이 매일 오래된 꿈을 읽는 것이 도시에 무슨 의미인지, 어떤 역할을 하는지는 사실 아무도 모르는 게 아닐까.

그런 생각이 드네요."

"하지만 그 작업에는 중요한 의미가 있을 거야. 이 도시에서 그것을 읽는 특별한 역할이 내게 주어졌고, 도시는 내가 그 작업을 계속하기를 강력히 원하잖아."

그림자는 한 차례 마른기침을 하고 잠시 생각에 잠겼다. 나는 주머니에 넣고 있던 양손을 꺼내 무릎 위에서 맞비볐다. 방안은 몹시 추웠다.

그림자는 말했다. "지난번에도 말했지만, 여기 있는 그녀가 그림자고 벽 바깥에 있던 그녀가 본체였을 가능성은 없을까요? 전부터 그게 마음에 걸려서, 여기 오는 사람들의 얘기를 듣고 조각조각 정보를 모아 나름대로 생각해봤어요. 그리고 이런 가설을 세웠습니다. 실은 이곳이 그림자의 나라가 아닐까. 그림자들이 모여 이 고립된 도시 안에서 서로 도와가며 숨죽이고 살아가는 게 아닐까."

"하지만 네 말처럼 여기가 그림자들의 나라라면, 어째서 본체인 내가 도시에 들어가고 그림자인 너는 여기 갇혀 죽어가는 걸까? 반대라면 이해되지만."

"내 생각에, 여기 있는 사람들은 자신들이 그림자라는 걸 모르기 때문이에요. 자신들이 본체고 벗겨져나간 그림자가 벽 바깥으로 쫓겨난다고 믿고 있죠. 하지만 실제로는 반대가 아닐까. 벽 바깥으로 쫓겨난 것이 본체고, 여기 남은 이들이야말

176

로 그림자가 아닐까—그게 내 추측입니다."

나는 그 말을 생각해봤다. "그리고 벽 바깥으로 추방된 본체들은 자신들이 그림자라고 믿고 있다. 그런 건가?"

"그렇죠. 제각기 가짜 기억을 주입당한 겁니다."

나는 양손을 비비면서 그 논리를 따라가려 노력했다. 하지만 도중에 뭐가 뭔지 알 수 없어졌다.

"그래도 어디까지나 네가 세운 가설에 지나지 않아."

"맞아요." 그림자는 인정했다. "전부 내가 세운 가설일 뿐이에요. 증명할 순 없어요. 하지만 생각하면 할수록 말이 되는 얘기 같은걸요. 여러 각도에서 나름대로 꼼꼼히 하나하나 검증해봤어요. 아무튼 생각할 시간 하나는 충분했으니까."

"너의 그 가설에 따르면, 내가 도서관에서 읽는 오래된 꿈에는 어떤 역할이 있지?"

"이것도 어디까지나 가설의 연장이지만."

"가설의 연장이라도 상관없어. 말해봐."

그림자는 잠시 뜸을 들이며 호흡을 가다듬은 다음 입을 열었다.

"오래된 꿈이란, 이 도시가 성립하기 위해 벽 바깥으로 추방당한 본체가 남겨놓은 마음의 잔향 같은 것 아닐까요. 본체를 추방하더라도 송두리째 모조리 들어낼 순 없고, 아무래도 뒤에 남는 게 있어요. 그 잔재들을 모아 오래된 꿈이라는 특별한 용기에 단단히 가둔 겁니다."

"마음의 잔향?"

"여기서는 아직 어릴 때 본체와 그림자를 떼어내죠. 그리고 본체는 불필요한 것, 해로운 것으로 치부당해 벽 바깥으로 추방돼요. 그림자들이 안락하고 평화롭게 살아갈 수 있도록. 하지만 설령 본체를 쫓아내도 그 영향이 말끔히 지워지진 않아요. 미처 제거하지 못한 마음의 작은 씨앗 같은 게 뒤에 남고, 그것이 그림자의 내부에서 은밀히 성장해가죠. 도시는 그것을 재빨리 찾아내서 긁어낸 뒤 전용 용기에 가둬버리는 겁니다."

"마음의 씨앗?"

"그래요. 사람이 품은 갖가지 종류의 감정이죠. 슬픔, 망설임, 질투, 두려움, 고뇌, 절망, 의심, 미움, 곤혹, 오뇌, 회의, 자기연민…… 그리고 꿈, 사랑. 이 도시에서 그런 감정은 무용한 것, 오히려 해로운 것이죠. 이른바 역병의 씨앗 같은 겁니다."

"역병의 씨앗." 나는 그림자의 말을 되풀이했다.

"네. 그러니 남김없이 긁어내 밀폐용기에 담아서 도서관 깊숙이 넣어두는 거예요. 그리고 일반 주민의 접근을 금지하죠."

"그럼 내 역할은?"

"아마 그 영혼을—혹은 마음의 잔향을—가라앉히고 소멸시키는 일이겠죠. 그림자들이 할 수 없는 작업이에요. 공감이란 진짜 감정을 가진 진짜 인간만 할 수 있는 일이니까."

"그런데 왜 그걸 굳이 가라앉혀야 하지? 밀폐용기 속에서 깊은 잠에 빠져 있다면 그대로 둬도 될 것 같은데."

"아무리 단단히 갇혀 있어도 존재 자체가 위협이니까요. 그것들이 어떤 계기로 힘을 얻어 일제히 껍질을 깨고 나오는 것—그게 이 도시의 잠재적 공포가 아닐까요. 만약 그런 사태가 빚어지면 도시는 순식간에 와해될 테죠. 그렇기에 더더욱 그들의 힘을 조금이라도 가라앉히고 소멸시키고 싶은 겁니다. 누군가가 오래된 꿈들의 목소리에 귀기울이고 그들의 꿈을 같이 꿔줌으로써 잠재된 열량이 달래진다—그들은 아마 그런 걸 원하는 거겠죠. 그리고 그럴 수 있는 건 지금으로선 당신 한 사람뿐이에요."

나는 두 가지 생각 사이에 서 있다.

이 도시 도서관에서 매일 너의 얼굴을 보고, 유채기름 램프가 밝혀주는 빛 아래서 함께 꿈 읽기 작업을 하는 행복. 소박한 테이블을 사이에 두고 너와 이야기하고, 네가 나를 위해 만들어준 약초차를 마시는 즐거움. 매일 밤 일이 끝나고 너의 집까지 나란히 걸어가는 한때. 그것의 어디까지가 실체고 어디부터가 허구인지 나는 알 수 없다. 그래도 이 도시는 그런 기쁨을, 가슴 떨림을 내게 안겨준다.

또하나는 벽 바깥의 세계에서 경험한 너와의 교류, 그리고 그것이 내 마음에 남기고 간 또렷한 기억이다. 너와 만난 작은 동네 공원, 소녀들이 타던 그네의 리드미컬한 삐걱임. 너와 함께 들은 바다의 파도 소리. 두툼한 편지 다발과 거즈 손수건 한 장. 은밀한 입맞춤. 그것들은 의심의 여지 없이 현실에서 똑똑히 일어났던 일이다. 아무도 내게서 그 기억을 빼앗을 수 없다.

어느 세계에 속해야 할까? 나는 아직 그 결정을 내리지 못하고 있다.

21

한 소녀가 당신 인생에서 흔적도 없이 모습을 감춘다. 당신은 그때 열일곱 살, 건강한 남자아이다. 그리고 그녀는 당신이 처음 입맞춤한 상대다. 당신이 누구보다 강하게 이끌린, 아름답고 멋진 여자아이다. 그녀도 당신을 무척 좋아한다고 했다. 때가 오면 너의 것이 되고 싶다고 말했다. 그런 상대가 예고도 없이, 작별의 말도 없이, 설명다운 설명도 없이 당신을 떠나버린다. 당신이 서 있는 지표면에서 사라진다. 말 그대로 연기처럼.

그녀에게 무슨 일이 일어난 걸까?

절박한 사정이 있어서 다른 도시로 이사했을까(아무리 그래도 연락 정도는 할 수 있을 테다), 길을 걷다가 하늘에서 떨어진 무언가에 머리를 맞고 기억을 잃고 말았을까, 어쩌면 이미 이 세상에 없는 걸까(교통사고, 묻지 마 살인, 진행이 몹시 빠른 희귀병, 혹시 자살?), 누군가에게 잡혀서 어딘가에 감금된 걸까(누가, 무슨 목적으로?), 아니면 당신이 갑자기 싫어진 걸까? 당신의 얼굴을 보는 것도 이름을 듣는 것도 싫어지고 만 걸까(당신이 그녀에게 부적절한 말을 하거나, 칭찬받지 못할 행동을 하진 않았나?), 소형 블랙홀 같은 것이 남몰래 입을 벌리고 있는 어느 길모퉁이를 지나다 빨려들어간 걸까—나뭇잎이 배수구에 빨려들어가듯이. 그것도 아니면, 어쩌면…… 그렇다, 이 세계에는 셀 수 없이 많은 가능성이 은밀히 사람을 기다리고 있다. 모든 길모퉁이에는 생각지 못한 위험이 도사리고 있다. 그러나 그녀에게 정말로 무슨 일이 있었는지, 당신은 알 길이 없다.

사랑하는 사람이 그렇게, 불합리할 만큼 갑자기 사라지는 게 얼마나 슬픈 일인지, 얼마나 격렬하게 당신의 마음을 쥐어짜고 깊숙이 찢어놓는지, 당신의 몸안에 얼마나 많은 피를 흐르게 하는지 상상할 수 있을까?

무엇보다 사무치는 건 자신이 온 세상으로부터 버림받았다는 느낌이다. 자신이 손톱만큼의 가치도 없는 인간 같다는 느낌이다. 무의미한 종이 나부랑이, 혹은 투명인간이 된 듯한 느낌이다. 손바닥을 펼치고 가만히 들여다보면 점점 건너편이 비쳐 보인다—거짓말이 아니라, 정말로.

당신은 논리적이고 납득할 수 있는 설명을 원한다. 그 무엇보다 필요로 한다. 그러나 아무도 당신에게 그것을 건네주지 않는다. 아무도 당신에게 가야 할 방향을 알려주지 않는다. 아무도 당신을 위로하거나 격려하지 않는다(그런들 아무 도움이 되지 않는다 해도 말이다). 당신은 황량한 땅에 홀로 남겨졌다. 눈길 닿는 곳 어디에도 초목 한 그루 없다. 그곳에서는 세찬 바람이 늘 한 방향으로만 분다―피부를 찌르는 미소微小한 바늘을 품은 바람이다. 당신은 온기를 띤 세계에서 가차없이 배제당하고 고립되었다. 갈 곳 없는 마음을 납덩이처럼 가슴에 끌어안은 채.

그녀에게서 무슨 연락이 올 것이다. 그렇게 생각하고 당신은 참을성 있게 기다리고 또 기다린다. 아니, 어차피 기다리는 것 말고는 할 수 있는 게 없다. 그러나 아무리 기다려도 연락이 없다. 전화벨은 울리지 않고, 우편함에 두툼한 봉투가 꽂히지도 않는다. 문 두드리는 소리도 들리지 않는다. 있는 것은 오로지 침묵, 그리고 무無다. 그리하여 '침묵'과 '무'가 당신의 가까운 친구가 된다. 가능하면 그다지 친구가 되고 싶지 않은 것들이다. 하지만 그것 말고는 곁에 함께해주는 상대가 보이지 않는다. 물론 당신은 일말의 희망을 버리지 않는다. 그러나 무거운 둔기를 닮은 침묵과 무 앞에서 희망이라는 존재의 그림자는 엷다.

그렇게 나는 열여덟 살 생일을 맞고, 마지막 편지가 온 뒤로 다시 일 년이 지난다. 시간은 묵직하게, 그러나 거침없이 흘러간다. 이정표 하나가 앞쪽에 나타났다가 뒤쪽으로 지나간다. 그리고 또하나가.

나라는 인간이 어떤 존재인지 도무지 이해할 수 없다. 나는 어째서 이곳에 있고, 이런 일을 하고 있을까? 어째서 이곳에는 늘 이렇게 세찬 바람이 불까? 스스로에게 몇 번이고 묻는다.

물론 대답은 없다.

22

　도서관으로 걸어가는 길에 눈이 내리기 시작한다. 물기 없
는 작은 눈송이, 금방 녹지는 않을 듯한 눈이다. 쌓일지 어떨
지는 아직 판단하기 힘들다.

　도서관에 도착하자 난로에서는 여느 때처럼 빨간 장작불이
활활 타오르고 있다. 그 위에서 큼지막한 검은색 주전자가 김
을 피운다. 너는 정원에서 따 온 약초를 작은 나무봉으로 빻고
있다. 손이 가는 작업이다. 까드득까드득, 끈질기고 균일한 소
리가 귀에 와닿는다. 내가 방에 들어서자 너는 그 작업을 멈추
고 고개를 들어 작게 미소 짓는다.

　"벌써 눈이 오기 시작했어요?"

　"아직은 아주 조금이지만." 내가 말한다. 무거운 외투를 벗

어 벽 앞의 행거에 건다.

"오늘밤은 그렇게 많이 오지 않을걸요. 쌓일 일은 없어요."
네가 말한다. 아마 그 말이 맞을 것이다. 늘 그렇듯이.

네 손으로 먼지를 닦아 책상에 올려둔 오래된 꿈을 나는 읽
기 시작한다. 손바닥으로 따뜻하게 감싸서 활성화시킨다. 곧
오래된 꿈이 깨어나 알아들을 수 없는 언어로 메시지를 말하
기 시작한다.

오래된 꿈―그것은 내 그림자가 추측하듯 긁어내어져 밀폐
보존된 사람들 마음의 잔재일까? 나로서는 그 가설의 옳고 그
름을 판단할 수 없다. 내가 보는 한 눈앞에 있는 건 병조림처
럼 가둬진 '혼돈의 소우주'일 뿐이다. 우리의 마음이란 이토록
불명료하고 일관성이 결여된 것인가? 혹은 오래된 꿈이 이처
럼 단편적이고 혼란스러운 메시지밖에 내보낼 수 없는 건, 그
것이 결속된 하나의 마음이 아니라 '남은 부스러기'를 모은 것
에 지나지 않기 때문일까?

내 꿈에 나왔던 하사관은 메마른 목소리로 내게 말했다. "때
로는 의식을 죽이는 게 가장 편한 길로 여겨지니까요."

"이 도시를 나가게 될지도 몰라." 나는 너에게 털어놓는다.
너에게 말하지 않고 이곳을 나갈 순 없다―설령 도시가 지금

186

이 대화를 엿듣고 있다 해도.

"언제요?" 너는 묻는다. 딱히 놀란 기색도 없이.

우리는 강변길을 나란히 걷는다. 너를 집까지 바래다주는 중이다―여느 날 밤과 마찬가지로. 눈은 이미 그쳤다. 구름 한 군데가 빠끔히 갈라져 그 틈새로 별이 몇 개 엿보인다. 별들은 얼음 알갱이처럼 희고 차가운 빛을 세상에 던진다.

"조만간, 내 그림자가 숨을 거두기 전에."

"그렇게 결정했어요?"

"아마 그러지 싶어." 나는 말한다. 그러나 아직 망설임을 지우진 못했다. "그전에 너에게 해두고 싶은 말이 있어."

"뭔데요?"

"벽 바깥의 세계에서, 아주 오래전에 너를 만난 적 있어."

너는 걸음을 멈추고 초록색 머플러를 목에 단단히 고쳐 맨다. 그리고 내 얼굴을 본다. "나를요?"

"또다른 너―즉 벽 바깥에 있는 너를."

"내 그림자를 말하는 건가요?"

"그런 것 같아."

"내 그림자는 한참 옛날에 죽었어요." 너는 말한다. 오늘밤은 눈이 쌓이지 않는다고 선언했을 때처럼 단호하게.

너의 그림자는 한참 옛날에 죽었다, 나는 그 말을 속으로 되뇐다. 동굴에 울리는 메아리처럼.

나는 묻는다. "그림자들은 죽으면 어떻게 될까?"

너는 고개를 젓는다. "몰라요. 내게는 도서관 일이 주어졌고, 그 역할을 다할 뿐이에요. 매일 도서관 문을 열고, 추운 계절에는 난로에 불을 피우고, 약초를 따서 차를 만들고…… 그렇게 당신 일을 도우면서요."

헤어지면서 너는 말한다. "이제 도서관에 안 올지도 모르는 거네요. 하지만 어떻게 이 도시를 나갈 생각이죠? 문으로 나갈 순 없잖아요? 도시로 들어오면서 계약을 맺었으니까."

나는 침묵한다. 지금 여기서 그 이야기를 할 순 없다. 듣는 귀가 있을지도 모른다.

"바깥세계에 있는 너를 만났을 때," 나는 말한다. "나는 너를—그녀를 좋아하게 됐어. 순식간에. 나는 그때 열여섯 살, 그녀는 열다섯 살이었어. 지금 너와 비슷한 나이야."

"열다섯 살?"

"그래, 바깥세계 기준으로 그녀는 열다섯 살이었어."

우리는 네가 사는 집 앞에 멈춰 서서 마지막이 될지도 모르는 대화를 나눈다. 눈은 그쳤지만 추운 밤이다.

"당신은 벽 바깥의 세계에서 내 그림자를 좋아했다. 그곳에서 그녀는 열다섯 살이었다"라고 너는 스스로에게 말한다. 이해불가능한 것을 이해할 수 없다는 사실을 새삼스레 확인하듯이.

나는 말한다. "나는 그녀를 간절히 원했고, 마찬가지로 그녀도 나를 원해주길 바랐어. 그런데 일 년 후 어느 날, 그녀가 갑자기 사라져버렸어. 예고도 없이, 설명다운 설명도 없이."

너는 다시 한번 초록색 머플러를 가느다란 목덜미에 고쳐 맨다. 그리고 고개를 끄덕인다. "어쩔 수 없죠. 그림자는 언젠가 죽기 마련이니까."

"그녀를 다시 한번 만나고 싶어서 이 도시에 왔어. 여기 오면 만날 수 있을지 모른다고 생각했어. 하지만 동시에 너도 만나고 싶었어. 그것도 내가 벽 안쪽으로 들어온 이유 중 하나야."

"나를요?" 너는 미심쩍은 듯한 얼굴로 말한다. "어째서죠? 왜 나를 만나고 싶었어요? 나는 당신이 좋아했던 열다섯 살 소녀가 아니에요. 우리가 원래 하나였는지 몰라도 어릴 적에 떨어져 벽 안과 바깥으로 갈라졌고 서로 다른 존재가 됐어요."

나는 그녀의 눈을 들여다본다. 산속 맑은 샘의 밑바닥을 살피듯이. 그리고 말한다. "너는 그녀가 아니야. 잘 알고 있어. 여기서 너는 꿈을 꾸지 않고, 누군가를 좋아하는 일도 없지."

그리고 그녀는 공동주택 입구로 사라진다. 아마 영원한 작별이리라. 그러나 너에게는 여느 때와 같은 헤어짐일 뿐이다. 이곳에서는 모든 것이 영원하니까.

23

 스무 살 전후의 엉망이었던 시기를 나는 어찌어찌 넘긴다. 지금 돌이켜봐도 그런 나날을 용케도 무사히—상처가 전혀 없었다고 할 순 없어도—빠져나왔다 싶어 스스로 감탄하고 만다.

 학교에도 학업에도 흥미를 갖지 못해 수업에 제대로 들어가지 않았다. 친구도 사귀지 않았다. 혼자 책을 읽고 가끔 아르바이트를 했다. 아르바이트하는 곳에서 남녀 몇 사람을 알게되어 같이 술을 마시곤 했지만 그 이상 친해지진 않았다. 아무튼 무얼 하든 마음의 평온은 얻을 수 없었다. 무언가에 관심을 가지기가 불가능했다. 두꺼운 구름 속에서 넋을 놓고 마냥 앞으로 걸어가듯 종잡을 수 없는 나날이었다. 전부 너를 잃어버린 탓이다. 간절한 바람이 이뤄지지 않은 탓이다.

하지만 어느 날 문득 눈이 번쩍 뜨인다. 그 각성의 직접적인 계기가 무엇이었는지 지금은 기억나지 않는다. 그래도 지극히 사소하고 흔하디흔한 일이었던 것만은 틀림없다. 이를테면 막 삶은 달걀의 냄새라든가, 귀에 와닿은 추억의 음악 몇 소절이라든가, 방금 다림질한 셔츠의 감촉이라든가…… 그것이 의식의 특별한 부위 어딘가를 자극해 흠칫 눈을 뜨게 한 것이다. 그리고 생각했다. 아아, 이러고 있어서는 안 된다, 라고.

이대로 살면 몸도 마음도 닳고 해져서 혹시 언젠가 네가 나에게 돌아와도 온전히 받아줄 수 없을지 모른다. 그런 사태만은 피해야 한다.

나는 나 자신을 올바른 궤도로 복귀시킨다. 출석일수가 모자라고 당연히 성적도 형편없었으므로 학교를 일 년 더 다녀야 했다. 별수없다. 마땅히 치러야 할 대가다. 생활을 바로잡는다. 강의에 꼬박꼬박 출석하고, 열심히 필기를 한다(강의 내용이 아무리 따분해도). 공강 시간에는 학교 수영장에서 수영을 하며 체력과 체형을 유지한다. 청결한 새 옷을 사고, 주량을 줄이고, 제대로 된 식사를 한다.

그런 생활을 이어가는 사이 자연히 몇 명의 남녀 친구들이 생긴다. 나는 그들에게 흥미와 호의를 가지고, 그들도 내게 흥미와 호의를 가져준다. 그건 그것대로 썩 나쁘지 않다. 너를 참을성 있게 기다리는 한편, 다른 단계에서 남들처럼 평범하게 생활하는 요령을 익힌다.

이윽고 내게 연인이 생긴다. 같은 강의를 듣던 한 살 아래 여학생이다. 성격이 명랑하고 대화하면 즐겁다. 영리하고 외모도 차밍하다. 그녀는 나의 '복귀'를 여러 면에서 지지해주었고, 나는 그 점에 감사한다. 하지만 내 안에는 늘 일정한 보류가 있다. 너만을 위한 공간을 마음속 어딘가에 보존해둬야 한다.

누군가를 위한 비밀 공간을 확보해둔 채 다른 사람과 연인 관계가 된다—그런 게 가능할까? 어느 정도는 가능하다. 그러나 언제까지고 이어가기는 불가능하다. 그래서 나는 그녀에게 상처를 주고, 그 결과 나 자신에게도 상처를 주었다. 그리하여 나는 더욱 고독해진다.

오 년이 걸려 대학교를 졸업하고 출판유통사에 취직한다. 고향에 돌아가진 않는다. 업무 폭이 넓어 숙지할 것이 많다. 마음 같아선 출판사에 들어가 편집 현장에서 일하고 싶었지만 어느 출판사든 면접에서 떨어지고 말았다. 학점이 썩 좋은 편이 아니라서일 것이다. 물론 출판유통업도 책을 다루는 일이고, 처음 품은 뜻과는 조금 달라도 나름대로 보람이 있다. 그렇게 사회인으로서 그럭저럭 부족함 없는 나날을 보낸다. 업무에 익숙해지고, 점차 책임 있는 역할을 맡게 된다.

여성과의 관계로 말하자면 거의 똑같은 문제의 반복이었다.

남들이 그러듯 몇 명을 만나 사귀었고, 진지하게 결혼을 생각한 적도 있었다. 절대 반쯤 노는 기분으로 그런 건 아니다. 하지만 결국 그녀들과 진정한 의미의 신뢰 관계를 쌓진 못했다. 그럴 수 있었다면 좋았겠지만 어떤 경우도 잘되지 않았다. 마지막에 꼭 무슨 일이 터져서 매번 그르치고 말았다—그르치다라는 표현이 실로 딱 맞았다.

그 이유는 두 가지다. 하나는 내게 항상 네가 있었기 때문이다. 너의 존재가, 너의 이야기가, 너의 모습이 내 마음을 도저히 떠나지 않았다. 나는 언제나 의식의 깊은 곳에서 너를 생각했다. 짐작건대 그것이 가장 큰 이유다.

그러나 동시에 내 안에는 일관된 두려움이 있었다. 조건 없이 누군가를 사랑하게 되었는데, 어느 날 갑자기 이유도 듣지 못하고 영문도 모르는 채 단번에 거절당하면 어쩌나 하는 두려움이다. 그 여자는—과거에 네가 그랬던 것처럼—아무 말 없이 내 앞에서 연기처럼 사라져버릴지도 모른다. 그리고 나는 혼자 남겨진다. 텅 빈 마음을 안은 채.

무슨 일이 있어도 또다시 그런 기분을 맛보고 싶진 않았다. 그런 꼴을 당하느니 차라리 혼자서 고독하고 조용하게 사는 편이 나았다.

매일 먹을 음식을 직접 만들고, 헬스장에 가서 건강을 챙기

고, 일상을 청결히 유지하고, 남은 시간에는 책을 읽는다. 독
신 생활에는 규칙성을 중시하는 것이 제일이다―규칙성과 단
조로움 사이에 선을 긋기가 가끔 어렵다 해도.

주위에는 내 생활이 자유롭고 속 편하게 비쳤을지도 모른
다. 확실히 나는 그 자유를, 일상의 평온을 고맙게 받아들였
다. 하지만 어디까지나 나라는 인간이 어찌어찌 감당할 수 있
는 유의 삶이지, 다른 이들에게는 견디기 힘든 삶이었을 것이
다. 너무 단조롭고, 너무 고요하고, 무엇보다 고독했으므로.

삼십대가 끝나고 마흔 살 생일을 맞았을 때는 어쩔 수 없이
작은 동요가 일었다. 결국 누구와도 맺어지지 않고 이대로 평
생을 외톨이로 보내는 걸까? 앞으로 나는 착실히 나이를 먹어
갈 것이다. 그리고 더욱 고독해질 것이다. 이윽고 인생의 내리
막길에 접어들어 신체 능력도 점점 약해진다. 지금껏 별생각
없이 간단히 해왔던 일들이 쉽지 않아질 것이다. 그런 미래의
내 모습을 아직은 구체적으로 상상할 수 없지만, 결코 유쾌하
지 않으리란 건 쉽게 상상이 된다.

마흔 살…… 생각해보면 나는 열일곱 살 때부터 벌써 이십
삼 년에 걸쳐 너를 기다리는 셈이다. 그사이 너에게선 전혀 연
락이 없다. 침묵과 무는 변함없이 내 곁에 찰싹 달라붙어 있
다. 이제는 그들의 존재에 완전히 익숙해졌다. 아니, 그렇다기

보다 이미 나의 일부다. 침묵과 무…… 그들을 빼고서는 나라는 인간을 말할 수 없게 되었다.

그렇게 마흔 살 생일을 별일 없이(누구의 축하도 없이) 통과한다. 회사 일은 안정적이다. 직급도 그럭저럭 올라갔고 수입도 부족하지 않다(사실 무언가를 열렬히 갖고 싶어할 때가 거의 없다). 고향의 연로한 부모님은 내가 결혼해서 자식을 갖기를 간절히 바란다. 미안한 마음은 있지만, 내게 그런 선택지는 주어지지 않았다.

변함없이 너를 생각한다. 마음속 깊은 곳, 작은 방에 들어가너의 기억을 더듬는다. 너에게서 받은 편지 다발, 손수건 한장, 그리고 벽에 둘러싸인 도시에 대해 면밀하게 기록한 공책. 나는 작은 방 안에서 그것들을 집어들고 하염없이 쓰다듬고바라본다(마치 열일곱 살 소년처럼). 그 방에는 내 인생의 비밀이 담겨 있다. 아무도 모르는, 나에 대한 비밀이다. 오직 너만이 그곳에 있는 수수께끼를 풀 수 있다.

하지만 너는 없다. 네가 어디 있는지 알 길은 없다.

마흔다섯 살 생일이 돌아오고, 그다지 유쾌하다 할 수 없는이정표를 통과한 후 얼마 지나지 않아 나는 다시 구덩이로 떨어진다. 쿵 하고 난데없이. 예전에―그 비참했던 스무 살 전후의 나날에—발을 헛디뎠을 때처럼. 그런데 이번에 떨어진 곳은 비유로서의 구덩이가 아니라 실제로 땅에 파인 구덩이다. 언제 어떻게 그 낙하가 일어났는지는 기억나지 않는다. 그러나 아마 단순히, 마침 그 순간 내디딘 발이 지면에 닿지 못했던 것이리라.

의식이 돌아왔을 때(즉 의식을 잃었던 셈이다) 나는 그 구덩이 밑바닥에 누워 있었다. 몸에 아픔이 전혀 느껴지지 않는 걸 보면 낙하한 게 아닐지도 모른다. 그곳으로 옮겨져 놓여 있었던 건지도 모른다. 대체 누가? 알 수 없다. 어쨌거나 내 몸은 원래 있던 세계에서 멀리 떨어진 곳으로 옮겨져 있었다. 현실에서 멀리, 멀리, 멀리, 아주 멀리 동떨어진 장소다.

시간은 밤이다. 구덩이 위 직사각형으로 잘린 하늘이 보인다. 하늘에는 수많은 별이 빛나고 있다. 그리 깊은 구덩이는 아닌 듯하다. 지상으로 올라가려고 마음먹으면 내 힘으로 기어오를 수도 있을 것 같다. 그 사실을 파악하고 조금 안도한다. 하지만 나는 몹시 지쳐 있다. 바닥에서 몸을 일으킬 수 없다. 손을 들어올리기 어렵고, 눈을 뜨고 있기조차 힘들다. 몸이 산산조각나 흩어질 것처럼 피로하다. 나는—나는 천천히 눈을 감고 다시 의식을 잃는다. 그리고 깊은 비의식非意識의 바다로 가라앉는다.

시간이 얼마나 흘렀을까? 눈을 떴을 때는 하늘이 완전히 밝아졌다. 작고 하얀 구름이 바람에 흘러가는 것이 보인다. 새소리도 들린다. 아침인 것 같다. 화창하게 개어 기분좋아 보이는 아침이다. 그리고 누군가가 구덩이 가장자리에서 몸을 내밀고 나를 내려다보고 있다. 머리를 매끈하게 민 거구의 남자다. 기묘한 옷을 아무렇게나 겹쳐 입고, 손에는 삽 같은 것을 들고 있다.

"어이, 당신." 남자가 굵은 목소리로 나를 부른다. "왜 그런 데 있나?"

현실인지 꿈인지 파악하기까지 시간이 조금 필요하다. 덥지도 춥지도 않다. 신선한 풀 냄새가 난다.

"왜 이런 데 있나?" 나는 일단 남자의 질문을 되풀이한다.

"그러니까, 내 말이 그 말이야."

"모르겠어요." 나는 대답한다. 내 목소리 같지 않다. "여기가 대체 어디지?"

"당신이 뒹굴고 있는 거기 말이야?" 남자가 쾌활한 목소리로 말한다. "어디서 왔는지 몰라도 내 말대로 하게나. 얼른 거기서 나오는 게 몸에 이로울 거야. 거긴 죽은 짐승들을 던져넣고 기름을 뿌려 태우는 구덩이니까."

24

오후부터 눈이 내리기 시작했다. 바람이 불지 않는 하늘에서 무수한 흰 눈송이가 소리 없이 도시에 떨어졌다. 천천히 허공에 흩날리는 가벼운 눈은 아니다. 눈송이는 저마다 확고한 무게를 지니고 돌멩이처럼 직선을 그리며 지표면에 다다랐다.

집을 나선 나는 서쪽 언덕을 내려가 서둘러 문 쪽으로 향했다. 길에서 스쳐지나는 짐승들은 등에 얼어붙은 눈송이를 단 채, 체념한 듯 눈을 내리뜨고 흰 입김을 토하며 느릿하게 걸음을 옮겼다. 며칠 사이 추위가 한층 혹독해지고, 먹이로 삼는 나무열매와 이파리를 갈수록 찾아보기 힘들어졌다. 더 많은 짐승들이 목숨을 잃게 될 것이다. 약한 개체부터 차례로.

북쪽 벽 바깥에서는 평소보다 굵은 회색 연기가 강하고 힘차게 올라가고 있었다. 문지기는 오늘도 분주하게 짐승의 사체들을 모아 태우는 작업에 들어간 모양이다. 연기는 마치 위에서 누군가 동아줄을 감기라도 하는 양 하늘을 향해 똑바로 올라가 두꺼운 눈구름 속으로 빨려들어갔다. 짐승들에게는 안됐지만 사체의 수가 많을수록 문지기의 일이 늘어나고, 나는 그만큼 시간을 벌 수 있다.

오두막에 문지기는 없다. 대신 새빨갛게 타오르는 난로가 주인 없는 방을 덥히고 있다. 작업대 위에 손작두와 손도끼가 가지런히 놓여 있다. 방금 갈아서 세운 듯한 날이 탐스럽고 위협적으로 번쩍이며 작업대 위에서 말없이 이쪽을 노려보고 있다. 나는 문지기 오두막을 빠져나와 '그림자 쉼터'를 가로질러 그림자가 자고 있는 방으로 들어갔다.

방안 공기는 지난번보다 무겁고, 죽음의 전조 같은 것이 감돌았다. 안으로 들어서자 판벽의 시커먼 옹이 몇 개가 경고하듯 나를 쳐다보았다. '네가 무슨 생각을 하는지 다 안다'고 말하는 것처럼. 그림자는 이불을 말고 죽은듯이 잠들어 있었다. 코밑에 손가락을 대어보고 아직 숨이 붙어 있음을 확인했다. 이윽고 그림자가 눈을 뜨고 나른한 듯 몸을 비틀었다.

"결심이 선 거죠?" 그림자가 가냘픈 목소리로 물었다.

"그래. 지금 같이 이곳에서 나가자."

"지금 당장 말인가요?"

"지금 당장."

"이제 안 오는 줄 알았어요." 나의 그림자는 고개만 살짝 이쪽으로 돌리고 말했다. "어때요, 얼굴이 말이 아니죠?"

나는 그림자의 야윈 몸을 안아 일으키고 어깨를 감싸 부축하며 밖으로 나왔다. 그리고 그를 등에 업었다. 그림자와 절대 접촉해선 안 된다고 문지기가 주의를 주었지만 이제는 아무래도 상관없는 일이다. 그림자는 체중이 거의 나가지 않았으므로 업기 힘들진 않았다. 이렇게 몸을 밀착시키고 있으면 그림자는 본체인 내게서 생기를 받아들여 조금씩 활력을 되찾을 것이다. 사막의 식물이 필사적으로 수분을 흡수하듯이. 지금의 내가 그림자에게 충분한 생기를 나눠줄 수 있을지는 별로 자신이 없었지만.

"저기 있는 뿔피리를 가져가세요." 문지기 오두막에서 나가려는데 나의 그림자가 등뒤에서 말했다.

"뿔피리를?"

"네, 그러면 문지기가 우리를 뒤쫓아오기 어려워져요."

"무척 노발대발할 텐데." 나는 시퍼렇게 번뜩이는 손작두와 손도끼를 곁눈질하며 말했다.

"하지만 필요해요. 이 도시는 마음먹으면 한도 끝도 없이 위험해질 수 있어요. 우리도 대비를 해야죠."

무슨 말인지 잘 이해할 수 없었지만 아무튼 하라는 대로 벽에 걸려 있던 뿔피리를 집어들어 코트 주머니에 넣었다. 오랜 세월 손때가 묻어 거의 황갈색이 된 뿔피리다. 짐승의 외뿔로 만든 듯하고, 섬세한 조각이 새겨져 있다.

"시간이 별로 없어요." 나의 그림자가 말했다. "서두릅시다, 내 발로 달리지 못해 면목없지만요."

"너를 업고 도시를 가로지르면 보는 눈이 많을 텐데."

"우리가 함께 도망갔다는 건 어차피 바로 알려질 거예요. 어쨌든 한시바삐 남쪽 벽에 닿아야 해요."

그림자를 업고 문지기 오두막을 뒤로했다. 이제 돌이킬 수 없다. 강에 도착해 옛 다리를 건너 남쪽으로 향했다. 이따금 눈송이가 눈에 들어와 앞이 잘 보이지 않아서 짐승들과 부딪 쳤다. 그럴 때마다 그들은 작고 기묘한 소리를 냈다.

눈이 쏟아지는 덕에 지나다니는 사람은 별로 없었지만 그래 도 우리를 목격한 주민이 몇 명 있었다. 그들은 그저 가던 길 을 멈추고 가만히 우리를 지켜보았다. 이 도시에서는 사람이 달리는 모습을 볼 기회가 극히 드물다. 그들이 어딘가에 알릴 까? '꿈 읽는 이'가 그림자와 다시 한몸이 되어 도시에서 도망 치려 한다고. 혹은 그런 건 그들에게 아무 의미도 없는 일일 까?

이 도시에 온 뒤로 통 운동을 하지 않았기에, 아무리 가볍 다지만 그림자를 업고 도시를 주파하기는 쉽지 않았다. 나는 연신 헉헉대며 희고 딱딱한 입김을 공중에 내뱉었다. 눈 섞인 대기는 차가웠고, 공기를 들이쉴 때마다 폐 안쪽이 바늘로 찔리는 것처럼 아팠다. 가까스로 남쪽 언덕 기슭에 도착해 잠시 멈춰 서서 호흡을 가다듬으며 뒤를 돌아보았다.

"곤란한데요." 그림자가 말했다. "보세요. 짐승을 태우는 연기가 많이 가늘어졌어요."

그림자의 말대로다. 몰아치는 눈발 사이로 보이는 북쪽 벽 너머의 연기가 조금 전보다 확연히 가늘었다.

"분명 눈 때문에 불이 꺼지기 시작했을 테죠." 그림자는 말했다. "그러면 문지기는 불에 부을 유채기름을 가지러 오두막으로 돌아와요. 그리고 내가 쉼터에서 사라진 걸 알겠죠. 발이 빠른 남자예요. 조금 난처해지겠는데요."

그림자를 업고 남쪽 언덕의 가파른 비탈길을 오르기는 쉽지 않았다. 그러나 일단 마음먹고 시작한 일이다. 도중에 약한 소리를 할 순 없다. 더욱이 그림자의 말마따나 도시는 마음먹으면 한도 끝도 없이 위험해질 수 있다. 나는 코트 아래로 땀을 흘리면서 쉬지 않고 비탈길을 올랐다. 어찌어찌 언덕 꼭대기에 다다랐을 때는 두 다리가 돌처럼 딱딱해지고 종아리가 덜덜 떨렸다.

"미안하지만 조금만 쉬자." 나는 바닥에 주저앉아 숨을 헐떡이며 말했다. 시간과의 싸움이라는 건 알지만 다리가 도무지 말을 듣지 않았다.

"괜찮으니 여기서 잠시 쉬세요. 내가 내 다리로 못 뛰는 게 문제니까 당신이 부담 가질 건 없어요. 그 뿔피리 잠깐 줘볼래요?"

"뿔피리? 뿔피리로 뭘 하려고?"

"일단 줘보세요."

나는 영문을 모르는 채, 훔친 뿔피리를 코트 주머니에서 꺼내 그림자에게 건넸다. 그림자는 그것을 입에 대고 깊게 숨을 들이쉬었다가 온 힘을 쥐어짜내듯 불었다. 눈 아래 펼쳐진 도시를 향해 길게 한 번, 짧게 세 번. 여느 때와 같은 뿔피리 소리다. 그림자가 그처럼 능숙하게 뿔피리를 불 줄 안다는 것에 나는 놀랐다. 문지기가 부는 음색과 거의 차이가 없다. 언제 그런 기술을 익혔을까. 어깨너머로 배운 걸까?

"대체 뭘 한 거야?"

"보시다시피 뿔피리를 불었습니다. 이걸로 얼마간 시간을 벌 수 있어요." 그러고서 그림자는 뿔피리를 눈에 잘 띄도록 근처 나뭇가지에 매달았다. "이렇게 해두면 문지기가 발견하고 찾을 수 있어요. 어차피 이 길을 따라 우릴 쫓아올 테니까요. 뿔피리가 손에 들어오면 조금은 화가 풀릴지도 모르죠."

"얼마간 시간을 벌 수 있다는 건?"

그림자는 설명했다. "뿔피리를 불면 그 소리를 듣고 짐승들이 문으로 몰려오죠. 그러면 문지기는 문을 열어 그들을 밖으로 내보내야 해요. 짐승들이 전부 밖으로 나가고 나서야 문을 닫아요. 그게 규칙으로 정해진 그의 임무입니다. 짐승들을 남김없이 밖으로 내보내는 데는 시간이 걸리고요. 그만큼 우리는 시간을 벌 수 있는 거죠."

나는 감탄해서 그림자를 보았다. "머리를 쓸 줄 아는구나."

"그거 알아요? 이 도시는 완전하지 않아요. 벽 역시 완전하지 않고요. 완전한 것 따위는 이 세계에 존재하지 않아요. 어떤 것에나 반드시 약점이 있고, 이 도시의 약점 중 하나는 저 짐승들이에요. 그들을 아침저녁으로 출입시킴으로써 도시는 균형을 유지하죠. 우리는 방금 그 밸런스를 무너뜨린 겁니다."

"분명 도시가 화를 낼 테지."

"아마도." 그림자는 말했다. "만약 도시에 감정 같은 것이 있다면요."

손가락으로 열심히 종아리를 주무르고 있자니 드디어 두 다리에 감각이 돌아왔다. "자, 출발하자." 나는 몸을 일으키고 그를 다시 등에 업었다.

나머지는 내리막길이다. 나는 어느 정도 회복한 다리로 그 비탈길을 내려갔다. 가끔 오르막이 나오긴 해도 거의 내리막이었다. 발밑을 조심해야 했지만 더이상 숨이 차오르진 않았다. 이윽고 길다운 길이 사라지고 알아보기도 힘든 험한 산길이 나왔다. 폐허가 된 작은 마을 앞을 지나간다. 눈은 쉬지 않고 내렸다. 머리카락에 내려앉은 눈이 덩어리져 얼어붙었다. 모자를 안 쓰고 나온 걸 조금 후회했다. 온 하늘을 뒤덮은 두꺼운 눈구름은 그 안에 어마어마한 양의 눈을 품고 있는 듯하다. 계속 나아가자 웅덩이에서 나는 기묘한 흐느낌 같은 물소리가 띄엄띄엄 귀에 와닿기 시작했다.

"이만큼 왔으면 괜찮겠죠." 그림자가 뒤에서 말했다. "저 덤불을 가로지르면 바로 웅덩이가 나와요. 이제 문지기가 따라잡지 못해요."

나는 그 말에 안도의 숨을 내쉬었다. 여기까지는 우리가 어찌어찌 잘 헤쳐온 모양이다.

그러나 그렇게 생각한 바로 그 순간, 우리 눈앞에 벽이 우뚝 치솟았다.

벽은 아무런 전조 없이 순식간에 우리 앞에 나타나 길을 가로막았다. 그 높고 견고한 도시의 벽이다. 나는 그 자리에 멈춰 서서 숨을 삼켰다. 왜 이런 곳에 벽이 있지? 지난번 이 길에 왔을 때는 물론 이런 것이 존재하지 않았다. 나는 말을 잃고 그저 높이 8미터의 그 장벽을 올려다보았다.

놀랄 것 없다, 벽은 묵직한 목소리로 내게 알렸다. **네가 만든 지도 따위는 아무 쓸모 없다. 종잇조각에 그려진 한낱 선일 뿐이지.**

벽은 자유자재로 모양과 위치를 바꿀 수 있다. 나는 그걸 깨달았다. 언제든 마음대로 어디로든 이동할 수 있다. 그리고 벽은 우리를 바깥에 내보내지 않기로 마음을 굳혔다.

"들으면 안 돼요." 그림자가 등뒤에서 속삭였다. "보는 것도 안 됩니다. 그저 환영이에요. 도시가 우리에게 환영을 보여주는 거예요. 그러니까 눈을 감고 이대로 돌파하는 겁니다. 상대의 말을 믿지 않으면, 두려워하지 않으면, 벽 같은 건 존재하지 않아요."

나는 그림자의 말대로 눈을 질끈 감고 그대로 전진했다.

벽은 말했다. 너희는 벽을 통과하지 못한다. 설령 하나를 통과하더라도 그 너머에 다른 벽이 기다리고 있다. 무슨 짓을 하든 결과는 똑같아.

"듣지 마요." 그림자가 말했다. "두려워해선 안 돼요. 앞을 향해 달리는 겁니다. 의심을 버리고, 자신의 마음을 믿고."

그래, 달리거라. 벽이 말했다. 그리고 큰 소리로 웃었다. 얼마든지 멀리 달려가려무나. 나는 언제나 거기 있을 테니.

벽의 웃음소리를 들으면서 나는 고개를 들지 않고 똑바로 달려 그 앞에 있을 벽으로 돌진했다. 여기까지 온 이상 그림자의 말을 믿는 수밖에 없다. 두려워해서는 안 된다. 나는 온 힘을 쥐어짜 의심을 버리고 나 자신의 마음을 믿었다. 그리고 나와 그림자는 단단한 벽돌로 이뤄져 있을 두꺼운 벽을 반쯤 헤엄치다시피 통과했다. 마치 부드러운 젤리층을 헤치고 나아가는 것처럼. 뭐라 설명할 수 없는 기묘한 감촉이었다. 그 층은 물질과 비물질 사이의 무언가로 만들어진 것 같았다. 시간도 거리도 없고, 고르지 못한 알갱이가 섞인 듯 독특한 저항감이 느껴질 뿐이다. 나는 눈을 감은 채 그 물컹거리는 장해물을 돌파했다.

"내가 뭐랬습니까." 그림자가 귓가에서 말했다. "전부 환영이에요."

심장이 늑골 안쪽에서 연신 메마르고 딱딱한 소리를 냈다. 귓속에는 아직 벽의 드높은 웃음소리가 맴돌았다.

얼마든지 멀리 달려가려무나. 벽은 나에게 그렇게 말했다. 나는 언제나 거기 있을 테니.

25

마지막 덤불을 서둘러 빠져나가 웅덩이가 보이는 초원으로 나왔다. 웅덩이에 다다르자 나는 그림자를 등에서 내려놓았다. 그림자는 여전히 조금 휘청거리긴 해도 어찌어찌 혼자 걸을 수 있는 상태까지 회복했다. 야윈 얼굴에 희미하게 혈색이 돌아왔다. 꽤 오랫동안 밀착해 있었지만 그때까지도 나와 그림자는 여전히 한데 붙지 않고 떨어져 있었다. 일체화할 수 있을 만큼의 활력을 그림자가 아직 되찾지 못했는지도 모른다.

"업혀 있는 동안 필요한 양분을 받아들일 수 있었어요." 그림자는 말했다. "충분하다고는 못해도 모자라진 않을 겁니다. 한숨 돌렸다가 탈출을 시작하죠."

나는 그 자리에 서서 호흡을 고르며 주의깊게 주위를 둘러보았다. 웅덩이의 상태는 지난번과 다를 게 없다. 아름다울 만큼 맑고 푸른 물, 잔물결 하나 없이 평온한 수면, 깊은 밑바닥에서 단속적으로 들려오는, 목이 막힌 양 쿨럭거리는 소리. 때때로 불온한 헐떡거림이 섞인다. 동굴로 빨려들어가는 대량의 물이 내는 소리다. 그 밖에는 아무 소리도 없다. 바람도 멎었다. 새 한 마리 날지 않는다. 주위에는 순백의 눈이 소리 없이 내린다. 이 얼마나 아름다운 풍경인가, 나는 생각했다. 감동했다, 라고 해도 좋다. 나는 이 풍경을 아마 숨을 거두는 순간까지 선명하게 기억할 것이다. 그때가 되면 풍경의 온갖 세부가 뇌리에 고스란히 재현될 것이 틀림없다.

머릿속에서 현실과 비현실이 격렬히 싸우며 뒤엉켰다. 나는 바야흐로 이쪽 세계와 저쪽 세계의 경계에 와 있다. 이곳은 의식과 비의식의 얇은 접면이고, 나는 어느 세계에 속해야 할지 지금 바로 선택해야 한다.

"여기서 무사히 탈출할 수 있다는 확신이 있는 거지?" 나는 웅덩이를 손가락으로 가리키며 나의 그림자에게 물었다.

그림자는 말했다. "이 웅덩이는 벽 바깥의 세계로 곧장 이어져요. 밑바닥에 있는 동굴로 들어가 벽 아래를 헤엄쳐 빠져나가면 바깥세계로 나갈 수 있습니다."

"웅덩이는 석회암 땅 밑의 수로와 이어져서, 동굴에 빨려들어간 자는 예외 없이 그 암흑 속에서 익사한다고 해."

"그건 사람들을 겁주려고 도시가 지어낸 새빨간 거짓말입니다. 지하 미로 같은 건 존재하지 않아요."

"그렇게 번거로운 짓을 하느니 사람들이 가까이 가지 못하도록 웅덩이를 높은 담이나 울타리로 둘러싸버리는 편이 손쉬울 텐데. 굳이 공들여 거짓말을 꾸미는 것보다."

그림자는 고개를 저었다. "저들이 머리를 쓴 거예요. 도시는 이 웅덩이 주위에 공포라는 심리적 울타리를 엄중하게 둘러쳐뒀지요. 담이나 울타리보다 훨씬 효과적이에요. 한번 공포가 마음에 뿌리내리면 그걸 극복하기란 간단하지 않으니까."

"너는 어째서 그토록 확신하지?"

그림자는 말했다. "전에도 말했지만 이 도시는 구성부터 많은 모순을 안고 있어요. 도시를 존속시키려면 그 모순점을 원만하게 해소해야 하죠. 그러기 위해 몇 가지 장치가 만들어져 제도로 기능하고요. 공들인 시스템이에요."

그림자는 하얀 입김을 내뱉고 양손을 슥슥 맞비볐다.

"장치 중 하나는 불쌍한 짐승들입니다. 짐승들을 날마다 문으로 드나들게 함으로써, 또한 계절에 맞춰 번식시키고 도태시킴으로써 도시는 잠재적인 에너지를 밖으로 방출해 처리하는 거예요. 당신이 도서관에서 했던 꿈 읽기 일도 장치 중 하나입니다. 오래된 꿈으로 집적된 정신의 조각이 그 작업에 의해 승화되어 허공으로 사라지지요. 내가 하고 싶은 말은, 이 도시가 대단히 기교적이고 인공적인 장소란 겁니다. 모든 존재의 균형이 정묘하게 지켜지고, 그걸 유지하기 위한 장치가 빈틈없이 움직이고 있어요."

그림자의 말을 이해하는 데 약간 시간이 걸렸다.

"그리고 그 밸런스를 유지하는 수단으로 도시는 공포심을 이용한다, 그 말인가?"

"바로 그겁니다. 도시는 남쪽 웅덩이가 위험한 장소라는 정보를 사람들 머릿속에 심었어요. 도시 주민이 벽 바깥으로 나갈 수단은 이 웅덩이가 유일하니까요. 북문에선 문지기가 눈을 번득이고 있고, 동문은 폐쇄되었고, 강 입구는 튼튼한 쇠창살로 막혀 있어요. 벽 바깥으로 나가고 싶어하는 인간이 이 도시에 그리 많진 않겠지만, 그래도 도시는 탈출 가능성을 봉쇄하려는 겁니다."

"하지만 우리는 그것을 두려워할 필요가 없다."

그림자는 고개를 끄덕였다. "두려워할 필요 없어요. 다행히 당신은 아직 영혼을 빼앗기지 않았어요. 우리는 여기서 하나가 되어 웅덩이를 빠져나가 바깥세계로 돌아갈 겁니다."

귓속에서 조금 전에 들은 벽의 목소리가 다시 울려퍼졌다. **설령 하나를 통과하더라도 그 너머에 다른 벽이 기다리고 있다.** 그리고 드높은 웃음소리.

"무섭지 않아?" 나는 그림자에게 물었다. "지하의 암흑 속에서 익사할지도 모른다는 게."

"물론 무섭습니다. 생각만 해도 오싹해요. 하지만 우리는 이미 마음먹었잖아요. 애당초 이 도시를 만들어낸 건 당신 아닙니까. 당신에게는 그만한 힘이 있어요. 실제로 조금 전, 눈앞에 우뚝 선 단단한 벽을 무사히 통과했고요. 그렇죠? 중요한 건 공포를 이겨내는 겁니다. 게다가 수영은 당신 특기 아니던가요. 숨도 오랫동안 참을 줄 알고."

"그렇지만 너는? 수영할 줄 알아?"

그림자는 힘없이 웃었다. 그리고 양손을 펼쳤다. "난처하네. 보세요, 난 당신 그림자예요. 당신이 헤엄칠 때 나도 옆에서 똑같이 헤엄쳤다고요. 같은 페이스로 같은 거리를. 못할 리가 없잖아요."

그렇다, 우리는 나란히 나아가며 똑같이 헤엄칠 수 있다. 나는 하늘을 올려다보고 얼굴에 차가운 눈을 맞았다.

"설득력 있는 주장이야." 나는 그림자에게 말했다.

그림자는 그 말을 듣고 힘없이 웃었다. "그렇게 말해주니 영광이네요. 하지만 어찌 보면 이건 당신 자신이 생각하고, 자신을 향해 하는 말이기도 해요. 뭐니 뭐니 해도 나는 당신의 그림자니까."

"네 이야기는 확실히 말이 되는 것 같아."

"그럼, 슬슬 뛰어들까요. 수영을 즐기기에 아주 좋은 계절은 아니지만."

　나는 그 자리에 선 채 잠시 침묵했다. 다시 한번 두꺼운 눈
구름으로 뒤덮인 하늘을 올려다보고, 그림자의 얼굴을 정면에
서 똑바로 보았다. 결심을 굳힌 뒤 큰맘먹고 말했다.

　"그래도 나는 이 도시를 나갈 수 없어. 미안하지만 너 혼자
가줘."

26

그림자는 한참 동안 내 얼굴을 바라보았다. 무슨 말을 하려고 몇 번 입을 열었지만 번번이 말을 삼켰다. 잘 씹히지 않는 음식물을 단념하고 목안으로 삼켜버리는 것처럼. 아마 적절한 말을 찾아내지 못한 것이리라. 그는 고개를 떨구고 얼어붙은 땅에 장화 코로 작은 도형을 그렸다. 그러고는 바로 신발 바닥으로 문질러 지웠다.

"신중히 생각하고 내린 결정이겠죠?" 그가 말했다. "막상 뛰어들자니 무서워서, 뭐 그런 이유는 아니죠?"

나는 고개를 저었다. "아니, 이제 무섭진 않아. 조금 전까진 분명 공포를 느꼈지만 지금은 아니야. 네 이야기는 그 나름대로 진실일 거야. 마음먹으면 우리가 함께 이 벽을 무사히 빠져

나갈 수 있을 거라고 생각해."

"그래도 역시 당신은 이곳에 남겠다는 거죠?"

나는 고개를 끄덕였다.

"어째서죠?"

"우선 첫째, 원래 세계로 돌아가는 의미를 도저히 찾을 수 없어. 나는 그 세계에서 더더욱 고독해질 테지. 그리고 지금보다 훨씬 깊은 어둠에 직면할 거야. 내가 그 세계에서 행복해지기는 불가능에 가까워. 물론 이 도시도 완전한 장소라고는 할 수 없어. 네가 지적했듯 이 도시는 수많은 모순을 안고 성립되어 있어. 그 모순을 해소하기 위해, 아귀를 맞추기 위해 여러 가지 복잡한 조작이 이뤄지고 있고. 그리고 영원이라는 건 긴 시간이야. 그사이 한 개체로서의 내 의식이 점점 엷어지고, 나라는 존재가 이 도시에 삼켜질지도 몰라. 하지만 설령 그렇다 해도 괜찮아. 이곳에서 나는 적어도 고독하진 않아. 이 도시에서 내가 당장 무엇을 하면 되는지, 무엇을 해야 하는지, 그걸 알고 있으니까."

"오래된 꿈을 읽는 일 말이군요."

"누군가는 그것을 읽어야 해. 껍질에 갇혀 먼지를 뒤집어쓴 그 무수한 오래된 꿈을, 누군가가 해독해줘야 해. 나는 그 일을 할 수 있고, 그들이 그러길 원하고 있어."

"그리고 도서관의 서고 어딘가에 그녀가 남긴 오래된 꿈이 가만히 잠들어 있을지도 모른다."

나는 고개를 끄덕였다. "어쩌면 그럴지도 모르지. 네가 세운 가설이 맞는다면."

"그래도 그것이 당신의 마음이 원하는 것 중 하나다."

나는 침묵을 지켰다.

그림자가 깊은 한숨을 뱉었다.

"만약 당신을 여기 남겨둔 채 벽 바깥으로 나간다면 나는 머지않아 죽겠죠. 누가 뭐라 하든 우리는 본체와 그림자예요. 떨어진 채로는 오래 살지 못해요. 나는 상관없어요. 어차피 처음부터 부속물이었으니."

"아니면 바깥세계에서 무사히 살아남아 나의 대역 노릇을 할 수 있을지도 몰라. 보아하니 네게는 그럴 만한 자격이 있고 지혜도 충분해. 그러다보면 어느 쪽이 그림자고 어느 쪽이 본체인지 구별하기 힘들어질지도 모르지."

그림자는 잠시 그 말에 대해 생각했다. 그리고 작게 고개를 저었다.

"우린 아무래도 가설에 가설을 더하고 있는 것 같네요. 뭐가 가설이고 뭐가 사실인지, 점점 구별하기 힘들어져요."

"그런지도 몰라. 하지만 무언가가 필요해. 행동을 결단하는 데 필요한, 기댈 수 있는 기둥 같은 것이."

"역시 결심을 굳힌 거죠?"

나는 고개를 끄덕였다.

"그래도 그것과 별개로, 어쨌거나 마지막까지 나와 행동을 같이하고 여기까지 데려다줬군요."

"솔직히 마지막 순간까지도 나 자신이 어느 쪽을 선택할지 확실히 몰랐어. 이 웅덩이 앞에 직접 와서 설 때까지는." 나는 말했다. "하지만 이젠 마음을 정했고, 결심이 흔들릴 일은 없어―나는 혼자 이 도시에 남겠어. 너는 여기서 나갈 테고."

나와 그림자는 서로의 눈을 바라보았다. 그림자가 말했다.

"오랫동안 함께한 짝으로서 절대 간단히 찬성할 수 없지만 보아하니 마음을 바꿀 것 같지 않네요. 이 이상 설득하진 않겠어요. 여기 남는 당신의 행운을 빌어요. 그러니 나가는 나의 행운도 빌어주세요. 제법 진지하게."

"그래, 물론 진심으로 진지하게 행운을 빌어. 네가 하는 모든 일이 잘되기를."

그림자는 오른손을 내 쪽으로 내밀었다. 나는 그것을 잡았다. 자기 그림자와 악수하다니 왠지 묘했다. 자기 그림자가 평범한 악력과 체온을 지니고 있다니 그 또한 묘했다.

그는 정말로 내 그림자일까? 나는 진짜 나일까? 그림자의 말처럼, 무엇이 가설이고 무엇이 사실인지 점점 구별하기 힘들어진다.

그림자는 마치 벌레가 허물을 벗듯 무겁고 축축한 코트를 벗고 장화를 발에서 벗겨냈다.

"문지기에게는 대신 사과해주세요." 그는 엷은 미소를 지으며 말했다. "오두막에서 멋대로 뿔피리를 훔쳐 짐승들을 움직인 거요. 어쩔 수 없긴 했지만, 분명 화가 많이 났을 테니까."

나의 그림자는 쏟아지는 눈 속에 혼자 서서 잠시 웅덩이의 수면을 바라보았다. 그리고 크게 한 번 심호흡을 했다. 뱉어낸 숨은 하얗고 딱딱했다. 그러고는 이쪽을 돌아보지도 않고 머리부터 힘차게 웅덩이 속으로 뛰어들었다. 야윈 몸과 달리 생각보다 큰 물보라가 일고 수면에 커다란 파문이 번졌다. 나는 그 파문이 몇 겹씩 원을 그리며 퍼져나갔다가 차츰 가라앉는 것을 바라보았다. 이윽고 파문이 사라지자 조금 전처럼 잔잔한 수면만 남았다. 동굴이 쿨럭거리며 물을 빨아들이는 그 불길한 소리가 귀에 와닿을 뿐이다. 아무리 기다려도 그림자는 두 번 다시 수면으로 떠오르지 않았다.

그로부터 한참 동안 나는 조금의 흐트러짐도 없는 그 수면을 바라보고 있었다. 혹시라도 미처 예상 못한 일이 일어날지 모른다. 그러나 아무 일도 일어나지 않았다. 무수한 눈송이가 소리 없이 수면에 떨어져 녹아들 뿐이다.

이윽고 나는 몸을 돌리고, 둘이서 왔던 길을 혼자 돌아갔다. 한 번도 등뒤를 돌아보지 않았다. 높이 자란 풀이 무성한 좁은 길을 빠져나가고, 폐가 앞을 지나고, 경사 급한 언덕을 오르내렸다. 옛 다리를 건너 집으로 삼고 있는 관사에 도착할 때까지 아무도 마주치지 않았다. 도시의 주민은 이렇게 큰 눈이 내리는 날에는 거의 외출하지 않는다. 짐승들은 가짜 뿔피리 소리를 듣고 이미 벽 바깥으로 나가 있었다.

집으로 돌아온 나는 우선 뻣뻣하게 젖은 머리를 수건으로 꼼꼼히 닦고, 코트에 얼어붙은 눈을 브러시로 떨었다. 신발에 묵직하게 달라붙은 진흙도 주걱으로 깨끗하게 떼냈다. 바지에는 풀잎이 잔뜩 붙어 있었다. 오래된 기억의 작은 파편처럼. 그후 나는 의자 깊숙이 앉아 눈을 감고 떠오르는 대로 온갖 상념에 잠겼다. 얼마나 그러고 있었을까?

소리 없는 어둠이 방을 감싸기 시작할 때, 나는 모자를 깊이 눌러쓰고 코트 깃을 세운 뒤 강변길을 걸어 도서관으로 향했다. 눈이 계속 내리고 있었지만 우산은 쓰지 않았다. 적어도 지금의 나에게는 가야 할 곳이 있다.

2부

27

그 강줄기가 복잡한 미로가 되어 암흑의 땅속 깊은 곳을 흐르는 것과 마찬가지로, 우리의 현실 또한 우리 내부에서 몇 갈래 길로 나뉘어 나아가는 듯하다. 몇 가지 다른 현실이 섞이고 다른 선택지가 얽혀, 그로부터 종합체로서의 현실이 —우리가 현실로 인지하는 것이— 완성된다.

물론 어디까지나 나의 개인적 느낌이고 견해일 뿐이다. '현실은 이것 하나뿐이고 다른 건 없다'고 한다면, 그 말이 맞는지도 모른다. 침몰하는 범선의 선원이 배의 메인 마스트에 매달리듯, 우리는 단 하나인 현실에 필사적으로 매달려 있는 것 말고는 다른 수가 없는지도 모른다. 좋고 싫고를 떠나.

그러나 우리는 자신들이 서 있는 견고한 지면 아래, 땅속 미로를 흐르는 비밀에 싸인 암흑의 강에 대해 얼마나 알고 있을까? 그것을 실제로 본 자는, 그것을 보고 이쪽으로 다시 돌아온 자는 과연 얼마나 될까?

어둡고 긴 밤, 벽까지 늘어지는 나의 검은 그림자를 언제까지고 가만히 바라본다. 그 그림자는 이제 한 마디도 하지 않는다. 내가 말을 걸고 질문을 해도 반응하지 않는다. 나의 그림자는 원래대로 말없고 납작한 모습으로 돌아와 있다. 그럼에도 나는 그림자를 향해 자꾸 말을 걸고 만다. 내가 종종 그의 지혜를, 그의 격려를 필요로 하는 까닭이다. 그러나 지금으로선 물음에 답이 없다.

나에게 대체 무슨 일이 일어났을까? 나는 지금 왜 여기 있을까? 나는 그 점이―지금 이렇게 나를 포함하고 있는 '현실'의 양상이―도무지 이해되지 않았다. 어떻게 생각해봐도 나는 여기 있으면 안 되었다. 나는 결심을 굳히고, 그림자에게 작별을 고하고, 벽에 둘러싸인 그 도시에 홀로 남았을 터였다. 그런데 왜 지금 이 세계에 돌아와 있을까? 계속 여기 있었고, 어디에도 가지 않았고, 그저 기나긴 꿈을 꾸었을 뿐일까?

그렇지만 적어도 지금의 나에게는 그림자가 있다. 나의 이 몸에 그림자가 붙어 있다. 내가 가는 곳 어디나 그림자가 따라

온다. 내가 걸음을 멈추면 그림자도 멈춘다. 그리고 그 사실이 내 마음을 평온하게 해준다. 나는 그 사실에 감사한다. 나와 그림자가 말 그대로 일심동체라는 사실에. 그런 기분은 한번 그림자를 잃어본 인간이 아니면 알 수 없을 것이다. 아마도.

그리고 잠들지 못하는 밤, 나는 벽에 둘러싸인 그 도시에서 본 것을, 그곳에서 내게 일어난 일을 하나하나 또렷하고 극명하게 머릿속에 되살려갔다.

도서관 방을 어렴풋이 밝히는 유채기름 램프, 작은 봉으로 정성껏 약초를 빻는 너의 모습, 돌길에 발굽 소리를 울리는 가여운 단각수들, 바람에 고요히 흔들리는 모래톱의 냇버들을 나는 떠올렸다. 아침저녁으로 문지기가 부는 뿔피리 소리, 눈에 보이지 않는 밤꾀꼬리의 애처로운 울음, 밤마다 너와 함께 걸었던 강변길, 오래된 포석, 입안에서 달콤하게 녹던 사과 과자. 양손으로 감싸 따뜻하게 품었던 몇 개의 오래된 꿈들. 깊은 웅덩이가 있는 초원에 쏟아지는 흰 눈. 도시를 빈틈없이 둘러싼, 무표정한 벽돌로 높게 쌓인 벽. 어떤 흉기도 그것에 흠집 하나 내지 못한다. 그리고 무엇보다, 소박하고 청결한 옷을 입은 아름다운 소녀의 모습. 그건 나에게 약속되었을 광경이다. 그 약속은 이뤄졌는가? 아니면 이뤄지지 못했는가?

나는 어떤 힘에 의해 어느 시점에서 둘로 나뉘어버렸는지도 모른다. 그런 생각을 떨치지 못할 때가 있다. 그래서 또하나의 나는 지금도 그 높은 벽에 둘러싸인 도시에서 고요한 나날을 보내고 있는지도 모른다. 매일 저녁 그 도서관을 드나들며, 그녀가 만들어준 쑥색 약초차를 마시고, 두꺼운 책상 앞에서 하염없이 오래된 꿈을 읽고 또 읽을지도 모른다.

그것이 가장 논리적이고 말이 되는 추측이란 생각을 지울 수 없다. 어느 포인트에서 나에게 양자택일의 선택지가 주어졌다. 그리고 지금 여기 있는 나는 이쪽 선택지를 고른 나다. 그리고 또 한편, 저쪽 선택지를 고른 내가 어딘가에 있다. 어딘가―아마 높은 벽돌 벽에 둘러싸인 도시에.

이쪽 '현실세계'에서 나는 중년으로 불리는 나이에 접어든, 이렇다 하게 두드러지는 특징이 없는 한 남자다. 더는 그 도시에 있던 때처럼 특별한 능력을 갖춘 '전문가'가 아니다. 눈에 상처를 내지도 않았고, 오래된 꿈을 읽을 자격이 주어지지도 않았다. 거대한 사회를 구성하는 몇 가지 시스템 중 하나, 그 톱니바퀴 중 하나에 지나지 않는다. 그것도 매우 작고 대체 가능한 톱니바퀴다. 그 사실을 얼마간 유감스럽게 생각하지 않을 수 없다.

이곳에 돌아온 뒤로—아마 돌아온 것이리라—나는 한동안 아무 일 없었던 것처럼 매일 아침 전철을 타고 회사에 출근하고, 여느 때처럼 동료들과 간단한 인사를 주고받고, 회의에 나가 적절한(하지만 크게 도움이 될 것 같진 않은) 의견을 밝히고, 나머지 시간은 대개 내 자리 책상에서 컴퓨터를 바라보며 작업한다. 메일로 전국 지점에 지시를 내리고, 그쪽에서 오는 여러 가지 요청을 수합한다. 가끔 사무실 밖에서 서점 책임자나 출판사 담당자와 미팅을 한다. 나름대로 경력을 요하지만 특별히 어려운 일은 아니다. 그저 정해진 모양의 작은 톱니바퀴다.

　그리고 어느 날 아침, 나는 상사에게 사직서를 낸다. 더이상 이 일을 계속할 수 없다. 숙고 끝에 그렇게 결심한다. 지금 여기에 있는 생활의 레일에서 일단 몸과 마음을 내려놓아야 한다—설령 그것을 대신할 새로운 레일을 찾지 못했다 하더라도.
　상사는 갑작스러운 나의 의사에 몹시 놀란다. 그전까지 그런 낌새를 전혀 보이지 않았으므로. 그는 내가 경쟁사에 헤드헌팅된 게 아닐까 생각한다. 그렇지 않다는 걸 나는 잘 설명해보려 한다. 간단하진 않지만 아무튼 상대를 납득시키는 데 어찌어찌 성공한다. 이어서 그는 내가 심리적 문제에 맞닥뜨린 게 아닌가 추측한다. 신경증이나 초기 중년의 위기 같은 것.

"일에 지쳐서 그렇다면 한동안 휴가를 내는 게 어때." 상사는 온건하게 나를 설득한다. "유급휴가가 쌓인 모양이니 보름 정도 발리 같은 데 가서 푹 쉬고 새로운 기분으로 돌아오면 되지. 그때 가서 다시 한번 생각해보자고."

나는 그전까지 이 직속 상사와 원만한 관계를 유지해왔고, 그 역시 나에게 호의에 가까운 감정을 품고 있었다고 생각한다. 그래서 일이 이렇게 되어 그에게 미안하다는 마음은 있었다. 그러나 설령 무슨 일이 있어도 이제는 그 직장에 돌아갈 생각이 없다. 그건 아침의 첫 햇살처럼 명확했다.

나는 그저 이 현실이 나에게 어울리지 않는다고 느낄 뿐이다. 이 장소의 공기가 내 호흡기에 맞지 않는다, 라고 바꿔 말해도 될 정도로. 이대로 여기 머무르면 머지않아 숨쉬기도 힘겨워질 것이다. 그러니 한시라도 빨리, 다음 역에서 이 전철을 내리고 싶다―내가 바라는 건 오직 그뿐이다. 무조건적으로 필요한 것, 그러지 않으면 안 되는 것.

하지만 그런 이야기를 꺼내도 상사는(그리고 아마 동료들도) 이해하지 못할 것이다. 이 현실이 나를 위한 현실이 아니다, 라고 피부로 느끼는 감각은, 그 깊은 위화감은, 아마 누구와도 공유할 수 없는 것이리라.

직장을 그만두고 자유의 몸이 됐다지만 이제부터 무얼 할지, 계획이라 할 만한 건 없었다. 일단 되도록 아무 생각도, 아무 일도 하지 않고 혼자 방안을 뒹굴며 하루하루를 보냈다. 그것 말고 내가 할 수 있는 일은 아무것도 없었다. 관성을 박탈당하고 모든 움직임이 정지되어 지면에 방치된 무거운 쇠공이 된 기분이었다. 결코 나쁜 감각은 아니었지만.

그 기간에 나는 하여튼 잘 잤다. 하루에 최소 열두 시간은 잤을 것이다. 자지 않을 때도 그저 침대에 누워 천장을 바라보고, 창문으로 들어오는 갖가지 소음에 귀를 기울이고, 벽에 비치는 그림자를 바라보았다. 어떤 암시를 읽어내려고. 그러나 물론 그곳에는 어떤 메시지도 없다.

책을 읽을 생각도 들지 않고(내게는 상당히 드문 일이다), 음악을 들을 기분도 아니었다. 식욕도 거의 일지 않는다. 술을 마시고 싶지도 않다. 그 누구와도 대화하지 않는다. 이따금 식료품을 사기 위해 집밖으로 나가도 눈앞의 풍경을 제대로 받아들일 수 없다. 개를 데리고 산책하는 노인, 사다리에 올라 나무를 손질하는 사람들, 통학하는 아이들의 모습을 보아도 현실세계의 광경처럼 생각되지 않는다. 모두 아귀를 맞추기 위해 인위적으로 만들어낸 무대배경으로, 교묘하게 입체를 가장한 평면으로밖에 보이지 않는다.

내가 리얼한 세계의 광경으로 인식할 수 있는 것은 냇버들

늘어진 모래톱이 바라다보이는 강변길이고, 바늘이 없는 시계탑이고, 쏟아지는 눈 속을 걷는 겨울의 단각수이고, 문지기가 공들여 날을 세운 손작두의 으스스한 광채뿐이다.

그러나 그 세계에 돌아갈 수단은 내게 주어지지 않았다.

당장은 경제적으로 큰 문제가 없었다. 나름대로 모아둔 돈이 있었고(앞서 말했다시피 나는 오랫동안 매우 간소한 독신 생활을 해왔다), 오 개월은 실업보험금을 수령할 수 있었다. 십 년 전쯤부터 출퇴근하기 편리한 도심의 임대맨션에 살고 있지만 월세가 좀더 저렴한 곳으로 옮길 수도 있다. 아니, 생각해보면 지금 나는 전국 어디든 가고 싶은 곳으로 옮겨갈 수 있다. 그러나 어디로 가면 좋을지 구체적인 장소는 하나도 떠오르지 않았다.

그렇다, 나는 이 지상에 정지한 쇠공일 뿐이다. 매우 묵직하고 구심적인 쇠공이다. 나의 사념은 그 안에 단단히 갇혀 있다. 겉보기는 볼품없지만 중량만은 충분히 갖추었다. 지나가던 누군가가 힘껏 밀어주지 않으면 어디도 갈 수 없다. 어느 쪽으로도 움직일 수 없다.

나는 몇 번이고 나의 그림자를 향해 묻는다. 이제부터 어디로 가면 좋을까. 그러나 그림자는 대꾸해주지 않는다.

28

일을 그만두고 자유의 몸이 된 지 두 달 남짓, 그렇게 움직임을 잃은 일상이 계속된다. 끝나지 않는 무풍의 나날이다. 그리고 어느 날 밤, 나는 긴 꿈을 꾼다. 실로 오랜만에 꾼 꿈이었다(생각해보면 그 두 달 동안, 그토록 달고 긴 잠을 자면서도 나는 꿈을 꾸지 않았다. 꿈꾸는 힘을 일시적으로 잃어버린 것처럼).

세부까지 또렷하고 선명한 꿈―도서관 꿈이다. 나는 그곳에서 일하고 있다. 그렇지만 높은 벽에 둘러싸인 도시의 그 도서관은 아니다. 어디에나 있는 평범한 도서관이다. 서가에 꽂힌 것은 먼지가 앉은 달걀 모양의 '오래된 꿈'이 아니라 표지가 달린 종이책이다.

규모가 큰 도서관은 아니다. 작은 지방도시의 공립 도서관 쯤 되지 싶다. 짐작건대—그런 유의 시설이 대개 그렇듯—예산이 넉넉하게 주어지진 않은 듯하다. 관내의 여러 설비나 장서의 구색이 아주 충실하다고 하긴 힘들고, 의자와 책상도 오래 사용된 티가 역력하다. 검색용 컴퓨터도 보이지 않는다.

조금이나마 화사한 분위기를 꾀하고자 중앙에 있는 테이블에 커다란 도기 꽃병을 놓아두었지만, 꽃들은 한창때가 며칠은 지난 듯 하나같이 시들하다. 그래도 햇볕만은 예산의 제약없이, 고풍스러운 황동 손잡이가 달린 길쭉한 창문의 누렇게 바랜 흰색 커튼 너머로 아낌없이 흘러들어온다.

창가를 따라 열람용 책상과 의자가 놓여 있고 몇몇 사람이 책을 읽거나 글을 쓰고 있다. 이곳 분위기를 나쁘지 않게 느끼는 눈치다. 천장이 2층 높이까지 트여 있고 위쪽으로 시커멓고 튼튼한 들보가 보인다.

나는 그 도서관에서 일하고 있다. 구체적으로 어떤 업무인지 자세히는 알 수 없지만 아무튼 크게 바빠 보이진 않는다. 서둘러 마무리해야 할 과제나, 이제나저제나 해결을 기다리는 안건은 보이지 않는다. 나는 '아주 늦지만 않게 끝내면 되는' 작업을 무리하지 않는 페이스로 진행시킬 뿐이다.

도서관 이용자를 직접 응대하는 일은 몇 명의 여자 직원들 몫이다(그녀들의 얼굴은 보이지 않는다). 나는 개인 사무실 책상 앞에서 사무 작업을 하고 있다. 서적 목록을 점검하고, 청구서와 영수증을 정리하고, 서류를 훑어보고 도장을 찍는다.

그 꿈 속의 직장에 내가 각별한 만족감을 품은 건 아니다. 그러나 불만을 가지거나 따분해하지도 않는다. 책 관리는 오랫동안 배우고 익혀 익숙한 일이다. 전문적인 기술이 몸에 배어 있다. 나는 눈앞의 일거리를 해치우고 문제를 처리하면서 대체로 원활한 일상을 보내고 있다.

적어도 그곳에서 나는 더이상 한곳에 묵직하게 정지한 쇠공이 아니다. 조금씩이나마 어딘가를 향해 나아가는 듯하다. 어디로 향하는지는 모른다. 그러나 결코 나쁜 감각은 아니다.

나는 문득 알아차린다. 모자 하나가 내 책상 한구석에 놓여 있다는 사실을. 짙은 남색 베레모, 옛날 영화에서 화가가 으레 쓰고 나오는 모자다. 오랜 세월 일상적으로 누군가의 머리에 얹혀 있었던 듯, 겉으로만 봐도 부들부들하게 길이 잘 들었다—마치 볕 좋은 자리에서 세상 모르고 잠든 늙은 고양이 같다. 베레모가 있는 풍경—그리고 그 모자는 아무래도 내 것인 듯했다. 그러나 희한한 이야기다. 나는 평소에 모자를 거의 쓰지 않거니와, 더욱이 베레모 같은 건 태어나서 지금까지(기억하는 한) 한 번도 쓴 적이 없다. 저 베레모를 쓴 나는 어떻게 보일까? 혹시 거울이 있을까 싶어 방안을 둘러본다. 하지만 거울 비슷한 건 어디에도 보이지 않는다. 나는 저 모자를 써야 하나? 그렇다면 어째서일까?

거기서 나는 흠칫 눈을 뜬다.

긴 꿈에서 깬 건 날이 밝기 전이었다. 주위는 아직 어둑하다. 그것이 꿈이었음을 인식할 때까지―그 꿈의 세계에서 내 몸을 완전히 걷어내어 이쪽 현실로 가져올 때까지―시간이 걸렸다. 미묘한 중력의 조정 같은 것이 필요했다.

그뒤에 나는 그 꿈을 머릿속에서 몇 번이고 재생하며 세부를 하나하나 검증했다. 무심코 잊지 않도록 아직 기억이 생생하게 살아 있는 사이에 가까이 있던 공책을 집어 떠오르는 내용을 최대한 상세히 적었다. 볼펜으로 작게, 몇 쪽에 걸쳐서. 그 꿈이 나에게 중요한 무언가를 암시하는 듯 느껴졌기 때문이다. 그 꿈은 의심의 여지 없이 나에게 무언가를 알려주려 했다. 마치 친한 사람들 사이에 마음을 담은 메시지가 오갈 때처럼, 무척 친절하고 구체적이고 알기 쉽게.

이윽고 창밖이 완전히 밝아오고 새들이 활기차게 지저귈 무렵, 나는 한 가지 결론을 얻었다.

234

나에게는 새 직장이 필요하다.

이제는 조금씩이라도 움직여야 한다. 언제까지고 이곳에 무겁게 머물러 있을 순 없다. 그리고 그 새로운 직장이란, 그렇다, 도서관 말고는 있을 수 없지 않은가. 도서관 말고 내가 가야 할 장소는 없다. 이토록 간단한 사실을 왜 지금껏 알아차리지 못했을까?

나는 드디어 어딘가를 향해 움직이기 시작한다. 새로운 관성을 얻어 차츰 전진한다. 생생하고 또렷한 꿈의 강력한 후원을 받으며.

29

도서관에서 일한다.

하지만 어떻게 그 일자리를 찾아낼 수 있을까? 오랫동안 서적 배본 및 유통을 관리하는 일을 해왔지만 도서관 쪽은 전담부서가 따로 있어서 거의 접점이 없었다. 그리고 기억하는 한, 학교를 졸업한 뒤로는 도서관이라는 이름을 단 시설을 이용해본 적도 없다.

대형부터 동네의 작은 규모, 공립에서 사립까지 각종 도서관 혹은 그에 준하는 시설을 전부 합치면, 어디까지나 대략적인 계산이지만 국내에 아마 수천 곳에 이르는 도서관이 존재하며 조금이라도 기능하고 있을 것이다(아니, 그렇게 많진 않은가…… 모르겠다). 그중 어느 것이 내게 적합한, 내가 찾는 도서관일까? 그리고 그 도서관에는 내가 들어갈 만한 자리가 마련되어 있을까?

오랜만에 컴퓨터를 꺼내고 인터넷에서 도서관 정보를 검색한다. 가까운 도서관에 직접 찾아가 도서관에 관한 전문 자료를 펼쳐본다. 그러나 내가 찾는 종류의 정보는 보이지 않는다. 그 정보들은 너무 막연하게 넓은 범위를 포괄하거나 혹은 실무적인 세부에 치중하거나 둘 중 하나였다.

일주일 남짓 그렇게 무익한 노력을 거듭한 끝에, 외부에서 정보를 채취하는 걸 포기하고 나 자신의 기억이 제공해주는 정보로 돌아가기로 한다. 내가 그 긴 꿈에서 본 것은, 나의 이매지네이션이 그 안에서 자세하게 암시한 것은 어떤 도서관이었을까?

나는 꿈에서 깨자마자 공책에 써둔 것을 다시 읽고 그 도서관의 풍경을 머릿속에 떠올린다. 장소를 알려줄 힌트 같은 것이 있을지 기억을 더듬는다. 사람들의 말소리, 벽에 붙은 포스터…… 그러나 그런 건 눈에 띄지 않는다. 사람들은 말이 없고 (어쨌거나 장소가 도서관이다), 벽에 붙은 공고문의 작은 글자는 너무 멀어서 알아볼 수 없다. 그래도 도쿄에서 꽤 멀리 떨어진 장소라는 것만은 어렴풋이 알 수 있다. 공기의 감촉으로 대략 추측이 된다.

꿈속에서 내가 일하던 방을, 의식의 초점을 맞추고 다시 한 번 찬찬히 둘러본다. 중요한 것을 놓치지 않도록.

세로로 긴 직사각형 방에는 마룻바닥에 군데군데 해진 카펫이 깔려 있다(새것이었을 때는 나름대로 근사했을지도 모른다). 안쪽 벽에 기다란 창 세 개가 나란히 나 있다. 아래층 창문과 마찬가지로 오래된 황동 손잡이가 달려 있다. 천장에는 형광등. 창가를 등지고 놓인 업무용 책상에는 오래된 라이트 스탠드, 서류함, 일력, 검은색 구식 전화기, 도기 연필꽂이, 사용한 흔적이 없는 유리 재떨이(대신 클립을 넣어두었다), 그리고 구석에 그 남색 베레모가 놓여 있다. 입구 근처에 의자 네 개와 낮은 테이블. 행거. 어느 것이나 소박하다. 목제 캐비닛 위에 고전적인 디자인의 탁상시계가 있다. 컴퓨터 같은 것은 보이지 않는다. 그게 전부다. 장소의 힌트가 될 만한 건 아무것도 없다.

창문으로 햇빛이 쏟아져들어오지만 바깥 경치는 색바랜 레이스 커튼에 가려 보이지 않는다. 벽에는 달력이 걸려 있다. 산과 호수의 풍경사진이 들어간 달력이다. 호수면에 산이 비친다. 하지만 그 장이 몇월인지는 알아볼 수 없다. 그 산과 호수가 어디 있는지도 특정할 수 없다. 아름다운 풍경이지만 결국에는 어느 관광지에나 있을 법한 산과 호수다. 그래도 달력의 풍경으로 보아 아무래도 내륙부일 것으로 짐작된다.

물론 벽에 걸린 달력의 사진이 그 도서관 근처의 풍경이란 법은 없지만, 창문으로 흘러드는 햇빛이나 들이마시는 공기의 질로 보건대 위치상 바닷가보다 산간지대에 가까운 것 같다고 나는 추측한다. 그리고―이건 어디까지나 나의 개인적 감상이지만―베레모는 해변 지역보다 산지에 어울리지 않는가.

꿈의 기억을 더듬어가며 내가 얻은 정보는 그 정도였다. 그곳에 펼쳐진 정경은 구석구석 또렷하게 떠올릴 수 있지만 도서관의 이름과 위치는 전혀 알 수 없다.

내게는 누군가의 도움이―아마 전문가의 실제적인 지식이―필요하다.

얼마 전까지 근무했던 회사에 전화해 도서관 담당 부서에 있는 지인을 바꿔달라고 했다. 오키라는 남자로, 나와 같은 대학교 삼 년 후배다. 개인적으로 특별히 친했던 건 아니지만 퇴근 후 몇 번 같이 술을 마신 적이 있다. 말수가 적고 무뚝뚝한 편이어도 짐작건대 신뢰할 만한 사람이다. 술이 매우 센 모양이라 아무리 마셔도 얼굴에 티가 나지 않는다.

"선배, 잘 지내세요?" 오키가 물었다. "갑자기 회사를 그만두신 것 같길래, 솔직히 놀랐습니다."

나는 인사도 없이 갑자기 퇴사한 일을 사과했다. 이런저런 개인 사정이 있었다고 말했다. 오키는 그 이상 캐묻지 않고 말을 보태지도 않았다. 그리고 내가 용건을 꺼내기를 기다렸다.

"도서관에 대해서 좀 물어봐도 될까."

"제가 도울 수 있는 거라면요."

"실은 도서관에서 일하고 싶은 생각이 있어."

오키는 잠시 침묵했다. 그리고 말했다. "그래서 어떤 도서관을 염두에 두고 계신데요?"

"가능하면 작은 지방도시, 규모도 별로 크지 않은 데면 좋겠어. 도쿄에서 멀어도 상관없어. 홀몸이니 어디든 간단히 옮겨 갈 수 있고."

"지방의 소규모 도서관…… 꽤나 막연하네요."

"희망사항을 하나 말하자면, 바닷가보다 내륙부 쪽이 좋을 것 같아."

오키는 작게 웃었다. "희한한 희망사항이네요. 일단 알겠습니다. 몇 군데 알아보죠. 시간이 좀 걸릴지도 몰라요. 말이 지방도시 도서관이지 하늘의 별처럼 많으니까요. 아무리 내륙부로 제한하더라도."

"시간은 많아."

"그 밖에 또 희망사항이 있나요?"

되도록 장작 난로가 있는 도서관이면 좋겠다고 하고 싶었지만 물론 말하지 않았다. 요즘 세상에 장작 난로를 쓰는 도서관은 아마 없을 것이다.

"특별히 없어. 일할 수만 있으면 돼."

"그런데 도서관 사서 자격증 같은 건 있나요?"

"아니, 그런 건 없는데. 없으면 힘든가?"

"아뇨, 꼭 그렇진 않아요." 오키는 말했다. "자격증 필요 여부는 도서관 규모나 직종에 따라 달라요. 그런데 괜한 말인지 모르겠지만, 그런 자리는 가령 찾았다 해도 보수를 기대하기 힘들 거예요. 어쩌면 자원봉사 수준의 박봉일지도 모르고요. 그래도 상관없으세요?"

"상관없어. 지금 당장 경제적으로 곤란하진 않으니까."

"알겠습니다. 알아볼게요. 뭐라도 나오면 연락하겠습니다."

나는 집 전화번호를 그에게 알려준 뒤 고맙다고 인사하고 전화를 끊었다.

오키에게 뒷일을 맡겨두고 나니 예상한 것 이상으로 마음이 편해졌다. 어떤 결과가 나올지 모르겠지만, 적어도 미세하게 나마 상황이 움직이기 시작했다는 감촉이 나의 의식에 신선한 공기를 불어넣었다. 드디어 침대를 벗어나 조금씩 몸을 움직였다. 집을 청소하고 시트를 세탁하고, 장을 봐 와서 요리를 했다. 당장이라도 이사할 수 있도록 옷과 책을 정리하고, 필요 없는 물건을 챙겨 공공시설에 기부했다. 원래부터 가진 물건이 그리 많지 않았지만, 소소하게 손을 움직이면 적어도 낮 동안은 다른 생각을 하지 않을 수 있었다.

　그러나 해가 지고 밤의 장막이 내려와 자리에 누워 눈을 감으면, 내 마음은 다시 그 높은 벽에 둘러싸인 도시로 돌아갔다. 그러지 않기란 불가능했다(딱히 그러지 않으려고 노력한 건 아니지만). 그곳에서는 아직 가느다란 가을비가 쉼없이 내리고, 그녀가 입은 큼직한 노란색 레인코트는 걸을 때마다 내 옆에서 바스락바스락 소리를 냈다. 그 도시에서 내 그림자는 말을 할 수 있었다. 마치 나 자신의 분신처럼. 그곳에서 마신 진한 약초차의 맛과 입안에 머금은 사과 과자의 맛이 내 안에 아직 선명하게 남아 있었다.

　오키에게서 전화가 온 건 일주일 후 저녁 여덟시가 지나서였다. 나는 의자에 앉아 책을 읽다가 갑자기 울리는 전화벨 소리에 소스라쳤다. 주위가 기묘할 정도로 조용했고, 전화벨이 울린 건 실로 오랜만이었으므로.

　나는 수화기를 들고 "여보세요" 하고 메마른 소리로 말했다. 가슴이 두근거렸다.

　"안녕하세요. 저 오키입니다."

　"응."

　"선배세요?" 오키가 미심쩍은 듯한 목소리로 물었다. "목소리가 왠지 평소랑 다른 것 같은데요."

"목 상태가 좀 안 좋아서." 나는 그렇게 말하고 가볍게 헛기침하며 목소리를 가다듬었다.

"도서관 일 말인데요"라고 오키가 본론을 꺼냈다. "그렇게 간단하지 않더군요. 공립 도서관, 그러니까 공공기관에 취직하려면 대부분 상응하는 자격증이나 도서관 근무 경험이 있어야 해요. 아시겠지만 중도 채용으로 공무원이 되는 게 쉬운 일이 아니거든요. 다만 선배의 경우는 오랫동안 서적 관련 업종에 종사했으니 전문 지식이 충분하고 실무 면에선 거의 문제가 없죠. 그런 인재를 구하는 도서관이 몇 곳 있어요. 정식 관원이 되기는 어렵겠지만 좀더 유연한 자리라면 나름대로 환영받을 거란 얘기죠."

"요컨대 정직원이 아니라면 가능성이 있다?"

"네, 간단히 말하면 그렇습니다. 솔직히 급여가 좋지 않고, 사회보장도 거의 포함되지 않아요. 근무중에 능력을 인정받아 정직원이 될 가능성은 있지만."

나는 그 내용을 잠시 생각해봤다. 그러고는 말했다. "정직원이 아니어도 상관없어. 월급이 적어도 좋아. 그저 도서관에서 일하고 싶어. 그러니 적당한 자리가 있으면 소개해줄 수 있을까?"

"알겠습니다. 선배가 그래도 좋다고 하시면 알아볼게요. 구체적인 후보지가 몇 곳 있어요. 며칠 안에 위치와 조건을 정리해서 보여드릴게요. 전화 말고 어디서 직접 만나 얘기하는 게 좋겠죠."

우리는 사흘 후에 만나기로 하고 시간과 장소를 정했다.

오키는 현재 채용 공고를 낸 지방도시 도서관 네 곳을 정리해 왔다. 각각 오이타현, 시마네현, 후쿠시마현, 미야기현이고 셋은 시에서, 하나는 마을에서 운영하는 도서관이다. 조건은 전부 대동소이했지만 나는 후쿠시마현의 마을 도서관에 왠지 마음이 끌렸다. 처음 들어보는 이름이었는데 오키의 설명에 따르면 이 Z** 마을은 아이즈에서 그리 멀지 않은 곳이라고 했다. 아이즈와카마쓰역에서 로컬선으로 갈아타고 한 시간쯤 가면 나온다. 인구는 약 만 오천 명. 일본의 많은 지방도시가 그렇듯 최근 이십 년 사이 인구가 점점 줄고 있다. 많은 젊은 이들이 보다 나은 교육 환경과 조건 좋은 일자리를 찾아 도시로 나간다. 그리고 Z** 마을은 후보로 꼽힌 다른 어느 곳보다 바다에서 멀리 떨어져 있으며 규모도 가장 작았다. 산에 둘러싸인 작은 분지에 자리잡았고, 마을 가장자리를 따라 강이 흐른다.

"이 후쿠시마의 도서관에 관심이 가는데." 나는 목록을 한번 훑고 자세한 내용을 살펴본 다음 말했다.

"그럼 직접 현지에 가서 면접을 보실래요?" 오키가 물었다.

"괜찮으시면 제가 면접을 잡아둘게요. 되도록 빠른 편이 좋겠죠. 관장 모집 공고이니 다른 사람으로 결정되기 전에요. 그전에 일단 이력서를 준비해주시겠어요?"

이미 준비했다고 나는 말했다. 이력서가 든 봉투를 내밀자 오키는 받아들어 가죽가방에 넣었다. 그리고 말했다.

"실은 저도 선배에겐 이 후쿠시마현의 마을 도서관이 잘 맞지 않을까 했어요."

"어째서?"

"여긴 형식상 마을에서 운영하는 도서관이지만 실질적으로 마을이 운영에 관여하지 않아요. 그러니까 지방공무원이 지켜야 하는 귀찮은 제약 같은 게 없을 거예요."

"마을 운영 도서관인데 마을이 운영에 관여하지 않는다고?"

"네, 그런 얘깁니다."

"그럼 누가 운영한다는 거지?"

"이 마을엔 농업 말고는 이렇다 할 산업이 없고, 유명한 관광자원도 보이지 않아요. 근처에 작은 온천이 있는 정도죠. 그런 지자체가 대개 그렇듯 만성적인 예산 부족에 시달리고 있고요. 안 그래도 도서관을 유지하기 벅찬데 건물이 노후해서 소방법에 저촉되는 바람에 한때는 폐관까지 생각한 모양입니다. 그런데 오랫동안 마을에서 사업을 해온 양조장 경영자를 중심으로 '도서관은 소중한 문화시설이다, 없애는 건 마을에 좋지 않다'는 취지의 펀드가 십 년 전쯤 설립되어 도서관 운영에 필요한 자금을 대주고 있대요. 건물도 새 곳으로 옮기면서 그 참에 마을이 실질적인 운영권을 위탁한 거죠. 더 자세한 사정은 알아보지 못했어요. 괜찮으시면 현지에서 직접 물어보시죠."

그러겠다고 나는 말했다.

"요즘 식으로 말하면 민간 이관이라고 할까요. 선배 같은 사람에겐 그런 데가 일하기 편하지 않을까 해요. 직접 가서 본 건 아니지만 동네 분위기도 그리 딱딱해 보이지 않고요." 오키는 그렇게 말했다.

이틀 후 오키가 연락해 월요일만 빼고 편한 날 오후 세시에 현지 도서관을 방문해달라는 말을 전했다.

"편한 날?" 내가 물었다.

"원하는 날 아무때나 좋다나봐요. 언제든 만날 수 있게 준비해두겠다고."

왠지 기묘하게 들렸지만, 내 쪽에서 딱히 이의를 제기할 이유는 없었다.

"그 자리에서 면접을 보자는 건가?"

"아마도"라고 오키는 말했다. "선배처럼 경력이 탄탄하고 한창 일할 때인 사람이 굳이 도쿄에서 지원한 일에 그쪽에선 적잖이 놀란 모양인데 제가 이유는 대충 둘러댔습니다. 바쁜 도시 생활에 지친 모양이다, 뭐 그런 식으로."

"여러모로 챙겨줘서 고마워. 도움이 많이 됐어." 나는 정중히 말했다.

오키는 조금 뜸을 들이다가 말했다.

"괜한 말인지 모르겠지만, 저한테 선배는 예전부터 좀 신기한 구석이 있는 사람이었어요. 예측 불허라고 할까, 종잡을 수 없다고 할까…… 이번 일도 그래요. 잘 다니던 직장을 왜 갑자기 그만두고, 이름도 못 들어본 시골 도서관에서 조건도 좋지 않은 일을 한다는 건지, 도통 영문을 모르겠습니다. 하지만 분명 무슨 중요한 이유가 있는 거겠죠. 언젠가 내키시거든 그 얘기나 좀 해주시면 좋고요." 그리고 작게 헛기침을 했다. "아무튼 새로운 장소에서 보람되게 지내시길 빌겠습니다."

"고마워." 나는 말했다. 그리고 큰맘먹고 물어봤다.

"그런데 혹시 자기 그림자의 존재가 신경쓰인 적 있나?"

"자기 그림자요? 빛에 비치는 그림자 말이죠?" 오키는 수화기를 든 채 한동안 생각했다. "아뇨, 딱히 신경쓰인 적은 없는 것 같은데요."

"나는 내 그림자가 아무래도 신경쓰여. 특히 최근 들어서. 자기 그림자에 대해 인간으로서 져야 할 책임 같은 걸 느끼지 않을 수가 없어. 과연 나는 내 그림자를 지금껏 정당하게, 공정하게 대해왔을지."

"저기…… 그것도 이번 이직을 고려한 이유 중 하나일까
요?"

"그런지도 몰라."

오키는 다시 한동안 침묵했다. 그러고는 말했다. "알겠습니
다…… 아니, 솔직히 말해서 잘 모르겠지만, 제 그림자에 대
해 생각 좀 해볼게요. 무엇이 정당하고 공정한지."

30

도쿄에서 Z** 마을까지의 여정은 생각보다 시간이 걸렸다. 수요일 아침 아홉시에 도쿄를 벗어나 오후 두시가 다 되어 현지 역에 도착했다. 면접 예정 시각은 오후 세시다.

도호쿠신칸센으로 고리야마까지 가고, 재래선으로 아이즈와카마쓰까지 가서 로컬선으로 갈아탄다. 잠시 후 열차는 산속으로 들어가고 그때부터는 지형에 따라 자잘히 방향을 바꿔가며 산과 산 사이를 누비듯 빠져나간다. 터널도 줄줄이 나온다. 어떤 것은 길고 어떤 것은 짧다. 대체 어디까지 이렇게 산이 이어질까 감탄이 나올 정도다. 계절은 초여름, 주변 산들은 온통 선명한 초록으로 뒤덮여 있다. 어디서 바람이 들어오는지 들이마시는 공기에 신록의 냄새가 묻어났다. 하늘에서는 솔개 여러 마리가 원을 그리며 날카로운 눈으로 세계를 빈틈 없이 내려다보았다.

내륙부로 가는 것이 처음부터 희망사항이었으니 산이 많이 보이는 건 당연하다면 당연하지만, 생각해보면 나는 지금껏 한 번도 산간지역에 살아본 적이 없었다. 나고 자란 곳은 바다 근처고, 도쿄로 와서는 계속 간토평야의 평평한 땅 위에 살았다. 따라서 이렇게 많은 산에 둘러싸인 지역에 정주하(게 될지도 모르)는 건 내게 신기한 기분을 자아내는 동시에 새롭고 흥미로운 전개이기도 했다.

낮시간이라 열차에는 승객이 많지 않았다. 역에 정차할 때마다 몇 명이 내리고, 또 몇 명이 탔다. 타고 내리는 사람이 전혀 없는 작은 역도 몇 개 지났다. 역무원조차 보이지 않는 역도 있었다. 식욕이 없어서 점심을 거르고 끝없이 이어지는 산자락을 바라보며 이따금 짧게 선잠을 잤다. 그리고 눈을 뜨면 항상 조금 불안한 기분이 들었다. 내가 여기서 대체 무엇을 하고 있는지, 이제부터 무얼 하려는지, 새삼스레 그런 생각을 시작하면 몸안의 판단축이 미묘하게 흔들렸다.

나는 정말 올바른 장소로 향하고 있을까? 그저 엉뚱한 방향으로, 엉뚱한 방식으로 나아가는 건 아닐까? 그렇게 생각하면 몸 여기저기의 근육이 굳어버렸다. 그래서 최대한 아무 생각도 하지 않으려 노력했다. 머릿속을 텅 비워야 한다. 그리고 내 안에 있는 직감을—논리로는 설명되지 않는 방향감각을—믿고 앞으로 나아가는 수밖에 없다.

하지만 분명 무슨 중요한 이유가 있는 거겠죠, 라고 오키는 내게 말했다. 스스로도 그렇게 믿고 가는 수밖에 없을 것이다. 여기에는 분명 무슨 중요한 이유가 있을 테지, 라고.

오키는 또한 나를 '예측 불허'에 '종잡을 수 없다'고 평했다. 그 말을 들었을 때는 조금 놀랐다. 내가 주위 사람들 눈에 그렇게 비치리라고는 생각도 못했다. 회사에서 딱히 튀는 행동을 하지 않았고, 지극히 평범한 인간으로 평범하게 처신해왔다고 생각했다. 사교적이라고 할 순 없어도 사내 인간관계는 남들만큼 챙겼다. 사십대 중반에 독신이라는 점은 특이했지만 (나 말고는 사내에 그런 사람이 없었다), 그 외에는 주위 동료들과 특별히 다른 데가 없었을 것이다. 다만 어쩌면 남에게 마음을 허락하지 않는 면이 있었는지도 모른다. 바닥에 선을 한 줄 긋고 여기 안쪽으로는 넘어오지 않으면 좋겠다는 식으로. 그리고 오랫동안 함께 지내온 사람은 그런 기척을 미묘하게 감지하는 법이다.

나를 '종잡을 수 없다'고 평한다면, 실로 그런지도 모른다. 결국 나는 나 자신조차 제대로 파악하지 못했던 셈이니까. 나는 창밖을 스쳐가는 산간 풍경을 바라보며 그렇게 생각했다. 어쩌면 나라는 인간에 대해 정말로 당혹감을 느껴야 할 사람은 나 자신인지도 모른다.

눈을 감고 몇 차례 심호흡을 하며 머릿속을 진정시키려 애쓴다. 잠시 후 다시 눈을 뜨고 한번 더 창밖 풍경을 바라본다. 열차는 굽이도는 아름다운 계곡을 가로질러 건너서 터널에 들어가고, 터널을 나온다. 터널에 들어가고, 터널을 나온다. 이렇게 깊은 산중이면 겨울철 추위가 상당히 혹독할 것이다. 눈도 많이 내릴 테다. 눈을 생각하면 나는 그 가여운 짐승들을 떠올리지 않을 수 없다. 내려 쌓이는 흰 눈 속에서 차례차례 죽어가는 단각수들. 그들은 야윈 몸을 지면에 누이고 조용히 눈을 감은 채 죽음을 기다린다.

Z** 마을 역 앞에는 작은 광장이 있고, 택시승차장과 버스 정류장이 있었다. 승차장에 택시는 한 대도 없고 곧 나타날 기척도 없었다. 버스를 기다리는 사람도 보이지 않았다. 나는 챙겨 온 지도로 도서관 위치를 확인했다. 역에서 십 분쯤 걸으면 나온다. 그래서 천천히 산책이나 하며 시간을 죽일 생각이었다. 그러나 십오 분 정도 걸려 마을을 한 바퀴 돌아보고 나자, 산책으로 이 이상 시간을 죽이기는 불가능하다는 결론에 다다

랐다. 딱히 볼 것이 없는 곳이었다. 역 앞에 작은 상점가가 있지만 태반이 셔터가 내려져 있고, 문을 연 가게도 거의 다 깊은 잠에 든 것처럼 보였다.

찻집에서 커피를 마시며 가져온 책을 읽을까 생각도 했지만 정작 들어가고 싶은 가게가 눈에 띄지 않았다. 패스트푸드 체인점이 하나도 없는 풍경은 바람직했지만, 그것을 대신할 만큼 매력적인(혹은 그럴싸한) 선택지도 없어 보인다. 이곳 사람들은 아마 무개성적인 원박스카나 경차를 타고 교외에 나가, 무개성적인 쇼핑몰에서 물건을 사고 식사를 할 것이다. 전국 어디에나 있는 전형적인 지방도시다. '로컬 컬러' 같은 말은 이미 사어死語에 가까운지도 모른다.

나는 작은 편의점에서 뜨거운 커피를 산 뒤 종이컵을 들고 역 근처 작은 공원에서 시간을 보내기로 했다. 젊은 엄마 둘이 아이들을 데리고 나와 있었다. 아직 초등학교도 들어가지 않은 아이들이다. 남자아이 한 명, 여자아이 한 명. 아이들은 놀이기구를 타고 놀고, 엄마들은 나란히 서서 열심히 무슨 이야기를 나누었다. 나는 딱딱한 벤치에 앉아 그 풍경을 무심히 바라보았다. 그러는 사이, 고등학생 시절 걸프렌드의 집 근처 공원에서 그녀를 만난 일이 문득 떠올랐다. 내 머릿속은 곧장 그때의 기억으로 가득해졌다.

그 여름, 나는 열일곱 살이었다. 그리고 내 안의 시간은 그때 실질적으로 정지했다. 시곗바늘은 언제나처럼 앞으로 나아가며 시간을 쌓아갔지만, 나에게 진짜 시간은—마음의 벽에 박힌 시계는—그대로 움직임을 뚝 멈추었다. 그로부터 삼십년 가까운 세월은 그저 공허를 메우는 데 소비해온 것이나 다름없다. 텅 빈 부분을 무언가로 채울 필요가 있기에 주위에 보이는 것으로 그때그때 메워갔을 뿐이다. 공기를 들이마실 필요가 있기에 사람은 자면서도 무의식중에 호흡을 계속한다. 그것과 마찬가지다.

강을 보고 싶다고 문득 생각했다. 그렇다, 이 마을에 도착했을 때 강부터 보러 갔어야 했다. 그럴 시간은 충분했는데.

인터넷에서 출력한 마을 지도를 주머니에서 꺼내 펼쳐보니, 그 강은 완만한 호를 그리며 마을 가장자리를 흐르고 있었다. 어떤 강일까? 어떤 물이 흐르고 있을까? 물고기는 있을까? 어떤 다리가 걸려 있을까? 그러나 지금 강까지 갔다가 돌아올 만한 시간은 없을 것 같았다. 도서관 면접을 마치고도 그럴 마음이 여전하다면 천천히 보러 가면 된다.

거의 맛이 느껴지지 않는 연한 커피를 다 마시고 공원 휴지통에 종이컵을 버렸다. 아이들은 아직 놀이기구에서 놀고 있었다. 젊은 엄마 둘은 그 옆에서 지칠 줄 모르고 대화를 이어갔다. 음수대에 까마귀 한 마리가 앉아 내 쪽을 가만히 곁눈질했다. 외부인인 나를 주의깊게 관찰하고 행동을 지켜보는 것 같기도 했다. 나는 까마귀가 날아가기를 기다렸다가 공원을 나와서 도서관으로 걸어갔다.

도서관은 2층짜리 목조 건물이었다. 오래된 큰 건물을 최근에 개축한 듯하다. 한눈에도 새것처럼 반짝이는 기와를 보고 알 수 있었다. 야트막한 언덕 위, 잘 가꾼 정원이 있고 키 큰 소나무 몇 그루가 지면에 의기양양하게 짙은 그림자를 드리웠다. 공공시설이라기보다 어느 자산가의 오래된 별장처럼 보였다.

생각보다 나쁘지 않다고 나는 생각했다. 감탄했다, 라고 하는 편이 좋을지 모른다. 나란히 선 오래된 돌기둥 두 개 중 하나에 'Z** 마을 도서관'이라고 새겨진 크고 낡은 나무 간판이 걸려 있는데, 그게 없었다면 여기가 도서관인 줄 알아차리지 못하고 지나갔을 것이다. 재정이 풍족하지 않은 작은 마을 도서관이라기에 좀더 뻔한, 볼품없고 무미건조한 건축물을 예상했었다.

주위에 인기척은 없었다. 나는 활짝 열린 철문으로 들어서서 가죽구두 바닥으로 자갈을 밟으며, 굽이도는 완만한 비탈길을 올라 현관으로 갔다. 키 큰 소나무 가지에 역시 새까만 까마귀 한 마리가 앉아 있었지만(그리고 역시 날카로운 눈길로 내 모습을 가만히 지켜보는 것 같았지만), 아까 공원에서 본 그 까마귀인지는 물론 알아볼 수 없었다.

현관문을 밀고 민가풍의 고풍스러운 문턱을 넘어 안으로 들어가자 실내가 드넓게 트여 있었다. 2층 높이까지 터서 천장이 상당히 높다. 굵고 네모진 기둥과 아름다운 곡선을 그리는 굵직한 들보 몇 개가 맞물려 큰 가옥을 튼튼히 떠받치고 있었다. 족히 백 년은 넘는 세월 동안 주어진 역할을 부족함 없이 묵묵히 짊어져왔으리라. 들보 위쪽에 높이 뚫린, 옆으로 긴 창문에서 초여름 햇빛이 기분좋게 흘러들어왔다.

현관 바로 앞 공간에 라운지처럼 소파가 놓여 있고, 벽 선반에는 신문과 잡지가 가지런히 꽂혀 있었다. 중앙의 테이블 위 커다란 도기 화병에는 흰 꽃을 피운 나뭇가지가 가득 꽂혀 있었다. 이용객 세 사람이 제각기 의자에 앉아 묵묵히 잡지를 읽고 있었다. 육십대에서 칠십대 사이 남자, 아마 여가 시간이 충분한 퇴직자일 것이다. 그런 사람들이 오후 시간을 보내기에 딱 좋은 장소인 듯하다.

안쪽에 자리잡은 카운터에 안경 낀 야윈 여자가 앉아 있었다. 약간 앙상한 얼굴에 코가 작고 낮았다. 머리는 뒤로 한데 묶었고, 간소한 디자인의 흰색 블라우스를 입고 있다. 난로 앞에서 뜨개질을 하면 어울릴 것 같은 분위기다. 그러나 지금은 카운터 안쪽에 앉아 두툼한 장부에 볼펜으로 무언가를 써넣고 있다. 등뒤의 벽에는 튼튼해 보이는 액자 안에 기지개 켜는 고양이를 그린 레오나르도 후지타의 소품이 걸려 있었다. 아마 복제화일 것이다. 아니라면 제법 값이 나갈 텐데 그 귀한 물건이 이곳에 무심히 걸려 있을 법하진 않다. 그런데 복제화라기에는 액자가 지나치게 번듯하다.

손목시계의 바늘이 세시 직전을 가리키는 걸 확인하고서 카운터로 가 이름을 밝히고 세시로 잡힌 면접을 보러 왔다고 말했다. 그녀는 내 이름을 되물었고, 나는 다시 한번 대답했다. 그녀의 눈은 고양이를 연상시켰다. 바뀌기 쉽고 속을 들여다볼 수 없는 눈이다.

그녀는 무언가를 확인하듯 내 얼굴을 찬찬히 바라보더니 그대로 입을 다물었다. 일시적으로 말을 잃은 사람처럼. 그러고서 한 호흡을 두고 어딘가 체념이 느껴지는 목소리로 말했다. "약속을 하신 거지요?"

"언제든 상관없으니 월요일 말고 오후 세시에 이리로 오라고 전해 들었습니다."

"실례지만, 누구와 약속하셨는지요?"

"글쎄요, 성함은 모릅니다. 다른 사람을 통해 얘기해서요. 다만 도서관 책임자 되시는 분을 만나면 된다고 들었습니다."

그녀는 안경 브리지를 올려 고쳐 쓰고 다시 한동안 침묵했다가 억양이 없는 목소리로 말했다.

"저는 면접 얘기를 듣지 못했지만 알겠습니다. 저 계단을 올라가면 복도 바로 오른쪽에 관장실이 있습니다. 그리로 가보세요."

나는 고맙다고 말하고 계단으로 향했다. 카운터 직원의 난처한 듯한 침묵이 의미심장하게 느껴져 당연히 신경쓰였지만 지금 여기서 그런 생각을 할 여유는 없었다. 어쨌거나 중요한 면접을 앞두고 있으니까.

계단 위에는 짧은 로프가 둘러쳐져 있고 '관계자 외에는 출입을 삼가주십시오'라고 적힌 팻말이 걸려 있었다. 천장이 높게 트인 곳은 라운지를 포함한 일부이고, 나머지는 2층 구조인 모양이었다. 아마 일반 이용자들은 1층만 이용하도록 되어 있을 것이다.

살짝 삐걱거리는 목조 계단을 오르자 카운터 직원이 알려준 대로 바로 오른쪽에 문이 있고 '관장실'이라고 새긴 금속판이 박혀 있었다. 나는 다시 시계를 보고 바늘이 오후 세시를 약간 넘긴 것을 확인한 후 한 차례 심호흡을 하고 문을 두드렸다. 얼어붙은 호수를 건너기 전 얼음의 두께를 신중히 확인하는 여행자처럼.

"네, 아아, 들어오세요" 하는 남자 목소리가 곧바로 안에서 들렸다. 마치 꽤 오래전부터 노크 소리를 기다리고 있었던 것처럼.

문을 열고 들어가 앞에서 가볍게 허리를 숙였다. 관자놀이에 희미하게 뛰는 맥박이 느껴졌다. 스스로 예상한 것 이상으로 긴장한 듯했다. 면접이라니, 대학생 때 취업 활동을 했던 이후로 처음이다. 그 시절, 그 나이로 다시 한번 돌아간 기분이 들었다.

방은 그리 넓지 않았고 정면 벽에 뚫린 기다란 창문에서 햇빛이 들어왔다. 그 창을 등지고 놓인 오래되고 커다란 책상에 남자가 앉아 있었다. 역광이라 얼굴은 똑똑히 알아볼 수 없었다.

"실례합니다." 나는 문 앞에 선 채 메마른 목소리로 말했다. 그리고 이름을 밝혔다.

"네, 어서 들어오세요. 기다리고 있었습니다"라고 남자는 말했다. 숲속에서 이름 모를 동물에게 말을 거는 듯 온화한 바리톤이다. 지방 사투리는 드러나지 않는다. "거기 의자에, 네, 앉으세요."

책상 맞은편 의자에 앉자 남자와 나는 똑바로 마주보는 모양새가 되었다. 그러나 그의 얼굴은 여전히 그늘에 묻혀 있었다. 앉아 있어서 키를 가늠할 수 없지만 체격이 크진 않은 듯하다. 얼굴이 둥글고 살집이 있는 편이다.

"이렇게 먼 곳까지 잘 오셨습니다." 남자는 말했다. 그리고 가볍게 한 번 헛기침을 했다. "시간이 많이 걸렸겠지요."

다섯 시간 가까이 걸렸다고 나는 말했다.

"그렇습니까." 남자가 말했다. "신칸센 덕분에 시간이 많이 단축됐다지만 저는 외부에 잘 나가지 않아서 자세히는 모릅니다. 도쿄에도 벌써 오랫동안 발걸음을 하지 않았네요."

남자의 목소리에는 어떤 불가사의한 감촉이 있었다. 부드럽게 길든 천의 느낌을 연상시킨다. 아주 오래전 어디선가 비슷한 목소리를 들은 기억이 있지만, 언제 어디서였는지 곧바로 떠오르지 않았다.

밝은 빛에 눈이 익숙해지면서 남자가 대략 칠십대 중반 정도임을 알 수 있었다. 회색 머리카락이 저 뒤쪽까지 물러나 있다. 눈꺼풀이 두툼해서 언뜻 졸린 듯 보이지만, 그 아래로 엿보이는 눈동자는 색이 밝고 뜻밖일 만큼 생기가 감돌았다.

그는 서랍을 열고 명함을 한 장 꺼내 책상 너머로 건넸다. 흰 종이에 검은 잉크로 '후쿠시마현 ***군 Z** 마을 도서관 관장 고야스 다쓰야'라고 인쇄되어 있었다. 도서관 주소, 그리고 전화번호. 무척 간소한 명함이었다.

"고야스라고 합니다"라고 고야스 씨가 말했다.

"희성이군요." 내가 말했다. 이름에 대해 뭐라고 한마디하는 편이 좋을 것 같아서였다. "이 근처에선 흔한 성씨인가요?"

고야스 관장은 미소를 지으며 고개를 저었다. "아뇨, 아뇨. 이 근처에도 고야스 성을 가진 사람은 저희뿐입니다. 저희 말고는 없습니다."

나는 혹시 몰라 챙겨 온 예전 회사 명함을 케이스에서 꺼내 내밀었다.

고야스 관장은 돋보기안경을 끼고 명함을 한번 확인한 다음 서랍에 넣었다. 그러고는 안경을 벗고 말했다.

"네, 보내주신 이력서는 잘 확인했습니다. 도서관 근무 경험도 없고 자격증도 보유하지 않아 처음 단계에서는 거절할까 했습니다. 저희는 도서관 운영 경력자를 모집중이었던 터라."

나는 '지당하다'는 얼굴로 고개를 끄덕였다. 저희라는 표현이 과연 어느 정도의 인원을 가리키는지 알 수 없었지만.

"그렇지만, 네, 몇 가지 이유로 당신을 후보에 남기기로 했습니다." 고야스 관장은 굵직한 검은색 만년필을 집어들고 손가락 사이에서 빙글빙글 돌렸다. "이유 중 하나는, 서적 유통에 오랜 기간 종사해온 당신의 경력을 귀하게 보았기 때문입니다. 둘째로, 아직 한창 젊으시죠. 어떤 사정이 있었는지 몰라도 한창 왕성하게 일할 나이에 퇴직하셨고요. 이 직무에 지원한 건 대부분 이미 정년퇴직한 고령자들입니다. 당신처럼 젊은 분은 달리 없었어요."

나는 다시 한번 고개를 끄덕였다. 지금 단계에서 내가 굳이 말을 보탤 부분은 없어 보였다.

"셋째로, 이력서에 첨부하신 편지를 읽어보니 도서관 일에 강한 흥미와 관심을 가지신 듯하더군요. 그것도 큰 도시가 아니라 지방의 소규모 지자체에서. 그렇게 해석해도 괜찮을까요?"

그렇다고 나는 대답했다. 관장은 다시 한번 헛기침을 하고 고개를 끄덕였다.

"이 깊은 산중의 시골 마을 도서관에서 일하는 것이 당신에게 왜 그리 큰 의미인지 솔직히 저는 잘 모르겠습니다. 도서관 일이라고 해봐야 상당히 따분한 것들이니까요. 게다가 이 마을에는 오락 시설이라 할 만한 것이 거의 하나도 없습니다. 문화적 자극을 찾아볼 수 없지요. 정말 이런 곳에서 일해도 괜찮겠습니까."

문화적 자극은 딱히 필요하지 않다고 나는 말했다. 내가 원하는 건 조용한 환경이라고.

"조용하기로는 어디 가도 뒤지지 않습니다. 가을이 되면 사슴 울음소리가 들릴 정도랍니다." 관장은 미소 지으며 말했다. "그럼 당신이 그 출판유통사에서 했던 업무의 내용을 설명해주실 수 있을까요?"

젊은 시절에는 직접 전국 서점을 돌며 서적 판매 현장의 실태를 익혔다. 어느 정도 나이든 뒤로는 본사에서 유통을 조정하고 각 부서에 지시를 내리는 컨트롤러 역할을 했다. 아무리 잘 진행시켜도 어딘가에서 반드시 불만이 나오는 업무다. 그러나 나는 대체로 무난하게 그 일을 해왔다고 생각한다.

그런 설명을 하는 사이, 나는 문득 알아차렸다―큼직한 책상 구석에 모자 하나가 덩그러니 놓여 있는 것을. 남색 베레모였다. 오랫동안 사용했는지 부드럽게 길이 들었다. 게다가 내가 꿈속에서 보았던 것과 완전히 똑같은―적어도 내 눈에는 그렇게 보인다―베레모였다. 놓여 있는 위치까지 똑같다. 나는 숨을 멈췄다.

무언가와 무언가가 이어져 있다.

시간이 거기서 뚝 멎어버린 것 같았다. 시곗바늘은 먼 과거의 중요한 기억을 열심히 찾는 듯 그 자리에 얼어붙었다. 바늘이 다시 움직이기까지 한동안 시간이 걸렸다.

"왜 그러십니까?" 고야스 관장이 걱정스러운 듯 나를 보면서 물었다.

"아뇨, 아무것도 아닙니다. 괜찮습니다." 나는 말했다. 그리고 가볍게 몇 번 헛기침을 했다. 목에 뭐가 걸린 척하면서. 이윽고 나는 아무 일 없었던 것처럼 예전 회사의 업무 내용을 계속 설명했다.

"그렇군요, 당신은 다년간에 걸쳐 책에 대해 공부하고 연찬을 쌓았습니다. 사회적 상식도 갖추었고, 조직에서 일하는 법도 숙지하신 것 같군요." 내가 설명을 마치자 관장은 그렇게 말했다.

나는 베레모에 흘끗 눈길을 던지고 다시 상대의 얼굴을 보았다.

그후 고야스 관장은 도서관 운영에서 관장이 해야 하는 업무를 설명했다. 그리 긴 설명은 아니다. 업무량이 많지 않았기 때문이다. 급여액도 제시되었다. 대단한 액수는 아니지만 각오한 만큼 적지도 않았다. 이 마을에서 혼자 검소하게 생활한다면 충분할 액수다.

"네, 질문하실 게 있을까요?"

물론 몇 가지 질문이 있었다. "만약 관장님 직무를 이어받는다면 말이지만, 뭔가를 결정할 때 저는 누구의 지시를 따르면 될까요?"

"요컨대 보스가 누구냐, 하는 거지요?"

나는 고개를 끄덕였다. "맞습니다."

고야스 관장은 다시 굵직한 만년필을 집어들고 그 무게를 확인한 다음 신중하게 표현을 골랐다.

"네, 일단 이 도서관은 명목상 마을에서 운영하고 있지만, 실질적인 운영은 마을 유지가 발족한 펀드에 의해 이뤄집니다. 펀드에 이사회가 있어 이론적으론 이사장이 결정권을 가진 셈입니다만, 실제로는 이름뿐인 명예직이고 거의 발언을 하지 않아요."

고야스 관장은 거기서 입을 다물었다. 나는 이어지는 말을 기다렸지만 더는 없는 모양이었다.

내가 그대로 가만있자 고야스 관장은 침묵 속에서 몇 번 눈을 깜박이고는 손가락에 끼우고 있던 만년필을 책상 위에 내려놓았다.

"그 부분은 다시 날을 잡아 천천히 설명해드리겠습니다. 얘기가 좀 길어질 것 같아서요. 일단 당분간은 무슨 문제가 있으면 이 고야스와 상의해주시겠습니까? 제가 잘 조처하도록 하지요. 그러면 어떨까요?"

"아직 이곳 사정이 잘 이해되지 않는데요, 고야스 씨는 이 도서관의 관장직을 그만두시는 거지요?"

"네, 맞습니다. 아니, 실은 이미 물러나서 지금은 관장직이 공석이랍니다."

"그러니까 고야스 씨는 관장직에서 물러난 후에도 고문 같은 형태로 여기 남으시는 건가요?"

고야스 관장은 무슨 소리를 들은 물새처럼 쭉 하고 작고 날카롭게 고개를 돌렸다.

"아아, 아뇨, 공식적으로 고문 같은 직책이 있는 건 아닙니다. 다만 업무 인수인계 기간에는 역시 얼마간 제가 필요하지 않을까 하는 단견이랍니다. 그동안 필요하다면 어디까지나 개인적으로 당신을 도와드릴 수 있으면 할 뿐입니다. 물론 당신이 불편하지 않다면 말입니다."

나는 고개를 저었다. "아뇨, 불편할 건 없습니다. 사실 저로서도 매우 감사한 일입니다. 다만 하시는 말씀이 왠지 이미 저를 후임으로 낙점하신 것처럼 들리는데요."

"아아, 그야 뭐." 고야스 관장은 놀란 표정을 짓고는—그런 것도 몰랐느냐고 하는 양—말했다. "저희는 처음부터 쭉 그럴 생각이었답니다. 실은 지금까지 근무하신 회사의 동료분에게도 남몰래 여쭤봤습니다만, 네, 당신의 평판은 확실히 좋더군요. 업무적으로 유능하며 인품 또한 숲의 수목처럼 성실하고 신뢰할 수 있다고요."

숲의 수목처럼? 나는 귀를 의심했다. 그런 표현을 입에 담을 법한 옛 동료를 한 사람도 떠올릴 수 없었기 때문이다. 숲의 수목처럼?

고야스 관장은 말을 이었다. "그래서 더더욱 이렇게 먼 곳까지 와주십사 했습니다. 정식으로 결정하기 전에 역시 한번 뵙고 말씀을 나눠두는 편이 좋겠다 싶어서요. 하지만 저희 마음은 일찌감치 결정되었습니다. 이 자리를 필히 당신께 부탁드리자고요."

"감사합니다." 나는 어딘가에 중심을 놓고 온 듯한 목소리로 말했다. 그리고 깊고 느리게 숨을 뱉었다. 아마 안도의 숨이었을 것이다.

그후 우리는 내가 이 마을 도서관에 취직하는 데 따르는 몇 가지 실제적인 안건에 대해 의논했다. 지금 살고 있는 도심의 맨션을 정리하고 이 마을로 옮겨와야 한다. 미리 거처를 구해둬야 했다. 이쪽에 일임한다면 적당한 집을 알아봐줄 수 있다고 고야스 관장은 말했다. 이 마을에는 빈집이 많고 집세는 도쿄 도심에 한참 못 미친다. 가재도구 등 나머지 문제는 어떻게든 해결될 것이다.

삼십 분쯤 걸려서 대강 이야기가 정리되자 고야스 관장은 의자에서 일어나 책상 위의 남색 베레모를 집어 머리에 썼다. 볼일이 있어 슬슬 원래 왔던 곳으로 돌아가야 한다고 했다.

원래 왔던 곳으로 돌아간다니, 좀 기묘한 표현이라고 나는 생각했다. 하지만 워낙에 약간 특이한 어휘를 구사하는 사람인 듯해 크게 신경쓰지 않았다.

"모자가 멋지군요." 나는 슬쩍 떠보았다.

관장은 기쁜 듯 입가에 미소를 지었다. 모자를 벗어 찬찬히 들여다보고는 공들여 모양을 정돈하고 다시 썼다. 베레모는 보다 친밀하게 머리의 일부가 된 것처럼 보였다.

"네, 이 모자를 이럭저럭 십 년째 애용하고 있습니다. 어쩔 수 없는 일이지만 나이들며 머리숱이 줄어서 모자 없이는 왠지 안정이 안 된답니다. 특히 겨울철은요. 그래서 프랑스로 여행 가는 조카에게 파리의 일류 가게에서 베레모를 사다달라고 부탁했습니다. 젊은 시절 프랑스 영화를 좋아해서 예전부터 베레모 쓰는 걸 동경했거든요. 뭐, 이런 벽지에서 베레모를 쓰고 다니는 사람이라고는 저 하나뿐이니 처음엔 고만조만 부끄러웠습니다만 어느덧 완전히 익숙해졌어요. 저도 그렇고, 주위 분들도."

이윽고 나는 고야스 관장의 옷차림에 관해 또하나 평범하지 않은—특이하기로 말하면 베레모 이상인—사실을 발견했다. 고야스 관장은 바지가 아니라 스커트를 입고 있었다.

훗날 고야스 씨는 자신이 왜 일상적으로 스커트를 입는지 친절하고 알기 쉽게 설명해주었다.

"첫째로는, 이렇게 스커트를 입고 있으면, 네, 왠지 내가 아름다운 시의 몇 행이 된 듯한 기분이 들어서랍니다."

31

얼마 후 나는 십 년 넘게 혼자 살았던 나카노구의 임대맨션을 정리하고, 도쿄를 떠나 Z** 마을의 새집으로 이사했다. 부피가 큰 가구나 대형 가전제품은 업자를 불러 처분했다. 특별히 고급 가구나 기구도 아니고 수도 많지 않다. 책장에 채 꽂지 못하고 쌓아둔 책들은 대부분 헌책방에 팔았다. 이제 도서관에서 일할 테니 읽을 책이 없어 곤란할 일은 없을 것이다. 필요 없어진 오래된 정장과 재킷도 헌옷을 수거하는 시설에 기부했다. 새로운 생활을 시작하면서 과거의 냄새가 남아 있는 물건은 되도록 처분하고 싶었다. 덕분에 짐은 택배 서비스로 보낼 수 있을 만큼 줄었고, 오랜만에 무척 홀가분한 기분이 들었다.

이 해방감을 예전에도 느껴본 것 같아 생각해보니, 높은 벽에 둘러싸인 그 도시에 처음 정착했을 때의 기분과 조금 비슷했다. 하긴 그때 나는 정말이지 아무것도 들고 있지 않았다. 말 그대로 몸만 가지고 그 도시에 들어갔고(그렇다, 나는 나의 그림자마저 버렸다), 집부터 옷에 이르기까지 모든 것을 도시에서 내주었다. 그것들은 더없이 간소했지만 나는 불편을 느끼지 않았다.

그때와 달리 지금은 과거로부터 인계한 '소지품'이 아직 경트럭 짐칸을 가득 채울 정도로 남아 있다. 그래도 무척 홀가분하다는 해방감, 그건 분명히 상통하는 부분이었다.

역 앞에 사무실이 있는 부동산업자가 나를 셋집으로 안내했다. 작은 체구에 붙임성이 아주 좋은, 고마쓰라는 중년 남자였다. 나의 주거에 관한 일을 도서관이 그에게 일임한 모양이었다.

강에서 가까운 아담한 단층집이었다. 진갈색 판자울타리 너머로 작은 정원이 있다. 정원에는 오래된 감나무가 한 그루 서 있었다. 지금은 쓰지 않는 듯한, 반쯤 메워진 우물도 있었다. 우물 옆으로 황매화가 무성하고, 안쪽의 작은 등롱에는 녹색 이끼가 엷게 끼어 있었다. 잡초가 싹 뽑히고 철쭉 무리도 가지런히 깎여 있었다. 반년 정도 비어 있던 집이라 정원이 엉망이라서 며칠 전 정원사를 불러 다듬었다고 했다.

"괜한 짓인지 모르겠지만, 이 동네에서 정원은 나름대로 중요한 의미가 있어서요." 고마쓰 씨가 말했다.

"그렇겠지요." 나는 막연하게 동의했다.

"저 감나무는 탐스러운 열매가 많이 열리지만, 너무 떫어서 먹진 못합니다. 아쉽지만요. 대신 동네 아이들이 멋대로 들어와 과일을 따 가는 일도 없지요."

"그렇다면," 나는 말했다. "사람들이 다들 알고 있다는 말이군요. 이 집 마당의 감은 보기엔 그럴싸해도 떫어서 못 먹는다는 걸."

고마쓰 씨는 몇 번 고개를 끄덕였다. "네, 여기 사람들은 동네 일이라면 뭐든 알고 있답니다. 감나무 열매 하나까지도요."

지은 지 오십 년은 된 집이라는데 그렇게 낡은 느낌은 들지 않았다. 아담하고 눈에 띄지 않는다는 점에 호감이 갔다. 내가 오기 전에는 노부인이 혼자 살았다고 한다. "워낙 깔끔한 분이라 집을 아주 잘 관리하셨답니다"라고 고마쓰 씨는 말했다. 그 노부인이 어떻게 되었는지, 어디로 갔는지는 말하지 않았고 나도 굳이 묻지 않았다. 방은 많지 않지만 혼자 살기에는 적당한 넓이다. 집세는 도쿄에서 내던 금액의 약 오분의 일이었다. 근무처인 도서관까지는 걸어서 십오 분 정도다.

"만약 이 집이 마음에 안 드신다면 다른 물건을 찾아볼 테니 주저 말고 말씀해주세요. 이 동네엔 여기 말고도 빈집이 얼마든지 있으니까요." 고마쓰 씨는 말했다.

"감사합니다. 그래도 보아하니 이 집으로 정해도 큰 문제 없지 싶은데요."

그리고 실제로도 문제될 건 없었다. 미리 들은 대로("그저 몸만 오시면 됩니다"라고 고야스 씨는 말했다) 냉장고부터 식기, 조리도구, 심플한 침대와 침구까지 일상생활에 필요한 거의 모든 물건이 빠짐없이 갖춰져 있었다. 어느 것이나 새것 같진 않지만 그리 낡지도 않아서 충분히 쓸 만했다. 전부 고마쓰 씨가 도서관의 부탁으로 구해둔 것들이었다. 나는 그에게 감사인사를 했다. 이만큼 준비하려면 상당히 손이 갔을 것이다.

"아닙니다, 아니에요." 그는 손사래 치며 말했다. "이 정도는 일도 아니지요. 타지에서 이 마을로 이사오시는 분은 귀하니까요."

그렇게 Z** 마을에서의 소소하고 새로운 생활이 시작되었다. 나는 매일 아침 여덟시쯤 집을 나와 강변길을 따라 상류쪽으로 올라가서 다시 마을 중심부를 향해 걸었다. 회사에 근무하던 때와 달리 정장을 입을 필요도, 넥타이를 맬 필요도 없다. 답답한 가죽구두를 신을 필요도 없다. 내게는 무엇보다 고마운 일이었다. 그것만으로도 직업을 바꾼 의미가 있다. 막상 그런 생활을 버리고 나니 내가 지금껏 얼마나 큰 불편을 견뎌왔는지 실감할 수 있었다.

강의 물소리는 상쾌하고, 눈을 감으면 내 몸안에 물이 흐르는 듯한 착각이 들 정도였다. 주위 산에서 흘러오는 맑은 물에 여기저기 헤엄치는 작은 물고기들이 보였다. 늘씬한 백로 한 마리가 돌 위에 앉아 참을성 있게 수면을 노려보고 있었다.

이 마을의 강은 그 '벽에 둘러싸인 도시'에 흐르던 강과 풍경이 상당히 달랐다. 이곳에는 널찍한 모래톱도 없고, 냇버들이 자라지도 않았다. 오래된 돌다리가 걸려 있지도 않다. 물론 금작화 이파리를 뜯는 단각수들의 모습도 없다. 강 양쪽은 무개성한 콘크리트 호안護岸이 둘러싸고 있었다. 그러나 흐르는 물은 똑같이 맑고 아름답고, 서늘한 여름 물소리를 냈다. 이렇게 상쾌한 강 근처에 살게 된 것을 나는 기쁘게 생각했다.

마을은 높은 산에 둘러싸인 분지라서 여름은 덥고 겨울은 춥다고 했다. 내가 이사온 건 8월 말, 산골에서는 슬슬 가을이 시작될 시기라 시끄러운 매미 소리도 거의 잦아들었지만, 늦더위는 아직 가시지 않아서 쨍쨍한 햇빛이 목덜미에 사정없이 내리쬐었다.

나는 주위의 도움을 받으며 도서관장 업무를 조금씩 익혀나갔다. 말이 관장이지 직원은 소에다 씨라는 사서 한 명(내가 처음 이 도서관에 왔을 때 카운터에 앉아 있던, 금속테 안경을 쓰고 머리를 뒤로 묶은 여자)과 파트타임 여자 직원 몇 명뿐이라서, 매일 발생하는 여러 잡무는 내가 직접 해결해야 했다.

이따금 고야스 씨가 관장실을 찾아와 책상 맞은편에 앉아 도서관장 직무를 어떻게 수행해야 하는지 소상하고 구체적으로 가르쳐주었다. 도서관에 들여올 책을 고르고 관리하는 법, 매일의 장부 정리(정식 기록은 한 달에 한 번 세무사가 와서 해준다), 인사 관리, 내관자 대응…… 기억해야 할 게 많았지만 작은 시설이라 뭐든 크게 까다롭진 않았다. 들은 내용을 하나하나 머릿속에 새겨넣으면 무난히 처리할 수 있었다. 고야스 씨는 매우 친절한 사람이었고(아마 타고난 성격일 것이다), 이 도서관에 각별한 애정이 있는 것 같았다. 항상 예고 없이 훌쩍 방에 나타났다가, 알아차리지도 못할 만큼 조용히 자리를 떴다. 마치 조심성 많은 숲속의 작은 동물처럼.

도서관에서 일하는 여자 직원들과도 조금이나마 친해졌다. 어느 날 갑자기 도쿄에서 뚝 떨어진, 굴러들어온 돌이나 다름없는 나에게 처음에는 그들 나름대로 경계심을 품는 눈치였지만(당연한 일이다), 함께 시간을 보내고 일상적인 대화를 나누는 동안 점점 허물없는 사이가 되었다. 대부분 삼십대에서 사십대의 이 지역 출신 사람들로, 결혼해서 가정을 꾸리고 있었다. 내가 마흔 중반이 되도록 독신이라는 건 그들에게 꽤나 특별한, 그리고 얼마간 자극적인 사실인 것 같았다.

"물론 고야스 씨도 오랫동안 독신이었지만, 워낙 그런 분이었으니까요"라고 사서 소에다 씨가 말했다.

"고야스 씨가 독신이었나요?" 내가 물었다.

소에다 씨는 말없이 고개를 끄덕였다. 그러고는 입에 넣어선 안 될 것을 삼킨 듯한 표정을 지었다. 그 화제는 (적어도 지금은) 이쯤에서 멈추는 게 좋다고 그 얼굴은 말하고 있었다.

고야스 씨에 대해서는 무언가 알려지지 않은—적어도 내게는 아직 알려지지 않은—중요한 사실이 몇 가지 있는 것 같았다.

32

고야스 씨는 비정기적으로, 짐작건대 기분 내킬 때 관장실을 찾아왔다. 평균을 내면 대략 사흘에서 나흘에 한 번쯤일까. 그는 조용히 (소리도 거의 내지 않고) 문을 열고 방으로 들어와 삼십 분쯤 나와 화기애애한 대화를 나누고 다시 조용히 사라졌다. 마치 상쾌한 바람이 불고 간 것처럼. 나중에 생각해보니(그때는 딱히 생각하지 않았지만) 도서관 말고 다른 곳에서 그를 만난 적은 한 번도 없었다. 그리고 우리는 늘 단둘이었다. 우리 말고 다른 누군가가 함께했던 적은 없다.

고야스 씨는 언제나 똑같은 남색 베레모를 쓰고 랩스커트를 입었다. 몇 종류씩 가지고 있는지 스커트는 무지일 때도 있고 체크무늬일 때도 있었다. 색은 대체로 화려했다. 적어도 수수한 편은 아니었다. 그리고 그 밑에 딱 붙는 검은색 타이츠 같은 것을 신었다.

몇 번 만나는 사이, 나도 고야스 씨의 그런 모습에 익숙해져 그다지 기이하게 느껴지지 않았다. 그가 그런 옷차림으로 길을 걸으면(당연히 그럴 것이다) 주위 사람들이 어떤 시선으로 보고 어떻게 반응할지 쉽게 상상되지 않았다. 아마 다들 나와 마찬가지로, 자꾸 보다보니 눈에 익어서 아무렇지 않을 것이다. 게다가 고야스 씨는 누가 뭐래도 이 마을의 명사다. 대놓고 손가락질할 순 없는 노릇이다.

하지만 어느 날, 나는 대화중에 큰맘먹고 고야스 씨에게 물었다. 언제부터 그렇게 일상적으로 스커트를 입게 되었느냐고. 그러자, 그렇다, 그때 그는 말했다. 밝고 상냥하게, 당연하기 그지없다는 듯이.

"첫째로는, 이렇게 스커트를 입고 있으면, 네, 왠지 내가 아름다운 시의 몇 행이 된 듯한 기분이 들어서랍니다."

이상하게 나는 딱히 놀라지도, 신기해하지도 않고 그 설명을 지극히 자연스럽게 받아들였다. 일상적으로 스커트를 입는 건 분명 그에게 심리적으로 그 무엇보다 수월히 녹아든 행위일 것이다. 그리고 어떤 행위이고 이유가 무엇이든, 자신이 아름다운 시의 몇 행이 된 기분이 든다는 건 누가 봐도 근사한 일 아닌가. 물론(아니, 나는) 그렇다고 스커트를 입어볼까란 생각을 하진 않지만, 그건 어디까지나 개인의 취향 문제일 뿐이다.

나는 고야스 씨에게 호의가 있었고, 그도 아마 나에게 호의(비슷한 것)가 있었다고 생각한다. 그러나 나와 고야스 씨의 교제는 철저히 공적인 장소에서만 이뤄졌다. 고야스 씨는 미리 귀띔도 없이 훌쩍 관장실에 찾아와 인수인계를 도와주고, 판단하기 어려운 문제에 적절하고 유익한 조언을 해주었다. 만약 그가 없었다면 업무적인 요령을 터득하는 데 상당한 시간과 수고가 들었을 것이다. 일 자체는 크게 복잡하지 않지만 역시 세세한 로컬 룰 같은 것이 존재했으니까.

우리는 도서관 운영에 대해 열심히 이야기를 나누고, 사이사이 함께 차를 마셨다. 고야스 씨는 커피를 즐기지 않는 모양이라 늘 홍차만 마셨다. 관장실 캐비닛에는 그의 전용인 흰색 도기 찻주전자와 특별히 블렌딩한 찻잎이 갖춰져 있었다. 그는 전열기로 물을 끓이고 세상 제일 소중한 것을 다루듯 주의 깊게 홍차를 우렸다. 그김에 나도 나눠 마셨는데, 색도 그렇고 향도 그렇고 감격스러울 정도로 맛있는 홍차였다. 나는 커피파였지만 그가 우려주는 홍차를 맛보는 일이 곧 일상의 소소한 기쁨이 되었다. 맛을 칭찬하자 고야스 씨는 매우 기뻐하는 표정을 지었다.

그럼에도 도서관 말고 다른 장소에서 우리가 마주하는 일은 없었다. 사생활의 영역에서 타인과 접촉하는 걸 썩 즐기지 않는 모양이라고 나는 짐작했다. 그리고 그건 솔직히 내게도 오히려 고마운 일이었다.

도서관 일을 마치고 집에 오면 혼자 먹을 간단한 식사를 차리고, 남은 시간에는 오로지 독서용 의자에 앉아 책을 읽었다. 집에는 텔레비전도 없고 스테레오 장치도 없었다. 재난 방송을 듣기 위한 트랜지스터라디오가 있을 뿐이다. 노트북 컴퓨터가 있긴 했지만 원래도 잘 쓰지 않았기에, 의자에 앉아 좋아하는 책을 읽는 것 말고는 달리 할일이 없었다.

책을 읽으면서 유리잔에 스카치위스키를 따라 온더록스로 한두 잔 마셨다. 그러다보면 점점 졸음이 쏟아져 대개 열시쯤이면 잠자리에 들었다. 깊게 자는 편이라 한번 잠들면 다음날 아침까지 거의 깨지 않았다.

아침이나 해질녘, 별달리 할일이 없는 시간에는 마을 주변을 정처 없이 산책했다. 그중에서도 아름다운 물소리가 들리는 강변길 코스가 마음에 들었다.

강을 따라 산책로가 조성되어 있었고, 지나다니는 사람은

거의 없지만 가끔 조깅하거나 개를 산책시키는 사람들과 스쳐
지났다. 하류를 향해 몇 킬로미터 내려가면 포장된 길이 갑자
기 뚝 끊기고 강에서 벗어나 넓은 풀숲으로 이어진다. 아랑곳
않고 그대로 계속 나아가자 얼마 안 가―대략 십 분쯤 걸으면
―그 좁은 산길도 사라져버렸다. 그리고 나는 막다른 초원 한
복판에 홀로 서 있었다. 초록빛 잡초가 높이 자라 있고, 주위
는 적막하다. 귓속에서 침묵이 울린다. 고추잠자리 무리가 주
위를 소리도 없이 날아다닐 뿐이다.

올려다보니 하늘은 새파랗게 개었다. 가을에 어울리는 단단
한 흰구름이 이야기에 삽입된 몇 가지 단편적인 에피소드처럼
자리잡고 있었다. 가슴 깊이 숨을 들이마시자 억센 풀냄새가
났다. 그곳은 다름 아닌 풀의 왕국이고, 나는 그 풀들의 의미
를 읽어내지 못하는 무례한 침입자였다.

그곳에 혼자 서 있으면 어김없이 슬퍼졌다. 아주 오래전에
맛보았던, 깊은 슬픔이었다. 나는 그 슬픔을 무척 잘 기억했
다. 말로 설명할 길 없는, 또한 시간과 더불어 사라지지도 않
는 종류의 깊은 슬픔이다. 눈에 보이지 않는 상처를 눈에 보이
지 않는 곳에 가만히 남기고 가는 슬픔이다. 눈에 보이지 않는
것을 대체 어떻게 다뤄야 할까?

나는 고개를 들고 물 흐르는 소리가 들리지 않을까 다시 한
번 주의깊게 귀기울였다. 그러나 아무 소리도 들리지 않았다.

바람조차 불지 않는다. 구름은 언제까지고 하늘 한곳에 가만히 멈춰 있었다. 나는 조용히 눈을 감고 따뜻한 눈물이 솟아 뺨을 타고 흐르기를 기다렸다. 하지만 눈에 보이지 않는 그 슬픔은 내게 눈물조차 주지 않았다.

그러면 나는 단념하고, 원래 왔던 길을 조용히 되돌아가곤 했다.

고야스 씨와 도서관에서 자주 얼굴을 보면서도 그라는 사람에 대해 거의 아무것도 모르는 상태가 제법 오래 이어졌다.

독신이라는데, 지금껏 한 번도 가정을 꾸린 적이 없을까? 고야스 씨가 독신이라는 사실에 대해 소에다 씨는 '워낙 그런 분이었으니까'라고 평했다. '그런'이란 게 무슨 뜻일까? 그리고 왜 그녀는 과거형을 썼을까?

생각할수록 고야스 씨에 대해 알아야 할 점이 많았다. 그러나 동시에, 이유는 잘 설명할 수 없지만, 오히려 아무것도 모르는 편이 좋을지도 모르겠다는 생각도 들었다.

도서관 직원들은 대체로 수다스러웠다. 물론 장소가 도서관인 만큼 일하는 곳에서는 의식적으로 과묵함을 유지했다. 용건이 있으면 소리 죽여 짧게 말을 주고받았다. 그러나 일단 사람 눈이 닿지 않는 안쪽 공간으로 들어오면, 일하는 동안 침묵을 지킨 것에 대한 반동인지 실로 말이 많아졌다. 대개는 여자들끼리의 내밀한 이야기였으므로 나는 되도록 그런 자리에 가까이 가지 않으려 했지만.

그러나 그렇게 말수가 많으면서도 그들은 내 앞에서 고야스 씨에 대한 이야기는 거의 꺼내지 않았다. 다른 것에 대해서는 (이 도서관에 대해, 이 마을에 대해) 친절하고 자세하게 갖가지 지식을 아낌없이 제공해주었지만, 고야스 씨 얘기만 나오면 갑자기 이상하게 말투가 무겁고 모호해졌다. 그리고 그들의 개인적 의견, 혹은 총체로서의 의견은 지저분한 세탁물처럼 저 안쪽 어딘가로 황급히 치워지고 말았다.

그런 연유로 나는 고야스 씨라는 사람에 대한 정보를 어디서도 얻을 수 없었다. 그의 개인적인 배경은 수수께끼에 싸여 있었다. 왜 그들이 스커트 차림의 개성적인, 체격이 작고 깔끔한 노인에 대해 말을 아끼는지 이유를 알 수 없었다. 일종의 '금기'에 가까운 듯 느껴지기도 했다. 수호신을 모신 숲속의 사당 문을 함부로 열고 들여다봐선 안 된다, 하는 것처럼. 소박한—그러나 의식의 심층까지 굳게 배어 있는—종류의 터부다.

그래서 나도 되도록 고야스 씨를 화제에 올리지 않으려 했다. 굳이 그들을 난처하게 하고 싶진 않았으니까. 또한 고야스 씨에게 어떤 배경이 있건, 이 마을 도서관에서 행하는 내 직무에—적어도 현시점에는—특별한 영향을 끼치진 않았다. 고야스 씨는 나에게 도서관장 업무의 요점을 친절하고 요령 있게 전수해주었고, 덕분에 나는 지금껏 그가 맡았던 직무를 원활히 계승할 수 있었다. 몰라도 될 일은 계속 모르는 편이 좋을 것이다. 아마도.

사서 소에다 씨의 남편은 이 마을 공립 초등학교 교사고, 둘 사이에 아이는 없다고 했다. 나가노현에서 태어났고 결혼하면서 고향을 떠나 이 마을에 살게 되었다. 그로부터 얼추 십 년이 지났다. 그래도 아직까지 이 마을에서는 기본적으로 '외부인' 취급을 받는다고 했다. 산에 둘러싸여 들고 나는 사람이 적은 지역이다. 배타적이라고 할 것까진 없어도 타지에서 온 사람을 받아들이는 데 아무래도 소극적이다. 어쨌거나 그녀는 매우 유능했고, 도서관의 각종 사무를 거의 도맡고 있었다. 어떤 일이든 판단이 빠르고 단호했으며 심지어 실수도 없다.

"소에다 씨가 없으면, 네, 이 도서관은 아마 일주일도 버티지 못할 겁니다"라고 고야스 씨는 말했다. 그리고 이곳에서 보내는 날이 쌓여갈수록 나도 그 견해에 깊이 동의했다.

결국 그녀가 이 도서관을 돌아가게 하는 중심축이었다. 만약 그녀가 없어지면 이 시스템은 서서히 움직임이 둔화되어 끝내 회전을 멈춰버릴지도 모른다. 그녀는 관청과 긴밀하게 연락하고 근무자 배치를 조정할 뿐 아니라, 고장난 급탕기를 수리하고 전구를 바꿔 끼우는 일까지 챙기며 도서관 운영에 지장이 없도록, 그리고 이용자에게서 불만이 나오지 않도록 세심히 신경을 썼다. 파트타임 직원들을 적절히 지도 감독하고, 문제를 발견하면 지체 없이 바로잡았다. 도서관에서 행사가 열리면 필요한 물품을 정리해 빠짐없이 갖춰두었다. 정원의 식목도 관리해야 했다. 그 밖에 도서관 운영에 필요한 일은 거의 모두 그녀의 컨트롤 아래에 있었다.

아무리 봐도 그녀가 이 도서관의 관장직을 맡는 것이 최선의 선택 같다고 나는 생각했고, 고야스 씨에게도 그렇게 말했다. 이처럼 유능한 사람이 있다면 저 같은 아마추어 초보자가 상석에 앉지 않아도 도서관이 문제없이 유지되지 않을까요, 라고.

고야스 씨는 조금 난처한 듯 내 얼굴을 바라보다가 말했다. "저도 그렇게 권했답니다. 당신이 내 뒤를 잇는 게 제일 좋지 않겠느냐고요. 네, 그런데 그녀가 완강하게 고사했어요. 자신은 남들 위에 설 수 있는 사람이 못 된다고. 열심히 설득했습니다만 그녀는 들어주지 않았습니다."

"겸허한 사람인가요?"

"아마도요." 고야스 씨는 상냥하게 말했다.

소에다 씨는 대략 삼십대 중반으로, 담백한 이목구비에 지적인 인상을 풍기는 여성이었다. 키는 160센티미터 정도, 체격도 얼굴처럼 가늘다. 자세가 바르고 등이 곧으며 걸음걸이도 반듯하다. 학창 시절에는 농구 선수였다고 한다. 항상 무릎 아래까지 오는 스커트 차림에 걷기 편하도록 굽 낮은 구두를 신었다. 화장기는 별로(거의) 없지만 피부가 맑다. 동그란 귓불이 바닷가의 자갈처럼 매끈했다. 목덜미가 가늘지만 약해 보이진 않는다. 블랙커피를 좋아해서 카운터 안쪽 책상에 늘 큼지막한 머그잔이 놓여 있었다. 머그잔에는 날개를 펼친 컬러풀한 들새 그림이 그려져 있었다. 보아하니 처음 만난 상대에게 쉽게 마음을 여는 타입은 아닌 듯했다. 눈에는 항상 주의 깊은 빛이 빈틈없이 떠 있고, 입술은 단호하고 도전적으로 다물려 있다. 하지만 나는 왠지 처음 대화를 나누었을 때부터 이 사람과는 곧 가까워질 수 있겠다는 기분이 들었다. 아마도 이 작은 마을에 '굴러들어온 돌' 동지로서.

소에다 씨는 별달리 말로 표현하지 않았지만 새로 '굴러들어온 돌'인 나를 상사로서, 처음부터 저항감 없이 지극히 자연스럽게 맞아들였다. 내겐 무엇보다 고마운 일이었다. 직장 내에서 삐걱이는 인간관계만큼 사람을 소모시키는 건 없으니까.

소에다 씨는 자기 얘기를 많이 하지 않는 사람이었다. 그럼에도 타인에 대한 건전한 호기심은 충분한 모양이라, 시간이 조금 지나 내 존재에 익숙해지자 나의 과거를 이것저것 알고 싶어했다. 다른 직원들과 마찬가지로, 왜 내가 사십대 중반까지 결혼하지 않았는지에 가장 큰 흥미가 있는 듯했다. 만약 그 이유가 '적당한 상대를 찾지 못해서'라면 누군가 '적당한 상대'를 찾아 소개해줄 생각이었는지도 모른다. 나는 경력이 꽤 긴 독신자로서 지금껏 몇 번이나 그런 상황을 맞닥뜨렸다.

"결혼하지 않은 건 마음에 둔 상대가 있어서예요." 나는 간결하게 대답했다. 같은 질문에 항상 같은 대답을 해오고 있다.

"하지만 그 사람과 함께할 수 없었군요. 무슨 사정이 있었나요?"

나는 말 대신 모호하게 고개를 끄덕였다.

"상대가 이미 결혼했다든가?"

"그건 모르겠어요." 나는 말했다. "벌써 오랫동안 만나지 못했고, 지금 어디서 뭘 하는지도 알 길이 없어서."

"그래도 그 사람을 좋아해서 지금껏 잊지 못하는 거지요?"

나는 다시 한번 모호하게 고개를 끄덕였다. 이렇게 설명해두는 것이 상식적으로는 가장 무난했다. 그리고 아주 지어낸 이야기도 아니었다.

그녀는 말했다. "그래서 도시를 떠나 이런 산골 마을에 와서 살기로 한 건가요? 그 사람을 잊기 위해서."

나는 웃고서 고개를 저었다. "아뇨, 그렇게 로맨틱한 이유는 아닙니다. 도시건 시골이건, 어디에 있어도 상황은 바뀌지 않아요. 나는 그저 흘러가는 대로 옮겨다닐 뿐이니까."

"어쨌거나 대단히 멋진 사람이었겠군요?"

"글쎄요. 연애란 보험이 적용되지 않는 정신질환이다, 라고 말한 게 누구였더라?"

소에다 씨는 소리 없이 웃고는 안경 브리지를 손으로 가볍게 눌렀다. 그리고 전용 머그잔을 들어 커피를 한 모금 마시고 하던 일로 돌아갔다. 우리의 대화는 그렇게 끝났다.

33

작은 마을 도서관이라지만 관장이라는 자리에 앉은 이상 여기저기 인사 다니거나 높은 사람을 소개받을 일이 있으리라 예상하고 나름의 각오를 했었다. 그런 유의 '사교'에 자신 있는 편은 아니지만 업무상 해야 하는 일들은 미흡함 없이 해내자고. 나도 이십 년 넘게 직장 생활을 해왔으니 필요하다면 그 정도는 할 수 있다.

그러나 예상과 달리 그럴 일은 단 한 번도 없었다. 나는 마을의 누구에게도 소개되지 않았고, 어디로도 인사를 하러 가지 않았다. 사서 소에다 씨가 파트타임 직원 모두에게(라고 해도 네 명뿐이지만) 나를 신임 도서관장으로 소개하고, 테이블에 둘러앉아 다 같이 차를 마시고 컵케이크를 먹었다. 돌아가면서 간단히 자기소개를 했다. 그뿐이다. 실로 담백했다.

물론 그런 전개를 고맙게 생각했지만, 그래도 왠지 모르게 맥이 풀렸달까, 여우에게 홀린 기분이긴 했다. 무언가 중요한, 꼭 필요한 일을 빠뜨리고 넘어간 게 아닐까 하는.

한번은 관장실에서 둘이 홍차를 마실 때 큰맘먹고 고야스 씨에게 물었다.

"이 도서관에 일단 'Z** 마을'이라는 이름이 붙어 있기도 하니, 제가 관청에 얼굴을 비추고 인사라도 하는 편이 좋지 않을까요?"

그 말에 고야스 씨는 작은 입을 반쯤 벌리고서 실수로 벌레를 목안 깊숙이 삼켜버린 듯한 표정을 지었다.

"네에, 인사라고 하시면?"

"그러니까…… 얼굴도장을 찍는다고 할까, 무슨 일이 있을 때에 대비해서 마을 행정 일을 하는 사람들과 일단 안면을 터두는 게 어떨까 해서요."

"얼굴도장"이라고 그는 난처한 듯 되뇌었다.

나는 잠자코 고야스 씨의 다음 말을 기다렸다.

고야스 씨는 불편한 기색으로 한 차례 헛기침을 하고 말했다. "그런 건, 네, 아마 필요 없을 겁니다. 이 도서관은 사실상 마을과 아무 관계가 없답니다. 그 무엇과도 상관없이 자립한 곳이에요. 일단 'Z** 마을'이라는 이름을 달고 있지만, 이름을 바꾸는 게 절차상 영 번거로워서 그대로 사용하는 것뿐입니다. 그러니까 마을측에 인사할 필요는 전혀 없어요. 그래봐야 괜히 얘기가 성가셔질 뿐입니다."

"이사회에 제가 직접 참석해서 인사할 필요는 없을까요?"

고야스 씨는 고개를 저었다. "그럴 필요 없거니와, 그럴 기회도 없습니다. 이사회가 열리는 일도 거의 없으니까요. 전에도 말씀드렸지만, 요컨대 명목뿐인 이사회라서요."

"명목뿐인 이사회"라고 나는 말했다.

"네에, 그렇답니다." 여전히 미소를 띤 채 고야스 씨가 말했다. "이사가 다섯 명쯤 있지만, 그중 누구도 이 도서관에 신경쓰지 않습니다. 제도상 필요하니 그저 이름만 빌렸을 뿐입니다. 그러니까, 네, 당신이 인사를 갈 필요는 없습니다."

나는 영문을 알 수 없었다. 명목뿐인 이사회에 의해 운영되는 도서관이라.

"누군가와 의논할 사안이 생기면, 저는 대체 어느 분께 상담을 청하면 될까요?"

"제가 있습니다. 모르는 것이 생기면 무엇이든 제게 물어봐주십시오. 대답해드리겠습니다."

그렇게 말한들 나는 그의 집주소도, 전화번호도, 메일 주소도 전혀 몰랐다. 어떻게 연락하라는 말일까?

"저는 대략 사흘에 한 번 정도는 이곳에 얼굴을 비치려고 합

니다. 사정이 있어서 매일 오긴 힘듭니다만, 그 정도는 괜찮을
테죠. 무슨 일이 있으면 그때 물어주세요." 고야스 씨는 내 생
각을 읽은 것처럼 말했다.

"그리고, 네, 소에다 씨가 있지요. 그녀가 여러모로 당신을
도와줄 겁니다. 대부분의 사안을 잘 알고 있어요. 그러니까 당
신이 걱정할 일은, 네, 아무것도 없습니다."

나는 전부터 마음에 걸렸던 점을 물어봤다.

"하지만 이 도서관을 운영하고 유지하는 데는 상당한 비용
이 들 텐데요. 소규모 마을 도서관이라지만 광열비와 인건비
만 해도 무시 못하고, 매달 신간 서적을 구입하는 비용도 들고
요. 만약 이사회가 아무 기능도 하지 않는다면 대체 누가 그런
비용을 부담하고 관리하는 건가요?"

고야스 씨는 팔짱을 끼고 조금 난처한 얼굴로 고개를 갸웃
했다. 그러고는 말했다.

"그런 건 여기서 하루하루 일하다보면 차차 알게 될 겁니다.
때가 되면 동이 트고, 이윽고 햇살이 창으로 흘러드는 것처럼
요. 지금은 그런 데 크게 신경쓰지 말고, 일단 이곳의 업무를
차근차근 익히십시오. 그리고 이 작은 마을에 마음과 몸을 길
들여주세요. 지금으로선, 네, 걱정할 건 아무것도 없답니다.
괜찮습니다."

그러고는 손을 뻗어 내 어깨를 가볍게 톡톡 두드렸다. 귀여

위하는 개를 격려하듯이.

때가 되면 동이 트고, 이윽고 햇살이 창으로 흘러드는 것처럼, 나는 머릿속으로 되뇌었다. 상당히 근사한 표현이다.

신임 도서관장으로서 처음 착수한 일 중 하나는 이 마을의 도서관 이용자가 어떤 책을 열람하고 대출해 읽는지 파악하는 것이었다. 그러면 앞으로 구입해야 할 도서의 경향을 알 수 있고, 도서관 운영 지침도 감이 잡힐 것이다. 그러나 그러려면 손으로 쓴 열람 기록과 대출 카드 기록을 하나하나 수작업으로 넘겨봐야 했다. 도서관은 열람과 대출 작업에 컴퓨터를 전혀 사용하지 않았기 때문이다.

"이 도서관에서는 그런 기록에 컴퓨터 같은 걸 쓰지 않고 있어요." 소에다 씨가 설명했다. "전부 수작업으로 합니다."

"다시 말해, 여기선 컴퓨터를 전혀 쓰지 않는다는 말인가요?"

"네, 쓰지 않습니다." 그녀는 당연하다는 듯 말했다.

"하지만 수작업으로 하면 수고스럽고 관리하기도 번거롭지 않나요? 바코드를 사용하면 작업이 순식간에 끝나고, 서류를 보관할 장소도 필요 없고, 정보를 정리하기도 쉬운데."

소에다 씨는 오른쪽 손끝으로 안경 위치를 바로잡았다. 그러고는 말했다. "여긴 작은 도서관이고, 그 정도로 많은 책을 열람하거나 대출하지 않습니다. 예로부터 해온 방식으로 충분히 소화할 수 있어요. 뭘 하건 대단한 수고가 들지 않고요."

"그럼 앞으로도 계속 지금처럼 하면 된다는?"

"네." 소에다 씨는 말했다. "예전부터 정해진 일이고, 우리는 계속 그렇게 해왔습니다. 그게 인간적이고 좋지 않나요? 이용자에게서 불평이 나온 적도 없고요. 기계를 쓰지 않으면 기술적인 트러블이 적고 불필요한 비용도 들지 않죠."

도서관에는 와이파이 설비가 없었으므로 나는 집에서만 인터넷에 접속할 수 있었다. 그러나 정기적으로 메일을 주고받는 상대가 있는 것도 아니고, SNS와는 원래 무관하게 살아왔기에 크게 불편할 일은 없었다. 게다가 도서관 열람실에서 신문을 몇 종류씩 읽을 수 있으니 인터넷으로 정보를 확인할 필요도 없다.

그런 연유로 나는 관장실 책상 위에 쌓인, 수기로 쓴 서적 열람 목록이며 대출 카드를 하나하나 읽으면서 이 도서관의 대략적인 활동을 머릿속에 그려갔다. 하지만 그런 조사 작업을 통해 유익하거나 눈부신 정보를 얻은 건 아니었다. 사람들이 열람하고 대출하는 책은 당시의 베스트셀러 위주였고, 대부분은 실용서 아니면 편하게 읽을 수 있는 오락물이었다. 가끔 도스토옙스키나 토머스 핀천, 토마스 만, 사카구치 안고,

모리 오가이, 다니자키 준이치로, 오에 겐자부로의 소설이 대출되기도 했다.

마을 주민의 태반은 그다지 열성적인 독서가라고 할 수 없지만, 개중에는(아마 소수겠지만) 일상적으로 꾸준히 이 도서관을 찾으며, 긍정적이며 건강한 지적 호기심을 품고서 본격적인 독서에 힘쓰는 이들도 존재한다─라는 것이 번거로운 수작업 끝에 다다른 결론이었다. 그 비율이 전국 평균에 비해 경하할 수준인지 개탄할 수준인지까지는 판단할 수 없다. 나로서는 이것을 '지금 이곳의 현실'로 받아들이는 수밖에 없다. 이 마을은 (적어도 지금으로선) 나의 의사나 희망과 관계없이 하나의 현실로 존재하며 기능하고 있으니까.

시간이 나면 도서관 서가를 돌면서 비치된 책의 상태를 점검했다. 손상된 책이 보이면 수선하고, 수록된 정보가 너무 오래된 것, 이제 아무도 관심을 갖지 않을 듯한 것은 처분하거나 안쪽 창고로 옮기고 다른 책으로 보충했다. 신간 목록을 확인하고 이용자의 흥미를 끌 만한 것을 골라 구입했다. 매달 신간 서적 구입에 책정되는 예산이 생각보다 넉넉해서(충분할 정도는 아니지만) 나는 적잖이 놀랐다.

책을 다루는 건 지금껏 살면서 매일같이 해온 일이고, 이러한 새로운 일상은 내게 새로운 기쁨을 안겨주었다. 여기서는 상사도 없고 넥타이를 맬 필요도 없다. 귀찮은 회의도 없고 접대 따위도 없다.

소에다 씨나 파트타임 직원들과 수시로 의견을 교환하며 이 도서관의 향후에 대해 협의했다. 나는 몇 가지 소소한 제안을 내놓았지만 그들은 새로운 방침이나 규칙이 생기는 것을 별로 반기지 않는 듯했다. 전부 지금까지 해온 대로 하면 되지 않느냐, 이용자들한테 불만이 나오는 것도 아닌데, 라고 그들은 말했다. 그러니까 굳이 지금 방식을 바꿀 필요가 없다고. 특히 인터넷 도입에는 모두가 반대했다. 요컨대 고야스 씨가 깔아놓은 종래의 노선을 그대로 이어나가고 싶다는 말이다.

그러나 내가 서가를 적극적으로 정리하고, 새로운 방침을 기준으로 장서를 정비한다—말하자면 근대화한다—는 데는 딱히 직접적인 감상이나 불평을 밝히지 않았다. 그 작업은 전적으로 내게 일임되었다. 어쩌면 그들이 그 일에 큰 관심이 없었을 뿐인지도 모른다. 서가를 채운 책의 라인업이 어떻건, 이용자가 어떤 종류의 책을 집어들건, 자신들에게는 아무려나 상관없다는 걸까—가끔 문득 그런 인상을 받기도 했다. 그들은 모두 열심히 일했고, 이 도서관에서 일하는 걸 즐기는 듯 보였음에도.

도서관 이용자와 내가 직접 접촉할 기회는 거의 없었다. 누군가와 대화를 나눌 일도 없었다. 나는 그곳에 존재하지 않는 것이나 마찬가지였다. 이 도서관을 이용하는 사람들은 도서관장이 바뀐 사실을 알고 있을까? 나는 그것마저 정확히 판단할 수 없었다. 이 도서관에서 일을 시작한 뒤로 누구에게도 소개되지 않았고, 나에게 말을 걸어오는 사람도 없었다. 도서관에서 일하는 몇 명의 여성을 제외하면 이 마을 사람 그 누구도, 나라는 새로운 인간의 출현에 주목하지도 관심을 두지도 않는 듯했다.

이렇게 좁은 동네이니 도서관장이 고야스 씨에서 나로 바뀐 얘기는 다들 들어서 알고 있을 것이다. 그런 정보가 퍼지지 않았을 리 없다. 그리고 내가 아는 한, 이렇게 들고 나는 사람이 적은 작은 마을의 주민들이 도시에서 온 외부인에게 호기심을 품지 않을 리 없다.

그러나 그 누구도 전혀 그런 내색을 하지 않았다. 사람들은 지극히 당연하다는 듯 도서관에 와서 여느 때와 다름없이 행동하고, 내가 열람실에 들어와도 이쪽을 쳐다보지 않았다. 그들은 라운지 의자에 앉아 신문과 잡지를 읽는 데 열중하거나 열람실에서 빌린 책을 넘길 뿐, 바로 옆을 지나가도 반응이라고 할 만한 것을 눈곱만큼도 보이지 않았다. 다 같이 약속이나 한 것처럼.

대체 왜일까, 나는 고개를 갸웃하지 않을 수 없었다. 사람들은 내가 고야스 씨 후임으로 이 도서관에 온 사실을 정말로 알아채지 못하는 걸까? 아니면 이유가 있어서—어떤 이유인지 추측도 안 되지만—나를 '존재하지 않는' 셈 치고, 무시하고 묵살하려고 마음먹은 걸까?

아무리 생각해도 알 수 없다. 그럴싸한 결론이 나오지 않았다. 하긴 지금 당장 현실적으로 불편한 것도 아니다. 고야스 씨와 소에다 씨의 도움을 받아 나는 순조롭게 업무 요령을 익혀가고 있다. 그러니 '뭐 어때, 곧 모든 것이 제자리를 찾겠지'라고 마음을 편히 먹기로 했다. 고야스 씨 말마따나 모든 것이 차차 선명해질 것이다. 때가 되면 동이 트고, 이윽고 햇살이 창으로 흘러드는 것처럼.

도서관은 아침 아홉시에 개관해 저녁 여섯시에 폐관했다. 나는 매일 아침 여덟시 반에 출근해 저녁 여섯시 반에 퇴근했다. 아침에 출입문을 열고 저녁에 잠그는 건 사서 소에다 씨의 역할이었다. 나도 열쇠를 한 벌 받았지만 사용할 기회는 거의 없었다. 문단속을 책임지는 건 그녀의 임무였고, 나는 그 작업을 지금껏 이어져온 관습대로 그녀에게 맡겼다. 내가 아침에 출근했을 때 도서관은 이미 열려 있고, 소에다 씨는 책상 앞에 앉아 있었다. 내가 저녁에 퇴근할 때도 소에다 씨는 여전히 책상 앞에 앉아 있었다.

"신경쓰지 마세요. 이게 제 일이니까요." 먼저 퇴근하면서 미안한 내색을 하는 나에게 소에다 씨는 그렇게 말했다.

그런 소에다 씨의 모습을 보고 있으면 벽에 둘러싸인 도시의 도서관을 떠올리지 않을 수 없었다. 그 도서관에서도 출입문을 열고 잠그는 건 '그녀'의 역할이었다. 그 소녀는 커다란 열쇠 다발을 소중하게 들고 다녔다. 단 하나 다른 점은, 그 도서관에선 출입문을 닫은 뒤 내가 나란히 길을 걸어 그녀를 집까지 바래다주었다는 것이다. '직공 지구' 쪽으로 강을 따라 매일 밤 우리는 말없이 걸었다.

하지만 이 작은 산속 마을에 사는 나는, 도서관이 닫힌 뒤 혼자 강변길을 걸어 집으로 돌아갔다. 입을 다물고 갈 곳 없는 생각에 잠긴 채. 졸졸 흐르는 물소리는 들리지만 냇버들 잎이 스치는 소리나 밤꾀꼬리 소리는 없었다. '가을이 되면 사슴 울음소리가 들린다'고 고야스 씨는 말했지만 그것도 들리지 않았다. 사슴이 우는 건 아마 가을이 더 깊어지고 나서일 것이다. 그런데 생각해보면 나는 사슴이 어떤 소리로 우는지도 모른다. 사슴은 과연 어떤 소리로 울까?

도서관장에 취임하고 며칠 후, 소에다 씨가 나와 함께 관내를 돌며 한 차례 안내를 해주었다. 천장이 높고 골조가 큰 이 건물은 예전에 양조업에 사용되었다. 그 양조장이 새 곳으로 이전하면서 오랫동안 아무도 쓰지 않고 방치되었는데, 역사

건축물로 귀중한 의미가 있으니 철거하기가 아깝다고 판단하여 재단이 발족했고, 그 결과 오래된 양조장이 도서관으로 재탄생한 것이다.

"비용이 꽤 많이 들었겠는데요." 내가 말했다.

"그러게요." 소에다 씨는 약간 고개를 기울이고 말했다. "하지만 토지와 건물은 원래 고야스 씨 소유였고, 그걸 고스란히 재단에 기부하셨으니 그만큼 비용이 굳은 셈이에요."

"그렇군요." 나는 말했다. 그 말에 여러 가지가 이해되었다. 이 도서관은 실질적으로 고야스 씨 개인이 소유하고 운영하는 것이나 마찬가지다.

도서관으로 사용하지 않는 건물 안쪽은 구조가 복잡해서 한 번 돌아보는 정도로는 전체를 파악할 수 없었다. 구불구불하고 어두운 복도, 크고 작은 단차, 고양이 이마만큼 좁은 중정, 수수께끼 같은 작은 방이 있었다. 용도를 알 수 없는, 기묘한 형태의 고풍스러운 기구가 쌓여 있는 창고도 있었다.

건물 뒤에는 커다란 옛 우물이 있었다. 두꺼운 덮개로 덮고 그 위에 큼지막한 누름돌을 얹어놓았다("어린아이가 덮개를 열었다가 실수로 떨어질 일이 없도록요"라고 소에다 씨가 설명했다. "아주 깊은 우물이거든요."). 뒤뜰 한구석에는 포근한 얼굴을 한 작은 지장보살 석상이 모셔져 있었다.

"일단 도서관 용도로 개축했지만, 예산 사정도 있어서 부분적으로만 손봤다고 보면 돼요." 소에다 씨는 말했다. "그래서 여기처럼 현재 사용하지 않는 곳, 마땅한 용도가 없는 구역들이 손대지 않은 상태로 남아 있고요. 우리는 전체의 절반 정도만 도서관으로 쓰는 셈이죠. 물론 절반을 쓸 수 있는 것만 해도 감사하지만요."

그렇게 말하는 그녀의 목소리에는 전혀라고 해도 좋을 만큼 감정이 담겨 있지 않았다. 중립적이라기보다 마치 누가 엿들을까 염려하듯 약간 긴장하는 기색이 느껴졌다(내가 무심결에 주위를 둘러봤을 정도다). 덕분에 그녀가 이 건물에 품은 감정이 부정적인지 긍정적인지 좀처럼 판단하기 힘들었다.

2층짜리 건물의 아래층에는 잡지 라운지, 서적 열람실, 서고, 창고, 작업실 등이 있었다. 작업실에서는 각종 카드를 작성하고 책을 수선한다고 한다. 작업실 한복판에 두꺼운 목재로 만든 큼직한 작업대가 있고(과거 양조장이었을 때는 다른 특별한 용도로 사용하던 것일 테다), 그 위에 책 수선에 쓰는 다양한 도구와 각종 사무용품이 잡다하게 흩어져 있었다.

내관자가 이용하는 열람실은 2층까지 트인 구조라 채광창이 여러 개 나 있었지만, 그 외의 방에는 거의 창문이 없어서 공기가 은근히 차갑고 습했다. 과거에는 각종 원료를 저장하는 데 쓰이던 방인지도 모른다.

일반 이용객이 올라갈 수 없는 2층에는 작은 관장실(나는 그곳에서 많은 시간을 보낸다), 창문에 두툼한 커튼이 달려 있어 어둑한 응접실, 그리고 직원 대기실이 있었다. 응접실에는 중후한 천소파와 안락의자 세트가 놓여 있었지만, 그 방을 실제로 사용할 기회는 거의 없다고 했다. "원하시면 소파에서 낮잠을 주무셔도 괜찮습니다"라고 소에다 씨는 말했다. 하지만 그 방의 공기는 이상하게 매캐하고, 잊혀버린 시대의 냄새가 났다. 그리고 커튼과 소파의 천 색깔이 왠지 모르게 불온한 분위기를 풍겼다. 과거 이곳에서 일어난 어떤 사건의 부적절한 비밀을 머금고 있는 것처럼. 설령 지독한 졸음이 덮쳐온다 해도 여기서 낮잠을 자고 싶을 것 같진 않다.

직원들이 쓰는 대기실은 2층 복도 가장 안쪽에 있고, 일반적으로 '휴게실'로 불렸다. 로커가 있고, 작은 부엌이 있고, 간단히 식사할 수 있는 테이블 세트가 놓여 있었다. 금남의 공간은 아니지만 실질적으로 그 방을 사용하는 건 여성뿐이었다. 그들은 파티션 너머에서 옷을 갈아입거나, 소곤소곤 소문을 주고받거나, 가져온 간식을 먹거나, 차나 커피를 마셨다. 가끔 그들의 즐거운 웃음소리가 내 방까지 들려오기도 했다.

그 '휴게실'은 이른바 그들의 성역 같은 곳이기에, 어지간히 중요한 볼일이 아니면 내가 그 복도 끝의 방을 찾을 일은 없다. 그곳에서 어떤 종류의 대화가 오가는지 물론 나는 알 길이 없다. 아마 나 또한 그들이 나누는 소문의 소소한(바라건대 무해한) 일부를 점하고 있을 테지만.

도서관에서 나의 나날은 그렇게 별탈 없이 흘러갔다. 매일 주어지는 실무는 소에다 씨를 중심으로 한 여성 팀이 문제없이 처리했고, 내가 관장으로서 수행해야 하는 직무는 그다지 힘들지 않았다. 서적의 반입 반출을 관리하고, 나날의 금전 지출 내역을 확인하고, 몇 가지 간단한 결재를 하는 정도다.

고야스 씨가 처음부터 말한 것처럼, 겉으로는 분명 'Z＊＊ 마을 도서관'이라는 이름을 달고 있음에도 마을은 이 도서관 운영에 전혀 관여하지 않았다. 그러므로 내가 관청과 연락을 주고받을 일은 극히 드물었다. 그리고 그런 때 내가 관청 '문교文敎과'에 전화를 걸어 질문을 하면, 담당자의 반응은 냉담하다고 할 정도는 아니지만 매번 상당히 시큰둥했다. 의견을 구해도 '뭐든 그쪽 좋을 대로 하십시오'라고 대응하는 식이었다. 이 도서관에 되도록 관여하지 않는 것이 방침인가 싶을 정도다. 이쪽에 딱히 악의를 가진 것 같진 않지만 적어도 보다 우호적인 관계를 맺으려는 자세가 느껴지지 않았다. 나야 그 이유를 알 순 없었지만.

그러나 결과적으로는 내게도 꽤 고마운 상황이었다. 아무리 작은 시골 마을이어도 관료적인 문제는 피할 수 없다. 아니, 작은 지역 공동체일수록 영역 다툼이 치열할 수도 있다. 그런 성가신 문제에 얽히지 않아도 되는 건 아무튼 환영할 일이었다.

고야스 씨는 직접 예고한 대로 며칠에 한 번꼴로 관장실을 찾았다. 나타나는 시각은 그때그때 달랐다. 아침 일찍 오는 날이 있는가 하면, 해질녘이 다 되어서 올 때도 있었다. 우리는 친밀하게 대화를 나누었지만 고야스 씨는 여전히 자신에 대한 얘기를 거의 하지 않았다. 그가 어디 살고 어떤 일을 하며 지내는지 나는 아무것도 몰랐다. 사생활 얘기를 좋아하지 않는 구나 싶어 내 쪽에서도 굳이 묻지 않았다. 그가 온화한(그리고 약간 특이한) 말투로 꺼내는 화제는 도서관 운영에 관한 업무적인 내용으로 제한되어 있었다.

고야스 씨는 관장실에 들어오면 가장 먼저 베레모를 벗고, 주의깊게 그 모양을 정돈해 책상 한구석에 살짝 내려놓았다. 위치가 늘 자로 잰 듯 똑같았다. 방향도 같다. 다른 자리, 다른 방향으로 모자를 놓으면 무언가 좋지 않은 일이라도 생길 것처럼. 그 면밀한 작업을 하는 동안 그는 한 마디도 하지 않았다. 굳게 다문 입술, 의식儀式은 침묵 속에서 엄숙하게 이뤄졌다. 끝나면 그는 상냥한 얼굴로 나에게 인사했다.

그는 늘 스커트를 입고 있었지만 허리 위쪽으로는 일반적인, 오히려 보수적이라 할 남성복을 걸치고 있었다. 단추를 목까지 잠근 흰색 셔츠와 반듯함 그 자체인 트위드 재킷, 무늬

없는 진녹색 베스트. 넥타이는 매지 않았지만 언제나 흐트러
짐 없는, 조금은 고풍스러워 보여도 더없이 청결한 옷차림이
었다. 그렇게 지극히 중장년 남성다운 옷과 스커트(그리고 타
이츠)의 조합은 아무리 봐도 조화롭다고 하기 힘들었지만, 본
인은 그 사실을 눈곱만큼도 신경쓰지 않는 것 같았다. 아마 마
을 사람들도 오랫동안 그 모습에 익숙해져 일일이 눈길을 주
지 않는 듯했다.

Z** 마을에서의 하루하루는 그렇게 별탈 없이 흘러갔다.
나는 새로운 일상을 받아들이고, 마음과 몸을 조금씩 길들여
갔다. 늦더위가 물러나고 가을이 날로 깊어져 마을을 둘러싼
산들이 색색깔의 단풍으로 아름답게 물들었다. 쉬는 날이면
혼자 산길을 산책하고, 자연이 그리는 다채로운 미술을 만끽
했다. 그러는 사이 이윽고 피하기 힘든 겨울의 예감이 주위에
감돌기 시작했다. 산간지방의 가을은 짧다.
"곧 눈이 오겠군요." 고야스 씨는 돌아가기 전에 창문 앞에
서서 구름의 움직임을 세심히 관찰하며 말했다. 자그마한 양
손을 허리 뒤에서 힘주어 맞잡고 있었다.
"그런 냄새가 공중에 떠돌아요. 이 동네는 겨울이 빨리 옵니
다. 당신도 슬슬 눈신을 장만하는 게 좋겠지요."

34

　첫눈이 온 날 저녁(11월이 끝나가는 참이었다), 도서관 일
을 마치고 마을로 나가 눈길용 신발을 샀다. 아직은 조금씩 날
리는 정도지만 좀더 본격적으로 눈이 내리면 도쿄에서 가져온
어설픈 도시풍 신발로는 눈길을 걷기 불안하다.

　내리는 눈은 어쩔 수 없이 벽에 둘러싸인 그 도시에서의 생
활을 떠올리게 했다. 겨울이 되면 그 도시에도 자주 눈이 내렸
다. 그리고 눈 속에서 많은 단각수들이 죽어갔다.

　그런데 그 도시에서, 나는 어떤 신발을 신고 다녔던가?

　신발은 도시에서 받았고(모든 의류와 용구를 도시에서 지급
해주었다), 그걸 신고 매일 겨울 길을 걸었다. 그리 깊이 쌓이
진 않았지만 노면이 딱딱하게 얼어붙어 발밑이 미끄러울 때가

있었다. 그런데 그런 길을 걸으며 특별히 불편함을 느낀 적은 없다. 아마 눈길을 걷기에 적합한 신발을 받았을 텐데, 그 색깔과 모양이 전혀 기억나지 않았다. 매일같이 신고 다녔는데, 어째서 기억이 없을까?

그 도시에 대해 잘 기억나지 않는 것들은 그 외에도 많았다. 어떤 건 지나칠 만큼 선명하게 기억하는데, 어떤 건 아무리 애를 써도 떠오르지 않는다. 눈신도 잘 기억나지 않는 것 중 하나다. 그렇게 기억이 띄엄띄엄하다는 사실이 나를 혼란에 빠뜨렸다. 시간이 경과하면서 기억을 잃은 걸까, 아니면 처음부터 존재하지 않았던 걸까? 내가 기억하는 것의 어디까지가 진실이고 어디부터가 허구일까? 어디까지가 실제로 있었던 일이고 어디부터가 가짜일까?

그로부터 며칠 후, 고야스 씨가 도서관에 나타났다. 오전 열한시가 조금 지난 무렵이다. 그날도 하늘이 잿빛 구름으로 뒤덮여 가랑눈이 흩날리고 있었다. 관장실에 가스 스토브가 하나 있지만 방 전체를 충분히 덥혀줄 화력은 아니었다. 나는 울소재 윗옷을 걸치고 목에 스카프를 두르고서 장부를 살펴보고 있었다. 그러나 이 방이 으슬으슬하게 춥다고 특별히 불만을 가진 적은 없었다. 아래층 열람실은 따스하게 난방이 들어왔으니, 자리가 붐비지 않으면(대개 붐비지 않았다) 잠깐 내려가서 몸을 덥힐 수 있었다.

게다가 나는 굳이 말하자면 적당한—그럭저럭 참을 수 있을 정도의—추위를 사랑했는지도 모른다. 내가 벽에 둘러싸인 그 도시에서 일상적으로 맛보았던 것이니까. 주위를 감싸는 냉랭한 공기는 그 도시에서의 생활을 다시금 내 마음에 되살려주었다.

그날 고야스 씨는 문을 두드리고 관장실로 들어왔다. 우선 베레모를 벗어 여느 때처럼 모양을 잘 정돈해 책상 한구석 정해진 자리에 내려놓았다. 그러고는 나를 향해 상냥하게 인사했다. 하지만 한동안 머플러도 장갑도 벗지 않았다. 오직 베레모를 벗었을 뿐이다.

"이 방은 여전히 으슬으슬하군요." 고야스 씨는 말했다. "이렇게 작은 스토브 하나로는 어림도 없죠. 좀더 큰 걸 들이셔야 하는데."

"조금 추워야 몸과 마음이 긴장되어 좋은 것 같기도 합니다." 나는 말했다.

"이제 본격적으로 겨울이 깊어지면 훨씬 추워질 테고, '조금 추워야' 어떻다는 느긋한 소리는 못하실 겁니다. 도시에서 온 분이라 이 동네 추위를 아직 잘 모르시는 거지요."

고야스 씨는 양쪽 장갑을 벗고 잘 접어서 윗옷 주머니에 넣고, 스토브 앞에서 양손을 슥슥 맞비볐다. 그러고는 말했다.

"관장 시절 제가 이 도서관에서 한겨울 추위를 어떻게 견뎠을 것 같나요?"

"어떻게 하셨습니까?" 나로서는 짐작도 되지 않는다.

"이 관장실은 저한테 너무 추웠답니다." 고야스 씨는 말했다. "저는 이 마을에서 나고 자란 사람치고는, 뭐랄까, 추위를 좀 타거든요. 그래서, 네, 겨울 동안은 주로 다른 방으로 대피해 거기서 일하곤 했답니다."

"다른 방요?"

"네. 여기보다 훨씬 따뜻한 다른 방이 있어요."

"이 도서관 안에 말입니까?"

"그렇습니다. 이 도서관 안에요."

고야스 씨는 오랫동안 애용한 티가 나는 타탄체크 머플러를 목에서 풀고는 정성껏 개어 베레모 옆에 내려놓았다.

"네, 그렇답니다. 말하자면 겨울철 저의 작은 은둔처 같은 곳이었지요. 그 방을 보고 싶으세요?"

"그 '은둔처'가 이 방보다 따뜻하다는 말씀이죠?"

고야스 씨는 몇 번 끄덕였다. "네, 네, 이곳보다 훨씬 따뜻하고 분위기도 좋습니다. 아, 관내 열쇠 세트를 가지고 계실까요?"

"네, 가지고 있습니다." 나는 책상 서랍에서 관내 열쇠 다발을 매단 키링을 꺼내 고야스 씨에게 보여주었다. 출근 첫날 소에다 씨에게서 받은 것이다.

"네, 아주 좋습니다. 그것을 들고 저를 따라오시지요."

고야스 씨는 시원시원한 걸음으로 계단을 내려갔다. 나는 뒤처지지 않게 따라갔다. 사람이 별로 없는 열람실, 소에다 씨가 앉아 있는 정면 카운터 앞, 작업실을 차례로 통과하고(파트타임 직원 한 명이 진지한 얼굴로 신간 서적에 등록 라벨을 붙이고 있었다) 안쪽 복도를 나아갔다. 우리가 앞으로 지나가도 아무도 고개를 들지 않았다. 마치 우리 모습이 전혀 눈에 들어오지 않는 것처럼. 왠지 불가사의한 광경이었다. 꼭 투명인간이 된 기분이다.

작업실 더 안쪽은 도서관으로 쓰지 않는 영역이다. 소에다 씨가 한 차례 안내해준 적이 있다. 복도가 어둑한데다 복잡하게 꺾이고 얽혀 있어서, 어디가 어딘지 거의 기억에 남지 않았다. 하지만 고야스 씨는 헤매지도 않고 잰걸음으로 복도를 나아가 작은 문 앞에 섰다.

"여깁니다." 고야스 씨가 말했다. "열쇠를."

나는 묵직한 열쇠 다발을 내밀었다. 갖가지 모양의 열쇠 열두 개가 달려 있는데, 자주 쓰는 몇 개 말고는 어느 열쇠가 어느 문에 들어가는 건지 짐작도 되지 않는다. 고야스 씨는 열쇠 다발을 받아들더니 순식간에 하나를 골라 구멍에 넣고 돌렸다. 달칵하고 생각보다 큰 소리를 내며 문이 열렸다.

"여긴 반지하입니다. 조금 어두우니 계단 조심하세요."

문 안쪽은 확실히 어두웠다. 나무 계단이 발을 내려놓을 때마다 끼익하고 불온한 소리를 냈다. 고야스 씨는 앞장서서 한 계단 한 계단 신중하게 걸음을 옮겼다. 그리고 여섯 계단쯤 내려갔을 때 머리 위로 양손을 뻗어 위에 있는 손잡이 같은 것을 익숙하게 돌렸다. 핏 소리와 함께 천장에 매달린 전구에 노란 불빛이 들어왔다.

가로세로로 4미터쯤 되는 정사각형 방이었다. 바닥은 나무고, 카펫은 깔려 있지 않다. 계단과 마주보는 벽 위쪽에 가로로 긴 채광창이 나 있었다. 아마 지상의 지면에 아슬아슬하게 붙어 있을 것이다. 오랫동안 닦아주지 않았는지 유리가 회색으로 부예져 바깥 경치는 거의 보이지 않았다. 햇빛도 흐릿하게 들어온다. 방범용 쇠창살이 바깥쪽에 박혀 있는데 썩 튼튼해 보이진 않았다.

방안에는 작고 오래된 나무 책상 하나와 짝이 맞지 않는 의자 두 개가 놓여 있었다. 전부 어디서 필요 없어진 물건을 되는대로 모은 느낌이다. 방에 놓인 가구는 그게 다였다. 장식이라 할 만한 건 전혀 없고, 회반죽을 바른 벽은 연노랑으로 변색되었고, 천장에 전구가 하나 매달려 있다. 전구에는 작은 유백색 갓이 달려 있었다. 그것이 유일한 조명이었다.

원래는 대체 무슨 목적으로 쓰던 방인지 짐작도 가지 않는다. 그러나 그 정사각형 방에는 어딘가 수수께끼 같은, 의미심장한 공기가 감도는 듯 느껴졌다. 저 옛날 이곳에서 누군가가 중요한 비밀을, 누군가에게 남몰래 소리 죽여 털어놓았을 것 같은……

그리고 나는 보았다. 방 한쪽에 새카맣고 고풍스러운 장작 난로가 놓여 있는 것을.

나도 모르게 숨을 삼켰다. 반사적으로 눈을 감고 숨을 고른 뒤 다시 눈을 떠서 그것이 실제로 이곳에 존재하고 있다는 걸 확인했다. 틀림없다. 환영 같은 게 아니다. 벽에 둘러싸인 그 도시의 도서관에 있던 것과 완전히 똑같은—혹은 똑같다고밖에 볼 수 없는—난로였다. 검고 둥근 연통이 벽으로 이어져 있었다. 나는 말을 잃은 채 우두커니 서서 한참 동안 그 난로를 똑바로 바라보았다.

"왜 그러십니까?" 고야스 씨가 의아해하는 목소리로 내게 물었다.

나는 다시 한번 심호흡을 했다. 그러고는 말했다. "이건 장작 난로죠?"

"네, 보시는 바와 같이 고전적인 장작 난로랍니다. 옛날부터 계속 여기 있었던 것이죠. 그런데 이게 의외로 쓸모가 있답니다."

나는 제자리에 선 채 여전히 난로에서 눈을 떼지 못했다.

"실제로 사용할 수 있고요?"

"아무렴요. 사용할 수 있다마다요." 고야스 씨는 눈을 반짝이며 단언했다. "실은 해마다 겨울이 되면 불을 지펴서 잘 써왔답니다. 장작은 부지 내 다른 장소에 넉넉하게 쌓여 있습니다. 장작 걱정은 전혀 없지요. 근처의 사과 농가가 폐업하게 되어 오래된 사과나무를 베어내면서 인심 좋게 내주셨답니다. 가깝게 지내는 제재업자가 장작으로 쓰기 좋은 크기로 잘라주었고요. 태우면 무척 좋은 사과 향이 나지요. 네, 이게 또 실로 향긋하답니다. 어때요, 지금 한번 장작을 가져다 불을 붙여볼까요?"

나는 조금 생각한 뒤 고개를 저었다. "아뇨, 그럴 것까진 없습니다. 아직 그렇게 춥지도 않고요."

"그렇습니까. 하지만 필요하시다면, 네, 언제든 바로 쓸 수 있습니다. 겨우내 으슬으슬한 2층 관장실은 정리하고 이쪽으로 옮겨오시면 됩니다. 그편이 일하는 능률도 오를 테지요. 소에다 씨도 그런 사정은 잘 이해하고 있습니다."

"원래는 어떤 용도로 쓰던 방일까요?"

고야스 씨는 고개를 가볍게 기울이고 귓불을 긁적였다. "글쎄요, 그건 저도 모릅니다. 아시다시피 이 건물은 예전에 양조

312

장이었어요. 도서관으로 사용하기 위해 절반 넘게 개축했습니다만 나머지 부분, 요컨대 이 언저리는 손대지 못하고 남겨졌습니다. 이 방이 과거에 어떻게 사용됐는지는, 네, 유감스럽지만 옛날 일이라 저도 알 수 없군요."

나는 다시 한번 그 작은 방을 한 차례 둘러보았다.

"어쨌거나 이 방과 난로를 제가 사용해도 지장 없다는 말씀이시죠?"

고야스 씨는 힘주어 고개를 끄덕였다.

"물론이지요. 여기도 엄연히 우리 도서관의 일부이고, 이 방에서 뭘 하건 당신의 자유입니다. 네, 이 장작 난로가 분명 마음에 드실 겁니다. 아무튼 조용하고 따뜻하니까요. 빨갛게 타오르는 불꽃을 바라보기만 해도 몸과 마음이 저 안쪽부터 훈훈해진답니다."

고야스 씨와 나는 그 정사각형 방을 나와 어둑한 복도를, 소에다 씨가 앉아 있는 카운터 앞을, 사람이 뜸한 열람실을 통과해 2층 관장실로 돌아갔다. 아까 방으로 갈 때와 마찬가지로 우리가 앞을 지나가도 누구 하나 고개를 들지 않았다.

그날 오후 내내 나는 그 정사각형 방과 검은색 구식 장작 난로를 생각했다. 그리고 그다음날도.

35

12월에 접어들어 그 겨울 첫 한파가 닥쳤다. 눈발이 흩날렸다. 나는 시험삼아 관장실을 정사각형 반지하 방으로 옮겨보기로 했다. 소에다 씨에게 그렇게 전하자 몇 초 동안 말이 없었다. 짧지만 묘하게 깊고 무거운 침묵이었다. 호숫바닥에 가라앉은 작은 저울추처럼. 이윽고 그녀는 생각을 정리한 듯 작게 끄덕이고 "네, 알겠습니다"라고 했다. 이동에 대한 의견이나 질문은 따로 없었다.

그래서 내가 물었다. "방을 옮긴다고 특별히 불편할 건 없겠죠?"

그녀는 바로 고개를 저었다. "아뇨, 불편해질 건 아무것도 없습니다."

"장작 난로도 써도 되고요?"

"편하게 쓰시면 됩니다." 그녀는 미묘하게 억양이 없는 목소리로 그렇게 말했다. "다만 그전에 연통 청소부터 해야 하니 불을 피우는 건 이틀쯤 기다려주세요. 새가 연통 안에 둥지를 틀기라도 했으면 큰일이니까……"

"물론입니다." 나는 말했다. "연통은 지상으로 통하죠?"

"네, 지붕 위로요. 그래서 전문 업자를 불러야 해요."

"이 건물에 장작 난로를 사용하는 방이 또 있나요?"

소에다 씨는 고개를 저었다. "아뇨, 관내에서 장작 난로를 사용하는 건 그 반지하 방뿐입니다. 다른 데도 있긴 했지만 개축하면서 전부 철거해 처분했다고 들었어요. 그 방의 난로만 고야스 씨의 요청으로 남겨졌습니다."

그때 나는 이상하다고 생각했다. 소에다 씨가 건물 내부를 안내했을 때는 그 방을 본 기억이 없었다. 만약 보았다면 틀림없이 기억에 남았을 것이다. 방은 기묘할 정도로 반듯한 정사각형이고 장작 난로도 놓여 있었다. 내가 그 광경을 놓칠 리 없다.

왜 소에다 씨는 나에게 그 방을 보여주지 않았을까? 굳이 보여줄 필요가 없다고 생각했을까? 아니면 그저 깜박하고 빠뜨린 건지도 모른다. 그도 아니면, 일일이 열쇠를 찾아서 여는 게 귀찮아 일부러 넘어갔는지도 모른다. 그러나 그녀의 꼼꼼한 성격을 생각하면 그럴 가능성은 낮았다. 한번 정해진 루틴은 아무리 수고스럽더라도 빠짐없이 챙기는 사람이었으니까.

그나저나 그 방은 왜 잠겨 있었을까? 고야스 씨가 열쇠를 돌렸을 때 났던 소리의 크기로 보아 제법 튼튼한 자물쇠 같았다. 하지만 그 방에는 도둑맞으면 안 될 만한 물건은 하나도 없다. 그런 방을 일일이 잠가둘 필요는 없을 테다. 무슨 이유일까?

그 의문은 전부 가슴속에 담아두고 소에다 씨 앞에서는 드러내지 않았다. 왠지 몰라도 이 자리에서는 그런 질문을 하지 않는 게 좋겠다는 기분이 들어서다.

연통 청소가 완료되기를 이틀간 기다렸다가 나는 그 정사각형 반지하 방을 쓰기 시작했다. 소에다 씨가 그 사실을 파트타임 직원들에게 전달했다. 그들은 별말 없이 으레 있는 일처럼 받아들이는 눈치였다. 말하자면 지금까지 고야스 씨도 해마다 그래왔던 것이다.

이사는 간단했다. 서류 캐비닛과 탁상 스탠드를 새 방으로 옮겼을 뿐이다. 이어서 주전자와 찻잔 세트를 옮겼다. 그 방에 전화선 콘센트가 없어서 전화기는 가져오지 못했지만 큰 지장이 생기진 않을 것이다.

그 방으로 집무실(이라 해도 될 것이다)을 옮긴 후 가장 먼저 한 작업은 장작을 날라오는 것이었다. 장작은 정원 창고에 쌓여 있었다. 창고에 있던 대바구니에 장작을 담아 반지하 방으로 옮겼다. 그리고 난로에 몇 개를 던져넣고, 뭉친 신문지에 성냥을 그어 불을 붙였다. 급기구 손잡이를 돌려 공기가 들어오는 양을 조절했다. 장작은 잘 말랐는지 쉽게 불이 붙었다.

오랫동안 쓰지 않은 난로가 온기를 되찾기까지는 시간이 걸렸다. 나는 난로 앞에 앉아 오렌지색 불꽃이 가만히 흔들리고 쌓인 장작이 차츰 형상을 바꿔나가는 광경을 질리지도 않고 바라보았다. 정사각형 반지하 방은 몹시 조용했다. 소리라 할 만한 건 아무것도 들리지 않는다. 때때로 난로 안에서 무언가가 탁탁 터지는 소리가 들렸지만, 그것 말고는 오직 침묵뿐이다. 네 개의 말없는 벽이 내 주위를 둘러싸고 있었다.

이윽고 난로 전체가 충분히 데워지자 주전자에 물을 받아 위에 올렸다. 잠시 후 주전자가 달그락거리며 하얀 김을 세차게 토해냈고, 나는 그 물로 홍차를 우렸다. 같은 찻잎인데도 난로로 물을 끓여 우린 홍차는 한결 향긋하게 느껴졌다.

나는 홍차를 마시면서 눈을 감고 높은 벽에 둘러싸인 그 도시를 생각했다. 해질녘 도서관으로 가면 난로는 언제나 붉게 타오르고, 위에서 커다란 검은색 주전자가 김을 피우고 있었다. 그리고 간소한―가끔은 군데군데 색이 바래고 닳은―옷을 입은 소녀가 나에게 약초차를 내주었다. 그녀가 끓이는 약초차는 분명 쓴맛이 났지만, 우리가 (이쪽 세계의) 일상생활에서 말하는 '쓴맛'과는 달랐다. 내가 아는 어휘로 설명할 수 없는 특별한 종류의 쓴맛이다. 아마 그 높은 벽의 안쪽에서만 맛볼 수 있는, 혹은 인식할 수 있는 '쓴맛'일 것이다. 나는 그 형용할 수 없는 풍미를 그리워했다. 한 번만이라도 좋으니 그 쓴맛을 다시 느끼고 싶다고.

그래도 침묵 속에서 붉게 타오르는 난로와, 해질녘을 생각나게 하는 어둑한 방과, 이따금 달가닥 소리를 내는 오래된 주전자가 어느 때보다 그 도시를 가깝게 불러들였다. 나는 눈을 감은 채, 잃어버린 도시의 환상 속에 오랫동안 잠겨 있었다.

하지만 그런 환상에 잠겨 난롯불 앞에서 무위하게 하루를 보낼 순 없는 노릇이다.

홍차를 다 마시자 심호흡하며 기분을 다잡고 그날의 업무를 시작했다. 이달 도서관에서 구매할 신간 서적을 주어진 예산 안에서 골라야 한다. 일단 결정권은 내게 있지만, 물론 도서관의 장서를 나 개인의 취향만으로 정하는 건 아니다. 일반적으로 선호하는 베스트셀러, 세간에서 화제인 책, 이용자가 희망도서로 신청한 책, 이 지역에서 특별히 관심을 가질 법한 책, 공공 도서관으로서 갖춰둘 필요가 있어 보이는 책, 그리고 덧붙여 이 마을 사람들이 읽어주기를 내가 개인적으로 희망하는 책…… 그중에서 신중하게 골라내 구매 목록을 작성한다. 그리고 소에다 씨에게 보여주고 그녀의 의견을 더해(그녀에게는 늘 유익한 의견이 있다) 최종 목록을 완성한다. 소에다 씨가 그에 따라 직접 책을 구매한다.

나의 그날 업무는 주로 그런 일이었다. 정사각형 반지하 방에서 이따금 붉게 타오르는 장작 난로를 바라보며, 한 손에 연필을 쥐고 구매 목록을 작성해나갔다. 방이 충분히 따뜻해지자 입고 있던 윗옷을 벗고 셔츠 소매를 팔꿈치까지 걷고서 일을 계속했다.

그 작업을 하는 사이 방을 찾아오는 사람은 없었다. 그곳은 나 혼자만의 세계였다. 가끔 자리에서 일어나 난로에 장작을 보충하고, 불이 너무 강해지지 않도록 급기구를 조정하고, 근처 수도꼭지에 가서 주전자에 물을 받아 왔다. 그리고 되도록 그 도시와 그 도서관을 생각하지 않으려 노력했다. 그것들에 대해 생각하는 건 위험하다. 순식간에 깊은 환상 속으로 끌려 들어가고 만다. 퍼뜩 정신이 들면 책상 위에 팔꿈치를 짚고서 턱을 괴고 눈을 감은 채(손에 쥐고 있던 연필은 어느새 사라졌다) 사고의 미로를 정처 없이 헤매고 있다. 왜 나는 여기 있을까, 왜 나는 저쪽에 없는 것일까…… 그렇게.

이곳은 뭐니 뭐니 해도 나의 직장이다—라고 스스로를 타이른다. 이곳에서 나는 도서관장으로서 사회적 책임이 있다. 그 책임을 팽개치고 개인적인 환상의 세계에 몰입해 있을 순 없다. 하지만 그러다가도 어느새, 높은 벽에 둘러싸인 도시로 나도 모르게 돌아가 있었다. 단각수들이 발굽 소리를 내며 도로를 걷고, 하얀 먼지가 앉은 오래된 꿈이 선반에 쌓여 있고, 냇버들의 가느다란 가지가 바람에 흔들리고, 바늘 없는 시계탑이 광장을 내려다보는 세계로. 물론 이동하는 건 나의 마음뿐이다. 혹은 의식뿐이다. 실제 나의 육체는 늘 이쪽 세계에 남아 있다―아마도.

점심시간 전에 그 따뜻한 방을 나와 카운터의 소에다 씨에게 가서 몇 가지 업무적인 얘기를 주고받았다.

그녀는 새로운 집무실의 분위기가 어떤지, 난로는 충분히 따뜻한지, 그런 건 일절 묻지 않았다. 여느 때처럼 무표정한 얼굴로 업무상 정보를 능숙히 교환하고, 몇 가지 안건을 결정해주었을 뿐이다. 정숙이 요구되는 도서관 관내이니 기본적으로 잡담은 전혀 오가지 않는다. 그야 원래부터 그랬다지만, 그날 소에다 씨에게선 내 집무실 이전을 화제로 삼는 걸 의식적으로 피하려는 기척이 느껴졌다. 평소와 다른 희미한 긴장감이 목소리에 배어 있었다. 이유가 뭔지, 무슨 의미인지는 모를 일이다.

고야스 씨가 나의 새로운 방을 찾아온 건, 방을 옮기고 사흘째 날 오후 두시 전이었다.

그는 여느 때처럼 스커트를 입고 있었다. 무릎 밑까지 오는 울 소재 랩스커트다. 색은 짙은 와인레드. 그 밑에 검은색 타이츠, 목에는 연회색 스카프를 둘렀다. 거기에 당연히 남색 베레모. 그리고 두툼한 트위드 재킷까지, 그는 무척 경쾌하게 그런 옷차림을 소화하고 있었다. 코트는 입지 않았다. 아마 현관에 벗어두고 왔을 것이다.

고야스 씨는 항상 그러듯 상냥한 미소를 띠며 내게 짧게 인사하고, 곧바로 난로 앞으로 가 베레모도 벗지 않고 잠시 그대로 양손을 덥혔다. 그게 무엇보다 중요한 의식이기라도 한 것처럼. 그러고는 내 쪽을 돌아보고 말했다.

"어떻습니까, 이 방에서 지내보시니?"

"기분좋게 따뜻하고 조용해서, 마음이 차분해지는군요."

고야스 씨는 '내가 뭐랬습니까' 하듯 몇 번이고 고개를 끄덕였다.

"난롯불은 실로 좋은 것이죠. 몸과 마음을 한꺼번에, 으음, 저 안쪽부터 덥혀줍니다."

"맞는 말씀입니다. 몸도 마음도 따뜻해지네요." 나는 동의했다.

"사과나무 향이 아주 근사하죠? 네, 희한하게도, 향긋하지요."

나는 그 말에도 동의했다. 장작에 불을 붙이면 이윽고 방안에 어렴풋한 사과 향이 감돈다. 그러나 그건 기분좋은 동시에 내게는 다소 위험한 요소를 내포하고 있었다. 그 향기가 나를 알게 모르게 깊은 몽상의 세계로 이끄는 듯 느껴졌기 때문이다. 사람의 마음을, 어떤 틀을 벗어난 세계로 끌고 들어가는 기척이 있었다.

그러고 보니 그 도시의 문 바깥에 사과나무 숲이 펼쳐져 있었지, 나는 생각했다. 문지기가 사과를 따서 도시 사람들에게 나눠주었다. 문밖으로 나가는 일이 허락된 자는 문지기뿐이었으므로. 그리고 도서관의 소녀는 그 사과로 과자를 만들어주었다. 나는 아직도 그 맛을 떠올릴 수 있었다. 적당히 달고 찌르듯이 새콤한, 깊은 자연의 맛이 서서히 몸에 스며들었다.

고야스 씨는 말했다. "여러 종류를 써봤지만 사과나무 고목이 제일입니다. 불이 잘 붙고 연기도 향긋하고요. 이만한 장작을 구한 건 행운이라고 해야겠죠."

"그렇겠어요." 나는 동의했다.

고야스 씨는 난로 앞에서 한동안 몸을 덥히고, 내 책상 앞으로 와서 의자에 앉았다. 바닥을 걷는 그의 발은 거의 소리를 내지 않았다. 잘 보니 흰색 테니스화를 신고 있었다. 곧 본격적인 겨울이 다가오는데 아직도 밑창 얇은 테니스화를 신다니 좀 희한하다고 나는 생각했다. 다른 사람들은 벌써 라이닝을 댄 두툼한 겨울 신발로 갈아 신었는데. 그러나 고야스 씨의 행동에 일반적인 상식을 적용하는 건 어차피 의미가 없다.

그뒤 고야스 씨와 나는 도서관 업무에 대해 몇 가지 소소한 이야기를 나누었다. 고야스 씨의 설명은 늘 명료하고 구체적이며 또한 요령이 있었다. 그는 몇 가지 신기한—어쩌면 특이하다고 할—성향을 가진 노인이었지만, 도서관 일에 관해서만은 언제나 타당하고 실용적인 의견을 내놓았다. 그렇게 실무적인 이야기를 할 때는 눈빛마저 달라졌다. 한쌍의 보석이 박히기라도 한 듯 두 눈 안쪽이 작게 반짝 빛난다. 그가 이 도서관을 사랑한다는 사실은 무엇보다 명백했다.

고야스 씨는 윗옷을 벗어 의자 등받이에 걸쳐두고, 목에 두른 스카프를 풀고, 베레모를 벗어 언제나처럼 조심스럽게 책상에 내려놓았다(책상 자체는 달라졌지만). 그리고 긴장을 푼 고양이처럼 책상 위에 양손을 살짝 올렸다. 이 작은 정사각형 반지하 방에서 이렇게 고야스 씨와 단둘이 있는 것이 나는 무엇보다 자연스럽게 느껴졌다.

그러나 문득 한 가지 사실을 알아차렸다. 그가 차고 있는 손목시계에 바늘이 달려 있지 않다는 것을.

처음에는 내 눈이 어떻게 된 거라고 생각했다. 아니면 일시적으로 그림자가 져서 바늘이 보이지 않은 거라고. 그런데 아니었다. 티내지 않으며 눈을 비비고서 다시 보았지만, 그가 왼손에 차고 있는 오래된 손목시계—아마 수동식일 것이다—의 문자반에는 바늘이 없었다. 시를 가리키는 짧은 바늘도, 분을 가리키는 긴 바늘도, 초를 가리키는 가는 바늘도, 그 외 다른 어떤 종류의 바늘도 보이지 않는다. 그저 숫자를 새겨넣은 문자반이 있을 뿐이다.

하마터면 고야스 씨에게 물어볼 뻔했다. 왜 당신 손목시계에는 바늘이 없습니까, 라고. 그러면 고야스 씨는 그 이유나 사정을 선선히 설명해주었을지도 모른다. 어쩌면 나는 정말로 그렇게 물었어야 했는지도 모른다. 그러나 무언가가 나에게 그러지 않는 편이 좋다고 알리고 있었다. 나는 상대가 알아차리지 못하도록 다른 이야기를 하면서, 몇 번 더 넌지시 그 왼손목에 눈길을 주었을 뿐이다.

그러고는 혹시 몰라 내 손목시계를 확인했다. 시간에 총체적으로 좋지 않은 일이 일어난 건 아닌지 불현듯 걱정스러워져서. 하지만 내 왼손목 위 시계 문자반에는 여느 때처럼 모든 바늘이 달려 있고, 그것들이 나타내는 시각은 오후 두시 삼십육분 사십오초였다. 이내 사십육초가 되고, 사십칠초가 되었다. 시간은 이 세계에 아직 무사히 존재했고, 쉼없이 앞으로 나아가고 있었다. 적어도 시계만 봐서는—그렇다는 말이지만.

그 시계탑과 똑같다, 나는 생각했다. 벽에 둘러싸인 그 도시의 강가 광장에 서 있던 시계탑과 똑같다. 문자반은 있지만 바늘은 없다.

시공이 미세하게 일그러지며 뒤틀리는 느낌이 들었다. 무언가와 무언가가 뒤섞인다, 나는 그렇게 느꼈다. 경계의 일부가 무너지고, 혹은 모호해지고, 현실이 여기저기서 뒤섞이기 시작한다. 그 혼란이 나 자신의 내부에 있는 무언가가 초래한 것인지, 아니면 고야스 씨가 초래한 것인지는 판단할 수 없었다. 혼돈 속에서도 어떻게든 침착함을 되찾고 당황한 내색을 하지 않으려 노력했지만 간단한 일은 아니었다. 나는 해야 할 말을 잃었고, 대화는 그렇게 끊어졌다.

고야스 씨는 책상 맞은편에서 그런 나를 바라보고 있었다. 그 얼굴에는 딱히 표정이라 할 만한 것이 떠올라 있지 않았다. 아무것도 적히지 않은 하얀 공책처럼. 우리는 한동안 둘 다 말이 없었다.

그러다 문득 고야스 씨가 무언가를 떠올린 것 같았다. 아니면 갑자기 기억해냈는지도 모른다. 눈동자가 확 밝아지고 길게 뻗은 눈썹이 딱 한 번 꿈틀거렸다. 그리고 입이 살짝 벌어졌다. 이제부터 할 발언의 예행연습을 하는 것처럼, 작은 입술이 움직여 몇 마디 소리 없는 말을 했다. 어렴풋이, 그러나 뚜렷한 의사를 지니고. 그렇다, 그는 나를 향해 무언가를 알리려 했다—아마 어떤 중요한 의미가 있는 내용을. 나는 책상 맞은편에서 그 말을 기다렸다.

그런데 마침 그때 난로 안에서 장작이 허물어지며 와르르 소리를 냈다. 동시에 그에 호응하듯 난로 위 검은색 주전자가 하얀 김을 세차게 피워올렸다. 고야스 씨는 거의 반사적으로 몸을 틀어 그쪽을 보고(평소 같지 않게 재빨랐다), 날카로운 눈길로 불꽃의 상태를 살펴 이변이 없음을 확인한 후 다시 이쪽으로 시선을 돌렸다.

하지만 그때는 이미 그가 하려던 말이—그게 무엇이었는지 몰라도—어딘가로 사라져버린 것 같았다. 눈동자에 여느 때처럼 느긋한 기색이 돌아왔다. 해야 하는 말은 이제 없었다. 원래는 있었지만 붉은 난롯불이 남김없이 빨아들인 것 같다.

이윽고 고야스 씨는 의자에서 천천히 몸을 일으켰다. 크게 한 번 심호흡을 한 뒤 허리에 손을 얹고 등을 똑바로 폈다. 굳은 관절을 하나하나 푸는 것처럼. 그러고는 책상 위에 놓아둔 남색 베레모를 집어들고 정성껏 모양을 잡아 머리에 썼다. 목에 스카프를 둘렀다.

"이만 실례하도록 하지요"라고 그는 스스로에게 타이르듯 말했다. "언제까지고 여기서 꾸물대며 방해할 순 없는 노릇이니까요. 좌우간 난롯불을 보면 마음이 너무 편안해져서 한참을 눌러앉고 맙니다. 조심해야겠어요."

"신경쓰시지 말고 얼마든지 계셔도 됩니다. 여러모로 아직 배울 것이 많고요." 나는 말했다.

그러나 고야스 씨는 아무 말 없이 웃기만 하며 작게 고개를 저었다. 소리 없이 계단을 올라 내게 가볍게 인사하고는 모습을 감추었다.

시곗바늘이 없는 오래된 손목시계를 차고, 늘 스커트를 입고 다니는 한 노인―그 수수께끼 같은 존재는 무슨 의미일까. 어떤 메시지가 담겨 있는 것 같다. 아마 나 개인을 향한 메시지가…… 하지만 그런 생각을 하는 사이 견디기 힘든 졸음이 쏟아져 의자에 앉은 채로 잠에 빠졌다. 딱딱하고 작은 의자라 자세가 편하진 않았지만 개의치 않았다. 짧고 농밀한 잠이었다. 그 농밀함에는 꿈 한 조각 끼어들 틈이 없었다. 잠 속에서 주전자가 다시 쉭쉭거리며 김을 피워올리는 소리를 들었다. 혹은 들은 것 같았다.

잠시 후 방을 나와 열람실로 가서 카운터에 있는 소에다 씨와 잠깐 이야기했다. 그리고 그녀에게 고야스 씨는 벌써 가셨느냐고 물었다.

"고야스 씨?" 그녀는 희미하게 눈썹을 찌푸리고 말했다.

"삼십 분 전까지 반지하 방에서 같이 말씀을 나눴는데요. 오신 건 두시가 안 돼서고요."

"글쎄요, 저는 못 봤습니다"라고 그녀는 묘하게 삐걱이는 목소리로 말했다. 그리고 볼펜을 들고 하던 일로 돌아갔다. 희한하다고 나는 생각했다. 소에다 씨는 자기 자리인 카운터를 벗어나는 일이 거의 없거니와 주의력이 날카롭기에 사람이 들고 나는 걸 놓칠 리 없다. 그런 사람이다.

하지만 그 딱딱한 말투는 더이상 이 이야기를 하고 싶지 않다는 심정을 확고히 표명하고 있었다. 적어도 나는 그렇게 느꼈다. 그래서 고야스 씨에 대한 대화는 그렇게 끝났다. 정사각형 반지하 집무실로 돌아온 나는 막연한 위화감을 떨치지 못하고 난롯불 앞에서 일을 계속했다.

고야스 씨는 대체 내게 무슨 말을 하려고 했을까? 왜 하필 그때, 마치 기다렸다는 듯 장작이 와르르 소리를 내며 무너졌을까? 꼭 그 발언을 가로막으려는 것처럼. 발언자에게 경고하는 것처럼. 이리저리 생각을 굴려봤지만, 내 모든 사고와 추론은 번번이 두꺼운 벽에 가로막혀 그 너머로 나아가지 못했다.

36

하루 또 하루 겨울이 깊어갔다. 고야스 씨의 예언대로 그 작은 산간 마을에는 연말이 가까워오면서 눈이 자주 내렸다. 두꺼운 눈구름이 차례차례 북풍에 실려왔다. 어떤 때는 빠르게, 어떤 때는 움직임을 알아볼 수 없을 정도로 천천히.

아침이 되면 이 일대에 서릿발이 서고, 새로 산 눈신에 밟히면 뽀득뽀득 듣기 좋은 소리를 냈다. 바닥에 떨어진 설탕과자를 밟았을 때 나는 소리와 비슷했다. 그 소리가 듣고 싶어서 이른아침부터 용건도 없이 곧잘 강가를 돌아다녔다. 내뱉은 숨결이 공중에서 희고 딱딱하게 덩어리지고(그 위에 글자를 쓸 수도 있을 것 같았다), 맑은 아침공기는 수없이 투명한 바늘이 되어 피부를 날카롭게 찔렀다.

매일의 혹독한 추위는 내게 색다르고 기분좋은 자극이었다. 지금까지 알던 것과 성분이 다른 세계에 발을 들여놓았다는 신선한 감촉이 느껴졌다. 어찌됐건 내 인생의 자리가 바뀐 것이다. 바뀐 환경이 앞으로 나를 어떤 방향으로 이끌지 당장은 확실하지 않을지언정.

막 동이 튼 강변에는 아직 누구의 발자국에도 더럽혀지지 않은 새하얀 눈밭이 펼쳐져 있었다. 지금은 강설량이 많지 않지만, 그래도 상록수의 푸르고 넓은 가지는 밤사이 새로이 쌓인 눈을 버텨내느라 분투하고 있었다. 이따금 산에서 불어오는 바람이 강 너머 펼쳐진 나무숲 안쪽에서 보다 가혹한 계절의 도래를 예고하는 날카롭고 통절한 소리를 냈다. 그런 자연의 풍경은 애가 탈 정도의 그리움과 옅은 슬픔으로 내 가슴을 채웠다.

내리는 눈은 대체로 단단하고 수분이 적었다. 또렷한 순백의 눈송이가 손바닥에 떨어지고도 한참 동안 형태를 유지했다. 눈구름이 북쪽에서 높은 산을 몇 번이고 넘어오는 사이 습기를 빼앗기는 것이리라. 단단하고 수분이 적은 눈은 쌓인 채로 오랫동안 녹지 않았다. 그 눈은 내게 크리스마스 케이크에 뿌려진 하얀 파우더를 연상시켰다(마지막으로 크리스마스 케이크를 먹은 게 언제였을까?).

두꺼운 코트와 따뜻한 속옷, 털모자와 캐시미어 머플러, 두

툼한 장갑이 일상의 필수품이 되었다. 그러나 일단 도서관에
도착하면 구식 장작 난로가 나를 기다렸다. 방을 덥히기까지
시간이 조금 걸렸지만, 불길이 자리잡으면 기분좋은 온기가
찾아왔다. 방이 점점 따뜻해지면서 나는 몸에 걸쳤던 것을 하
나, 또하나 벗어나갔다. 장갑을 벗고, 머플러를 풀고, 코트를
벗고, 마지막에는 얇은 스웨터 차림이 되었다. 오후에는 긴팔
셔츠 한 장만 입고 지낼 때도 있었다.

벽에 둘러싸인 그 도시에서는 소녀가 항상 나를 위해 미리
난롯불을 지펴주었다. 내가 저녁 무렵 도서관 문을 열면 방은
딱 알맞은 정도로 훈훈했고, 난로 위에서 커다란 주전자가 우
호적인 김을 피워올리고 있었다. 하지만 이곳에서는 아무도
그런 준비를 해주지 않는다. 내 손으로 직접 시작해야 한다.
도서관 가장 안쪽에 있는 반지하 방은 이른아침이면 차갑게
식어 있었다.

난로 앞에 쪼그려앉아 성냥을 긋고, 오래된 신문지를 둥글
게 뭉쳐 불을 붙이고, 일단 가느다란 잡목에, 이어서 굵은 장
작에 차츰 불을 옮겨간다. 잘되지 않아 처음부터 다시 되풀이
할 때도 있다. 의식과도 비슷한 엄숙한 작업이었다. 머나먼 고
대로부터 사람들이 줄곧 똑같이 영위해온 행위다(물론 고대에
는 성냥도 신문지도 존재하지 않았지만).

불길이 잘 붙어서 자리잡고 난로 바깥쪽까지 온기가 돌면

물을 담은 검은색 주전자를 위에 올린다. 이윽고 물이 끓으면 고야스 씨에게 물려받은 도기 찻주전자로 홍차를 우린다. 그리고 책상 앞에 앉아 따뜻한 홍차를 맛보면서, 높은 벽에 둘러싸인 그 도시와 도서관에 있던 소녀 생각에 빠져든다. 어찌됐건 그 생각을 막을 순 없다. 그렇게 겨울 아침의 약 삼십 분이 막연하게 흘러간다. 나의 의식은 두 세계 사이를 정처 없이 오가고 있다.

하지만 곧 마음을 고쳐먹고 몇 차례 심호흡을 한 다음, 쇠바퀴에 갈고리를 고정하듯 의식을 이쪽 세계에 묶어둔다. 그리고 이 도서관에서 내가 해야 할 일을 시작한다. 나는 이제 '오래된 꿈'을 읽지 않는다. 내가 이곳에서 해야 하는 일은 그보다 평범한 사무 작업이다. 주어진 서류를 훑어보고, 필요한 사항을 적어넣고, 나날의 수입과 지출을 꼼꼼히 살피고, 도서관 운영에 필요한 것들을 목록으로 정리한다.

그사이 난로는 착실하게 타오르고, 사과나무 장작이 좁은 방안을 향긋한 냄새로 채운다.

고야스 씨가 집에 전화한 건 밤 열시가 넘어서였다. 마을에 이사온 뒤로 그렇게 늦은 시각에 전화벨이 울린 적은 한 번도 없었고, 고야스 씨가 집으로 전화하는 일도 극히 드물었다(확실히 기억나진 않지만 그때가 아마 처음이었을 것이다).

나는 독서할 때 쓰는 오래된 안락의자(고야스 씨가 어디선가 구해다준 것)에 앉아, 플로어스탠드 불빛 아래 플로베르의 『감정 교육』을 재독하고 있었다. 오래된 활자에 눈이 피곤해져 슬슬 잘 준비를 하려던 참이었다―평소와 별다를 것 없이.

"여보세요." 고야스 씨가 말했다. "밤늦게 죄송합니다. 고야스인데요, 아직 주무시기 전인가요?"

"네, 아직 안 자고 있었습니다." 나는 말했다. 말 그대로 지금 막 자려던 참이긴 했지만.

"아, 정말이지 이런 부탁을 드리기 뭣합니다만, 어떻습니까, 지금 도서관에 와주십사 하는데, 힘드실까요?"

"지금요?" 나는 말하고서 머리맡의 자명종 시계를 보았다. 시곗바늘은 열시 십분을 가리키고 있었다. 나는 고야스 씨가 손목에 차고 있던 바늘 없는 시계를 떠올렸다. 이 사람은 지금이 몇시인지 알고 있을까?

"늦은 시각이란 건 저도 잘 압니다. 벌써 밤 열시가 지났으니까요." 고야스 씨는 말했다. 내 마음을 읽은 것처럼. "하지만 제법 중요한 용건이 있답니다."

"그리고 그 용건은, 전화로 말할 수 있는 게 아니군요?"

"네, 그렇습니다. 전화로 말해도 될 만큼 간단한 용건이 아닙니다. 전화는 원래부터 썩 믿을 만한 게 못 되고요."

"알겠습니다." 나는 말하고 다시 한번 확인차 머리맡의 시계를 보았다. 바늘은 분명히 앞으로 나아가고 있었다. 깊은 고요 속에서 똑딱똑딱 희미한 소리가 들렸다.

나는 말했다. "그래요, 지금 도서관으로 갈 수 있을 것 같습니다. 그런데 고야스 씨는 지금 어디 계신가요?"

"저는 도서관의 반지하 방에서 기다리고 있습니다. 네, 난로가 있는 그 정사각형 방 말입니다. 난로도 충분히 따뜻해졌습니다. 여기서 당신을 기다리려 하는데, 어떠실까요?"

"알겠습니다. 그리 찾아뵙겠습니다. 옷을 갈아입어야 하니 삼십 분 정도는 걸릴 것 같습니다만."

"괜찮습니다. 기다리는 건 조금도 상관없습니다. 시간은 충분하고, 저는 밤샘에 익숙하답니다. 졸음이 오지도 않습니다. 그러니까 서두르실 필요는 전혀 없어요. 이 방에서 당신이 오기를 느긋하게 기다리고 있겠습니다."

나는 전화를 끊고 고개를 갸웃했다. 고야스 씨는 어떻게 도서관에 들어갔을까? 현관 열쇠가 있었나? 관장직에서 물러났지만 지금껏 도서관 운영에 매우 깊이 관여해온 사람이니, 아직 열쇠를 가지고 있어도 크게 이상한 일이 아닐지 모른다.

깜깜한 도서관 안쪽의 한 방에서, 고야스 씨 혼자 난로 앞에 앉아 내가 오기를 기다리는 광경을 상상해봤다. 상당히 기묘한 광경일 테지만 내게는 그리 기묘하게 생각되지 않았다. 무엇이 기묘하고 무엇이 기묘하지 않은지, 판단의 축이 내 안에서 이리저리 움직이며 흔들리는 것 같았다.

스웨터 위에 더플코트를 입고, 머플러를 두르고, 털모자를 썼다. 울 라이닝을 댄 눈신을 신었다. 장갑도 꼈다. 싸늘한 밤이지만 눈은 내리지 않았다. 바람도 불지 않는다. 올려다본 하늘에 별 하나 없는 걸 보니 아무래도 구름이 두껍게 낀 모양이었다. 언제 눈이 내려도 이상하지 않다. 흐르는 강물과 내가 내디디는 발소리 말고는 어떤 소리도 들리지 않았다. 마치 모든 소리가 머리 위 구름 속으로 빨려드는 것처럼. 찬 공기에 뺨이 아려서 나는 털모자를 귀밑까지 내렸다.

밖에서 본 도서관은 깜깜했다. 오래된 문등만 빼고 주위의 모든 불이 꺼져 있다. 전시의 등화관제처럼 완전히. 그렇게 어둠에 싸인 도서관을 보는 건 처음이었다. 눈에 익은 한낮의 도서관과는 다른 건물처럼 보였다.

입구는 잠겨 있었다. 장갑을 벗고 코트 주머니에서 묵직한 열쇠 다발을 꺼내 어색한 손놀림으로 미닫이문을 열었다. 미닫이문을 여는 데는 두 종류의 열쇠가 필요하다. 생각해보니 내가 그 열쇠를 실제로 사용한 건 그때가 처음이었다.

건물 안으로 들어가 등뒤의 미닫이문을 닫고, 만약을 대비해 다시 잠갔다. 도서관 내부를 초록색 비상등 불빛이 어렴풋이 비추고 있었다. 나는 그 빛에 의지해 어디 부딪히지 않도록 조심하며 라운지를 나아가고, 카운터 앞을 지나고(언제나 소에다 씨가 앉아 있는 곳이다), 열람실을 통과했다. 여기저기 구부러진 복도를 따라 반지하 방으로 향했다. 비상등도 달려 있지 않은 복도는 몹시 어두웠다. 발을 내디딜 때마다 바닥이 비난하듯 작게 비명을 질렀다. 손전등을 챙겨 올 걸 그랬다고 후회했다.

반지하 방에서 어렴풋한 빛이 새어나오고 있었다. 문에 작게 뚫린 불투명 창을 통해 노란 불빛이 복도를 희미하게 비추었다. 나는 방문을 작게 두드렸다. 안에서 마른기침 소리가 들렸다. 이어서 고야스 씨가 "네, 들어오세요"라고 말했다.

고야스 씨는 빨갛게 타오르는 난로 앞에 앉아 나를 기다리고 있었다. 천장에 매달린 오래된 전구 하나가 방안을 기이한 톤의 노란빛으로 물들였다. 책상 한구석에는 낯익은 남색 베레모가 놓여 있다.

그곳에 펼쳐진 건 내가 전화를 끊고 머릿속에 그린 것과 꼭 닮은 광경이었다. 아무도 없는 한밤중의 도서관 저 안쪽 방에서 나를 기다리는 작은 체구의 노인(회색 수염을 기르고 체크무늬 스커트를 입었다).

그 정경은 어릴 적 읽었던 그림책의 한 장면 같았다. 무언가가 지금부터 바뀌려 한다—그런 예감이 들었다. 길모퉁이를 돌면 그곳에서 무언가가 나를 기다리고 있다. 소년 시절 내가 종종 느꼈던 감각이다. 그 무언가는 내게 중요한 사실을 알리고, 그 사실은 또 내게 응분의 변용을 재촉하리라.

나는 털모자를 벗어 장갑과 함께 책상에 내려놓았다. 캐시미어 머플러를 풀고 코트를 벗었다. 방안이 충분히 따뜻해서다.

"어떠세요, 홍차 드시겠습니까?"

"네, 좋습니다." 나는 잠깐 뜸을 들였다가 대답했다. 지금 여기서 진한 홍차를 마시면 잠을 자지 못할지도 모른다. 하지만 뭐든 몹시 마시고 싶었고, 고야스 씨가 우려주는 홍차 향에는 언제나 저항할 수 없이 마음이 끌렸다.

고야스 씨는 의자에서 일어나 난로 위에서 하얀 김을 피우는 주전자를 집어들었다. 그리고 끓은 물을 가라앉히기 위해 익숙한 손놀림으로 허공에서 빙글빙글 돌렸다. 물이 가득 담긴 커다란 주전자는 상당히 무거울 테지만 그의 손놀림은 그런 느낌이 조금도 들지 않았다. 이어서 찻잎을 계량스푼으로 정확히 덜고 적정한 온도로 덥혀둔 흰색 도기 찻주전자에 넣고서 주의깊게 뜨거운 물을 부었다. 찻주전자 뚜껑을 닫고 그 앞에서 눈을 감은 채, 잘 훈련된 왕궁 호위대처럼 부동의 차려 자세를 취했다. 여느 때와 같은 순서다. 아니, 순서라기보다 의식儀式에 가까운지도 모른다.

고야스 씨는 의식意識을 쥐어짜 몸안에 내장된 특별한 시계

로 홍차가 맛있게 우러나기 위한 최적의 시간을 재고 있는 듯
보였다. 이 사람은 시곗바늘 같은 편의적인 용구를 필요로 하
지 않을 것이다.

이윽고 그의 안에서 '최적의 시간'이 경과했는지, 고야스 씨
는 마치 주문이 풀린 것처럼 차려 자세를 허물고 다시 움직였
다. 미리 덥혀둔 잔 두 개에 찻주전자의 홍차를 따랐다. 잔 하
나를 들고 김에서 풍기는 향을 코로 확인해 그 신경 정보를 뇌
에 전달한 뒤 만족한 듯 작게 고개를 끄덕였다. 일련의 행위가
무사히 달성된 것이다.

"네, 좋아 보입니다. 어서 드십시오."

그 홍차에는 설탕도 밀크도 레몬도, 다른 어떤 것도 필요하
지 않았다. 그 자체로 훌륭하게 완결된 홍차였다. 온도도 그야
말로 완벽하다. 농밀하고, 향긋하고, 따뜻하고, 또한 기품이
있었다. 신경을 온화하게 어루만져주는 무언가가 담겨 있었
다. 만약 거기에 무얼 더하면 그 완결성은 틀림없이 손상될 것
이다. 짙은 아침안개가 햇빛에 지워져버리는 것처럼.

나는 늘 신기하게 생각했다. 같은 물을 끓이고 같은 찻주전
자와 찻잎을 사용하는데, 고야스 씨가 우린 홍차와 내가 우린
것은 어째서 이토록 맛이 다를까. 몇 번 고야스 씨를 흉내내어
같은 순서로 우려봤지만 시도는 늘 실망으로 끝났다.

우리는 한동안 아무 말 없이 각자 홍차를 음미했다.

"이 야심한 시각에 여기까지 오시게 해 참으로 죄송하게 생각합니다." 고야스 씨는 잠시 후 몹시 미안한 듯 말했다.

"이런 시각에 여기 자주 오시나요?"

고야스 씨는 그 말에 바로 대답하지 않고, 홍차를 한 모금 마시고 눈을 감은 채 생각에 잠겼다.

"저는 이 방의 난로가, 네, 그 무엇보다 좋답니다." 이윽고 고야스 씨는 그렇게 말했다. 중요한 비밀을 털어놓는 것처럼. "이 불꽃이, 희미한 사과나무 향이, 저의 몸과 마음을 안쪽부터 천천히 덥혀줍니다. 제게 그 따뜻함은 귀중합니다. 이 덧없는 영혼을 덥혀주니까요. 이러는 게―제가 여기 찾아오는 게―당신에게 폐가 되지 않는다면 좋겠습니다만."

나는 고개를 저었다. "아닙니다, 폐라니요. 저야 전혀 괘념치 않지만, 혹시 소에다 씨는 알고 있나요? 고야스 씨가 폐관 시각 후에 이렇게 도서관을 찾는 걸요. 아무래도 이 도서관을 실질적으로 꾸려나가는 건 그 사람이니까, 만약 이 사실을 모르고 있다면……"

"아뇨, 소에다 씨는 이 사실을 모릅니다." 조용한 목소리로, 그러나 묘하게 단호한 투로 고야스 씨는 말했다. "그 사람은 제가 밤중에 여기 온다는 걸 모릅니다. 앞으로도 모를 테고, 굳이 말씀드리자면, 네, 알 필요도 없답니다."

그 말에 뭐라고 대답해야 할지 알 수 없어서 나는 침묵을 지켰다. 알 필요가 없다? 그게 대체 무슨 말일까?

"사정을 설명하려면 얘기가 길어집니다." 고야스 씨는 말했다. "실은 더 빨리, 조금씩이나마 당신에게 진실을 말씀드려야 했습니다. 하지만 적당한 기회를 찾지 못하고 이렇게 시간이 흘러 계절이 바뀌고 말았습니다. 저의 불찰이겠지요."

고야스 씨는 홍차를 다 마시고 빈 잔을 책상 위에 내려놓았다. 달각, 메마른 소리가 작은 반지하 방에 울렸다.

"제가 해드릴 이야기가 상당히 기묘하게 들릴지도 모릅니다. 아마 일반적인 상식으로는 믿기 어려울 테죠. 하지만 당신이라면 제 이야기를 있는 그대로 받아들여주리라 확신합니다. 당신에게는 그것을 믿을 자격이 갖춰졌기 때문입니다."

고야스 씨는 그쯤에서 한숨 돌리고, 난롯불이 발하는 온기를 확인하는 것처럼 양손을 무릎 위에서 슥슥 맞비볐다.

"자격이라는 건, 네, 다소 어울리지 않는 말인지도 모르겠군요. 뭐랄까, 다분히 형식적인 표현이니까요. 하지만 저는 그것 말고 적절한 표현을 떠올릴 수 없습니다. 처음 당신을 만난 순간부터 확실히 알았습니다. 이 사람은 내가 말하려는 것을, 또한 말해야 하는 것을 올바로 알아듣고 이해해줄 거라고. 그런 자격을 갖췄다고."

난로 안에서 파삭 하고 장작 허물어지는 소리가 들렸다. 동물이 자세를 바꾸며 내는 듯한 작고 갑작스러운 소리다.

나는 이야기의 흐름이 잘 읽히지 않아 입을 다문 채, 난롯불에 발그레하게 빛나는 고야스 씨의 옆얼굴을 바라보았다.

"큰맘먹고 털어놓겠습니다." 고야스 씨가 말했다. "저는 그림자가 없는 인간입니다."

"그림자가 없다?" 나는 그의 말을 그대로 되풀이했다.

고야스 씨는 무감정한 목소리로 말했다. "네, 그렇습니다. 저는 그림자를 잃어버린 인간입니다. 그림자라는 게 없지요. 언젠가 알아차리시겠거니 했습니다만."

그 말에 나는 방의 흰 벽에 눈길을 던졌다. 아닌 게 아니라 그의 그림자가 보이지 않았다. 벽에 비친 건 나의 검은 그림자뿐이다. 천장에 매달린 전구의 노란 빛을 받아 약간 비스듬히 벽 위로 늘어져 있었다. 내가 움직이면 그것도 움직인다. 그러나 나란히 있어야 할 고야스 씨의 그림자는 보이지 않았다.

"네, 보시다시피 제게는 그림자가 없습니다." 고야스 씨는 말했다. 그리고 확인시키듯 한 손을 전구 앞에 내밀어 벽에 아무것도 비치지 않음을 보여주었다. "제 그림자는 제게서 떨어져 어딘가로 가버렸답니다."

나는 최대한 신중하게 단어를 골라 물었다. "그게 언제 있었던 일인가요? 그러니까 당신의 그림자가 당신 몸에서 떨어져 나간 것이?"

"제가 죽었을 때입니다. 그때 저는 그림자를 잃고 말았어요. 아마도 영원히."

"당신이 죽었을 때요?"

고야스 씨는 작고 확고하게 고개를 몇 번 끄덕였다. "네, 지금으로부터 일 년 하고도 조금 더 전에. 그뒤로 저는 그림자 없는 인간이 되었답니다."

"즉, 당신은 이미 죽었다는 말인가요?"

"그렇습니다, 이미 이 세상 사람이 아닙니다. 얼어붙은 쇠못 못지않게, 고스란히 목숨을 잃었습니다."

37

"그렇습니다, 이미 이 세상 사람이 아닙니다. 얼어붙은 쇠못 못지않게, 고스란히 목숨을 잃었습니다."

그가 한 말을 잠시 생각해봤다. 얼어붙은 쇠못 못지않게 목숨을 잃었다? 뭐라고 말을 해야 하는데, 나는 무슨 말을 어떻게 해야 할지 떠올릴 수 없었다.

"당신이 돌아가셨다는 건 확실하죠?" 가까스로 그렇게 말했지만 입 밖에 내고 보니 몹시 바보 같은 질문처럼 들렸다.

그러나 고야스 씨는 진지한 표정으로 힘주어 고개를 끄덕였다.

"그렇습니다, 죽은 것이 확실합니다. 누가 뭐래도 나 자신의 생사인 만큼 기억이 확실하고, 관공서에 공적 기록도 남아 있

을 겁니다. 그리고 이 마을 절 묘지에 작게나마 저의 무덤이
있습니다. 스님이 독경도 읊어주었고, 뭐였는지 기억은 잘 안
나지만 계명*도 받았답니다. 죽었다는 사실은 확실하기 그지
없습니다."

"이렇게 마주앉아 대화하고 있으면, 도저히 죽은 사람처럼
보이지 않는데요."

"네, 아닌 게 아니라 겉보기는 생전과 똑같을 겁니다. 이렇
게 뜻이 통하는 대화를 나눌 수도 있습니다. 하지만 제가 죽었
다는 사실, 이미 이 세상 사람이 아니라는 사실에는 아무런 변
함이 없습니다. 오해를 무릅쓰고 익숙하면서 편의적인 표현을
쓰자면, 지금 저는 유령이라고 해도 될 존재입니다."

방안에 깊은 침묵이 내려앉았다. 고야스 씨는 입가에 희미
한 미소를 띠고 무릎 위에서 손바닥을 슥슥 맞비비며 난롯불
을 바라보았다.

이 사람이 농담을 하는 건지도 모른다. 그저 나를 놀리는 건
지도─그럴 가능성이 내 머리를 스쳤다. 보통 때 같으면 충분
히 있을 수 있는 일이다. 세상에는 진지한 얼굴로 농담을 하거
나 남을 놀리는 사람도 있다. 그러나 아무리 생각해도 고야스
씨는 그런 농담을 즐길 타입이 아니다. 게다가 어쨌든 그에

---

* 불가에서 죽은 사람에게 붙여주는 이름.

게는 정말로 그림자가 없다. 당연한 소리지만, 농담을 하기 위해 그림자를 잠깐 지워버릴 순 없다.

현실이라는 단어가 내 머릿속에서 본래의 의미를 잃고 뿔뿔이 흩어졌다. 무엇이 현실인지 확인하는 데 필요한 기준축이 이미 내 손을 떠난 듯했다. 혼란스러운 의식 속에서 천천히 고개를 젓자, 벽에 비친 나의 검고 긴 그림자도 똑같이 천천히 고개를 저었다. 동작이 실제보다 조금 과장스럽긴 했지만.

무서운가? 아니, 딱히 그렇지 않다. 가령 지금 눈앞의 이 노인이 정말 유령이라 해도, 깊은 밤 이 방에 그와 단둘이 마주 앉아 있는 것에 어째서인지 나는 전혀 공포를 느끼지 않았다. 그렇다, 충분히 있을 수 있는 일이다. 죽은 사람과 대화한다고 안 될 게 뭐란 말인가?

그러나 의문점은 많았다. 당연한 소리지만, 유령에 대해 우리가 모르는 건 헤아릴 수 없이 많다.

"네, 저도 모르는 것이 헤아릴 수 없이 많답니다." 고야스 씨는 내 생각을 읽은 것처럼 말했다. "제가 죽어서 왜 무無로 돌아가지 않고, 이렇게 의식을 가지고 일시적인 형태를 띤 채 계속 이 도서관에 머무를 수 있는지, 저도 잘은 모릅니다."

나는 아무 말 없이 고야스 씨의 얼굴을 가만히 바라보았다.

"의식이란 참으로 불가사의합니다. 죽은 뒤에도 의식이 있다는 건, 네, 한층 불가사의한 일이랍니다. '의식이란 뇌의 물리적 상태를 뇌 자체가 자각하는 것이다'라는 설명을 어느 책에서 읽은 적 있습니다. 글쎄, 어떨까요, 그게 과연 올바른 정의일까요? 어떻게 생각하십니까?"

의식이란 뇌의 물리적 상태를 뇌 자체가 자각하는 것이다.

나는 그 말을 생각해봤다.

"듣고 보니 그런 것 같습니다. 논리적으로 말이 되는 듯 들리는데요."

"네, 그렇다면 제게는 아직 뇌가 존재하는 셈입니다. 그렇죠? 의식이 있으면, 네, 필연적으로 뇌가 있습니다. 하지만 이미 육체가 없는데 뇌는 여전히 존재한다는 게 가능할까요? 과연 그런 일이 일어날 수 있을까요?"

고야스 씨의 이야기를 따라가는 데는 어느 정도 시간과 노력이 필요했다. 아무래도 그 전개가 일상적 수준을 크게 벗어나 있었기 때문이다. 나는 뜸을 들였다가 큰맘먹고 물었다.

"그렇다면 고야스 씨, 당신의 몸은 이제 존재하지 않는 건가요?"

고야스 씨는 고개를 끄덕였다.

"네, 제 몸은 이제 이 세계에 없습니다. 지금은 일단, 네, 생전의 제 모습을 이렇게 빌려 쓰고 있지만, 장시간 유지하진 못합니다. 일정 시간이 경과하면 연기처럼 허공으로 사라져 무가 됩니다. 어디까지나 잠시잠깐의 일시적인 모습이지요. 물론 크게 잘난 외모는 아니지만, 지금으로선 이것 말고 제가 지닐 수 있는 형태가 없는지라."

"하지만 의식은 존속한다?"

"네, 의식은 그대로 확고하게 존속합니다. 육체가 없어도 의식은 멀쩡합니다. 저도 그게 큰 수수께끼랍니다. 육체가 없는데, 그리고 육체가 없으면 필연적으로 뇌도 없어야 하는데, 보다시피 의식이 정상적으로 기능한다는 사실이. 네에, 이렇게 죽어서도 여전히 모르는 것이 있다는 게 왠지 기묘하답니다. 일단 죽고 나면 살아 있을 때와 달리 수수께끼 따위와는 관계가 없겠거니, 생전에는 막연히 그렇게 생각했는데 말이죠."

"뇌와 육체 말고, 그것과 별개로 영혼이라는 존재가 있다고는 생각할 수 없을까요?" 내가 물었다.

고야스 씨는 입술을 살짝 내밀고 생각에 잠겼다.

"네, 그렇지요, 그 생각을 안 해본 건 아니랍니다. 하지만 생각하면 할수록, 영혼이란 무엇인가 하는 건 아주 큰 수수께끼입니다. 죽어서 이렇게 유령이 된 뒤에도, 아니, 유령이 되었기에 더더욱 저로서는 모를 일이 되어버렸습니다. 많은 이들이 '영혼'이라는 말을 흔히 쓰지요. 그러나 영혼이 무엇인지 명확하고 알기 쉽게 정의하고 설명해준 사람은 없습니다. 그 단어가 워낙 빈번하게 여러 국면에서 사용되는지라, 다들 영혼이라는 것이 우리 몸안에 엄연히 존재한다고 막연하게나마 믿고 있습니다. 하지만 직접 죽어보면 알 수 있는 게, 영혼이란 눈에도 보이지 않고 손으로 만질 수도 없답니다. 그걸 이용해 무슨 특별한 일을 하는 것도 불가능합니다. 제 생각에 우리가 무엇보다 실제로 의지할 수 있는 건 의식과 기억뿐입니다."

나는 그 말에 딱히 개인적 의견을 밝히진 않았다. 죽은 자가 눈앞에 나타나 '영혼 따위가 있는지 없는지도 알 수 없다'고 하는데, 무슨 반론을 펼 수 있을까?

"그래서 고야스 씨는 어떻게 돌아가신 건가요?" 나는 물었다. "그리고 어떻게 그, 다시 말해 유령이 되신 겁니까?"

"네, 제가 죽었을 때는 아주 잘 기억합니다. 직접적인 사망 원인은 심장 발작이었습니다. 아무튼 눈 깜짝할 사이에 죽고 말았지요. 아아, 내가 죽는구나, 그런 생각조차 들지 않았습니다. 생각할 겨를도 없었어요. 사람은 죽어가는 순간 평생 겪은 일들이 주마등처럼 스친다고들 하는데, 제 경우에는 한 조각도 보이지 않았습니다."

고야스 씨는 잠시 팔짱을 끼고 고개를 한껏 기울였다. 그러고는 이야기를 이어갔다.

"원래부터 심장이 좋지 않았지만, 그때까지 큰 문제를 일으킨 적도 없거니와 바로 일주일 전에 고리야마의 병원에 가서 일 년에 한 번 받는 건강검진을 마쳤더랬습니다. 그때 의사는 '특별한 이상이 없다'고 했습니다. 그러니 심장 발작으로 죽을 줄은 꿈에도 몰랐지요. 그런데 어느 날 아침, 뜬금없이 그런 일이 벌어진 겁니다. 세 경험으로 말씀드리자면, 인생에서 중요한 일은 대개 예상도 못했을 때 일어난답니다. 그리고 아무래도 죽음이란, 인생에서 제법 중요한 일 중 하나가 아니겠습니까."

고야스 씨는 그 대목에서 쿡쿡 작게 웃었다.

"그날 아침, 저는 근처 산을 혼자 산책하고 있었습니다. 지팡이를 짚었고, 손잡이에 곰 퇴치용 방울이 달려 있었지요. 계절은 가을, 그 시기에는 겨울잠에 들기 전 영양을 섭취하려는 곰이 가끔 마을 근처까지 내려오곤 합니다. 하지만 방울소리를 내면서 걸으면 사람이 습격당할 걱정은 거의 없습니다. 적어도 그렇다고 배웠습니다. 산속을 걷는 건 제 소소한 건강법이었답니다. 그런데 산책 도중에 갑자기 눈앞이 부예지더니 의식이 조금씩 멀어지는 걸 느꼈습니다. 이거 안 되겠다 싶어 옆에 있던 소나무 기둥에 기댔는데, 몸을 제대로 가누지 못하고 땅으로 주르륵 미끄러지고 말았습니다. 가슴 안쪽에서 심장이 크게 뛰던 걸 기억합니다. 수많은 난쟁이들이 먼 언덕 위에 줄지어 서서 저마다 큰북을 들고서 있는 힘껏 두드리는 것처럼 오싹한 소리였습니다. 난쟁이들은 멀리 있고 그늘이 져서 얼굴이 잘 보이지 않습니다. 하지만 팔힘이 보통이 아닌지 북소리가 바로 귓전에 들립니다. 내 심장이 그런 소리를 다 내다니, 정말이지 믿기 힘들었습니다."

고야스 씨는 그때를 떠올리는 것처럼 가볍게 눈을 감았다.

"무슨 영문인지 그다음에 제 머릿속에 떠오른 건, 보트에 차오르는 물을 작은 양동이로 바쁘게 퍼내는 광경이었습니다. 넓은 호수 한복판에 노가 달린 작은 보트를 띄우고 홀로 앉아 있는데, 선체 어딘가에 구멍이 났는지 차가운 물이 기세 좋게 차오르는 겁니다. 산속에서 죽어가는 순간 왜 그런 장면이 떠올랐는지 저도 잘 모르겠습니다. 좌우간 저는 그 물을 퍼내야 합니다. 안 그러면 보트가 가라앉는 건 시간문제니까요. 그것이 제가 인생의 마지막 순간에 본 광경이었습니다. 생각해보면 불가사의한 일이지요. 네, 사람의 일생이란 겨우 그 정도인가봅니다. 이윽고 무가 찾아왔습니다. 완전한 무입니다. 그래요, 주마등처럼 멋들어진 건 잠깐도 스치지 않았습니다. 호수에 가까스로 떠 있는 낡고 보잘것없는 보트, 손바닥만한 양동이—그게 전부입니다."

침묵.

"순식간이었군요?"

"네, 아아, 실로 싱거운 죽음이었습니다." 고야스 씨는 고개를 끄덕이고 말했다. "기억하기로는 육체적 고통도 거의 느끼지 않았던 것 같습니다. 너무나 갑작스러웠고, 또한—뭐라고 해야 할까요—너무나 간단했던지라, 내가 지금 여기서 죽어간다, 생명을 잃어간다는 인식조차 없었습니다. 그러니 이렇게 유령의 몸이 되고서도 나 자신의 죽음을 사실로, 실감으로 받아들이기가 영 힘들답니다."

나는 물었다. "당신이 돌아가시고 이렇게…… 이런 형태, 그러니까…… 유령이 될 때까지, 무슨 단계 같은 것이 있었나요?"

"아뇨, 단계라 할 만한 건 없었습니다. 정신이 들고 보니, 네, 이미 이런 상태가 되었지요. 시간으로 말씀드리자면 제가 죽은 건 지금으로부터 일 년 남짓 전, 그리고 이런 형태를 지니게 된 것, 요컨대 육체 없이 의식만 남은 존재가 된 건 죽고 나서 한 달 반쯤 지나서라고 기억합니다. 제가 죽고, 장례가 치러지고, 시신이 태워지고, 유골이 무덤에 안치된 후 이렇게 유령이 되어 지상으로 돌아온 겁니다. 그사이 무슨 일이 있었는지, 어떤 단계를 거쳤는지는 아는 바가 없습니다."

그의 이야기를 따라가기 위해 시간을 들여 머릿속을 정리해야 했다. 기본적으로는 정리고 뭐고, 상대의 말을 사실 그대로 받아들이는 수밖에 없었지만.

나는 물었다. "이 세상에 어떤 미련이 남아서 돌아왔다, 그런 얘기는 아니로군요?"

"네, 일반적으로 유령이란 그런 것이라고 여겨지는 모양인데, 제 경우는 이 세상에 딱히 미련이나 후회 같은 것이 없습니다. 돌이켜보면, 뭐 그리 근사하진 않지만, 남들처럼 산도 있고 골짜기도 있는 일생이었다고 생각합니다."

"다만 사후에 본인도 잘 모르는 사이, 그, 의식이 이 세상에 돌아왔다는 거죠."

"네, 그렇습니다. 이런 존재가 된 게 스스로 원한 일은 아닙니다. 다만 이 도서관에는 개인적인 감정이랄까, 나름의 애착이 있었으니 그게 조금은 관련이 있을지도 모르지요. 그렇다고 이 도서관에 못다 이룬 일이 있다는 말은 전혀 아닙니다."

"어쨌거나 이 마을 사람들은 모두 고야스 씨가 이미 돌아가시고 없다고 생각하고요."

"그렇습니다. 아니, 생각이고 뭐고 할 것 없이 저는 이미 현실에서 죽고 없습니다. 그리고 이 일시적인 모습은 특별한 사람에게만 보입니다."

나는 물었다. "소에다 씨는 당신이 이 도서관에 나타난다는 걸 알고 있는 모양이더군요."

"네, 소에다 씨는 제가 유령이 된 사실을 기본적으로 인지하고 있습니다. 저와 소에다 씨는 오랫동안 알고 지내며 어떤 면에선 서로를 깊이 이해하는데다, 그녀는 제가 유령이 된 사실을 이른바 자연 현상으로, 그저 아무것도 묻지 않고 받아들였습니다. 물론 처음에는 적잖이 놀랐던 모양입니다만."

"하지만 다른 파트타임 직원들에게는 보이지 않는다?"

"네, 이 모습을 볼 수 있는 건 당신 말고는 소에다 씨 한 사람뿐입니다. 언제나 보이는 건 아니지만, 필요할 때는 그녀에게 제 모습이 보입니다. 다른 사람들은 모두 제가 이미 죽고 없다고 생각합니다. 뭐, 실제로도 죽고 없는 셈이지만…… 그러니 다른 사람이 보는 데선 소에다 씨와도 당신과도 대화하는 걸 삼가고 있습니다. 누가 보기라도 하면 상당히 기묘한 광경일 테니까요."

고야스 씨는 그렇게 말하고 재미있다는 듯 작게 웃었다. 나는 말했다.

"요컨대 고야스 씨는 돌아가신 후에도 그대로 이곳에 머무르며 예전처럼 관장직을 수행하셨다는 거죠?"

"네, 소에다 씨가 실무적인 문제로 상담을 요청하면 그때그때 적절해 보이는 조언을 해주거나 판단을 내리거나 해왔습니다. 네, 그렇습니다. 생전에 이곳 도서관장으로 일하던 때와 거의 똑같이 말입니다."

"하지만 아무리 그래도 죽은 자가 유령이 되어 실질적으로 관장직을 수행한다고 공언할 순 없는 노릇이고, 여러 면에서 나날의 실무를 처리하는 책임자가 필요하다. 그래서 새로운 도서관장을―즉 살아 있는 육체를 가진 적임자를―외부에서 모집하게 되었다. 그런 얘기인가요?"

고야스 씨는 내가 한 말에 몇 번 고개를 끄덕였다. 자신이 하려던 말을 적절하게 해주어 고맙다는 듯이.

"네, 있는 그대로 말씀드리자면 요컨대 그런 얘깁니다. 당신이 면접을 보러 이리로 오셨을 때, 저는 보자마자 첫눈에 바로 알 수 있었습니다. 아아, 그렇다, 이 사람은 정말이지 특별하다. 이 사람은 나의 존재를, 일시적인 육체를 동반한 의식으로서의 나의 상태를 충분히 이해하고 오롯이 받아들일 것이 분명하다고. 뭐랄까요, 생각지도 못한 기적적인 해후였습니다."

고야스 씨는 난로 앞에서 그 작은 몸을 덥히면서, 머리 좋은 고양이처럼 똑바로 내 얼굴을 바라보았다. 안와 안쪽에서 작은 눈이 한순간 반짝였다.

"하지만 저는 조심 또 조심하며 한동안 당신의 언동을 신중히 관찰했습니다. 사실을 털어놓아도 될지 나름대로 주저하고 있었지요. 사람의 생과 사에 관한 대단히 미묘한 문제니까요. 이해하시겠지만, 사실 저는 유령이랍니다, 라는 말을 꺼내기가 그리 간단하진 않으니까요. 마땅한 시간의 경과가 필요했습니다. 그렇게 여름이 끝나고, 산간지방의 짧은 가을이 지나고, 이처럼 혹독한 겨울이 찾아와 이 방 난로에 불을 지피는 계절이 오자 마침내 마음속 깊이 확신할 수 있었습니다. 당신은 나를 받아들여주기에 실로 마땅한 상대라고요."

나는 입을 다문 채, 온화한 표정을 짓는 고야스 씨를 바라보았다. 그 일시적인 육체를 동반한 의식으로서의 고야스 씨 얼굴을.

38

　고야스 씨는 난로 앞에서 등을 말고 눈을 감고서 깊은 생각에 잠긴 듯 오랫동안 침묵을 지켰다. 그사이 몸은 꼼짝도 하지 않았다.

　"당신은 그림자를 잃었던 경험이 있지요." 이윽고 그가 침묵을 깨고 말했다. 그러고는 등을 펴고서 눈을 뜨고 내 얼굴을 보았다.

　"어떻게 아십니까? 제가 그림자를 한 번 잃은 적 있다는 걸요."

　고야스 씨는 두어 차례 고개를 저었다. "저는 유령입니다. 생명이 없는 의식이지요. 그런고로 보통 사람에게 보이지 않는 것이 보이고, 보통 사람이 이해하지 못하는 일을 이해할 수

있습니다. 당신이 한 번 그림자를 잃은 적 있다는 건 한눈에
알아봤습니다."

"사람이 자기 그림자를 잃는다는 건 대체 무슨 의미일까
요?"

고야스 씨는 눈부신 것을 보려고 할 때처럼 실눈을 떴다.

"아아, 당신은 그걸 모르는군요?"

"네, 무슨 뜻인지 잘 모르겠습니다. 그때도 몰랐고 지금도
마찬가지입니다. 상황이 흘러가는 대로 거스르지 않고 따랐을
뿐입니다. 그 과정에서, 그게 무슨 의미인지 정확히 판별하지
못하는 상태에서 제 그림자와 일시적으로 떨어져 분리되었습
니다. 그곳에 사는 모든 이들에게 그림자가 없는 도시에서."

고야스 씨는 아무 말 않고 그저 턱을 쓰다듬었다. 그러고는
천천히 입을 열었다.

"아까도 말씀드렸지만, 이렇게 죽은 몸이 되어서도 이해하
지 못하는 것이 많습니다. 네, 살아 있던 때와 마찬가지로 말
입니다. 유감이라고 해야 할지, 사람이 죽었다고 갑자기 똑똑
해지진 않더군요. 그러니 아쉽지만 당신 질문에 똑부러지게
대답하지 못하겠어요. 또한 이 세계에는 간단히 설명해선 안
되는 일도 있답니다."

고야스 씨는 왼손을 들어올려 손목에 찬 바늘 없는 시계를
흘끗 보았다. 표정으로 보아 설령 문자반에 바늘이 없어도 고

야스 씨에게는 부족함 없이 시계의 역할을 다하는 듯했다. 혹은 그저 생전에 익은 습관을 따르는 것뿐인지도 모르지만.

"저는 이만 실례해야겠습니다"라고 고야스 씨가 말했다. "이 일시적인 모습을 오래 유지할 순 없답니다. 한낮보다는 한밤중이 그나마 지상에 오래 머무를 수 있지만 이 정도가 한계입니다. 슬슬 사라져야 할 시간이 되었어요. 다음에 또 만나서 얘기합시다. 네, 물론 당신이 원하신다면 말입니다. 혹시 폐가 된다면 저는 두 번 다시 당신 앞에 나타나지 않겠습니다."

"아뇨." 나는 당황해서 말했다. 강조의 뜻으로 몇 번 고개를 가로저었다. "아닙니다, 전혀 폐가 되지 않습니다. 꼭 다시 고야스 씨를 만나고 싶습니다. 하고 싶은 말도 많고요. 어떻게 하면 가장 편한 형태로 뵐 수 있을까요?"

"유감스럽지만 언제든 원할 때 이 모습으로 당신 앞에 나타날 수 있는 건 아니랍니다. 기회는 제한되어 있어요. 시간도 결코 길지 않고요. 그러니까 언제 당신을 만날 수 있을지는 저도 모른답니다. 제가 자유의지로 '자, 이제 그 모습이 되자' 하고 결정하는 게 아니라서요. 혹시 괜찮다면, 네, 또 오늘처럼 댁으로 전화하겠습니다. 그리고 이 방, 이 난로 앞에서 뵙기로 합시다. 아마 밤중이 되겠지요. 아까도 말씀드렸다시피 주위가 어두워진 뒤에 형상화하는 게 제 부담이 비교적 덜하답니다. 그래도 괜찮으실까요? 너무 제 마음대로인 것 같습니다만."

"괜찮습니다. 몇시든 상관없어요. 전화 주십시오. 여기로 찾아뵙겠습니다."

고야스 씨는 한동안 생각에 잠겼다가 문득 떠오른 것처럼 고개를 들고 말했다. "그런데 당신은 성경을 읽으십니까?"

"성경? 기독교의 성경 말인가요?"

"네, 바이블 말입니다."

"아뇨, 제대로 읽어본 적은 없습니다. 저는 기독교도가 아니라서."

"아, 저도 기독교도는 아니지만, 신앙과 관계없이 성경을 읽는 걸 좋아합니다. 젊은 시절부터 시간이 나면 펼쳐들고 띄엄띄엄 읽었는데, 그러다가 습관으로 굳어졌답니다. 암시가 풍부한 읽을거리고, 배우고 느끼는 게 많았습니다. 그중 「시편」에 이런 말이 나옵니다. '사람은 한낱 숨결에 지나지 않는 것, 한평생이래야 지나가는 그림자입니다.'"

고야스 씨는 그 대목에서 말을 끊고는 손잡이를 당겨 난로 문을 열고 부젓가락으로 장작 모양을 다듬었다. 그러고는 같은 말을 천천히 되풀이했다. 스스로에게 되뇌는 것처럼.

"'사람은 한낱 숨결에 지나지 않는 것, 한평생이래야 지나가는 그림자입니다.' 네, 이해하시겠습니까? 인간이란 숨결처럼 덧없는 존재고, 살면서 영위하는 나날도 지나가는 그림자에 불과합니다. 네, 저는 옛날부터 이 말에 매료되어 있었습니다

358

만, 그 의미를 진심으로 이해한 건 죽어서 이런 몸이 되고 나서였습니다. 그래요, 우리 인간은 그저 숨결 같은 존재일 뿐입니다. 그리고 이렇게 죽어버린 제게는 이미 그림자조차 달려 있지 않습니다."

나는 아무 말 없이 고야스 씨의 얼굴을 바라보았다.

"당신은 아직 이렇게 살아 계시지요." 고야스 씨가 말했다. "그러니 부디 목숨을 소중히 하십시오. 당신에게는 아직 검은 그림자가 달려 있으니까."

고야스 씨는 일어나서 풀죽은 베레모를 집어 머리에 썼다. 그리고 머플러를 목에 둘렀다.

"자, 저는 이만 가봐야 합니다. 이 모습을 지워야 합니다. 조만간 다시 만납시다."

나는 큰맘먹고 그의 등을 향해 말했다.

"고야스 씨, 사실 저는 모든 주민에게 그림자가 없는 그곳에서도 지금처럼 도서관 일을 했습니다. 이것과 똑같이 생긴 장작 난로가 있는 작은 도서관이었습니다."

고야스 씨는 흘끗 뒤돌아보고, 제대로 들렸다는 신호로 고개를 한 번 끄덕였다. 그러나 별다른 의견은 말하지 않았다. 그저 잠자코 고개를 끄덕였을 뿐이다. 그리고 계단을 오르고 방을 나가, 손을 뒤로 돌려 살며시 문을 닫았다.

그뒤에 복도를 걷는 발소리가 들린 것 같았지만 어쩌면 기분 탓이었는지도 모른다. 실은 아무 소리도 들리지 않았는지 모른다. 만약 들렸다 해도 지극히 작은 소리였을 것이다.

　고야스 씨가 떠난 뒤에도 나는 한동안 그 반지하 방에서 혼자 시간을 보냈다. 고야스 씨가 사라지고 나니 방금 전까지 그가 여기 있었던 것 자체가 환상이 아닐까 하는 강한 의심이 덮쳐왔다. 나는 여기에 계속 혼자 있었고, 그저 막연한 망상에 잠겼던 게 아닐까. 그러나 환상도 망상도 아니었다. 책상 위에 남은 빈 찻잔 두 개가 그 증거다. 한 잔은 내가, 다른 한 잔은 고야스 씨가—혹은 그의 유령이(혹은 일시적인 육체를 동반한 그의 의식이)—마셨다.

　나는 한숨을 내쉬고 책상 위에 양손을 올린 채, 눈을 감고 시간이 흘러가는 소리에 귀기울였다. 그러나 물론 그런 소리는 들리지 않았다. 들리는 건 난로 속 장작이 허물어지는 소리뿐이었다.

39

고야스 씨에게 물어봐야 할 것이 몇 가지 있었고, 내가 고야스 씨에게 말해야 할 것도 몇 가지 있었다. 살아 있는 내가 알아둬야 할 것, 그리고 죽은 고야스 씨가 알아두었으면 하는 것. 그러나 그전에 나는 머릿속 생각을 여러모로 잘 정리해둬야 했다.

고야스 씨가 인간의 모습으로 내 앞에 나타날 수 있는 시간은—그의 설명에 따르면—그리 길지 않다. 그리고 언제든 원할 때 그 모습으로 나타날 수 있는 것도 아니다. 우리는 한정된 시간 안에 여러 가지 중요한 이야기를 나눠야 한다. 아마논리적인 의미를 찾기 힘들, 대체로 관념적인 영역에 속하는 많은 이야기들을. 따라서 미리 어느 정도 생각을 정리하고 이야기의 순서를 정해둘 필요가 있다. 그러지 않으면 나는 단서를 찾아 수수께끼 가득한 어둠의 세계를 언제까지고 헛되이 떠도는 신세가 될지도 모른다.

이튿날 오후 한시가 지나 나는 소에다 씨를 2층 관장실로 불렀다. 할 얘기가 좀 있다고.

나와 소에다 씨는 매일 1층 카운터에서 도서관 운영에 필요한 사무적인 얘기를 나누었지만, 생각해보면 단둘이 마주앉아 대화할 기회는 거의 없었다. 소에다 씨가 그런 자리를 의식적으로 피했던 건 아닐 테지만 적극적으로 청하지 않았던 것도 분명했다. 어쩌면(지금 와서 생각해보면 말이지만) 둘의 대화에서 고야스 씨 얘기가 화제에 오르는 걸 피하기 위해서였는지도 모른다.

소에다 씨는 얇은 연녹색 카디건에 장식이 거의 없는 흰색 블라우스, 푸른빛이 도는 회색 울 스커트 차림이었다. 신발은 진갈색 벅스킨 로퍼. 특별히 비싼 것들은 아닐 테지만 그렇다고 저렴해 보이지는 않고, 낡거나 해지지도 않았다. 어느 것이나 손질이 잘되었고, 무엇보다 청결했으며, 블라우스는 주름 하나 없도록 공들여 다림질했다. 화장은 언제나 눈에 띄지 않을 만큼 엷었지만 두 눈썹만은 강한 의지를 표명하듯 짙고 또렷하게 그렸다. 모든 외적 요소가 그녀가 경험 많고 유능한 도서관 사서임을 보여주었다.

나는 책상 앞에 앉고, 그녀는 책상을 사이에 두고 맞은편에 앉았다. 기분 탓인지 얼굴에 어렴풋한 긴장의 빛이 떠오른 듯 보였다. 고상한 연분홍색으로 칠한 입술이 일자로 다물려 있었다. 필요한 때 말고는 어떤 말도 하지 않겠다고 마음먹은 것처럼.

창밖에서 가랑비가 소리 없이 내려 방안 공기가 습하고 차가웠다. 작은 가스 스토브 하나뿐이라 온기가 좀처럼 퍼지지 않는다. 비는 아침부터 쉼없이 추적추적 내리고 있지만 기온이 이렇게까지 내려가면 언제 눈으로 바뀌어도 이상하지 않았다. 방안은 어둑했고 천장의 조명이 그 어둠을 도리어 두드러지게 만드는 것 같았다. 오후 한시인데도 꼭 저녁 무렵 같았다.

"실은 고야스 씨에 대해 얘기를 좀 나누고 싶습니다." 나는 서론 없이 바로 본론으로 들어갔다. 소에다 씨에게는 괜히 에두르지 않고 직설적으로 말하는 편이 좋을 것 같아서였다. 소에다 씨는 표정을 바꾸지 않고 고개를 살짝 끄덕였다. 입술은 여전히 꼭 다물려 있었다.

"고야스 씨는 이미 돌아가셨더군요." 나는 큰맘먹고 말을 꺼냈다.

소에다 씨는 잠시 침묵을 지켰지만, 이윽고 체념한 듯 작게 한숨을 쉬고 무거운 입을 열었다.

"네, 말씀대로입니다. 고야스 씨는 돌아가신 지 좀 되었습니다."

"그러나 돌아가신 후에도 생전 모습으로 종종 도서관에 나타나시고요. 그렇죠?"

"네, 맞습니다." 소에다 씨는 말했다. 그리고 무릎 위에 두었던 손을 들어 안경 위치를 바로잡았다. "하지만 그 모습이 누구에게나 보이는 건 아니에요."

"당신에게는 보이죠." 나는 말했다. "그리고 내게도 보이고."

"네, 그래요. 제가 아는 한에서 말이지만, 이곳에서 돌아가신 고야스 씨 모습을 보고 대화할 수 있는 건 지금으로선 당신과 저뿐인 모양이에요. 다른 직원들에게는 아무것도 보이지 않고, 목소리도 들리지 않습니다."

소에다 씨는 오랫동안 혼자 마음속에 품어온 비밀을 마침내 누군가와 공유할 수 있어 조금 안도하는 듯 보이기도 했다. 아마 그녀에게 적지 않은 부담이었으리라. 자기 머리가 어떻게 된 건가 의심한 적도 있을 것이다.

나는 말했다. "실은 어젯밤까지 그분이 이미 돌아가셨다는 사실을 몰랐습니다. 이 도서관에서 일한 뒤로 줄곧 고야스 씨를 실제로 살아 있는 사람이라고 믿어 의심치 않았습니다. 아무도 그런 얘기를 일러주지 않았으니까요. 어젯밤 직접 본인에게 저간의 사정을 듣고, 당연한 말이지만, 무척 놀랐습니다."

"놀라시는 게 당연하죠." 소에다 씨는 말했다. "죄송한 말씀이지만, 그래도 고야스 씨가 이미 이 세상 사람이 아니란 걸 제 입으로 당신에게 알려드릴 순 없었어요."

나는 어제 있었던 일을 소에다 씨에게 간단히 설명했다. 밤 열시쯤 고야스 씨가 갑자기 전화해 이 도서관으로 불러낸 것. 그리고 도서관 안쪽의 작은 반지하 방에서, 그 따뜻한 난로 앞에서, 뜨겁고 향긋한 홍차를 마시며(고야스 씨가 직접 물을 끓여 우려준 홍차다) 자신이 실은 이미 죽은 인간임을 직접 털어놓았다는 것.

소에다 씨는 내내 묵묵히 내 이야기에 귀기울였다. 꾸밈없는 한쌍의 눈이 안경알 너머에서 내 얼굴을 똑바로 응시하고 있었다. 내 이야기 뒤에 도사리고 있을지 모르는 무언가를―만약 그런 것이 있다면―읽어내려는 것처럼.

"고야스 씨는 당신이 개인적으로 마음에 드셨나봅니다." 내가 말을 마치자 그녀가 나지막한 목소리로 그렇게 말했다. "그리고 당신이, 혹은 당신이 마음에 품고 있는 무언가에 마음이 쓰인 걸 거예요."

내가 마음에 품고 있는 무언가, 나는 내 마음을 향해 되뇌었다.

"제가 오기 전까지, 적어도 당신이 알기로는, 죽은 고야스 씨를 볼 수 있는 건 소에다 씨뿐이었다, 그런 거죠?"

"네, 여기서 그분 모습이 보이는 건 아마 저 하나였을 겁니다. 고야스 씨는 도서관에 나타나면 저한테만 말을 걸었어요. 살아 계실 때와 똑같이. 하지만 당연히 다른 직원들 앞에서 눈에 안 보이는 사람과 얘기를 나눌 순 없는 노릇이니 대화는 늘 단둘이 있을 때 했습니다. 대화라고 해봐야 주로 도서관 운영에 관한 사무적인 얘기지만."

소에다 씨는 그 대목에서 입을 다물고 머릿속을 정리하며 깊은 생각에 잠겼다. 그러고는 말했다.

"고야스 씨는 아마 이 도서관 운영에 미련이 남았던 거겠죠. 일단 '마을 운영'이라는 형태를 유지하고 있지만 실질적으로는 그분의 사유물이나 다름없었으니까요. 이 도서관에 관한 여러 사안은 거의 전부 고야스 씨가 혼자서 관리하셨습니다. 그런데 작년에 갑자기 돌아가신 뒤, 후임 관장이 결정되지 않은 상태에서 제가 당분간 대리 역할을 맡게 됐죠. 하지만 말할 것도 없이 저 하나로는 도저히 감당이 안 됐습니다. 저는 그저 현장에서 일하는 사서였으니, 일상적인 업무는 어떻게 소화한다 해도 도서관의 전체적인 운영에서는 전후 사정을 모르는 일이나 적확한 판단을 내릴 수 없는 일이 한둘이 아니었어요.

그걸 보다 못한 고야스 씨가 세상을 떠나신 뒤에도 이곳에 종종 돌아오신 게 아닐까 합니다. 제게 도움의 손길을 내밀어주려고요."

"고야스 씨가 돌아가신 뒤, 당신이 그분의—그러니까, 뭐라고 할까, 유령이 된 고야스 씨의—조언을 받아 이 도서관을 꾸려왔다는 건가요?"

소에다 씨가 가만히 고개를 끄덕였다.

나는 말했다. "그리고 그런 부재 기간을 거쳐, 제가 고야스 씨 후임으로 이 도서관 관장 자리를 맡게 되었다, 그런 얘기군요?"

소에다 씨는 다시 한번 고개를 끄덕였다.

"네, 지난여름 고야스 씨가 이 방에서 직접 관장 면접을 봤을 때는 솔직히 놀랐습니다. 아니, 놀랐다기보다 뭐가 뭔지 머릿속이 혼란스러웠어요. 아무튼 첫 대면부터 당신 앞에 대놓고 모습을 드러낸 셈이니까요. 매우 조심스럽게, 저 말고는 어느 누구에게도 절대 모습을 보이지 않던 고야스 씨가 말입니다. 대체 무슨 일인지 고개를 갸웃하고 말았어요. 다만 저는 그런 고야스 씨를 보면서, 이유나 근거는 잘 모르겠지만, 당신이라는 사람에게 분명 그분이 마음을 허락할 만한 면이 있나 보다 추측했습니다…… 이 사람 앞이라면 모습을 드러내도 괜찮다고 생각하게 만드는 무언가가."

나는 아무 말 없이 귀기울였다. 소에다 씨는 말을 이었다.

"그리고 여기서 당신이 고야스 씨와 한참 동안 친밀한 대화를 나누고, 그 결과 새 관장으로 취임하면서 도서관은 예전처럼 원활한 운영을 되찾았죠. 저는 어깨에서 무거운 짐을 내려놓게 되어 무척 안도했습니다. 당신과 고야스 씨는 남의 눈이 닿지 않는 곳에서 양호한 관계를 맺고 있는 듯 보였고요. 제게 무엇보다 반가운 일이었어요.

하지만 고야스 씨가 이미 돌아가신 분이라고, 제 입으로 당신에게 알려드릴 순 없었습니다. 뭐랄까, 몹시 주제넘은 일처럼 느껴졌어요. 만약 고야스 씨가 그 사실을—자신이 살아 있는 인간이 아니란 사실을—당신에게 알리고 싶다면 본인이 직접 말씀하실 테죠. 말씀하지 않는 건 아직 때가 아니라는 뜻이고요. 그래서 저는 침묵하면서 상황이 어떻게 흘러가는지 곁에서 지켜봤습니다. 말하자면 엄청난 사실을 저 혼자 가슴속에 숨기고서 요 몇 달을 지내온 겁니다. 제가 당신에게 알려드려야 했을까요? 그러니까 고야스 씨가 살아서 실재하는 인간이 아니라, 이걸 뭐라고 할까…… 영혼이랄까, 망령 같은 존재라는 사실을요."

나는 말했다. "아닙니다, 당신 말대로 고야스 씨는 본인 입으로 그 사실을 밝히고 싶었으리라 생각합니다. 그래서 적절한 타이밍을 보고 계셨을 테죠. 그러니까 당신이 함구했던 건 절대 틀린 판단이 아니었을 겁니다."

우리는 한동안 제각기 침묵을 지켰다. 나는 창밖으로 시선을 돌리고 비가 계속 내리고 있음을 확인했다. 아직까지는 눈으로 바뀌지 않았다. 소리를 내지 않는 조용한 비다. 대지에, 정원석에, 나뭇가지에 고요히 스며든다. 그리고 강줄기에 합쳐진다.

나는 소에다 씨에게 물었다. "고야스 씨는 어떤 사람이었나요? 이 마을에서 태어났다는 얘기는 들었지만, 어떤 환경에서 자랐고, 젊은 시절은 어떻게 보냈고, 그리고 어떤 경위로 이 개인적인 도서관을 만드신 걸까요? 생각해보면 저는 그분에 대해 아무것도 모르는 거나 마찬가지입니다. 본인에게 몇 번 물어봤지만 번번이 얼버무리고 넘어가는 느낌이었어요. 자기 얘기는 별로 하고 싶지 않다는 듯이. 그러다보니 저도 더이상 개인적인 질문을 하지 않게 되더군요."

소에다 씨는 다리를 가지런히 모은 채 스커트 무릎 위에서 양손을 맞잡고 있었다. 가느다란 열 손가락이 뜨개질한 털실처럼 섬세하게 얽혀 있었다.

"사실을 말씀드리자면 저도 고야스 씨라는 사람에 대해 그리 많이 알진 못해요. 이 도서관에서 일한 지 이럭저럭 십 년이 되어가지만, 고야스 씨와 개인적인 대화를 나눈 적은 거의 없습니다. 좀 묘한 말이지만, 제가 고야스 씨의 됨됨이를 가까이서 좀더 밀접하게 알게 된 건 오히려 돌아가시고 나서였어요. 살아 계실 때는, 뭐랄까, 항상 마음이 다른 데 가 있는 듯 초연한 분위기를 풍기셨거든요. 차갑다거나 젠체한다는 건 절대 아니고, 저희를 대하는 태도는 상냥하고 친절했지만 주위의 현실적인 것들에 어째 관심을 두지 않는달까, 미묘하게 거리를 두고 사람을 대하는 느낌이었어요.

하지만 돌아가신 뒤로는, 즉 영혼만 남고 나서는 제 눈을 똑바로 보고 진심을 담아 말씀하시더군요. 성격도 그전과 달리 활기차고 인간미 있게 바뀐 것 같았고요. 죽은 뒤에 인간적으로 더 활기차졌다는 말이 좀 이상하게 들리겠지만, 그때까지 내면에 소중히 감추고 있던 것이 죽음과 함께 밖으로 드러난 게 아닐까요."

"생전의 고야스 씨 마음을 가리고 있던 단단한 껍데기 같은 것이 사라졌다."

"네, 정말로 그런 느낌이었어요." 소에다 씨는 말했다. "마치 봄이 찾아와 쌓인 눈이 녹고, 그 아래서 여러 가지가 차례로 본모습을 드러내는 것처럼…… 저는 결혼 전까지 줄곧 나가노현 마쓰모토시에 살았기에 이 동네 사정은 전혀 몰랐습니다. 남편은 후쿠시마현 출신이지만 고리야마 시내에서 나고 자라 역시 이쪽에는 지연이 없었고요. 어쩌다 이 마을 학교에 자리가 나서 옮겨왔을 뿐이죠. 그러니 제가 고야스 씨에 대해 아는 정보는 대부분 건너들은 것들이에요. 주위 사람들이 조금씩 알려준 얘기들요. 개중에는 그저 소문인 것도 있고, 어디까지가 진실인지 판단하기 힘든 부분도 있어요. 그 정도라도 괜찮다면, 고야스 씨의 개인사에 대해 제가 아는 것들을 말해 드릴 순 있습니다."

소에다 씨에 따르면 고야스 씨는 이 마을에서 손꼽히는 자산가의 장남으로 태어났다. 꽤 터울이 지는 여동생이 한 명 있다. 일가는 대대로 양조장을 경영했고, 사업은 번창했다. 그는 이 지역에서 고등학교를 졸업하고 도쿄의 사립 대학교로 진학했다. 대학에서는 경제학을 전공했지만 학업에는 그리 힘쓰지 않았던 듯 몇 번 유급되었다. 실은 문학을 전공하고 싶었는데 가업을 잇게 하려는 아버지의 완강한 뜻으로 어쩔 수 없이 경영 공부를 택한 탓이었다. 그래서 대학 재학중에는 공부는 뒷전이고 뜻이 맞는 친구들과 창간한 동인지 활동에 몰두했다. 단편소설을 몇 편 쓰고, 그중 한 편은 유명 문예지에 실리기도 했다. 그러나 소설가로 자리잡지 못하고 졸업 후 몇 년간 도쿄에서 문인 흉내만 내며 허송세월했는데, 인내심이 바닥난 아버지가 최후통첩을 함으로써(다시 말해 다달이 보내는 생활비를 끊음으로써), 후쿠시마의 이 작은 시골 마을로 돌아오는 수밖에 없었다.

그후 가업인 양조장을 물려받기 위해 아버지 밑에서 경영자 수업을 받았지만, 일만 알고 살아온 아버지와는 아무래도 성미가 잘 맞지 않았고, 당연히 양조장 일에도 통 마음이 가지 않아 이 시골 마을의 생활이 전혀 만족스럽지 못했다. 시간 나면 책을 읽거나 책상 앞에 앉아 원고를 쓰는 것이 유일한 즐거움이었다.

자산가의 외아들인 만큼 도처에서 혼담이 들어왔으나 그는 가정을 꾸리는 것을 꺼리고 오랫동안 독신을 고집했다. 고향에서는 아버지를 비롯해 보는 눈이 있으니 그나마 얌전히 지냈지만 이따금 도쿄에 가면 그간 쌓인 불만을 해소하려는 듯 제법 호탕하게 놀았다고 한다.

서른두 살이 되었을 때, 술을 즐기던 아버지가 뇌경색으로 쓰러져 자리보전하게 되어 그가 실질적으로 경영을 물려받았다. 그렇지만 오래전부터 일해온 충실한 지배인과 직원들이 알아서 실무를 도맡았기에, 그는 그저 안쪽 방에 앉아 필요한 지시를 내리고, 장부를 간단히 훑어보고, 동업자 모임에 얼굴을 비추거나 마을 유력 인사와 식사를 하는 등 사교적인 용건만 소화하면 충분했다. 자극이 적고 따분한 나날이긴 해도 그 잔소리 많던 아버지가 이제는 변변히 입도 떼지 못하는 몸이 되었고, 사업은—그가 특별히 열성껏 일하지 않아도—안정되어 양호한 상태를 유지했다. 상당히 속 편한 상황이라 할 수 있었다.

시간이 나면 여전히 좋아하는 책을 읽고 책상 앞에 앉아 소설 비슷한 것을 끼적였지만, 한때 그의 안에서 격렬한 불꽃처럼 타오르던 창작 욕구는 서른 살을 넘긴 무렵부터 점차 시들해진 모양이었다. 나그네가 자기도 모르는 사이 중요한 의미가 있는 분수령을 넘어버린 것처럼. 원고지에 한 글자도 쓰지 못하는 날도 점점 늘어갔다.

소설…… 대체 무엇을 써야 할지, 그는 이제 확신을 가질 수 없었다. 예전에는 그런 고민을 할 필요도 없이 바위틈에서 물이 샘솟듯 문장이 술술 눈앞에 떠올랐는데. 이렇게 산속 시골 마을에서 미적지근하게 꾸물대는 동안 도쿄에서는 매일 수없이 중요한 일들이 활발하게 일어나고, 자신은 최전선에서 멀리 떨어진 후방으로 뒤처진 것처럼 느껴졌다. 한때 도쿄에서 알고 지내던 동료 문인과의 교유도 세월이 흐를수록 열기가 식고 뜸해졌다.

그렇게 초조하고 마음 둘 곳 없는 나날을 무기력하게 거의 의무적으로 흘려보내고 있을 때—그는 벌써 서른다섯 살이었다—우연찮은 계기로 열 살 연하의 아름다운 여성을 알게 되어 눈 깜짝할 사이 사랑에 빠졌다. 그때까지 인생에서 한 번도 경험해보지 못한 격렬한 가슴 떨림을 느꼈다. 그 떨림은 측량할 수 없을 만큼 깊고 강하게, 그를 송두리째 뒤흔들고 동요시켰다. 자신이 그동안 소중하게 지켜온 가치관이 갑자기 아무 의미 없는 빈 상자로 전락해버린 느낌이었다. 대체 나는 이제껏 무엇을 위해 살아온 걸까? 혹시 지구가 반대 방향으로 돌기 시작한 건 아닌지, 진지하게 불안해질 정도였다.

그녀는 마을에 사는 지인의 조카로, 도쿄 사람이었다. 야마노테선 안쪽*에서 태어나 줄곧 그곳에서 자랐다. 기독교계 여자대학 불문과를 나와 프랑스어가 유창했고, 튀니지인지 알제리인지 하는 나라의 대사관에서 비서로 근무하고 있었다. 지적이고 두뇌 회전이 빠르며 문학과 음악에 조예가 깊었다. 그런 화제에 대해서는 아무리 오래 얘기해도 흥이 식지 않았다. 그녀와 마주앉아 친밀한 대화를 나누는 사이, 한동안 잠들어 있던 자기 안의 지적 호기심이 열기를 띠고 되살아나는 게 느껴졌다. 그에게는 무엇보다 기쁜 일이었다.

여름방학을 이용해 잠깐 마을에 온 그녀를 소개받고 몇 번 만나 대화하면서 가까워지자, 그는 종종 도쿄에 갈 핑계를 만들어 그녀와 데이트를 했다(참고로 당시에는 스커트를 입지 않았다. 지극히 평범하고 말쑥한 옷차림이었다).

그렇게 몇 달 교제한 후 그가 용기 내어 청혼했을 때, 그녀는 바로 대답하지 않았다. "미안하지만 생각할 시간이 좀 필요

---

* 도쿄 중심부를 운행하는 순환선 내의 도심 지역.

해요"라고 말했다. 그리고 몇 주에 걸쳐 깊이 고민했다.

그녀가 그를 무척 좋아하는 건 사실이었고, 신뢰할 수 있는 사람이라고 생각했다. 같이 있으면 즐겁고, 결혼하는 것 자체에 이견은 없었다(고야스 씨에게는 행운이라고 해야 할 텐데, 그녀는 얼마 전까지 교제하던 남자와 막 파국을 맞은 참이었다). 그러나 어학 능력을 발휘할 수 있는 전문직의 보람과 혼자서 홀가분하게 누리던 도시 생활을 버리고, 양조업자의 아내이자 유서 깊은 집안의 며느리가 되어 후쿠시마현 산속의 작은 마을에 들어앉는 건 결코 내키는 일이라 할 수 없었다.

결국 몇 차례 의논 끝에, 결혼하더라도 당분간 지금 하는 일을 계속하면서 주말과 휴가 때만 마을에 와서 지낸다―혹은 고야스 씨가 시간을 내어 도쿄에 간다―는 조건으로 둘 사이에 합의를 보았다. 물론 고야스 씨 입장에서는 흔쾌히 받아들일 수 있는 일이 아니었기에 나름대로 열심히 설득해봤지만, 상대의 의사가 워낙 확고한데다 고야스 씨도 그녀를 놓치고 싶지 않다는 생각뿐이어서 결국 그 조건을 수락하는 수밖에 없었다. 그렇게 두 사람은 그의 본가에서 거의 형식만 갖춘 간소한 결혼식을 올렸다. 가까운 친척 몇 명과 지인만 초대했고 피로연도 열지 않았기에 그가 결혼했다는 것조차 모르는 마을 사람도 많았다.

고야스 씨는 양조회사 경영에서 아예 손을 뗀 뒤 이 좁고 오래된 마을과 싹 연을 끊고 도쿄에서 그녀와 단둘이 자유롭고 홀가분한 결혼 생활을 하고 싶었지만(실제로 그럴 수 있었다면 얼마나 기뻤을까), 아무래도 오랫동안 동고동락한 직원들과 병석에 누운 아버지, 오로지 그만 바라보는 가족들을 내팽개치고 고향을 떠날 순 없었다. 좋고 말고를 떠나 그에게는 사람으로서 다해야 할 책임이 있었다. 자기의지와 상관없이 떠맡은 일이더라도 한번 받아들인 이상 간단히 내던질 순 없었다.

또한 현실적으로 생각해, 그 나이가 되도록 마땅한 기술도 직업적 경력도 없이, 문학 작가로 먹고살 만한 재능도 없이(자신에게 그런 재능이 있다는 확신은 사라진 지 오래다), 무작정 도쿄로 떠난들 무얼 하고 산단 말인가?

그래서 고야스 씨는 그녀가 꺼낸 '주말부부'라는 제안을 받아들이지 않을 수 없었다. 별수없다, 결국 인생은 대부분이 타협의 산물 아닌가. 그는 그 불편하고 분주한 결혼 생활을 오 년 가까이 이어나갔다.

그녀는 금요일 밤 아니면 토요일 아침에 전철을 갈아타고 마을로 왔다가 일요일 저녁이면 도쿄로 돌아갔다. 혹은 그가 도쿄로 가서 함께 주말을 보냈다. 여름과 겨울 휴가 때는 좀더 오랜 기간을 함께할 수 있었다. 보수적이기 그지없는 아버지가 아직 건재했더라면 아들의 그런 결혼 생활에 불평이 이만저만 아니었을 테지만, 그는(글쎄, 다행한 일이라고 해야 할지) 거의 말을 하지 못하는 상태였다. 워낙 조용한 성격인 어머니는 일을 키우지 않는 것을 인생 제일의 가치로 여겼고, 동생은 나이가 비슷한 새언니와 말이 잘 통하고 성격도 맞아서 그 또래 여자들답게 금방 친해졌다. 덕분에 고야스 씨는 오 년 가까이 주위 누구한테도 싫은 소리 들을 일 없이, 일단은 그 변칙적이고 어수선한 결혼 생활을 순조롭고 원만하게 보냈다.

실제로 고야스 씨는 상식적으로 보면 평범하다고 할 수 없는 그 생활 양식을 나름대로 즐기기도 했다. 비록 일주일에 하루이틀이어도 그녀를 만날 수 있다는 게 무엇보다 기뻤고, 둘이서 보내는 시간은 더할 나위 없는 행복으로 가득했다. 아니, 오히려 만나는 시간이 제한됨으로써 그의 행복은 보다 깊고 넓어졌는지도 모른다. 그리고 만나지 못하는 동안에는 주말에 그녀를 만날 때를 몽상하며, 풍부하고 컬러풀한 기대감을 키워나갈 수 있었다.

고야스 씨는 도쿄로 갈 때 전철을 타는 날도 있고, 직접 운전하는 날도 있었다. 사실 운전을 썩 좋아하지 않았지만 곧 그녀를(아내를) 만날 수 있다고 생각하면 운전대를 잡는 일이 전혀 고통스럽지 않았고, 혼자 장거리를 이동하는 데 피로를 느끼지도 않았다. 1킬로미터, 또 1킬로미터, 그녀가 사는 도시에 가까워진다는 생각만으로 가슴이 뛰었다. 마치 청춘이 돌아온 것 같았다. 아니, 청춘 시절에도 이렇게 무조건적으로 누군가를 깊이 사랑한 적이 없었다.

　그렇게 변칙적이긴 해도 나름대로 만족스러운 나날이 끝을
알린 건 그가 마흔 살 생일을 맞고 조금 지나서였다. 그녀가
임신한 것이다. 두 사람은 일단 아이를 가질 생각이 없어 피임
에 주의를 기울였건만, 어느 날 갑자기 그녀가 임신했다는 걸
알게 되었다. 예정에 없던 이 상황에 어떻게 대처할지, 두 사
람은 이마를 맞대고, 혹은 전화상으로 오랫동안 진지하게 의
논했다. 그리고 최종적으로 낙태만은 피하고 싶다는 그녀의
의사를 존중했다. 두 사람 다 아이를 키우는 일에 큰 흥미를
느끼지 못했지만(그들은 둘만으로 충분히 만족했다), 이렇게
작은 생명이 찾아온 운명을 소중히 여기고 싶었다. 의논한 결
과, 그녀는 오랫동안 일해온 북아프리카 대사관을 퇴직하고
그가 사는 후쿠시마현의 작은 마을에 정착하기로 했다. 그리
고 곧 다가올 출산을 기다리기로.

　그녀가 대사관 일을 그만둬도 되겠다고 생각한 데는 지금껏
좋은 관계를 맺어온 대사가 신정권의 탄생과 함께 물러나고,
후임으로 온 새 대사와는 썩 잘 맞지 않았다는 속사정이 있었
다. 그로 인해 일에 대한 열의도 상당히 옅어지고 말았다. 게
다가 매주 도쿄와 후쿠시마현을 오가는 일이 어쩔 수 없이 피
곤해졌다는 이유도 있었다. 특히 임신중인 몸으로 그런 이동

을 반복하기란 갈수록 힘겨워질 터였다.

그리고 그와 함께 한 지붕 아래서 안정된 부부 생활을 해보
고 싶다는 마음도 내심 강해졌다. 친척들과도 지금껏 우호적인
관계를 쌓아왔으며, 매우 보수적이고 좁은 마을이지만 그리 큰
문제 없이 평온하게 생활할 수 있을 것이다. 설령 무슨 트러블
이 생기더라도 남편이 든든하게 지켜줄 것이다. 그녀는 어느
덧 고야스 씨에게 그런 신뢰감을 품고 있었다. 처음부터 끝까
지, 그에 대한 그녀의 생각은 열렬한 사랑보다는 오히려 종합
적인 인간 평가에 가까웠다. 그녀가 인생의 파트너로 원한 건
불타는 정열이 아니라 부침이 적고 안정된 인간관계였다.

고야스 씨와 가족 친지들은 그녀가 그 지역으로 옮겨와 아
내로서 자리잡는 걸 진심으로 환영했다. 고야스 씨는 본가에
서 조금 떨어진 곳에 아담한 신축 단독주택을 장만해 둘만의
생활을 시작했다. 이로써 마침내 그녀와 평범한 부부가 되었
음을 실감하고 안도의 한숨을 내쉴 수 있었다. '주말부부' 생
활에도 나름의 자극이 있었지만, 언젠가 그녀가 자신을 떠나
지 않을까 하는 불안을 늘 떨칠 수 없었다. 그는 자신의 남성
적 매력에 썩 자신 있는 편이 아니었다.

고야스 씨는 날로 커져가는 아내의 배를 바라보면서, 그리
고 손바닥으로 가만히 어루만지면서, 자신들 사이에 태어날
아이를 상상했다. 과연 어떤 아이가 이 세상에 와줄까? 그리고

그 아이는 어떤 사람으로 자랄까? 어떤 자아를 지니고, 어떤 꿈을 품을까?

고야스 씨는 한때 자신이라는 존재의 의미를 잘 파악하지 못해 고뇌했지만 이제 그런 건 아무려나 상관없었다. 부모에게서 한 덩어리의 정보를 물려받아, 자기 나름대로 약간의 수정과 가필을 하여 다시 자기 아이에게 물려준다―결국 자신은 단순한 일개 통과점에 지나지 않는 것이다. 끝없이 이어지는 긴 쇠사슬의 고리 하나일 뿐이다. 그걸로 충분하지 않은가. 설령 인생에서 의미 있는 일, 널리 회자될 만한 일을 이뤄내지 못한다 한들 뭐 어떻단 말인가? 자신은 이렇게 어떤 가능성을 ―그저 가능성일 뿐이라 해도―아이에게 물려줄 수 있다. 그것만으로도 지금껏 살아온 의미가 있지 않은가.

그건 그에게 싹튼 완전히 새로운 시각이자, 지금껏 해보지 못한 생각이었다. 그런데 그렇게 생각해보니 마음이 훨씬 편해졌다. 망설임과 울분이 사라지고 거의 난생처음으로 마음의 평화를 얻을 수 있었다. 그는 그때까지 남몰래 가슴에 품었던 모든 야심을, 혹은 몽상과도 닮은 희망을 접고, 지방 소도시의 중견 양조회사 4대 경영자로서 안정된 나날을 보내게 되었다. 역동적인 움직임이나 신선한 변화 같은 건 주위에서 거의 찾아볼 수 없었지만 그렇다고 딱히 불만을 갖진 않았다. 자신이 세상의 새로운 흐름에서 뒤처지고 있다는 막연한 초조함도 어느새 사라졌다. 그에게는 확실한 생활 기반이 있고, 돌아가야 할 아담한 집이 있고, 그곳에서는 사랑하는 아내와 그 뱃속에서 건강하게 자라는 태아가 기다리고 있었다.

한마디로 표현하면 그는 전망 좋고 평탄한 대지臺地 같은, 중년기라는 영역에 발을 들인 것이다.

그는 태어날 아이의 이름을 짓는 데 몰두했다. 세상을 놀라게 할 소설을 써내고 싶다는 과거의 정열은 그의 안에서 사라져버린 듯했다. 아이 이름 짓기—지금은 이것이 그에게 무엇보다 중요한 의미가 있는 '창작 행위'였다. 아내는 그 작업을 기꺼이 그에게 일임했다. 나는 건강한 아이를 낳고, 당신은 그 아이에게 근사한 이름을 지어주고, 그렇게 분업하자—라고 그녀는 말했다. 아이 이름을 짓는 건 그녀가 자신 있는 분야가 아니었다.

수많은 문헌을 살펴보고 머리를 쥐어짜고, 생각에 생각과 고민에 고민을 거듭한 끝에, 고야스 씨는 마침내 단단한 암반처럼 확고한 결론에 도달했다.

아들이면 '신森'으로. 딸이면 '린林'으로 하자. 그렇다, 풍요로운 자연에 둘러싸인 산속 작은 마을에서 생을 시작하는 아이에게 참으로 어울리는 이름 아닌가.

고야스 신

고야스 린

　그는 흰 종이에 붓으로 그 두 가지 이름을 큼지막하게 써서 자기 방 벽에 붙였다. 그리고 아침저녁으로 그 글자를 바라보며 태어날 아이의 얼굴을 마음속에 그렸다.

　무척 좋은 이름 같아, 아내도 그렇게 말하며 고야스 씨의 제안을 승낙했다. 글자 모양도 보기 좋고. 쌍둥이 남매가 태어난다면 멋질 텐데, 아무래도 배 크기로 봐서 그건 아닌 것 같네. 그래서 당신은 어느 쪽이 좋아? 아들, 아니면 딸?

　둘 다 똑같이 좋아, 고야스 씨는 말했다. 아무튼 무사히 세상에 태어나 저 이름을 옷처럼 몸에 둘러주기만 한다면 아들 딸 어느 쪽이든 상관없었다.

　그것이 고야스 씨의 솔직한 심정이었다. 아들이어도 좋고 딸이어도 좋다. 그 아이가 나의 가능성을, 가능성으로서 계승해준다면.

40

"태어난 아이는 아들이었어요." 소에다 씨는 말했다. "아이는 예정대로 고야스 신이라는 이름을 갖게 됐죠. 순산이었고 아이도 무척 건강했어요. 고야스가의 첫 손자라, 모든 이에게 애지중지 사랑받으며 어린 시절을 보냈습니다. 고야스 씨에게도, 그 부인에게도 행복한 나날이었어요. 안정적인 일상에, 문제라 할 만한 것도 없고, 부인도 마을 생활에 잘 적응했고요. 저는 아직 이 마을에 없었을 때라 당시 사정을 실제로 보고 듣진 못했습니다. 전부 나중에 주위 사람들에게 들은 얘기죠. 모두 믿을 만한 이들이니 아주 틀린 내용은 없을 거예요. 다시 말해, 고야스 씨 주변에 불행의 그림자 같은 건 얼씬도 하지 않았고, 모든 것이 더할 나위 없이 순조롭게 나아가고 있었지요."

소에다 씨는 그 대목에서 일단 입을 다물고 무표정한 눈으로 스커트 무릎 위에 놓인 자신의 양손을 바라보았다. 왼손 약지에 심플한 금반지가 빛나고 있었다.

하지만 그렇게 행복한 나날은 오래가지 않았다, 라는 얘기일까. 나는 생각했다. 소에다 씨의 입가에 그렇게 말하고 싶어하는 희미한 떨림이 보였기 때문이다.

"하지만 그렇게 행복한 나날은 오래가지 않았어요. 유감스럽게도." 소에다 씨는 소리 없는 내 생각을 읽은 것처럼 말을 이었다.

아이는 5월 중순에 다섯 살 생일을 맞았고 성대한 축하를 받았다(참고로 그때 고야스 씨는 마흔다섯, 부인은 서른다섯 살이었다). 생일 선물로는 빨간색 유아용 자전거를 받았다. 실은 털이 긴 대형견을 원했지만(아이는 〈알프스 소녀 하이디〉에 나오는 개에 푹 빠져 있었다), 엄마에게 개털 알레르기가 있어 이번에는 마음을 접고 대신 자전거를 받기로 한 것이다. 그 자전거도 무척 예쁘고 근사했기에 아이는 충분히 행복할 수 있었다. 매일 유치원에서 돌아오면 보조 바퀴가 달린 그 자전거를 타고 의기양양하게 집 마당을 돌아다녔다. 노래 부르는 것도 좋아해서, 자전거를 타면서 늘 무슨 노래를 부르곤 했다. 직접 만든 엉터리 노래를 할 때도 있었다.

어느 날 해질녘, 엄마는 부엌에서 저녁 준비를 하면서 창밖에서 들려오는 아이의 노랫소리에 귀기울이고 있었다. 그녀에게는 무엇보다 행복한 한때였을 것이다—봄날 저녁, 집안일에 열중하며 즐겁게 자전거를 타는 다섯 살 아이의 노랫소리를 듣는 시간.

하지만 재료를 볶던 중에 마침 소금이 다 떨어졌고, 미리 사둔 새 소금을 찾는 데 정신이 팔려서 아이의 노랫소리가 끊겼다는 걸 한동안 알아차리지 못했다. 그 사실을 깨닫고 흠칫한 순간, 귀에 들린 건 대형차가 급브레이크를 밟는 소리였다. 그리고 무언가가 터지는 듯한 건조한 소리. 그 일련의 소리들은 바로 집 앞에서 들려온 것 같았다. 뒤이은 건 모든 소리가 어딘가로 싹 빨려들어가버린 듯 기분 나쁜 침묵. 그녀는 반사적으로 가스불을 끄고서 샌들을 신고 급히 현관을 나섰다. 그리고 문밖으로 뛰쳐나갔다.

그녀가 그곳에서 본 건 급히 방향을 꺾은 듯 도로를 비스듬히 가로막으며 멈춰 선 대형 트럭과, 엿가락처럼 휘어져 타이어 앞에 뒹굴고 있는 빨간색 유아용 자전거였다. 아이의 모습은 보이지 않았다.

"신!" 그녀는 외쳤다. "신!"

그러나 대답은 없다. 트럭 문이 열리고 중년의 운전자가 내렸다. 남자는 얼굴이 창백했고 온몸을 덜덜 떨고 있었다.

아이는 5미터쯤 떨어진 도로변까지 튕겨나갔다. 상당한 속도로 트럭과 충돌해서 고무공처럼 가볍게 허공을 날았을 것이다. 의식을 잃은 작은 몸은 무언가의 빈껍데기처럼 축 늘어졌으며 무서우리만치 가벼웠다. 입은 뭐라고 말하려다 만 것처럼 덧없이 반쯤 벌어졌고 눈은 감겨 있었다. 입가에 가느다란 침 한 줄이 흘렀다. 엄마는 달려가서 아이를 안아올리고 재빨리 온몸을 살폈다. 겉보기로는 어디서도 피가 나지 않았다. 그래서 조금 안도했다. 적어도 피는 나지 않는다.

"신!" 그녀는 아이를 불렀다. 그러나 반응이 없다. 눈을 감은 채 꼼짝도 하지 않는다. 양 손가락도 힘없이 늘어져 있다. 숨을 쉬는지도 알 수 없다. 심장이 뛰고 있는지도 알 수 없다. 그녀는 아이의 입가에 귀를 갖다대고 숨결을 느껴보려 했다. 하지만 그런 기척은 없었다.

트럭 운전자가 그녀 옆으로 다가왔지만, 한눈에도 몹시 당황해서 뭘 해야 하는지, 무슨 말을 해야 하는지 판단하지 못하는 기색이었다. 그저 몸을 떨면서 그 자리에 서 있을 뿐이다.

그녀는 아이를 안고 집으로 들어가 일단 침대에 눕히고 전화로 구급차를 불렀다. 목소리가 스스로도 놀랄 만큼 냉정했다. 정확한 주소를 알리고, 집 앞에서 다섯 살 아이가 교통사고를 당했으니 급히 구급차를 보내달라고 말했다. 곧 구급차와 경찰차가 사이렌을 울리며 도착했고, 구급차가 엄마와 아이를 병원으로 급송했다. 경찰 두 명과 트럭 운전자는 현장 검증을 위해 남았다.

가스불을 껐던가, 엄마는 구급차 안에서 아이 곁을 지키며 생각했다. 기억나지 않았다. 아무것도 기억나지 않는다. 하지만 그런 건 아무려나 상관없다. 그녀는 몇 번이나 세차게 고개를 가로저었다. 그런 건 아무려나 상관없다. 그래도 가스불 생각이 좀처럼 뇌리를 떠나지 않았다. 의식불명인 아이 옆에서 가스불을 어쩌고 나왔나란 생각에 매달리는 건 아마 그녀에게 필요한 일이었으리라. 어떻게든 제정신을 지키기 위해서.

아이는 병원에서 사흘간 혼수상태에 빠져 있다가 심장 기능이 정지해 조용히 숨을 거두었다. 트럭에 치여 튕겨나가 도로변 연석에 뒷머리를 부딪힌 것이 사인이었다. 출혈도 없고 눈에 보이는 신체 변형도 없는 지극히 조용한 죽음이었다. 죽음은 어떤 생각을 할 겨를도 없이 순식간에 찾아왔다. 고통을 느낄 여유도 없었을 테다. 자비롭게도—라고 말해도 좋을 만큼. 하지만 그런 건 부모에게 아무 위로도 되지 않았다.

트럭 운전자의 증언에 따르면, 빨간색 자전거를 탄 아이가 갑자기 집 대문에서 도로로 튀어나오길래 급브레이크를 밟고 운전대를 오른쪽으로 꺾었지만 이미 늦어서 범퍼 귀퉁이에 치였다고 했다. 마을 안쪽의 비교적 좁은 도로라 그다지 속도를 내지 않고 제한 속도 내에서 주행했는데, 어쨌든 너무 갑자기 눈앞에서 아이가 튀어나와 대응할 새가 없었다. 그러나 정말로 죄송하게 됐다. 내게도 어린 자식이 있어서 부모 마음이 어떨지는 뼈아플 만큼 잘 안다. 어떻게 사죄하면 좋을지.

경찰은 아스팔트 노면에 남은 스키드마크를 검증하고, 트럭 운전자는 스스로 증언한 대로 그다지 속도를 내지 않았다고 판단했다. 과실치사 혐의로 검찰에 송치되긴 했으나 그를 부주의했다고 비난하는 건 조금 가혹할지도 모른다. 아이는 무슨 이유에선가 빠른 속도로 문에서 도로로 튀어나왔을 것이다. 아이다운 어떤 생각으로 머릿속이 가득했는지, 아니면 아직 자전거 운전에 익숙하지 않았는지. 집 앞 도로에 차가 많이 다니진 않았지만 그래도 위험하니 자전거는 마당 안에서만 타라고, 절대 밖으로 나가지 말라고 단단히 일렀는데. 그리고 보통 때는 항상 문을 닫고 빗장을 걸어두었는데.

말할 것도 없이, 남겨진 부모의 슬픔은 헤아릴 수 없을 만큼 깊었다. 한없는 애정을 쏟았던 아이가 눈앞에서 갑자기 사라져버렸다. 그 어리고 활기찬 생명이―온기와 웃음과 기쁨 가득한 목소리가―때아닌 돌풍을 맞은 가냘픈 불꽃처럼 한순간에 꺼졌다. 그들의 절망과 상실감은 한없이 뼈에 사무쳐 구원할 길이 없었다. 아이의 죽음을 통보받은 엄마는 충격으로 의식을 잃고 쓰러져 그대로 며칠을 눈물로 지새웠다.

고야스 씨의 슬픔도 아내 못지않게 깊었지만, 동시에 그에게는 아내를 지켜야 한다는 강한 의지가 있었다. 상실의 충격에 깊이 가라앉아 살아갈 의욕을 거의 잃은 듯한 아내를 어떻게든 건져내어 본궤도로 돌려놓아야 한다. 물론 완전히 회복할 순 없겠지만(불가능하다는 걸 그도 잘 알고 있었다), 조금이라도 원상태에 가까운 지평으로 그녀를 끌어올릴 필요가 있다. 언제까지고 아이의 죽음을 애도하고만 있을 순 없다. 어쨌거나 인생은 장기전이다. 그 길에 아무리 큰 슬픔이 있더라도, 상실과 절망이 기다리더라도, 한 걸음 한 걸음 착실하게 앞으로 나아가야 한다.

고야스 씨는 매일같이 아내를 다독이고 격려했다. 곁을 지키면서 최선을 다해 따뜻하게 말을 걸었다. 그는 그녀를 변함없이 매우 사랑했고, 그녀가 조금이라도 기운을 차려주기를 바랐다. 어떻게든 살고자 하는 의지를 끌어모아 예전처럼 밝게 웃어주기를 바랐다.

그러나 고야스 씨가 아무리 노력해도 그녀의 마음은 어둡고 깊은 심연에 가라앉아 떠오르지 않았다. 자기만의 방에 틀어박혀 두꺼운 문을 닫고 안에서 잠가버린 것 같았다. 아침부터 밤까지 누구에게도 거의 말 한 마디 하지 않았다. 그가 무슨 말을 해도, 뭐라고 말을 걸어도 견고한 껍데기에 부딪혀 튕겨나왔다. 그의 손이 닿으면 아내는 몸을 한껏 움츠리고 굳어버렸다. 마치 난생처음 보는 남자가 무례하게 건드리기라도 한 것처럼. 그것은 고야스 씨를 깊은 슬픔에 빠뜨렸다. 그야말로 이중의 슬픔이었다. 그는 소중한 아이를 잃고, 뒤이어 소중한 아내를 잃어가고 있었다.

아내가 그저 슬픔에 잠긴 게 아니라, 강한 충격을 받아 정신적으로 이변이 생긴 건 아닐지, 그는 갈수록 불안해졌다. 그러나 그런 사태에 어떻게 대처해야 할지 판단이 서지 않았다. 의사에게 상담하기도 여의치 않다. 아내가 안고 있는 문제를 해결해줄 만한 의사를 간단히 찾아낼 성싶지 않았기 때문이다. 그건 아마 그녀의 정신 저 깊은 곳에서 생긴 심각한 문제일 테니까. 자신이 그 생생한 마음의 상처를 어떻게든 치유해주는 수밖에 없다—인생의 동반자로서. 그것 말고는 방법이 없다. 설령 얼마나 오랜 시간이 걸리건, 얼마나 막대한 노력을 요하건 간에.

한 달 남짓 굳게 침묵을 지켰던 그녀가 어느 날 갑자기 무언가 씌었다가 떨어져나간 것처럼 입을 열었다. 그리고 한번 말문이 트이자 멈추지 못했다.

"그때 그애가 하자는 대로 개를 데려왔어야 했는데." 그녀는 억양 없는 목소리로 조용히 말했다. "개를 키우자는 말을 들어줬으면 그 대신 자전거를 사줄 일도 없었어. 내가 알레르기가 있어서 개는 못 키운다고 했어. 그래서 자전거를 선물했어. 생일 축하로, 그 작은 빨간색 자전거를. 그런데 자전거를 타기엔 너무 일렀어. 그렇지? 자전거는 초등학교에 들어가고 나서 사줬어야 했는데. 자전거 때문에, 나 때문에, 그애가 목숨을 잃고 말았어. 나한테 개털 알레르기가 없었다면 그애는 사고를 당하지도 않고, 죽지도 않았을 거야. 지금도 우리랑 같이 즐겁고 건강하게 살고 있었을 거라고."

그렇지 않다고, 그는 갖은 말로 설득했다. 당신은 전혀 잘못한 게 없어. 이래서야 원인과 결과를 뒤집는 셈이야. 게다가 개를 키우기 힘들면 자전거를 사주자고 한 건 나잖아. 내 아이디어였어. 어쨌거나 전부 일어날 일이라서 일어난 거야. 누구의 탓도 아니야. 누구의 잘못도 아니야. 그저 우연히도 여러 가지가 운 나쁘게 한꺼번에 겹쳐버린 거야. 운명이라고 할 수밖에. 이제 와서 하나하나 따져본다고 죽은 사람이 돌아오진 않아.

그러나 그녀는 그의 말을 전혀 듣고 있지 않았다. 그가 하는 말이 한 마디도 귀에 들어오지 않는 듯했다. 그저 자신의 주장을 녹음된 메시지처럼 끝없이 되풀이할 뿐이다. 그때 만약 아이가 원하는 대로 개를 데려왔으면 자전거를 사주지 않았을 테고, 결국 아이가 목숨을 잃을 일도 없었는데……라고.

또한 그녀는 요리 도중에 떨어져버린 소금에 대해서도 같은 말을 하고 또 했다. 소금을 다 써간다는 걸 알았어야 했는데. 새 소금을 어디에 뒀는지도 잘 기억해뒀어야 했어. 전부 내가 부주의한 탓이야. 소금이 떨어진 바람에 그것에 정신이 팔려서, 그애 노랫소리가 들리지 않는 것도 알아차리지 못했어. 고작 요리를 하다가 소금이 다 떨어졌다는 이유만으로. 그깟 하찮은 일 때문에 그애의 소중한 생명을 영원히 빼앗기고 말았어. 게다가 그때 가스불을 껐는지 어쨌는지, 그마저도 기억이 안 나.

설령 요리 도중에 소금이 떨어지지 않았더라도 그 사고를 막을 방도는 없었을 테고 가스불은 틀림없이 꺼져 있었다고, 고야스 씨가 아무리 설명해도 그녀는 수긍하지 않았다. 고야스 씨가 무슨 말을 하건 그녀는 개와 자전거 얘기를, 소금과 가스불 얘기를 끝없이 되풀이했다. 누군가를 향해 말하는 게 아니다. 자기 자신을 향해 말하는 것이다. 그건 그녀 안에 뚫린 어두운 공동空洞에 울리는, 일련의 공허한 메아리다. 고야스 씨가 개입할 수 있는 여지는 어디에도 보이지 않았다.

고야스 씨는 모든 것이 나쁜 방향으로 치닫고 있음을 느꼈다. 어떤 시도를 해도 잘되지 않는다. 어떻게 해야 할지, 어디서부터 손을 대야 할지 짐작도 가지 않는다. 망연자실할 뿐이다. 아내는 같은 말만 끝없이 되풀이하고, 위로와 격려의 말은 대번에 무시당하고 튕겨나왔다. 그리고 몸에 손끝 하나 대지 못하게 했다. 깊게 잠들지 못하고, 깨어 있을 때도 의식이 몽롱하고 흐릿했다.

시간에 맡기는 수밖에 없다고 고야스 씨는 각오했다. 시간만이 해결할 수 있는 문제일 것이다. 사람의 힘으로는 어찌할 수 없다. 그러나 유감스럽게도 시간은 그의 편이 아니었다.

6월이 끝날 무렵 유례없는 폭우가 며칠씩 쏟아졌다. 강의 수량이 급속하게 불어나 범람이 우려될 정도였다. 평소에는 잔잔하고 맑게 마을 바깥쪽을 흐르던 강이 갈색 탁류가 되어 사나운 소리를 내면서 크고 작은 유목을 하류로 실어 갔다.

그런 어느 날 아침(일요일이었다), 고야스 씨가 여섯시 넘어 눈을 떠보니 아내가 쓰는 옆 침대가 비어 있었다. 빗소리가 요란하게 처마를 때렸다. 불안해져서 집안을 돌며 찾아봤지만 어디에도 아내는 보이지 않았다. 큰 소리로 아내의 이름을 불렀지만 대답이 없었다. 좋지 않은 예감이 들었다. 심장이 메마른 소리를 냈다. 이런 폭우에 그녀가 이른아침부터 밖에 나갔을 리 없다고 생각했지만, 집안에 없는 이상 밖에 나갔다고 볼 수밖에 없다.

그는 레인코트를 입고 방수모자를 쓰고 밖으로 나가봤다. 산에서 불어온 바람이 나무 사이를 지나며 찢어지는 듯한 소리를 냈다. 정원을 살펴보고 집 주위를 한 바퀴 돌았지만 아내의 모습은 보이지 않는다. 별수없이 집안으로 들어가 그녀가 돌아올 때까지 기다리기로 했다. 바깥은 폭풍우 같은 비바람이다. 무슨 이유가 있어 잠깐 나갔을지 몰라도, 그렇게 오래 돌아다닐 순 없을 것이다. 곧 돌아올 게 분명하다.

그러나 아무리 시간이 지나도 그녀는 돌아오지 않았다. 혹시나 싶어 침실로 돌아가 그녀가 자던 침대의 이불을 걷어봤다. 그리고 기다란 대파 두 뿌리가 그녀 대신 누워 있는 걸 발견했다. 희고 굵직한 대파였다. 아마 아내가 놓아두었을 것이다. 그 광경에 그는 (당연히) 기겁하고, 이어서 겁에 질렸다.

왜 대파를?

거기에는 틀림없이 어떤 비정상적인 요소, 병적인 요소가 있었다. 대파 두 뿌리를 침대 위에 둠으로써 그녀는 남편에게 대체 무엇을 알리려 했을까(그것이 그를 향한 메시지임에는 의심의 여지가 없다). 그 기이한 광경을 바라보는 고야스 씨의 몸이 안쪽부터 차갑게 식어갔다.

곧바로 경찰에 연락했다. 마침 전화를 받은 경찰은 그와 오래 알고 지낸 사이였다. 그는 간단히 경위를 설명했다. 아침 일찍 눈을 떠보니 아내가 사라지고 없었다. 어디 갔는지 짐작도 되지 않는다. 이렇게 비바람이 심한데, 일요일 아침 여섯시도 안 되어 밖에 나갈 만한 이유가 전혀 떠오르지 않는다. 침대에 놓여 있던 대파 두 뿌리는 굳이 얘기하지 않았다. 말한다 한들 상대가 제대로 이해하기 힘들 테고, 오히려 혼란만 가중될 뿐이다.

"걱정되는 건 알겠는데요, 고야스 씨. 부인께도 용건이 있지 않았을까요. 분명히 언제 그랬냐는 듯 돌아오실 겁니다. 좀더 기다리면서 상황을 지켜보죠." 경찰은 말했다.

명백한 사건성 없이는 이 정도 일로 경찰은 움직이지 않는다. 고야스 씨는 그렇게 판단하고 단념한 뒤, 경찰에게 고맙다고 인사하고 전화를 끊었다. 부부싸움 끝에 홧김에 집을 나가는 아내가 세상에 한둘이 아니다. 그리고 대부분의 경우, 시간이 지나 화가 가라앉으면 일단 집으로 돌아온다. 경찰도 그런 집안 트러블에 일일이 관여할 순 없는 노릇이다.

그러나 여덟시가 지나도 그녀는 돌아오지 않았다. 고야스 씨는 다시 한번 레인코트를 입고 모자를 쓰고서 쏟아지는 빗속으로 나갔다. 중간중간 거센 돌풍을 맞아가며 무작정 근처를 살펴봤지만 어디에도 아내의 모습은 보이지 않았다. 이런 악천후에, 더욱이 일요일 아침에 나다니는 사람은 한 명도 없다. 새 한 마리 날지 않는다. 모든 생물이 어딘가의 지붕 밑에서 숨죽이고 폭풍우가 지나가기를 기다리는 것 같았다. 그는 하릴없이 집으로 돌아와 거실 소파에 앉아서, 오 분 간격으로 시곗바늘을 쳐다보며 정오까지 아내의 귀가를 기다렸다. 그러나 그녀는 돌아오지 않았다.

두 번 다시 그녀를 볼 수 없으리라고 고야스 씨는 생각했다. 아니, 그렇게 깨달았다. 그의 본능이 확연하게 알리고 있었다. 그녀는 이제 그의 손이 닿지 않는 곳으로 가고 말았다. 아마도 영원히.

"강 수위를 살피러 간 소방대원이 부인의 시신을 발견한 건 그날 오후 두시쯤이었어요." 소에다 씨는 말했다. "강에 몸을 던졌는지, 집 근처에서 2킬로미터 정도 하류로 떠내려가 교각에 얽힌 나무에 걸려 멈춰 있었어요. 시신의 다리는 나일론 끈으로 묶여 있었고요. 몸을 던지기 전에 직접 묶었을 테죠. 떠내려가며 여기저기 부딪혀서 온몸이 상처투성이였어요. 부검 결과 위장에서 수면제가 검출됐지만, 생명에 지장을 줄 양은 아니었어요. 의사가 처방한 마일드한 종류의 수면제였죠. 그래도 당장 수중에 있는 수면제를 최대한 모아서 삼키고, 직접 자기 다리를 묶고, 집 근처 다리에서 강물로 몸을 던진 거예요. 사인은 익사, 나중에 경찰은 자살로 단정했어요. 아이가 사고사한 후 정신적으로 몹시 침체되어 있었고 심각한 우울 증세를 보였다는 건 주지의 사실이었으니, 자살이라는 데 의심의 여지는 거의 없었어요."

"몸을 던졌다는 강이, 우리집 앞을 흘러가는 그 강이죠?"

"네. 아시다시피 평소에는 수량이 적고 잔잔하고 아름다운 강이죠. 하지만 큰비가 내리면 주위 산에서 한꺼번에 흘러든 물이 짧은 시간에 급격히 불어나서 매우 위험해져요. 천사가 순식간에 악마로 돌변하는 것처럼…… 가끔 어린아이가 빠지기도 하고요. 그 강이 얼마나 위험해지는지는 현장을 직접 보지 않으면 좀처럼 상상하기 어렵겠지만요."

아닌 게 아니라 나는 그렇게 험악한 풍경이 상상되지 않았다. 평소에는 평화롭기만 한, 조용하고 아름다운 강이다.

"마을 사람들 모두 고야스 씨를 진심으로 안타까워했어요." 소에다 씨는 말을 이었다. "정말이지 단란하고 행복해 보이는 가족이었으니까요. 아니, 겉으로만 그런 게 아니라 실제로도 행복 그 자체였어요. 젊고 아름다운 아내, 귀엽고 건강한 남자아이, 게다가 형편도 넉넉하고. 그늘 한 점 없죠. 그런데 눈부시게 이상적이던 그 가정이 눈 깜짝할 사이 무너져버린 거예요. 고야스 씨는 아들을 잃고, 겨우 한 달 반 만에 아내마저 잃었어요. 어느 쪽도 그의 탓은 아닙니다. 아니, 누구의 탓도 아니에요. 무자비한 운명이 그에게서 두 사람을 빼앗아갔어요. 그리고 고야스 씨 혼자 남겨졌지요."

소에다 씨는 그쯤에서 말을 멈추고 한동안 침묵했다.

"그게 몇 년 전 일인가요?" 잠시 후 내가 침묵을 깨기 위해 물었다. "아들과 부인이 돌아가신 게?"

"지금으로부터 삼십 년 전이에요. 당시 고야스 씨는 마흔다섯 살이었어요. 그뒤로 돌아가실 때까지 쭉 독신을 고수했죠. 물론 재혼 얘기도 몇 번 나왔지만, 매번 똑같이 거절하고 혼자서 조용히 생활했어요. 가사 도우미도 따로 두지 않고 집안일을 다 직접 하신 모양이에요. 가업인 양조회사 경영은 미흡한 부분이 없도록 무난히 소화했지만 열의 같은 건 보이지 않았어요. 지금까지 이어져온 흐름을 해치지 않도록 전체적으로 온건하게 살펴보는 정도였죠. 외부와의 교류도 되도록 피하고, 집 근처의 회사를 오가는 걸 빼면 외출도 거의 하지 않았습니다. 매달 세상을 떠난 두 사람의 월명일*에는 꼬박꼬박 무덤을 찾았던 모양인데, 그 외에 마을 사람들 눈에 띄는 일은 거의 없었어요. 아무리 오랜 세월이 흘러도 아이와 아내의 죽음이 가져다준 충격에서 벗어나기는 불가능했겠죠."

오랫동안 병석을 지키던 아버지가 세상을 뜨자, 고야스 씨는 일가에서 경영해온 양조회사를 예전부터 적극적으로 매수의사를 밝혀온 대기업에 팔기로 했다. 전국에 이름이 알려진 뒤에도 대량 생산으로 넘어가지 않고 4대에 걸쳐 견실하게 질 좋은 청주를 제조해온 회사라 브랜드 가치가 높았기에 상당히

---

* 기일 외에 매달 고인이 사망한 날짜를 기리는 것.

높은 금액으로 사명과 시설 일체를 매각할 수 있었다. 오랜 세월 일해온 직원들에게 퇴직금을 넉넉히 안겨주고, 친지들에게도 저마다 소유한 주식에 걸맞은 매각금을 공정하게 분배했다. 고야스 씨는 모든 이의 신뢰와 호의를 받고 있었기에(그리고 그의 성격이 회사 경영에 잘 맞지 않는다는 사실을 누구나 알고 있었기에), 이 거래에 이의를 제기하는 사람은 없었다. 고야스 씨 손에 남은 건 나머지 매각금, 한참 전부터 가동하지 않은 오래된 양조장, 그리고 본가 건물뿐이었다.

"원래부터 내키지 않았던 가업에서 마침내 해방되어 정식으로 자유의 몸이 된 후, 고야스 씨는 은거에 가까운 생활을 시작했어요." 소에다 씨는 말을 이었다. "아직 그럴 나이도 아닌데, 혼자 집에 틀어박혀 조용히 지냈죠. 고양이 몇 마리를 키우고, 하루종일 책을 읽으며 보내셨다고 해요. 운동삼아 자주 산을 산책하셨고요. 외부와의 접촉은 여전히 극도로 제한적이었습니다. 길에서 우연히 아는 사람을 만나면 상냥하게 인사했지만, 그 이상의 교류는 굳이 원하지 않는 눈치였죠. 그리고 이윽고 조금씩 기행 같은 것이 눈에 띄었어요."

기행이라는 말에 놀라서 나는 그만 반사적으로 미간을 찡그렸다.

"기행이라는 표현이 좀 지나쳤는지도 모르겠네요." 그녀는 내 반응을 보고 생각을 바꾼 듯 덧붙였다. "여기가 도시였다면 '좀 별난 사람' 정도로 그쳤을 테죠. 하지만 워낙 보수적이고 작은 마을이다보니, 여기 사람들 눈에는 기행이나 다름없이 비쳤어요. 우선, 잘 아시는 그 베레모를 쓰기 시작했어요. 조카가 프랑스 여행에서 선물로 사 온 모자죠. 고야스 씨가 직접 부탁했다더군요. 그후 집밖으로 한 걸음이라도 나갈 때는 반드시 그 모자를 썼어요. 물론 그 자체는 기행이라고 할 정도가 아니지만 그래도, 음, 뭐라고 말하면 좋을까요, 고야스 씨는 그 베레모를 쓰면 뭐라고 잘 설명할 수 없는, 평범하지 않은 분위기를 자아냈어요. 워낙 이 마을에는 베레모 같은 걸 쓰고 다니는 멋쟁이가 거의 없죠. 그러니까 그 모습이 상당히 눈에 띄었는데, 그저 눈에 띄기만 한 게 아니에요. 그 주위에, 굳이 표현하자면 어딘가 이질적인 공기가 풍기는 거예요. 그 모자를 씀으로써 고야스 씨가 다른 사람이 되는 듯한, 그대로 무언가 다른 존재로 변해가는 듯한…… 상당히 특이한 표현 같지만, 이해하시겠어요?"

나는 그 질문에는 대답하지 않았다. 글쎄요, 라고 하듯이 고개를 보일락 말락 살짝 갸웃했을 뿐이다. 하지만 그녀가 하려는 말을 막연하게나마 이해할 수 있을 것 같았다.

확실히 말해 고야스 씨 같은 얼굴형에는 베레모가 썩 어울리지 않는다. 때로는 고야스 씨가 베레모를 쓴 게 아니라 베레

한국 최초 노벨문학상 수상!

한강

역사적 트라우마를 정면으로 마주하고
인간 삶의 연약함을 드러내는 강렬하고 시적인 산문.

_노벨문학상 선정 이유

전예술

©정멜멜

한강

1970년 겨울에 태어났다. 1993년 『문학과사회』 겨울호에 시 「서울의 겨울」 외 4편을 발표하고 이듬해 서울신문 신춘문예에 단편소설 「붉은 닻」이 당선 되면서 작품활동을 시작했다. 장편소설 『검은 사슴』 『그대의 차가운 손』 『채식 주의자』 『바람이 분다, 가라』 『희랍어 시간』 『소년이 온다』 『흰』 『작별하지 않 는다』, 소설집 『여수의 사랑』 『내 여자의 열매』 『노랑무늬영원』, 시집 『서랍에 저녁을 넣어 두었다』 등이 있다. 오늘의 젊은 예술가상, 이상문학상, 동리문 학상, 만해문학상, 황순원문학상, 김유정문학상, 김만중문학상, 대산문학상, 인터내셔널 부커상, 말라파르테 문학상, 산클레멘테 문학상, 메디치 외국문학 상, 에밀 기메 아시아문학상 등을 수상했으며, 노르웨이 '미래 도서관' 프로젝 트 참여 작가로 위촉되었다. 2024년 한국 최초로 노벨문학상을 수상했다.

2024 노벨문학상
수상을 축하합니다

수상 소식을 알리는 연락을 처음 받고는 놀랐고,
전화를 끊고 나자 천천히 현실감과 감동이 느껴졌습니다.
수상자로 선정해주신 것에 감사드립니다.
하루 동안 거대한 파도처럼 따뜻한 축하의 마음들이
전해져온 것도 저를 놀라게 했습니다. 마음 깊이 감사드립니다.

_한강 작가가 서면으로 전한 수상 소감

한강은 모든 작품에서 역사적 트라우마와 보이지 않는
규범들을 정면으로 마주하며,
각각의 작품에서 인간 삶의 연약함을 드러낸다.
육체와 영혼, 산 자와 죽은 자의 연결에 대한
독특한 인식을 지니고 있으며, 시적이고 실험적인 문체로
현대 산문의 혁신가로 자리매김했다.

_노벨문학상 선정 이유

희랍어 시간 장편소설

말을 잃어가는 한 여자의 침묵과 눈을 잃어가는
한 남자의 빛이 만나는 찰나의 이야기

"이 소설과 함께 살았던 2년 가까운 시간,
소설 속 그와 그녀의 침묵과 목소리와 체온,
각별했던 그 순간들의 빛을 잊지 않고 싶다."

_작가의 말'에서

검은 사슴 첫 장편소설

무엇인가를 갈망하는 것을 멈출 때
비로소 평화를 얻게 된다는 것을
나는 어렴풋이 깨닫고 있었다

"인간의 연약함을, 연약함으로 인한 고통을
운명의 깊이로 전환하는 소설이다."

_백지은(문학평론가)

디 에센셜 한강

작가가 직접 가려 뽑은 소설, 시,
산문을 한 권으로 만난다

"오직 쓰기만을 떠나지 않았고 어쩌면
그게 내 유일한 집이었다는 생각도 하게 되었다."

_'작가의 말'에서

모가 고야스 씨를 입은 것처럼 보일 때도 있다. 그러나 고야스 씨는 조금도 신경쓰지 않는 것 같았다. 아니, 오히려 그렇게 되는 걸 환영하는 듯 보이기도 했다—자신이라는 존재가 싹 사라지고 베레모만 남기를 원하는 듯이.

"그뿐 아니라 이어서 가장 압권인 스커트가 등장했습니다. 어느 날을 경계로(어떤 계기가 있었는지는 알 수 없지만) 고야스 씨는 바지가 아니라 스커트를 입고 다녔어요. 아니, 스커트만 입게 되었죠. 이때는 다들 놀라 기겁했어요. 물론 남자가 스커트를 입으면 안 된다는 법은 없고, 어디까지나 개인의 자유죠. 아시다시피 스코틀랜드에서는 남자가 스커트를 입고요. 영국 왕세자도 경우에 따라 입을 때가 있고요. 남자가 스커트를 입는다고 누가 피해를 보는 것도 아니고, 구체적으로 불편을 겪는 것도 아닙니다. 그만두게 할 근거도 없어요. 하지만 이 작은 마을에서 고야스 씨가—누가 봐도 마을의 명사인, 사회적 지위가 있고 이성도 있는 육십 줄의 남자가—스커트를 입고 당당히 거리를 활보하는 건 그야말로 경천동지할 사건이었어요.

그가 왜 스커트를 입어야 하는지, 사람들은 이유를 알 수 없었어요. 고야스 씨도 정신이 어떻게 돼가는 것 아니냐고 다들 뒤에서 수군거렸어요. 아니면 머릿속 나사가 조금 헐거워진 것 아니냐고. 하지만 당신은 왜 바지가 아니라 스커트를 입고 마을을 활보합니까, 라고 고야스 씨에게 대놓고 이유를 묻는 사람은 없었습니다. 이러니저러니 해도 고야스 씨는 명망 있는 자산가였고, 여러 면에서 마을에 경제적인 공헌을 하고 있었죠. 교양을 갖췄고, 원만하고 온화한 인품에 인망도 있습니다. 그런 사람 앞에서 대뜸 무례한 질문을 던지기는 어렵겠죠. 그래서 사람들은 난처해하며 고개를 갸웃할 따름이었어요. 대체 고야스 씨가 어떻게 되어버린 걸까, 하고.

물론 사랑하는 자식과 아내를 잇따라 잃은 일, 마음에 깊이 남은 그때의 상처가 이른바 '기행'의 근본적인 원인이리란 건 누구나 수월히 상상할 수 있었어요. 그전에는 지극히 평범한 옷차림으로 평범한 생활을 해왔으니까. 하지만 신기한 일이라고 할까요, 베레모에 스커트라는 별난 차림을 한 뒤로 고야스 씨가 예전과 확 달라져서 매우 명랑한 성격이 된 것 같았어요. 마치 오랫동안 닫혀 있던 창이 활짝 열리고, 어둡고 습하던 방에 봄볕이 가득 흘러드는 것처럼요.

집에서 나와 적극적으로 마을 이곳저곳을 산책하고, 사람들을 만나면 기꺼이 대화를 나누었습니다. 혼자 칩거하다시피 책에만 파묻혀 있던 생활에는 아무래도 끝을 고한 것 같았어요. 많은 이들이 그의 급격한 변화를 환영했죠. 그 모습에 안도하고 기뻐했어요. 이렇게 성격이 밝아지고 한결 사교적이 되어 주변 사람들과 어울릴 수 있다면야, 옷차림이 좀 기묘한

들 상관없지 않은가, 특별히 누구한테 피해를 주는 것도 아니고. 사랑하는 사람을 둘이나 잃은 깊은 슬픔도 세월이 흐르면서 조금은 옅어졌으려니 생각했지요. 마을 사람들에겐 기쁜 소식이었어요. 결국 다들 그렇게 생각하고 싶었던 겁니다. 많은 문제에는 세월이 약이라고―실제로는 그렇지 않았지만요.

그래서 마을 사람들은 고야스 씨의 '기행'을 상식에서 조금 벗어났지만 개인의 자유로 허용되는 범위의 행위와 행동 양식, 말하자면 '무해하고 일시적인 것'으로 받아들이게 됐습니다. 혹은 보고도 못 본 척하게 됐지요. 길에서 스쳐지나도 빤히 처다보지 않도록―그렇다고 눈길을 피하지는 않도록―주의하고, 아이들이 그를 가리키면서 특이한 옷차림을 큰 소리로 지적하거나 뒤를 따라가면 꾸짖고 말렸습니다.

하지만 아이들은 그의 모습에 저항할 수 없는 끌림을 느끼는 것 같았어요. 고야스 씨가 그저 길을 걷기만 해도 마치 옛이야기에 나오는 피리 부는 사나이처럼 아이들을 사로잡았어요. 그리고 고야스 씨 스스로도 어느 정도 즐기는 기색이었고요. 아이들이 넋 놓은 얼굴로 뒤따라와도 그저 싱글벙글할 뿐이었죠. 아마 사고로 죽은 자기 아이가 생각났던 거겠죠. 그렇다고 따라오는 아이들에게 말을 걸거나 어울려 놀거나 하진 않았습니다."

"피리 부는 사나이는 마지막에 가서 모든 아이들을 마을 밖으로 데려가버리죠. 맞나요?"

"맞습니다." 소에다 씨는 입가에 엷은 미소를 띠고 말했다. "하멜른 마을 사람들은 피리 부는 사나이에게 쥐를 잡아달라고 부탁하고는 일이 끝나고도 약속했던 보수를 치르지 않았어요. 그는 그 대가로 마법의 피리를 불어 마을 아이들 모두를 홀려 깊은 동굴로 이끌고 가버리죠. 남은 건 다리가 불편해 행진에 따라가지 못했던 남자아이 한 명뿐이었어요. 그렇게 피리 부는 사나이는 최종적으로 불길한 마술적인 존재가 되었지요. 하지만 말할 것도 없이, 고야스 씨에게는 누군가에게 해를 가할 생각이 없었고 그런 기미도 없었습니다. 그저 자신의 감각을, 느끼는 바를 솔직하고 꾸밈없이 따랐을 뿐이에요. 다른 뜻도, 목적도 없이. 자기 모습이 누군가에게 어이없게 비치건, 조롱을 당하건, 혹은 누군가를 매료하건 아무래도 상관없었던 겁니다.

옷차림이 바뀌면서 고야스 씨의 체형도 급속히 달라졌습니다. 원래 군살이 없고 마른 편이었는데(적어도 듣기로는 그래요. 제가 처음 뵈었을 때는 이미 말랐다고 하긴 힘들었지만) 남색 베레모를 쓰고, 턱수염을 기르고, 스커트를 입으면서 금세 살집이 붙어 비만 체형에 가까워졌습니다. 통통해진 거죠. 마치 바뀐 옷차림을 계기로 다른 인격으로 갈아탄 것처럼."

"실은 정말로 다른 인격이 되었는지도 모르죠." 나는 말했다. "지금까지의 인생과 결별하기 위해서, 그리고 고통스러운 기억을 잊기 위해서."

소에다 씨는 고개를 끄덕였다. "네, 어쩌면 그럴지도 몰라요. 실제로 고야스 씨는 얼마 안 있어 새로운 인생에 발을 내디뎠습니다. 예순다섯 살이 되었을 때, 본인 소유지만 더이상 사용하지 않는 오래된 양조장을 도서관으로 활용할 수 있게 마을에 기증하셨어요. 그게 지금으로부터 십 년쯤 전입니다. 마침 그 시기에 연이 닿아 제가 이 마을로 이사왔고요.

마을이 운영하던 공공 도서관 건물이 노후해서 예전부터 문제가 많았는데, 마을에는 건물을 보수할 만한 재정적 여유가 없었습니다. 고야스 씨는 그 일을 안타깝게 생각하고 사비를 털어서, 오래된 양조장을 대대적으로 개축해 도서관으로 탈바꿈시켰어요. 나아가 소장하던 대량의 장서를 기증하셨죠. 양조장은 오래되긴 했지만 굵은 기둥과 들보로 튼튼하게 지은 목조 건물이었기에 구조상 문제는 없었습니다. 개축에 적지 않은 비용이 들었지만, 고야스 씨는 그걸 거의 혼자서 감당하셨어요. 더욱이 도서관원으로 일하는 사람들—저도 그중 한 명이지만—의 급여도 거의 고야스 씨가 설립한 재단의 자금에서 충당되고 있습니다. 아시다시피 급여가 그리 높지 않고 반쯤 자원봉사 같은 성격이지만, 그래도 연간으로 따지면 결코 적지 않은 운영자금이 필요해요. 새 책을 계속 구입해야 하고, 광열비도 무시할 수 없고요. 마을에서도 보조금이 조금 나오지만 대단한 금액은 아닙니다.

그러니까 이 도서관은 실질적으로 고야스 씨의 개인 도서관인 셈인데, 그분이 그렇게 보이는 걸 꺼렸기에 'Z** 마을 도서관'이라는 간판을 계속 걸어두었습니다. 표면적으로 이 도서관은 마을 유지가 참여한 이사회에서 운영하지만 그건 어디까지나 형식일 뿐입니다. 이사회는 일 년에 두 번 소집되는데, 그 자리에서 수지 결산을 보고하면 질문도 토의도 없이 거의 자동적으로 승인돼요. 결정권자는 고야스 씨고, 이의를 제기하는 이는 없습니다. 어쨌거나 고야스 씨의 원조와 지휘 없이는 성립할 수 없는 도서관이었으니까요.

고야스 씨가 사비를 쏟아부어 이 도서관을 설립한 건 첫째로, 자신이 그려온 이상 속의 도서관을 소유하고 운영하는 것이 오랜 꿈이었기 때문입니다. 편안한 분위기의 특별한 장소를 마련하고, 많은 책을 모아두고, 많은 사람들이 자유롭게 골라 읽는 것, 그것이 고야스 씨가 생각한 이상적인 소세계였습니다. 아니, 소우주라고 해야 할까요. 젊어서는 스스로 소설가가 되기를 열망했지만 어느 시점에서 그 바람을 접은 뒤로, 그리고 아내와 자식을 잃은 뒤로는 그것이 그분 인생에서 유일하고 간절한 소망이었던 것 같아요.

그리고 고야스 씨는 더는 재산을 물려줄 육친이 없었습니다. 아내도 자식도 없고, 어머니도 아버지 뒤를 따르듯 세상을 떠났고, 가족 중 유일하게 남은 여동생은 제법 좋은 집안에 시집가서 도쿄에 살았는데, 회사 매각금을 받았으니 그 이상의 상속은 원하지 않는다고 했다더군요. 또 고야스 씨 자신도 사치 부리는 데 전혀 관심이 없어서 놀랄 만큼 검소한 생활을 하셨어요. 회사를 매각한 돈을 거의 고스란히 투자해서 재단을 설립하고, 그 자금으로 도서관을 정비한 뒤 당연한 수순으로 관장직에 취임했죠. 말하자면 오래도록 품어온 꿈을 이루고 자신의 소우주를 일군 겁니다.

그로부터 십 년. 도서관장으로서 그 소우주와 더불어 세월을 보내면서 고야스 씨의 인생이 얼마나 만족스러웠는지, 얼마나 평온했는지 우리는 알 길이 없습니다. 고야스 씨는 늘 상냥하고 온화하게 저희를 대하셨지만, 실제로 그 가슴속에 어떤 생각을 품고 있었는지는 알 수 없었지요.

물론 고야스 씨가 이 도서관을 사랑했고 삶의 보람으로 여겼다는 건 틀림없어요. 고야스 씨는 이 도서관에 있을 수 있음을 기뻐했습니다. 그건 분명해요. 그렇다고 심적으로 충족되었는가 하면, 아마 아니었으리란 생각을 지울 수 없어요. 고야스 씨 마음에는 깊은 구멍이 뻥 뚫려 있는 것 같았어요. 무엇으로도 채울 수 없는 구멍이."

소에다 씨는 그 대목에서 입을 다물고 생각에 잠겼다.

나는 물었다. "소에다 씨는 이 도서관이 설립됐을 무렵부터 여기서 일하셨죠?"

"네, 여기서 일한 지 이럭저럭 십 년이 됩니다. 남편의 근무지가 바뀌면서 이 마을로 이사왔을 때, 새로 생긴 마을 도서관에서 사서를 모집한다는 얘기를 듣고 바로 지원했어요. 결혼 전에 대학교 도서관에서 잠깐 사서로 근무했었고, 일단은 자격증도 있고, 무엇보다 이 일을 좋아했습니다. 책을 무척 좋아하고, 원래부터 꼼꼼한 성격이라, 도서관 일이 성격에 잘 맞았어요. 마침 이 방, 관장실에서 면접을 봤습니다. 그리고 고야스 씨는 저를 마음에 들어한 것 같았고요. 그뒤로 쭉 고야스 씨 밑에서 일해왔죠. 그때나 지금이나 저는 이곳의 유일한 정직원이에요. 일하기 좋은 직장이고, 작은 마을치고는 도서관을 이용하는 사람이 많고, 보람도 있습니다. 겨울이 길고 혹독한 고장에 사는 사람들은 대체로 책을 많이 읽어요. 제게는 여러 의미에서 만족스럽고 풍요로운 십 년이었어요."

"하지만 일 년 전쯤 고야스 씨는 세상을 떠나고 말았다."

소에다 씨는 조용히 고개를 끄덕였다. "네, 실로 유감스럽게도, 고야스 씨는 어느 날 갑자기 세상을 떠나고 말았습니다."

41

"너무도 갑작스럽고 예상치 못한 일이었습니다." 소에다 씨는 말했다. "고야스 씨는 늘 건강해 보였고, 일흔다섯 살이란 고령에도 몸 어딘가가 안 좋다는 말을 하신 적이 없어요. 약간 비만인 편이었지만 그만큼 식생활에 신경쓰고, 주기적으로 고리야마 병원에서 검진을 받으셨죠. 다리와 허리 운동을 위해 자주 가까운 산에 오르기도 했고요. 그런 고야스 씨가 설마 산책 도중에 갑자기 심장 발작을 일으켜 돌아가시다니, 귀를 의심할 일이었어요. 그 소식에 많은 사람들이 놀랐고, 저도 충격을 받았습니다. 건물의 대들보가 쑥 뽑혀버린 듯한 허탈함이 덮쳐왔어요.

저는 고야스 씨를 인간적으로 좋아했고, 또한 존경했습니

다. 혼자서 고독하게 지내시는 것에 나름대로 마음을 쓰기도
했어요. 괜한 참견인지 몰라도, 고야스 씨가 다시 한번 가정을
꾸려야 한다는 기분이 들었죠. 아니, 고야스 씨는 평화롭고 따
뜻한 가정을 가져야 마땅한 분이었습니다. 단란한 가족들과
사랑 넘치는 생활을 해야 하는 분이었어요. 인간적으로나 사
회적으로나 그럴 자격이 충분했고요. 그래서 저는 그분이 그
렇게 홀로 인생을 마치게 된 일을 슬프게 생각했습니다. 결국
고야스 씨는 부인과 아이를 잃은 충격을 이겨내지 못했던 거
예요. 남들 눈에는 보이지 않는 무거운 짐을 늘 가슴에 끌어안
고 살아온 겁니다.

　한편으로는, 고야스 씨가 없는 도서관의 앞날이 어떻게 될
지도 우려하지 않을 수 없었어요. 물론 지금의 일자리를 잃을
지 모른다는 개인적인 문제도 컸죠. 하지만 그보다는 이 작고
매력적인 도서관이 부적격한 사람에게 맡겨져 바람직하지 못
한 방향으로 변질될지도 모른다, 혹은 열의 없는 사람의 지휘
아래 지금의 기운찬 생명력을 잃고 맥없이 쇠락할지도 모른
다, 그런 생각을 하면 너무나 괴로웠어요. 저야 설령 도서관
일자리를 잃는다 해도 남편의 수입이 있으니 그런대로 생활할
수 있습니다. 하지만 이 멋진 도서관이 지금의 모습을 잃을지
도 모른다고 생각하니 견디기 힘들었어요.

　장례식이 끝난 뒤 고야스 씨의 유골이 절 묘지에 안장되고

얼마 지났을 때입니다. 도서관의 앞날을 두고 아까 말씀드린 것처럼 혼자서 이런저런 걱정을 하던 어느 날 밤, 저는 고야스 씨가 나오는 꿈을 꾸었어요. 길고 선명한 꿈이었습니다. 잠에서 깨고도 꿈이었다는 기분이 들지 않을 정도였어요. 어쩌면 정말로 꿈이 아니었는지도 모릅니다. 하지만 그때는 엄청나게 생생한 꿈이라고 생각할 수밖에 없었죠.

꿈속에서 고야스 씨는 언제나처럼 같은 옷차림이었어요. 그 남색 베레모에 체크무늬 랩스커트. 그리고 머리맡에 앉아 제 얼굴을 가만히 들여다보고 계셨어요. 마치 제가 깨기를 그 자리에서 오랫동안 조용히 기다리고 있었던 것처럼.

제가 기척을 느끼고 흠칫 눈을 떴다가 바로 눈앞에 그분이 있는 걸 알고 놀라서 벌떡 일어나려 하자, 고야스 씨가 가볍게 양손을 들어 만류했어요.

'괜찮으니 그냥 계세요.' 고야스 씨는 상냥한 목소리로 말했습니다. 그래서 저는 그대로 누워 있었죠.

'오늘은 소에다 씨에게 할말이 있어 왔습니다.' 고야스 씨는 말했어요. '아시다시피 저는 이미 죽은 몸이지만 절대 수상쩍은 존재는 아니랍니다. 당신이 잘 아는 고야스입니다. 그러니 무서워할 필요 없어요, 아시겠죠?'

저는 잠자코 고개를 끄덕였습니다. 돌아가신 게 분명한 고야스 씨를 보면서도 딱히 무섭다는 생각은 들지 않았어요. 그때는 '이건 꿈'이라고 조금도 의심하지 않았으니까요."

"죽은 몸이면서 감히 당신 앞에 나타난 건 꼭 전해야 할 중
요한 용건이 몇 가지 있어서랍니다"라고 고야스 씨는 미안한
듯 말했다. "도서관에 관한 얘기입니다. 그래서 이렇게 당신의
꿈속을 비집고 들어와야 했습니다. 한밤중에 주무시는데 방해
해서 정말로 송구합니다만."

소에다 씨는 고개를 저었다. "아뇨, 그런 건 신경쓰지 마세
요. 용건이 있으면 언제든 주저 말고 말씀해주세요. 기꺼이 듣
겠습니다."

"네, 당신도 여러모로 그 도서관의 미래를 염려하리라 짐작
합니다. 그 마음을 이해하고도 남습니다. 걱정되는 게 당연해
요." 고야스 씨는 말했다. "하지만 소에다 씨, 불안해할 것 없
습니다. 제가 나름대로 그 문제에 손을 써두었답니다. 이 나이
가 되면 언제 저세상으로 갈지 모른다는 생각을 늘 품고 사는
법이니까요. 도서관 제 집무실 책상 맨 아래 서랍에 작은 금고
가 있습니다. 세 자릿수 비밀번호가 걸려 있는데, 번호는 491
입니다. 내일 아침에 출근하면 그 금고를 열어보세요. 안에는
토지 권리증과 유산 처리에 대한 유언장을 비롯해 중요한 서
류가 몇 가지 들어 있습니다. 이노우에 변호사─물론 이노우
에 선생님은 알고 계시겠죠─에게 연락해서 그걸 직접 전달

해주세요. 관련된 일을 그 사람이 모두 적절하게 진행해줄 겁니다.

그리고 도서관 운영에 관한 지시사항을 담은 파란색 봉투가 있습니다. 제 뒤를 이을 도서관장 선임 요강을 적은 편지도 함께 있습니다. 그것을 이노우에 선생님 입회하에 당신이 이사회에서 읽어주세요. 그래줄 수 있죠?"

"재단 이사회를 소집한 뒤 이노우에 변호사 입회하에 제가 파란색 봉투를 개봉해서 읽으면 되는 거죠?"

"네, 그렇습니다." 고야스 씨는 말했다. 그러고는 고개를 한 번 끄덕였다. "모든 이사진이 모인 자리에서, 변호사 입회하에, 당신이 지시서를 읽는다, 그게 핵심입니다."

"알겠습니다. 말씀대로 하겠습니다. 금고 비밀번호는 491이고요."

"네, 맞습니다. 오늘 당신에게 전할 얘기는 이게 다입니다. 이 야심한 시각에 실례인 줄은 압니다만, 제게는 매우 중요한 용건인지라."

"아뇨, 그런 말씀 마세요. 비록 이런 모습으로라도 고야스 씨를 다시 뵙게 되어서, 대화를 나눌 수 있어서 정말 반가웠습니다."

"네, 저는 필요해지면 또 당신 앞에 모습을 보이지 싶습니다." 고야스 씨는 말했다. "앞으로는 주무실 때 꿈속에 나타나

는 게 아니라 현실 생활에서, 낮시간에 얼굴을 보고 말씀을 나
누게 될 겁니다. 말하자면, 이걸 뭐라고 하나, 유령 비슷한 것
이죠. 그리고 그때 제 모습은 당신 눈에만 보이고, 목소리도
당신 귀에만 들립니다. 소에다 씨, 제가 그런 식으로 나타나면
불쾌하거나 무서울 것 같은가요? 그렇다면 다른 방법을 궁리
해보겠습니다."

"아뇨, 괜찮습니다. 언제든 원하는 모습으로 나타나시면 됩
니다. 불쾌하게 느끼진 않습니다. 오히려 이렇게라도 고야스
씨의 지시를 받을 수 있다는 건 제게, 그리고 도서관을 생각해
서도 더없이 고마운 일이에요."

"네, 감사합니다. 그 말씀을 들으니 마음이 놓이는군요. 그
리고, 네, 말할 필요도 없겠지만, 이 일은 다른 사람들에겐 비
밀로 해주십시오. 죽은 고야스가 이렇게 다시 나타난다는 건
당분간 저와 소에다 씨만 아는 일로 해주시기 바랍니다."

"알겠습니다. 절대 다른 데 얘기하지 않을게요."

그리고 꿈속의 고야스 씨는 모습을 감추었다. 소에다 씨는
다시 잠들지 못한 채, 고야스 씨가 한 말을 몇 번이고 되뇌며
이불 속에서 뜬눈으로 날이 밝기를 기다렸다.

나는 소에다 씨에게 물었다.

"그후 이 관장실에 들어와 책상 서랍을 확인했군요?"

"네, 다음날 아침에 출근하자마자 와서 금고를 열었습니다."

나는 책상 서랍을 열고 검은색 금고를 확인했다. 잠금이 풀려 있고 아무것도 들어 있지 않았다.

"알려주신 비밀번호로 금고가 열렸고, 안에는 말씀하신 것들이 전부 들어 있었습니다. 네, 맞아요, 꿈이 아니었던 거죠. 고야스 씨는 정말로 이 세상에 돌아오신 겁니다. 세상을 떠난 후에도 도서관이 원활히 운영될 수 있도록 조치하는 게 그분에게는 절박하고 중요한 사명이었어요. 유령이라 해도 조금도 무서울 것 없었죠. 어떤 형태로든 고야스 씨를 만날 수 있다는 건 무엇보다 기쁜 일이었고, 그로써 이 멋진 도서관의 질서가 지금처럼 유지될 수 있다면 그저 감사할 따름이었습니다."

"그리고 당신은 이사회를 소집해 고야스 씨가 남긴 편지를 이사들 앞에서 낭독했고요."

"네, 지시받은 대로 했습니다. 우선 변호사가 고야스 씨 유산의 배분에 대해 설명했습니다. 유언장에 따르면 고야스 씨 개인 명의의 현금, 주식, 부동산, 생명보험 등은 전부 재단에 기부된다고 했습니다. 그리고 재단이 도서관을 운영하고요. 요컨대 고야스 씨 한 사람을 잃은 일은 우리에게 헤아릴 수 없이 큰 상실이었지만, 도서관 운영에는 커다란 재정적 기여가 된 셈입니다.

이어서 이사회 앞으로 남긴 편지를 이사 전원 앞에서 낭독
했는데, 내용은 향후 도서관 운영에 관한 구체적인 지시가 주
를 이뤘습니다. 세세하고 개별적인 지시가 항목별로 정리되어
있었죠. 자신이 죽은 후, 신문 광고를 내어 외부에서 일반공모
로 관장직을 선출하라고 적혀 있었습니다. 그리고 그 인선은
저, 다시 말해 소에다에게 일임한다고도요.

저는 그 조항을 소리 내어 낭독하면서 깜짝 놀랐습니다. 어
째서 일개 사서인 내게 이토록 막중한 임무를 맡겼을까 하고
요. 이사들도 분명 놀랐을 테지만, 확실하게 명문화되어 있는
이상 따르는 수밖에 없죠. 물론 제가 선택한 사람을 이사회가
승인하는 절차를 거쳐야 하지만 사실 형식적인 것이고요."

"당신은 고야스 씨 지시대로 도서관장을 모집하는 신문 광
고를 냈고, 제가 지원한 후 당신이 심사해서, 그 결과 제가 채
용되었다. 그런 얘기죠?"

"네, 그렇습니다. 아니, 일단 표면상으로는 그렇습니다. 다
만 정확히 말씀드리면, 실제로는 그렇지 않지요. 전국에서 지
원한 많은 지원자들 가운데 당신을 선택한 건 사실 고야스 씨
였으니까요. 그분이 당신을 낙점하고, 제가 그 결과를—어디
까지나 제가 선정했다는 식으로—이사회에 보고했습니다. 죽
은 사람이 후임 관장을 뽑았다고 할 순 없으니 살아 있는 제가
겉으로만 대행한 거죠. 복화술사가 말하는 대로 입을 움직이

는 인형처럼요. 그리고 이사회의 형식적인 승인을 얻어 당신이 도서관장에 취임하게 되었고요.

제 역할은 고야스 씨가 내린 결정을 그대로 이사회에 전달하는 것뿐이었습니다. 저는 고야스 씨가 미리 지시한 대로, 지원자들의 이력서와 편지를 모아 이 관장실 책상 위에 쌓아뒀습니다. 아마 제가 없는 사이에 고야스 씨가 그것들을 읽고 그중에 당신을 고르신 거겠죠. 그리고 어느 날 제 눈앞에 나타나 이 사람을 도서관장으로 뽑으라고 말씀하셨어요. 물론 제가 반대할 이유는 없습니다. 고야스 씨는 건강하게 살아 계실 때부터 머지않아 죽음이 찾아오리라고 예지했던 모양이에요. 누가 자신의 뒤를 이어 도서관장이 될지를 중요한 문제로 보신 거지요. 그래서 이사회 앞으로 그처럼 상세한 지시서를 미리 준비해두셨고요."

"그런데 왜 저여야 했을까요. 대체 어느 부분이 그분 마음에 든 걸까요?"

소에다 씨는 고개를 저었다. "그건 모릅니다. 고야스 씨는 당신을 선택한 이유를 알려주지 않았어요. 저는 그저 당신으로 정하라는 고야스 씨의 지시를 받았을 뿐이죠."

"고야스 씨의 유령은 당신 앞에 자주 나타났었나요?"

소에다 씨는 작게 고개를 저었다. "자주라고 할 정도는 아니었어요. 때에 따라, 필요에 따라 모습을 보였을 뿐입니다. 상냉한 얼굴로 제 앞에 나타나서 2층 관장실로 오라고 부르시죠. 본인이 말씀하셨듯 그 모습은 제게만 보입니다. 목소리도 저만 들을 수 있어요. 저는 주위에서 눈치채지 못하도록 자연스럽게 살며시 계단을 올라 관장실로 갑니다. 그리고 문을 닫고 둘이서 얘기를 나눠요. 살아 계실 때와 똑같이. 고야스 씨는 책상 그쪽에 앉고, 저는 이쪽에 앉습니다. 책상 한구석에는 언제나처럼 베레모가 놓여 있습니다. 그러고 있으면 이미 죽은 사람이라고는 도저히 생각할 수 없었어요. 그분 앞에서는 생과 사의 차이를 점점 알 수 없어졌죠."

그런 기분은 나도 잘 알았다.

소에다 씨는 말했다. "당신이 고야스 씨를 만나 단둘이 친밀한 대화를 나눈다는 건 저도 어렴풋이 알고 있었습니다. 그런 기척이 느껴졌어요. 하지만 앞서 말씀드렸다시피, 그 상대가 살아 있는 고야스 씨가 아니라 그의 유령이라고 제 입으로 말할 순 없었습니다. 살아 있는 당신과 죽은 고야스 씨가 그처럼 양호한 관계를 맺고 있는 데는 나름의 이유가 있을 테죠. 저로서는 짐작할 수 없는 일이고요."

"하지만 소에다 씨뿐 아니라 다른 누구와 얘기하면서도, 이상하게 고야스 씨가 이미 돌아가셨다는 말은 들은 적이 없었어요. 한 번쯤은, 이를테면 '그러고 보니 돌아가신 고야스 씨가……'라면서 언급했을 법한데. 왜 그랬을까요?"

소에다 씨는 다시 고개를 저었다. "글쎄, 왜 그랬을까요. 잘 모르겠습니다. 어쩌면 눈에 보이지 않는 특별한 힘이 작용했던 건지."

나는 방안을 둘러보았다. 어딘가에 고야스 씨가 있지 않을까 해서. 혹은 '눈에 보이지 않는 특별한 힘'이 어디선가 작용하고 있지 않은가 해서. 그러나 그곳에는 싸늘한 오후 공기가 꼼짝 않고 고여 있을 뿐이었다.

"아니면 다른 사람들도 어렴풋이 느끼고 있었는지도 모르겠군요." 나는 말했다. "고야스 씨가 진정한 의미로는 아직 돌아가시지 않았다는 것을. 비록 눈에는 보이지 않지만, 그분이 이 도서관에 존재한다는 기척을 피부로 느끼고 있었는지도 몰라요."

"네, 그럴 수 있죠." 소에다 씨는 말했다. 지극히 당연하다는 듯이.

42

고야스 씨—아니면 그의 영혼이라고 해야 할까—는 그후 한동안 내 앞에 나타나지 않았다. 나는 도서관 안쪽 반지하 방에 틀어박혀 나날의 도서관장 업무를 처리했다. 가끔 열람실을 찾아 소에다 씨나 다른 직원들과 대화하거나, 잡지와 책을 읽는 사람들의 모습을 관찰하거나, 낯익은 사람을 보면 짧게 인사하거나 했지만, 보통은 따뜻한 장작 난로 앞에서 작은 책상을 마주하고 혼자 사무 업무를 하며 보냈다.

소소하고 사무적인 안건을 처리하는 일 말고도 정리되지 않은 장서를 분류하고 체계화해 목록을 만드는 것이 내가 스스로에게 부여한 주된 업무였는데, 전자화를 단호히 거부한 고야스 씨의 방침 탓에(그 방침은 직원들의 강한 바람에 따라 사후에도 견고하게 계승되었다) 손이 많이 가고 수고로운 작업이었다. 키보드 대신 익숙하지 않은 볼펜을 쓰려니 오른쪽 손가락이 아팠다. 그래도 컴퓨터 없는 일터는 나름대로 신선했고, 다른 세계에 길을 잃고 흘러든 것처럼 불가사의한 어긋남이 느껴졌다.

한편 내게는 현재 도서관의 운영 시스템을 단계적으로 개혁해나가는 책무도 주어졌다. 원래는 실질적으로 고야스 씨의 개인 도서관 같은 곳이었기에 여러 안건을 그 혼자 적절히 결정하고 관리했으며 누구도 의문을 제기하지 않았다. 물론 고야스 씨가 없는 지금은 일이 그리 간단하지 않다. 어느 정도 사람들을 납득시켜가며 운영할 필요가 있었다. 그러기 위한 새로운 시스템을 내가 주축이 되어 만들어가야 하는 셈인데, 그게 아무리 봐도 수월할 것 같지 않았다. 첫째, 내가 아직 이 도서관, 그리고 이 마을의 사정에 밝지 못했고(여러모로 소에다 씨의 도움에 의지해야 했다), 더욱이 그런 유의 실무에는 원래부터 서툴렀기 때문이다.

그렇게 매일 자잘한 작업을 진행하는 틈틈이 며칠 전 소에다 씨와 나눈 긴 대화, 고야스 씨에 대한 얘기를 하나하나 순서대로 떠올리며 볼펜으로 메모지에 그 요점들을 써내려갔다. 빠뜨린 게 없도록, 중요한 포인트를 깜박하지 않도록. 그리고 그 메모를 다시 읽으며 각각의 요점을 나름대로 생각해봤다.

이해되지 않는 것이 많았다. 그렇다, 셀 수 없이 많다.

소에다 씨 말처럼, 자신이 머지않아 목숨을 잃으리란 걸 고야스 씨는 미리 알았을까? 그걸 예지했기에 책상 서랍에 유언장을 남기고, 자신이 죽은 후 전국에서 도서관장을 모집하라고 지시했을까? 그리하여 (이미 죽은) 자신이 후임자를 선택할 수 있도록 조치해둔 걸까? 전부 내다보고 계획한 일일까?

그리고 혹시, 내가 지원하리란 것마저 그는 알고 있었을까?

알 수 없는 것투성이다. 나는 메모를 보면서 한숨을 쉬었다. 논리적 순서가 명백히 흐트러졌다. 원인과 결과의 전후관계가 보이지 않는다. 얼마 전 이 방에서 고야스 씨를 만났을 때, 그는 내게 '한 번 그림자를 잃은 적 있는 당신에게는 그 자격이 있습니다'라고 말했다. 정확한 표현은 기억나지 않지만 대략 그런 내용이었다. 그후 '자격'이라는 말이 내 머릿속을 떠나지 않았다. 그 말의 울림이 나를 불온하게 흔드는 것 같았다.

자격? 나는 생각했다. 대체 무슨 자격을 말하는 걸까.

어둑한 반지하 방에서 장작 난로를 지피고 하늘거리는 불꽃을 바라보며 고야스 씨의 유령이 나타나기를 기다렸다. 그에게 물어봐야 할 것이 한두 가지가 아니었다.

무언가가 나를 이곳에 오도록 이끌었다. 나는 무언가에 이끌려 여기까지 온 것이다. 틀림없이—나는 그렇게 느낀다. 그러나 그 의미를 판독할 수 없다. 무언가란 무엇을 가리키는가? 그리고 내가 이곳에 이끌린 데는 어떤 의미가, 혹은 목적이 있을까? 나는 그것을 그에게 묻고 싶었다. 대답이 돌아올지 어떨지는 알 수 없지만.

그러나 아무리 기다려도 고야스 씨는—고야스 씨의 영혼은—내 앞에 나타나주지 않았다. 나를 찾는 전화벨도 울리지 않았다.

무형의 영혼이 된 죽은 자는 남 앞에 나타나고 싶을 때, 혹은 그럴 필요가 있을 때 어떤 형체를 취하여—즉 유령 같은 모습으로—언제든 그럴 수 있는 걸까. 스스로의 자유의지, 자력으로. 아니면 외부로부터 어떤 힘이 작용하거나, 보다 상급자의 조력을—그게 어떤 것인지는 모르겠지만—빌리지 않으면 불가능한 걸까.

물론 내가 알 길은 없다. 나는 고야스 씨의 유령을 만나기 전에는 유령 같은 걸 본 적이 한 번도 없었고(없었지 싶다. 어쩌면 보고도 모르고 지나쳤을 수 있지만), 죽은 자와 대화해본 적은 더더욱 없다. 어떤 과정을 거쳐 유령이 되는지, 어디서 어떻게 그 '자격'을 얻는지(어디까지나 개인적인 추측이지만 죽었다고 누구나 유령이 되진 않을 것이다), 아무리 생각해도 알 수 있을 리 없다. 논리적 사고를 쌓아 구체적인 해답을 도출할 수 있는 유의 문제가 아니니까.

첫째, 영혼이 무엇인지조차 나는 파악하지 못했다. 만약 영혼이란 것이 실재한다면, 형체 없고 투명해서 공중에 둥실 떠다니지 않을까란 막연한 인상은 갖고 있다. 그러나 생각해보면 그것도 다 고정관념이다. '신은 긴 턱수염을 기르고 지팡이를 짚은 백발 노인이며 흰옷을 입고 있다'는 인식과 다를 바 없는, 판에 박힌 스테레오타입일 뿐이다.

고야스 씨의 영혼은 의식을 가지고 그 의식에 따라 행동한다. 아무리 봐도 그 명제에는 의심의 여지가 없다. '의식이란 뇌의 물리적 상태를 뇌 자체가 자각하는 것이다'라는 누군가의 정의를 고야스 씨는 인용했다. 그리고 이제는 뇌가 없는 영혼이(즉 그 자신이) 아직까지도 의식을 가지고 행동하는 것에 근원적인 의문을 품고 있었다. 곤혹스러워했다고 표현해도 좋을 것이다. 그렇다, 죽은 자의 영혼 스스로도 자신이 어떻게 이뤄져 있는지 모른다. 살아 있는 내가 알 턱이 있겠는가?

내가─다치기 쉬운 육체와 불완전한 사고력을 지녔을 뿐인, 현세라는 지면에 하릴없이 묶인 내가─할 수 있는 일은, 모르긴 해도 그가 처한 사정이나 형편이 충족될 때 고야스 씨의 유령이 내 앞에 출현하기를 하염없이 기다리는 것뿐이었다. 온통 침묵에 휩싸인 반지하의 그 정사각형 방에서, 오래된 난로에 장작불을 지피며.

그러나 고야스 씨는 나타나지 않았다. 소에다 씨와 관장실에 마주앉아 대화한 지 일주일 정도가 지났다. 그동안 산에 둘러싸인 마을의 겨울은 나날이 깊어갔다. 큰 눈이 내려 하룻밤 사이 1미터 가까이 쌓였다. 지금껏 온난한 태평양 연안에서 대부분의 인생을 보내온 나는 그렇게 많은 눈을 처음 보았다. 아침부터 납작한 알루미늄 눈삽을 들고, 대문에서 도서관 현관으로 이어지는 완만한 비탈길을 쓸었다. 그런 작업도 난생처음 해보는 경험이었다.

도서관에서 일하는 사람은 소에다 씨를 비롯해 모두 여성이고, 임시 고용직인 나이든 도우미를 제외하면 남자 손이라곤 나뿐이었다. 가끔 무언가에 실질적으로 쓸모 있는 존재가 되는 건 제법 괜찮은 기분이다. 공기가 시리도록 차가웠지만 바람은 불지 않고, 하늘이 거짓말처럼 맑게 갠 아름다운 아침이었다. 구름 한 점 없다. 큰 눈을 뿌린 구름 무리는 어딘가로 가버린 모양이다. 아니면 품고 있던 눈을 전부 뿌리고 그대로 소멸해버렸을까.

오랜만에 하는 순수한 육체노동에 생각보다 더 정신이 맑아졌다. 이윽고 셔츠에 땀이 배어났다. 윗옷을 벗고서 아침햇살 속에서 한눈 팔지 않고 묵묵히 눈 쓸기에 전념했다. 부리가 노란 겨울새가 높게 울며 허공을 가로지르고, 굵은 소나무 가지에 쌓인 눈이 이따금 묵직하고 축축한 소리를 내며 바닥으로 떨어졌다. 마치 힘이 빠져 손을 놓은 사람처럼. 처마에서는 길이가 1미터는 되는 고드름이 햇빛을 받아 흉기처럼 날카롭게 빛났다.

이대로 쉼없이 눈이 내려 쌓이면 좋겠다고 나는 남몰래 빌었다. 그러면 주위의 번거로운 일에 골머리를 앓을 필요도 없고, 영혼 생각에 머리를 싸맬 필요도 없고, 그저 머릿속을 텅 비우고 눈삽을 놀리며 온종일 육체노동에 종사할 수 있다. 그것이야말로 현재 내가 원하는 생활인지도 모른다—물론 몸 여기저기의 근육이 그 중노동을 견뎌준다면 말이지만.

삽으로 눈을 퍼 카트에 실으면서, 굶주림과 추위로 목숨을 잃어갔던 단각수들을 떠올리지 않을 수 없었다. 겨울밤이 밝으면 그들 중 몇 마리가 서식지 바닥에 하얀 눈옷을 덮어쓰고 드러누워 있었다. 누군가의 죄를 떠안고 대신 죽어간 이들처럼. 그 도시에서는 눈이 이렇게까지 많이 쌓이진 않았지만, 그럼에도 치명적인 효과를 확실히 발휘했다.

흰 눈으로 둘러싸인 곳에 혼자 서서 머리 위 새파란 하늘을 올려다보면 가끔 나도 알 수 없어졌다. 내가 지금 과연 어느 세계에 속해 있는지.

이곳은 높은 벽돌 벽의 안쪽일까, 아니면 바깥쪽일까.

도서관이 휴관하는 월요일 아침, 소에다 씨가 그려준 약도를 들고 고야스 씨의 무덤이 있는 묘지를 찾았다. 손에는 역 앞 꽃가게에서 산 작은 꽃다발이 들려 있었다.

인적 드문 아침 시간에 꽃다발을 들고 마을을 걷자니 나 자신이 지금의 내가 아닌 듯한 느낌에 사로잡혔다. 이를테면 나는 열일곱 살이고, 맑은 휴일 아침, 꽃다발을 들고 걸프렌드의 집으로 가고 있다…… 그렇게 생각할 수도 있다. 현재의 현실에서 벗어나 다른 시간과 다른 장소에 섞여든 듯한 기묘한 감각이다.

아니면 나인 척하는, 내가 아닌 나인지도 모른다. 거울 속에서 마주보는 건 내가 아닌 나인지도. 영락없이 나처럼 보이는, 그리고 나와 똑같은 동작을 하는 다른 누군가인지도 모른다. 그런 기분도 없지는 않다.

묘지는 마을 외곽의 산기슭에 있었다. 절 입구까지 육십 개쯤 되는 돌계단을 올라야 한다. 며칠 전 내린 눈이 녹지 않고 계단 군데군데에 딱딱하게 얼어붙어 있어 몹시 미끄러웠다. 절 뒤쪽 완만한 비탈길에 묘지가 있고, 그 안쪽에 고야스가의 무덤이 모여 있었다. 제법 넓은 구역인데도 관리를 소홀히 하지 않은 모습이 고야스가가 이 지방에서 격식 있는 집안임을 보여주었다. 그 가운데 고야스 씨 부부와 아들의 무덤이 있었다.

소에다 씨가 알려준 대로 묘비가 크고 새것이라 멀리서도 금방 눈에 띄었다. 고야스 씨가 사망했을 때 세 사람의 유골을 모아 새로 이장한 듯했다. 고야스 씨의 죽음으로 세 식구가 다시 한자리에 모인 셈이다. 고야스 씨도 그러기를 바라 마지않았을 것이다. 그에게 잘된 일인 만큼 나도 기쁘게 생각했다(어쩌면 고야스 씨가 미리 요청해뒀을지도 모르지만).

장식을 삼간, 매우 심플한 묘비였다. 〈2001 스페이스 오디세이〉의 모놀리스처럼 매끈하고 평평한 돌에―상당히 값나가는 석재라는 건 한눈에 알아볼 수 있지만―세 사람의 이름이 반듯한 서체로 새겨져 있었다.

고야스 다쓰야
고야스 미리
고야스 신

후리가나*는 달려 있지 않지만(후리가나를 새긴 묘비는 아직 본 적이 없다), 부인의 이름은 분명 '미리觀理'일 것이다. 달리 읽는 법이 떠오르지 않았다. "고야스 미리"라고 나는 몇 번 조용히 읊어보았다. '이치를 보다', 상당히 심오한 이름이다.

---

* 한자 옆에 발음을 달아주는 것.

그리고 그런 이름을 가진 사람이 마지막에 스스로 목숨을 끊어야 했다는 건 생각해보면 슬픈 일이다.

세 사람의 이름 밑에는 각자의 생몰년이 또렷하게 새겨져 있었다. 아내와 아이의 몰년은 같다. 소에다 씨 말대로 그 두 사람은 거의 같은 시기에 세상을 떴다. 한 사람은 길에서 트럭에 치여, 한 사람은 불어난 강물에 스스로 몸을 던져서. 그리고 홀로 남겨진 고야스 씨의 몰년은 그후 오랜 세월이 지난 작년이다. 나는 묘비 앞에 서서 오랫동안 그 숫자를 바라보았다. 그 숫자 자체가 소리 높여 많은 이야기를 해주고 있었다. 때로는 말보다 숫자가 더 많은 이야기를 한다.

틀림없다―고야스 씨는 이미 이 세상 사람이 아니다. 내가 지금껏 마주앉아 얼굴을 보고 대화한 건 그의 유령이었다. 혹은 생전의 모습을 취한 그의 영혼이었다. 나는 그의 무덤 앞에서 그 움직일 수 없는 사실을 다시금 받아들였다.

가져온 작은 꽃다발을 고야스가의 묘소에 바치고, 앞에 서서 눈을 감고 묵묵히 양손을 모았다. 근처 나무에서 이름 모를 겨울새가 날카롭게 울었다. 이윽고 나도 모르는 사이, 눈에서 눈물이 한줄기 흘렀다. 뚜렷한 온기를 지닌 굵은 눈물방울이었다. 그 눈물은 천천히 턱까지 흘러 낙숫물처럼 땅에 떨어졌다. 그리고 다음 눈물이 똑같은 궤적을 그리며 흘러 떨어졌다. 또다른 눈물이 뒤를 이었다. 그토록 많은 눈물을 흘린 건 오랜만이었다. 아니, 마지막으로 눈물을 흘린 게 언제였는지도 기억나지 않았다. 눈물이 이렇게 따뜻하다는 사실도 잊고 있었다.

그렇다, 눈물도 혈액과 마찬가지로 온기를 지닌 몸에서 짜낸 것이다.

나는 고개를 가볍게 젓고 생각했다. 이렇게 무덤 앞에 서 있는 내 모습을 고야스 씨가 어디서 지켜보고 있을지도 모른다고. 기묘한 감각이었다. 보통 우리는 가까운 이의 죽음을 애도하기 위해 무덤을 찾는다. 그리고 평안히 잠들기를 바라며 명복을 빈다. 그러나 고야스 씨는 죽었지만 여전히 죽은 자의 세계와 산 자의 세계를 오가고 있다. 아마도 누군가에게 무언가를 전달하기 위해서. 그에게는 전해야 할 것이 있다. 그런 존재를 향해, 무덤 앞에서 과연 무엇을 빌어주면 좋을까?

미끄러지지 않도록 한 발 한 발 조심하면서 절의 돌계단을 내려와 마을로 돌아왔다.

역 근처 상점가를 걷는데 건어물점과 침구점 사이에 위치한 작은 커피숍을 발견했다. 그 앞을 몇 번이나 지나다녔을 텐데 그런 가게가 있다는 걸 이상하게도 지금껏 알아차리지 못했다. 아마 걸으면서 무슨 생각에 빠져 있었을 것이다(내게는 자주 있는 일이다). 통유리로 된 밝은 톤의 가게로, 바깥에서 보니 카운터석 말고도 작은 테이블이 세 개 정도 있었다. 가게 이름은 어디에도 보이지 않았다. 문에 '커피숍'이라고 적혀 있을 뿐이다. 이름이 없는, 그냥 커피숍. 평일 오전 시간이기도 해서 손님은 없고 여자 직원 한 명이 카운터 안쪽에서 일하고 있었다.

나는 유리문을 열고 안으로 들어갔다. 묘지에서 추위에 시달린 몸을 녹이고 싶었다. 카운터 끝 자리에 앉아 뜨거운 커피와 쇼케이스에 들어 있던 블루베리 머핀을 주문했다.

천장 가까이 붙어 있는 소형 스피커에서 데이브 브루벡 쿼텟이 연주하는 콜 포터의 오래된 스탠더드 넘버가 낮게 흘러나왔다. 맑은 물줄기를 연상시키는 폴 데즈먼드의 알토색소폰 솔로. 귀에 익은 곡인데 도저히 제목이 생각나지 않았다. 비록 제목이 생각나지 않아도 조용한 휴일 아침에 듣기에 어울리는 음악이다. 아주 먼 옛날부터 살아남아온 아름답고 기분좋은 멜로디. 나는 잠시 아무 생각 않고 멍하니 그 음악에 귀기울였다.

진한 커피는 딱 좋을 만큼 씁쓸하고 뜨거웠으며, 블루베리 머핀은 부드럽고 신선했다. 커피는 심플한 흰색 머그잔에 나왔다. 십 분쯤 그곳에 머무르는 사이, 몸에 스며들었던 냉기가 녹아 사라진 것 같았다.

"커피 리필은 반값이에요." 카운터의 여자가 내게 말했다.

"고맙습니다." 나는 말했다. "머핀이 아주 맛있네요."

"갓 구운 거예요. 근처 베이커리에서 가져오죠." 그녀는 말했다.

계산을 하고서 무릎에 흘린 머핀 가루를 손으로 떨고 가게를 나왔다. 나오는데 깅엄체크 앞치마를 두른 여자가 카운터 안쪽에서 생긋 웃어 보였다. 맑은 겨울날 아침에 어울리는 따뜻한 미소였다. 매뉴얼대로 만들어낸 미소가 아니다.

여자는 삼십대 중반쯤으로 보였다. 호리호리한 체형에, 아주 미인은 아니어도 인상 좋은 얼굴이었다. 화장은 옅다. 마음먹으면 더 젊어 보일 수 있을 텐데, 별로 그런 노력을 기울이지 않는 것 같다. 그런 면에도 적당히 호감이 갔다.

"실은 조금 전까지 무덤 앞에 있었어요. 정말로는 아직 죽지 않은 사람의 무덤 앞에", 나는 자리를 뜨면서 그녀에게 그렇게 말하고 싶었다. 누구에게라도 좋으니 털어놓고 싶었다. 하지만 물론 그런 말은 할 수 없다.

43

그날 밤, 여느 때처럼 밤 열시를 전후해 잠자리에 들었다. 그러나 영 잠이 오지 않았다. 상당히 드문 일이었다. 나는 누우면 바로 잠드는 타입이다. 머리맡에 책을 한 권 놔두긴 하지만 펼칠 일이 거의 없다. 그리고 보통은 아침햇살과 함께 저절로 눈을 뜬다. 아마 좋은 별자리를 타고난 인간인가보다. 많은 이들이 불면의 고통을 호소할 때마다 실감한다.

그런데 그날 밤은 웬일인지 수월히 잠들지 못했다. 몸은 자연스러운 잠을 원하고 있을 게 분명한데, 이상하게도 잠이 들지 않는다. 심적으로 흥분한 것 같았다.

나는 머릿속에 뻥 뚫린 (것처럼 생각되는) 공백을 채우기 위해 눈을 감고 고야스 씨의 무덤을 떠올렸다. 고야스가의 묘소

에 서 있는, 모놀리스처럼 납작한 묘비. 매끄럽기 그지없는 새
석재의 광채. 그 위에 새겨진 세 가족의 생몰년. 이어서 내가
가져간 작은 꽃다발, 나무 사이를 오가는 겨울새의 날카롭고
또렷한 울음소리, 여기저기 얼어붙고 높낮이가 고르지 않은
절 계단을 생각했다. 슬라이드 사진을 보는 것처럼 그 이미지
를 순서대로 따라갔다.

그러다 문득—마치 발밑의 풀숲에서 갑자기 새가 날아오르
는 것처럼—그 제목을 생각해냈다. 역 근처 커피숍에서 흘러나
오던 콜 포터의 스탠더드 넘버 제목을. 〈Just One of Those
Things(흔히 있는 일이지만)〉다. 그리고 그 멜로디가 의식의
벽에 들러붙은 주문처럼 귀 안쪽에서 몇 번이고 반복되었다.

머리맡의 전자시계는 열한시 반을 알리고 있었다. 나는 자
려고 애쓰기를 그만두고 이불에서 나와 잠옷 위에 카디건을
걸쳤다. 가스 스토브를 켜고 냉장고에서 우유를 꺼내 작은 냄
비에 데워 마셨다. 생강 쿠키를 몇 개 먹었다. 그리고 안락의
자에 앉아 읽다 만 책을 펼쳤다. 그러나 독서에 집중할 수 없
었다. 온갖 이미지와 소리가 머릿속을 맥락 없이 돌아다녔다.
다른 세계에서 발신하는 의미 불명의 메시지처럼. 소리 나지
않는 자전거를 탄 얼굴 없는 메신저들이 그 메시지를 차례차
례 문 앞에 놓고 그대로 사라졌다.

나는 포기하고 책을 덮었다. 안락의자에 앉은 채로 몇 번 크

게 심호흡을 했다. 의식을 집중해 폐를 한껏 부풀리고 늑골을 벌렸다. 몸속 공기를 구석구석까지 바꿔넣을 셈으로. 뒤숭숭한 마음을 조금이라도 가라앉힐 셈으로. 하지만 그래봤자 소용없었다.

내 주위에 펼쳐진 건 평소와 다름없이 조용한 밤이었다. 이시간에 집 앞 도로를 지나가는 차는 없다. 개도 짖지 않는다. 말 그대로 아무 소리도 들리지 않는다—머릿속에서 끝없이 울려퍼지는 음악을 제외하면.

어떻게든 잠들고 싶었지만 아무리 노력한들 헛일일 것이다. 위스키도 브랜디도 소용없다. 스스로도 잘 알고 있었다. 오늘밤, 아마도 무언가가 나를 재우지 않으려는 것이다. 무언가가……

나는 마음을 바꾸고 잠옷을 벗고서 최대한 따뜻한 옷으로 갈아입었다. 두툼한 스웨터 위에 더플코트를 입고, 캐시미어 머플러를 목에 두르고, 스키용 털모자를 쓰고, 라이닝을 댄 장갑을 꼈다. 그리고 밖으로 나갔다. 집에서 오지도 않는 잠을 기다리는 건, 거의 오 분 간격으로 시곗바늘을 쳐다보는 건 더이상 사양이었다. 그럴 바에야 추운 바깥을 정처 없이 걷는 편이 나았다.

밖으로 나와보니 바람이 불고 있음을 알 수 있었다. 한낮의 온화하고 따스한 기운이 사라지고, 하늘은 두꺼운 구름이 뒤덮고 있었다. 달도 별도 전혀 보이지 않는다. 띄엄띄엄 서 있는 가로등이 인적 없는 길을 싸늘하게 비출 뿐이다. 산에서 불규칙하게 불어오는 바람이 이파리를 떨어뜨린 나뭇가지 사이를 소리 내며 빠져나갔다. 차갑고 습기를 머금은 바람이다. 언제 갑자기 눈이 내려도 이상하지 않다.

하얀 입김을 뱉으면서 강변길을 무작정 걸었다. 무거운 눈신에 자갈이 밟히는 소리가 이상하리만치 크게 울렸다. 강이 반쯤 얼음에 덮여 있어도 물소리는 또렷하게 귀에 와닿았다. 매섭도록 추운 밤이었지만 나는 오히려 그 추위를 환영했다. 냉기는 내 몸을 안쪽부터 조이고 쥐어짜며, 머릿속을 부옇게 채웠던 생각을 잠시나마 마비시켰다. 찬바람에 찔끔 눈물이 날 정도였지만 덕분에 조금 전까지 귓속에서 울리던 종잡을 수 없는 멜로디는 말끔히 사라졌다. 북쪽 지방의 겨울이 지닌 미덕이라고 해야 할까.

걸으면서 나는 아무 생각도 하지 않았다. 머릿속에 있는 건 그저 기분좋은 공백이었다. 혹은 무無였다. 눈의 예감을 품은 싸늘함이 무쇠팔처럼 내 의식을 호되게 추궁하고 지배했다. 춥다는 것 말고 다른 감각이 파고들 틈은 눈곱만큼도 없다. 그리고 문득 깨닫고 보니, 내 발길은 저절로 도서관 쪽을 향하고 있었다. 마치 내가 신은 눈신이 주인인 나보다 더 명료한 의지를 지닌 것처럼.

　코트 주머니에는 도서관의 여러 방 열쇠를 모은 다발이 들어 있었다. 나는 그중에서 가장 큼직한 열쇠로 철문을 열고 도서관 부지로 들어섰다. 그리고 완만한 비탈길을 올라 현관 미닫이문의 자물쇠를 풀었다. 손목시계의 바늘은 열두시 반을 가리켰다. 당연히 관내는 아무도 없이 컴컴하다. 벽에 달린 녹색 비상등만 희미하게 빛날 뿐이다.

　그 빈약한 빛에 의지해 어디 부딪히지 않도록 조심하며 천천히 걸음을 옮겨서 카운터에 상비된 손전등을 챙겨 들었다. 그리고 발밑을 비추면서 캄캄한 관내 안쪽으로 나아갔다. 내가 가야 할 장소는 한 곳뿐이었다. 물론 그 장작 난로가 있는 정사각형 반지하 방이다.

44

의식의 깊은 곳에서 내심 예상했던 대로 고야스 씨는 그곳에서 나를 기다리고 있었다.

장작 난로에서 소리 없이 불꽃이 타오르고, 작은 방은 딱 좋을 정도로 훈훈했다. 춥지도 덥지도 않다. 사과나무 고목을 핥는 빨간 불꽃은 너무 크지도 작지도 않다. 보아하니 고야스 씨는 내가 찾아올 시각을 가늠해(혹은 미리 알고서) 알맞게 방을 덥혀놓은 것 같았다. 귀한 손님을 맞는 지혜로운 호스트처럼. 사과 향이 어렴풋이 감도는 방에서는 왠지 모르게 친밀감이 느껴졌다. 세심하지만 부담스럽지는 않은 친밀감이다.

"오, 어서 오십시오." 내가 방문을 밀어 열자 고야스 씨가 둥그런 얼굴에 미소를 띠며 말했다. "기다리고 있었습니다."

고야스 씨의 옷차림은 여느 때와 같았다. 책상 위에 남색 베레모가 몸을 누인 듯 놓여 있었다. 세월의 흔적이 느껴지는 회색 트위드 재킷에 체크무늬 랩스커트, 두꺼운 검은색 타이츠, 밑창이 얇은 흰색 테니스화. 코트 같은 건 보이지 않는다. 그가 이 건물을 나가 찬바람을 맞으며 돌아다닐 일은 없을 것이다. 그러니 눈신도 코트도 필요 없다.

"잘 지내시는 것 같아 다행입니다." 고야스 씨는 양손을 맞비비며 상냥하게 말했다. "어서 앉으세요."

나는 난로 앞에서 무거운 코트를 벗고 머플러를 풀었다. 장갑도 벗었다. 나무의자에 앉아 고야스 씨에게 물었다.

"제가 오늘밤 여기 오리라는 걸 미리 아신 거죠?"

고야스 씨는 가볍게 고개를 기울였다.

"아마 짐작하셨겠지만, 저는 이 도서관을 벗어나지 않습니다. 아니, 사실상 벗어나는 게 불가능하답니다─사람의 형상을 빌렸건 아니건 간에요. 다만 오늘밤은 당신이 여기 오실 것 같다는 느낌이 들어서, 이렇게 있는 힘껏 형상을 갖추고 정신을 바짝 차리고서 맞을 준비를 하고 있었지요."

"오늘은 이상하게 잠이 오지 않았어요. 그래서 밤길을 조금 걸을까 하고 잔뜩 챙겨 입고 집을 나섰는데, 발길이 절로 도서관으로 향하더군요."

고야스 씨는 천천히 고개를 끄덕였다. "네, 그러고 보니 오늘 아침에 절 묘지에서 저희 가족의 무덤을 보고 오셨지요?"

"뭐라고 할까요. 고야스 씨의 성묘 비슷한 걸 하고 왔습니다. 주제넘은 짓이었는지 모르겠지만요."

"아닙니다. 그럴 리가요." 고야스 씨는 상냥하게 고개를 젓고 말했다. "마음 써주셔서 정말 감사합니다. 멋진 꽃까지 놓아주신 모양이던데요."

"훌륭한 무덤이더군요." 내가 말했다. 당사자를 앞에 두고 무덤을 칭찬한다는 게 영 기묘하다고 생각하면서. "묘비는 고야스 씨가 직접 고르셨나요?"

"네, 그렇습니다. 아직 살아 있던 시절 제가 고르고 비용도 다 치렀답니다. 저희 세 식구 이름과 생몰년만 새겨달라, 그 외에는 한 글자도 더하지 말라고 친하게 지내던 석재상 주인에게 단단히 일러두었어요. 그 사람은 전부 제가 지시한 대로 해주었고요. 죽고 나서 자기 눈으로 자기 묘비의 완성도를 확인하는 것도 좀 묘한 일입니다만."

고야스 씨는 재미있다는 듯 쿡쿡 웃었고, 나도 덩달아 미소지었다.

나는 말했다. "무덤에서 세 식구가 다시 함께하게 된 셈이군요."

고야스 씨는 작게 고개를 저었다. "네, 뭐 그렇게 생각해주시는 거야 문제없습니다만 실제로는 그렇지 않답니다. 무덤에 들어간 건 결국 세 사람의 유골일 뿐, 뼈와 영혼은 전혀 연관이 없어요. 네에, 뼈는 뼈, 영혼은 영혼입니다─물질과 물질이 아닌 것. 육체를 잃은 영혼은 끝내 사라지고 맙니다. 그런 연유로, 이렇게 죽어 사후 세계에 와서도 저는 생전과 다를 바 없이 외톨이입니다. 아내도 아들도 보이지 않습니다. 묘비에 셋의 이름이 새겨져 있을 뿐입니다. 결국 제 영혼도 마땅한 시간이 흐르면 어딘가로 사라져 무로 돌아갈 테지요. 영혼이란 어디까지나 과도적 상태에 지나지 않지만 무는 그야말로 영원합니다. 아니, 영원이라는 표현을 초월한 것입니다."

나는 할말을 생각했지만 도저히 이 자리에 적합한 표현이 떠오르지 않았다. 그러나 고야스 씨가 계속 입을 다물고 있는 바람에 일단 무슨 말이라도 해야 했다.

"그건 정말 괴로운 일이겠군요."

"네, 고독이란 참으로 무정하고 쓰라린 것이랍니다. 살아서나 죽어서나, 뼈와 살을 깎는 그 무정함, 쓰라림은 다를 바가 없습니다. 하지만 한편 제게는 과거에 누군가를 진심으로 사랑했다는 기억이 강렬하고 선명하게 남아 있습니다. 그 감촉이 양 손바닥에 짙게 배어 있어요. 그리고 그 온기의 유무에 따라 사후 영혼의 상태가 크게 달라진답니다."

"무슨 말씀인지 알 것 같습니다."

"당신 역시 과거에 누군가를 깊이 사랑했던 강렬하고 선명한 기억을 갖고 있지요. 그리고 그 사람의 영혼을 좇아 머나먼 곳으로 떠났다가 이렇게 다시 돌아오셨고요."

"고야스 씨는 그것도 알고 계시는군요."

"네, 알다마다요. 전에 말씀드렸다시피 한 번이라도 자기 그림자를 잃어본 사람은 한눈에 알아볼 수 있습니다. 당연히 좀처럼 찾아볼 수 없는 경우고요. 특히 아직 살아 있는 사람 중에서는."

나는 잠자코 난롯불을 바라보았다. 몸안에서 시간이 정체되는 느낌이 들었다. 시간의 흐름이 장해물에 가로막힌 것 같았다.

"그곳에 갔다가 다시 이쪽으로 돌아온다는 게 살아 있는 인간에게 얼마나 어려운 일인지 알고 계시겠죠?" 고야스 씨는 말했다. "가는 건 어찌어찌 해낸다고 쳐도 이쪽으로 귀환하기란 불가능에 가깝습니다. 어지간해서는 어림도 없어요."

"대체 어떻게 이쪽으로 돌아왔는지는 저도 전혀 모르겠습니다." 나는 솔직하게 말했다. "제 그림자는 저에게 이별을 고하고 깊은 웅덩이로 혼자 뛰어들어 무시무시한 지하 수로로 빨려들어갔습니다. 그는 단단히 결심하고 엄청난 위험을 무릅쓰고서라도 이쪽 세계로 돌아오려 했어요. 하지만 저는 생각을 거듭한 끝에 저쪽 세계에—높은 벽에 둘러싸인 그 도시에—남기를 택했죠. 그런데 다음 순간 눈을 떠서 주위를 둘러보니 이쪽 세계에 돌아와 있었어요. 그림자는 다시 제 그림자가 되었고요. 아무 일도 없었던 것처럼. 마치 길고 생생한 꿈이라도 꾼 것처럼. 그런데 아니에요. 그건 꿈이 아닙니다. 확신할 수 있습니다. 아무리 누군가가 꿈이라고 저를 세뇌시키려 해도요."

고야스 씨는 팔짱을 끼고 눈을 감고 있었다. 내 이야기에 귀 기울이는 눈치다. 나는 말을 이었다.

"어째서 그렇게 됐는지 영문을 모르겠습니다. 저는 제 의지로 저쪽 세계에 남기로 결심했어요. 그런데 의지와 달리 이쪽 세계로 돌아오고 말았죠. 마치 강한 용수철에 튕겨나가듯이. 열심히 생각해봤지만, 결국 제 의지를 초월하는 다른 어떤 의지가 작용했다고 볼 수밖에요. 그게 어떤 의지인지는 전혀 모르겠습니다. 그리고 그 의지의 목적도."

"당신이 처음부터 그 도시에 들어갈 수 있었던 것도, 요컨대 그 무언가의 의지가 작용했기 때문일까요?"

"그렇지 않을까 합니다." 나는 말했다. "어느 날 깊은 혼수에서 깨어보니 낯선 구덩이에 혼자 누워 있었어요. 벽에 둘러싸인 도시, 그 문 근처에 파인 구덩이입니다. 문지기가 저를 발견하고 도시에 들어가고 싶은지 물었어요. 저는 들어가고 싶다고 대답했습니다. 아마 누군가가, 어떤 의지가 저를 그 구덩이 속으로 옮겨다놨을 테죠. 물론 그후 문지기의 물음에 답하고 도시로 들어가기로 결정한 건 저 자신의 의지입니다만."

고야스 씨는 한동안 생각에 잠겼다. 그러고는 천천히 입을 열었다.

"네, 그게 무슨 의미인지, 그 의지라는 게 어떠한 것인지, 목적은 어디쯤인지, 그건 저도 모르겠습니다. 저는 실체 없는 개인적인 영혼에 지나지 않고, 죽음으로 인해 특별한 예지叡智를 얻은 것도 아니니까요.

다만 당신 이야기에서 제가 추측할 수 있는 바는, 사실 그 모두가 당신의 마음이 원한 일이 아니었을까 하는 겁니다. 당신 마음이(당신은 모르는 곳에서) 그러기를 원했다─그래서 그런 일이 일어났다. 아니, 그렇지 않다고 하실지도 모르겠군요. 그 수수께끼의 도시에 남겠노라 오롯이 스스로의 의지로 선택하셨다고요. 하지만 당신의 진정한 의지는 달랐는지도 모릅니다. 당신 마음 가장 깊은 곳에서는, 그 도시를 나와 이쪽으로 돌아오기를 원했는지도 모르지요."

"요컨대 제 의지를 초월하는 보다 견고한 어떤 의지라는 게, 외부가 아니라 제 안에 있다는 말인가요?"

"네, 물론 미흡하고 개인적인 추측일 뿐입니다. 그러나 이야기를 듣고 보니 저는 그리 생각할 수밖에 없군요. 당신은 필시 자신의 의지로 그 불가사의한 도시에 들어갔고, 역시 자신의 의지로 이쪽으로 돌아온 겁니다. 당신을 튕겨낸 용수철은 당신 자신의 내부에 있는 특수한 힘일 테지요. 마음속 밑바닥의 강한 의지가 그 엄청난 왕래를 가능케 했습니다. 스스로의 논리와 이성을 초월한 영역에서."

"고야스 씨는 그걸 알 수 있습니까?"

"아뇨, 그저 개인적인 추측입니다. 썩 믿을 만한 게 못 될지도 모르고요. 그래도 저는 피부로 느낄 수 있습니다(사후의 영혼에 피부가 있는지는 의문입니다만). 네, 충분히 일어날 수 있는 일입니다. 물론 누구에게나 일어나진 않아요. 하지만 언젠가 어디선가는 가능합니다. 강한 의지와 순수한 마음이 있다면."

"묻고 싶은 게 하나 있습니다"라고 나는 잠시 생각한 후 말했다.

"네, 말씀하십시오."

"고야스 씨는 돌아가신 부인과 아드님을 사랑하셨죠. 진심으로 아주 깊이 사랑했어요. 그렇죠?"

고야스 씨는 다시 고개를 끄덕였다. "네, 그렇습니다. 제 변변찮은 인생에서 그 두 사람보다 사랑한 이는 없습니다. 그건 틀림없는 사실입니다."

"고야스 씨는 그 두 사람과 실제로 가정을 꾸리고 탄탄한 사랑을 키워가셨습니다. 안정되고 결실 있는 사랑을요."

"네, 주제넘은 소리 같지만, 말씀하신 대로랍니다. 물론 저희의 작은 가정이 그림처럼 완벽했다고는 할 수 없습니다. 몇가지 일상적인 문제가 있었어요. 그러나 사소하고 잡다한 것들을 제외하면, 실로 알차고 풍요롭게 사랑이 가득했습니다."

"정말 멋진 일입니다. 하지만 제 경우는 유감스럽게도 그렇지 않아요. 저는 열여섯 살 때 우연히 그녀를 만났고, 그 자리에서 바로 사랑에 빠졌습니다. 열여섯 살 소년에게 드물지 않은 일이죠. 그리고 행운이 따라주어 그녀도 저를 좋아했습니다. 저보다 한 살 아래였어요. 우리는 몇 번 데이트를 하고, 손을 맞잡고, 키스를 했습니다. 정말이지 꿈처럼 멋진 일이었죠. 하지만 결과적으로 그게 다였어요. 두 사람의 육체가 하나로 맺어진 것도 아니고, 함께 생활한 것도 아닙니다. 또한 솔직히 말해, 그녀가 진정으로 어떤 사람이었는지도 저는 모릅니다. 이런저런 자기 이야기를 해주었지만 결국 본인 입에서 나온 것이니까요. 어디까지가 객관적인 사실인지 확인할 길이 없습니다.

당시 저는 아직 열여섯에서 열일곱 살이었으니 당연히 세상일에 대해 모르는 게 많았고, 스스로에 대해서도 잘 알지 못했습니다. 그리고 무엇보다, 너무나 깊고 격렬하게 그녀에게 빠져 있었습니다. 다른 생각은 전혀 할 수 없었을 정도로요. 순수했다고도 할 수 있지만 어디로 보나 미숙한 사랑입니다. 고야스 씨가 하신 것처럼 성숙한 어른의 사랑은 아닙니다. 시간의 검증을 받지도, 갖가지 현실적 장해를 맞닥뜨리지도 않은, 십대 아이들의 달콤한 연애놀이에 지나지 않습니다. 일시적인 열병이었는지도 모릅니다. 그로부터 벌써 삼십 년 가까이 흘렀습니다.

그녀는 어느 날 작별의 말도 없이, 조금의 암시조차 없이 제 앞에서 사라져버렸습니다. 그후 다시는 그녀를 보지 못했어요. 연락 한 줄 없었고요. 그리고 저는 이렇게, 벌써 중년의 영역에 발을 들였지요. 그런 인간이 잃어버린 소년 시절의 기억을 찾아 이쪽 세계와 저쪽 세계를 오간다—과연 그게 있을 수 있는 일일까요?"

고야스 씨는—혹은 그의 영혼은—팔짱을 낀 채 깊은 한숨을 쉬었다. 그러고는 말했다.

"여쭙고 싶은 게 하나 있습니다."

"뭐든 말씀하세요."

"당신은 지금까지 살면서, 다른 누군가를 그 소녀만큼 진심으로 좋아하고 애틋하게 느낀 적이 있습니까?"

나는 그에 대해 한 차례 생각해봤다. 생각할 필요도 없었지만. 그러고는 말했다.

"살면서 몇 명의 여자를 만났고, 좋아하기도 했습니다. 제법 진지하게 사귀기도 했고요. 하지만 그 소녀만큼 누군가를 열망했던 적은 한 번도 없습니다. 머리가 텅 비어버릴 것 같고, 대낮에 깊은 꿈을 꾸는 것 같고, 다른 생각은 하나도 할 수 없는, 그런 순수한 심정을 품은 적은요.

결국 저는 그 백 퍼센트의 마음이 다시 한번 찾아와주기를 지금껏 기다렸나봅니다. 혹은 과거에 제게 그 마음을 가져다주었던, 그 사람을."

"사실 저도 그렇습니다." 고야스 씨는 나지막한 목소리로 말했다. "저도 아내를 잃은 뒤, 네, 연이 닿아 몇 명의 여자분을 알게 되었습니다. 그렇게 많지는 않고 몇 명 정도요. 후처를 맞으라며 맞선을 권하는 사람도 꽤 있었습니다. 아내를 잃었을 때 저는 아직 사십대였고, 오랜 집안의 대를 잇는 아들이거니와, 이 작은 마을에서 나름 사회적 지위가 있었으니 주위에선 새 아내를 얻는 것이 당연하다고들 생각했답니다. 그리고 제게 다가오는 여자분도 없지는 않았고요.

하지만 아내에 대한 사랑에 필적할 만한 감정을 느끼게 하는 상대는 한 명도 없었습니다. 아무리 용모가 뛰어난 분도, 인품이 훌륭한 분도, 죽은 아내가 그랬던 것만큼 제 마음을 떨리게 하진 못했습니다. 그리고 저는 언제부턴가 이렇게 스커트를 입게 되었지요. 보수적인 산간 동네다보니, 괴상한 차림으로 돌아다니는 별난 남자에게 혼담을 내미는 정신 나간 사람은 없을 테니까요."

그렇게 말하고 고야스 씨는 쿡쿡 웃었다. 그러고는 진지한 표정으로 돌아와 말을 이었다.

"제가 하고 싶은 건 이런 얘깁니다. 티없이 순수한 사랑을 한번 맛본 사람은, 말하자면 마음의 일부가 뜨거운 빛에 노출된 셈입니다. 타버렸다고 봐도 되겠지요. 더욱이 그 사랑이 어떤 이유로 도중에 뚝 끊겨버린 경우라면요. 그런 사랑은 본인에게 둘도 없는 행복인 동시에, 어찌 보면 성가신 저주이기도 합니다. 제가 말하려는 바를 이해하시겠습니까?"

"알 것 같습니다."

"여기서는 나이 차이도, 시간의 시련도, 성적 경험의 유무도 대단한 요건이 되지 않습니다. 나 자신에게 백 퍼센트인가 아닌가, 중요한 건 그뿐입니다. 당신이 열여섯에서 열일곱 살 때 상대에게 품었던 사랑은 실로 순수했으며 백 퍼센트의 마음이었지요. 그래요, 당신은 인생의 아주 이른 단계에서 최고의 상대를 만났던 겁니다. 만나버렸다, 라고 해야 할까요."

고야스 씨는 그 대목에서 말을 끊고 몸을 숙여 난롯불을 바라보면서 무슨 생각에 잠긴 듯했다. 그의 눈동자에 붉은 난롯불이 어른거렸다.

"하지만 그녀는 어느 날 갑자기 어딘가로 사라졌습니다. 어떤 메시지도, 암시나 힌트도 남기지 않고. 왜 그런 일이 일어났는지 당신은 이해할 수 없었죠. 그렇게 된 이유도 추측할 길이 없었고.

제 경우도 비슷했습니다. 외아들을 사고로 잃은 후 자살을 선택하기까지 아내는 제게 한 마디 작별인사도 없었고, 유서라 할 만한 것도 남기지 않았습니다. 자고 일어난 이불 속, 사람 모양대로 움푹 꺼진 자리에 대파 두 뿌리가 남겨져 있었을 뿐입니다. 길고 하얗고 무척 굵고 싱싱한 대파였어요. 일부러 그걸 침대 위에 놓고 간 겁니다. 자기 대신이라는 양.

아아, 그 대파가 대관절 무슨 의미인지 누가 알겠습니까. 물론 저라고 알 길은 없습니다. 이날 이때껏 제 안에 커다란 수수께끼로 남아 있습니다. 그 뽀얀 흰색이 지금도 망막에 새겨져 있습니다. 왜 대파인가, 어째서 대파여야 했나. 만약 사후 세계에서 아내를 만난다면 꼭 물어보겠다고 다짐했지요. 하지만 보시다시피 사후 세계에서도 저는 철저히 외톨이입니다. 수수께끼는 풀리지 않았습니다."

고야스 씨는 잠시 눈을 감았다. 망막에 남은 대파의 잔상을 다시 한번 확인하는 것처럼. 이윽고 눈을 뜨고 말을 이었다.

"아내가 한 마디 말 없이 세상을 버림으로써 제 마음은 깊은 상처를 받았습니다. 남모를 상흔이 생생하게 남았습니다. 마음의 중심까지 가닿는 중상입니다. 그럼에도 저는 죽지 않고 이렇게 오래도록 살아남았습니다. 그것이 구제할 길 없는 치명상이란 걸 처음에는 깨닫지 못했으니까요. 뒤늦게 알아차렸을 땐 저는 이미 삶의 길로 나아가고 있었습니다. 계속 살아간다, 라는 레일이 제 앞에 깔리고 만 겁니다."

고야스 씨는 그렇게 말하고 입가에 옅은 미소를 지었다.

"그때를 경계로 저는 그전과 완전히 다른 인간이 된 것 같았습니다. 한 마디로 말하면, 세상 그 무엇에도 열정을 가지지 못하게 된 겁니다. 제 마음의 일부가 타버렸기 때문이지요. 그리고 마음에 입은 치명상으로 저라는 인간이 이미 반쯤 죽어버렸기 때문입니다. 그후 인생에서 제가 조금이라도 흥미를 느낄 수 있었던 건 오직 하나, 이 도서관뿐이었습니다. 이 작고 개인적인 도서관이 있었기에 지난해의 그날까지 어찌어찌 살아남을 수 있었습니다. 그러므로, 네, 저는 당신의 심정을 이해합니다. 당신이 마음에 입은 상처를 깊이 공감할 수 있습니다. 주제넘은 말인지도 모르지만, 마치 제 일처럼 말입니다."

"당신은 그런 사정을 충분히 아시고서 저를 이 도서관 관장으로 선택한 건가요?"

고야스 씨는 고개를 끄덕였다. "네, 저는 첫눈에 보고 알았습니다. 당신이 이 도서관에서 제 뒤를 이어야 할 사람이란 걸요. 그도 그럴 게 여긴 평범한 도서관이 아니니까요. 그저 많은 책을 모아둔 공공시설이 아닙니다. 이곳은 다름 아닌, 잃어버린 마음을 받아들이는 특별한 장소여야 합니다."

"가끔 저 자신을 알 수 없어집니다." 나는 솔직하게 털어놓았다. "혹은 잃는다고 해야 할지도 모르겠군요. 이 인생을 저 자신으로, 저의 본체로 살고 있다는 실감이 들지 않습니다. 나 자신이 그저 그림자처럼 느껴지곤 합니다. 그런 때면 제가 그저 나 자신의 겉모습만 흉내내서, 교묘하게 나인 척하며 살고 있는 것 같아 불안해집니다."

"본체와 그림자란 원래 표리일체입니다." 고야스 씨가 나지막히 말했다. "본체와 그림자는 상황에 따라 역할을 맞바꾸기도 합니다. 그럼으로써 사람은 역경을 뛰어넘어 삶을 이어갈 수 있는 것이랍니다. 무언가를 흉내내는 일도, 무언가인 척하는 일도 때로는 중요할지 모릅니다. 걱정하실 것 없습니다. 누가 뭐래도 지금 이곳에 있는 당신이, 당신 자신이니까요."

고야스 씨는 그러고는 문득 입을 다물더니 갑자기 얼굴을 잔뜩 찡그렸다. 무슨 이물질을 삼킨 것처럼. 이어서 어깨를 몇번 들썩이고는 길고 크게 숨을 내뱉었다.

"괜찮으세요?" 내가 물었다.

"아아, 괜찮습니다." 고야스 씨는 숨을 고르며 말했다. "아무 문제 없습니다. 걱정 마십시오. 그래도 말을 너무 많이 하긴 했나봅니다. 죄송하지만 슬슬 가봐야겠습니다. 어느덧 시간이 다 됐네요. 지금 여기서 말씀드릴 수 있는 건 오직 하나—믿는 마음을 잃어서는 안 된다는 것입니다. 무언가를 강하고 깊게 믿을 수 있으면 나아갈 길은 절로 뚜렷해집니다. 그럼으로써 이다음에 올 격렬한 낙하를 막을 수 있을 겁니다. 혹은 그 충격을 크게 누그러뜨리거나요."

이다음에 올 격렬한 낙하를 막는다? 대체 어디서 낙하한다
는 걸까? 무슨 말인지 잘 이해되지 않았다.

"고야스 씨, 조만간 또 뵐 수 있을까요? 여쭐 것이 아직 많
습니다."

고야스 씨는 책상 위에 둔 베레모를 집어 능숙하게 모양을
정돈했다. 그리고 머리에 썼다.

"네, 곧 다시 뵙지요. 저 같은 사람으로도 괜찮다면 기꺼이
도움이 될 생각입니다. 하지만 다음 기회가 언제일지는 확실
히 모른답니다. 그때그때 미묘하게 바뀌어가는 흐름이 저를
이런저런 곳으로 데려가고, 이렇게 얼굴을 마주하고 대화하려
면 그만한 힘을 비축해둬야 합니다. 그래도 필시 머지않아 뵐
수 있을 겁니다."

말하는 고야스 씨의 모습이 전체적으로 조금씩 옅어지는 기
분이었다. 건너편이 약간 비쳐 보이는 것처럼. 다만 어디까지
나 기분 탓인지도 모른다. 방안이 충분히 밝지 않았으니까.

고야스 씨는 방문을 열고 밖으로 나갔다. 이어서 찰칵하고
문이 닫히는 소리가 났다. 그후 깊은 침묵이 찾아왔다. 발소리
는 들리지 않았다.

45

서가의 책을 정리하고 있는데 한 소년이 말을 걸어왔다. 아침 열한시가 지난 참이었다. 나는 베이지색 라운드넥 스웨터에 올리브그린색 치노팬츠를 입고 목에는 도서관 직원임을 알리는 플라스틱 카드를 걸고 있었다. 손상된 책을 서가에서 꺼내 새 책으로 교체하는 작업을 하고 있었다.

작은 체구에 나이는 열여섯에서 열일곱 살 정도, 초록색 요트파카에 옅은 톤의 청바지를 입고 검은색 농구화를 신고 있었다. 어느 것이나 상당히 낡았고 미묘하게 사이즈가 맞지 않는 인상이었다. 누군가에게 물려받은 건지도 모른다. 요트파카 앞면에는 노란 잠수함이 프린트되어 있다. 비틀스의 〈옐로 서브마린〉이다. 존 레넌이 옛날에 썼던 것과 비슷한 동그란 금속테 안경이, 소년의 홀쭉한 얼굴에는 너무 큰 듯 약간 비스듬하게 얹혀 있다. 마치 1960년대에서 이곳으로 잘못 섞여들어온 것 같다.

나는 그 소년을 열람실에서 자주 목격했다. 늘 창가의 같은 자리에 앉아 진지한 얼굴로 독서에 심취해 있었다. 책장을 넘길 때 말고는 꼼짝도 하지 않길래 어지간히 책을 좋아하는 모양이라고 생각했다. 다만 매일같이 아침부터 줄곧 도서관에 틀어박혀 있는 게 신기하긴 했다. 학교는 안 가도 되는 건가.

그래서 한번은 소에다 씨에게 물어봤다. 저 아이는 학교 안 가도 괜찮을까요, 라고.

소에다 씨는 고개를 젓고 말했다. "저애는 사정이 있어서 학교에 다니지 않습니다. 이곳이 학교인 셈이죠. 부모님과도 얘기가 됐고요."

아마 등교 거부 같은 케이스인가보다고 나는 이해했다. 그래서 그 이상 묻지 않았다. 학교에 가지 않더라도 매일같이 도서관을 드나들며 열심히 책을 읽는다면 큰 문제는 없을 것이다.

그런데 그날은 평소와 달리, 책을 읽는 대신 무언가 고심하는 기색으로 서가 앞을 왔다갔다했다.

"죄송한데요." 소년이 걸음을 멈추고 말했다.

"네, 무슨 일이죠?" 나는 책을 팔에 안은 채 말했다.

"당신의 생년월일을 알려주시겠어요?" 소년이 말했다. 그 또래 남자아이치고는 무척 정중하고 똑부러지는 말투다. 그리고 높낮이가 없다. 꼭 종이에 인쇄된 문장을 기계적으로 읽는 것처럼.

나는 책을 내려놓지 않은 채 자세만 바꾸어 그의 얼굴을 똑바로 보았다. 좋은 환경에서 자란 듯 보이는 말쑥한 얼굴이었다. 이목구비 중 유독 귀가 크다. 머리는 최근에 깎았는지 가지런하고 귀 위쪽이 파르스름했다. 작은 체구에 흰 피부, 목과 팔이 가늘다. 햇볕에 탄 흔적은 전혀 찾아볼 수 없다. 어디로 보나 스포츠를 즐길 타입은 아닌 듯하다. 그리고 나를 똑바로 바라보는 두 눈에는 불가사의한 빛이 깃들어 있었다. 초점이 또렷한 날카로운 빛이다. 깊은 구덩이 밑바닥의 무언가를 가만히 집중해서 들여다보는 것처럼…… 어쩌면 내가 그 '깊은 구덩이 밑바닥의 무언가'인지도 모른다.

"생년월일?" 내가 되물었다.

"네, 당신이 태어난 해와 달과 날짜입니다."

조금 난처했지만 나는 생년월일을 알려주었다. 소년이 무엇을 원하는지는 몰라도 생년월일을 알려준다고 딱히 해가 될 것 같진 않았다.

"수요일." 소년은 거의 틈을 두지 않고 선언했다.

나는 무슨 뜻인지 몰라 얼굴을 살짝 찡그렸다. 그 표정이 소년의 마음을 조금 흐트러뜨린 모양이었다.

"당신이 태어난 날은 수요일입니다." 소년이 말했다. 실은 이런 것까지 일일이 설명하고 싶지 않습니다만, 하듯 매우 쌀쌀맞은 투로. 그리고 할말을 마쳤다는 듯 잰걸음으로 열람실로 돌아가 창가 자리에 앉아 두꺼운 책을 다시 읽기 시작했다.

무슨 일이 일어났는지 이해하는 데 조금 시간이 걸렸다. 그러고는 문득 떠올랐다. 이 소년은 이른바 '캘린더 보이'가 아닐까. 과거나 미래의 언제든 날짜만 듣고 무슨 요일인지 순식간에 알아맞히는 특수 능력이 있는 사람. 일반적으로는 '서번트 증후군'으로 불린다. 영화 〈레인 맨〉에 나왔던 인물도 그중 하나였다. 지적장애가 있는 경우도 많지만, 수학이나 예술 분야에서 종종 비범할 정도로 특출난 능력을 발휘한다.

내 생일이 정말 수요일인지 인터넷에서 확인해보고 싶었지만 도서관에 컴퓨터가 없어서 그러지 못했다(그날 퇴근 후 집에 있는 컴퓨터로 찾아봤더니 내가 태어난 날은 정말로 수요일이 맞았다).

나는 카운터에 있던 소에다 씨를 사무실 앞으로 불러서 소년이 앉아 있는 자리를 살짝 가리키며 말했다.

"저애 말인데요."

"무슨 일 있었나요?"

"뭐랄까, 이른바 서번트 증후군 같은 걸까요?"

소에다 씨는 내 얼굴을 보고 말했다. "혹시 생년월일을 묻던가요?"

나는 무슨 일이 있었는지 설명했다.

소에다 씨는 다 듣고 나서 무표정하게 말했다. "네, 저애는 곧잘 남의 생년월일을 묻습니다. 그리고 그게 무슨 요일인지 바로 알려주죠. 하지만 그뿐이에요. 누구에게 피해를 주지도 않고, 문제를 일으키지도 않아요. 그리고 한 번 물어본 사람에게 두 번은 묻지 않고요."

"만나는 사람마다 생년월일을 묻나요?"

"아뇨, 아무에게나 묻진 않아요. 나름대로 골라서 그러는 것 같더군요. 묻는 사람도 있고, 안 묻고 넘어가는 사람도 있고. 무슨 기준인지는 잘 모르겠지만요."

"그렇군요." 나는 말했다. 그다지 평범한 일은 아니지만, 소에다 씨 말처럼 성가신 문제를 빚을 것 같진 않다. 그래봤자 생년월일이고 요일일 뿐이다.

"그런데 생일이 무슨 요일이던가요?"

"수요일." 내가 말했다.

"수요일의 아이는 수심이 가득." 소에다 씨가 말했다. "이 노래 아세요?"

나는 고개를 저었다.

"마더 구스의 한 소절이에요. 월요일의 아이는 아름답고, 화요일의 아이는 품위 있고, 수요일의 아이는 수심이 가득……"

"처음 듣는 것 같군요." 내가 말했다.

"그냥 동요예요. 맞는 말도 아니고요. 저는 월요일에 태어났지만 딱히 아름답게 생기지 않았는걸요." 소에다 씨는 말했다. 여느 때처럼 진지한 얼굴로.

"수요일의 아이는 수심이 가득." 나는 되뇌었다.

"전래 동요 가사. 그냥 말장난이에요."

"왜 저애는 학교에 가지 않을까요? 괴롭힘이라든가, 뭐 그런 이유인가요?"

"아뇨, 그런 건 아닙니다. 고등학교에 진학하지 못했어요."

소에다 씨는 들고 있던 볼펜을 내려놓고 안경 위치를 바로잡은 후 말을 이었다.

"이 동네 공립 중학교를 재작년 봄에 어찌어찌 졸업했는데 근처에 진학할 수 있는 고등학교가 없었어요. 성적이 너무 들쑥날쑥했거든요. 잘하는 과목에선 완벽한 점수를 받지만, 다른 과목은 못하는 정도가 아니라 거의 영점에 가까웠어요. 사진기억력이라고 하죠. 책을 읽으면 내용을 고스란히 암기하는데, 받아들인 정보량이 워낙 방대하고 자세하다보니 실용적인 수준으로 연결하기가 어려운 거예요. 대부분 지나치게 전문적인 정보라서 고등학교 입시에는 쓸모가 없고요. 게다가 체육 수업에는 절대 참여하지 않아요. 일반 고등학교에 진학하기는 힘들죠."

"그렇군요." 내가 말했다. "하지만 책 읽는 건 무척 좋아하는 모양이네요."

"네, 책을 아주 좋아해서 날마다 도서관에 와서 엄청난 속도로 읽어치워요. 이대로 가면 올해 안에 이 도서관의 장서를 거의 다 독파해버릴지도요."

"어떤 책을 읽는데요?"

"그냥 다요. 책이면 일단 다 좋은지, 안 가리고 읽어요. 마치 영양 음료를 마시듯 책에 담긴 정보를 한쪽 구석부터 쭉 흡수해가죠. 무슨 정보가 나오면 그게 어떤 종류건 고스란히 머릿속에 넣어버려요."

"훌륭하긴 한데, 때에 따라서는 위험한 정보도 있을 수 있겠군요. 요컨대 취사선택이 필요한 경우요."

"네, 맞는 말씀입니다. 그래서 저애가 읽는 책은 대출 전에 제가 하나하나 살펴봐요. 문제를 일으킬 만한 정보가 있어 보이면 도로 가져가죠. 이를테면 과도한 성적 묘사나 폭력 묘사…… 뭐 그런 것들요."

"그렇게 강제로 못 읽게 하면 문제가 생기지 않을까요?"

"괜찮습니다. 저애는 웬만해선 제 말에 순순히 따르니까요." 소에다 씨는 말했다. "실은 초등학교 때 제 남편이 이 년 동안 담임을 맡았어요. 그래서 어릴 적부터 잘 알았죠. 남편은 저애를 몹시 걱정했어요. 어떻게 대해야 하는지도 물론 적지 않게 고민했고요."

"가정환경은 어떻습니까?"

"부모님은 마을에서 사립 유치원을 운영해요. 그 밖에 학원 몇 곳도. 좋은 집안이죠. 아들만 셋인데 저애가 막내고, 형들은 굉장한 수재라 둘 다 이 동네 고등학교를 우수한 성적으로 졸업하고 도쿄에 있는 대학에 진학했어요. 한 명은 졸업 후 민사소송 전문 변호사로 일하고 있고, 한 명은 아직 재학중인데 의대생이라고 들은 것 같아요. 하지만 저애는 고등학교에도 가지 못하고, 학교 대신 이 도서관을 오가며 서가의 책을 순서대로 읽어치우고 있죠. 아까도 말씀드렸듯 저애한테는 이곳이 학교인 셈이에요."

"그리고 읽은 책의 내용을 고스란히 암기한다?"

"이를테면 시마자키 도손의 『동트기 전』을 읽었다고 칩시다. 그럼 처음부터 끝까지 전문을 그대로 암송할 수 있어요. 꽤 긴 소설이지만, 상관없이 전부 기억해버려요. 글자 하나 구두점 하나 틀리지 않고 인용할 수 있죠. 하지만 그 책이 사람들에게 무엇을 호소하는지, 혹은 문학사에서 어떤 의미가 있는지, 그런 건 아마 이해하지 못할 거예요."

그런 능력을 가진 사람들의 이야기를 들은 적은 있지만 실제로 눈앞에서 보기는 처음이었다. 소에다 씨는 말했다.

"사람에 따라서는 그런 특수한 능력을 꺼림칙하게 여기기도 하죠. 특히 이렇게 작고 보수적인 마을에서 이질적인 것, 평범하지 않은 것은 배척되기 마련이고, 저애랑 엮이는 걸 꺼리는 이들이 많아요. 전염병 걸린 사람을 피해다니듯이. 적어도 먼저 손을 내미는 사람은 없죠. 슬픈 일이에요. 알고 보면 무척 얌전한 아이고, 생년월일을 물어보고 다니는 걸 빼면 누굴 귀찮게 하지도 않는데."

"그래서 학교에 다니는 대신 매일 이 도서관에 와서 손에 잡히는 대로 책을 읽는다. 그런데 대체 무엇 때문에 그렇게 많은 지식을 흡수해야 하는 걸까요?"

"글쎄요, 그건 저도 모릅니다. 아마 아무도 모르지 않을까요. 그저 지식에 대한 끝없는 호기심이 그렇게 만드는 것이라고 할 수밖에요. 방대한 지식을 주입하는 게 아이에게 유익한 결과를 가져올지, 아니면 문제를 불러올지, 그것도 판단할 수 없어요. 지식의 축적 용량에 한도 같은 게 있는지도 분명하지 않고요. 다 모를 일이죠. 하지만 어쨌거나 지식욕 자체는 의미 있고 귀중한 것이고, 도서관은 그걸 충족시키기 위해 존재하니까요."

나는 고개를 끄덕였다. 맞는 말이다. 도서관은 사람들의 지식욕을 충족시키기 위해 존재한다. 그 목적이 무엇이건.

"하지만 그런 아이를 받아주는 학교도 있지 않나요?" 나는 말했다.

"네, 전문학교가 몇 군데 있는 모양입니다만 아쉽게도 이 근처에는 하나도 없어요. 그런 학교에 들어가려면 어쩔 수 없이 마을을 벗어나야 해요. 기숙사 같은 곳에 들어가야 하니까요. 하지만 어머니가 아이를 매우 아끼고 애지중지해서 절대 품에서 놔주려 하지 않아요."

"그래서 이 도서관이 학교를 대신하게 됐군요."

"네, 아이 어머니가 예전부터 고야스 씨와 친분이 있던 사이라 직접 와서 부탁하셨어요. 애가 워낙 책벌레라 책만 읽게 놔두면 얌전하다, 도서관에서 잘 지도해줄 수 없겠느냐. 그래서 충분한 의논을 거쳐 고야스 씨가 그 역할을 맡게 됐죠."

"그리고 돌아가신 고야스 씨의 유지를 이어받아 소에다 씨가 저 소년을 보살피는 거고요?"

"보살핀다고 할 정도는 못 되지만, 되도록 눈여겨보고 있어요. 무슨 책을 읽는지 전부 기록해두고요. 저도 저애를 좋아합니다. 분명 유별난 구석이 있고 가끔은 묘하게 고집을 부리지만 번거로울 정도는 아니에요. 매일 똑같은 자리에 앉아 일심불란하게 책을 읽을 뿐이죠. 집중력이 정말 놀라워요. 한순간도 책에서 눈을 떼지 않아요. 그걸 방해하지만 않으면 얌전한 애니까. 이 도서관에선 지금껏 아무 문제도 일으킨 적 없어요."

"또래 친구는 없나요?"

소에다 씨는 고개를 저었다. "제가 아는 한, 친구라 할 만큼 친한 상대는 없는 것 같아요. 또래 아이와 화제를 공유하긴 힘드니까요. 게다가 중학교 때 같은 반 여자애한테 좀 문제를 일으킨 적이 있어서."

"문제라면, 어떤?"

"한 아이에게 흥미를 품고 졸졸 따라다녔어요. 특별히 예쁘거나 눈에 띄는 편은 아니었는데, 그 여자아이의 어떤 면에 엄청나게 흥미를 느낀 모양이었죠. 따라다닌다고 이상한 짓을 한 건 아니에요. 말도 걸지 않고. 그저 가만히 뒤를 쫓기만 했어요. 바싹 붙지도 않고, 조금 떨어져서. 그래도 당하는 사람 입장에선 당연히 기분이 나쁘죠. 여자아이 부모님이 교장 선생님을 통해 항의하면서 약간 문제가 됐습니다. 이 마을 사람은 모두 그 일을 알고 있고요. 그러니 자기들 아이가 저애 가까이 가는 걸 반기지 않아요."

그후 나는 항상 같은 창가 자리에 앉아 독서에 집중하는 그 소년의 모습을 나름대로 의식해서 관찰하게 되었다―상대가 신경쓰지 않도록 적절한 거리를 두고.

내가 보는 한 소년은 늘 '옐로 서브마린' 그림이 프린트된, 똑같은 초록색 요트파카를 입고 있었다(어지간히 마음에 드는 모양이다). 그전에는 딱히 주의를 끌지 않았는데, 소에다 씨의 설명을 듣고 보니 그 소년이 책에 집중하는 모습이 어딘가 예사롭지 않음을 알아챌 수 있었다. 한번 책을 펼치고 읽기 시작하면 오랜 시간 꿈쩍도 하지 않고(예를 들어 뺨에 등에가 앉아도 모를 것 같다), 글자를 좇는 눈빛이 플랫하고 무표정하며, 가끔은 이마에 희미하게 땀이 배어난다는 것을.

그러나 그것도 소에다 씨에게 얘기를 듣고 유심히 관찰하며 비로소 알게 된 것이지, 아무것도 모르는 상태에서 편견 없이 보면 특별히 위화감을 느끼지 않고 넘어갔을 것이다. 몸집이 작은 한 소년이 도서관 의자에서 곁눈질 한 번 하지 않고 책을 읽는다—그저 그뿐이다. 나도 저 나이 때는 비슷하게 집중력을 발휘하며 먹고 자는 것도 거의 잊고 독서에 빠져 있곤 했다.

그리고 그 소년이 내게 말을 건 것도 생년월일을 물었을 때가 처음이자 마지막이었다. 한번 생년월일을 알고 나면(이어서 요일을 맞히고 나면) 상대에 대한 호기심이 전부 충족되는지도 모른다.

도서관 열람실 말고 다른 장소에서 내가 그 옐로 서브마린 소년을 본 건 어느 월요일, 도서관 휴관일 아침이었다.

46

그 월요일 아침에도 나는 작은 꽃다발을 들고 고야스가의 묘소를 찾았다. 하늘이 몹시 흐리고 바람은 습해서 당장이라도 눈비가 올 것 같았다. 그러나 우산은 챙기지 않았다. 우산이 없어도 야구모자와 더플코트 후드로 어느 정도 눈비를 막을 순 있을 테니까.

나는 먼저 무덤 앞에서 양손을 모으고 일가 세 사람의 명복을 빌었다. 불행한 교통사고로 목숨을 잃은 다섯 살 소년, 그 슬픔을 이기지 못하고 불어난 강물에 몸을 던진 어머니, 산길을 걷다가 심장 발작으로 갑작스러운 죽음을 맞은 도서관장, 그들은 어느새 내게 신기할 만큼 가까운 존재가 되었다. 생전의 그들과는 한 번도 만난 적이 없음에도.

그런 다음 평소처럼 앞쪽 돌담에 걸터앉아, 매끈하고 새카만 묘비를 향해, 혹은 그 안쪽에 있을지도 모르는 고야스 씨를 향해 말을 걸었다. 이따금 나무 사이에서 예의 겨울새가 날카롭게 울었다. 마치 방금 세계의 틈새를 목격하고 온 것처럼 비통함을 머금은 외침이다. 그러나 그것만 빼면 일대는 적막했다. 두꺼운 구름이 소리라는 소리는 모조리 빨아들인 것처럼.

나는 그주 도서관에서 생긴 일을 한차례 고야스 씨에게 보고했다. 늘 그렇듯 대단한 일은 없지만, 그래도 두세 가지 이야깃거리가 있었다. 이를테면 라운지에서 잡지를 보던 예순일곱 살 남자가 컨디션 난조를 호소해 한동안 소파에 눕혔는데 상태가 나아지지 않아 구급차를 불렀다(결국 병원에서 가벼운 식중독이었음이 밝혀졌다). 도서관 뒤뜰에 살던 줄무늬 암고양이가 새끼를 다섯 마리 낳았다. 귀여운 새끼고양이들이다. 어미도 새끼도 건강하니, 조금 안정되면 입구에 안내문을 붙여 입양처를 찾을 것이다. 대충 그 정도다. 뭐니 뭐니 해도 작고 평화로운 마을의, 작고 평화로운 도서관이다. 별다른 일은 아무것도 일어나지 않는다(가끔 전 도서관장의 유령이 출몰하는 것을 빼면).

그후 나는 높은 벽돌 벽에 둘러싸인 도시에서의 생활을 이야기했다. 얼마나 아름다운 강이 흘렀는지, 단각수들이 어떤 모습으로 길거리를 돌아다녔는지, 문지기가 얼마나 날카롭게

도구의 날을 버렸는지, 도서관의 소녀가 얼마나 진한 약초차를 내게 내주었는지…… 그런 것을 하나하나 자세히 구체적으로 읊었다. 어쩌면 전에도 했던 이야기인지 모른다. 그러나 나는 괘념치 않고 머릿속에 떠오르는 대로 묘비를 향해 이야기를 계속했다.

물론 묘비는 내내 말이 없었다. 돌은 대답하지 않고, 표정도 바꾸지 않는다. 내가 하는 말을 듣는 건 나뿐인지도. 그래도 띄엄띄엄 말을 이어갔다. 그 도시에 대해서는 할 이야기가 많았다. 아무리 말해도 부족할 정도로.

두꺼운 구름이 바람에 실려 서서히 남쪽으로 이동하는 듯했다. 그런 구름을 보고 있으면 세계가 돌고 있음을 실감한다. 지구는 천천히 착실하게 회전하고, 시간은 쉼없이 앞으로 나아간다. 그 진행을 확증하듯 예의 새들이 가지에서 가지로 옮겨가며 이따금 날카롭게 울었다. 겨울 아침의 어렴풋한 슬픔이 투명한 옷처럼 나를 얇게 감싸고 있었다.

그때 나는 시야 한구석에서 얼핏 움직이는 것을 보았다. 움직임으로 보아 개나 고양이는 아니다. 아무래도 사람 같다. 그것도 작은 그림자—결코 큰 체격은 아니다. 나는 상대가 눈치채지 않도록 자세는 그대로 두고 눈만 움직여 그 방향을 관찰했다.

그 누군가는 묘비 뒤에 몸을 숨기고 있었지만, 묘비는 몸을 완전히 가려줄 만큼 크지 않았다. 가장자리로 비어져나온 옷의 일부가 '옐로 서브마린' 초록색 요트파카임을 나는 알아보았다. 틀림없다.

아마 소년은 그날 아침 고야스 씨의 묘소를 찾았다가 마침 무덤 앞에 앉아 있는 나를 목격했을 것이다. 그리고 타인과의 접촉—소년이 무엇보다 거북해하는—을 피하기 위해 옆에 있던 묘비 뒤로 재빨리 몸을 숨겼다. 얼마나 오래 그러고 있었는지는 알 길이 없다.

묘비를 향해 내가 한 이야기를, 지극히 개인적인 그 독백을 소년이 들었을까? 나는 그렇게 큰 목소리를 내진 않았다(고 생각한다). 그리고 소년은 그렇게까지 가까운 곳에 숨어 있지 않았다. 하지만 어쨌거나 주위가 무섭도록 조용했다(그렇다, 말그대로 무덤처럼 적막했다). 또 소년은 작은 몸에 비해 양쪽 귀가 아주 크다. 어쩌면 그 귀로 모든 것을 들었는지도 모른다.

설령 소년이 내 이야기를 한 마디도 남김없이 들었다 한들 불리할 게 있을까? 만약 상대가 보통 사람이라면 내가 말한 '벽에 둘러싸인 도시'는 사실이 아니라 그저 꿈같은 이야기로 정리될 것이다. 환상적인 종류의 픽션으로. 그리고 나는 '몽상적 경향이 있는 인물'로 분류될 것이다. 그뿐이다. 그러나 정밀한 사진기억력을 가진 소년의 귀에는 그 이야기가 어떻게 들렸을까? 그의 마음은 그걸 어떻게 받아들였을까?

나는 돌담에서 천천히 일어나 야구모자를 고쳐 쓰고, 하늘을 한 번 올려다보고 날씨를 확인한 뒤, 소년의 존재를 전혀 알아차리지 못한 척하며 묘소를 뒤로했다. 소년이 숨어 있는 쪽은 일부러 쳐다보지 않았지만 아직 그곳에 있다는 사실은 ─누군가의 묘비 뒤에 숨어 나를 지켜보고 있다는 사실은─ 알고 있었다. 나는 그 소년에게 호감을 품지 않을 수 없었다. 적어도 그에게는 고야스 씨에 대한 어떤 감정이 여태껏 강하게 남아 있다. 그렇지 않다면 이 추운 겨울날 아침, 마을 외곽의 절 묘지까지 일부러 찾아올 일은 없을 것이다.

나는 높낮이가 고르지 않은 돌계단을 육십 개 남짓 내려가, 여느 때처럼 역 근처의 이름 없는 '커피숍'에 들러 뜨거운 블랙커피를 주문했다. 그리고 블루베리 머핀을 하나 먹었다.

깅엄체크 앞치마를 두른 카운터의 여자가 내 얼굴을 보고 미소 지었다. '손님이 기억나요' 하는 듯 자연스러운 친밀감이 담긴 미소였다. 그날 아침 그녀는 카운터 안을 제법 바쁘게 오갔다. 보아하니 혼자서 이 작은 가게를 꾸려나가는 모양이었다. 다른 누군가가 일하는 걸 본 적은 한 번도 없었으니까. 벽에 달린 스피커에서는 역시 편안한 재즈곡이 알맞은 음량으로 흘러나왔다. 제목은 〈스타 아이즈〉였다. 피아노 트리오의 단정한 연주였는데, 피아니스트의 이름까지는 알 수 없었다.

커피숍에서 몸을 녹인 후 곧장 집으로 가지 않고 조금 돌아서 도서관에 들렀다. 뒤뜰로 향해 고양이 가족을 관찰했다. 고양이는 비바람을 피해 오래된 툇마루 밑에 보금자리를 꾸렸다. 누군가가 골판지 상자와 낡은 담요로 잠자리를 만들어주었다. 어미는 사람을 크게 경계하지 않아서(도서관 직원들이 매일 먹을 것을 챙겨주기 때문이다), 내가 다가가도 흘끗 쳐다보기만 하고 딱히 긴장하는 기색이 없었다. 아직 눈도 제대로 뜨지 못한 새끼들은 후각에 의지해 꼬물꼬물 어미의 젖 근처로 모여 있고, 어미는 사랑스럽다는 듯 실눈을 뜨고 새끼들을 바라보았다. 나는 조금 떨어진 자리에서 그 모습을 질릴 줄도 모르고 구경했다.

그리고 새삼 떠올렸다. 벽에 둘러싸인 그 도시에서는—그녀가 일찍이 가르쳐주었듯—개나 고양이를 한 번도 보지 못했다는 것을. 외뿔 달린 짐승들은 있었다. 밤꾀꼬리도 있었다. 그러나 그 외의 동물은 본 적이 없다(하긴 밤꾀꼬리도 소리만 들었지만). 아니, 동물만이 아니다. 벌레도 한 마리 보지 못했다. 어째서일까?

필요하지 않았기 때문이다, 라고 나는 말할 수밖에 없다. 그렇다, 그 도시에 필요 없는 것은 존재하지 않는다. 필요한 것, 없으면 안 되는 것만 존재를 허락받는다. 그리고 짐작건대 나역시 그 도시에 필요한 존재였다. 적어도 한동안은.

집으로 돌아와 미리 만들어둔 순무 수프를 가스불에 데웠다. 그리고 또 '옐로 서브마린 소년'을 생각했다. 그는 대체 무슨 목적으로 월요일 아침 일찍 고야스 씨의 무덤을 찾았을까? 그저 예의를 위한 성묘일까(아마 그렇지는 않을 거라고 내 본능이 말했다). 어쩌면 알고 있을까? 고야스 씨의 영혼이 아직 생사의 경계에 해당하는 세계에 머무르면서 이따금 생전의 모습으로 우리 앞에 나타난다는 것을.

만약 알고 있더라도 신기할 건 없다고 나는 생각했다. 고야스 씨가 유령이 되어 지상을 떠돈다는 사실은 나도 알고, 소에다 씨도 안다. 고야스 씨가 기꺼이 보살폈던 그 소년이 안다 해도 결코 놀랄 일이 아니다. 고야스 씨에게는 몇 가지 못다 한 일이 있고, 죽은 후에도 그의 영혼이 이른바 잔무 처리 같은 작업을 하고 있다. '옐로 서브마린 소년'을 지켜보는 것도 그에게는 아마 '못다 한 일' 중 하나일 것이다.

소년은 그후로도 하루도 빠지지 않고 도서관에 모습을 보였다. 그리고 차례차례 책을 독파해갔다(점심도 거르고서). 나는 소에다 씨에게 재작년 봄부터 기록해온, 이 도서관에서 그애가 읽은 책 리스트를 보여달라고 했다. 놀랄 만큼 많은 권수, 놀랄 만큼 많은 분야의 책 제목이 적혀 있었다. 이마누엘 칸트, 모토오리 노리나가, 프란츠 카프카, 이슬람교 경전, 유전자 해설서, 스티브 잡스 전기, 코넌 도일의 『주홍색 연구』, 원자력 잠수함의 역사, 요시야 노부코의 소설, 작년도 전국농업연감, 스티븐 호킹의 『시간의 역사』, 샤를 드골의 회고록까지.

이 모든 정보=지식이 그의 머릿속에 고스란히 수납되었다고 생각하니 경탄을 금할 수 없었다…… 아니, 현기증이 날 정도다. 더욱이 내가 본 리스트는 이 도서관에서 읽은 책에 한정된 것이다. 도서관 밖에서 얼마나 많은 책을 더 읽고 있을지, 그것까지는 소에다 씨도 파악하지 못한다. 그 방대한 지식은 그에게 어떤 의미일까? 어떤 쓸모가 있을까?

그러나 잘 생각해보면 나의 열여섯, 열일곱 살도 크게 다르지 않았다. 물론 이 정도 규모는 아니지만, 나 역시 지금 생각해보면 '왜 그런 걸 그렇게 열심히 읽었을까?' 하고 고개를 갸웃하게 되는 책들을 필사적으로 독파하고, 잡다한 정보를 머릿속에 욱여넣었다. 무엇이 자신에게 도움되는 지식이고 무엇이 쓸모없는 지식인지 알아보는 기술이나 능력을 아직 갖추지 못했기 때문이다.

스케일이 장대할 뿐 그 소년이 하고 있는 일도 근본은 같을지 모른다. 젊고 건강한 지식욕은 지칠 줄 모른다. 그러나 아무리 많은 정보를 욕심껏 자기 안에 욱여넣어도 도무지 충분할 순 없다. 세계에는 무한대에 가까운 양의 정보가 넘쳐흐르기 때문이다. 제아무리 특수한 능력을 지녔다 한들 개인의 수

용량에는 당연히 한계가 있다. 바닷물을 양동이로 퍼내는 거나 마찬가지다―양동이의 크기는 저마다 다를지라도.

"읽다가 재미없어서 중단한 책은 없나요?" 나는 물었다.

"아뇨, 제가 알기로 한번 읽기 시작한 책은 전부 끝까지 읽었습니다. 도중에 그만두진 않아요. 그애는 보통 사람처럼 재미있다 없다, 흥미가 생긴다 아니다 같은 기준으로 판단해 책을 취사선택하는 게 아닙니다. 그애에게 책은 구석구석까지, 마지막 한 조각까지 남김없이 채집해야 하는 정보가 담긴 그릇이에요. 가령 보통 사람은 애거사 크리스티의 소설이 재미있다 싶으면 그후 크리스티 작품을 몇 권 더 이어서 읽곤 하잖아요. 하지만 그애는 그렇지 않아요. 책을 선택하는 데 계통이란 것이 없죠."

"하지만 그렇게 철저히 정보 수집에 중점을 둔 독서가 앞으로도 이어질까요? 아니면 그것도 저 또래 특유의 일시적인 현상이고, 결국 자연히 가라앉게 될까요? 아무리 특수한 능력이 있어도 그만큼 강렬하게 지식을 주입하면 한계가 올 듯한데."

소에다 씨는 힘없이 고개를 저었다. "그건 저도 뭐라 말하지 못하겠어요. 아무튼 그애는 보통 사람의 영역에서 한참 벗어나 있으니까요."

"고야스 씨가 생전에 그애의 독서에 대해 의견을 말씀하신 적이 있나요?"

"아뇨, 따로 하시는 말씀은 없어요"라고 소에다 씨는 말했다. 현재형으로. 그리고 입을 작게 오므렸다. "그저 팔짱을 끼고 흐뭇하게 지켜보실 따름입니다. 여느 때처럼."

47

월요일 아침 마을 외곽의 묘지, 묘비 뒤에서 그 모습을 보았던 뒤로 소년은 내게 좀더 관심을 갖게 된 듯했다. 적어도 나는 그런 기미를 느꼈다. 무슨 특별한 사건이 있었던 건 아니다. 그가 나를 흘깃거리며 관찰한 것도 아니다. 그저 순간적으로 내게 꽂히는 시선이 가끔 느껴졌다는 얘기다. 대부분 등뒤에서. 하지만 그 흘깃거림이 불가사의할 만큼 무겁고 예리해서, 내가 입은 윗옷의 천을 뚫고 등의 피부까지 도달하는 듯했다. 그렇다고 적의나 악의 같은 건 느껴지지 않았다. 짐작건대 그건 호기심이었다.

어쩌면 그는 내가—생전의 고야스 씨를 만난 적도 없는 내가—고야스 씨 무덤을 찾은 것에 적잖이 놀랐는지도 모른다.

그리고 내가 무덤 앞에서 한 긴 독백에. 그것이 아마 그의 관심을 끌었으리라.

내가 고야스 씨 묘비 앞에서 한 이야기를 소년이 어디까지 들었는지는 알 수 없다. 하지만 전부 들었건 하나도 듣지 않았건 어느 쪽이든 상관없었다. 어디로 보나 들은 이야기를 누군가에게 퍼뜨릴 타입은 아니었기 때문이다. 실제로 그 소년은 거의 아무와도 대화를 하지 않았다. 오죽하면 한동안은 말을 못하는 게 아닐까 싶었을 정도다.

소에다 씨 말에 따르면 그는 지극히 한정된 사람에게, 지극히 한정된 기회에만 입을 열었다. 그것도 작고 소곤거리듯 알아듣기 힘든 목소리로, 최소한의 단어를 써서. 그리고 누구와도 말을 하고 싶지 않은 날에는(그런 날이 거지반이었다) 모든 메시지를 필담으로 전했다. 그때 쓸 작은 공책과 볼펜을 항상 주머니에 넣고 다녔다. 그런 마당이니 생년월일을 물었던 그날까지 나는 소년의 목소리를 한 번도 들은 적이 없었다(어째서인지 누군가에게 생년월일을 물을 때만 말투가 무척 또렷해졌다).

그러니 설령 내가 고야스 씨 무덤 앞에서 입 밖으로 낸 이야기를 소년이 전부 듣고서 한 글자 한 글자 빠짐없이 기억한다 해도, 다른 누군가에게 말을 옮기리라고는 생각할 수 없었다.

하루는 점심나절에 열람실을 들여다보니 소년의 모습이 보이지 않았다. 항상 앉는 창가 자리에 읽던 책이 놓여 있지도 않고, 코트나 냅색도 없었다. 여간해선 없는 일이다. 점심도 거르고 오후 세시경까지는 곁눈질 한 번 않고 책을 읽는 것이 보통이었으니까.

"그 아이가 안 보이는데, 무슨 일일까요?" 나는 카운터의 소에다 씨에게 물었다.

소에다 씨는 살짝 미소 지었다. "뒤뜰에 고양이를 보러 갔어요. 고양이를 무척 좋아하더라고요. 집에서는 못 키운대요. 아버지가 고양이를 싫어하는 모양이라. 그래서 여기 왔을 때 보는 거죠."

나는 도서관 건물을 나와 현관 입구를 돌아 뒤뜰로 가봤다. 발소리를 내지 않으며 기척을 죽이고. 그리고 툇마루 앞에 쪼그려앉아 고양이 가족을 구경하는 소년을 발견했다. 항상 입는 초록색 요트파카 위에 남색 다운재킷을 껴입었다. 그러고는 꼼짝 않고 일심불란하게 고양이들을 관찰한다. 마치 지구의 창세 현장을 지켜보는 사람처럼. 아무리 작은 것 하나라도 놓치지 않겠다고 마음먹은 사람처럼.

내가 십 분에서 십오 분쯤 굵은 소나무 기둥 뒤에서 그 모습을 지켜보는 동안, 그는 바닥에 쪼그려앉은 채 조금도 자세를 바꾸지 않았다. 열람실에서 독서에 몰두할 때와 똑같이.

"항상 저렇게 고양이를 보나요?" 나는 카운터로 돌아가 소에다 씨에게 물었다.

"네, 매일 대략 한 시간 정도는 보는 것 같아요. 무척 열심히. 뭔가에 집중하면 비가 오건 눈이 오건 칼바람이 불건 전혀 신경쓰이지 않는 모양이에요."

"보기만 해요?"

"네, 보는 게 다예요. 쓰다듬거나 말을 걸진 않고요. 2미터쯤 떨어져서 고양이들의 거동을 지켜볼 뿐이죠. 무척 진지한 눈빛으로. 어미고양이도 익숙해졌는지 그애가 다가가도 전혀 경계하지 않아요. 손으로 만지려고 들면 얼마든지 그럴 수 있을 텐데, 그저 거리를 두고 일심불란하게 바라볼 뿐이죠."

소년이 자리를 뜬 후 나는 뒤뜰로 가서 똑같은 자세로 쪼그려앉아, 최대한 기척을 죽이고 고양이들의 모습을 관찰했다. 새끼들은 이제 조금씩 눈이 뜨이고 털도 한결 가지런해졌다. 어미는 인자하게 실눈을 뜨고 부지런히 새끼들을 핥아주고 있었다. 좀더 다가가 손을 내밀어 쓰다듬고 싶은 욕구가 일었지만 애써 참았다. 그리고 소년이 어떤 기분으로 고양이 가족을 그토록 오랫동안 열심히 바라보았는지 내 안에서 재현해보려 했다. 그러나 물론 가능하진 않았다.

일주일 후 직원들이 직접 새끼고양이 사진을 찍어서 '고양이 입양하실 분'이라는 공고문을 만들어 도서관 입구 게시판에 붙였다. 워낙 귀여운데다 사진도 잘 나와서 다섯 마리 모두 수월하게 입양처가 정해졌다. 그리고 고양이들은 각기 새로운 집으로 떠났다. 어미고양이는 차례차례 새끼들을 빼앗기고(데려갈 때는 별달리 저항하지 않았지만), 마지막 한 마리가 사라진 뒤 며칠은 패닉 상태에 빠졌다. 뒤뜰 여기저기를 돌아다니며 새끼들을 찾았다. 필사적으로 새끼들을 부르는 소리에 직원들은—어쩔 수 없는 줄 알면서도—하나같이 어미고양이를 동정했다. 그러나 며칠이 지나자 어미도 단념했는지 새끼를 낳기 전의 행동 양식으로 완전히 복귀했다. 아마 내년이면 또 툇마루 밑에 대여섯 마리의 새끼를 낳아 기르고 있을 것이다.

'옐로 서브마린 소년'이 새끼고양이들이 없어진 상황을 어떻게 느끼는지 나는 알 수 없었다. 소에다 씨도 그건 알지 못했다. 그가 새끼고양이들의 소멸에 대해 단 한 마디도 하지 않았기 때문이다. 그저 매일 뒤뜰에 고양이 가족을 보러 가던 습관이 없어졌을 뿐이다. 처음부터 그런 건 존재하지 않았다는 듯이.

소년은 노란 잠수함 요트파카를 입지 않은 날은 영화 〈옐로 서브마린〉에 나오는 다른 캐릭터가 프린트된 갈색 요트파카를 입었다. 푸른 얼굴에 분홍빛 귀, 몸에 갈색 털이 난 기묘한 생물이다. 나도 영화를 봤지만 그 캐릭터의 이름이 기억나지 않았다. 노웨어 랜드에 사는 노웨어 맨이다. 존 레넌이 그의 주제가를 불렀다. 하지만 도저히 이름이 생각나지 않았다.

나는 집에 와서 인터넷으로 '옐로 서브마린 캐릭터'를 검색하고, 그 파란 얼굴의 기묘한 등장인물이 '제러미 힐러리 붑 박사'라는 것을 알았다. 피아니스트이자 식물학자, 고전학자, 치과의사, 물리학자, 풍자작가…… 뭐든지 될 수 있고, 그 무엇도 아닌 남자.

소년은 영화 〈옐로 서브마린〉을 좋아하는 모양이다. 그래서 항상 노란 잠수함 그림이 들어간 파카를 입고 있다. 가끔 '제러미 힐러리 붑 박사'의 일러스트가 들어간 파카를 입는 건, 추측건대 어머니가 '노란 잠수함' 파카를 세탁하기 위해 주기적으로 거둬가서일 것이다. 반강제로. 그런 때면 이른바 차선책으로 '제러미 힐러리 붑 박사' 파카를 입는다. 아마도.

제러미 힐러리 붑 박사에 대해 알아보다보니 영화 〈옐로 서브마린〉이 보고 싶어져서(본 지 이십 년 넘게 지나 내용을 거의 잊어버렸다), 마을에 하나뿐인 역 앞 비디오 렌털숍에 가봤지만 〈옐로 서브마린〉은 찾지 못했다. 비틀스 관련 영화로 선반에 꽂혀 있는 건 〈하드 데이즈 나이트〉와 〈HELP!〉뿐이었다. 혹시나 해서 직원에게 물어봤지만 〈옐로 서브마린〉은 없다고 했다. 영화 〈옐로 서브마린〉의 어떤 부분이 그토록 소년의 마음을 매료시켰는지 조금이라도 알고 싶었는데.

소년은 날마다 거의 같은 옷만 입었다. '노란 잠수함' 파카아니면 '제러미 힐러리 붑 박사' 파카. 둘 중 하나다. 그리고빛바랜 청바지에 복사뼈까지 올라오는 검은색 농구화. 다른옷차림은 본 기억이 없다.

그러나 소에다 씨 말에 따르면 집이 유복한 편이고 어머니가 막내아들을 몹시 사랑한다 하니, 깨끗한 새 옷을 사주는 일쯤은 어렵지 않을 것이다. 그렇다면 그 옷들은 소년이 마음에들어해서, 스스로가 원해서 매일 입는다고 생각할 수밖에 없다. 아니면 그저 익숙하지 않은 새 옷을 입는 걸 완강하게 거부해서일지도. 자세한 사정은 모를 일이다.

그는 거의 매일 같은 옷을 입고, 같은 초록색 냅색을 메고,도서관 문이 열리자마자 들어왔다. 항상 같은 자리에 앉아 누군가와 말 한 마디 하지 않고, 그곳에 있는 책을 한쪽 끝에서부터 독파해갔다. 점심은 먹지 않고, 가져온 생수만 가끔 마셨다. 그리고 오후 세시가 지나면 책을 덮고 자리에서 일어나 냅색을 메고, 역시 아무 말 없이 도서관을 나갔다. 그것의 반복이다.

그처럼 판에 박은 듯 흘러가는 나날의 생활에 소년이 만족하는지, 기쁨 같은 것을 느끼는지는 아무도 알 수 없다. 소년의 얼굴에서는 표정이라는 것이 읽히지 않았으므로. 그러나 매일 정해진 행동 패턴을 하나하나 정확히 짚어가며 답습하는 건 그에게 분명 중요한 의미일 것이다. 행위의 본질이나 방향성보다 반복 자체가 목적인지도 모른다.

나는 그다음주 월요일 아침에도 고야스 씨 묘소를 찾았다. 지난주와 똑같은 시간에. 무덤을 향해 손을 모으고 일가의 명복을 빈 다음, 역시 묘비에 대고 이야기를 했다. 그주 도서관에서 일어난 몇 가지 소소한 사건에 대해, 때로 마음속에 떠오르던 갖가지 생각들에 대해, 그리고 내가 벽에 둘러싸인 도시에서 보낸 일상생활에 대해. 그날은 오랫동안 뚜껑처럼 하늘을 덮고 있던 구름이 갈라지며 모처럼 태양이 지상을 환하게 비추었다. 며칠 전에 내렸다가 녹지 않은 눈이 묘지 여기저기에 얼어붙어 하얀 외딴섬을 이루고 있었다.

나는 띄엄띄엄 끊기는 독백을 계속하면서 주위를 빈틈없이 관찰했다. 그러나 '옐로 서브마린 소년'의 모습은 어디에도 보이지 않았고, 누군가가 나를 지켜보는 듯한 기척도 느껴지지 않았다. 이렇다 할 소리도 들리지 않고, 귀에 들어오는 건 여느 때 같은 겨울새들의 지저귐뿐이었다. 그들은 나무열매나 벌레를 찾아 묘지를 둘러싼 수목 사이를 분주히 돌아다니는 것 같았다. 때로 딱따구리가 나무를 쪼는 소리도 들렸다.

소년의 모습이 어디에도 보이지 않자 나는 조금 쓸쓸하고 허전한 기분이 들었다. 어느 묘비 뒤에 숨어 내 이야기에 귀기울이고 있기를 내심 기대했는지도. 아니, 나는 내 이야기를 고야스 씨뿐 아니라—오히려 그 이상으로—소년에게도 들려주고 싶었는지 모른다.

하지만 어째서?

어째서인지 그 이유는 나도 설명할 수 없다. 막연히 그렇게 느꼈을 뿐이다. 순수한 호기심인지도 모른다. 높은 벽에 둘러싸인 도시 이야기를 듣고 소년이 어떤 감상을 가질지, 어떤 반응을 보일지 알고 싶었는지도 모른다.

이따금 갑자기 생각났다는 양 찬바람 몇 자락이 묘비 사이를 빠져나갔다. 이파리를 떨어뜨린 나뭇가지가 괴로운 듯 한차례 신음했다. 나는 캐시미어 머플러를 목에 단단히 고쳐 매고 하늘을 올려다보았다. 겨울의 태양은 온 힘을 다해 빛과 온기를 지상에 던지고 있었지만 그것만으로는 아직 부족했다. 세계는—사람들, 고양이들, 갈 곳 없는 영혼들은—더 많은 빛과 온기를 원하는 것이다.

옐로 서브마린 소년은 그 월요일 아침에 고야스 씨 묘소에 나타나지 않았다. 나의 방문(성묘)을 방해하기 싫었는지도 모른다. 아니면 자기가 그 묘지를 찾는다는 걸 아무에게도 보이고 싶지 않았는지도. 그래서 시간을 늦춰 오후에 찾아오기로 했는지도 모른다. 혹은 좀더 교묘하게 숨을 수 있는 장소를 발견했을 수도 있다.

나는 여느 때처럼 묘지에서 삼십 분쯤 시간을 보내고 자리를 떴다. 그리고 마찬가지로 역 근처 이름 없는 '커피숍'에 들러 뜨거운 블랙커피로 몸을 녹이고, 마찬가지로 블루베리 머핀을 먹었다. 조간신문을 읽으면서 귓결로는 벽 스피커에서 흘러나오는 에롤 가너의 〈파리의 4월〉을 들었다. 이것이 매주 월요일의 내 소소한 습관이 되었다. 같은 일을 되풀이하고 지난주의 자기 발자취를 더듬는 것. 아무렴 옐로 서브마린 소년에게만 해당하는 얘기가 아니다. 생각해보면 내 생활도 같은 일의 되풀이가 아닌가. 그 소년과 마찬가지로 반복이 내 인생의 중요한 목적으로 자리잡고 있는지도 모른다.

옷차림만 해도 그렇다. 회사에 근무하던 무렵에는 항상 옷차림에 세심하게 신경썼다. 셔츠는 직접 다림질해두고(매주 일요일 한 번에 몰아서 했다) 매일 새것으로 갈아입었다. 색깔과 무늬에 맞춰 넥타이를 선택했다. 그러나 회사를 그만두고 이 마을로 이사온 뒤로는 내가 지금 무슨 옷을 입고 있는지도 잘 생각나지 않는 지경이 되었다. 그러고 보니 일주일 내내 같은 스웨터에 같은 바지를 입었던 적도 있다. 심지어 그 사실을

—계속 같은 옷만 입었다는 걸—알아차리지도 못했다. 매일 '노란 잠수함' 요트파카만 입는 소년을 두고 이러쿵저러쿵할 처지가 아니다.

그렇지만 옷차림에 관심이 없어졌다고 내 일상생활이 흐트러진 건 아니(라고 생각한)다. 지금까지와 마찬가지로 내 몸의 청결에 충분히 신경을 썼다. 아침마다 말끔히 면도하고, 속옷을 갈아입고, 매일 머리를 감았다. 하루에 세 번은 이를 닦았다. 나는 여전히 습관을 중시하는 깔끔한 독신자였다. 다만 문득 정신을 차리고 보니 계속 같은 스웨터와 바지만 입었더라는 얘기다. 그렇게 같은 옷차림을 유지하는 데 무의식적으로 어떤 쾌감마저 느끼기 시작한 것 같았다.

고야스 씨를 보지 못한 지 벌써 한 달 가까이 지났다. 이렇게 오랫동안 그의 얼굴을 보지 못한 건 처음이었다.

"제 영혼이 이런 형체를 가질 수 있는 건 어디까지나 일시적인 현상입니다. 때가 되면 결국 다 사라질 겁니다." 고야스 씨는 언젠가 그런 말을 했다. 그의 영혼은 그 '일시적인' 기간을 경과해 이미 어딘가로 사라졌는지도 모른다. 무無로 빨려들어가, 두 번 다시 지상으로 돌아오지 않을지도 모른다.

그렇게 생각하니 서글퍼졌다. 갑작스러운 사고로 소중한 벗을 잃은 듯한 기분이다. 다만 잘 생각해보면 처음 만났을 때부터 고야스 씨는 이미 이 세상을 떠난 사람이었다. 요컨대 '죽은 자'였다. 그의 영혼이 여기서 (다시금) 영원히 소멸해버렸다 해도, 결국 이미 죽은 자가 한 단계 더 깊은 죽음을 맞았다는 얘기일 뿐이다.

그러나 그것은 나에게, 살아 있는 누군가를 잃었을 때와 조금 다른, 형이상적이라고 해도 좋을 만큼 묘하게 고요한 슬픔을 느끼게 했다. 그 슬픔에는 아픔이 없다. 그저 순수하게 슬플 뿐이다. 그의 한 단계 더 나아간 죽음을 가정함으로써, 무가 확실히 존재함을 전에 없이 가깝게 실감할 수 있었다. 손을 뻗으면 정말로 만져질 것처럼.

휴관일 다음날, 나는 소에다 씨에게 가서 최근에 고야스 씨를 본 적이 있느냐고 소리 낮춰 물었다. 그녀는 고개를 들고 내 얼굴을 찬찬히 살폈다. 그러고는 주위를 조심스럽게 둘러본 후 말했다.

"아뇨, 그러고 보니 꽤 오랫동안 뵙지 못했네요. 이런 적이 처음일 만큼…… 관장님은요?"

나는 몇 번 작게 고개를 저었다. 그리고 그대로 내 방으로 돌아왔다.

고야스 씨에 대한 우리의 대화는 그게 전부였지만, 나는 말투나 표정을 통해 알 수 있었다. 소에다 씨도 나와 마찬가지로, 고야스 씨가 전에 없이 오래 부재하는 것을—일상적으로 도서관을 찾던 옛 도서관장 영혼의 발길이 끊긴 것을—쓸쓸하게 느낀다는 사실을. 나와 소에다 씨는 고야스 씨라는 '부재의 존재'를 사이에 두고 비밀을 공유하는 공모자 같은 관계가 되어 있었다.

그런 어느 날 오후, 정사각형 반지하 방에서 일하고 있는데 소에다 씨가 찾아왔다. 문을 작게 두드리는 소리에 "네"라고 대답하자 곧 안으로 들어왔다. 손에는 큼직한 서류봉투를 들고. 그리고 그 봉투를 책상 위에 내려놓았다.

"M**이 맡긴 거예요. 조금 전 관장님에게 전달해달라며 주고 갔습니다."

M**이란 '옐로 서브마린 소년'의 이름이다.

"저한테요?"

소에다 씨는 고개를 끄덕였다. "굉장히 중요한 건가봐요. 눈빛이 평소보다 진지했어요."

"대체 뭘까요?"

소에다 씨는 모른다는 듯 작게 고개를 기울였다. 안경테가 빛을 받아 반짝였다.

나는 봉투를 들어봤다. 매우 가볍다. 거의 무게가 나가지 않을 정도다. 아마 A4용지 한두 장이 다일 것이다. 봉투 겉면에는 아무것도 적혀 있지 않다. 받는 사람도, 보내는 사람도. 그 가벼움이 기묘하게 나를 긴장시켰다.

편지? 아니, 그렇진 않다. 보통 편지라면 접어서 더 작은 봉투에 넣을 테니까.

"그애가 오랫동안 이 도서관에 드나들었지만 이런 적은 처음이에요." 소에다 씨는 강조하듯 미간에 힘을 주어 실눈을 떴다. "누군가에게 뭘 전달하는 거요."

"아직 도서관에 있나요?"

"아뇨, 이걸 제게 맡기고 바로 돌아갔어요."

"나한테 전해주라는 말만 하고요?"

"네. 다른 말은 한 마디도 없었습니다."

"정확히 뭐라고 하던가요? '새 도서관장에게 전해주세요'라고?"

"아뇨, 그애는 관장님의 이름을 알고 있었습니다."

나는 소에다 씨에게 고맙다고 말했고, 그녀는 연두색 플레어스커트 자락을 펄럭이며 자기 자리로 돌아갔다. 건강해 보이는 종아리가 내 망막에 남았다.

그후 한동안 봉투를 책상 위에 그대로 두었다. 바로 열어볼 마음이 들지 않아서다. 그러려면 마음의 준비가 필요하다— 그런 기분이 들었다. 왜 그런 준비가 필요한지, 어떤 종류의 준비여야 하는지는 설명할 수 없다. 하지만 바로 열지 않는 편이 좋다, 잠시 이대로 묵히는 편이 좋다. 열이 너무 오른 무언가를 식히듯이. 본능이 지극히 자연스럽게 내게 그러라고 일러주었다.

　나는 봉투를 책상 위에 둔 채 난로 앞에 앉아 불꽃을 바라보았다. 불꽃은 마치 살아 있는 것 같았다. 숙달된 무용수처럼 가늘게 몸을 떨고 크게 흔들었다가, 때로 깊고 덧없는 한숨을 뱉고, 낮게 가라앉고, 그러고는 또 재빨리 몸을 일으켰다. 뭐라고 열심히 말을 걸어오는가 싶더니, 금세 조심스럽게 귀기울여 들었다. 눈꼬리를 날카롭게 치켜올렸다가, 동그랗게 뜨고 부라렸다가, 이윽고 질끈 감았다. 나는 그런 불꽃의 모습을 주의깊게 관찰했다. 나에게 무슨 중요한 가르침을 주지 않을까 기대하면서. 그러나 그들은 아무것도 가르쳐주지 않았다. 힌트조차 주지 않았다. 그저 무음 속에서 시간이 흘러갔을 뿐이다. 그래도 상관없다. 필요한 건 적절한 시간의 경과였다.

　나는 책상 앞으로 돌아와 봉투를 집어들었다. 내용물이 상하지 않도록 조심스럽게 가위로 가장자리를 잘랐다. 예상한대로 안에는 A4용지 한 장만 들어 있었다. 빈 봉투가 아니었다는 사실에 나는 조금 안도했다. 만약 비어 있었다면, 그 안에 든 것이 그저 무였다면, 나는 적잖이 혼란스러워졌을 테니까.

　나는 그 흰색 인쇄용지를 봉투에서 조심스레 꺼냈다. 종이에는 검은색 잉크로 어떤 그림이 자세히 그려져 있었다. 글은 없다. 나는 그 지도를 책상 위에 펼치고 바라보았다. 그리고 숨을 삼켰다. 딱딱한 무언가로 등을 힘껏 얻어맞은 것처럼 강한 충격을 느꼈다. 그 충격이 내 몸안에서 모든 논리를, 모든 맥락을 말끔히 내쫓아버렸다. 방 전체가 크게 출렁이는 것 같은 물리적 감각이 느껴졌다. 나는 균형을 잃고 양손으로 책상을 꽉 붙잡았다. 그대로 잠시 말을 잃고, 생각이 나아갈 길을 잃었다.

그 종이에 그려져 있었던 건, 높은 벽에 둘러싸인 그 도시를 거의 정확하게 묘사한 지도였다.

48

그 지도를 앞에 두고 나는 한참 동안 말을 잃었다.

그렇다, 그것은 틀림없이, 높은 벽돌 벽에 둘러싸인 그 도시의 지도였다.

콩팥처럼 생긴 가장자리(아래쪽이 움푹 파였다), 완만하게 굽이치며 도시 한복판을 가로지르는 한줄기 아름다운 강. 불길하고 깊은 웅덩이를 이루는 끝자락. 유일한 출입구인 문. 그 안쪽의 문지기 오두막. 강에 걸린 오래된 돌다리 세 개(얼마나 오래됐는지는 아무도 모른다), 물이 말라붙은 운하, 바늘 없는 시계탑, 그리고 한 권의 책도 놓여 있지 않은 도서관.

약도에 가까운 심플한 지도였다(중세 유럽 책에 나오는 소박한 판화를 연상케 했다). 그리고 잘 보면 몇 가지 작은 차이

점이 눈에 띄었다(이를테면 강의 모래톱이 실제보다 훨씬 작고 수도 적었다). 그러나 기본적인 부분은 놀랄 만큼 정확했다. 어째서 그 소년은, 아직 본 적도 없는(없을) 도시의 지도를 이처럼 거의 정확히 그려낼 수 있었을까? 나도 나름대로 도시의 지도를 그려보려고 몇 번이나 시도했지만 성공하지 못했는데.

생각할 수 있는 가능성은, 그가 묘지 어딘가에 숨어서(내가 알아차렸을 때 말고도) 내가 고야스 씨 무덤 앞에서 했던 이야기를 들었고, 그 말에서 수집한 '벽에 둘러싸인 도시'의 정보를 토대로 지도를 그렸다는 것이다. 어쩌면 독순술을 할 줄 아는지도 모른다. 이것이 내가 할 수 있는, 그나마 논리적인 추론이었다.

그러나 과연 그런 일이 가능할까? 내가 묘지에서 한 이야기는 띄엄띄엄 끊기는 혼잣말 같은 것이었다. 생각나는 대로, 내키는 대로 두서없이 내뱉은, 이 일에서 저 일로, 이 풍경에서 저 풍경으로 종잡을 수 없이 옮겨다니는 이야기였다. 그렇게 맥락 없고 단편적인 정보를 직소퍼즐처럼 끼워맞춰 지도의 형태로 완성했다?

만약 그렇다면 그는 시각적인 사진기억력뿐 아니라 청각적으로도 경이로운 능력을 발휘하는 셈이다. 내 기억에 따르면, 서번트 증후군에는 아무리 길고 복잡한 곡이라도 한 번 들으면 한 음도 틀리지 않고 정확히 재현할 수 있는—연주하거나 사보寫譜할 수 있는—경우도 포함되어 있다. 아마데우스 모차르트도 그중 하나였다고 한다.

고야스 씨 무덤 앞에서 벽에 둘러싸인 도시 이야기를 한 건 분명하지만, 내가 구체적으로 어떤 이야기를 했는지, 어떻게 묘사했는지는 지금 와선 거의 기억나지 않았다. 나는 언젠가 꾸었던 생생한 꿈의 내용을 되새기듯, 아니, 아예 그 꿈을 다시 한번 실제로 통과하듯 그 도시의 이야기를 했다. 생각나는 대로, 반쯤 무의식에 가까운 상태에서.

예를 들어, 바늘 없는 시계탑 이야기는 했을까? 아마 했을 것이다. 소년의 지도에 똑똑히 시계탑이 그려져 있으니까. 거칠고 간단한 스케치였지만 실제 시계탑과 매우 흡사했다. 그리고 바늘이 달려 있지 않았다. 그렇지만 내 기억이 나중에 변하지 않았다는 보장은 없다. 앞뒤 순서를 논리적으로 설명하기는 힘들지만, 소년이 그린 지도에 맞추어 내 기억이 미묘하게 바뀌었을 가능성도 아주 없진 않을 것이다.

생각할수록 혼란스럽다. 무엇이 원인이고 무엇이 결과인가? 어디까지가 사실이고 어디부터가 추론인가?

나는 일단 지도를 다시 봉투에 넣어 책상 위에 올려두고 목 뒤로 손깍지를 낀 채 한동안 멍하니 허공을 바라보았다. 지면에 딱 붙은 뿌옇고 기다란 창문으로 오후의 빛이 엷게 흘러들고. 장작으로 쓰는 사과나무의 향이 공기 중을 희미하게 떠다 녔다. 타오르는 난로 위에서 검은색 주전자가 쉭 소리를 내며 하얀 김을 토했다. 마치 깊은 잠에 빠진 커다란 고양이가 한숨 을 내쉬는 것처럼.

내 주위에서 무언가가 천천히 형체를 이루고 있다는 막연한 감각이 느껴졌다. 나는 어쩌면 스스로 알아차리지 못한 채 어 떤 힘에 의해 어딘가로 조금씩 이끌려가고 있는지도 모른다. 그러나 그것이 최근에 시작된 일인지, 아니면 제법 예전부터 서서히 이어져온 일인지는 알 수 없다.

내가 가까스로 알 수 있는 건 지금 나 자신의 위치가 아마도 '저쪽'과 '이쪽' 세계의 경계선 근처이리라는 것 정도였다. 이 반지하 방과 마찬가지다. 지상도 아니고, 그렇다고 지하도 아 니다. 흘러드는 빛은 엷고 흐릿하다. 나는 그렇듯 어슴푸레한 세계에 있는 것이다. 어느 쪽인지 확실히 판단할 수 없는 미묘 한 장소에. 그리고 나는 어떻게든 확인하려고 한다. 내가 정말 어느 쪽에 있는지. 그리고 내가 나 자신이라는 인간의 어느 쪽 에 있는지를.

나는 책상 위의 봉투를 다시 집어들고 지도를 꺼내 한참을 집중해서 들여다보았다. 이윽고 그 지도가 내 마음을 미세하 게 떨게 한다는 걸 알아차렸다. 비유적인 표현이 아니다. 말 그대로 물리적으로, 그것은 내 마음을 조용하지만 확실하게 덜덜 떨도록 만들었다. 지진이 멈추지 않는 땅 위의 젤리 상태 물체처럼.

그 지도를 바라보는 사이, 내 마음은 알게 모르게 다시 그 도시로 돌아갔다. 눈을 감으면 나는 실제로 그곳을 흐르는 강물의 소리를 듣고, 밤꾀꼬리의 애달픈 우짖음을 들을 수 있었다. 아침저녁으로 문지기가 뿔피리를 불고, 단각수들의 발굽이 달각달각 돌길을 밟는 메마른 소리가 거리를 감쌌다. 내 옆에서 나란히 걷는 소녀의 노란색 레인코트가 바스락거리는 소리를 냈다. 세계의 귀퉁이를 맞비비는 듯한 소리다.

현실이 내 주위에서 살짝 삐걱이며 미세하게 흔들린 것 같았다─만약 그것이 진짜 현실이었다면 말이지만.

49

　다음날, 옐로 서브마린 소년은 하루종일 도서관에 나타나지
않았다. 상당히 드문 일이었다.

　"오늘은 오지 않은 모양이네요." 나는 열람실을 한 바퀴 둘
러보고 카운터에 앉아 있는 소에다 씨에게 물었다.

　"네, 오지 않은 모양이에요." 그녀는 말했다. "이런 날도 가
끔 있어요. 몸이 좀 안 좋은지도 모르겠네요."

　"가끔 그러나요?"

　"주기적으로요. 지병이 있는 건 아닌데, 컨디션이 안 좋으면
몸에 통 힘을 주지 못해 자리에서 일어나지도 못하나봐요. 어
머니 말씀으로는 정신적인 문제 같다는군요. 사나흘 아무것도
하지 않고 침대에 누워서 안정을 취하면 자연히 회복된다고.

의사한테 진찰을 받을 필요도 없어요."

"사나흘, 그냥 조용히 누워 있는다."

"네, 방전된 배터리를 충전하는 것처럼요." 소에다 씨는 말했다.

실제로 충전과 비슷한 원리인지도 모르겠다고 나는 생각했다. 지닌 능력(거의 인지를 초월한 능력이다)을 너무 활발히 가동한 나머지 신체 시스템의 용량을 넘어버린 건지도. 전력 과부하를 감지한 배전반 브레이커가 자동으로 내려가는 것처럼. 그러면 한동안 누워서 오버워크 상태의 열원을 식히고, 신체 기능의 자연 회복을 꾀할 필요가 있다. 시기적으로 보아, 어쩌면(이라고 나는 추측한다) 그 도시의 지도를 작성한 것이 ─특별한 에너지를 요구하는 그 작업이─이번 시스템 다운의 원인 중 하나인지 모른다.

소에다 씨는 말을 이었다. "아시다시피 남달리 탁월한 감각과 능력을 갖춘 아이지만 아직 성장기인 나이니까, 그 능력을 발휘하도록 받쳐줄 신체적 역량이나 마음의 방어력은 아마 충분하다고 할 수 없을 거예요. 그 아이를 보고 있으면 그런 점이 무척 걱정스러워요."

"잘 돌보고 이끌어줄 사람이 필요하겠군요."

"네, 그렇습니다. 특별한 능력을 스스로 잘 컨트롤하는 방법을 가르쳐줄 사람이 필요해요."

"간단한 일은 아니겠어요."

"네, 물론 매우 어려운 일이죠. 그러려면 우선 그애와 마음이 통해야 하니까요. 제가 보기에 어머니는 사랑이 너무 지나쳐서 문제고, 아버지는 일이 바빠서 아들을 신경쓸 여유가 없어요. 지금까지는 개인적으로 고야스 씨가 조심스럽고 주의깊게 이 도서관에서 그 아이를 보살펴오셨어요. 아마 사고로 세상을 떠난 아드님 대신으로 생각하셨을 테죠. 하지만 유감스럽게도 고야스 씨마저 돌아가셨고, 이제는 그 일을 할 사람이 없는 상태예요."

"그애는 거의 누구하고도 말을 하지 않던데, 소에다 씨와는 일상적인 대화를 하는 모양이군요?"

"네, 저하고는 대화를 하긴 해요. 아직 어렸을 때부터 낯을 익혔으니까요. 하지만 우리가 나누는 대화라고 해봐야 아주 최소한이고, 내용도 실질적인 용건이 전부예요. 그애를 정신적으로 보살피거나 마음의 문제를 나눌 정도로 의사소통이 충분하다고는 할 수 없고요."

"같이 살고 있는 가족과는 대화가 될까요?"

"어머니와는 필요할 때면 조금씩 말을 해요. 다만 반드시 꼭 필요할 때만. 아버지와는 아예 대화가 없고요. 모르는 사람과 대화하는 건 생년월일을 물을 때뿐인 것 같아요. 그때만은 주눅들지 않고 누구에게든 말을 걸죠. 상대의 눈을 똑바로 보면서, 또렷한 말투로요. 그걸 제외하면 거의 입을 닫고 살아요. 누가 말을 걸어도 대답하지 않고요."

나는 물었다. "고야스 씨가 개인적으로 그 소년을 보살폈다는 얘기 말인데, 그애와 고야스 씨는—그러니까 생전의 고야스 씨는—친밀하게 대화를 나누던 사이였던 건가요?"

소에다 씨는 실눈을 뜨고 가볍게 고개를 기울였다. "글쎄요, 어떨지, 저도 자세히는 모르겠어요. 두 사람은 언제나 관장실에서, 혹은 저 반지하 방에서 문을 닫고 단둘이 긴 시간을 보냈으니까요. 그 자리에서 어떤 이야기가 오갔는지, 혹은 아무이야기도 오가지 않은 건지, 저는 모릅니다."

"그래도 고야스 씨를 어느 정도 따랐고요?"

"따랐다는 표현이 적절한지는 모르겠군요. 아무튼 오랫동안 단둘이 같은 방에 있을 정도로는 마음을 허락했던 셈이고, 그애에게 매우 특별한 일이긴 해요."

나는 꼭 알아야 할 것이 하나 있었다. 그러나 바로 지금(오전의 햇살이 흘러드는 밝은 도서관 카운터에서) 소에다 씨에게 서슴없이 그 질문을 던지는 게 과연 타당한 행동인지는 조금 자신이 없었다. 그럼에도 큰맘먹고 물어보기로 했다. 최대한 간결한 표현을 사용해서.

"저기, 소에다 씨는 그 두 사람이 고야스 씨가 돌아가신 후에도 만난 것 같습니까?"

소에다 씨는 진지한 눈빛으로 몇 초간 내 얼굴을 똑바로 보았다. 가느다란 콧대가 약간 꿈틀했다. 그런 다음 한 마디씩 끊어가며 내게 물었다.

"말씀인즉슨, 고야스 씨의 유령과—형체를 취한 영혼과— M**이, 고야스 씨 사후에도 어디선가 만나 생전처럼 커뮤니케이션을 이어갔을까 하는 건가요?"

나는 고개를 끄덕였다.

"그렇네요, 아마 그랬을 수도 있겠죠." 소에다 씨는 조금 생각한 뒤에 말했다. "충분히 있을 수 있는 일이라고 저는 생각해요."

그로부터 나흘간, 옐로 서브마린 소년은 도서관에 나타나지 않았다. 그가 없는 열람실은 평소의 차분함을 잃은 듯 느껴졌다. 어쩌면 차분함을 잃은 건 나 자신인지도 모르겠지만. 그 나흘 동안 나는 대개 혼자서 정사각형 반지하 방에 틀어박힌 채 소년이 그린 도시의 지도를 들여다보며 무의미한 몽상 속에서 시간을 보냈다.

지도는 저쪽 세계에서 내가 보았던 정경 하나하나를 놀랍도록 선명히 떠올리게 했다. 그 지도는 특수한 환각 장치처럼 내 기억을 활성화하며 세부를 정밀하고 입체적으로 발굴해갔다. 들이마신 공기의 질감, 희미하게 감돌던 냄새까지 또렷이 떠올릴 수 있었다. 지금 바로 눈앞에 있는 것처럼.

아주 심플하게 그린 지도였지만 아무래도 거기에는 무언가 특수한 힘이 담겨 있는 것 같았다. 나는 나흘 내내 혼자 방에 틀어박혀 지도를 앞에 두고 이곳이 아닌 세계를 떠돌았다. 내가 어느 세계에 속해 있는지 점점 혼란스러워질 정도로 깊이 그 환각 장치(같은 것)에 빠져 있었다. 순수한 환상을 얻기 위해 아편을 상용하는 18세기의 탐미주의 시인처럼. 내 손에 들린 건 얇은 A4용지 한 장에 볼펜 같은 것으로 그린 간단한 지도에 지나지 않았지만.

옐로 서브마린 소년은 대체 무엇을 위해 이 지도를 만들어 내게 전달했을까? 목적이 뭘까? 아니면 목적 없이 순수하게 행위를 위한 행위일까(그렇다, 사람들에게 생년월일을 묻고 무슨 요일인지 알려주는 행동과 마찬가지로).

만약 고야스 씨와 소년이 어디선가 의사소통을 하고 힘을 합쳐 움직인다고 가정하면, 지도를 작성하는 작업에도 고야스 씨의 의지가 관여된 걸까. 내게 지도를 전달한 일에도 고야스 씨의 의도가 포함됐을까. 그렇다면 대체 어떤 의도였을까?

의문은 많고 확실한 대답은 보이지 않는다. 의미를 모를 일 투성이다. 눈앞에 수없이 늘어선 수수께끼의 문, 그러나 열 수 있는 열쇠는 수중에 없다. 가까스로 이해할 수 있는 것은(혹은 어렴풋이 지각할 수 있는 것은) 그 지도에 예사롭지 않은 특수한 힘이 작용하는 듯하다는 점 정도다. 단지 내가 과거에 일시적으로 머물렀던 수수께끼 같은 장소의 지도에 그치지 않고, 다가올 세계의 지세地勢를 보여주는 도면으로 기능하는 것 같기도 했다―지도를 보면 볼수록 나는 그 안에 개인적으로 의탁된 무언가를 느끼지 않을 수 없었다.

도서관에 있는 복사기로 지도를 복사하고, 내가 발견한 몇 가지 정정사항을 복사본 위에 연필로 적어넣었다. 도서관 위치가 광장과 너무 가깝다. 웅덩이를 이루기 직전의 강물 굽이가 너무 완만하다. 단각수들의 서식지가 좀 넓다…… 대략 그런 것들이다. 전부 일곱 가지. 어느 것이나 비교적 소소한 차이점이고 도시를 구성하는 큰 얼개에 연관된 것도 아니니 굳이 고칠 필요는 없을 테지만(게다가 내 기억이라는 것도 어디까지 맞을까?), 소년은 아주 작은 차이라도 잡아내어 정확하게 세부를 표현하는 걸 무엇보다 중시할 거라고 나는 예상했다. 또한 '어떠한 표현 행위에도 비평이 필요하다'는 일반 원칙도 있다. 그에 더해 내게는 어떤 형태로든 소년과 접촉해둘 필요가 있었다. 이쪽으로 서브된 공은 받아 쳐내야 한다. 그것이 규칙이다.

나는 정정사항을 적어넣은 지도 복사본을 봉투에 넣고 봉해서 소에다 씨에게 건넸다. 편지는 일부러 동봉하지 않았다. 봉투에 든 것은 한 장의 지도뿐이다─소년이 내게 보내왔을 때와 마찬가지로.

"혹시 그 아이가 나타나면 이걸 전해주셨으면 합니다."

소에다 씨는 봉투를 받아들고 잠시 점검하듯 바라보았다. 앞면에도 뒷면에도 글자는 적혀 있지 않다. "뭐, 덧붙일 말씀은 없고요?"

특별히 덧붙일 말은 없다고 나는 말했다. "그저 제가 맡겼다고만 하고 전해주시면 됩니다."

"알겠습니다. 그렇게 할게요. 슬슬 회복해서 다시 올 때가 됐지 싶어요. 지금까지의 케이스로 봐서는."

이틀 후, 소에다 씨가 내 방에 얼굴을 비쳤다.

"오늘 아침 M**이 왔길래 지난번에 주신 봉투를 건네줬습니다"라고 그녀는 말했다. "아무 말도 없이 봉투를 받아서 그대로 냅색에 넣었어요."

"열어보지 않고요?"

"네, 열어보지 않고 넣더군요. 그뒤로도 다시 꺼낸 것 같진 않아요. 항상 앉던 자리에서 열심히 책을 읽고 있어요."

"고마워요." 나는 감사인사를 했다. "그런데 그애는 지금 어떤 책을 읽고 있던가요?"

504

"드미트리 쇼스타코비치의 서간집이에요." 소에다 씨는 곧바로 대답했다.

"재밌을 것 같네요."

소에다 씨는 그 말에는 의견을 밝히지 않았다. 눈썹을 살짝 찡그렸을 뿐이다. 그녀는 말보다 표정이나 몸짓으로 더 많은 이야기를 하는 사람이다.

50

다음 휴관일 아침, 여느 때처럼 집을 나와 고야스 씨 묘소로 향했다. 가끔 생각났다는 듯 눈이 간간이 흩날리는 쌀쌀한 아침, 녹지 않은 눈이 밤사이 딱딱하게 얼어붙어 있었다. 굵은 타이어체인을 감은 대형 운송 트럭이 드르륵드르륵 귀에 거슬리는 소리와 함께 대지에 상처를 내며 내 앞을 지나갔다. 몰아치는 북풍에 귀가 얼얼해지는 것이 도무지 무덤을 찾기에 적합하다고는 할 수 없는 날씨다.

그러나 일주일에 한 번 그의 묘소를 찾는 일은 이제 습관적인 의식을 넘어 빠뜨릴 수 없는 마음의 활력소였다. 이 마을의 생활에서 나는 그 행위를 몹시 필요로 했다.

기묘한 표현인지 몰라도, 고야스 씨는 생각해보면 내 주위에 살아 있는 어떤 사람보다 내게 생생한 생명의 숨결을 느끼게 하는 인물이었다. 이 마을뿐 아니라 지금껏 내가 지내온 모든 장소를 통틀어.

나는 그의 독특한 퍼스낼리티에 호의를 가졌고, 일관된 삶의 가치관에 공감했다. 고야스 씨에게 운명은 결코 친절했다고 할 수 없지만, 그는 자기연민에 빠지지 않고 조금이라도 그 인생을—자신에게나 주위 사람에게나—유익한 것으로 만들기 위해 있는 힘껏 노력했다.

상당히 고립된 생활을 하면서도 다른 사람과 마음을 교류하는 것을 소중히 여겼다. 무엇보다 독서를 사랑해서, 재정난에 빠진 마을 도서관을 기꺼이 떠맡아 사재를 털어 운영하고 충실하게 장서를 채웠다. 덕분에 작은 마을의 거의 개인적인 도서관치고는 양적으로나 질적으로나 놀랄 만큼 알찬 곳이 되었다. 나는 그렇듯 반듯한 고야스 씨의 삶에 경의를 품지 않을 수 없었고, 매주 월요일 묘소를 찾을 때면 성묘라기보다 살아 있는 친구를 만나러 가는 기분이 들었다.

그러나 그 2월의 아침은 각별히 추웠기에 무덤 앞에서 느긋하게 독백에 빠져 있을 여유가 없었다. 이십 분쯤 머무르다 단념하고, 남은 눈이 얼어붙어 미끄러운 절 계단을 넘어지지 않도록 조심하며 내려왔다. 그리고 여느 때처럼 역 근처 작은 커피숍에 들러 몸을 녹이고, 뜨거운 블랙커피를 마시고, 머핀을 하나 먹었다. 가게에는 플레인과 블루베리 두 종류의 머핀이 있는데 나는 항상 블루베리를 골랐다.

눈발이 날리는 월요일 아침, 커피숍에 나 말고 다른 손님은 아무도 없었다. 항상 보는 직원—머리를 뒤로 바짝 묶은, 삼십대 중반 정도의 여자—이 카운터 안쪽에서 일하고 있을 뿐이다. 그리고 늘 그렇듯 오래된 재즈가 작게 흘러나왔다. 폴 데즈먼드가 알토색소폰을 연주했다. 그러고 보니 이 가게에 처음 왔을 때는 데이브 브루벡 퀴텟이 나오고 있었는데, 그 곡에서도 데즈먼드가 솔로를 연주했다.

"유 고 투 마이 헤드." 나는 혼잣말로 중얼거렸다.

오븐에 머핀을 데우던 여자가 고개를 들고 나를 보았다.

"폴 데즈먼드." 나는 말했다.

"이 음악요?"

"네." 나는 말했다. "기타는 짐 홀."

"전 재즈는 잘 몰라서요." 그녀가 조금 미안한 듯 말했다. 그러고는 벽 스피커를 손가락으로 가리켰다. "그냥 유선 재즈 채널을 틀어놓은 거예요."

나는 고개를 끄덕였다. 보통 그럴 것이다. 폴 데즈먼드의 사운드를 애호하기엔 그녀가 너무 젊다. 나는 서빙된 따뜻한 블루베리 머핀을 갈라 한입 먹고 뜨거운 커피를 마셨다. 멋진 음악이다. 하얀 눈을 바라보며 듣는 폴 데즈먼드.

그리고 문득 생각했다. 그러고 보니 그 도시에서는 음악을 전혀 듣지 않았다고. 그런데도 허전하게 느껴지진 않았다. 음악을 듣고 싶다는 기분이 전혀 들지 않았다. 음악이 없다는 사실을 알아차리지도 못했을 정도다. 어째서일까?

정신을 차리고 보니 카운터 스툴에 앉은 내 옆에 옐로 서브마린 소년이 서 있었다. 마침 블루베리 머핀을 다 먹고 냅킨으로 입가를 닦던 참이었다. 예의 남색 다운재킷의 지퍼를 목까지 올리고 머플러를 턱밑까지 감고 있어서, 소년이 옐로 서브마린 그림이 프린트된 파카를 입었는지는 알 수 없었다. 그래도 아마 입었지 싶었다.

눈앞의 소년을 본 순간 나는 영문을 알 수 없었다. 이 아이가 왜 여기 있을까? 내가 이 커피숍에 있다는 걸 어떻게 알았을까? 뒤를 밟았나? 아니면 매주 월요일, 무덤을 다녀오는 길에 여기 들른다는 사실을 알고 나를 만나러 찾아온 걸까?

소년은 내 옆에 서 있었지만 나를 보고 있진 않았다. 곧은 자세로 서서 카운터 안쪽에 있는 여자를 똑바로 보고 있었다. 두 눈을 커다랗게 뜨고, 턱을 바짝 당기고서. 그녀는 '무슨 일이니?' 하듯 살짝 직업적인 미소를 짓고서 소년을 보았다. 하지만 가게 손님이라기엔 너무 어리다. 아직 아이에 가깝다.

"당신의 생년월일을 알려주시겠어요?" 그가 그녀에게 말했다. 정중한 말투로, 종이에 적힌 문장을 읽듯이 또박또박.

"내 생년월일?"

"생년월일." 그는 말했다. "몇년, 몇월, 며칠."

여자는 (당연히) 그 말에 조금 난처해했지만, 이윽고 '생년월일을 공개해도 딱히 해될 것 없다'는 결론에 도달한 듯 소년에게 일러주었다.

"수요일." 소년이 곧바로 말했다.

"수요일?" 그녀가 말했다. 대체 무슨 말인지 모르겠다는 표정으로.

"당신이 태어난 날이 수요일이었다는 얘기예요." 내가 옆에서 구조선을 띄웠다.

"몰랐어요." 그녀가 말했다. 아직 이 사태가 잘 이해되지 않는다는 표정으로. "그런데 그걸 어떻게 바로 알았을까요?"

"글쎄요." 나는 말했다. 처음부터 차근차근 설명하자면 얘기가 길어진다. "아무튼 이 아이는 아는 모양이에요."

"커피 리필하시겠어요?" 그녀가 내게 물었다. 나는 고개를 끄덕였다.

"수요일의 아이는 수심이 가득." 나는 혼잣말처럼 말했다.

소년은 다운재킷 주머니에서 큰 봉투를 꺼내 내게 건넸다. 그리고 건넨 사실을 확인하듯 고개를 한 번 끄덕였다. 나는 그것을 받아들고 마찬가지로 고개를 한 번 끄덕였다. 서부영화에서 아메리칸인디언이 담뱃대를 주고받는 것처럼.

"괜찮으면 머핀 먹고 가지 않겠니?" 나는 소년에게 물었다. "여기 블루베리 머핀이 무척 맛있어. 갓 구운 거라."

그러나 내 말이 귀에 들어갔는지 어쨌는지 그는 대답하지 않고 한동안 내 얼굴을 가만히 올려다보았다. 내 얼굴이 발신하는 어떤 정보를 기억에 정확히 새기려는 것처럼. 동그란 금속테 안경이 천장 조명에 반짝 빛났다. 이윽고 소년은 몸을 돌려 아무 말 없이 입구로 향한 뒤 문을 열고 가게를 나갔다. 흩날리는 가랑눈 속으로.

"아는 사이예요?" 그녀가 그 뒷모습을 보면서 내게 물었다.

"네." 나는 말했다.

"왠지 좀 신기한 아이 같네요. 말도 거의 없고."

"실은 나도 수요일에 태어났어요." 나는 말했다. 소년 얘기에서 화제를 돌리기 위해.

"수요일의 아이는 수심이 가득……" 그녀는 진지한 표정으로 말했다. "아까 그런 말을 들은 것 같은데, 진짜인가요?"

"그저 오래된 동요의 한 구절이니 신경쓸 것 없어요." 나는 말했다. 언젠가 내가 소에다 씨에게서 들었던 대로.

그녀는 문득 생각난 양 소프트진 주머니에서 빨간색 플라스틱 케이스를 씌운 휴대전화를 꺼내고, 가는 손가락을 재빨리 놀리며 화면을 터치하다 이내 고개를 들고 감탄한 듯 말했다.

"오, 맞아요. 내 생일이 정말 수요일이었네요. 확실해요."

나는 잠자코 고개를 끄덕였다. 그렇다, 수요일인 게 당연하다. 옐로 서브마린 소년의 계산이 틀렸을 리 없다. 확인까지 할 것도 없다. 그러나 요즘은 자기 생일이 무슨 요일이었는지 구글에서 검색하면 누구나 십 초도 안 되어 간단히 알 수 있다. 소년은 그것을 단 일 초 만에 알아맞힐 수 있다지만, 서부극의 결투도 아닌데 십 초와 일 초 사이에 얼마나 실리적인 차이가 있을까? 나는 소년을 위해, 그 사실을 조금 쓸쓸하게 여겼다. 이 세상은 날로 편리한, 그리고 비로맨틱한 장소가 되어 간다.

리필한 커피를 마시면서 소년에게 받은 봉투를 열어봤다. 예상대로 안에는 지도 한 장이 있었다. 그 외에는 아무것도 들어 있지 않다. 지난번과 똑같은 A4 인쇄용지에 똑같은 검은색 볼펜으로 그린 지도다. 높은 벽에 둘러싸인, 콩팥 비슷한 모양의 도시 지도. 다만 내가 전에 일곱 군데쯤 지적한 차이점을 전부 새로 그렸다. 표기된 정보가 보다 상세하고 정확해졌다. 이른바 '개정판' 도시 지도다. 나는 지도를 봉투에 도로 넣었다. 적어도 소년은 내가 발신한 메시지에 반응한 것이다. 상대편 코트로 날린 공이 네트를 넘어 다시 이쪽으로 돌아왔다. 한 가지 진전이었다. 의미가 있는, 아마도 바람직한 진전.

나는 블루베리 머핀을 두 개 더 사고 종이봉투에 넣어달라고 했다. 계산하는데 카운터 여자가 내게 말했다.

"좀 신경쓰이는데, 수요일에 태어난 아이들은 모두 수심이 가득하다는 얘기, 설마 정말로 그런 건 아니겠죠?"

"괜찮아요, 그렇진 않을 겁니다." 나는 말했다. 확실히 보장할 순 없지만, 아마도.

다음날 화요일 아침, 소년이 도서관에 나타났다. 그날은 그 '노란 잠수함'이 그려진 초록색 파카가 아니라 '제러미 힐러리 붑 박사'가 그려진 연갈색 파카 차림이었다. '잠수함' 옷이 어머니 손에 의해 세탁기에 들어갔고, 그게 마를 때까지 대용품을 입는 것일 테다. 입은 옷이 달라져도 행동 패턴은 조금도 바뀌지 않았다. 항상 앉는 열람실 창가 자리를 차지하고는 곁눈질 한 번 하지 않고 책을 읽었다. 그건 활짝 핀 꽃에서 한 방울도 남김없이 꿀을 빨아들이려는 나비의 모습을 상기시켰다. 꽃에게나 나비에게나, 서로 유익한 행위다. 나비는 영양을 얻고 꽃은 교배에 도움을 받는다. 공존공영, 아무도 상처받지 않는다. 그것이 독서라는 행위의 훌륭한 점 중 하나다.

나는 그날 반지하 방이 아니라 2층의 정규 관장실에서 일하고 있었다. 작은 가스 스토브만으로는 충분히 따뜻해지지 않았지만, 오랜만에 구름이 걷히고 해가 얼굴을 내민 날이라 기분전환삼아 기다란 창문이 있는 밝은 방에서 일하기로 한 것이다. 소년에게 받은 새 지도는 봉투째 책상 위에 두고, 꺼내지 않도록 주의했다. 당장에 신속히 정리해야 하는 일거리가 있는데 한번 지도를 펼쳐 들여다보면 그쪽으로 마음이 끌려가 일이 손에 잡히지 않아서다.

그렇다, 소년이 그린 도시 지도에는 어딘가 사람의 마음을 자극하는—혹은 혼란스럽게 하는—특수한 힘이 내재되어 있는 것 같았다. 적어도 A4용지에 검은색 볼펜으로 그린 단순한 지도만은 아니었다. 보는 이의 마음속(평소에는 안쪽에 잘 감춰져 있는) 무언가를 불러일으키는 기동력 같은 것이 숨어 있었다. 그리고 나는 그 힘에 저항할 수 없었다. 따라서 그날은 봉투에서 지도를 꺼내지 않겠다고 마음을 다잡았다. 오늘 하루는 어떻게든 이쪽 세계를 붙잡고 있어야 한다—아마 '현실 세계'라고 불러야 할 곳에. 그럼에도 내 시선은 알게 모르게, 새어드는 바람에 한데 휘날리는 나뭇잎처럼, 책상 위에 놓인 그 커다란 서류봉투 쪽으로 향하고 말았다.

이따금 창문을 열고 얼굴을 내밀어 바깥 풍경을 바라보면서 머리를 식혔다. 바다거북이나 고래가 호흡을 위해 주기적으로 수면에 얼굴을 내밀듯이. 그러나 이렇게 추운 겨울날—게다가 방안도 전혀 따뜻하지 않은데—왜 바깥공기까지 맞으며 머리를 식혀야 하는지 스스로도 의문이었다. 그러나 그날의 나에겐 꼭 필요한 행위였다. 내가 지금 '이쪽 세계'에 살아 있음을 확인하는 것.

아래쪽 정원을 걸어가는 고양이가 보였다. 툇마루 밑에서 새끼 다섯 마리를 기르던 어미고양이다. 그러나 지금은 새끼들 없이 혼자서 천천히 하얀 입김을 뱉으며 정원을 가로지르고 있다. 꼬리를 꼿꼿이 세우고 신중하게 걸음을 옮겼다. 어딘가를 향해 거의 일직선으로. 얼어붙은 한겨울의 대지는 그녀의 네 다리가 걷기에는 너무 차가웠기에, 그 걸음이 몹시 안쓰러워 보였다. 나는 그녀가 시야에서 사라질 때까지 그 가녀리고 우아한 모습을 눈으로 좇았다. 그리고는 창문을 닫고 책상 앞에 앉아 하던 일을 계속했다.

정오가 조금 못 되어 소에다 씨가 조심스레 문을 두드렸다.

"지금 시간 괜찮으세요?" 그녀가 물었다.

물론 괜찮다고 나는 말했다.

"실은 M**이 이리로 오고 싶다고 하는데요." 소에다 씨가 말했다.

"좋아요." 나는 곧바로 말했다. "들여보내주세요."

소에다 씨는 살짝 실눈을 뜨고 고개를 끄덕였다.

"혹시 두 사람분 홍차를 준비해줄 수 있을까요? 이것도 데워주셨으면 하는데요." 나는 그렇게 말하고 블루베리 머핀 두 개가 든 종이봉투를 건넸다.

"머핀이군요." 소에다 씨는 안을 들여다보고 말했다. 안경
알 너머에서 눈이 반짝였다.

"블루베리 머핀. 어제 산 건데, 전자레인지에 살짝 데우면
아직 충분히 먹을 만할 거예요."

소에다 씨는 종이봉투를 들고 문으로 향했다. "우선 아이부
터 데려오고, 그뒤에 홍차와 머핀을 가져올게요."

"고마워요."

오 분 후에 다시 노크 소리가 들리고, '제러미 힐러리 붑 박
사' 파카를 입은 소년이 소에다 씨를 따라 조용히 안으로 들어
왔다. 소에다 씨는 격려하듯 그애 어깨에 가볍게 손을 얹었다
가 방에서 나갔다. 문이 등뒤에서 소리 내며 닫히자 소년의 표
정은 한층 딱딱하게 굳은 듯 보였다. 마치 그 주위에서만 공기
압이 조금 높아진 것처럼. 소에다 씨가 옆에 있어야 안정감이
드는 것이리라. 나와 단둘이 있는 데는 아직 익숙하지 않다.
그러나 어떤 이유로(어떤 이유인지는 아직 모르겠지만) 나와
접촉해야 하는 상황이 되었다. 그래서 여기까지 찾아온 것이
다. 아마도.

"안녕." 나는 소년에게 말을 걸었다.

소년은 반응을 보이지 않았다.

"여기 와서 앉으렴." 나는 그렇게 말하며 책상 앞 의자를 가리켰다.

그는 조금 생각한 뒤 조심성 많은 고양이처럼 신중한 발걸음으로 책상 앞까지 왔지만 의자를 흘끗 쳐다보기만 하고 앉지는 않았다. 책상 옆에 가만히 서 있기만 한다. 등을 펴고 턱을 바짝 당긴 채.

어쩌면 그 의자가 마음에 들지 않았는지도 모른다. 혹은 의자에 앉을 정도로 내게 마음을 허락하진 않았다는 의사표시인지도. 어느 쪽이건 서 있는 게 편하다면 그러면 될 일이다. 딱히 마음에 걸리진 않았다.

소년은 아무 말 없이 그 자리에 선 채 책상 위에 놓인 큰 봉투를 바라보았다. 자기가 그린 도시 지도가 든 봉투다. 그게 내책상 위에 있다는 사실이 주의를 끄는 것 같았다. 얇은 가면을쓴 것처럼 무표정한 얼굴이지만, 그 안에서 어떤 사고思考가 상당히 빠른 속도로 진행되는 듯 보였다.

나는 잠시 그를 내버려두었다. 깊은 곳에서 진행되는 (것 같은) 사고를 방해하고 싶지 않았고, 조금 있으면 소에다 씨가홍차와 머핀을 들고 들어올 것이다. 나와 소년 사이에 대화 비슷한 무언가가 오간다면, 그 내용이 무엇이건 그후의 일이 될것이다. 다과를 내오는 잡무는 보통 사서인 소에다 씨가 아닌파트타임 직원들의 몫이지만 이번에는 소에다 씨가 직접 홍차와 머핀을 가져오리라고 나는 예상했다. 이 소년과 관련된 일은 그녀 개인에게도 중요한 의미를 지닌 듯했으니까.

다과를 가져온 사람은 예상대로 소에다 씨였다. 동그란 쟁반을 들고 방으로 들어왔다. 쟁반 위에는 홍차 잔 두 개, 작은 설탕 단지와 둥글게 썬 레몬, 그리고 블루베리 머핀 접시가 놓여 있었다. 잔과 접시, 설탕 단지 모두 같은 무늬이며 하나같이 고풍스럽고 아름다웠다. 웨지우드 같기도 했다. 은식기로 보이는 스푼과 포크가 겸허하고 기품 있게 빛났다. 모르긴 해도 고야스 씨가 집에서 개인적으로 가져다뒀을 것이다. 어디를 보나 작은 마을 도서관에서 나올 법한 유의 물건은 아니다. 아마 특별한 손님에게만 내놓는 식기일 것이다.

소에다 씨는 가볍게 소리를 내며 내 책상 위에 잔과 접시, 설탕 단지를 내려놓았다. 덕분에 평소에는 휑하고 살풍경한 방에 한낮의 살롱처럼 우아하고 평온한 분위기가 생겨났다. 모차르트 피아노 사중주가 어울릴 듯한 정경이다.

역 앞 커피숍에서 사 온 머핀도 종이봉투를 벗어나 아름다운 무늬의 접시에 은포크와 함께 놓이자 유서 깊은 가게에서 파는 고급 과자처럼 보였다. 여기에 삼각으로 접은 흰색 리넨 냅킨을 곁들인다면, 그리고 붉은 장미라도 한 송이 놓인다면 완벽하겠지만, 아무래도 그런 것까지 기대할 순 없다.

"고맙습니다. 정말 멋지네요." 나는 소에다 씨에게 감사인 사를 했다.

소에다 씨는 딱히 표정을 바꾸지 않고 말없이 작게 고개를 끄덕이고는 방을 나갔다. 방에는 다시 나와 소년만 남았다.

소년은 그사이 한 마디 말도 하지 않았다. 소에다 씨가 들어 왔다 나갈 때도 눈길을 돌려 쳐다보지 않았다. 책상 위에 놓인 홍차와 머핀에도, 우아한 그릇과 은식기에도 전혀 관심을 두지 않았다. 오로지 봉투만 똑바로 바라보고 있다. 날카로운 시선에는 조금의 흔들림도 없었다. 그리고 표정이 없는 얼굴 안쪽에서는 지금도 쉼없이 사고 작업이 진행중인 것 같았다.

나는 잔을 들어 홍차를 한 모금 마셨다. 딱 좋을 만큼 뜨겁고 진했다. 고야스 씨가 우려주는 홍차도 무척 맛이 좋았지만, 소에다 씨도 홍차 우리는 솜씨가 좋은 모양이었다. 어떤 일이건—탐구할 가치가 있다면 말이지만—열심히 탐구하는 타입일 것이다. 지적이고 주의깊고 매사에 빈틈없는 사람이다.

그런 여성의 남편은 어떤 사람일까, 나는 문득 생각했다. 아직 그 사람을 만나본 적 없고, 그녀에게서 남편에 대한 구체적인 이야기를 들은 적도 없다. 그렇기에 인물상이 머릿속에 그려지지 않았다. 그나마 내가 아는 거라면 그가 후쿠시마현 출신이고(그러나 이 동네에서 태어나지는 않았고), 십 년쯤 전부터 이 마을 초등학교 선생님으로 일하고 있으며, 예전에 '옐로 서브마린 소년'의 담임을 맡았다는 것 정도다. 언젠가 직접 만나 대화할 기회가 올까?

이윽고 굳어 있던 소년의 표정이 조금 누그러진 듯했다. 사고 작업이 고비를 넘기고 속도를 약간 늦춘 듯하다. 그렇게 적잖이 완화된 감각이 내게도 전해졌다. 아직 긴장이 남아 있지만 아까처럼 견고하지는 않은 듯했다.

마침내 소년이 봉투에서 시선을 떼고, 책상 위에 가지런히 놓인 홍차와 머핀을 보았다.

"블루베리 머핀이란다." 내가 말했다. "꽤 맛있어."

어제 커피숍에서 만났을 때도 했던 말이다. 어제의 제안은 말끔히 무시당했다. 하지만 이번에는 소년도 그 빵에 흥미가 동한 것 같았다. 한참 동안 빤히 머핀을 바라보았다. 폴 세잔이 그릇에 담긴 사과의 형상을 확인할 때처럼, 날카롭고 비평적인 눈빛으로.

입이 작게 움직이는 것을 알 수 있었다. 마치 말을 그만한 크기로 빚어서 내뱉으려는 것처럼. 그러나 그 입에서 말은 나오지 않았다. 소년은 태어나서 처음으로 블루베리 머핀이라는 것을 봤는지도 모른다. 그리고 블루베리 머핀에 대한 정보를 자기 내부에서 채취하고 있는지도 모른다. 그런데 블루베리 머핀에 대체 어느 정도의 정보가 있단 말인가? 내게는 그것도 짐작할 수 없는 일이었다. 이 소년에 대해서는 모르는 것이 너무 많다. 나는 포크로 머핀을 반으로 가르고 하나를 다시 반으로 갈라 사분의 일 조각을 입으로 가져갔다.

"음, 따뜻하고 맛있다." 나는 말했다. "식기 전에 먹으렴."

소년은 내가 그 사분의 일 조각을 먹는 모습을 가만히 지켜보았다. 새끼에게 젖을 먹이는 어미고양이를 관찰할 때와 비슷한 눈빛으로. 그러고는 손을 뻗어 머핀을 집어들더니 그대로 크게 베어물었다. 포크도 쓰지 않았다. 가루가 떨어지지 않도록 접시를 받치지도 않았다. 당연히 가루가 부슬부슬 바닥으로 떨어졌지만 소년은 별로 신경쓰지 않는 눈치였다. 나도 별로 신경쓰지 않았다. 나중에 청소하면 그만이다.

소년은 그 머핀을 기세 좋게 세 입 만에 먹어치웠다. 입을 크게 벌리고 제법 요란한 소리를 내면서. 입가에 푸른 얼룩이 묻었지만 그것도 별로 신경쓰지 않는 눈치다. 나도 별로 신경쓰지 않았다. 아무렴 페인트가 묻은 것도 아니다. 그저 블루베리 과즙이다. 나중에 티슈로 닦으면 그만이다.

어쩌면 이렇게 난폭하게 행동함으로써 나를 도발하는 건지도 모르겠다는 생각이 문득 들었다. 소년은 유복한 환경에서 자랐다고 소에다 씨가 전에 말했다. 나름대로 가정교육을 받았을 것이다. 그렇다면 일부러 무례하게 굴며 내가 어떻게 반응하는지 보고 있는지도 모른다. 그런 식으로 새로운 공을 내

쪽 코트에 던진 건지도. 아니면 단순히 테이블 매너를 전혀 이
해하지 못하는—혹은 이해할 필요를 인정하지 않는—것뿐인
지도 모른다.

어쨌거나 나는 전부 그대로 두었다. 이 소년 앞에서는 뭐든
있는 그대로 받아들이는 수밖에 없다. 블루베리 머핀에 흥미
를 느끼고 직접 손으로 들고 먹어준 것만으로도, 나와 그의 관
계에 중요한 한 걸음을 내디뎠다고 볼 수 있을 것이다.

나는 다시 사분의 일 조각을 포크로 찍어서 조용히 먹었다.
그리고 손수건으로 입가를 가볍게 닦고 홍차를 한 모금 마셨
다. 소년도 선 채로 홍차 잔을 들더니 설탕도 레몬도 넣지 않
고 후루룩 소리 내어 마셨다. 물론 그것도 테이블 매너로는 명
백한 실격이다. 하물며 식기는 (아마도) 웨지우드다. 그러나
나는 역시 모르는 척했다.

"머핀이 꽤 맛있지?" 나는 느긋한 목소리로 말했다.

소년은 아무 말 하지 않았다. 입술에 묻은 블루베리를 혀로
능숙하게 핥았을 뿐이다. 고양이들이 식후에 흔히 그러듯이.

"어제 그 커피숍에서 사 왔어. 오늘 점심으로 먹을까 하고."
나는 말했다. "그걸 소에다 씨가 전자레인지로 데워줬어. 블루
베리는 이 근처 농가에서 농사지은 거고, 가까운 베이커리에
서 매일 아침 머핀을 굽는다고 해. 그래서 신선하지."

소년은 역시 아무 말도 하지 않았다. 그저 제 몫의 빈 접시

를 가만히 바라보았다. 홀로 데크에 서서 해가 떨어진 뒤 수평선을 하염없이 바라보는 고독한 선객처럼.

나는 머핀 반쪽이 남은 내 접시를 그애 앞으로 밀었다.

"반쪽 남았는데, 괜찮으면 좀더 먹겠니?"

소년은 자기 앞으로 내밀어진 접시를 이십 초쯤 바라보다가 이윽고 손을 뻗었다. 그리고 잠시 생각한 뒤 이번에는 포크를 들고 반으로 갈라 접시에 받치고서 조용히 먹었다. 서 있다는 것만 빼면 매우 올바른 테이블 매너다. 그리고 다 먹자 바지 주머니에서 티슈를 꺼내 입가를 닦았다.

내가 먹는 모습을 보고 학습했는지, 그저 나를 도발하기를 그만두기로 했는지 그것까지는 알 수 없었다. 그뒤에는 빈 접시를 책상 위에 내려놓고, 소리 없이 조용하고 기품 있게 홍차를 마셨다. 공은 다시 이쪽으로 넘어왔다. 아마도.

블루베리 머핀이 사라지고 홍차도 다 마시고 나자 나는 접시와 잔과 설탕 단지를 쟁반 위로 치웠다. 그리고 책상 위를 깨끗하게 비웠다. 지금 책상 위에 놓인 건 지도가 든 봉투뿐이었다. 마침 고야스 씨가 항상 남색 베레모를 내려놓던 자리다. 나는 방안을 한 바퀴 둘러보았다. 혹시 방 어딘가에 고야스 씨가 와 있지 않을까 내심 기대하면서. 하지만 아무도 없었다. 이 방에 있는 건 옐로 서브마린 소년(오늘은 다른 그림, 같은 디자인의 파카를 입고 있지만)과 나뿐이었다.

"네가 그린 지도를 봤어." 내가 말했다. 그리고 봉투에서 지도를 꺼내 나란히 놓았다. "무척 정확하더구나. 거의 실물 그대로야. 감탄했어…… 아니, 솔직히 놀랐어. 내가 거의라고 한 건, 정확한 진짜 형태는 나도 잘 모르기 때문이야. 그러니까 그건 물론 네 탓이 아니지."

소년은 안경알 너머로 내 얼굴을 똑바로 보았다. 이따금 눈을 깜박이는 것 말고는 전혀 표정을 바꾸지 않고. 그 눈에는 표정이라 할 만한 게 없었다. 때로 빛의 농도가 바뀔 뿐이다.

나는 말했다. "한때 그 도시에 살았어. 이 지도에 그려진 도시 말이야. 그곳에서도 역시 도서관에서 일했어. 하지만 그 도서관에는 책이 한 권도 없었지. 단 한 권도. 과거에 도서관이었던 곳……이라고 말하는 게 맞을지도 몰라. 내게 주어진 일은, 책 대신 서고에 쌓인 '오래된 꿈'을 매일 밤 하나하나 읽어나가는 것이었어. '오래된 꿈'은 큰 달걀 같은 모양이야. 그리고 하얗게 먼지가 앉아 있었지. 크기는 대략 이 정도."

나는 양손으로 크기를 가늠해 보였다. 소년은 그 모습을 가만히 보고 있었지만 별다른 말은 없었다. 정보로서 수집했을 뿐이다.

"얼마나 오래 그곳에서 살았는지는 나도 몰라. 계절이 바뀌긴 했지만 그곳에서 시간은 계절의 변화와 별개로 흘렀던 기

524

분이 들어. 어쨌거나 그곳에서 시간은 전혀 의미가 없어.

아무튼 그곳에 사는 동안 나는 매일 그 도서관을 오가며 '오래된 꿈'을 읽었어. 얼마나 많은 '오래된 꿈'을 읽었는지, 정확한 수를 기억하진 못해. 하지만 숫자는 그리 큰 문제가 아니야. 왜냐하면 오래된 꿈은 거의 무한히 있는 것 같았거든. 내가 일하는 시간은 해가 진 뒤였어. 해질녘에 시작해서 대개 자정이 못 되어 작업을 마쳤지. 정확한 시간은 몰라. 그 도시에는 시계가 존재하지 않았으니까."

소년은 반사적으로 자기 손목시계를 쳐다보았다. 시각이 표시되어 있음을 확인하고, 다시 내 얼굴로 시선을 돌렸다. 소년에게 시간은 나름대로 의미를 지니는 모양이었다.

"낮 동안 뭘 하건 자유였지만 외출은 자주 하지 못했어. 한낮의 빛을 보면 눈이 아팠거든. '꿈 읽는 이'가 되려면 두 눈에 상처를 내야 했고, 도시에 들어갈 때 문지기가 그 처치를 해주었지. 그러니까 도시의 정확한 지도를 만들 만큼 마음대로 밖을 돌아다닐 순 없었던 거야. 게다가 도시를 둘러싼 벽돌 벽은 매일 조금씩 형태를 바꾸는 것 같았어. 마치 지도를 만드는 나를 조롱하듯이. 그것도 내가 도시의 전모를 온전히 파악하지 못한 이유 중 하나야.

벽은 치밀하게 쌓아올린 벽돌로 이뤄졌어. 무척 높은 벽이야. 아주 오래전에 만들어진 모양인데, 상하거나 허물어진 곳을 전혀 찾아볼 수 없어. 믿기지 않을 만큼 튼튼하지. 아무도 그 벽을 넘어 밖으로 나갈 수 없고, 아무도 그 벽을 넘어 안으로 들어올 수 없어. 그렇게 특별한 벽이야."

소년은 주머니에서 작은 수첩과 삼색 볼펜을 꺼냈다. 스프링이 달린 길쭉한 수첩이다. 그리고 책상 위에서 재빨리 뭐라고 써서 내게 내밀었다. 나는 그것을 받아 들여다보았다. 짧은 문장이 한 줄 적혀 있었다.

역병을 막기 위해

반듯하고 단정한 글씨였다. 빠르게 흘려 썼는데도 인쇄된 활자처럼 보인다. 감정이라 할 것이 전혀 깃들어 있지 않다.

"역병을 막기 위해." 나는 소리 내어 읽었다. 그리고 소년의 얼굴을 보며 그 짧은 메시지를 나름대로 생각해봤다. "즉 그 벽돌 벽은 역병이 도시에 들어오는 것을 막기 위해 지어졌다, 그런 말이니?"

소년이 작게 고개를 끄덕였다. 예스.

"네가 그런 걸 어떻게 알지?"

그 말에는 대답이 없었다. 소년은 입을 다문 채 여전히 표정 없는 얼굴로 나를 보았다. 그건 지금 여기서 논의할 문제가 아니라는 뜻일 테다.

그러나 만약 소년의 말처럼 그 벽이 역병을 막기 위해 축조된 것이라면, 그로써 여러 가지가 설명되는 기분이 들었다. 언제인지는 몰라도 아무튼 처음 만들어졌을 때부터, 그 높은 벽은 주민을 안쪽에 가두고 주민이 아닌 자는 들어오지 못하게 하는 기능을 견고하고 치밀하게 수행해왔다. 도시를 드나들수 있는 건 서식지의 단각수들과 문지기, 그리고 도시가 필요로 하는 특수한 자격을 지닌 몇 안 되는 사람들—나도 그중하나였다—뿐이다. 문지기는 역병에 자연면역이 있었는지도 모른다. 그래서 유일하게 자유로이 문을 드나들 수 있다.

그 벽은 평범한 벽돌 벽이 아니다. 그것은 스스로의 의지와 독자적인 생명력을 지니고서 그 자리에 서 있다. 그리고 도시를 그 손으로 단단히 감싸고 있다. 벽은 대체 어느 단계에서, 어떻게 해서, 그런 특수한 힘을 갖추게 되었을까?

"하지만 역병은 언젠가 끝났을 텐데." 나는 소년에게 말했다. "어떤 역병도 영원히 이어지진 않아. 그런데도 벽은 변함없이 엄중하게 폐쇄 상태를 계속 유지하고 있어. 아무도 안에 들이지 않고 밖으로 내보내지도 않아. 그 이유는 뭘까?"

소년은 수첩을 집어들고 다른 장을 펼쳐서 다시 볼펜을 놀렸다.

끝나지 않는 역병

"끝나지 않는 역병." 나는 소리 내어 읽었다. "그게 대체 뭐 길래?"

역시 대답은 없다. 나는 스스로 그 의미를 생각해야 했다. 수수께끼 문답을 하는 기분이다. 심지어 매우 어려운 수수께끼다. 문제의 심오함에 비해 힌트가 턱없이 부족하다. 어쨌거나 서브된 공은 상대편 코트로 쳐내야 한다. 그것이 게임의 규칙이다. 만약 이걸 게임이라고 할 수 있다면.

나는 큰맘먹고 말했다. "실제 역병이 아닌 역병. 요컨대 비유로서의 역병…… 그런 걸까?"

소년이 아주 작게 끄덕였다.

"혹시, 영혼이 앓는 역병 같은 것일까?"

소년이 다시 끄덕였다. 꾸벅, 하고 확실하게.

나는 한동안 생각에 잠겼다. 영혼이 앓는 역병. 그러고는 말했다.

"도시는, 아니, 당시 도시를 다스리던 사람들은 바깥세계에 만연하는 역병을 차단하기 위해 높고 튼튼한 벽으로 주변을 둘러쌌다. 물샐틈없이 봉인하듯. 그래서 누구 하나 안으로 들이지도, 밖으로 내보내지도 않는 견고한 체제가 만들어졌다. 그 벽의 축조에는 아마 주술적 요소도 포함됐을 테고.

하지만 이윽고 어느 단계에서 무슨 일인가가 벌어져—그게

528

뭔지는 몰라도—벽은 독자적인 의지와 힘을 지니고 기능하게 되었다. 그 힘은 이미 사람이 제어할 수 없을 만큼 강력해졌다. 그런 얘기일까?"

소년은 말없이 내 얼굴을 바라보기만 했다. 예스도 노도 아니다. 그래도 나는 말을 이었다. 어디까지나 추측이었지만, 단순한 추측을 넘어선 것이기도 했다.

"그래서 벽은 모든 종류의 역병을—그들이 생각하는 '영혼이 앓는 역병'도 포함해서—철저히 배제할 목적으로, 도시와 그곳 주민들을 새로 설정해나갔다. 이른바 도시를 재설정한 것이다. 그리고 그 자체로 완결되는, 굳게 폐쇄된 시스템을 만들어냈다. 네가 하고 싶은 말이 그런 걸까?"

그때 갑자기 노크 소리가 들렸다. 누군가가 문을 두드렸다. 큰 소리는 아니다. 메마르고 간결한 소리—현실세계에서 들려오는 현실의 소리. 두 번, 조금 뜸을 들이고 다시 두 번.

"네." 나는 말했다. 내 목소리가 아니라, 다른 누군가의 목소리로.

문이 반쯤 열리고 소에다 씨가 안쪽으로 고개를 내밀었다.

"식기를 치우러 왔는데요." 그녀가 조심스럽게 말했다. "혹시 방해가 안 된다면요."

"가져가셔도 됩니다. 고마워요." 나는 말했다.

소에다 씨는 발소리를 죽이고 방안으로 들어왔다. 접시와 잔을 올린 쟁반을 들고 그것들이 전부 비었음을 재빨리 확인했다. 그게 그녀에게 적잖이 안도감을 안겨준 것 같았다. 이어서 바닥에 떨어진 머핀 가루를 보았지만 일단은 그냥 넘어가기로 마음먹은 눈치였다. 나중에 와서 치우면 그만이다.

소에다 씨는 가볍게 묻듯 내 얼굴을 보았다. 내가 '아무 문제도 없다'는 듯 고개를 끄덕이자 그대로 쟁반을 들고 방에서 나갔다. 찰카닥하고 문이 닫히는 쇳소리. 그리고 방은 다시 침묵에 싸였다.

소년은 수첩의 다른 장을 펼치고 볼펜으로 재빨리 뭐라고 적었다. 그리고 책상 너머 나에게 수첩을 내밀었다. 나는 그것을 읽었다.

그 도시에 가야 해요

"그 도시에 가야 해요"라고 나는 소리 내어 읽었다. 그리고 헛기침을 한 번 하고 수첩을 돌려주었다. 소년은 그제야 의자에 앉더니 내 얼굴을 똑바로 쳐다보았다. 깊이를 가늠할 수 없는 눈으로, 한 치의 흔들림 없이.

"너는 그 도시에 가기를 원하는구나." 나는 확인하듯 말했다. "높은 벽에 둘러싸인 도시에. 사람들에게 그림자가 없고, 도서관에는 한 권의 책도 없는 그 도시에."

소년이 힘주어 고개를 끄덕였다. 이론의 여지가 없다는 것처럼.

한동안 침묵이 이어졌다. 무겁고 농밀한 침묵이었다. 많은 의미를 포함한 침묵이다. 이윽고 약간 톤이 높은 소년의 목소리가 그 침묵을 깨뜨렸다.

"그 도시에 가야 해요."

나는 책상 위에서 양손을 깍지 끼고 잠시 의미 없이 손가락을 내려다본 뒤 고개를 들고 물었다. "만약 그쪽에 가면 이쪽에는 있을 수 없게 되어도?"

소년이 다시 한번 힘주어 고개를 끄덕였다.

나는 소년이 문을 통과해 벽에 둘러싸인 그 도시에 들어가서 생활하는 모습을 머릿속에 그려봤다. 그곳은 아마 소년에게 '페퍼랜드'일 것이다. 영화 〈옐로 서브마린〉에 나오는 컬러풀한 이상향, 페퍼랜드. 이 열여섯 살 소년은 자신을 받아들일 여지가 없는 (것처럼 보이는) 현실세계에서 계속 살아가기보다, 그렇게 다른 방식으로 구성된 세계로 이행하기를 원한다—마음속 깊은 곳에서, 더없이 진지하게. 소년과 마주앉아 있자니 얼마나 진지한지 뼈저리게 느낄 수 있었다.

다시 한동안 침묵의 시간이 흐른 뒤, 소년이 아까처럼 소리

내어 말했다.

"'오래된 꿈'을 읽을 거예요. 저는 그럴 수 있어요."

소년이 손가락으로 자신을 가리켰다.

"너는 '오래된 꿈'을 읽을 수 있다." 나는 소년의 말을 자동적으로 되풀이했다.

"그곳 도서관에서 '오래된 꿈'을 읽을 거예요. 언제까지나."

반듯한 글씨로 필담을 할 때와 마찬가지로, 단어를 하나하나 또박또박 끊어가며 소년은 그렇게 말했다.

나는 말없이 고개를 끄덕였다.

그렇다, 이 소년이라면 그 일을 할 수 있을 것이다. 현재 이 도서관에서 매일 행하는 일과와 거의 똑같은 생활이니까. 그리고 그곳에는, 그 도서관 안쪽에는 그가 읽어야 할 '오래된 꿈'이 먼지를 뒤집어쓰고 높게 쌓여 있다. 헤아릴 수 없을 만큼, 아마도 무한히. 또한 그 제각각의 모든 꿈은 세계에 단 하나밖에 존재하지 않는다.

"그 도시에 가야 해요." 소년은 아까보다 한결 또렷한 목소리로 되풀이했다.

51

"그 도시에 가야 해요"라고 소년은 되풀이했다.

"이쪽 세계를 벗어나 벽 안쪽으로 들어가고 싶다는 거지?"
내가 말했다.

소년은 말없이 고개만 짧게 끄덕였다.

그 벽에 둘러싸인 도시는, 말할 필요도 없지만, 페퍼랜드가
아니다. 페퍼랜드는 애니메이션 영화를 위해 만들어진 가상의
이상향이다. 그곳에서는 아름다운 사람들이 아름다운 자연에
둘러싸여 아름다운 생활을 한다. 즐거운 음악이 흐르고 컬러
풀한 꽃이 만발했다. 1960년대 드러그 컬처의 냄새가 어렴풋
이 감도는 한때의 몽상 속 세계다. 그러나 '벽에 둘러싸인 도
시'는 그렇지 않다.

그곳에서는 겨울이면 혹독한 추위와 굶주림으로 짐승들이 연이어 목숨을 잃는다. 그곳에서 사람들은 가난하고 과묵하게 살아간다. 간소하고 적은 식사에 만족하며, 의복은 낡고 해질 때까지 입는다. 책도 없고 음악도 없다. 운하는 말라붙었고, 많은 공장이 가동을 멈추었다. 사람들이 사는 공동주택은 어두컴컴하고 다 쓰러져간다. 개도 고양이도 존재하지 않는다. 눈에 띄는 생물이라면 벽 위를 넘나들 수 있는 새 정도다. 이상향과는 한참 거리가 먼 세계다. 소년은 그 도시의 현실을 어디까지 이해하고 있을까?

나는 그 얘기를 소년에게 자세히 해줄까 하다가 생각을 고쳤다. 아마 그런 사정도 이미 다 알고 있을 것이다. 그 모두를 감수하더라도 그 도시에 가기로 마음먹은 것이다. 면밀히 고심한 끝에 내린, 변경의 여지가 없는 결론이다. 소년의 망설임 없는 얼굴을 보니 그 결의가 얼마나 굳은지 알 수 있었다. 그럼에도 나는 다시 한번, 그의 마음을 확인하지 않을 수 없었다.

"그 도시에 들어가려면 그림자를 버리고 두 눈에 상처를 내야 해. 그 두 가지가 문을 통과하기 위한 조건이야. 떨어져나간 그림자는 머지않아 목숨을 잃을 테고, 그림자가 죽으면 넌 다시는 그 도시에서 나올 수 없어. 그래도 상관없니?"

소년은 고개를 끄덕였다.

"이쪽 세계의 누구도 다시는 만나지 못할지도 몰라."

"상관없어요." 소년은 소리 내어 말했다.

나는 깊은 한숨을 내뱉었다. 소년은 이 현실세계와 마음이 이어져 있지 않다. 이 세계에 진정한 의미로는 뿌리내리지 않은 것이다. 임시로 매어둔 기구氣球 같은 존재. 지상에서 살짝 떠오른 상태로 살고 있다. 그리고 주위의 보통 사람들과는 다른 풍경을 보고 있다. 그러니 매어둔 고리를 풀고 이 세계를 영원히 떠나버리는 일에 고통도 두려움도 느끼지 않는다.

나는 무심결에 주위를 돌아보았다. 나는 이 지상 어딘가에 단단히 이어져 있을까? 그곳에 뿌리내리고 있을까? 나는 블루베리 머핀을 생각했다. 역 앞 커피숍 스피커에서 흘러나오는 폴 데즈먼드의 알토색소폰 음색을 생각했다. 꼬리를 세우고 정원을 가로지르는 야위고 고독한 암고양이를 생각했다. 그것들은 내 정신을 이 세계에 조금이라도 붙들어매주고 있을까? 아니면 너무도 하찮아서 논할 가치도 없는 존재들인 걸까?

나는 소년을 보았다. 그애는 금속테 안경 너머에서 실눈을 뜨고 나를 보고 있었다. 내 마음의 움직임을 읽어내는 것처럼.

"그런데 대체 어떻게 그 도시로 갈 생각이니?"

소년은 손가락으로 나를 가리키고, 이어서 자기 자신을 가리키고, 그 손가락을 허공으로 향했다.

나는 그 제스처를 나의 언어로 치환했다. "내가 너를 그곳으로 데려간다. 그 뜻이야?"

'제러미 힐러리 붑 박사'가 프린트된 파카를 입은 소년은 잠 자코 고개를 끄덕였다. 예스.

나는 말했다. "하지만 내가 그럴 수 있을까? 나도 내 의지로, 가고 싶다는 생각만으로 그 도시에 갈 수 있는 건 아냐. 하물며 너를 그곳까지 안내하는 건 도저히 자신이 없어. 나는 어떤 우연으로, 어쩌다가 그곳에 다다랐을 뿐이야."

소년은 한차례 그 말을 생각했다(혹은 생각하는 것처럼 보였다). 그러고는 아무 말 없이 의자에서 일어났다. 반듯하게 접힌 흰색 손수건을 주머니에서 꺼내 다시 한번 정성껏 입가를 닦았다. 블루베리 머핀을 내준 것에 감사를 표하는 그애 나름의 제스처였는지도 모른다. 아니면 단순히 습관적인 행위였는지도. 그 차이는 나도 알 수 없다.

그는 손수건을 도로 주머니에 넣고 걸어가서 문을 열더니, 뒤를 돌아보지도 않고, 인사 같은 것도 하지 않고 그대로 방에서 나갔다. 그의 등뒤에서 문이 메마른 금속음을 내며 닫히고, 나는 방에 혼자 남았다.

"내가 너를 그곳으로 데려간다?"

혼자 남은 나는 작은 목소리로 스스로를 향해 말했다.

그리고 소년의 손을 잡고 나란히 도시의 문 앞에 서 있는 광경을 떠올렸다. '옐로 서브마린' 초록색 파카를 입은 소년은 서슴없이 나와 헤어져 (뒤를 돌아보지도 않고) 그대로 문 안쪽에 발을 디딜 것이다.

내가 그 문을 통과하는 일은 두 번 다시 없다. 이미 그 자격을 박탈당하고 말았으니까. 소년을 배웅하고, 문이 다시 닫히는 걸 지켜본 뒤, 나는 혼자 이쪽 세계로 돌아올 것이다.

나는 일어나 창가로 가서 창을 위로 밀어 열고 고개를 내밀어 몇 번 심호흡을 했다. 쨍한 겨울 공기가 적당한 자극으로 폐부를 찔렀다. 나는 아무도 없는 겨울 정원을 한참 동안 멍하니 바라보았다. 녹지 않은 눈이 대지 위에 하얀 얼룩처럼 군데군데 얼어붙어 있었다.

그후 며칠은 별탈 없이 흘러갔다. 맑은 날이 이어지고, 바람도 불지 않고, 밝은 햇살이 처마밑에 매달린 굵은 고드름을 차례차례 녹여갔다. 나는 창밖에서 눈 녹은 물이 떨어지는 소리를 들으며 책상 앞에 앉아 사무를 보았고, 그사이 소년은 변함없이 열람실에서 일심불란하게 책을 읽었다. 소에다 씨에게 소년이 지금 읽는 책의 제목을 물으면 바로 대답이 돌아왔다. 소년이 빠져 있는 책은 『아이슬란드 사가saga』 『비트겐슈타인, 언어를 말하다』 『이즈미 교카 전집』 『가정의학백과』 등이었다. 하나같이 꽤 두꺼운 책이다. 보아하니 내용을 따지기보다 무조건 두꺼운 책을 선호하는 모양이었다. 얇은 책은 성에 차지 않는 것이리라. 식욕이 왕성한 사람이 식당에서 가장 두툼한 스테이크를 주문하는 것과 같은 이치다.

관장실에서 단둘이 대화를 나눈 후 일주일 동안 나와 소년은 접촉이 없었다. 다시 옐로 서브마린 파카를 걸친 소년은(세탁기에서 돌아왔나보다) 초록색 냅색을 메고 매일 어김없이 도서관에 나타났지만, 열람실에서 옆을 지나면서도 내가 먼저 말을 걸진 않았고, 소년 역시 이쪽을 보려 하지 않았다. 독서에 온 신경을 집중하느라 다른 어떤 것에도 전혀 관심이 가지 않는 듯 보였다. 아마 실제로도 그랬을 것이다. 그리고 나는 내 방 책상 앞에 앉아 도서관의 사령탑으로서 일상의 직무를 하나하나 완수했다. 따분하다면 따분한 업무지만 그 내용이 책에 관련된 것이라면, 그저 번호를 대조하는 단순한 작업일지라도 나는 즐거움을 찾아낼 수 있었다. 우리는—소년과 나는—이 지상의 현실세계에서 각자 해야 할 일을 하는 것이다.

옐로 서브마린 소년은 높은 벽에 둘러싸인 그 도시로 가기를, 그곳의 주민이 되기를 진심으로 원한다. 이쪽 세계에 두번 다시 돌아오지 못해도 상관없다고 마음을 굳혔다. 이쪽 세계에 그를 붙잡아둘 만한 힘을 지닌 건 아무것도 없다. 그건 분명하다. 그러나 소년의 힘만으로는 그 도시에 갈 수 없다.

나의 '안내'를 필요로 한다. 그 도시로 통하는 길을 알고 있는 사람은—혹은 한 번이라도 그 길을 밟아본 사람은—나 하나뿐이니까.

하지만 나 역시 그 도시로 향하는 길을 구체적으로 기억하진 못한다. 예전에 간 적이 있을 뿐이다. 아니, 정확히 표현하자면 나는 무의식중에 그곳으로 옮겨져 있었다. 같은 식으로 다시 가보라고 한들 방법을 모른다.

그리고 또하나, 내가 판단하기 힘든 것이 있다. 소년을 저쪽 세계로 데려가는 일이 과연 올바른 행위인가 하는 문제다. 그건 도덕적으로 용인되는 일인가? 만약 소년이 그 도시에 들어가 '꿈 읽는 이'로 정착한다면, 그 결과 아마 이 현실세계에서는 그의 존재가 소멸할 것이다.

나는 그림자가 죽지 않았기에, 그리고 그림자를 벽 바깥으로 도망시켰기에 이쪽 세계로 복귀할 수 있었고(좀더 정확히 말하면 돌려보내졌고), 결과적으로 이 세계에서 존재가 지워지지 않았다. 어디까지나 추측에 지나지 않지만, 시간이 갈수록 그렇게 확신할 수 있었다.

그러나 만약 소년이 자신의 그림자와 떨어지고 그 그림자가 목숨을 잃는다면, 소년의 존재는 이쪽 세계에서 영원히 결정적으로 상실된다. 소에다 씨 말로는 별다른 친구가 없다지만, 부모 형제는 그가 사라진 일에 비탄을 금치 못할 것이다. 특히 그를 몹시 아낀다는 어머니는…… 그런 사태를 불러올지 모르는 일을 내가 해도 될까. 아무리 소년 스스로가 진지하게 원한다 해도. 또한 그것이 소년의 인생에서 보다 자연스러운 흐름으로 보인다 해도. 그건 인간으로서 도의에 반하는 행위가 아닐까?

나는 그 문제를 누군가와 상의해보고 싶었다. 이를테면 고야스 씨와. 그는 대강의 사정을 알거니와 확실한 지혜를 가지고 있다. 내게 유효한 조언을 해줄지도 모른다. 하지만 고야스 씨는—고야스 씨의 유령은—내 앞에 나타나지 않은 지 오래다. 어쩌면 이제 다시는 그 모습을 보지 못할지도 모른다. 그의 영혼은 이미 이 지상을 떠나버렸는지도. 그럴 가능성이 적지 않다. 영혼이 지상에 머무를 수 있는 기간이 제한되어 있다고 그는 말했다. 영혼이 사람의 모습을 취하고 나타나는 것 역시 결코 간단한 일이 아니라고.

소에다 씨와 상의해볼까도 싶었지만, 내가 한때 높은 벽에 둘러싸인 도시에 살았다는 사실을 평범한 일상을 영위하는 사람에게 알기 쉽게 설명하기란 아무리 생각해도 지난한 일이다. 이야기가 몹시 번거로워진다. 그녀는 소년을 걱정하기에 앞서 나의 정신 상태가 온전한지부터 의심할지 모른다. 그렇다, 그 도시 이야기를 꺼낼 순 없다. 내가 그곳에서 보고 듣고 겪은 것을 있는 그대로 받아들이고 이해해주는 이는 지금으로선 고야스 씨와 옐로 서브마린 소년, 그 두 사람뿐이다.

나는 되도록 한가한 시간대를 골라 소에다 씨 자리에 가서 가벼운 잡담을 나누듯 소년에 대해 물었다. 주로 가정환경에 대해.

"M**의 어머니가 아들을 무척 아낀다고 하셨죠?"

"네, 맞아요. 꼭 고양이를 귀여워하듯 M**을 애지중지하더군요."

"아버지는요?"

소에다 씨는 살짝 고개를 기울였다. "아버지에 대해선 저도 잘 모르겠어요. 직접 뵌 적도 없고. 다만 오며 가며 듣기로는 그애에게 별로 관심이 없는 것 같다고 하더군요. 어디까지나 건너들은 얘기니까 확실하진 않지만요."

"별로 관심이 없다고요?"

"전에도 말씀드렸지 싶은데, 두 형이 이 동네 학교에서도 소문난 수재였고, 도쿄의 명문대에 진학해 말 그대로 엘리트 코스를 밟고 있어요. 누가 봐도 자랑할 만한 아들들이죠. 어디 내놔도 부끄럽지 않고. 그에 비해 막내는 고등학교도 못 가고, 매일 도서관에 드나들며 책만 읽으면서 영문 모를 소리를 하니 남들 앞에 내놓기가 꺼려지겠죠. 아버지는 그런 걸 신경쓰는 것 같아요."

"그 사람이 마을에서 유치원을 한다고 했던가요?"

"네, 유치원을 운영해요. 상당히 시설이 좋은 유치원이죠. 유치원 말고도 사업의 폭이 넓어요. 학원도 있고, 성인 대상 강좌도 있고. 수완가라고 할까, 경영인으로는 분명히 실력 있는 사람이지만, 이른바 교육자 타입은 아닌 것 같아요. 적어도 제가 듣기로는.

M**은 집에서 책을 마음껏 읽지 못해요. 책만 들이파는 건 건강하지 못하다면서 아버지가 책을 충분히 사주지 않거든요. 독서 시간도 엄격하게 제한하고요. 그애에게는 상당히 괴로운 일일 테죠. 책을 읽는 게 숨쉬는 것만큼이나 자연스러운 아이니까."

"어머니는 어떤가요? 그애를 얼마나 이해하죠? 요컨대 타고난 특수 능력이라든가, 보통 아이들과 다른 점을."

"어머니는 제가 보기로 상당히 감정적인 분이에요. 아드님을 몹시 사랑하지만, 아무래도 본질을 이해하는 것 같진 않아요. 아이가 가진 특별한 능력을 제대로 살려주거나, 유효하게 활용할 만한 곳을 찾아주려는 마음이 별로 없어 보여요."

"그래서 품에서 놓으려 하지 않는다?"

"네, 실은 제가 어머니에게 몇 번 얘기를 꺼내봤습니다. 주제넘은 짓인지도 모르지만, 저 나름의 의견을 솔직하게 말했죠. 비슷한 아이들을 맡아서 교육하는 전문 시설이 전국에 몇 군데 있으니, 그런 데서라면 그애가 타고난 재능을 제대로 살릴 수 있을 거라고. 이 마을에 계속 사는 한 M**에게는 미래가 없을 거라고요. 하지만 도통 그런 논리가 통하지 않았어요. 오로지 자기가 끼고 있어야 아이가 살아갈 수 있다고 철석같이 믿고 있죠."

나는 소에다 씨가 한 말을 잠시 생각했다. 그리고 말했다.

"그 말대로라면, 소년에게 집은 그다지 마음 편한 장소가 아닌 것처럼 들리는데요."

"M**이 무엇을 어떻게 느끼는지 저는 물론 알 길이 없어요. 감정을 겉으로 거의 드러내지 않으니까요. 하지만, 맞아요, 집이 결코 편하지 않을 거라는 건 짐작할 수 있어요. 자신에게 별로 관심이 없는 아버지, 지나치게 간섭하는 어머니. 어느 쪽도 그애를 진심으로 이해하지 못하고, 이해하려는 자세도 없는 듯하죠."

"그럼 두 형과의 관계는요?"

"형들은 도쿄로 가고 나선 자기들 일만으로 벅차다고 할까, 무척 바쁜가봐요. 젊은이들이니 뭐 당연하죠. 집에도 좀처럼 오지 않는 모양인데, 하물며 한참 뒤처지는 별난 동생한테 관심을 둘 여유는 없지 않겠어요."

"그래서 매일 집을 나서서 이 도서관으로 온다. 아무하고도 말을 섞지 않고 일심불란하게 책만 읽는다."

"이제 와서 이런 말을 해도 소용없지만," 소에다 씨는 말했다. "고야스 씨가 살아 계셨더라면 얼마나 좋았을까 싶어요. 그애도 고야스 씨에게만은 마음을 열었는데. 그분이 돌아가신 건 정말 안타까운 일이에요. M**에게도 그렇고, 이 도서관에 도요."

나는 고개를 끄덕였다. 고야스 씨의 죽음은 많은 장소에 깊은 결락을 남겼다.

소에다 씨의 얘기를 듣고 소년의 가정 사정을 보다 자세히 알게 되어서 내 마음도 조금은 편해졌다.

그 소년에게는 집을 떠나기를, 이 세계에서 나가기를 간절히 원할 만한 이유가 있는 것이다. 어느 날 갑자기 그가 이 세계에서 사라져버리면 어머니는 틀림없이 비탄에 잠길 것이다. 그러나 소년을 위해서는 어머니와 떨어지는 편이 바람직할지도 모른다. 새끼고양이들이 어느 시점에 어미에게서 떨어져 자립하는 것처럼. 새끼를 잃은 어미고양이는 한동안 주위를 필사적으로 찾아다니지만 이윽고 단념하고 잊어버린다. 그리고 다음 사이클로 들어간다. 동물들에게 그것은 지극히 자연스러운 과정이다. 계절이 바뀌는 것과 마찬가지로.

아버지와 두 형도 소년이 갑자기 사라지거나 혹은 죽음을 맞는다면 당연히 크게 슬퍼할 것이다. 어쩌면 그애를 충분히 신경쓰지 못했던 것에 적지 않은 양심의 가책을 느낄지도 모른다. 그러나 오랫동안 상심에 잠겨 있기에는 자기 일이 너무 바쁜 사람들 아닐까. 또한 소년에게는 친구라고 할 만한 상대가 한 명도 없다. 이 세계에서 어디까지나 고립된 존재다. 사라진다 해도 그 공백은 순식간에 메워질 것이다. 소리도 없이, 눈에 띄는 파문도 일으키지 않고, 매우 조용히.

가령 내가 그 소년의 입장이라면―소에다 씨가 말했다시피 그애 입장에서 감정을 헤아리기란 쉽지 않지만―역시 이 마을에 머무르기보다 다른 세계로 삶의 터전을 옮기고 싶다고 생각할 것이다.

이를테면 높은 벽에 둘러싸인 도시로.

52

월요일이 되자 나는 여느 때처럼 아침에 고야스 씨 묘소를 찾았다. 그리고 묘비에 대고 소년 이야기를 했다. 그가 '높은 벽에 둘러싸인 도시'에 가고 싶어한다는 것. 그곳에 데려가달라고 내게 부탁했다는 것. 하지만 지금으로선 내가 그 부탁을 들어줄 수 있을 성싶지 않다는 것. 첫째로, 나부터가 그곳에 가는 방법을 모르니까.

그 소년은— 고야스 씨도 아시다시피 — 이 세계에서 몹시 고독한 존재입니다. 이 세계를 벗어나 '높은 벽에 둘러싸인 도시'로 이행하는 것이 자신에게 보다 자연스럽고 행복한 일이라고 굳게 믿고 있어요.

하긴 그럴지도 모르죠. 이 현실세계는 그를 위한 장소가 아닌지도 모릅니다. 피를 나눈 가족을 포함해 그 누구도 그를 올바르게 이해해주지 않아요. 그가 지닌 특별한 능력을 살리려면 오히려 저쪽 세계가 적합할지도 모릅니다.

하지만—가령 제가 그럴 수 있다 해도—그의 '이행'에 제 손을 빌려주는 일이 과연 적절한 행위인지 확신할 수 없습니다. 제게 그럴 자격이 있을까요? 누가 뭐래도 아직 열여섯 살 소년입니다. 서로에 대한 이해가 부족해도, 정신적 유대가 희박해도, 그애가 사라지면 부모와 형들은 육친으로서 깊은 슬픔에 잠길 것이 분명합니다. 그래서 저는 고야스 씨 의견이 듣고 싶었습니다. 지금 제 말을 들으셨다면 기탄없이 조언해주세요. 어떻게 하면 좋을지, 솔직히 잘 모르겠습니다.

그 정도만 말하고 묘비 앞 돌담에 앉아 무언가 반응이 돌아오기를 기다렸다. 그러나 반쯤 예상한 대로 반응은 없었다. 구름이 하늘을 천천히 흘러갈 뿐이다. 산 끝에서 또다른 산 끝으로. 그날 아침은 웬일인지 새들의 울음소리도 들리지 않았다. 오로지 묘지의 침묵뿐이다.

묘비 앞에서 침묵하며 삼십 분 정도를 보냈다. 말라붙은 우물 바닥에서 혼자 무릎을 안고 앉아 있듯이. 그사이 아무 일도 일어나지 않았다. 회색 구름이 머리 위를 천천히 흘러가고, 시계의 긴바늘이 문자반을 반 바퀴 돌았을 뿐이다. 그 외에 움직임이라 할 만한 건 없다.

이따금 고개를 들어 주위를 빠르게 훑어보았지만 옐로 서브마린 소년은 어디에도 보이지 않았다. 묘지에 다른 인기척은 없었다. 나는 돌담에서 몸을 일으키고 겨울 하늘을 잠시 올려다보다, 머플러를 고쳐 매고 더플코트에 묻은 낙엽을 손으로 떨었다.

아마 고야스 씨의 영혼은 이미 이 세계를 벗어났을 것이다. 마지막으로 그를 만나 대화한 지 긴 시간이 흘렀다. 그리고 옐로 서브마린 소년 역시 이 지상을 떠나고 싶어한다. 그 두 사람이 실제로 (영원히) 사라진다 해도, 나는 이곳에서 계속 살아가야 한다. 그건 분명 무미건조한 세계일 것이다. 나는 그 두 사람에게 자연스러운 호감과 공감을 느끼고 있었으니까.

묘지에서 돌아오는 길에 여느 때처럼 역 앞 이름 없는 커피숍에 들렀다. 아무래도 나는 무의식적으로 습관을 따라 생활하는 고독한 중년 남자의 대열에 본격적으로 들어선 모양이다. 항상 앉는 카운터 자리에 앉아, 항상 시키는 블랙커피와 플레인 머핀을 하나 먹었다(그날은 블루베리 머핀이 품절이었다). 항상 보는 직원이 카운터 안쪽에서 항상 그렇듯 상냥하게 웃어 보였다.

스피커에서 재즈기타 음악이 작게 흘러나왔지만 곡명도 연주자도 알 수 없었다. 나는 멍하니 그 음악을 들으며 뜨거운 커피로 차가운 몸을 녹이고, 플레인 머핀을 작게 갈라서 먹었다. 물론 플레인 머핀에도 플레인 머핀만의 매력이 있다.

"전부터 생각했는데, 코트가 아주 멋져요." 그녀가 내게 말했다. 나는 옆자리에 놓아둔 회색 더플코트를 보았다.

"이 코트가요?" 나는 조금 놀라서 말했다. 그리고 다 읽은 조간신문을 접었다. "입고 다닌 지 벌써 이십 년쯤 됐는데. 갑옷처럼 무겁고, 디자인도 구식이고, 심지어 별로 따뜻하지도 않아요."

"그래도 멋져요. 요즘은 다들 똑같은 다운코트만 입고 다니니까 그런 게 신선해 보이네요."

"그럴지도 모르지만, 이렇게 추운 지방에는 안 맞네요. 내년 겨울엔 새 다운코트를 살까 하던 참인데. 훨씬 따뜻하고 가볍잖아요. 여기서 겨울을 맞는 게 처음이라 추위가 이 정도일 줄은 몰랐어요."

"하지만 전 옛날부터 왠지 더플코트가 좋더라고요. 마음이 끌려요."

"그 말을 들으면 코트도 기뻐하겠군요." 나는 그렇게 말하고 웃었다.

"한 가지 물건을 오랫동안 아껴 쓰는 타입인가요?"

"그럴지도 모르겠군요." 나는 말했다. 그런 말은 처음 들어봤지만 듣고 보니 그런 듯도 하다. 그저 새로 사는 일이 귀찮을 뿐인지 몰라도.

가게에 나 말고 다른 손님은 없었고, 그녀는 커피 내릴 물이 끓는 동안 가벼운 대화를 나눌 수 있는 상대를 환영하는 눈치였다.

"여기서 겨울을 맞는 게 처음이라면, 원래 이곳 사람이 아니시군요?"

"작년 여름에 이사왔으니 얼마 안 됐죠." 나는 말했다. "그래서 이 마을에 대해선 아는 게 별로 없어요. 그전까지는 쭉 도쿄에 살았으니까."

벽돌 벽에 둘러싸인 그 도시에 살았던 기간을 제외한다면 말이지만······

"이쪽에는 일 때문에 오셨어요?"

"네, 이 마을에 우연히 일자리를 얻어서."

"그럼 저랑 경우가 비슷하네요." 그녀가 말했다. "저도 일자리를 찾아 작년 봄에 이쪽으로 왔어요. 그전까지는 삿포로에 살았고요. 은행에 근무하면서."

"그런데 은행 일을 그만두고 여기로 이사온 건가요?"

"꽤 큰 환경의 변화죠."

"이 마을에 누구 아는 사람이 있었어요?"

"아뇨, 아는 사람은 한 명도 없었어요. 손님과 마찬가지로 혼자서 왔죠."

"그리고 이 가게에서 일을 시작했고요?"

"실은 인터넷에서 물건을 발견했어요. 커피숍이 매물로 나왔는데, 원래 주인에게 사정이 생겨 급히 처분하는 거라 시세보다 값이 상당히 낮았어요. 그래서 가게를 설비째 인수하고 직접 와서 운영하기로 한 거예요."

"무척 대담하시네요." 나는 감탄해서 말했다. "도시에서 은행 일을 하다가 그만두고, 이렇게 멀리 아무것도 모르는 작은 시골 마을까지 혼자 와서 자영업을 시작하다뇨."

"이런저런 사정이 있었어요. 봐요, 지난번에 그 남자애도 말했잖아요, 수요일에 태어난 아이는 수심이 가득하다고."

"그애가 말한 게 아니에요. 제가 그랬죠. 그런 동요 가사가 있다고. 그애는 '당신은 수요일에 태어났다'고만 했고요."

"그랬던가."

"그애는 기본적으로 사실만 말해요."

"사실만 말한다." 그녀는 감탄한 듯 되풀이했다. "대단한걸요."

그녀는 천천히 내 앞에서 벗어나 가스불을 끄고, 그 끓은 물로 새 커피를 내리기 시작했다. 나는 자리에서 일어나 더플코트를 입었다. 그리고 계산을 마치고 가게를 나오려고 했다. 그런데 무언가가 나를 붙들었다. 나는 걸음을 멈추고 다시 가게로 돌아가, 카운터 안쪽에서 커피를 내리는 그녀에게 말을 걸었다.

"좀 뻔뻔하게 들릴지도 모르겠는데," 나는 말했다. "식사든 뭐든 언제 한번 같이 하자고 해도 괜찮을까요?"

그 말이 매우 자연스럽게 막힘없이 내 입에서 나왔다. 망설임도 주저함도 거의 없이. 뺨이 약간 달아오른 느낌이 들 뿐이었다.

그녀는 고개를 들고 나를 보았다. 살짝 실눈을 뜨고서 신기한 것이라도 보는 것처럼.

"언제 한번?" 그녀가 말했다.

"오늘이라도 좋고요."

"식사든 뭐든?"

"이를테면 저녁이라든가."

그녀는 입술을 조금 오므렸다가 말했다. "가게는 저녁 여섯시에 닫아요. 뒷정리에 삼십 분쯤 걸리지만, 그뒤에 봐도 괜찮다면."

괜찮다고 나는 말했다. 오후 여섯시 반은 저녁식사에 적절한 시각이다. "여섯시에 이리로 데리러 올게요."

나는 가게를 나와 집까지 걸었다. 걸으면서 내가 그녀에게 한 말을 하나하나 떠올려보고 신기한 기분이 들었다. 그 순간이 올 때까지 그녀에게 식사를 권할 생각 같은 건 전혀 없었다. 그런데 거의 자동적으로 내 입에서 말이 튀어나왔다. 여자에게 함께 식사하자고 한 건 생각해보면 무척 오랜만의 일이었다. 대체 무엇이 나를 그러도록 만들었을까? 혹시 그녀에게 마음이 끌리는 걸까?

그럴지도 모른다, 고 생각했다.

설령 그렇다 해도 그녀의 무엇이 나를 끌어당기는지는 알 수 없다. 전부터 막연한 호감은 있었지만 딱히 무언가를―보다 친밀한 유대 같은 것을―원하는 유의 호감은 아니었다. 매주 월요일 오전, 내게 커피와 머핀을 내주는 인상 좋은 삼십대 중반의 여자, 그게 다였다. 체격이 늘씬하고, 혼자서 기민하게 움직인다. 미소에는 자연스러운 따뜻함이 담겨 있다.

그날 그녀의 어딘가에 특별히 마음이 끌려서 식사를 권하게 된 것이리라. 그녀와 나눈 짧은 대화 속의 무언가가 내 마음을 자극했는지도 모른다. 혹은 그저 내가 혼자 지내는 것에 지쳐서, 하룻저녁 기분좋게 대화할 수 있는 상대를 찾았을 뿐인지도. 하지만 아마 그것만은 아닐 것이다. 직감이 그렇게 알렸다.

어쨌거나 이미 일어나버린 일이다. 나는 그 자리에서 반쯤 무의식적으로, 거의 반사적으로 그녀에게 식사를 권했고, 그녀는 받아들였다. 생각해보면 많은 일이 그렇듯 당사자의 의도나 계획과 무관하게, 자연스럽고 멋대로 나아가는 건지도 모른다. 그리고 좀더 생각해보면 지금 내게는 의도나 계획 따위가 거의 없다시피 했다.

돌아가는 길에 마트에 들러 일주일 치 식재료를 사고, 집에 와서 소분해 냉장고에 넣고, 필요한 손질을 했다. 그런 뒤 청소기로 방을 밀고, 욕실을 깨끗하게 닦고, 시트와 베개 커버를 바꾸고, 쌓여 있던 빨랫감을 세탁했다. 그 김에 다림질도 했다. 여느 때의 월요일과 똑같은 순서로. 모든 작업은 침묵 속에서 요령 있게 이뤄졌다. 여느 때와 마찬가지로.

오후 세시가 지나 대충 작업이 끝나자 햇볕이 잘 드는 곳에 독서용 의자를 놓고 읽던 책을 펼쳤다. 그러나 왠지 독서에 집중할 수 없었다. 여느 때와 같은 월요일이 아니었기 때문이다. 나는 한 여자에게 식사를 청했다. 그녀는 (몇 초 망설인 끝에) 제안을 받아들였다. 그것이 내게 중요한 무언가를 의미할까? 아니면 일의 큰 흐름과는 관계없는, 소소한 옆길 같은 에피소드에 지나지 않을까? 애당초 '일의 큰 흐름'이란 것이 내 주위에 있긴 할까?

막연하게 그런 생각을 하면서 저녁때까지 시간을 보냈다. 라디오를 틀자 FM 방송에서 이무지치 합주단이 연주하는 비발디의 〈비올라 다모레를 위한 협주곡〉이 나오길래 멍하니 들었다.

라디오 해설자가 곡 사이에 말했다.

"안토니오 비발디는 1678년 베네치아에서 태어나 생전에 육백 곡이 넘는 작품을 작곡했습니다. 작곡가로도 인기를 누렸고 명바이올리니스트로 화려하게 활약했지만, 그후 오랜 세월 전혀 회고되지 않아 잊힌 과거의 인물이 되었습니다. 하지만 1950년대에 재평가의 기회가 왔고, 특히 협주곡집 〈사계〉의 악보가 출판되어 큰 인기를 끌면서, 사후 이백 년이 넘어서야 단번에 세계적으로 이름을 떨치게 되었습니다."

나는 그 음악을 들으며 이백 년 넘게 잊힌다는 것에 대해 생각했다. 이백 년은 긴 세월이다. '전혀 회고되지 않고 잊힌' 이백 년. 이백 년 후에 무슨 일이 일어날지는 물론 아무도 모른다. 아니, 이틀 후에 무슨 일이 일어날지도.

옐로 서브마린 소년은 지금쯤 무얼 하고 있을까, 문득 생각했다. 도서관 휴관일에는 과연 어디서 어떻게 하루를 보낼까? 도서관이 닫히면 아마 달리 할일이 없을 것이다. 소에다 씨 말에 따르면 집에서 책을 읽는 건 아버지가 엄격히 제한한다고 하니까.

그런 때 그의 두뇌 안쪽에서 어떤 작업이 진행될지, 나는 상상도 할 수 없었다. 어쩌면 일주일 동안 축적된 대량의 지식이 그 여가를 이용해 체계적으로 정리되고 재배열될지도 모른다. 『가정의학백과』와 『비트겐슈타인, 언어를 말하다』 각각의 조각들이 소년의 안에서 유기적으로 연결되고 얽혀 거대한 '지知

의 기둥'의 일부를 이룰지도 모르고. 그 기둥은—만약 그런 것이 실제로 형성된다면—어떤 모양새에, 어느 정도 규모일까? 그것은 소년의 내부에 형성되어 있을 뿐 남의 눈에 띄는 일은 없는 걸까. 출구가 없는 방대한 입력의 모뉴먼트로서.

어쩌면 소년의 아버지가 강권하며 내린 명령이 (결과적으로는) 온당했는지도 모른다. 독서(입력 작업)를 잠시 중지하고 그때까지 받아들인 방대한 지식을 분류해 뇌내 적소에 차곡차곡 수납하는 시간을 가지는 것도 소년에게는 필요했을 테니까 (마트에서 사 온 식재료를 소분해 냉장고에 넣는 것과 마찬가지로). 하지만 전부 내 멋대로 해본 추측일 뿐이다. 소년의 뇌 속에서 실제로 무슨 일이 벌어지는지는 그 자신밖에 모르는 일이다.

그럼에도 나는 눈을 감고서 고독한 소년의 내부에 세워진 지의 기둥(이라고 해야 할 것)의 모습을 그려보지 않을 수 없었다. 어두운 땅속 저 아래 솟구친 거대한 종유동의 기둥 같은 것이리라. 사람이 아직 발을 들인 적 없는 칠흑의 암흑 속에, 누구의 눈에도 닿지 않고 당당히 기립해 있다. 그 어둠 속에서 이백 년은 하찮은 시간인지도 모른다.

어쩌면 그는 '벽에 둘러싸인 도시'에 들어감으로써 그 '지의 기둥'을 유효하게 활용할 수 있을지도 모른다. 그곳에서 지의 적절한 아웃풋 통로를 찾아낼지도 모른다.

옐로 서브마린 소년…… 그 자신이 그대로 하나의 자립한 도서관이 될 수 있다. 나는 그 사실을 깨닫고 크게 숨을 내뱉었다.

궁극의 개인 도서관.

53

여섯시 조금 지나 역 앞 커피숍으로 갔다. 도착했을 때 그녀는 가게를 닫는 중이었다. 불을 끄고, 앞치마를 벗고, 뒤로 한데 묶은 머리를 풀고, 남색 울 코트를 입었다. 일할 때 신는 스니커즈를 벗고 가죽 앵클부츠로 갈아 신었다. 그러자 꼭 딴사람처럼 보였다.

"식사하자고 했죠." 그녀는 회색 머플러를 목에 두르면서 말했다.

"혹시 배가 고프다면."

"배는 제법 고프긴 해요. 점심 먹을 여유가 안 나서."

하지만 식사하러 갈 만한 장소가 떠오르지 않았다. 생각해보면 이 마을에 온 뒤로 외식한 적이 거의 없었다. 지금껏 어쩌다가 방문했던 몇 안 되는 가게들도 어느 곳이나 특별히 감탄할 만한 음식을 내주진 않았고, 서비스도 훌륭하다고 할 수 없었다. 아무튼 작은 산간 마을이다. 가이드북에 실릴 만한 멋진 레스토랑은 없다.

어디 괜찮은 곳이 있는지 나는 그녀에게 물었다. "이 마을을 아직 잘 몰라서요."

"나도 그렇게 잘 아는 건 아니지만, 특별히 인상적인 가게는 없지 싶어요."

나는 조금 생각하다가 문득 떠오른 말을 했다. "혹시 싫지 않다면, 우리집에 가지 않겠어요? 간단한 요리는 바로 해줄 수 있는데."

그녀는 잠시 망설였다. 그러고는 말했다. "예를 들어 어떤 거요?"

나는 그날 낮에 냉장고에 넣어둔 식재료들의 목록을 머릿속에서 재빨리 훑었다.

"새우 허브 샐러드에, 오징어와 버섯을 넣은 스파게티로 괜찮다면. 거기 어울릴 만한 샤블리도 차갑게 식혀둔 게 있어요. 이 마을 가게에서 산 거니까 그리 고급은 아니지만."

"듣기만 해도 마음이 동하는걸요." 그녀는 말했다.

그녀는 가게문을 잠그고 갈색 가죽 숄더백을 어깨에 맸다. 그리고 우리는 어두워진 거리를 나란히 걷기 시작했다. 그녀의 부츠 굽이 또각또각 메마르고 딱딱한 소리를 냈다.

그녀가 내게 물었다. "늘 그렇게 혼자서 잘 차려 먹나요?"

"매번 사 먹기도 귀찮으니까 보통 직접 만들어요. 그리 대단한 건 아니고. 손이 가지 않는 간단한 것 위주로."

"혼자 산 지 오래됐어요?"

"오래됐다면 오래됐는지도. 열여덟 살에 집을 나온 뒤로 쭉 혼자 살았으니까요."

"그렇구나, 혼자 살기 베테랑이네요."

"그런 편이죠." 나는 말했다. "크게 자랑할 만한 일은 아니지만."

"그러고 보니 무슨 일을 하는지 아직 묻지 않았네요."

"이 마을 도서관에서 관장 일을 하고 있어요. 작은 도서관이니 관장이라 해도 이름뿐이고, 정직원은 나까지 단 두 명이지만."

"흐음, 도서관장님이라. 무척 재밌어 보이네요. 난 아직 그 도서관에 가본 적이 없어요. 책 읽는 걸 좋아하고 이 마을에 도서관이 있다는 것도 알고 있었지만, 매일 일하기 바쁘다보니."

"작지만 꽤 내실 있는 도서관이에요. 건물도 오래된 민가풍의 양조장 건물을 개조한 거라 제법 멋있고. 시간 나면 꼭 한번 와봐요."

"도서관 관장님이 되기 전엔 어떤 일을 했어요?"

"대학교 졸업 후 쭉 도쿄에 있는 출판유통사에 근무했어요. 책을 다루는 게 좋아서. 그러다 사정이 생겨 그만두고 한동안 아무것도 안 하고 놀았는데, 이 마을 도서관에서 사람을 구한다는 얘기를 듣고 지원했죠."

"도시 생활이 싫어져서?"

"아니, 그렇진 않아요. 도서관에서 일하고 싶어 일자리를 찾다보니 우연히 이 마을에 공고가 났던 거죠. 도시건 시골이건, 북쪽이건 남쪽이건 상관없었어요."

"난 이 년 전쯤에 이혼했어요." 그녀는 노면이 얼마나 얼어붙었는지 확인하듯 조심스레 발밑을 살피면서 말했다. "그 과정에서 좀 시달리느라 한동안 기분이 우울했죠. 아무런 의욕도 안 생기고. 그래서 어디든 좋으니 삿포로에서 멀리 떨어진 곳으로 가보자 싶었어요. 나를 아는 사람이 한 명도 없는 곳이라면 전국 어디라도 좋았고."

나는 모호하게 맞장구를 쳤다. 무슨 말을 어떻게 해야 할지 알 수 없었다. 그녀는 잠시 침묵했다가 말을 이었다.

"그래서 아까 낮에 말했듯이 인터넷을 찾아보다 이 마을 역 근처 커피숍이 매물로 나온 걸 발견한 거예요. 직접 와서 건물을 보니 나쁘지 않다 싶었어요. 예상 수익이나 경비 등을 따져봐도, 혼자서 꾸려나가면 나 하나쯤은 먹고살 수 있겠다는 계산이 나왔죠. 이래봬도 은행원이었으니 그런 계산은 곧잘 하거든요. 게다가 이처럼 깊은 산속의 작은 마을이면 아무도 나를 찾아내지 못할 테고. 그래서 은행을 그만두고 퇴직금에 지금껏 모은 돈을 보태 가게 권리를 인수하고 이리로 이사왔어요. 아무한테도 말 안 하고. 고맙게도 가지고 있던 돈만으로 어찌어찌 해결돼서 빚은 지지 않았죠."

"그건 다행이네요."

"여기 온 뒤로 이렇게 개인적인 얘기를 하는 건 당신이 처음이에요."

"아무한테도 말하지 않았어요?"

"아무한테도."

"깊은 구덩이를 파고, 밑바닥을 향해 죄다 털어놓은 적은?"

"없어요. 당신은?"

나는 잠시 생각해봤다. "있을지도."

서로의 처지가 조금은 비슷하다는 데서 친밀감 가까운 감정이 싹텄는지도 모른다. 도호쿠 지방의 작은 산속 마을에, 바람에 실려오듯 다다른 홀몸의 외지인들이다. 원래 알던 사람은 한 명도 없다. 앞으로 이곳에 뿌리를 내릴지 어떨지, 그것도 확실치 않다.

집에 도착하자 먼저 난로부터 켰다. 코트를 벗고 화이트와

인을 따서 잔에 따라 건배했다.

나는 잔을 들고 부엌으로 가서 와인을 홀짝거리며 샐러드와 스파게티를 만들었다. 그녀는 내 작업을 흥미롭게 바라보았다. 냄비에 면 삶을 물을 끓이는 동안 마늘 한 알을 얇게 썰고, 오징어와 버섯을 프라이팬에 볶는다. 파슬리를 잘게 다진다. 새우 껍질을 벗기고, 자몽을 썰고 부드러운 양상추와 허브와 섞어서, 올리브오일과 레몬즙과 머스터드로 만든 드레싱을 뿌린다.

"손이 엄청 빠르네요. 효율적이고." 그녀는 감탄한 듯이 말했다.

"아무래도 혼자 살기 베테랑이니까요."

"난 아직 혼자 살기 초보고, 솔직히 요리도 별로 잘하는 편은 아니에요. 청소는 좋아하지만. 그런 건 타고나는 부분인가 봐요."

"결혼 생활은 몇 년쯤 했어요?"

"십 년 조금 안 돼요."

"계속 삿포로에 살았고?"

"맞아요." 그녀는 말했다. "삿포로에서 나고 자랐어요. 무척 평온한 가정에서, 무척 평온하게. 결혼 상대는 고등학교 동창이었고. 대학을 나와 은행에 취직하고, 스물네 살 때 결혼했죠. 처음에는 제법 원만하게 잘 지냈는데, 어느새 삐걱거리고 있더라고요."

"면을 삶을 건데 시간을 재주겠어요?" 내가 말했다. "팔 분 삼십 초가 됐을 때 알려줬으면 하는데. 팔 분 삼십 초에서 일 초도 넘지 않게."

"알았어요." 그녀는 그렇게 말하고 진지한 눈으로 벽시계를 올려다보았다. "정확히 팔 분 삼십 초."

나는 물이 끓는 냄비에 스파게티면을 넣고 나무 주걱으로 풀어주듯 섞은 뒤, 샐러드를 그릇에 담고, 테이블에 식기를 세팅했다.

우리는 작은 식탁에 마주앉아 차가운 샤블리를 마시고, 샐러드를 먹고, 스파게티를 먹었다. 식후에는 커피를 마셨다. 디저트는 없다.

누군가와 식사 자리를 함께하는 건 상당히 오랜만이었다(마지막으로 다른 사람과 같이 식사한 게 언제였을까?). 그리고 제법 나쁘지 않은 일이었다. 누군가를 위해 요리하고, 짝을 맞춘 식기를 테이블에 내놓고, 편한 대화를 나누면서 저녁을 먹는 것. 우리는 음식을 조금씩 입으로 가져가고 와인잔을 기울이면서 서로에 대한 이야기를 나눴다. 그렇지만 내게는 이야깃거리가 별로 없었으므로 그녀의 이야기가 중심이 되었다.

그녀는 삿포로 시내에 있는 작고 기품 있는 여자대학을 졸업하고, 그 지역 은행에 취직했다. 그리고 고등학교 동창회에서 재회한 친구와 금세 사랑에 빠져 스물네 살 때 결혼했다. 결혼식은 많은 친구들이 모여 떠들썩했다. 모든 이들이 두 사람의 새 출발을 따뜻하게 축복했다. 그것이 십 년 전쯤의 일이다(그렇다면 지금은 서른여섯 살, 아마 소에다 씨와 비슷한 나이다).

전남편은 대기업 식품회사에 근무했다. 밀가루 수입과 가공이 주된 업무였다. 신혼여행은 발리로 갔다. 도착하자마자 남편이 심한 식중독 증세를 보여서(아무래도 게가 문제였던 모양이다), 설사와 구토에 시달리며 여행 기간 내내 누워 있다시피 했다. 식사도 제대로 하지 못했다. 그가 침대에 뻗어 있는 동안 그녀는 혼자 호텔 수영장에서 수영하고, 나무 그늘에 앉아 집에서 가져온 책을 읽었다. 달리 할일도 없었으므로. 그녀는 보기 좋게 그을리고 그는 핼쑥해진 채로 귀국했다. 하지만 그렇게 불운한 출발에도 불구하고 결혼 후 한동안은 평온하고 행복한 생활이 이어졌다. 엉망이 된 신혼여행도 어느새 두 사람의 즐거운 추억담이 되었다.

"어디서부터 어긋났는지는 나도 모르겠어요." 그녀는 작게 고개를 저으며 말했다. 그러고는 와인을 한 모금 마셨다. "아무튼 언제 어디선가 중요한 무언가가 망가져버린 것처럼, 뭘 해도 미묘하게 엇갈렸어요. 대화가 자꾸 어긋나고, 이런저런

취향이나 사고방식의 차이가 점점 드러났고, 그리고 섹스
도…… 음, 대충 뭔지 알겠죠?"

나는 역시 모호하게 맞장구를 쳤다. 그리고 병을 들어 그녀
의 잔에 와인을 채웠다. 그녀의 하얀 뺨이 와인 탓에 살짝 달
아올라 있었다.

"결국엔 그 사람이 회사 동료와 외도 비슷한 걸 했고, 그걸
나한테 들킨 게 이혼의 직접적인 원인이 됐어요. 뭘 숨기는 걸
잘 못하는 사람이었거든요."

"그랬군요." 나는 말했다.

"그래도 그 여자와 그렇게 깊은 관계는 아니었던 모양이에
요. 얼결에 그랬다고 할까, 분위기에 휩쓸렸다고 할까. 그 사
람도 반성하고 진지하게 사과했죠. 두 번 다시 그러지 않겠다
고 약속하면서. 뭐, 흔한 얘기예요. 하지만 내 마음은 이미 예
전으로 돌아갈 수 없었죠."

나는 고개를 끄덕였다. 별다른 말 없이.

"제일 힘들었던 건 그 사람과의 이혼 자체보다, 내 마음에
확신을 품을 수 없게 됐다는 거였어요." 그녀는 손에 든 와인
잔을 가만히 바라보면서 말했다.

"앞으로 어떤 남자를 알아도, 그리고 결혼 같은 걸 해도, 상
대방을 아무리 사랑한다고 생각하더라도, 시간이 지나면 또
똑같은 일이 일어나지 않을까. 그런 마음을 지울 수가 없어요.

예전에는 생각해본 적도 없는데."

"고등학교 때부터 아는 사이였다고 했죠?"

"네, 같은 반이었으니까. 하지만 그때는 따로 사귀진 않았고, 몇 번 가볍게 대화한 게 다였어요. 좀 멋지다고 남몰래 생각하긴 했죠. 키가 크고, 그럭저럭 핸섬하고, 성적도 좋은 편이었으니까. 하지만 나는 배구부 활동으로 바빴고 걔는 축구부 주장이었고, 당연히 대입 준비도 해야 해서 일대일로 친해질 여유가 없었어요."

"핸섬한 스포츠맨이었군요."

"맞아요, 여고생들이 딱 좋아할 타입. 물론 반에서도 인기가 많았어요. 그래서 대학 졸업하고 동창회에서 오랜만에 만나 술 마시며 둘이 얘기하다보니 순식간에 마음이 통한 거예요. 옛날부터 네가 마음에 들었어…… 뭐 그런 식으로. 흔한 패턴이죠."

"흔한 일인가."

"음, 흔하긴 하죠, 그런 거. 그러니까…… 혹시 고등학교 동창회 나가본 적 없어요?"

나는 고개를 저었다. "동창회는 한 번도 나간 적 없는데. 초등학교부터 대학교까지."

"옛날 일을 별로 떠올리고 싶지 않아서?"

"꼭 그런 건 아니고, 우리 학교, 우리 반이라는 것에 솔직히 큰 소속감을 못 느꼈어요. 같은 반이었던 누군가를 다시 만나고 싶다는 생각도 없었고."

"같은 반에 좋아하던 애 없었어요? 멋지다고 생각했던."

나는 고개를 저었다. "없었지 싶어요."

"옛날부터 고독을 좋아했나?"

"고독을 좋아하는 사람은 없죠. 아마 어디에도." 나는 말했다. "다들 무언가를, 누군가를 원해요. 원하는 방식은 조금씩 다르지만."

"그러게. 그럴지도 몰라요."

커피를 다 마시고 부엌에 나란히 서서 설거지를 끝냈을 때 (내가 헹구면 그녀가 행주로 닦았다), 벽시계의 바늘은 아홉시 반을 가리키고 있었다. 슬슬 가야겠어요, 내일도 일찍 나가야 하니까, 라고 그녀는 말했다. 나는 그녀의 코트와 머플러를 가져왔다. 그리고 코트를 입혀주었다. 그녀는 검은 생머리를 한데 모아 코트 깃 안으로 넣었다.

"저녁 고마웠어요." 그녀가 말했다. "무척 맛있었어요."

"집까지 바래다줄게요." 내가 말했다.

"괜찮아요. 다 큰 어른이고, 혼자서 안전하게 갈 수 있어요."

"조금 걷고 싶어서 그래요."

"이렇게 추운 밤에?"

"추위는 어디까지나 상대적인 문제니까."

"더 추운 밤도 있었어요?" 그녀가 물었다.

"더 추운 곳도 있었어요."

그녀는 잠시 내 얼굴을 보고 고개를 끄덕였다. "좋아요, 그럼 바래다줘요."

둘이 어깨를 나란히 하고 강변길을 걸었다. 그녀의 부츠 굽이 군데군데 얼어붙은 지면을 밟으며 까드득까드득 딱딱한 소리를 냈다. 그 소리를 들으며 나는 벽에 둘러싸인 도시에서 도서관의 소녀를 집까지 바래다주던 때를 떠올리지 않을 수 없었다. 그곳에서는 물소리가 들리고, 이따금 밤꾀꼬리가 지저귀고, 냇버들 가지가 바람에 흔들렸다. 그녀가 걸친 오래된 레인코트는 바스락바스락 메마른 소리를 냈다.

내 안에서 시간이 뒤섞이는 감각이 느껴졌다. 서로 다른 두 세계의 끄트머리가 미묘하게 포개지고 있다. 만조 때 하구에 바닷물과 강물이 사방으로 섞여드는 것처럼.

바람은 불지 않았지만 분명 추운 밤이었다. 한낮에는 2월 말치고 따뜻한 편이었는데 해가 지면서 기온이 확 떨어진 모양이었다. 우리는 코트를 단단히 여미고 턱 위까지 머플러를 감았다. 그리고 입에서 하얀 입김을 내뱉었다. 그 위에 글자도 쓸 수 있을 것처럼 새하얗고 딱딱한 입김이다. 하지만 나는 오히려 그 추위를 환영했다. 그게 내 안에 있는 혼란을 조금쯤 잠재워주었다.

"오늘밤은 왠지 내 얘기만 한 것 같네요." 그녀는 걸으면서 말했다. "생각해보니 당신은 자기 얘기를 거의 하지 않았어요."

"지금까지 살아온 인생에서 딱히 얘기할 만한 게 없는걸요."

"그래도 궁금해요. 어떤 과정을 거쳐 지금의 당신이 완성됐는지, 그걸 알고 싶은데."

"그렇게 흥미로운 과정은 아니에요. 평범한 가정에서 자라서 평범한 일을 하며 혼자 조용히 살았지. 흔하디흔한 인생이에요."

"하지만 적어도 내 눈에는, 도저히 흔하디흔한 사람처럼 보이진 않는데." 그녀가 말했다. "결혼 생각은 해본 적 있어요?"

"몇 번." 내가 말했다. "나도 평범한 인간이니까. 남들처럼 생각해본 적도 있죠. 그런데 그런 가능성이 생길 때마다 이상하게 잘 풀리지 않았어요. 그러다보니 또 똑같은 과정을 되풀이하는 게 귀찮아졌고."

"사랑하는 게?"

그 말에는 뭐라고 대답할 수 없었다. 잠시 침묵이 이어졌다. 침묵은 백지의 입김이라는 형태를 띠고 허공에 떠 있었다.

"아무튼 고마워요. 이렇게 누구랑 밥을 먹으면서 느긋하게 이야기를 나눈 건 정말 오랜만이었어요." 그녀가 말했다. "이 마을에 온 뒤로 처음."

"다행이네요."

"와인 때문에 말이 좀 많아졌는지도 모르겠어요. 그나저나 당신은 정말 남의 이야기를 잘 들어주는 사람 같아요."

"와인을 마시면 꼭 남의 이야기가 듣고 싶어져서."

그녀는 쿡쿡 웃었다. "그러면서 자기 얘기는 별로 하지 않고."

어느새 우리는 그녀의 커피숍 앞까지 와 있었다.

"여기가 내가 사는 곳이에요." 그녀가 말했다.

"여기가?"

"네, 2층이 가정집처럼 되어 있어요. 좁지만 간단한 설비는 다 갖춰져 있어서 지낼 만해요. 좀더 멀쩡한 곳을 구해 이사가고 싶긴 한데, 좀처럼 시간이 안 나네요."

"그래도 편리해서 좋겠어요."

"그렇죠, 편리하긴 편리해요. 무엇보다 출퇴근 시간이 제로니까. 도저히 남에게 보여줄 만한 곳은 못 되지만."

그녀는 문을 따고 가게 안으로 들어갔다. 그리고 카운터의 조명을 켰다.

"또 만나자고 해도 될까요?" 나는 출입문 안쪽에 서서 그녀에게 물었다. 그 말 역시 거의 무의식중에 자연히 입에서 튀어나왔다. 마치 숙련된 복화술사가 어딘가에서 내 입을 멋대로 움직여 말을 시키는 것처럼.

"만약 폐가 안 된다면 말이지만." 어찌어찌 재량껏 그렇게 덧붙였다.

"맛있는 저녁을 또 만들어준다면." 그녀는 진지한 얼굴로 말했다.

"물론, 기꺼이 만들어줄게요."

"농담이에요." 그녀가 그렇게 말하고 웃었다. "저녁 안 먹어도 상관없으니까, 또 만나요."

"가게는 무슨 요일에 쉬죠?"

"매주 수요일이 휴일이에요." 그녀가 말했다. "다른 날은 아침 열시부터 저녁 여섯시까지 열고. 도서관은요?"

"매주 월요일이 휴관일. 다른 날은 아침 아홉시부터 저녁 여섯시까지 개관하고."

"아무래도 우린 해가 진 뒤에 만나는 수밖에 없겠네요."

"두 마리 부엉이처럼."

"어두운 숲속 깊은 곳, 두 마리 부엉이처럼." 그녀가 말했다.

"정기휴일을 월요일로 바꾸면 어때요. 당신이 주인이니 무슨 요일에 가게를 닫건 당신 자유니까."

그녀는 고개를 갸웃하고 잠깐 생각했다. "그렇네요. 조금 생각해봐야겠어요."

그러고서 그녀는 내 앞으로 성큼성큼 걸어와 고개를 내밀고 재빨리 내 뺨에 입을 맞췄다. 매우 자연스럽게, 지극히 당연한 일인 것처럼. 계속 머플러를 감고 있어서인지 그녀의 도톰한 입술은 놀랄 만큼 따뜻하고 부드러웠다.

"바래다줘서 고마워요. 이런 거, 오랜만이라 즐거웠어요. 꼭 고등학생 데이트 같고."

"고등학생은 첫 데이트에서 차가운 샤블리를 마시지 않고, 이혼 이야기를 하지도 않지만."

그녀는 웃었다. "하긴 그렇네요. 그래도."

"잘 자요." 내가 말했다. 그리고 코트 주머니에서 털모자를 꺼내 썼다. 그녀는 손을 흔들고, 안쪽에서 문을 잠갔다.

오른쪽 뺨에 그녀의 입술 감촉이 희미하게 남아 있었다. 나는 그 부분을 보호하듯 눈 아래까지 머플러를 단단히 감았다. 하늘을 올려다보았지만 달도 별도 보이지 않았다.

아마도 구름이 끼어서일 것이다.

54

생각에 빠져 걸은 탓인지 정신이 들고 보니 발길이 집이 아니라 도서관으로 향하고 있었다. 손목시계의 바늘은 아홉시 사십분을 가리켰다.

어떻게 할까 잠시 망설였지만 그대로 도서관에 들러보기로 했다. 오랜만에 누군가와 긴 대화를 한데다 뺨에 남은 부드러운 입술의 감촉 탓에, 어딘가에서—그녀의 기척이 아직 남아 있는 집 말고 다른 곳에서—마음을 조금 가라앉히고 싶었다. 생각해보면 이런 기분도 오랜만이다.

꼭 고등학생 데이트 같다고 그녀는 말했다. 듣고 보니 정말 그런지도 모른다. 이 지역에서는 그녀나 나나 많은 의미에서 아직 '초보'인 셈이다. 새로운 환경에 몸도 마음도 충분히 익숙해지지 못했다. 몸에 완전히 길들지 않은 새 옷처럼. 행동에 나 말투에나 서로 조금씩 어색한 부분이 있다. 뺨에 가벼운 감사의 키스를 받은 것만으로 마음이 들떠서 길을 잘못 들다니, 확실히 고등학생 수준인지도 모른다.

코트 주머니에서 열쇠 다발을 꺼내 도서관의 철문을 살짝 열고 들어가 다시 닫았다. 완만한 비탈길을 올라 현관 미닫이문을 열었다. 도서관 안은 어둡고 싸늘했다. 벽에 달린 초록색 비상등이 관내를 어렴풋이 밝히고 있었다. 한밤중의 도서관을 찾아오는 건 이번이 세번째다. 처음만한 긴장감은 없다. 어둠에 눈이 익숙해지자 흐릿한 비상등 불빛에 의지해 카운터로 가서 상비된 손전등을 챙겼다. 그 빛을 발밑에 비추며 복도 안쪽에 있는 반지하 방으로 향했다.

내가 문을 가만히 열었을 때 방안은 어두웠다. 그러나 난로 안에서는 장작이 타고 있었다. 불꽃이 그리 크진 않지만 굵은 장작 몇 개가 또렷한 오렌지색으로 빛나고 있었다. 그리고 여느 때와 같은 사과나무 향이 떠다녔다. 하얀 회벽이 불빛을 받아 오렌지색으로 엷게 물들어 있었다.

나는 주위를 둘러보았다. 누군가가 난로에 장작을 넣고 불을 지핀 것이다. 아마도 고야스 씨가. 그리고 여기서 나를 기다렸다. 그러나 방안에 그의 모습은 보이지 않았다. 그저 소리 없이 불꽃이 타오르고 있을 뿐이다. 시간이 좀 지났는지 불길은 안정적이었고, 작은 방은 딱 좋을 만큼 훈훈했다. 나는 머플러를 풀고 장갑을 벗고서 더플코트를 벗었다. 그리고 난로 앞에 서서 추위에 언 몸을 녹였다.

"고야스 씨"라고 한번 소리 내어 불러봤다. 대답은 없다. 소리는 길게 울리지 않고 사방의 벽으로 빨려들어갔다.

고야스 씨는 오늘밤 내가 길을 잘못 들어 이곳에 오리란 걸 미리 알고 있었을까. 아니면 내 발길이 이리 향하도록 그가 의도한 걸까. 무언가를 전달하기 위해? 죽은 자의 영혼에 어느 정도 능력이 있는지, 살아 있는 나는 짐작할 수 없다.

그러나 그 작은 방을 아무리 둘러봐도 고야스 씨의 모습은 없었다. 방안에 있는 건 다름 아닌 나뿐이다. 나는 혼자 선 채로 말없이 오렌지색 불꽃을 바라보고 몸을 녹이며, 시간이 흐르는 광경을 지켜보았다.

그 오렌지색 불꽃이 내 마음에 고요한 온기와 평온을 가져다주었다. 고대의 선조들도 이렇게 동굴 속 불 앞에 앉아, 지금 이 순간만은 살을 에는 추위와 흉포한 짐승들의 엄니로부터 안전하다는 위안을 얻었으리라. 추운 밤 붉게 빛나는 불에는 유전자에 깊이 새겨진 집합적 기억을 불러일으키는 면이 있었다.

고야스 씨가 방금 전까지 이 방에 있었다—거의 틀림없이. 난로에 장작을 넣어 불을 지피고, 불꽃이 너무 약하지도 강하지도 않게 급기구를 조절했다. 내가 도착할 즈음 방이 적당히 훈훈해지도록 미리 준비해두었다. 그런 일을 해줄 사람은 고야스 씨 말고 아무도 없다. 그런데 정작 고야스 씨 본인은 이곳에 없다. 난롯불만 남기고 어딘가로 사라져버렸다.

무슨 급한 용건이 생겼는지도 모른다. 죽은 자에게 무슨 급한 용건이 생길 수 있는지 나는 물론 알 길이 없지만, 어쨌거나 어떤 사정이 생겨 여기서 나를 기다리기가 불가능해졌다. 대략 그런 이유일까. 아니면 난로에 불을 지폈을 즈음 (배터리가 방전되듯) 영혼으로서 힘이 다해 더는 사람의 형상을 유지할 수 없어진 걸까. 사람의 형상을 띠려면, 요컨대 유령으로 이 세계에 나타나려면 상당한 에너지가 필요하다고 했으니까.

이유야 어찌됐건 지금 내가 할 수 있는 일은 그가 남겨준 난롯불을 바라보며 무언가가 일어나기를 기다리는 것뿐이었다. 그래서 나는 기다렸다. 이따금 깊은 침묵에 구두점을 찍는 것처럼, 혹은 소리를 낼 능력이 아직 내게 남아 있는지 확인하는 것처럼 허공을 향해 작게 불렀다.

"고야스 씨."

그러나 대답은 없었다. 대답 비슷한 어떤 기척 같은 것도 없었다. 방을 감싼 침묵은 무겁고 농밀하고, 꼼짝도 하지 않았다. 마치 한겨울 상공에 묵직하게 자리잡은 두꺼운 눈구름처럼. 나는 난로 문을 열고 새 장작을 넣었다.

난로 앞에 서서 커피숍 주인을 생각했다(그러고 보니 이름이 뭘까. 왜 이름을 물어볼 생각을 못했을까. 그리고 왜 내 이름도 알려주지 않았을까. 이름 같은 건 당장 크게 중요한 문제가 아닌 걸까). 그녀의 늘씬한 체격, 검은 생머리, 화장기 옅은 얼굴, 가끔 짓궂게 올라가는 도톰한 입술. 그녀에게 내 마음이 끌리는 특별한 무언가가 있을까? 미인이라고는 할 수 없고, 그렇게 젊지도 않다(물론 나보다는 열 살쯤 젊지만).

뭐가 어찌됐건 그녀의 모습이 내 마음 한구석(그러나 시선이 틀림없이 닿는 장소)에 머무른 채 움직이려 하지 않았다. 그녀가 무언가를, 혹은 누군가를 내게 떠올리게 하나? 하지만 아무리 생각해도 그녀의 모습은 다른 무엇에도, 누구에게도 이어지지 않았다. 그녀는 어디까지나 그녀 자신, 독자적인 존재로 내 안에 조용히 자리잡고 있었다.

자기 자신에 대한 솔직한 질문—나는 그녀에게 성적 욕망을 품고 있는가?

품고 있다. 나는 생각한다. 나는 건강한(아마 그럴 것이다) 성욕을 지닌 한 남자로서 그녀에게 성적 욕망을 품고 있다. 그건 틀림없는 사실이다. 그러나 그 성욕이 지금으로선 미처 컨트롤하지 못할 만큼 강력하지 않고, 그 발로가 불러올지도 모를 실제적인 문제들을 잊게 할 만큼 확신에 차 있지도 않다. 가능성이 그 형태를 미묘하게 변화시키며 내 마음의 문을 온당하게 두드리고 있다. 말하자면 그쯤에 머물러 있다. 내 귀는 그 노크 소리를 알아챈다. 들어본 적 있는 소리다.

좀더 요점을 추리자.

나는 그녀를 사랑하는가?

대답은 아마 노일 것이다. 내 생각에, 나는 그 커피숍 여자를 사랑하진 않는다. 자연스러운 호감을 느끼지만 사랑과는 다르다. 사랑을 하기 위한 내 심신의 기능은—상대에게 나 자신을 고스란히 내주고 싶다는 종합적 충동 같은 것은—아주 오래전에 다 타버린 듯하다. 언젠가 고야스 씨는 내게 이런 말을 했다.

"당신은 인생의 아주 이른 단계에서 최고의 상대를 만났던 겁니다. 만나버렸다, 라고 해야 할까요."

아마 그 말이 맞을 것이다. 지금까지 인생에서 거친 몇 번의 쓰라린 경험이 명료하게 알려주었다. 주입시켰다, 고 해야 할까. 그렇다, 나는 몸으로 그 사실을 배웠다…… 적지 않은 수업료를 내고. 가능하다면 두 번 다시 그런 일을 겪고 싶지 않다. 본의 아니게 남에게 상처를 주고, 그 결과 자신에게도 상처를 주는 경험은.

그럼에도 역시 그녀와 자는 상상을 하지 않을 수 없었다. 만약 내가 진정으로 원한다면 그녀는 응해줄지도 모른다―그런 기분이 들었다. 나는 그 모습을 상상해봤다. 그녀의 옷을 벗기고 침대 속에서 맨몸으로 끌어안는 모습을. 그녀의 알몸을, 그리고 그 몸을 안는 감촉을 상상했다. 열일곱 살 때, 이제부터 만나러 가는 소녀의 옷을 하나씩 벗겨나가는 모습을 전철 안에서 상상했던 것처럼. 그러다 곧 그때와 같은 죄책감이 들었다. 과거의 성욕과 현재의 성욕을 정확히 가려낼 수 없었다. 그 두 가지가 내 안에서 맞닿아 하나로 뒤엉켰다. 그것이 나를 적지 않은 혼란에 빠트렸다.

그뒤 나는 한쌍의 아름다운 가슴을 생각하고, 너의 스커트 안쪽을 생각한다. 그곳에 있을 것을 상상한다. 내 손가락이 너의 흰색 블라우스 단추를 하나씩 서투르게 풀고, 네가 입(고 있지 싶)은 흰색 속옷의 등쪽 후크를 역시 서투르게 끄른다. 내 손은 조금씩 너의 스커트 안으로 뻗어간다. 너의 부드러운 허벅지 안쪽에 손이 닿고, 그런 다음……

나는 눈을 감고서 머릿속에 재현된 그 이미지를 지우려고 애썼다. 아니면 어디 눈에 보이지 않는 곳으로 밀어내려 했다. 그러나 그 이미지는 간단히 사라져주지 않았다.
아니다. 그렇지 않다. 그건 지금 현재의 일이 아니다. 이 장소에서 일어나는 일이 아니다. 이미 상실되었고 어딘가로 사라져버린 일이다. 나는 성분이 다른 두 이미지를 멋대로 겹쳐 보고 있을 뿐이다. 그게 올바른 일이라고 할 순 없다.

하지만 정말로 그럴까, 나는 생각한다. 정말로 올바르지 못한 일일까?

손목시계의 바늘이 열두시 직전을 가리켰다. 나는 아무도 없는 도서관 안쪽의 정사각형 반지하 방에서, 장작 난로 앞에 서서 몸을 녹이며 생각에 빠져 있었다. 장작이 와르르 무너지는 소리가 방안에 울렸다. 나는 난롯불을 쳐다보고, 다시 한번 방안을 둘러보았다.

"오래 기다리셨습니다." 고야스 씨가 말했다.

55

"오래 기다리셨습니다." 고야스 씨가 말했다.

나는 생각에 빠져 있다가 흠칫 놀라 얼른 주위를 둘러보았다. 고야스 씨는 어두운 방구석에 놓인 오래된 나무의자에 앉아 있었다. 남색 베레모를 쓰고 체크무늬 스커트와 트위드 재킷을 입었다. 그리고 얇은 흰색 테니스화. 여느 때와 같다. 코트는 입지 않았다.

"좀더 일찍 찾아뵈려 했는데 방해물이 좀 생겨서, 오래 기다리시게 했군요."

나는 적절한 대답을 찾지 못해 고개만 끄덕였다. 난로를 등지고 서서 고야스 씨의 얼굴을 바라보았다. 그의 얼굴은 평소보다 창백하고 표정도 어딘가 쓸쓸해 보였다.

"꽤 오랫동안 도서관에 오지 못했어요." 고야스 씨는 말했다. "당신도 뵙지 못했고. 이렇게 사람 형상을 띠기가 점점 어려워지는군요. 지상을 떠날 때가 다가오는지도 모르겠습니다."

그러고 보니 고야스 씨의 모습이 평소에 비해 약간 작아지고 질감도 부족해 보였다. 가만히 보고 있으면 건너편이 비쳐 보일지도 모르겠다 싶었다. 영화 속 페이드아웃의 첫 단계 같은 느낌이다.

"오랜만입니다." 내가 말했다. "고야스 씨를 뵙지 못하니 적적하더군요."

고야스 씨는 입가에 희미한 웃음을 머금었다. 표정의 움직임이 약하다.

"그렇게 말씀해주시니 참으로 기쁩니다만, 어차피 저는 이미 죽은 인간입니다. 이렇게 당신을 만날 수 있는 건 어디까지나 한때입니다. 특별히 유예기간 같은 걸 받았을 뿐이지요."

특별히 받았다. 나는 그의 말을 머릿속으로 되뇌었다. 대체 누구에게? 하지만 그런 질문을 시작하면 이야기가 길어진다. 내게는 꼭 해야 할 중요한 이야기가 있었다.

나는 말했다. "고야스 씨가 안 계시는 동안 몇 가지 일이 생겼습니다."

"그렇죠. 저도 대충은 파악하고 있습니다만, 네, 역시 당신에게 직접 설명을 듣는 편이 좋겠습니다. 오해가 생기면 안 되니까요."

나는 옐로 서브마린 파카를 입은 소년과 대화를 나누었다고
말했다. 그리고 소년이 이 세계를 벗어나 '벽에 둘러싸인 도
시'로 가고 싶어한다는 것도. 고야스 씨는 팔짱을 끼고 잠자코
내 이야기를 들었다. 맞장구를 치거나 하지도 않았다. 간간이
아주 작게 고개를 끄덕이는 게 다였다. 눈이 계속 감겨 있어서
잠든 게 아닐까 싶었을 정도다. 물론 잠든 건 아니었다. 불필
요한 에너지를 쓰지 않도록 움직임을 삼가고 있을 뿐이다.

내가 할말을 마치자 고야스 씨는 팔짱을 낀 채 한동안 생각
에 잠겼다. 혹은 생각에 잠긴 것처럼 보였다. 몸은 꼼짝도 하지
않았다. 숨조차 쉬지 않는 듯 보였다. 그러나 생각해보면 이미
죽은 인간이 아닌가. 숨을 쉬지 않더라도 이상할 게 없다.

어쩌면 사람은 두 번 죽음을 맞는지도 모른다. 지상에서의
덧없는 죽음과, 진짜 영혼의 죽음. 물론 누구나 다 그렇게 죽
는 건 아니다. 고야스 씨는 분명 특수한 경우일 것이다.

"그 소년이 당신과 그처럼 대화를 나눴다니 기쁜 소식이군
요." 고야스 씨는 마침내 입을 열고 말했다. "누구하고나 대화
할 수 있는 아이는 아니니까요. 아니, 거의 아무하고도 말을
하지 않죠."

"말이 대화지 태반은 무언의 제스처와 필담이었습니다. 실
제로 소리를 낸 건 아주 드물었고요."

"그걸로 충분합니다. 저하고 대화할 때도 대개 그랬답니다. 그애에게는 평범한 방식입니다. 그렇게 띄엄띄엄 이뤄지는 의사소통이 자연스러운 거예요. 적어도 이 세계에서는."

난로 안에서 고양이 신음 같은 후욱 소리가 들려 뒤돌아보았다. 그러나 장작 모양은 그대로였다. 아마 급기구에서 공기가 빠져나갔거나 한 모양이다. 나는 다시 고야스 씨에게 눈을 돌렸다. 그는 같은 자세로 눈만 살짝 뜨고 있었다.

"그애는 벽에 둘러싸인 도시로 가서 살기를 간절히 원합니다." 내가 말했다. "제가 과거에 살았던 도시죠. 하지만 그곳에 들어가려면 이쪽 세계의 자신을 지워야 해요. 그림자를 잃은 인간은 결과적으로 이쪽 세계에서의 존재를 상실해야 하니까요."

고야스 씨는 고개를 끄덕였다. "네, 저도 압니다. 당신은 우여곡절 끝에 이쪽 세계로 돌아왔고 그림자도 되찾았지요. 하지만 그애는 저쪽 세계로 아예 이행하기를 원하고요."

"그런 것 같습니다."

"당신도 아마 짐작하시겠지만, 이 세계는 그애에게 적합하지 않습니다. 이곳은 그 아이를 위한 장소가 아닌 것 같아요."

"그애에게 이 세계가 맞지 않으리란 건 저도 어느 정도 이해가 됩니다. 그렇다고 저쪽 세계로 가는 걸 도와줘도 될까요? 어쩌면 그애는, 나중에는 그곳에 온 걸 후회할지도 모릅니다.

이런 데 괜히 왔다고 생각할지도 몰라요. 어찌됐건 아직 열여섯 살이고, 지금 당장 인생의 진로를 최종적으로 결정할 만큼의 판단력이 있는지도 의문이고요."

고야스 씨는 천천히 고개를 한 번 끄덕였다. 내가 무슨 말을 하고 싶은지 잘 안다는 양.

나는 말했다. "그 도시는 한번 들어가면 다시 나오기가 거의 불가능한 곳입니다. 주위가 높은 벽으로 둘러싸여 있고, 억센 문지기가 출입을 엄격히 통제하고요. 그리고 그 도시 사람들이 풍족한 생활을 한다고 보기도 힘듭니다. 춥고 긴 겨울 동안 많은 짐승들이 굶주림과 추위로 죽어가죠. 그곳은 결코 낙원이 아니에요."

"그래도 당신은 그쪽 세계에 머무르는 것을 택했지요. 높은 벽에 둘러싸인 도시에서, 당신이 늘 마음으로 원해왔던 생활을 하게 되었고요. 당신의 그림자가 도시에서 나가자고 권해도 홀로 그곳에 남는 것을 선택했어요. 그렇죠? 결과가 어찌되었건."

나는 천천히 숨을 들이쉬고, 이어서 내뱉었다. 깊은 바다 밑에서 올라온 사람처럼.

"그렇습니다. 하지만 저 자신은 그게 올바른 결단이었는지 지금도 판단하기 힘듭니다. 그 도시에 머물러야 했는지, 아니면 이쪽으로 돌아와야 했는지. 결과적으로는 제 결단과 관계없이 이쪽으로 튕겨나오고 말았지만…… 그러니까 가령 소년이 그 도시에 들어간다 한들 과연 그곳 생활에 녹아들 수 있을지 예측이 되지 않아요."

이제 고야스 씨는 눈을 완전히 뜨고 천장 한 귀퉁이를 보고 있었다. 그곳에 특별한 무언가가 숨어 있기라도 한 것처럼. 나도 그쪽을 바라보았다. 그러나 특별한 건 아무것도 보이지 않았다. 그저 천장 한 귀퉁이일 뿐이다.

"그래서 당신은 그 판단을 두고 고심하고 있군요." 고야스 씨는 말했다.

"그렇습니다. 어떻게 해야 할지 판단하기 힘들어요. 그애의 바람을 이뤄줘도 될지. 그 소년이, 아니, 한 인간의 존재가 이쪽 세계에서 지워져버릴 일을 도와줘도 될지."

"들어보세요." 고야스 씨는 강조하듯 손가락 하나를 세우고 말했다. "생각해보세요, 네, 당신은 고심할 것 없습니다. 왜냐하면 당신이 판단해야 할 필요가 없으니까요."

"하지만 그애는 제가 그 도시로 안내해주기를 원합니다. 그곳으로 가는 방법을 모르니까요."

"그러나 당신은 그러지 못하죠. 그 도시에 간 적이 있어도, 가는 법을 알진 못하니까."

"맞습니다."

"그러니까 당신이 고심할 필요가 없다, 이 말입니다." 고야스 씨는 조용한 목소리로 되풀이했다. "말하자면 이런 얘깁니다. 당신은 자신이 꾸는 꿈을 스스로 고를 수 있습니까?"

"못합니다."

"그럼 다른 누군가를 위해, 그 사람이 꿀 꿈을 골라줄 수 있습니까?"

"못합니다."

"그것과 마찬가지랍니다."

나는 말했다. "요컨대 고야스 씨 말씀은, 벽에 둘러싸인 그 도시는 제가 꾼 꿈에 지나지 않는다, 라는 건가요?"

"아뇨, 그런 게 아닙니다. 제가 한 표현은 어디까지나 비유의 영역입니다. 벽에 둘러싸인 도시는 틀림없이 존재합니다. 그러나 그곳까지 정해진 루트가 있는 건 아니다, 라는 말씀을 드리고 싶었습니다. 그곳에 다다르는 길은 사람마다 제각기 다릅니다. 그러므로 설령 당신이 마음먹는다 한들 아이 손을 잡고 목적지까지 안내해주는 건 불가능해요. 그애는 자기 힘으로 자신의 루트를 찾아내야 하는 겁니다."

"그렇다면 고심하고 말 것도 없이, 나는 소년이 그 도시로 가는 데 구체적인 도움을 줄 수 없다, 그런 말씀인가요?"

"그렇습니다." 고야스 씨는 말했다. "그는 그 도시로 가는 길을 스스로 찾아낼 겁니다. 그 과정에서 아마 당신의 도움이 필요할 테지만, 그게 어떤 도움인지도 자기 힘으로 찾아낼 것이고요. 당신이 판단할 필요는 없습니다."

나는 고야스 씨의 말을 나름대로 생각해봤지만 무슨 의미인지 충분히 이해할 순 없었다. 논리적인 순서를 파악하기 어려웠다.

고야스 씨는 말을 이었다.

"들어보세요, 당신은 이미 충분히 그를 도와주고 있습니다. 그 소년의 의식 속에 '높은 벽에 둘러싸인 도시'를 세워주었으니까요. 그 도시는 이제 소년 안에 생생히 뿌리내리고 있어요. 이 세계보다 훨씬 생생하게 말입니다."

나는 말했다. "요컨대 제 안에 있던 그 도시의 기억이 그애의 기억으로 고스란히 옮겨졌다는 말씀인가요? 입체적으로 복제한 것처럼."

"그래요. 그애는 그렇듯 비범한 복제 능력을 타고났습니다. 저 역시, 네, 부족하게나마 조금은 도움 비슷한 걸 주었는지도 모르고요."

"하지만 그 광경이 고스란히 복제되진 않았을 겁니다. 왜냐하면 그 도시에 대한 제 지식이 완전하지 않을뿐더러, 제 기억도 정확하다고는 할 수 없으니까요."

고야스 씨는 끄덕였다. "네, 그의 안에 세워진 도시는 당신이 실제로 살았던 도시와 여러 면에서 조금씩 다를지도 모릅니다. 기본적인 구조는 같지만 세세한 부분은 그를 위한 도시로 새로 만들어졌을 테죠. 그러기 위한 도시니까요."

그럴지도 모른다. 생각해보면 내가 살던 무렵부터 도시를 둘러싼 벽은 이미 시시각각 형상을 바꿔가고 있었다. 마치 장기의 내벽처럼.

고야스 씨는 잠시 뜸을 들였다. 그러고는 말했다.

"그러니 어쨌거나, 네, 그가 어느 쪽 세계를 택하느냐를 두고 당신이 고민할 필요는 없답니다. 그애는 스스로 판단해서 앞으로의 삶을 선택할 겁니다. 그래봬도 심지가 굳은 아이니까요. 자신에게 어울리는 세계에서 확고하고 힘있게 살아나갈 겁니다. 그리고 당신은 당신이 선택한 세계에서, 당신이 선택한 인생을 살아가면 됩니다."

고야스 씨는 다시 한번 가슴 앞에서 팔짱을 끼고 내 얼굴을 똑바로 바라보았다.

"당신은 그애를 위해 이미 충분히 좋은 일을 하셨습니다. 새로운 세계의 가능성을 열어준 겁니다. 그건 그를 위해서도 잘된 일이었다고, 저는 확신합니다. 뭐랄까요, 그건 계승 같은 것인지도 모릅니다. 네, 그렇습니다, 당신이 이 도서관에서 제 뒤를 계승해주신 것과 마찬가지로 말입니다."

고야스 씨의 말을 나름대로 이해하기까지 조금 시간이 필요했다. 계승? 옐로 서브마린 소년이 대체 나의 무엇을 계승한다는 말일까?

고야스 씨는 팔짱을 풀고 양손을 무릎 위에 내려놓더니 말했다.

　"아아, 슬슬 가봐야 합니다. 시간이 다 되어가는군요. 제게도 저를 위한 장소가 있기에 그쪽으로 옮겨가야 한답니다. 그러니 이렇게 당신을 뵐 기회도 더는 없을 테죠. 아마도."

　내가 보는 앞에서 고야스 씨의 모습이 조금씩 엷어지더니 이윽고 완전히 사라졌다. 연기가 공중으로 빨려들듯이. 그뒤에는 오래된 나무의자만 남았다. 나는 한참 동안 그 의자를 바라보았다. 고야스 씨가 다시 한번 모습을 보이고, 무언가 못다한 말을 해주지 않을까 기대하면서. 그러나 아무리 기다려도 그는 나타나지 않았다. 오래된 나무의자가 침묵 속에 덧없이 놓여 있을 뿐이다.

　그가 영원히 사라져버린 게 분명하다고 나는 깨달았다. 최종적으로 이 세계를 떠난 것이다. 무엇보다 안타깝고 슬픈 일이었다. 아마 아직 살아 있는 다른 어느 인간의 죽음보다도.

　난로가 또 고양이 신음 같은 소리를 냈다. 바깥에 바람이 부는 듯했다. 나는 난롯불이 꺼진 것을 확인하고 도서관을 나와 집으로 돌아갔다.

56

다음날 아침 현관 미닫이문을 열고 도서관에 발을 들인 순간, 그곳이 이전과는 다른 공간이 되었음을 알았다. 피부에 닿는 공기의 질이 바뀌었고, 창으로 흘러드는 햇살의 빛깔이 낯설고, 갖가지 소리의 울림이 달랐다. 고야스 씨가 그곳에서 존재를 지워버렸기 때문이다―영원히, 완전히. 그러나 그 사실을 아는 사람은 아마 나뿐일 것이다.

아니, 옐로 서브마린 소년은 어쩌면 알고 있는지도 모른다. 그는 여러 가지를 직감적으로 알 수 있는 사람이고, 고야스 씨와도 밀접하게 접촉했다. 그러니 고야스 씨의 영혼이 이 세계를 떠났다는 걸 자연히 알아차렸는지도 모른다. 혹은 고야스 씨가―내게 그랬던 것처럼―자신이 이제 곧 사라지리란 걸 소년에게 직접 알려줬을지도 모른다.

그러나 내가 소년에게 묻더라도 대답이 돌아오진 않을 것이다. 그는 기본적으로 자기가 하고 싶은 말을 하고 싶을 때만 할뿐더러, 어법도 지극히 단편적이고 어떤 때는 상징적이다. 그와의 대화가 성립하는 건 그가 원할 때뿐이다.

보아하니 소에다 씨는 아직 그 사실을 모르는 것 같았다. 적어도 그날 아침 내 얼굴을 보았을 때는 특별히 평소와 다른 기색이 없었다. 여느 때처럼 온화하게 살짝 웃으며 내게 가볍게 인사했을 뿐이다. 그리고 여느 날 아침처럼 정해진 업무를 빠릿빠릿하고 적확하게 처리하고, 파트타임 직원에게 필요한 지시를 내리고, 내관자를 응대했다.

화요일 아침이다. 태양이 오랜만에 지상을 환히 비추고 있었다. 처마밑 고드름이 눈부시게 빛나고, 얼어 있던 눈이 곳곳에서 천천히 녹기 시작했다.

오전에 나는 열람실을 한 바퀴 돌아보았다. 여섯 명의 이용자가 책상 앞에 앉아 책을 읽거나 글을 쓰고 있었다. 세 명은 노인이고, 세 명은 학생으로 보였다. 노인들은 남는 시간을 독서로 소일하고, 젊은이들은 부족한 시간과 경쟁하듯 필기구를 든 채 공책이나 참고서를 마주하고 있었다. 그러나 옐로 서브마린 소년은 보이지 않았다. 평소 그가 앉는 자리에는 뚱뚱한 백발 남자가 앉아 있었다.

나는 카운터로 가서 소에다 씨에게 말을 걸었다. 몇 가지 업무적인 의견을 나눈 뒤, 문득 생각났다는 듯 물었다.

"오늘은 M**이 보이지 않네요."

"네, 오지 않은 모양이에요." 소에다 씨는 대수롭지 않게 말했다. 소년이 도서관에 나타나지 않는 날도 간혹 있다.

나는 고야스 씨에 대해 뭐라고 물어볼까 하다가 그만두었다. 그저 직감이지만, 이제 고야스 씨 얘기는 되도록 하지 않는 편이 좋으리란 생각이 들어서였다. 떠나버린 영혼은 조용히 놔두는 게 좋다. 그 이름도 되도록 꺼내지 않는 편이 좋다. 이유는 알 수 없지만 왠지 그런 기분이 들었다. 묘지를 찾는 일도 당분간은 삼가는 편이 좋을지도 모른다.

옐로 서브마린 소년은 다음날도 도서관에 나타나지 않았다. 그리고 그다음날도.

목요일 오전, 여전히 자리에 소년의 모습이 없는 것을 보고 소에다 씨에게 가서 물어봤다. 사흘이나 오지 않다니 웬일일까요, 라고.

"또 한동안 앓아누운 게 아닐까요." 소에다 씨는 말했다. "책을 너무 열심히 읽은 탓에 머리에 과부하가 걸려서."

"하지만 지난번 배터리 방전 이후로 그리 오래 지나지 않은 것 같은데요."

소에다 씨는 안경 브리지를 손가락으로 가볍게 눌렀다. "네, 하긴 그렇네요. 다른 때에 비해 간격이 너무 짧은 것 같아요."

"걱정할 정도는 아니겠지만, 며칠씩 그애가 안 보이니 왠지 신경이 쓰여서요."

"그러고 보니 저도 좀 걸리긴 해요. 나중에 어머니께 전화해서 여쭤보겠습니다." 소에다 씨는 입술을 일자로 다물고 사오 초쯤 생각한 뒤 말했다. 그리고 하던 일로 돌아갔다.

점심시간이 지나 내가 일하는 반지하 방에 소에다 씨가 얼굴을 비쳤다.

"점심시간에 그애 집에 전화해봤습니다." 그녀는 말했다. "어머니와 통화했는데, 뭐가 어찌됐다는 건지 전혀 요령부득이네요."

"요령부득?"

"네, 무슨 말을 하시는지 모르겠어요. 몹시 흥분한 눈치고요. 무슨 일이 생기긴 한 모양인데, 아무튼 전화로는 답이 안 나오겠어요. 댁에 찾아가 얘기를 들어보는 게 좋겠습니다."

"그렇군요." 내가 말했다. "소에다 씨가 한번 가보시죠. 카운터는 잠시 제가 보겠습니다."

"알겠습니다. 무슨 일인지만 살펴보고 올게요. 그럼 잘 부탁드립니다."

소에다 씨는 직원 대기실로 가서 코트를 걸치고 서둘러 도서관을 나섰다. 나는 한 시간쯤 그녀 대신 1층 카운터를 지켰다. 한가한 평일 오후라 내가 할 일은 거의 없었다. 사람들은 따뜻한 열람실에서 조용히 책을 읽거나 글을 썼다.

소에다 씨가 돌아온 건 오후 두시가 못 되어서였다. 대기실에 코트를 벗어두고 뺨이 조금 상기된 채 내 앞으로 왔다. 그러고는 긴장을 띤 목소리로 말했다.

"얘기를 정리하면, 아무래도 그애가 어젯밤에 사라진 것 같아요."

"사라져요?"

"네, 월요일 아침부터 또 열이 나서 누워 있었는데, 오늘 아침 일찍 방에 들어가봤더니 침대가 비어 있고 집안 어디에도 아이가 보이지 않더래요. 어머니가 무척 당황한 상태인데, 그분 말을 종합해보면 대략 그렇습니다."

"밤사이 아이가 집밖으로 나가버렸다?"

소에다 씨는 고개를 저었다. "그럴 리 없다는 게 어머니 얘기예요. M**은 잠옷을 입고 잤는데 다른 옷을 꺼내 간 흔적이 전혀 없답니다. 코트고 스웨터고 바지고, 아무것도요. 즉 밤사이 잠옷 바람으로 사라진 셈이에요. 어젯밤은 무척 추웠으니 그렇게 얇은 옷차림으로 밖에 나갈 리 없고, 만약 나갔다면 지금쯤 벌써 동사했을 거라고요. 게다가 현관문을 비롯해 창문까지 전부 안쪽에서 잠겨 있었답니다. 분명해요. 어머니가 무척 조심성이 많은 성격이라, 자기 전에 꼭 일일이 문단속을 확인한다고 했거든요. 다시 말해 어디 문이나 창문을 열고 밖으로 나갔다고는 생각할 수 없어요. 그런데 그애가 사라져버린 겁니다. 연기처럼."

나는 머릿속에서 이야기를 순서대로 정리해봤다. "그렇다면 집안 어딘가에 숨어 있는 게 아닐까요?"

소에다 씨는 다시 고개를 저었다. "온 집안을 구석구석 찾아봤대요. 마루 밑부터 천장 위까지. 하지만 어디에도 없었다고."

"희한한 얘기군요." 나는 말했다. "그래서 실종 신고 같은 건 했으려나요?"

"네, 경찰에 바로 신고한 모양이에요. 그런데 아이가 없어진 걸 안 지 아직 몇 시간밖에 안 됐고, 지금으로선 유괴 같은 사건의 가능성도 보이지 않으니, 잠시 상황을 살펴보다 그래도 행방을 모르겠으면 다시 연락하라는 정도로 대응하더랍니다. 좀 기다리면 어디서 훌쩍 나타나겠죠, 라는 투로……"

나는 팔짱을 끼고 생각에 잠길 수밖에 없었다.

"가족들이 아침부터 계속 집 주위를 돌며 찾아보고, 이웃 사람들에게 아이를 못 보았느냐고 묻고 다녔대요. 하지만 단서가 전혀 없더랍니다. 그애는 꼭꼭 잠긴 집안에서 홀연히 사라진 거예요. 그것도 잠옷 바람으로."

"늘 입고 다니는 옐로 서브마린 파카도 남겨두고요?"

"네, 잠옷 말고 다른 옷은 전부 그대로라고 어머니가 단언하셨어요."

만약 소년이 가출 비슷한 걸 한다면 틀림없이 옐로 서브마린 파카를 입고 나갈 것이다. 나는 그렇게 확신했다. 하도 입고 다녀서 허름해진 그 파카에는 그의 정신을 안정시켜주는 어떤 기능이 있는 것 같았다. 그게 남아 있었다는 사실은 그가 제 발로 걸어서 집을 나간 게 아님을 시사한다. 요컨대 그는 밤사이 잠옷 바람으로―혹은 옷차림이 의미가 없는 형태로― 어딘가로 이동한 것이다. 어쩌면 옮겨졌거나. 어딘가로······ 이를테면 그 높은 벽에 둘러싸인 도시로.

나는 눈을 감고 입을 다문 채 생각을 정리하려 했다. 그러나 여러 감정이 내 안에서 각기 다른 방향으로 뿔뿔이 흩어져 떠내려가는 기분이었다. 도저히 한데 모을 수 없을 듯했다.

"그래서" 하고 소에다 씨가 말했다. "그애 아버지가 관장님과 얘기를 나눌 수 있을지 물으시는데요."

"나를요?" 나는 놀라서 되물었다.

"네, 직접 만나뵙고 얘기를 나누고 싶다고요."

"그야 가능하지만, 구체적으로 제가 어떻게 하면 될까요?"

598

"오늘 오후 세시쯤 도서관으로 오겠다고 하시는데, 괜찮으세요?"

나는 손목시계를 들여다보았다.

"알겠습니다. 2층 응접실에서 뵙도록 하죠."

하지만 소년의 아버지와 대면한들 대체 내가 무슨 말을 할 수 있을까? 설마하니 '벽에 둘러싸인 도시' 얘기를 꺼낼 순 없다. 소년이 이쪽 세계를 벗어나 그 도시가 있는 '또다른 세계'로 이행했을지도 모른다는 이야기는.

고야스 씨가 지금 여기 있어주면 좋겠다고, 나는 간절히 바랐다. 그의 깊은 지혜와 적절한 조언이 무엇보다 필요했다. 그러나 짐작건대 그는 이제 이 지상 어디에도 존재하지 않는다. 어딘가로 영원히 사라져버렸다. 벽시계를 올려다보며 나는 깊은 한숨을 쉬었다.

세시가 조금 지나 소년의 아버지가 도서관에 도착했다. 소에다 씨가 2층 방까지 안내해 만남이 이뤄졌다. 간단히 자기소개를 하고 명함을 주고받았다.

머리가 거의 벗어진 키 큰 남자였다. 나이는 오십대 중반쯤에, 귀가 길쭉하고 눈썹이 굵으며, 튼튼해 보이는 검은 테 안경을 끼고 있었다. 내 눈에는 얼굴이 감탄스러울 만큼 좌우대칭으로 보였다. 그게 그의 얼굴에서 느낀 첫인상이었다―정확히 좌우대칭이라는 것. 등이 꼿꼿하고 자세가 바르며 의지가 매우 강해 보인다. 오케스트라의 지휘자라면 어울릴 법한 풍모다. 유치원과 학원을 운영한다고 했는데, 아마 오랜 세월 자신감을 갖고 여러 가지 일을 지휘해왔을 것이다. 그 얼굴에 옐로 서브마린 소년과 공통된 면은 보이지 않았다.

소년의 아버지는 몸을 비틀듯이 움직여 오버코트를 벗었다. 안에는 체크무늬 울 재킷과 검은색 터틀넥 스웨터를 입고 있었다. 응접용 의자를 권하자 그는 고개를 끄덕이고 앉았다. 나는 작은 테이블 너머 맞은편 의자에 앉았다.

소에다 씨가 들어와 우리 앞에 찻잔을 내려놓았다. 그러고는 가볍게 고개를 숙이고 방에서 나갔다. 문이 닫히자 우리는 한동안 침묵 속에서 마주보았다. 둘 말고는 방에 아무도 없음을 확인하는 것처럼. 잠시 후 소년의 아버지가 입을 열었다.

"선생님 이전에 관장을 지내셨던 고야스 씨와는 오랫동안 가깝게 지냈습니다. 아들이 옛날부터 하도 자주 이 도서관을 드나들다보니, 그분이 무척 예뻐해주셨던 모양이에요."

"고야스 씨가 돌아가신 건 정말 유감입니다." 내가 말했다.

소년의 아버지는 조금 신기하다는 듯 나를 보았다. "선생님도 고야스 씨를 알고 계셨던가요?"

"아뇨, 아쉽게도 직접 뵌 적은 없습니다. 제가 여기 왔을 땐 이미 돌아가신 뒤였으니까요. 다만 여러 사람에게 생전의 고야스 씨 이야기를 듣고는 업적과 인품 모두 아주 훌륭하신 분이었다는 인상을 받았습니다."

"네, 대단한 분이셨죠. 이 도서관 설립에 사재를 아끼지 않고 온 힘을 쏟으셨습니다. 이 마을에 그분을 나쁘게 말하는 사람은 한 명도 없습니다. 다만……" 여기까지 말하고 그는 살짝 머뭇거렸다. 그러고는 생각을 굴리며 적절한 표현을 선택했다. "……다만 뭐랄까, 언행에 약간 독특한 면이 있었지요. 좀 별난 분이라고 할까요. 특히 아드님과 부인을 사고로 잃은 뒤에는. 그렇다고 구체적으로 문제가 될 일은 없었지만요."

나는 모호하게 고개를 끄덕였다.

"오늘 이렇게 갑자기 찾아뵌 건 제 아들 M** 때문입니다."

나는 다시 한번 모호하게 고개를 끄덕였다.

그가 말했다. "소에다 씨에게 대강 경위를 들으셨겠지만, 아들이 밤사이 사라졌습니다. 마지막으로 본 건 어젯밤 열시쯤이고, 오늘 아침 일곱시가 못 되어 집사람이 아이 방에 가봤더니 침대가 비어 있었습니다. 누워 있던 흔적은 있고, 그 자리가 땀으로 푹 젖어 있었지요. 밤새 고열에 시달렸던 모양입니다. 하지만 방안에 보이질 않는 겁니다. 아내는 아이 이름을 부르며 온 집안을 찾아다녔습니다. 저도 같이 찾았고요. 그런데 어디에도 없었습니다."

그는 검은 테 안경을 벗고 두꺼운 렌즈를 잠시 점검하듯 바라보다 다시 꼈다.

"집에서 나간 흔적은 없습니다. 현관문과 창문 모두 안쪽에서 단단히 잠겨 있었습니다. 옷도 다 그대로고요. 아내가 아들의 옷을 꼼꼼히 관리하는 편이니 틀림없을 겁니다. 말할 필요도 없이, 이렇게 추운 날 한밤중에 잠옷 바람으로 밖에 나갔다고 생각하긴 힘들죠."

소년의 아버지는 자신이 말한 사실을 곱씹듯 잠시 침묵했다.

나는 물었다. "그러니까 지난밤 사이 M＊＊은, 그게 뭔지는 모르겠지만 어떤 수단을 써서 집에서 사라져버렸다, 그런 말씀이지요?"

그는 고개를 끄덕였다. "네, 마치 연기처럼 온데간데없이 사라져버렸습니다. 그런 표현 말고는 도저히 설명할 길이 없어요."

"지금까지는 그렇게 갑자기 사라진 적이 없었습니까?"

소년의 아버지는 고개를 저었다. "선생님도 짐작하셨겠지만, M＊＊은 조금 특이한 면을 타고났습니다. 평범한 아이라고 할 순 없고, 가끔 유별난 행동을 할 때도 있죠. 하지만 이런 식의 문제를 일으킨 적은 지금껏 한 번도 없습니다. 일상의 습관을 무엇보다 중시해 한번 자리잡은 습관은 착실히 지키면서 생활합니다. 정해진 궤도 위를 나아가는 기차처럼, 절대 거기서 벗어나지 않습니다. 습관이 흐트러지면 당황해하고, 어떤 때는 화를 내기도 합니다. 그러니까 어디 갔는지도 모르게 사라진 적은 지금껏 한 번도 없었어요."

나는 고개를 기울였다. "정말 기묘한 일이군요. 영문을 모르겠다고 해야 할지."

"네, 도무지 이해가 안 됩니다. 옷도 제대로 입지 않고, 신발도 신지 않고, 문을 연 흔적도 없이 어떻게 밖으로 나갔을까요? 더욱이 엄동설한 한밤중에 말입니다. 물론 경찰에 연락했지만 거의 상대해주지 않았습니다. 좀더 지켜보자는 말뿐이죠. 그래서 혹시 선생님이 뭔가 아시지 않을까 싶어, 지푸라기라도 잡는 심정으로 이렇게 찾아뵌 겁니다."

"제가요?"

"네, 선생님이 저희 아들과 대화를 하신 적이 있다고 들었는데요."

나는 신중하게 표현을 골라 대답했다.

"네, 분명 한 번인가 두 번, M**과 말을 섞은 적이 있습니다. 하지만 제스처와 필담을 섞어가며 띄엄띄엄 얘기한 게 다예요. 대화라고 할 만큼 정돈된 형태는 아니었습니다."

"그때는 M** 쪽에서 선생님에게 말을 걸었던가요?"

"네, 그랬습니다. 그애가 먼저 말을 걸었습니다."

소년의 아버지는 한숨을 쉬고, 가상의 모닥불을 쬐는 것처럼 커다란 양손을 앞으로 내밀어 슥슥 맞비볐다.

"이런 말씀을 드리려니 무척 부끄럽지만 저는 벌써 몇 년째 오래도록 그애와 제대로 대화를 나눠보지 못했습니다. 뭐라고 말을 붙여도 대답이 없고, 아이가 먼저 말을 걸어오는 일도 없고요. 아이 엄마하고는 몇 마디쯤 하는 모양이지만 어디까지나 일상생활에 필요한 실제적인 내용들입니다.

아이가 그나마 대화다운 대화를 주고받는 건 고야스 씨뿐이었습니다. 이유는 잘 몰라도 고야스 씨에게만은 마음을 열었던 모양입니다. 고야스 씨도 M**을 당신 자식처럼 예뻐해주셨고요. 부모 입장에서는 고마운 일이었죠. 그렇게 아이가 가까스로 바깥세계와 접촉을 유지했던 셈이니까요."

나는 고개를 끄덕였다. 소년의 아버지가 말을 이었다.

"아들과 고야스 씨 사이에 무슨 대화가 오갔는지는 모릅니다. 저도 굳이 알려고 하지 않았죠. 둘만의 일로 두는 편이 좋지 않을까 해서요. 하지만 재작년 가을에 고야스 씨가 갑자기 세상을 뜨고, 유일한 대화 상대를 잃은 M**은 다시 외톨이가 됐습니다. 고등학교도 가지 않고 매일 이 도서관에 와서 묵묵히 책만 읽는 나날이 계속됐지요.

아까도 말씀드렸듯 M**은 남들처럼 생활하는 데 필요한 여러 가지 능력이 부족하지만, 그 대신 특별한 능력을 지녔습니다. 경이로운 속도로 수많은 책을 독파해 대량의 지식을 머릿속에 쌓아나가는 것도 그 특수한 능력의 결과였겠죠. 하지만 그애가 그런 작업을 통해 인생에서 무엇을 구하는지, 저는 알 수 없습니다. 그리고 그렇게 극단적인 행위가 아이에게 유익한지 유해한지도 잘 모르겠고요.

고야스 씨도 아마 그 문제를 어느 정도 이해하셨을 겁니다. 그래서 제 아들을 적절하게 지도해주셨는지도 모릅니다. 그러나 고야스 씨도 세상에 안 계신 지금은, 유감스럽게도 그 사정을 물어볼 사람이 없습니다.

그러는 사이…… 아이는 이렇게 우리 앞에서 모습을 감추고 말았습니다. 한밤중에 홀연히 사라져버렸어요."

나는 잠자코 그의 말을 기다렸다. 소년의 아버지는 조금 뜸을 들였다가 말을 이었다.

"그리고 돌아가신 고야스 씨 뒤를 이어 선생님이 이 도서관 관장으로 오셨지요. 아내가 소에다 씨에게 듣기로는, 그애가 아무래도 선생님에게 적지 않은 흥미를 품었던 모양입니다. 제가 알고 싶은 건 선생님과 M**이 어떤 이야기를 나누었느냐 하는 겁니다. 그 내용이 아이의 실종과 관계가 있을지도 몰라요. 아니면 적어도, 아이가 사라진 이유에 힌트를 줄 수도 있고요."

나는 어떻게 대답해야 할지 곤혹스러웠다. 아들의 신상을 진지하게 염려하는 (것처럼 보이는) 아버지에게 거짓말로 일관할 순 없다. 그렇다고 사실을 털어놓을 수도 없다. 너무나 복잡하고 사회적 상식에서 벗어난 얘기다. 주의깊게 행동해야 한다. 무슨 말을 해야 하고, 무슨 말을 하면 안 되는지. 나는 의식을 집중하고 조금이라도 사실에 가까운 표현을 찾았다.

"제가 M**에게 들려준 건 일종의 우화였습니다. 저는 어떤 도시에 대해 얘기했습니다. 말하자면 가상의 도시죠. 세부까지 매우 면밀하고 리얼하게 만들어내긴 했지만, 어디까지나 여러 가설 위에 성립된 도시입니다. 정확히 말하면 제가 직접 그애에게 들려준 건 아닙니다. 제가 어떤 사람에게 말한 걸 아이가 건너들은 셈이죠. 어쨌거나 아이는 그 도시에 강한 흥미를 느낀 것 같았습니다."

그것이 그 자리에서 내가 가까스로 말할 수 있는 '진실'이었다. 적어도 거짓말은 아니다.

소년의 아버지는 그에 대해 곰곰이 생각했다. 삼키기 힘들게 생긴 것을 어떻게든 목안으로 넘기려 애쓰는 사람처럼. 그러고는 말했다.

"아이 엄마 말로는, 그애가 며칠씩이나 책상 앞에 앉아서 무슨 그림을, 아니면 지도 같은 것을 종이에 무척 열심히 그렸다더군요. 먹는 것도 자는 것도 잊을 정도로 푹 빠져서. 그것도 그 도시와 연관이 있을까요?"

나는 모호하게 고개를 끄덕였다. "네, 그렇겠네요. 아마 그 도시의 지도를 그리지 않았을까 생각합니다. 제 이야기의 내용을 떠올리며 그대로 그려본 게 아닐지."

"그래서 선생님은 그 지도를 보셨습니까?"

나는 약간 망설이다 고개를 끄덕였다. 거짓말을 할 순 없다. "네, 제게 보여주었습니다."

"정확한 지도던가요?"

"네, 놀랄 만큼 정확했습니다. 저는 그저 가상의 도시 풍경을 대강 얘기했을 뿐인데도요."

소년의 아버지는 말했다. "M**에게는 그런 재능도 있습니다. 뿔뿔이 흩어진 작은 조각들을 거의 눈 깜짝할 사이에 조립해 정확한 전체상을 만들어내는 능력이죠. 이를테면 무척 복잡한 천 피스짜리 직소퍼즐도 순식간에 뚝딱 맞춰버립니다. 그애가 아직 어렸을 때, 거침없이 그런 능력을 발휘하는 광경을 저는 몇 번이나 목격했습니다. 성장할수록 아이도 차츰 조심성이 생겨서, 그런 특별한 힘을 최대한 남의 눈에 띄게 하지 않으려고 주의했던 모양입니다만."

그래도 누군가가 태어난 날의 요일을 알아맞히는 능력만은 완전히 자제할 수 없었던 모양이지만, 하고 나는 생각했다.

소년의 아버지는 말을 이었다. "이런 질문이 실례가 될지도 모르겠습니다만, 솔직히 선생님은 어떻게 생각하십니까? 말씀하신 그 가상의 도시가 M**이 이렇게 갑자기 사라져버린 일과 관련이 있다는 생각이 드시나요?"

"상식적으로 생각하는 한 관련성 같은 건 없을 테지요." 나는 신중하게 표현을 골라 그의 질문에 답했다. "제가 M**에게 얘기한 건 어디까지나 상상 속 가상의 도시 풍경이고, 따라서 그애가 그린 것도 실제로는 존재하지 않는 도시의 상세한 지도인 셈입니다. 우리가 주고받은 건 픽션을 기본으로 한 대화입니다."

상식적으로 생각하는 한.

나는 그렇게 말할 수밖에 없었다. 다행히 이 아버지는 대체로 '상식'에 포괄되는 세계에 살고 있는 사람인 듯했다. 그러니 아들이 그 '가상의 세계'를 실제로 찾아갔으리란 발상은 거의 하지 못할 것이다. 아마 나로서는 감사할 일이리라.

"그래도 M**이 그 도시에 강한 흥미를 느낀 건 사실이겠죠. 빠져 있었다, 라고 해야 할지." 아버지는 곤혹스러운 얼굴로 물었다.

"네, 그렇죠, 제 눈에는 그렇게 보였습니다."

"아들과 대화하는 중에 선생님이 그 가상의 도시 이야기를 하셨다. 그 밖에 또 화제에 오른 게 있었나요?"

나는 고개를 저었다. "아뇨, 다른 화제는 따로 없었습니다. 그애가 관심을 가진 건 그 가상의 도시뿐이었습니다."

소년의 아버지는 입을 다물고 좀더 오랫동안 생각에 잠겼다. 그러나 그 사색은 우여곡절을 거치며 어디로도 가닿지 못하는 듯했다. 우리 눈앞에 놓인 차가 식어갔다. 둘 다 마실 것에는 손도 대지 않았다. 이윽고 그는 체념한 듯 어깨를 떨구고 크게 한숨을 쉬었다.

"아무래도 사람들 눈에 저는 M**에게 냉담한 아버지로 비치는 모양입니다." 그가 속마음을 털어놓듯 말했다. "변명은 아니지만, 결코 냉담하진 않았습니다. 그애를 어떻게 대해야 할지 몰랐을 뿐입니다. 저 나름대로 아이에게 다가가려고 이런저런 노력을 해봤지만 뭘 해도 반응다운 것이 돌아오지 않았어요. 마치 석상을 상대로 말을 거는 꼴이었습니다."

그는 찻잔에 손을 뻗어 식어버린 차를 한 모금 마시고는 눈썹을 살짝 찡그리며 잔을 받침 위에 내려놓았다.

"하여간 그런 경험은 저로서도 처음이었습니다. 저희 부부는 아들을 셋 두었는데, 위의 둘은 극히 평범한 사내아이들인데다 학업 성적도 좋고 문제라 할 만한 걸 일으키지 않아서 거의 손이 가지 않았습니다. 별탈 없이 성장해 새로운 세계를 찾아 도시로 나갔지요. 그런데 M**은 태어날 때부터 형들과 전혀 달랐습니다. 무언가 특별한, 아마도 귀중한 자질을 갖고 이 세상에 왔다는 건 알겠는데, 부모 입장에서 어떻게 다루고 어떻게 키워야 할지 도무지 짐작이 가지 않습니다.

저도 변변찮게나마 교육자 시늉을 하며 살고 있지만, 부끄럽게도 그애에 대해서는 정말이지 무력하고 무능했습니다. 무엇보다 가슴 아팠던 건, 아이가 저라는 인간에게 전혀 관심을 가져주지 않았다는 겁니다. 한 지붕 아래 부모 자식으로 살면서도, 제가 존재한다는 사실이 전혀 눈에 들어오지 않는 듯 보였습니다. 그애에게 혈육이라는 건 아무 의미도 없는 것 같았어요. 솔직히 말해 고야스 씨가 부러울 때도 있었습니다. 고야스 씨에게는 있고 제게는 없는 것이 대체 무엇일지, 심심찮게 고민했더랬습니다."

이야기를 들으며 나는 이 아버지를 동정하지 않을 수 없었다. 어찌 보면 우리는 같은 처지인지도 모른다. 생각해보면 옐로 서브마린 소년이 강한 흥미를 느낀 대상은 나라는 인간이 아니라 내가 예전에 머물렀던 도시였다. 나는 그에게 그저 통로처럼 지나쳐간 존재에 지나지 않았는지도 모른다. 나를 앞에 두고도 그의 눈에 비친 건 그저 그 도시의 광경뿐이었을까?

"바쁘신데 번거롭게 해드렸군요." 소년의 아버지가 손목시계를 보고 말했다. "가는 길에 경찰서에 들러 정식으로 수색을 의뢰하려고 합니다. 저희도 마음에 짚이는 곳들을 몇 군데 다시 돌아볼 생각이고요. 혹시 뭔가 생각나시면 연락해주시겠습니까? 제가 드린 명함에 휴대전화 번호가 있습니다."

그는 자리에서 일어나 다시 몸을 비틀듯이 움직여 코트를 걸치고 가볍게 고개를 숙였다.

"별다른 도움이 되지 못해 죄송합니다." 내가 말했다.

소년의 아버지는 힘없이 고개를 저었다.

나는 그를 현관까지 배웅하고 응접실로 돌아왔다. 그리고 창밖을 바라보며 한동안 생각에 잠겼다. 야윈 암고양이가 정원을 비스듬히 가로지르며 천천히 걸어가는 것이 보였다. 옐로 서브마린 소년이 그 고양이 가족을 질릴 줄도 모르고 열심히 관찰하던 모습을 떠올렸다.

이윽고 소에다 씨가 쟁반을 들고 들어와 테이블 위의 찻잔을 치웠다.

"대화는 어땠나요?" 그녀가 물었다.

"아버님이 아이를 무척 걱정하시더군요. 별 도움을 드리진 못했지만."

"아마 누군가와 마주앉아 얘기하는 시간이 필요하셨을 거예요. 혼자서만 불안해하면 아무래도 힘드니까요."

"얼른 행방을 알게 되면 좋을 텐데요."

"그런데 밤사이 사라져버리다니, 아무리 생각해도 희한하네요. 여간 추운 밤이 아니었는데. 정말 걱정이에요."

나는 말없이 고개를 끄덕였다. 그리고 소에다 씨가 나와 같은 불안을 품고 있는 듯하다는 걸 알아차렸다. 소년이 두 번 다시 우리 앞에 나타나지 않는 건 아닐까…… 그녀의 말투에서 그런 울림이 느껴졌다.

57

소년은 역시 나타나지 않았다.

부모의 거듭된 요청에 마을 경찰도 결국 본격적인 수색에 나섰지만 이렇다 할 단서를 얻지 못했다. 옐로 서브마린 소년의 모습은 이 작은 마을 어디에도 보이지 않았다. 도서관에도 물론 나타나지 않았다. 역에 설치된 방범 카메라 영상을 살펴봤지만 그가 전철이나 버스를 타고 마을 밖으로 나간 흔적은 없었다(마을에서 나가려면 그 로컬선 전철과 버스가 거의 유일한 대중교통 수단이었다). 아버지의 표현을 빌리자면 그는 말 그대로 '연기처럼' 사라진 것이다. 어머니가 아는 한 집에서 옷이나 짐을 챙겨 가지도 않았고, 현금을 가지고 있다 한들 점심값 정도밖에 되지 않을 것이다. 그저 고개를 갸웃하는 수밖에 없었다. 그렇게 이틀이 지나고 사흘이 지났다.

그가 어디로 갔는지 조금이나마 짐작할 수 있는 건 아마 나뿐이었을 것이다. 소년은 혼자서 '높은 벽에 둘러싸인 도시'로 가는 법을 찾아냈고(어떻게 찾아냈는지는 나도 알 수 없다), 그곳으로 가버린 것이다. 예전에 내가 그랬듯, 자기 내부에 있는 비밀 통로를 빠져나가 다른 세계로 이동한 것이다.

물론 나의 개인적인 추측일 뿐이다. 근거를 제시할 수도, 논리적으로 설명할 수도 없다. 그러나 알 수 있었다. 소년은 이미 그 도시로 옮겨가고 말았다. 틀림없이. 그 완벽하기까지 한 실종의 양상을 생각하면 달리 설명할 길이 없지 않은가. 그는 진심으로, 진지하게 '도시'로 가고 싶어했으며, 짐작건대 타고난 그 경이로운 집중력이 그 일을 가능케 했을 것이다. 그렇다, 바꿔 말하자면 그는 '도시'에 다다를 자격을 갖추고 있었다. 예전에는 나도 갖고 있었던 그 자격을.

나는 옐로 서브마린 소년이 그 도시에 들어가는 모습을 떠올렸다.

소년은 입구인 문에서 그 우람한 문지기를 만나고, 그림자를 떼어내고, 눈에 상처를 낼 것이다. 내가 그랬던 것처럼. 도시는 '꿈 읽는 이'를 필요로 했고, 그는 어렵잖게 내 후계자로 받아들여질 것이다. 그리고 어쩌면…… 아니, 의심의 여지 없이 그 도시에서 나보다 훨씬 유능하고 유익한 '꿈 읽는 이'가

될 것이다. 그는 사물의 구조를 순식간에 세부까지 파악하는 특수한 능력을 지녔고, 지칠 줄도 질릴 줄도 모르는 강렬한 집중력을 겸비했다. 그리고 지금껏 머릿속에 주입한 방대한 정보 덕분에, 스스로가 이미 하나의 도서관—이른바 지식의 거대한 저수지—이 되어 있을 것이다.

옐로 서브마린 파카를 입은 소년이 그 도서관 안쪽에서 '오래된 꿈'을 읽는 광경을 나는 떠올렸다. 그의 곁에는 소녀가 있을까? 그녀는 그때처럼 난로에 불을 지펴서 그를 위해 방을 덥히고, 그의 약한 눈을 치유하는 진한 쑥색 약초차를 만들어줄까? 그렇게 생각하자 어렴풋한 슬픔을 느꼈다. 그 슬픔은 온도가 없는 무색의 물처럼 알게 모르게 내 마음을 적셔갔다.

월요일 늦은 아침에 집으로 전화가 걸려왔다. 휴관일이라 아직 침대에 누워 있었다. 몇 시간 전에 깨긴 했지만 영 일어나고 싶지 않았다. 내 게으름을 나무라듯 밝은 햇빛이 커튼 틈새로 가늘고 긴 한줄기 선을 만들며 방안으로 흘러들었다.

집전화가 울리는 일은 거의 없다. 이 마을에서 내게 전화를 걸 사람이 없는 거나 마찬가지이기 때문이다. 휴일 아침 방안에 울리는 그 벨소리는 몹시 비현실적으로 들렸다. 그래서 나는 몸을 일으켜 수화기를 들 생각을 하지 않았다. 그저 그 지극히 즉물적인 벨소리를 가만히 듣고 있었다. 전화벨은 열두 번쯤 울리고는 단념한 듯 멎었다.

그러나 일 분쯤 지나 다시 울리기 시작했다. 벨소리가 아까보다 크고 날카롭게 느껴졌다—아마 기분 탓일 테지만. 열 번쯤 울리게 두었다가 이번에는 내가 먼저 단념하고 침대에서 일어나 나와 수화기를 들었다.

"여보세요." 여자가 말했다.

누구 목소리인지 처음에는 알아듣지 못했다. 그다지 젊지 않고 나이들지도 않은 여자의 목소리다. 높지도 않고 낮지도 않다. 분명히 들어본 기억이 있는데, 목소리와 그 주인의 실체가 연결되지 않았다. 그러나 잠시 후, 머릿속에서 엉킨 기억이 어찌어찌 연결되어 그녀가 커피숍 주인이라는 걸 알아차렸다.

"안녕." 나는 말했다. 목 안쪽에서 말을 쥐어짜는 것처럼.

"괜찮아? 평소랑 목소리가 좀 다른 것 같아."

나는 가볍게 헛기침을 했다. "괜찮아. 그냥 말이 잘 안 나왔어."

"아마 혼자 너무 오래 살아서 그럴걸. 한동안 아무하고도 얘기를 안 하면 말이 잘 안 나올 때가 있어. 목에 뭐가 걸린 것처럼."

"당신도 그럴 때가 있어?"

"응, 있어, 가끔. 나야 아직 혼자 살기 초보지만."

짧은 침묵이 흘렀다. 그런 뒤에 그녀가 말했다.

"오늘 아침에 외모가 수려한 젊은 남자 둘이 가게에 왔어.

커피를 마시러."

"헤밍웨이 단편소설의 도입부 같은걸." 내가 말했다. 그녀
는 쿡쿡 웃었다.

"그렇게 하드보일드한 얘기는 아니고." 그녀는 말했다. "정
확히 말하면, 그 두 사람은 커피를 마시러 우리 가게에 온 게
아니었어. 나와 대화하는 게 목적이었어. 커피는 온 김에 시킨
거고."

"당신과 얘기하기 위해서." 나는 말했다. "뭐랄까, 이성으로
서 관심 같은 게 포함된 말인가?"

"아니, 그건 아닐 거야. 유감스럽다고 할까. 아무튼 나한텐
너무 젊은 애들이었으니까."

"몇 살쯤 됐는데, 그 두 사람은?"

"한 명은 이십대 중반, 또 한 명은 스무 살 안팎이지 싶은데."

"그럼 너무 젊다고 할 정도는 아니지."

"고마워. 친절하시네." 그녀는 감정이 거의 담기지 않은 목
소리로 말했다.

"그래서 그들과 당신은 무슨 이야기를 했을까? 이성으로서
의 관심을 제외하고."

"실은 그 두 사람이 '수요일의 소년' 형들이었어."

"수요일의 소년?"

"왜, 당신이 가게에 있을 때 갑자기 들어와서 내가 태어난

요일을 가르쳐줬던 특이한 남자애."

나는 들고 있던 수화기를 다른 손으로 바꿔 들었다. 그러고는 숨을 골랐다.

"그 아이 형들이 당신 가게에 찾아왔다…… 무슨 일로?"

"사라진 동생의 행방을 찾고 있었어. 역 앞에서 지나가는 사람들에게 사진이 실린 전단지를 보여주면서 혹시 이 아이 못보셨나요, 라고 묻고 다녔다고."

"그리고 당신 가게에 들어와서 커피를 주문하고, 당신에게도 같은 질문을 했군."

"응, 이 소년을 어디서 본 적 없냐고. 그래서 본 적은 있다고 대답했지. 당연히. 그리고 그때 있었던 일을 간단히 설명했어. 그애가 내 생년월일을 물었고, 내가 알려주자 그날은 수요일이라고 말했다. 나중에 알아봤더니 정말로 수요일이었다. 하지만 그건 소년의 가미카쿠시* 전에 있었던 일이잖아. 그러니 행방을 찾는 데 도움이 되진 못했을 거야."

"가미카쿠시?"

"응, 두 사람이 실제로 그 표현을 썼어. 동생이 집에서 사라졌는데 가출은 아니다. 밤사이 이유도 없이 감쪽같이 자취를

---

* '신이 숨기다'라는 의미. 주로 어린아이들이 이유 없이 행방불명되는 일을
일컫는다.

감추고 말았다. 마치 가미카쿠시처럼. 그렇게 말하던데."

"가미카쿠시라니, 상당히 고풍스러운 단어군."

"하지만 이 작은 산간 마을이랑은 어울리는 어감 같아." 그 녀는 말했다. "물론 당신도 알고 있었겠지? 그애가 갑자기 사라졌다는 거."

"알고 있었어."

"그래서 내가 그 얘기를 했더니 둘이 고개를 갸웃했어. 동생은 낯가림이 심해서 바깥에서 모르는 장소에 들어가는 일이 거의 없다, 그런데 어째서 그날 이 가게에 들어왔을까, 하고. 그래서 설명해줬지. 아마 당신이, 즉 마을 도서관의 새 관장님이 카운터석에 앉아 방금 내린 커피를 맛있게 마시고 있어서일 거라고. 당신이 안에 있는 걸 유리창 너머로 보고 들어온 게 아닐까 싶다고. 안 그래도 그애가 당신한테 무슨 용건이 있는 것 같았으니까."

나는 어떻게 말해야 할지 몰라 잠시 침묵했다.

"혹시 내가 쓸데없는 말을 했나?"

"아냐, 그럴 리가. 그애는 내가 안에 있는 걸 보고 가게에 들어온 게 맞아."

혹은 그날 아침, 그곳까지 내 뒤를 밟았는지도 모른다.

그녀는 말했다. "그리고 그 김에 내가 태어난 날의 요일을 알려줬고."

"생일의 요일을 알려주는 건 그애에겐 말하자면 첫 만남의 인사 같은 거야. 자기 나름의 친밀감을 상대에게 보여주는."

"꽤 유니크한 인사라고 해야겠네."

"그렇긴 하지."

"그리고 그 인상 좋은 두 형제는, 자신들의 유니크한 막냇동생이 왜 이 마을에 온 지 얼마 안 된 당신에게 그토록 강한 관심을 가졌는지 알고 싶어하는 눈치였어."

"그애가 관심을 갖는 상대가 많지 않은 모양이니 아마 뜻밖이었을 거야. 왜 나한테 그랬는지."

"그래. 말하는 투로 봐서 그애는 형들에게도 별로 관심이 없었던 것 같아. 한 지붕 아래 살면서도 편하게 대화하는 사이는 아니지 않았을까. 어디까지나 내가 개인적으로 받은 인상이지만."

"관찰력이 상당히 날카로운걸."

"관찰력이라고 할 정도는 아니야. 하지만 이런 장사를 하다보니 그쪽으로 조금씩 감이 생겨. 여러 사람들이 찾아와 여러 이야기를 하거든. 나는 그저 고개를 끄덕이며 듣기만 하고. 그 내용은 보통 잊어버리지만 인상은 남지."

"그렇군."

"그래서 그 예의바르고 핸섬한 두 청년이 조만간 당신을 만나러 도서관에 찾아갈지도 몰라. 행방불명된 동생을 찾을 단서를 얻으려고."

"물론 상관없어. 두 사람을 만나 얘기하는 건. 다만 수색에
는 큰 도움을 주지 못할 거야."

"가미카쿠시니까?"

"글쎄, 대답하기 힘드네." 나는 말했다. "하지만 얘기를 들
어보니 형들이 상당히 열심히 동생의 행방을 찾아다니는 모양
이군."

"동생이 사라진 걸 알고 곧바로 도쿄에서 돌아와서, 어쩔 줄
몰라하는 부모님을 도와 수소문하고 있대. 첫째는 당분간 휴
가를 냈고, 둘째는 학교 수업을 빠지고서. 아직 단서 비슷한
건 전혀 얻지 못한 모양이지만, 무척 열심히 진지하게 찾아다
니는 것 같았어. 둘이 힘을 모아서. 뭐랄까, 마치 무언가를 메
우는 것처럼."

마치 무언가를 메우는 것처럼. 아마 적확한 표현일 것이다.
소년의 아버지와 대화하면서 나도 내심 어렴풋이 느낀 바니까.

"그런데 오늘은 월요일이니 도서관 쉬는 날이지?"

"맞아. 그래서 이 시간에 집에 있지."

"참, 또하나 중요한 얘길 잊고 있었네." 그녀는 문득 생각났
다는 듯 말했다.

"무슨 일인데?"

"갓 구운 블루베리 머핀이 방금 들어왔어."

김을 피우는 블랙커피와 부드럽고 따뜻한 블루베리 머핀이 내 머릿속에 홀연히 떠올랐다. 그 광경이 나의 몸에 확실한 약동을 일으켰다. 건전한 공복감이 몸안에 돌아왔다. 집을 나갔다가 훌쩍 돌아온 고양이처럼.

"삼십 분쯤 후에 그리로 갈게." 나는 말했다. "블루베리 머핀 두 개를 따로 챙겨줄 수 있을까? 하나는 거기서 먹을 거고, 하나는 포장용으로."

"알았어. 블루베리 머핀 두 개 빼둘게. 하나는 포장용으로."

58

커피숍 문을 밀고 들어갔을 때 안에는 손님이 두 명 있었다. 아이를 초등학교나 유치원에 보낸 뒤 얘기를 나누려고 자리잡은 듯한 삼십대 중반의 여자들이었다. 그녀들은 창가 작은 테이블에 마주앉아 진지한 얼굴로 속닥이며 대화하고 있었다.

카운터석에 앉아 여느 때처럼 블랙커피를 머그잔으로 주문하고 블루베리 머핀을 하나 먹었다. 머핀은 아직 살짝 따뜻하면서 촉촉하고 부드러웠다. 그렇게 커피는 내 피가 되고 머핀은 내 살이 되었다. 무엇보다 귀중한 영양원이다.

카운터 안쪽에서 능숙하게 일하는 그녀의 모습을 바라보는 건 꽤 멋진 일이었다. 여느 때처럼 머리를 뒤로 한데 묶고, 빨간색 깅엄체크 앞치마를 두르고 있다.

"그 형제들은 아직 역 앞에서 소년의 사진을 나눠주고 있을까?"

"응, 그렇지. 아마 그럴 거야." 그녀가 식기를 씻으면서 말했다.

"하지만 지금으로선 아무 단서도 얻지 못했고."

"소년의 모습을 봤다는 사람이 없어. 듣자 하니 무척 희한하게 사라졌다며? 밤사이 어떻게 혼자 집에서 나갔는지 설명이 안 된다고."

"그게 수수께끼야."

"원래도 좀 수수께끼가 많은 아이 같긴 했는데."

나는 고개를 끄덕였다. "불가사의한 능력을 가진 아이였어. 보통 아이들과는 아주 다르게. 이 세계를 우리와는 다른 눈으로 바라보는 면이 있었지."

그녀는 설거지하던 손을 멈추고 고개를 들고서 잠시 내 눈을 들여다보았다.

"있지, 오늘 저녁에 가게 닫고 나서 얘기 좀 할 수 있을까? 물론 시간이 있다면."

"물론 시간은 있어." 나는 말했다. 해가 진 뒤 내게 계획된 일이라면 FM 라디오의 클래식 음악 방송을 들으며 책을 읽는 것 정도다.

"그럼 평소처럼 여섯시에 가게를 닫을 테니까, 조금 지나서 여기로 올래?"

"좋아." 내가 말했다. "여섯시 조금 지나서 올게."

"고마워."

점심때가 되어 가게에 사람이 많아지자 나는 물러나기로 했다. 그녀는 블루베리 머핀 하나를 포장용 종이봉투에 넣어 건네주었다.

집으로 돌아와 우선 쌓여 있던 일주일 치 빨래를 해치웠다. 세탁기가 돌아가는 동안 청소기로 바닥을 밀고 욕실을 깨끗하게 닦았다. 유리창을 닦고 침대를 말끔히 정돈했다. 빨래가 끝나자 정원 건조대에 널었다. 그리고 FM 라디오로 알렉산드르 보로딘의 현악사중주를 들으며 셔츠 몇 장과 시트를 다림질했다. 시트를 다리는 데는 시간이 걸린다.

라디오 해설자는 당시 러시아에서 보로딘이 음악가보다 화학자로 더 널리 알려지고 존경받았다고 말했다. 그러나 내가 듣기에 그 현악사중주에 화학자다운 부분은 전혀 느껴지지 않았다. 매끄러운 선율과 부드러운 하모니…… 어쩌면 그런 것을 화학적인 요소라고 할 수 있는지도 모르지만.

다림질을 마치고 장바구니를 챙겨 장을 보러 갔다. 마트에서 필요한 식료품을 사서 집으로 돌아와 재료를 손질했다. 채소를 씻어 소분하고, 고기와 생선을 랩으로 다시 싸서 냉동해야 하는 건 냉동실에 넣었다. 닭 뼈를 우려 육수를 만들고 호박과 당근을 삶았다. 그렇게 하나하나 집안일을 해나가면서 조금씩 평소의 자신을 되찾아갔다.

클래식 음악에 대한 나의 상당히 부족한 지식에 따르면 알렉산드르 보로딘은 이른바 '러시아 5인조'의 한 사람이었다. 나머지는 누구였더라? 무소륵스키, 림스키코르사코프…… 그 다음이 생각나지 않는다. 나는 냉장고를 정리하면서 어떻게든 그 이름을 기억해내려 애썼지만 도무지 떠오르지 않았다. 떠오르지 않는다고 이렇다 할 문제가 생기는 건 아니지만.

다섯시 반에 집을 나섰다. 낮에는 봄의 도래를 약속하는 듯 온화한 날씨였는데, 해질녘이 되자 겨울이 잃었던 땅을 되찾은 것처럼 갑자기 찬바람이 불기 시작했다. 나는 코트 주머니에 손을 찔러넣은 채 역까지 걸었다. 복잡한 화학 실험을 하며 머릿속으로 아름다운 멜로디를 연주하는 보로딘의 모습을, 별 이유도 없이 떠올리면서.

여섯시가 지나자 가게가 비었고, 그녀는 정리를 시작했다. 뒤로 한데 묶었던 머리를 풀고, 깅엄체크 앞치마를 벗고, 흰색 블라우스와 통 좁은 청바지 차림이 되었다. 군더더기 없이 늘

씬한 몸매가 상당히 근사했다. 전체적으로 균형이 잡혔고 팔다리의 움직임이 무척 유연하다.

"뭐 도와줄까?" 내가 말했다.

"고마워. 하지만 괜찮아. 혼자 하는 데 익숙하고, 그리 오래 걸리지도 않으니까. 거기 앉아서 쉬고 있어."

나는 그 말대로 카운터 앞 스툴에 앉아 그녀가 능숙하게 움직이는 모습을 바라보았다. 효율적인 작업 순서를 확립한 듯 보였다. 설거지한 식기를 닦아 찬장에 넣고, 각종 기계의 전원을 끄고, 금전등록기의 매상을 집계하고, 마지막으로 창문 블라인드를 내렸다.

문을 닫은 가게 안은 묘하게 고요했다. 적막이 필요 이상으로 깊었다. 문이 열려 있던 한낮과는 전혀 다른 장소로 보인다. 모든 작업을 끝내자 그녀는 비누로 공들여 손을 씻고 수건으로 손가락을 하나하나 닦은 뒤, 내 옆 스툴로 와서 앉았다.

"담배 한 대 피워도 괜찮을까?"

"물론 괜찮지만, 담배를 피우는 줄은 몰랐군."

"하루에 한 개비만 피워." 그녀는 말했다. "가게문을 닫고 이렇게 카운터석에 앉아서 딱 한 개비만 피우기로 했어. 소소한 의식처럼."

"지난번에는 안 피우던걸."

"그때만 삼간 거지. 싫어할지도 모르겠다 싶어서."

그녀는 금전등록기에서 롱사이즈 멘톨 담배가 든 담뱃갑을 꺼내 한 개비를 입에 물고 성냥을 그어 불을 붙였다. 그러고는 실눈을 뜨고 기분좋게 연기를 들이마셨다가 뱉었다. 언뜻 봐도 가벼워 보이는 담배였다. 과하게 피우지만 않으면 크게 해로울 건 없다.

"지난번처럼 집에 가서 저녁 먹을까?"

그녀는 작게 고개를 저었다. "아니, 오늘은 사양할게. 배가 안 고파. 나중에 뭘 가볍게 먹을지도 모르겠지만 지금은 됐어. 혹시 괜찮다면 여기서 잠깐 얘기를 했으면 하는데."

"좋아." 나는 말했다.

"위스키 마셔?"

"가끔 생각나면."

"맛있는 싱글 몰트가 있는데, 같이 마실래?"

"물론." 나는 말했다.

그녀는 카운터 안쪽으로 들어가 머리 위 선반에서 보모어 12년 병을 꺼냈다. 내용물은 절반쯤 줄어 있다.

"좋은 위스키군." 내가 말했다.

"받은 거지만."

"이것도 당신의 의식 같은 것 중 하나일까?"

"그런 거지." 그녀는 말했다. "나만의 작은 비밀 의식이야. 하루 한 개비의 멘톨 담배와 한 잔의 싱글 몰트. 가끔 와인일 때도 있지만."

"혼자 살다보면 그렇게 소소한 의식이 필요하지. 하루의 끝을 잘 보내기 위해서."

"당신한테도 그런 의식 같은 게 있어?"

"몇 가지." 내가 말했다.

"이를테면?"

"다림질을 한다. 육수를 만들어둔다. 복근 운동을 한다."

그녀는 뭐라고 의견을 말하고 싶은 눈치였지만 결국 아무 말도 하지 않았다.

"위스키 말인데," 그녀가 말했다. "나는 얼음을 안 넣고 물만 조금 넣어서 마셔. 당신은 어떻게 할래? 얼음을 원한다면 넣고."

"똑같이 마실게."

그녀는 잔 두 개에 대략 더블 분량의 위스키를 따르고, 미네랄워터를 조금 부어 머들러로 가볍게 저었다. 그러고는 카운터에 내려놓고 다시 내 옆자리로 왔다. 우리는 잔을 가볍게 부딪치고 각자 한 모금씩 마셨다.

"향이 꽤 강하네." 내가 말했다.

"아일레이섬의 위스키에선 이탄泥炭과 바닷바람의 향이 난다, 라고 사람들은 말하지."

"그런 것 같아. 이탄 향이 어떤지 나는 잘 모르지만."

그녀가 웃었다. "나도 몰라."

"늘 이렇게 마셔? 물만 조금 넣어서." 내가 물었다.

"스트레이트로 마실 때도 있고 온더록스로 마실 때도 있어. 하지만 이렇게 마실 때가 제일 많을 거야. 비싼 위스키인데, 이래야 향이 죽지 않으니까."

"항상 한 잔만 마시고?"

"응, 딱 한 잔. 자기 전에 한 잔 더 마시는 날도 가끔 있지만 그 이상 입에 대진 않아. 안 그러면 끝없이 들어갈 테니까. 혼자 살면 그런 게 무서워. 아직 초보고."

잠시 침묵이 흘렀다. 문을 닫은 가게의 고요함이 어깨에 무겁게 내려앉았다. 나는 그 침묵을 깨기 위해 물었다.

"혹시, 러시아 5인조에 대해 알아?"

그녀는 작게 고개를 저었다. 그러고는 조용히 연기를 피워 올리던 멘톨 담배를 재떨이에 천천히 비벼 껐다. "아니, 모르겠는데. 정치에 관련된 거야? 아나키스트 집단이라든가."

"아니, 정치와는 관계없어. 19세기 러시아에서 활동한 다섯 명의 작곡가야."

그녀는 신기한 것을 보는 듯한 눈으로 내 얼굴을 보았다. "그래서…… 그게 어쨌는데? 러시아의 작곡가 다섯 명이."

"어쩌진 않았어. 그냥 물어본 거지. 다섯 명 중 셋은 기억나는데, 남은 두 사람 이름이 도무지 기억이 안 나. 옛날에는 정확하게 기억했는데. 낮부터 계속 그게 신경쓰였어."

"러시아 5인조라." 그녀는 그렇게 말하고 즐거운 듯 웃었다.
"이상한 사람이네."

"나한테 무슨 할 얘기가 있다고 낮에 말했던 것 같은데."

"아, 그거." 그녀는 말하고 위스키 잔을 입으로 가져가 살짝
기울였다.

"그런데 시간이 좀 지나니까 그런 얘길 당신한테 해도 되는
지 약간 헷갈려서."

나도 위스키를 한 모금 마셨다. 그리고 위스키가 천천히 식
도를 타고 내려가는 감촉을 맛보며 그녀가 말을 잇기를 잠자
코 기다렸다.

"얘기해버리면 당신이 나한테 실망해서 다시 만나주지 않을
지도 모르니까."

"무슨 얘긴지는 몰라도," 나는 말했다. "말할 수 있을 만한
기회가 생기면 용기 내서 말해두는 게 좋다고 봐. 지금까지 내
소소한 경험에 비춰보면, 적절한 기회가 왔을 때 그걸 한번 놓
쳐버리면 이야기가 쓸데없이 번거로워지는 경우가 많더라고."

"하지만 과연 지금이 그 적절한 기회일까?"

"하루일을 마치고, 가느다란 멘톨 담배에 불을 붙이고, 훌륭
한 싱글 몰트를 두 모금 마신 뒤니까 적절한 기회라고 해도 아
마 상관없지 않을까."

그녀는 산 끄트머리로 막 나온 달처럼 엷은 미소를 입가에 머금고 있었다. 그리고 이마로 내려온 앞머리를 손가락으로 걷어냈다. 가늘고 긴, 아름다운 손가락이었다.

"일리가 있네. 그래. 그럼 용기 내서 말해볼게. 듣고 나면 당신은 실망할지도 몰라. 아니면 전혀 실망하지 않아서 나 혼자 무안해지고, 뒤에 혼자 남겨질지도 모르지."

뒤에 혼자 남겨진다?

하지만 나는 딱히 의견을 말하지 않았다. 그녀가 결국은 그 이야기를 시작하리란 걸 알고 있었으므로.

"이런 얘기는 지금까지 아무한테도 한 적 없는데."

천장 구석에서 에어컨 온도조절기가 예상외로 큰 소리를 냈다. 나는 여전히 가만히 있었다.

그녀는 말했다. "솔직한 질문을 해도 될까?"

"물론."

"당신은 나에 대해, 뭐랄까, 이성으로서 관심 같은 게 있어?"

나는 고개를 끄덕였다. "응, 그래. 그렇게 묻는다면 확실히 관심이 있는 것 같아."

"그리고 그 관심에는 성적인 요소도 포함되어 있고."

"많건 적건."

그녀는 살짝 미간을 찡그렸다. "많건 적건, 이라는 게 구체적으로 어느 정도야? 괜찮다면 말해주면 좋겠는데."

"구체적으로 말해서…… 그렇지, 오늘 낮에 침대 시트를 바꿨는데, 손으로 주름을 펴면서 생각했어. 어쩌면 오늘밤 당신이 여기 눕게 될지도 모른다고. 어디까지나 어쩌면이라는 가능성에 불과했지만, 그건 상당히 멋진 가능성이었어."

그녀는 손안에서 위스키 잔을 가볍게 돌렸다. 그러고는 말했다.

"그렇게 말해주면 꽤 기쁜 것 같아."

"나야말로 기쁘다고 해줘서 꽤 기쁜 것 같아. 다만 왠지 하지만……이라고 이어질 것 같은 기분이 드는데."

"하지만……" 하고 그녀는 말했다. 그리고 시간을 들여 표현을 골랐다. "유감스럽게도 당신이 가진 기대에, 혹은 같이 따라오는 가능성에 나는 응해줄 수 없을 거야. 응해줄 수 있으면 좋겠지만."

"누구 좋아하는 사람이 있어?"

그녀는 힘주어 고개를 저었다. "아니, 그런 사람은 없어. 그런 게 아니야."

나는 잠자코 그녀가 말을 잇기를 기다렸다. 그녀는 아직 손안에서 천천히 잔을 돌리고 있었다.

"문제는 섹스 행위 그 자체야." 그녀는 가볍게 한숨을 쉬고 체념한 듯 말했다. "간단히 말해 나는 섹스라는 걸 제대로 할 수가 없어. 하고 싶다고 생각한 적도 없고, 실제로도 안 돼."

"결혼 생활 때도?"

그녀는 고개를 끄덕였다. "실은 결혼할 때까지 섹스를 한 적이 없었어. 사귀던 남자는 몇 명 있었지만 그 단계까지 가지 않았어. 아니, 몇 번 시도는 했는데 잘 안 됐어. 한마디로 말하면 너무 아파서. 그래도 결혼하고 안정되면 나아지겠거니 낙관했거든. 차츰 익숙해질 거라 생각했어. 그러나 유감스럽게도 결혼 후에도 사정은 크게 달라지지 않았어. 남편의 요구에 따라 주기적으로 부부관계를 가지긴 했어. 뭐, 이런저런 시도를 해가면서. 하지만 내게 고통밖에 주지 않았어. 그리고 결국에는 행위 자체를 거의 거부하게 됐지. 말할 필요도 없지만, 그게 우리 이혼 사유 중 하나야."

"왜 그러는지 마음에 짚이는 원인이 있어?"

"아니, 특별히 짚이는 건 없어. 어릴 때 충격적인 사건을 겪어 정신적인 영향을 받았던 것도 아니야. 그런 경험은 없었어. 동성애 경향도 없다고 생각하고, 성적인 면에 특별히 편견이 있지도 않아. 지극히 평범한 가정에서 지극히 평범하게 자란, 지극히 평범한 여자애였어. 부모님 사이도 좋고, 친한 친구들도 있고, 학교 성적도 나쁘지 않았어. 진부하다고도 할 만큼 더없이 평범한 인생이었어. 다만 섹스라는 행위가 불가능할 뿐. 그것만 평범하지 않아."

나는 고개를 끄덕였다. 그녀는 잔을 들어 위스키를 살짝 한 모금 마셨다.

나는 물었다. "그 문제를 전문가와 상담해본 적은 있어?"

"응, 삿포로에 살 때 남편이 권해서 두 번 정도 정신과 상담을 받았어. 한 번은 부부가 같이. 또 한번은 나 혼자. 하지만 도움이 되진 않았어. 아니, 효과가 없었어. 게다가 남한테 그렇게 예민한 사생활 얘기를 하는 것도 솔직히 고통스러웠어. 아무리 상대가 전문가라 해도."

나는 그 열여섯 살 소녀를 문득 떠올렸다. 5월의 그날 아침, 그녀가 내게 한 말을 아직 고스란히 기억하고 있다. 그때 나는 열일곱 살이었다. 그녀의 목소리는, 그 숨결은, 아직 내 귀에 또렷이 남아 있다.

"네 것이 되고 싶어"라고 그 소녀는 말했다. "뭐든지 전부, 네 것이 되고 싶어. 하나도 빠짐없이 네 것이 되고 싶어. 너와 하나가 되고 싶어. 정말이야."

"실망했어?" 그녀가 내게 물었다.

나는 혼탁해진 머릿속을 서둘러 정리하고, 가까스로 눈앞의 현실로 돌아왔다.

"당신이 남녀 간의 성행위에 적극적인 흥미가 없다는 사실에 내가 실망했느냐고?"

"그래."

"그렇군, 조금은 그랬는지도 몰라." 나는 솔직히 대답했다. "하지만 미리 밝혀준 건 다행이라고 생각해."

"그래서 그런 것 없이도 앞으로 나를 만나줄 거야?"

"물론." 나는 말했다. "당신과 만나 이렇게 친밀하게 대화하는 게 즐거우니까. 이 마을에서 그럴 수 있는 상대가 달리 없어."

"그건 나도 마찬가지야." 그녀는 말했다. "다만 당신을 위해 아무것도 해주지 못할 거야. 요컨대 그 분야에 대해 말이지만."

"일단 그 분야는, 되도록 잊으려 노력해볼게."

"있지." 그녀는 털어놓듯 말했다. "나도 그러지 못해 무척 유감이야. 아마 당신이 생각하는 것보다 훨씬."

"그래도 서두르진 마. 내 마음과 몸은 조금 떨어져 있거든. 아주 조금 다른 곳에 있어. 그러니까 좀더 기다려주면 좋겠어. 준비가 될 때까지. 이해해? 여러모로 시간이 걸려."

나는 눈을 감고 시간에 대해 생각했다. 예전에는—이를테면 내가 열일곱 살일 때는—시간 같은 건 말 그대로 무한에 가까웠다. 물이 가득찬 거대한 저수지처럼. 그러니 시간에 대해 생각할 필요도 없었다. 하지만 지금은 그렇지 않다. 그렇다, 시간은 유한하다. 그리고 나이들수록 시간에 대해 생각하는 일이 점점 중요한 의미를 가진다. 어쨌거나 시간은 쉬지 않고 계속 나아가니까.

"무슨 생각 해?" 그녀가 옆자리에서 내게 물었다.

"러시아 5인조." 나는 망설임 없이 거의 반사적으로 대답했다. "왜 생각이 안 날까? 옛날에는 그 다섯 명 이름이 전부 바로 입에서 나왔는데. 학교 음악 시간에 배웠거든."

"이상한 사람이네." 그녀는 말했다. "지금 여기서, 왜 그런 게 신경쓰일까?"

"생각나야 할 게 생각나지 않으면 신경쓰여. 당신은 그럴 때 없어?"

"나는 생각하기 싫은 일을 잊지 못하는 편이 더 신경쓰이는 것 같아."

"사람마다 제각각이군." 나는 말했다.

"그 러시아 5인조에 차이콥스키는 안 들어가?"

"안 들어가. 당시 차이콥스키가 만들던 서구식 음악에 반발해서 결성된 모임이거든."

우리는 한동안 침묵했다. 잠시 후 그녀가 그 침묵을 깼다.

"내 안에 뭐가 꽉 막혀 있는 것 같아. 그래서 여러 가지가 잘 풀리지 않는 거야."

"그럴지도 모르지. 하지만 당신은 뒤에 혼자 남겨지진 않았어."

그녀는 내가 한 말을 잠시 생각했다. 그러고는 말했다.

"앞으로도 나를 만나준다는 뜻이야?"

"물론."

"물론, 이라는 게 당신 말버릇인 모양이네?"

"그럴지도 몰라."

카운터 위에 놓인 내 손에 그녀가 손을 포갰다. 매끄러운 다섯 손가락이 내 손가락과 조용히 얽혔다. 종류가 다른 시간이 그곳에서 하나로 포개져 뒤섞였다. 가슴 밑바닥에서 슬픔 비슷한, 그러나 슬픔과는 성분이 다른 감정이 무성한 식물처럼 촉수를 뻗어왔다. 나는 그 감촉을 그립게 생각했다. 내 마음에는 내가 충분히 알지 못하는 영역이 아직 조금은 남아 있을 것이다. 시간도 손대지 못하는 영역이.

발라키레프, 하고 누군가가 귓가에 속삭였다. 시험 문제의 답을 옆자리에서 몰래 가르쳐주는 친절한 친구처럼. 그렇다. 발라키레프. 이로써 네 명이다. 5인조 중 네 명. 이제 한 명 남았다.

"발라키레프" 하고 나는 소리 내어 말했다. 허공에 글씨를 쓰듯 또렷하게. 그리고 옆자리를 보았다. 하지만 그녀에게는 그 소리가 들리지 않은 것 같았다. 그녀는 양손으로 감싸듯 얼굴을 가리고서 소리 없이 울고 있었다. 눈물이 손가락 사이로 흘러 떨어졌다.

나는 그녀의 어깨에 살며시 손을 얹고, 오랫동안 그 자리에 머물렀다. 눈물이 멈출 때까지.

59

청년이 내민 명함에는 근무처인 변호사 사무소 주소가 인쇄되어 있었다. 세 변호사의 이름을 내세운 사무소다. '히라오·다쿠보·야나기하라 법률사무소.' 그중 그의 이름은 들어 있지 않다.

"말이 변호사지 아직 한참 멀었습니다. 연수중이라고 할까, 심부름꾼이나 수습생 같은 겁니다." 청년은 내 눈을 똑바로 보며 상냥하게 설명했다. 평소 그렇게 표현하는 게 입에 익은 것 같았다. 그래서 내 귀에는 특별히 겸손처럼 들리지 않았다.

나는 그 청년과 좀더 젊은 다른 한 청년에게 응접실 의자를 권했다. 그들은 무척 조심스레 자리에 앉았다. 마치 의자의 강도를 신뢰하지 않는 것처럼.

"이쪽은 동생입니다." 청년이 다른 한 명을 소개했다. "도쿄의 대학에서 의학 공부를 하고 있습니다. 곧 실습이 시작되어 바쁜 시기지만요."

"잘 부탁드립니다." 동생이 공손하게 고개를 깊이 숙이며 말했다. 무척 예의바르다.

형은 굳이 말하자면 체격이 작고, 동생은 굳이 말하자면 탄탄한 편이다. 그러나 얼굴은 많이 닮았다. 한눈에 형제임을 짐작할 수 있다(아버지에게서 개성적인 귀 모양을 물려받은 듯했다). 둘 다 이목구비가 뚜렷하고 시원시원하며, 좋은 환경에서 자란 인상을 준다. 옷차림도 세련된 도시풍이다. 형은 슬림한 진남색 슈트에 흰색 셔츠, 녹색과 남색 스트라이프 넥타이, 검은색 울 코트. 동생은 딱 붙는 회색 터틀넥 스웨터에 베이지색 치노팬츠, 남색 피코트 차림이다. 머리를 딱 적당한 길이로 커트하고 왁스로 매우 자연스럽게 정돈한 것도 닮았다.

커피숍 주인은 '외모가 수려한 젊은 남자 둘'이라고 표현했는데, 그야말로 적확한 형용이었다. 두 사람 다 깔끔하고 총명해 보이는데 잘난 체하는 구석은 없어서, 처음 만난 이에게 틀림없이 호감을 살 인상이다. 그대로 데려가 나란히 남성용 화장품 잡지 광고에 실어도 될 듯하다.

"M**이 늘 신세를 진다고 하더군요." 큰형이 먼저 입을 열었다.

"네, M**은 매일같이 여기 와서 열심히 책을 읽었습니다."
나는 말했다. "갑자기 모습을 감췄다는 소식에 여기서 일하는
저희도 다들 걱정하고 있습니다. 한시바삐 행방을 알게 되면
좋을 텐데요."

"남은 가족들 모두가 열심히 찾고 있습니다." 형은 말했다.
"사진을 넣은 전단지를 만들어 요 며칠 여기저기 나눠주고 있
어요. 하지만 지금으로선 전혀 단서가 없습니다. 동생을 봤다
는 사람이 한 명도 나오지 않았습니다. 희한한 일이죠. 주위가
산으로 둘러싸인 좁은 분지 마을이고, 동생은 현금을 거의 갖
고 있지 않았던 모양이니 그리 멀리 가지 못했을 텐데요. 만약
가출이라면 틀림없이 누군가가 목격했을 겁니다."

"그건 정말 희한한 일이군요." 나는 동의했다.

"마치 가미카쿠시 같다고 아버지는 말씀하세요." 형이 말했
다.

"가미카쿠시." 내가 말했다.

"네, 이 지방에선 과거에 그런 일이 종종 일어났던 모양입니
다. 주로 어린아이들이 어느 날 갑자기 이유도 없이 홀연히 자
취를 감추죠. 그리고 다시는 돌아오지 않습니다. 그렇게 전해
져 내려오는 이야기가 몇 가지 있습니다. 아버지는 혹시 그런
게 아닐까 하시는 겁니다. 그렇게라도 생각하지 않으면 도무
지 설명이 안 되니까요."

"만약에 정말 가미카쿠시라면," 나는 말했다. "자취를 감춘 아이들을 다시 데려오는 방법 같은 것도 있을까요?"

"아버지가 알고 지내는 신사의 신관에게 부탁해 매일 기도를 올리고 있습니다. 아이를 다시 돌려달라고 신에게 기도하는 겁니다. 물론 저는 그저 구전 같은 얘기라고 생각하지만, 아무래도 아버지는 뭐라도 붙잡고 싶으신 거겠죠. 달리 의지할 데가 없으니까요. 그야말로 신의 자비를 구하는 셈입니다만."

"아마 아실 테지만 저희 동생은, M**은 이른바 평범한 아이는 아닙니다." 의대생 동생이 입을 열었다. "통상적인 사회생활을 할 능력은 조금 부족하지만 그 대신이라고 해야 할지, 특별한 능력을 타고났어요. 보통 사람들은 좀처럼 생각하기 힘든 능력입니다. 어쩌면 그만큼 신의 영역에 가까이 있다고 해도 좋을지 모르겠습니다. 그건 신에게 사랑받는다는 의미일 수도 있고, 혹은 반대로 어디선가 신의 금기를 건드릴 가능성이 있다는 의미일지도요."

나는 말했다. "M**이 보통 사람에 비해 스피리추얼한 영역에 보다 가까이 있다는 말인가요?"

"네, 어쩌면 그렇게 볼 수도 있지 않을까 저는 생각합니다." 동생이 말했다. "그렇게 보면 아버지가 말하는 '가미카쿠시'라는 것도 아주 틀린 얘기는 아닐지 모릅니다. 물론 실제로 그런 현상이 있는지는 별개지만요."

형이 흘끗 동생을 보았지만 딱히 의견을 말하진 않았다. 이 문제에 대해서는 형제의 생각이 적잖이 다른 듯 보였다.

형은 말했다. "그런 이야기는 가설로선 흥미롭지만, 일단 지금은 좀더 실제적으로 접근할 필요가 있다고 봅니다."

현직 변호사라는 입장에서 보면 그게 당연하다. 예를 들어 법정에서 '가미카쿠시' 같은 견해를 꺼낼 순 없다. 그런 현상을 논리적으로 증명하기란 불가능하니까.

그는 말을 이었다. "저희는 뭐든 좋으니 구체적인 단서를 찾고 있습니다. 도무지 설명할 수 없는 이 실종 사건의 수수께끼를 풀어줄 어떤 암시를요. 아마 시간이 흐를수록 수색은 더 힘들어지겠죠. 그래서 선생님 이야기를 듣고 싶었습니다. 바쁘신 와중에 이렇게 멋대로 찾아오는 게 폐인 줄 알지만요."

"시간은 얼마든지 내드릴 수 있습니다. 만약 도움이 된다면 뭐든 기꺼이 협조하겠습니다." 나는 말했다.

형은 몇 번 고개를 끄덕이고 넥타이 매듭에 손을 가져갔다. 그것이 아직 올바른 자리에 있는지 확인하는 것처럼. 그러고는 말했다.

"듣자 하니 M**이 아무래도 선생님에게 개인적인 친밀감을 가졌던 모양이더군요."

나는 고개를 살짝 기울였다. "그걸 친밀감이라고 해도 될지요. 그애와 그렇게까지 가깝게 대화를 나눈 건 아니라서요. 아

버님께도 말씀드렸지만, 거의 필담과 몸짓으로 의사를 전달한
게 다입니다."

"아뇨, 그것만 해도 대단한 일입니다." 동생이 옆에서 끼어
들었다. "M**은 저희에게도—한 지붕 밑에서 같이 자란 형
제에게도—거의 그런 적이 없습니다. 뭐라고 말을 걸어도 도
통 대답다운 대답이 나오지 않습니다. 아버지에게도 마찬가지
고요. 어머니와는 생활하는 데 필요한 최소한의 대화는 하지
만 그 이상은 바랄 수 없습니다."

형이 고개를 끄덕였다. "맞습니다. 그애 쪽에서 저희에게 말
을 붙인 적이라곤 없어요. 늘 자기만의 세계에 꽁꽁 틀어박혀
있습니다. 바다 밑바닥의 굴조개처럼. 하지만 선생님에게는
M**이 먼저 나서서 말을 걸었다고요."

"네, 그랬습니다." 나는 말했다. "그애가 제게 말을 걸었어
요."

"그리고 역 앞 상점가 커피숍에 선생님이 있는 걸 보고 안으
로 들어가기까지 했고요. 동생 같은 아이에게는 정말이지 있
을 수 없는 일입니다."

"아무래도 그런 것 같더군요."

형제는 한동안 입을 다물었다. 나도 말없이 이어질 이야기
를 기다렸다.

형이 입을 열었다. "실례되는 질문입니다만 선생님의 대체

어디에, 어떤 부분에 M**이 그렇게 끌렸던 걸까요? 동생이 고야스 씨를 잘 따르긴 했습니다. 얘기도 곧잘 했던 모양이고요. 하지만 고야스 씨는 M**이 워낙 어릴 때부터 잘 아는 사이였고, 그애에게 이래저래 마음을 써주고 예뻐해주셨어요. 그러니 그분을 따랐던 건 나름대로 이해가 됩니다. 어딘가 마음이 통하는 데가 있었겠죠. 하지만 선생님은 고야스 씨가 돌아가신 후 도쿄에서 오셔서 도서관장직을 이은 지 얼마 되지 않았는데요. 동생은 왜 그런 선생님에게 끌린 걸까요."

"전에 아버님께도 말씀드렸지만, 제가 누군가에게 가상의 도시 이야기를 했고, 그걸 우연히 들은 모양입니다."

"네, 아버지에게 대충은 들었습니다. M**이 그 가상의 도시 이야기에 큰 흥미를 느끼고 도시의 지도를 그렸다고요."

"그렇습니다."

동생이 질문했다. "그건 말하자면 선생님 상상 속에서 만들어진 공상의 도시인 거죠?"

"맞습니다. 제가 아직 학생일 때 상상 속에서 만들어낸, 실제로는 존재하지 않는 세계입니다." 나는 말했다.

"그 지도를 갖고 계신가요?"

"아뇨, 지금 제게는 없습니다. M**이 가져가서요." 거짓말이다. 지도는 우리집 책상 서랍에 들어 있다. 하지만 어째선지 그들에게 지도를 보여주고 싶지 않았다.

형제는 얼굴을 마주보았다.

"혹시 괜찮다면 저희에게도 그 가상의 도시 이야기를 해주실 수 있을까요?" 형이 말했다.

의대생 동생이 옆에서 덧붙였다. "실종 전의 M**이 어떤 것에 그렇게 큰 흥미를 느꼈는지, 조금이라도 참고하고 싶습니다."

나는 높은 벽에 둘러싸인 도시의 개요를 두 사람에게 간략히 알려주었다. 그들은 진지하게 동생의 행방을 찾고 있다. 내가 거절할 순 없다.

그곳의 풍경을, 그 도시의 대략적인 구조를 어디까지나 가상의 이야기로 말했다(물론 하나부터 열까지 전부 말한 건 아니다. 도서관을 관리하는 소녀는 간단하게만 언급했고, 그림자와 떨어져 눈에 상처를 낸 것과 으스스한 웅덩이 이야기도 생략했다. 두 사람에게 불길한 인상을 주고 싶지 않았으므로). 형제는 말없이 집중해서 내 이야기를 듣다가 도중에 몇 가지 질문을 했다. 어느 것이나 간결하고 적절한 질문이었다. 형제 둘 다 감이 예리하고 두뇌 회전이 빠른 듯했다. 아버지를 상대할 때처럼 간단하진 않다. 내가 이야기를 마치자 한동안 밀도 높은 침묵이 이어졌다. 먼저 입을 연 건 동생이었다.

"제 생각에 M**은 자기도 그 도시에 가고 싶다고 바란 것 같군요. 이야기를 들어보니 그런 기분이 듭니다. 그애는 무엇 하나가 눈에 들어오면 일반적으로는 이해할 수 없을 만큼 강렬한 집중력을 발휘합니다. 그리고 그애는 선생님의 그 도시 풍경에 엄청난 매력을 느꼈고요."

다시 침묵이 내려앉았다. 갈 곳을 찾지 못하고 무겁게 고인 침묵이었다. 나는 신중하게 표현을 골라 동생에게 말했다.

"하지만 어쨌거나 그건 제 머릿속에서 만든 가상의 도시입니다. 현실에는 존재하지 않아요. M**이 아무리 간절히 원한다 해도 그곳에 갈 순 없습니다."

의대생 동생이 말했다. "그러나 M**은 실제로 자취를 감추고 말았습니다. 몹시 추운 겨울밤에 잠옷 바람으로, 가진 돈도 거의 없이요. 그 상황이 너무 비현실적이라 저도 자꾸 비현실적인 가정을 떠올리게 됩니다. 어디까지나 가능성으로요."

"경찰은 뭐라고 하던가요?" 내가 물었다. 일단 화제를 돌릴 셈이었다.

변호사 형이 말했다. "경찰에선 M**이 온 가족이 잠든 밤사이 옷을 갈아입고 돈도 조금 챙긴 뒤 집을 나가 어떤 수단을 발견해, 이를테면 히치하이킹이라도 해서 마을을 벗어났을 거라고 생각합니다. 십대 남자아이가 곧잘 저지르는 가출처럼요. 옷이 전부 그대로 남아 있고 가진 돈 없을 거라고 어머니가 단언해도 별로 믿지 않는 눈치입니다. 지금 어머니는, 뭐랄까, 충격으로 좀 흥분하신 상태거든요."

"가진 돈이 다 떨어지면 연락하거나, 아니면 조만간 아무 일 없었던 것처럼 훌쩍 돌아올 거라고 경찰에선 말합니다." 동생이 말했다.

"뭐, 그게 일반적으로 할 수 있는 생각이겠지만요." 형은 말하고서 한숨을 쉬었다.

"하지만 저는 그렇게 생각하지 않습니다." 동생이 말했다. "어머니는 작은 것을 꼼꼼하게 챙기는 분이에요. 당황하면 침착함을 잃기도 하지만, 옷가지나 현금처럼 실제적인 문제에는 보통 사람들보다 훨씬 정확합니다. 아무리 머릿속이 혼란스럽다 해도 그런 걸 틀릴 리가 없습니다."

변호사 형이 말했다. "안쪽에서 모든 문이 잠겨 있었다는 것도, 경찰은 아마 어디 한 곳은 열려 있지 않았겠냐고 생각하는 모양입니다. 이른바 합리적인 해석으로 따지자면 그렇죠. 더욱이 M**이 약간 별난, 평범하지 않은 아이였다는 건 마을 사람들 누구나 알고 있습니다. 그런 아이는 예측 못한 일을 하기 마련이라고 사람들은 생각하죠. 아버지가 마을에서 이름이 알려진 편이라 경찰도 어느 정도 성의를 보이긴 하지만, 그 이상 대응해주진 않습니다."

"아무 일 없었던 것처럼 훌쩍 돌아와준다면 그게 제일일 텐데요." 내가 말했다.

형이 말했다. "네, 부모님도 그렇게 말씀하십니다. 하지만 저희로서는 M**이 돌아오기만을 손놓고 기다릴 순 없습니다. 사회적 적응력 같은 것이 없는 아이니까요. 지금쯤 어디서 뭘 하고 있을지 생각하면 보통 걱정되는 게 아닙니다."

"벽에 둘러싸인 가상의 도시 말인데요." 동생이 끼어들었다. "그애가 선생님의 그 도시 어떤 부분에 가장 마음이 끌렸을 거라고 보시나요?"

나는 대답이 궁했다. 대체 뭐라고 대답해야 할까?

"그건 저도 모릅니다. 그런 말은 전혀 안 했으니까요. 그저 매우 진지하게 그 도시의 지도를 작성하는 데 몰두했을 뿐입니다. 그래도 제 개인적인 감상을 말하자면, M**이 그 도시에 마음이 끌린 건 아마 그곳에서는 두 분이 말씀하시는 사회적 적응력 같은 게 불필요하기 때문이 아니었을까요. 그애가 그 도시에서 해야 할 일이라면 도서관을 오가며 특수한 책을 읽는 것뿐입니다. 생각해보면 이 마을에서, 이 도서관에서 매일 하던 일과 기본적으로 같지요. 그것 말고는 아무것도 요구받지 않아요. 그리고 그 도시에서는 그 책을 읽는 일이 중요한 의미를 지닙니다."

"특수한 책이란 게 뭘래요?" 변호사 형이 물었다. 당연히 나올 만한 의문이다. "왜 그걸 읽는 일이 도시에 중요한 의미입니까?"

나는 한숨을 쉬었다. 그리고 어째선지 도서관 정원을 천천히 가로질러가던 야윈 암고양이를 문득 떠올렸다. 이어서 그 어미와 다섯 마리 새끼고양이를 질릴 줄도 모르고 하염없이 바라보던 옐로 서브마린 소년의 모습을 떠올렸다. 아주 먼 옛날의 일처럼 느껴졌지만.

나는 말했다. "그게 어떤 책인지, 그것을 읽는 일에 어떤 의미가 있는지는 저도 자세히 설명할 수 없습니다. 수수께끼의 책이라는 말밖에는요."

동생이 물었다. "하지만 그런 설정도 전부 선생님 상상 속에서 만들어진 거죠?"

"네, 맞습니다." 나는 말했다. "그럴 겁니다. 다만 제가 논리적으로 설명할 수 없는 부분도 많습니다. 아주 오래전 십대 시절 제 머릿속에서, 말하자면 자연스럽게, 저절로 형태를 띠고서 떠올랐던 것이니까요."

정확히 말해 그 도시는 열일곱 살의 나와 열여섯 살의 소녀가 함께 힘을 모아 세운 것이다. 나 혼자 만들어낸 것이 아니다. 그러나 그런 이야기를 여기서 꺼낼 순 없다.

형제는 내가 한 말을 두고 각자 한동안 생각에 잠겼다.

이윽고 동생이 입을 열었다. "한 가지 개인적인 가설을 말씀드려도 될까요?"

"물론입니다. 뭐든 말씀하세요."

"제가 생각하기에 도시를 둘러싼 벽이란 아마 선생님이라는 한 인간을 이루고 있는 의식일 겁니다. 그렇기에 선생님의 의지와 관계없이 자유롭게 모습을 바꿀 수 있습니다. 사람의 의식은 빙산과 같아, 수면에 얼굴을 내밀고 있는 건 극히 일부입니다. 대부분은 눈에 보이지 않는 어두운 곳에 가라앉아 감춰져 있습니다."

나는 물었다. "의학도라고 들었는데, 어느 쪽 전문이신가요?"

"일단은 외과의를 목표로 하고 있습니다. 가능하면 뇌신경외과를 전문으로 삼으려 하고요. 하지만 정신의학에도 관심이 있어서 개인적으로 연구하고 있습니다. 뇌신경외과와 겹치는 분야도 있으니까요."

"그렇군요." 내가 말했다. "그쪽으로 진로를 잡은 것에 동생 M**의 영향도 있었을까요?"

"네, 그렇죠. 어느 정도 관계가 있을 겁니다. 그게 전부는 아니지만요."

변호사 형이 말했다. "말할 필요도 없지만, 저희는 동생이 정말로 그 가상의 도시에 갔다고는 생각하지 않습니다. 그런 건 사이언스 픽션에나 나오는 이야기죠. 현실에서 일어날 리 없어요. 그러니 그 일을 두고 선생님을 탓하거나 책임을 물을 생각도 없습니다. 하지만 솔직히 말씀드려서, 선생님이 M**

에게 얘기하셨다는 그 가상의 도시가 이번 실종의 어떤 계기가 되었다는 느낌을 떨칠 수 없습니다."

"계기라고 하시면, 예를 들어 어떤 것일까요?"

"예를 들어 M**은 그 도시로 갈 수 있는 통로 같은 걸 발견했다고 착각했는지도 모릅니다. 그때 그애는 고열에 시달렸으니까요. 그리고 잠자리에서 일어나 그 통로를 찾아서 집을 나간 겁니다. 잠겨 있는 집안에서 구체적으로 어떻게 나갔는지는 모르겠지만, 아무튼 밖으로 나갔죠. 잠옷 한 장만 입고. 하지만 물론 그런 통로는 어디에도 없었습니다. 그리고 몹시 추운 밤이었으니……"

동생이 얘기를 이어받았다. "그리고 그길로 가까운 산속에 들어갔다가 추위로 의식을 잃었는지도 모르죠. 그게 저희가 생각해낸, 가장 있을 법한 가설입니다."

"그래서 산속을 찾아보셨나요?" 내가 질문했다.

"네, 둘이서 최대한 돌아다니며 찾아봤습니다. 다만 구석구석 빈틈없이 수색하기는 불가능했어요. 아무튼 사방이 온통 산으로 둘러싸인 마을이니까요." 동생은 말했다.

형이 말했다. "원래라면 더 많은 사람들을 모아 대대적으로 찾아보는 게 바람직하지만, 지금 단계에서는 어려울 것 같습니다."

변호사 형이 말했다. "저희는 며칠 더 이곳에 있으면서 동생의 행방을 찾아볼 생각입니다. 할 수 있는 건 다 해봐야죠. 하지만 오래 머무르기는 힘들 겁니다. 미련은 남지만 둘 다 곧 도쿄로 돌아가 일과 학업을 계속해야 하니까요."

나는 고개를 끄덕였다. 일주일간 도쿄를 떠나 이곳에 와 있는 것만으로도 그들 입장에서는 상당히 현실적인 희생을 치렀을 것이다. 사람들은 각자의 생활에 쫓겨 바쁜 법이다. 동생이 주머니에서 수첩을 꺼내 볼펜으로 뭔가 적은 후 찢어서 내게 건넸다.

"제 휴대전화 번호입니다. 아무리 사소한 것이라도 상관없습니다. 벽에 둘러싸인 그 도시에 관련해 뭔가 생각나신다면 연락해주시겠어요?"

"알겠습니다. 그러죠."

그는 잠깐 망설이다 진지한 목소리로 털어놓듯 내게 말했다. "비유적인지, 상징적인지, 암시적인지 그건 잘 모르겠지만, M**이 어떤 통로를 발견해서 그 도시로 가버린 게 아닐까 하는 생각을 떨칠 수가 없습니다. 말하자면 수면 아래 깊은 곳, 무의식의 어두운 영역으로요."

나는 물론 긍정도 부정도 하지 않았다. 그저 말없이 그의 얼굴을 바라보았다.

"그곳에 가면 어쩌면 동생을 찾을 수 있을지 모릅니다. 하지만 저희가 그리로 가기란 현실적으로 불가능하죠." 동생이 말했다.

설령 그곳에서 발견된다 하더라도 아마 옐로 서브마린 소년은 이쪽 세계로 돌아오기를 원하지 않으리라. 물론 형들에게 그런 말을 할 순 없다.

형제는 나에게 정중히 감사인사를 하고 조용히 방을 나갔다. 한눈에도 총명해 보이고 예의바른 청년들이 사라지자 나는 창가로 가서 아무도 없는 정원을 한참 동안 바라보았다. 새들이 이파리가 떨어진 수목의 가지에 앉아 한동안 지저귀다가 다시 무언가를 찾아 어딘가로 사라졌다.

"비유적인지, 상징적인지, 암시적인지 잘 모르겠지만"이라고 의대생 동생은 말했다.

아니, 그건 비유도 상징도 암시도 아닌, 흔들림 없는 현실인지도 모른다. 나는 현실의 옐로 서브마린 소년이 그 현실의 도시 거리를 걷는 모습을 떠올렸다. 그리고 동경하지 않을 수 없었다. 소년을, 그리고 그 도시를.

60

그날 밤 몹시 긴 꿈을 꾸었다. 혹은 꿈 비슷한 것을.

나는 숲속 오솔길을 혼자 걷고 있었다. 하늘이 묵직하게 내려앉은 겨울 오후, 하얗고 딱딱한 눈이 흩날리고 있었다. 내가 지금 어디 있는지 나도 알 수 없었다. 그저 간절한 심정으로 정처 없이 걸을 뿐이다. 뭔가를 찾고 있는 듯한데 무엇을 찾는지는 나도 모른다. 하지만 그렇다고 딱히 혼란스럽지는 않았다. 내가 찾는 것이 무엇이건, 일단 발견하면 이것이었다고 절로 알아볼 수 있을 테니까.

깊고 울창한 숲은 아무리 나아가도 굵직한 나무기둥밖에 보이지 않았다. 낙엽을 밟는 발소리가 귓가에 둔탁하게 울리고 머리 위 하늘에서 새들이 번갈아가며 지저귀었지만 그 외에

다른 소리는 들리지 않는다. 바람도 불지 않는다.

이윽고 나는 수목 사이를 빠져나가 탁 트인 평지로 나왔다. 그곳에는 버려진 것으로 보이는 작고 오래된 건물이 있었다. 예전에는 산장으로 쓰던 것인지도 모른다. 그러나 오랜 세월 관리하지 않아 나무 지붕이 비스듬히 기울고 기둥은 벌레가 먹어 반쯤 썩어 있었다. 나는 위태로워 보이는 계단 세 개를 밟고 포치로 올라가 빛바랜 현관문을 살며시 밀어봤다. 문이 삐걱거리며 열렸다. 오두막 안은 어둡고, 퀴퀴한 냄새가 났다. 인기척은 없다.

그곳이 내가 가려던 장소란 걸 한눈에 본능적으로 알 수 있었다. 나는 이 오두막에 오기 위해 깊은 숲을 가로질러 여기까지 이른 것이다. 힘겹게 덤불을 헤치고, 새들의 통절한 경고를 받으며, 얼어붙은 시내를 건너서.

오두막 안으로 살짝 발을 들이고 주위를 둘러보았다. 유리창은 먼지투성이라 바깥이 거의 보이지 않았지만 한 장도 깨지지 않았고(다 쓰러져가는 건물 상태에 비하면 기적에 가깝다), 그곳을 통해 바깥의 빛이 어렴풋이 흘러들고 있었다. 방이 하나뿐인 간소한 산장이다. 여기를 누가 무슨 목적으로 사용했는지 짐작도 가지 않는다. 나는 방 한복판에 서서 주위를 유심히 살피며 눈이 어둠에 익숙해지기를 기다렸다.

오두막 안은 말 그대로 휑뎅그렁했다. 가구나 도구가 하나도 없고 장식이라 할 만한 것도 전혀 보이지 않는다. 어느 시점에 사람들이 이곳을 떠나고 그대로 버려진 듯했다. 걸음을 옮길 때마다 마룻바닥이 휘면서 요란한 소리를 냈다. 마치 숲속 생물들에게 중요한 경고를 던지는 것처럼.

그 실내 풍경이 막연하게 눈에 익었다. 예전에 와본 적이 있는 듯한데…… 그러나 언제 어디서인지는 기억나지 않았다. 강한 기시감으로 온몸이 욱신거리며 저려왔다. 몸안을 도는 혈액에 어떤 보이지 않는 이물질이 섞여든 것처럼.

안쪽 벽에 딱 하나 작은 나무문이 있었다. 창고 아니면 옷장 같다. 나는 그 문을 열어보기로 했다. 안에서 뭐가 튀어나올지 모르니 가능하면 열고 싶지 않았지만 역시 열지 않을 수 없다. 무언가를 찾아 여기까지 먼길을 왔으니. 닫힌 문을 열어보지 않고 물러날 순 없다. 최대한 소리가 나지 않게 천천히 걸어가 문 앞에서 몇 번 심호흡을 했다. 마음을 가다듬은 뒤 결심을 굳히고, 녹슨 금속 손잡이를 조심스레 잡아당겼다.

문은 끼이익 메마른 쇳소리를 내며 열렸다. 짐작한 대로 창고 같은 곳이었다. 여러 가지 용구를 보관하기 위해 만든 공간일 것이다. 좁고 깊어서 안쪽은 빛이 닿지 않아 어둡다. 오랫동안 열린 적이 없는지 시큼하고 탁한 냄새가 났다. 그리고 안에 있는 건 인형 하나뿐이었다. 주위가 어두운 탓에 그게 나무로 조각한 인형이란 걸 알아보기까지 조금 시간이 걸렸다. 상당히 큰 인형이다. 키가 1미터는 넘어 보인다. 팔다리 관절이 움직이도록 만들어졌는지, 피곤한 사람이 바닥에 힘없이 주저앉은 듯한 자세로 안쪽 벽에 세워져 있었다. 눈이 어둠에 익숙해지자 그 인형이 요트파카 같은 걸 걸치고 있음을 알 수 있었다. 그 초록색 파카에는 옐로 서브마린 그림이 프린트되어 있었다.

나는 몸을 앞으로 내밀어 인형의 얼굴을 살폈다. 칠이 많이 바래긴 했어도 분명 M**이었다. 나무에 물감으로 그린 M**의 얼굴은 상당히 희화화되어 있다. 마치 익살스러운 복화술 인형 같다. 웃으려다 만 것처럼 어딘가 어정쩡한 표정을 짓고 있었다.

그리고 나는 깨달았다. 내가 찾던 것이 이 인형이라는 걸. 의심의 여지가 없다. 나는 다름 아닌 이 인형을 찾아 여기까지 온 것이다. 가파른 비탈길을 오르고, 깊은 숲을 헤치고, 거무칙칙한 짐승들의 눈을 피해. 나는 그 자리에 선 채로 숨을 참고 똑바로 나무 인형을 바라보았다.

그렇다, 이것은 M**의 허물이다. 나는 알 수 있었다. M**은 이 깊은 산속에 육체를 버렸고, 버려진 육체는 낡고 빛바랜 나무 인형이 되었다. 그리고 육체라는 감옥의 구속을 벗어난 그의 영혼은 높은 벽에 둘러싸인 도시로 이행했다. 그것이 내가 확인하고 싶은 사실이었다.

그러나 뒤에 남겨진 이 나무 인형을, 소년의 허물을 과연 내가 어떻게 처리해야 할까? 마을로 가져가서 그의 형들에게 보여줘야 할까, 아니면 이대로 내버려둬야 할까. 그도 아니면 어딘가에 구덩이를 파고 묻어줘야 할까. 나는 판단할 수 없었다. 이대로 두는 게 제일 옳은 방법인지도 모른다. 어쩌면 나중에 소년에게 무슨 쓸모가 있을지도 모르니까.

그때 문득 알아차렸다. 인형의 입가가 보일락 말락 움직이고 있다는 것을. 주위가 어두워서 처음에는 시각적 착각이려니 했다. 실제로는 일어나지 않은 일을 본 것이라고. 그런데 착각이 아니었다. 잘 보니 인형의 입이 작고 희미하게, 그러나 틀림없이 움직이고 있었다. 무슨 할말이 있는 것처럼. 보아하니 입 부분만 위아래로 움직이도록 만들어진 것 같았다. 복화술사가 조종하는 인형과 마찬가지로.

인형이 무슨 말을 하려는지 들어보려고 최대한 집중해서 귀 기울였지만, 내 귀에 들리는 건 낡고 망가진 풀무처럼 픽픽거리는 바람소리뿐이었다. 하지만 그 소리가 조금씩 말의 형태를 띠는 듯 느껴졌다.

조금 더……라고 말하는 것 같았다.

나는 숨죽이고 신경을 한곳에 집중한 채 이어지는 말을 기다렸다.

조금 더……라고 덧없고 쉰 목소리로, 그것은 다시 한번 같은 말을—혹은 말에 가까운 모호한 소리를—되풀이했다.

내가 잘못 들었는지도 모른다. 다른 말이었는지도 모른다. 그러나 내 귀에는 '조금 더'라고만 들렸다.

"조금 더 뭐?" 나는 그 목각 인형을 향해—옐로 서브마린 소년의 잔해를 향해—소리 내어 물었다. 조금 더 뭘 해달라고?

조금 더……라고 그것은 같은 식으로 되풀이했다.

조금 더 가까이 오라는 말인지도 모른다. 먼 세계에서 온 중요하고 내밀한 메시지가 그곳에 기다리고 있는지도 모른다. 나는 큰맘먹고 그 수수께끼 같은 입가에 귀를 가져갔다.

조금 더……라고 그것은 거듭 말했다. 이번에는 약간 큰 소리로.

나는 그 입가 가까이 귀를 갖다댔다.

그 순간, 인형이 놀랍도록 빠른 속도로 고개를 뻗어 순식간에 내 귀를 깨물었다. 귓불이 찢어진 줄 알았을 만큼 세게, 깊게, 힘껏. 고통이 실로 격렬했다.

나는 크게 비명을 질렀고, 그 소리에 눈을 떴다. 주위는 컴컴했다. 조금 지나자 그게 꿈이었음을 알았다. 혹은 꿈에 근접한 무언가라는 것을. 나는 내 집, 내 침대에서 자고 있었다. 길고 생생한 꿈(같은 것)을 꾼 것이다. 현실에서 일어난 일이 아니다. 그럼에도 세게 깨물린 오른쪽 귓불에 선명하게 통증이

남아 있었다. 착각 같은 것이 아니다. 내 귓불은 실체로 욱신
거리며 아팠다.

일어나서 세면대로 가 불을 켜고 거울에 오른쪽 귀를 비춰
보았다. 그런데 아무리 주의깊게 살펴도 깨물린 흔적은 보이
지 않았다. 여느 때처럼 미끈한 귓불이 보일 따름이다. 남은
것은 깨물렸을 때의 통증뿐이었다. 그러나 그 통증은 틀림없
는 진짜다. 그 목각 인형이―혹은 인형의 형상을 한 누군가가
―내 귓불을 깨물었다. 재빠르게, 세게, 깊게. 그건 내 꿈속에
서 벌어진 일일까, 아니면 '의식의 어두운 수면 아래'에서 벌
어진 일일까……

시계는 오전 세시 반을 알리고 있었다. 땀에 푹 젖은 잠옷과
속옷을 벗어서 세탁물 바구니에 던져넣고, 유리잔에 찬물을
따라 연거푸 몇 잔 마셨다. 수건으로 땀을 닦고 서랍에서 새
속옷과 잠옷을 꺼내 입었다. 그러는 사이 조금 진정되었지만,
심장은 여전히 망치로 나무판을 두드리는 듯한 메마른 소리를
내고 있었다. 극심한 충격을 품은 기억에 온몸의 근육이 잔뜩
굳어 있었다. 내가 본 것은 세부를 구석구석까지 뚜렷이 기억
해낼 수 있는 지극히 선명한 이미지였고, 귓불에 남은 건 의심
의 여지 없는 진짜 아픔이었다. 그 통절한 감촉은 시간이 흘러
도 엷어지지 않았다.

그 소년은 분명 어떤 메시지를 전하려고 내 귀를 깨물었으리라. 그러기 위해 나를 가까이 오게 했다—나는 그렇게밖에 생각할 수 없었다. 하지만 귀를 깨무는 것으로 대체 무엇을 전하려 했을까? 그 메시지에는 무언가 불온한 내용이 포함되어 있을까? 아니면 그가 내 귀를 깨문 데는 일종의(나름의 독자적인) 친근감이 담겨 있었을까? 나는 판단할 수 없었다.

그러나 귓불에 격심한 아픔을 느끼는 한편, 속으로는 적잖이 안도했다. 나는 그 외딴 숲속, 다 쓰러져가는 오래된 오두막에서, 마침내 그것을 발견한 것이다. 옐로 서브마린 소년이 남기고 간 '육체'를. 혹은 그 허물을. 그건 옐로 서브마린 소년의 실종(혹은 가미카쿠시)이라는 수수께끼 사건을 해석하기 위한 중요한 단서가 될 것이다.

이 사실을 그의 형들에게 곧이곧대로 보고할 순 없다. 이런 이야기는 그들에게 당혹감과 혼란만 불러올 테니. 그리고 뭐니 뭐니 해도 그것은 (아마도) 꿈속에서 일어난 일에 지나지 않았으니까. 그래도 하나의 정보로서 이야기를 들을 권리는 그들에게 있을 것이다. 나는 의대생 청년이 휴대전화 번호를 적어준 메모지를 몇 번인가 꺼내 바라보았다. 그리고 어떻게 할지 망설였다. 하지만 결국 전화를 걸진 않았다.

그날 점심시간, 역 앞까지 걸어가 커피숍에 들어갔다. 가게

안은 평소보다 붐볐다. 나는 여느 때처럼 카운터석에 앉아 블랙커피와 머핀을 주문했다. 그녀는 여느 때처럼 머리를 뒤로 한데 묶고, 카운터 안쪽에서 부지런히 일하고 있었다.

귓불의 아픔은 많이 가라앉았지만 그래도 아직 꿈의 흔적이 느껴졌다. 그 자리가 내 심장박동에 박자를 맞추듯 작게, 그러나 확연하게 욱신거렸다.

가게 안 작은 스피커에서 제리 멀리건의 솔로가 흘러나왔다. 아주 오래전에 자주 들었던 연주다. 나는 뜨거운 블랙커피를 마시면서 기억의 밑바닥을 더듬어 곡명을 생각해냈다. 〈워킹 슈즈〉, 아마 맞을 것이다. 피아노리스 쿼텟의 연주, 트럼펫은 쳇 베이커다.

잠시 후 가게가 한가해지고 손이 비자 그녀가 내 앞으로 왔다. 통 좁은 청바지에 흰색 무지 앞치마 차림이다.

"꽤 바빠 보이네." 내가 말했다.

"그러게, 웬일로." 그녀는 미소 짓고서 말했다. "반가워. 쉬는 시간이지?"

"응, 그래서 시간이 많지 않아." 내가 말했다. "부탁이 하나 있는데."

"뭔데?"

나는 오른쪽 귓불을 가리켰다. "여기 귓불 좀 봐주겠어? 무슨 흔적이 남아 있지 않은지. 나는 잘 안 보여서."

그녀는 카운터에 양 팔꿈치를 괴고 몸을 앞으로 내밀어 여러 각도에서 내 귓불을 찬찬히 들여다보았다. 식료품점에서 브로콜리를 살펴보는 주부처럼. 그러고는 몸을 펴고 말했다.

"흔적 같은 건 안 보이는데. 무슨 흔적을 말하는 거야?"

"예를 들면 깨물린 자국이라든가."

그녀는 경계하듯 미간을 확 좁혔다. "누가 깨물었어?"

"아니." 나는 고개를 저었다. "누가 깨문 건 아닌데, 아침에 일어났더니 꼭 그런 아픔이 귓불에 남아 있었어. 밤사이 큰 벌레 같은 것에 물렸는지도 모르지."

"치마 입은 벌레는 아니고?"

"그런 건 아니야."

"다행이네." 그녀는 미소 짓고 말했다.

"혹시 괜찮으면, 손가락으로 만져봐줄 수 있을까?"

"물론이지, 기꺼이." 그녀는 말했다. 그러고는 카운터 너머로 손을 뻗어 내 오른쪽 귓불을 집듯이 부드럽게 몇 번 문질러주었다.

"귓불이 크고 부드럽네." 그녀가 감탄한 투로 말했다. "부러운걸. 내 귓불은 무척 작고 딱딱하거든. 복이 없어 보이지."

"고마워." 나는 말했다. "만져준 덕분에 많이 편해졌어."

거짓말이 아니었다. 그녀가 손끝으로 부드럽게 어루만져주자 내 귀의 아픔은—그 희미한 꿈의 자취는—흔적도 없이 사라졌다. 해가 뜨면 사라지는 아침 이슬처럼.

"또 같이 식사할까?"

"기꺼이." 그녀는 말했다. "그러고 싶으면 언제든 얘기해."

다시 걸어서 도서관으로 돌아와 관장실 책상에서 일상의 업무를 처리하며 나는 그 꿈을 처음부터 끝까지 다시 떠올렸다. 생각하지 않으려 애써도 그럴 수 없었다. 그 기억은 내 의식의 벽에 선명하게 들러붙은 채 떠나려 하지 않았다.

옐로 서브마린 소년은 왜 내 귓불을 그렇게 세게 깨물어야 했을까?

나는 그 한 가지를 집중해서 생각했다. 그 의문이 아침부터 쉴새없이 내 마음을 흔들고, 날카로운 바늘로 신경을 찔러댔다. 옐로 서브마린 소년은 왜 내 귓불을 그렇게 세게 깨물어야 했을까? 틀림없이 어떤 메시지였을 것이다. 그리고 그는 그 메시지를 전하기 위해 나를 깊은 숲속으로 이끌었다.

아니면 그 소년은 자신이 이 세계에 존재했다는 사실을, 그 확실한 흔적을 내 의식과 육체에 또렷이 아로새기고 싶었는지도 모른다. 각인을 남기듯이, 잊기 힘들 만큼의 물리적 통증을 수반해서. 그 정도로 엄청난 통증이었다.

그러나 대체 무엇 때문에? 굳이 그럴 필요도 없이 그가 이 세계에 존재했다는 사실은 이미 내 의식에 생생히 새겨져 있지 않은가. 그의 존재를 내가 잊을 리 없다. 설령 이곳에서 영원히 모습을 감추고 말았을지라도.

이 세계, 라고 나는 생각했다.

그리고 고개를 들어 주위 풍경을 새삼스레 돌아보았다. 나는 도서관 2층의 관장실에 있었다. 그곳에는 눈에 익은 천장이 있고, 벽이 있고, 바닥이 있었다. 벽에 나란히 나 있는 기다란 유리창에서 늦은 오후의 햇살이 눈부시게 흘러들었다.

이 세계.

그러나 그것들을 가만히 바라보는 사이, 전체의 축척이 여느 때와 조금 다르다는 사실을 알았다. 그렇다, 천장이 너무 넓고 바닥은 너무 좁다. 그 결과 벽이 압력을 받아 휘어졌다. 잘 보면 방 전체가 마치 장기의 내벽처럼 미끄덩거리며 꿈틀대고 있다. 창틀이 늘어났다 줄어들었다 하고, 창유리가 물결치듯 출렁거린다.

처음에는 큰 지진이 난 줄 알았다. 그러나 지진 같은 것이 아니다. 그건 나의 내부에서 우러나온 진동이다. 내 마음의 떨림이 바깥세계에 고스란히 반영되었을 뿐이다. 나는 책상에 양 팔꿈치를 괴고 손으로 얼굴을 완전히 감싸고서 눈을 감았다. 그리고 시간을 들여 머릿속에서 천천히 수를 세며 착각이 가라앉기를 참을성 있게 기다렸다.

잠시 후―이삼 분 정도다―얼굴에서 양손을 떼고 눈을 뜨자 그런 감각은 어딘가로 사라졌다. 방은 원상태 그대로 정지해 있다. 흔들리지도 움직이지도 않는다. 축척도 정확하다.

그럼에도 주의깊게 관찰하면 방의 형상이 예전과는 약간 달라진 듯 느껴졌다. 여러 군데의 치수가 조금씩 바뀐 기분이 든다. 한번 다른 곳으로 옮겼던 가구를 다시 같은 위치에 돌려놓은 것처럼. 신경써서 원래 형상으로 되돌렸어도 세부가 미묘하게 달라져 있다. 큰 변화는 아니다. 아마 보통 사람은 그 차이를 알아차리지 못할 것이다. 그래도 나는 알 수 있다.

하지만 전부 나의 기분 탓인지도 모른다. 내가 너무 예민해졌는지도 모른다. 간밤의 생생한 꿈 (같은 것) 때문에, 신경이 비정상적인 상태가 돼버렸는지도 모른다. 꿈의 안과 밖 경계선이 불명확해진 게 분명하다.

나는 오른쪽 귓불을 손끝으로 살며시 만져봤다. 부드럽고 따뜻한 귓불에 통증은 더이상 남아 있지 않았다. 통증이 남은 건 내 의식의 안쪽뿐이다. 그리고 그 통증은, 그 또렷한 잔존 기억은 이제 그 자리에서 사라지지 않을지도 모른다. 그런 기분이 들었다. 그렇다, 그건 뚜렷한 열을 품은 각인과도 같다. 한 세계와 또다른 세계의 경계를 초월할 수 있는, 구체적인 고통을 수반하는 각인. 나는 아마도 그것을 내 존재의 일부로 간직한 채 앞으로의 인생을 살아가게 될 것이다.

61

그날 오후 늦게 커피숍에 전화를 걸어 그녀에게 식사를 같이 하자고 권했다.

"귀는 이제 괜찮아?" 그녀가 물었다.

"덕분에, 문제없는 것 같아."

"나쁜 벌레에 또 물리지 않게 조심해." 그녀는 말했다.

"혹시 괜찮으면, 오늘 이따가 만날 수 있을까?"

"좋아. 어차피 다른 일 없으니까. 문 닫고 적당한 시간에 가게로 올래?"

나는 전화를 끊고 냉장고 안의 식재료를 확인해 어떤 요리를 할 수 있을지 머릿속으로 구상해봤다. 손이 많이 가는 건 힘들겠지만 저녁 한끼 정도는 바로 만들 수 있을 것 같다. 바지락 소스를 만들어둔 게 있고 샤블리도 차게 식혀두었다.

머릿속에서 요리 순서를 하나하나 자세히 떠올리는 사이 마음이 조금은 차분해진 것 같았다. 어쨌거나 이렇게 실제적인 일에 머리를 쓰면 다른 문제는 잠시 잊을 수 있다. 제리 멀리건 퀴텟이 연주하는 곡의 제목을 생각할 때와 마찬가지로.

퇴근 전에 마주쳤을 때, 소에다 씨가 옐로 서브마린 소년의 두 형이 내일 나란히 도쿄로 돌아갈 예정이라고 알려주었다.

"M＊＊의 행방에 대한 단서를 얻지 못해 두 사람 다 무척 낙담했더군요. 하지만 각자 일과 학업이 있는데 언제까지고 여기 머무를 순 없으니까요."

"안됐지만 어쩔 수 없군요." 내가 말했다. "경찰 수색에선 무슨 진전이 있나요?"

소에다 씨는 고개를 저었다. "이곳 경찰은 무능하다고 할 만큼은 아니지만, 지금껏 보면 특별히 도움이 된다고도 할 수 없어요. 들고 나는 사람이 적은 작은 마을이니 일어나는 사건도 고작해야 부부싸움이나 교통사고 정도거든요. 인력도 부족하고, 뭘 해도 효율적이지 못해요."

"갑자기 생각났는데요." 내가 말했다. "만약 그애가 가출해서 어디 멀리 가려 했다면, 그게 어디건 그 옐로 서브마린 요트파카를 입고 가지 않았을까요. 그애한테는 제2의 피부 같은 옷이었잖아요. 그런 옷을 두고 가진 않았을 듯한데."

"네, 저도 그렇게 생각해요. 멀리 갈 거라면 분명 그 파카를 입었겠죠. 그걸 입어야 마음이 안정되는 모양이었으니."

"하지만 파카는 그대로 남아 있었고요."

"네, 어머니 말씀으로는 그래요. 옐로 서브마린 파카는 그대로 있었다고. 저도 그게 좀 신경쓰여서 몇 번이고 확인해봤는데, 입고 나가지 않은 건 틀림없어요."

도서관 일을 마치고 역 앞 커피숍에 도착했을 때는 여섯시 반이 조금 지난 시각이었다. 긴 겨울이 드디어 끝나가며 해지는 시간이 꽤 늦어지고 추위도 얼마간 누그러졌다. 얼어붙은 길가의 눈더미도 한낮의 햇살에 녹아 작아졌다. 그리고 눈 녹은 물이 더해진 강은 눈에 띄게 수량이 불어났다.

커피숍 유리문에 '폐점' 안내판이 걸려 있고, 창문의 블라인드도 내려가 있었다. 나는 문을 열고 가게로 들어갔다. 그녀는 카운터 의자에 혼자 앉아 책을 읽고 있었다. 문고본이 아니라 두툼한 양장본이다. 그녀가 책을 덮고 나를 향해 미소 지었다. 책의 가름끈은 거의 끝부분에 끼워져 있었다.

"뭐 읽어?" 나는 더플코트를 벗어 행거에 걸면서 물었다.

"『콜레라 시대의 사랑』"이라고 그녀가 말했다.

"가르시아 마르케스를 좋아해?"

"응, 좋아하는 편이야. 작품을 거의 다 읽었으니까. 그중에서도 이 책을 특히 좋아해. 두번째 읽는 거지만. 당신은?"

"옛날에 읽은 적 있어. 출간됐을 무렵에." 내가 말했다.

"내가 좋아하는 건 이 부분이야." 그녀는 가름끈을 끼워둔 책장을 펼치고 읽어주었다.

페르미나 다사와 플로렌티노 아리사는 점심식사 시간까지 브리지에 있었다. 점심시간 조금 전에 칼라마르 촌락을 통과했다. 불과 몇 년 전까지 매일 축제 소동을 벌였던 그 항구도 지금은 거리에 인적이 없고 완전히 쇠락했다. 흰옷을 입은 여자가 손수건을 흔들며 신호를 보내는 것이 보였다. 저토록 슬픈 얼굴을 하고 있는데 어째서 태워주지 않는지 페르미나 다사가 신기하게 여기고 있자, 선장이 저건 물에 빠져 죽은 여자의 망령이며, 지나가는 배를 건너편 해안의 위험한 소용돌이 쪽으로 꾀어내려는 것이라고 설명했다. 배가 바로 여자의 옆을 지나갔으므로 페르미나 다사는 햇살을 받은 그 여자의 모습을 아주 자세하고 또렷이 볼 수 있었다. 이 세상 것이 아님은 의심의 여지가 없는데, 낯익은 얼굴처럼 보였다.

"그의 이야기에는 현실과 비현실이, 살아 있는 것과 죽은 것이 한데 뒤섞여 있어." 그녀는 말했다. "마치 평범한 일상 속의 일들인 것처럼."

"그런 걸 매직 리얼리즘이라고들 하더군." 내가 말했다.

"그렇지. 하지만 비평적 기준으로는 매직 리얼리즘일지 모르지만, 가르시아 마르케스 자신에게는 이런 이야기 방식이 지극히 평범한 리얼리즘이 아니었을까 나는 생각해. 그가 살던 세계에서는 현실과 비현실이 지극히 일상적으로 혼재했고, 그런 풍경을 보이는 대로 썼던 게 아닐까."

나는 그녀 옆의 스툴에 앉아 말했다.

"요컨대 그가 사는 세계에서는 리얼과 비리얼이 기본적으로 이웃하며 등가적으로 존재했고, 가르시아 마르케스는 그것을 꾸밈없이 기록했을 뿐이다?"

"응, 아마 그렇지 않았을까. 그리고 난 마르케스 소설의 그런 부분을 좋아해."

그녀는 일하는 동안 뒤로 묶었던 머리를 풀어 어깨 아래까지 늘어뜨리고 있었다. 머리를 귀 뒤로 넘기자 작은 은색 피어스가 드러났다. 일할 때는 빼두는 것이다. 들은 대로 귓불이 작고 딱딱해 보였다.

가르시아 마르케스 소설 이야기는 내게 고야스 씨를 떠올리게 했다. 그녀라면 고야스 씨를 만나도, 그가 이미 죽은 사람이란 사실을 있는 그대로 자연스럽게 받아들였을지 모른다. 매직 리얼리즘이니 포스트모더니즘이니 하는 것과 관계없이.

"책 읽는 걸 좋아하는구나?" 내가 물었다.

"응, 어릴 때부터 자주 읽었어. 요즘은 일하기 바빠서 많이 못 읽지만, 그래도 시간 나면 조금씩이라도 읽으려 하지. 여기 온 뒤로는 책 이야기를 할 상대가 없어서 좀 쓸쓸했는데."

"나라면 아마 그 상대가 될 수 있지 않을까."

그녀는 미소 지었다. "어쨌거나 도서관 관장님이니까."

"하루 일과인 담배 한 개비와 싱글 몰트 한 잔은?" 내가 물었다.

"담배는 벌써 피웠어. 위스키는 아직이야. 당신이 오기를 기다리느라."

"지금 우리집에 가서 저녁 먹을래? 간단한 건 바로 만들 수 있는데."

그녀는 고개를 가볍게 기울이고 실눈을 뜬 채 잠시 생각했다. 그러고는 말했다. "만약 당신만 좋다면, 오늘은 여기서 피자를 시켜서 맥주랑 마시면 어때? 왠지 그러고 싶은 기분인데."

"좋아. 피자도 나쁘지 않지."

"마르게리타면 괜찮을까?"

"뭐든 당신이 먹고 싶은 걸로."

그녀는 전화기에 등록된 단축번호를 눌러 익숙하게 피자를 주문했다. 토핑은 세 가지 버섯.

"삼십 분이면 와." 그녀는 말했다. 그러고는 벽시계를 쳐다 보았다.

피자가 도착하기를 기다리는 삼십 분 동안 나와 그녀는 카 운터석에 나란히 앉아 각자 최근에 읽은 책 이야기를 했다. 싱 글 몰트 잔을 기울이면서.

"내가 사는 방 보러 올래?" 피자를 다 먹은 뒤 그녀가 말했다.

"여기 2층에 있다는 방?"

"응. 좁고 천장도 낮고, 가구는 저렴하고, 엄청 별로인 방이 지만 일단 내가 소박하게 생활하는 곳이야. 혹시 괜찮다면."

"꼭 보고 싶어." 나는 말했다.

그녀는 빈 피자 상자와 식기를 정리하고 가게 불을 껐다. 그 리고 앞장서서 주방 안쪽에 있는 좁은 계단을 올라갔다. 따라 들어간 2층 방은 그녀가 말한 것처럼 형편없어 보이진 않았다. 아닌 게 아니라 좁고 천장이 낮았지만, 잘 관리된 청결한 다락 방 같은 분위기가 풍겼다. 소파베드가 있고(지금은 소파 상태 다), 콤팩트한 전기 조리 설비가 있고, 창가에 간단한 작업을 할 수 있는 테이블과 의자가 있고, 테이블 위에 노트북이 놓여 있었다. 서랍장과 옷장. 작은 책꽂이에 꽂힌 책. 텔레비전이나 라디오는 보이지 않는다. 욕실은 조금 큰 공중전화 부스 크기 지만 일단 샤워기는 달려 있다(몸을 상당히 요령껏 움직여야 할 테지만).

"가구는 대부분 원래 있던 것들이야. 전에 살던 사람이 놓고 갔어. 그래도 침구는 새로 바꿨지만. 맨몸으로 이 동네에 와서 바로 생활할 수 있었으니 나로서는 고마운 일이었지. 세탁이나 조리는 1층 가게에서 하면 되고, 느긋하게 씻고 싶을 땐 근처에 대중탕이 있고. 생활의 질을 따지면 물론 조금 불만이 있지만, 배부른 소리 할 처지는 아니니까."

"뭐니 뭐니 해도 일터와 가깝고."

"그렇지. 편리하기로 따지면 무척 편리해. 간단한 장보기는 인터넷으로 해결되고, 가게 식재료는 거의 배달받고, 일용품은 상점가 안의 가게에서 충분히 살 수 있고, 그렇다보니 밖에 나갈 필요가 별로 없어. 다만 계속 이런 데서 생활하다보면 자꾸 영화 『안네의 일기』가 생각나. 암스테르담에서 주인공이 살았던 비밀 방. 천장이 낮고 창이 작고……"

"당신은 누군가에게 쫓기지도 않고, 남의 눈을 피해 살고 있는 것도 아니야. 직접 진취적으로 선택한 인생을 살고 있을 뿐이지."

"하지만 이렇게 좁은 곳에서 1층과 2층만 오가며 살다보면 알게 모르게 그런 기분이 들어. 추적망상이랄까, 내가 누군가에게, 무언가에 집요하게 쫓기느라 눈앞에 닥친 위험을 피해 숨어 있는 기분."

그녀는 소형 냉장고에서 시원한 캔맥주를 두 개 꺼내 잔에 따랐다. 우리는 소파에 나란히 앉아 맥주를 마셨다. 딱히 편안한 소파라고 할 순 없지만 나는 더 불편한 소파에도 몇 번 앉아본 적이 있다.

"음악이라도 있으면 좋을 텐데, 여긴 그런 게 없네." 그녀가 말했다.

"상관없어. 조용하고 좋아." 내가 말했다.

내가 그녀를 안고 입을 맞춘 건 자연스러운 흐름이었다. 그녀는 특별히 저항하지 않았고, 오히려 자연스럽게 몸을 내 쪽으로 기대왔다. 하지만 그 이상 깊은 행위를 원하지 않는다는 걸 나도 알고 있었다. 그저 그녀의 몸을 안고 입술을 포갰을 뿐이다. 그러나 생각해보면, 누군가와 입맞춤을 하는 것도 매우 오랜만이었다. 그녀의 입술은 부드럽고 따뜻하고 조금 촉촉했다. 사람의 몸에 확실한 온기가 있으며 그 온기를 상대에게 전달할 수 있다는 걸 실감한 것도 오랜만이었다.

우리는 오랫동안 그대로 소파에서 서로를 안고 있었다. 아마 각자의 생각에 잠긴 채. 내 손바닥이 그녀의 등을 어루만지고, 그녀의 손바닥이 내 등을 어루만졌다.

그러나 잠시 후 나는 알아차릴 수밖에 없었다. 그녀의 가녀린 온몸을 이상할 만큼 긴밀한 무언가가 조이고 있다는 사실을. 특히 그녀의 두 가슴은 둥그스름한 인위적인 물질로 빈틈없이 보호되어 있었다. 그 돔형의 '물질'은 금속은 아니지만 의류라기에는 너무 딱딱한 소재로 만들어진 것 같았다. 탄력이 있지만 상대를 단호히 튕겨낼 만큼의 강도를 갖춘 탄력이었다. 나는 큰맘먹고 물어봤다.

"당신 몸이 왜 이렇게 딱딱하게 느껴질까? 딱 붙는 특제 갑옷을 걸친 것처럼."

그녀는 웃고서 대답했다. "특별한 속옷으로 단단하고 빈틈없이 몸을 조이고 있기 때문이지."

"어떤 건지 잘 모르겠는데, 답답하진 않아?"

"아주 답답하지 않은 건 아닌데, 어느 정도 몸이 익숙해져서 크게 못 느끼는 것 같아."

"그럼 일상적으로 늘 이렇게 꽉 조이고 있다는 거야? 그 특별한 속옷으로."

"응, 탄탄한 올인원. 쉬거나 잘 때는 당연히 벗지만, 어디 나갈 때는 항상 입고 다녀."

"당신은 충분히 말랐고, 몸매도 좋고, 무리해서 몸을 조일 필요는 없을 것 같은데."

"그래, 그럴 필요는 없을지도 몰라. 스칼릿 오하라의 시대도 아니고. 하지만 이런 걸 입고 있으면 마음이 안정돼. 내가 든든히 보호받는 것 같아서. 방어가 된다고 할까."

"방어한다…… 예를 들면 나에게서?"

그녀는 웃었다. "아니, 이렇게 말하면 좀 뭣하지만, 당신에 대해선 그렇게 걱정하지 않아. 상대가 싫어하는 걸 억지로 밀 어붙이는 사람이 아닌 것 같으니까. 내가 나를 보호하고 싶은 건, 좀더 총체적인 것으로부터야."

"좀더 총체적인 것?"

"뭐랄까, 좀더 가설적인 것."

"'가설적인 것' 대 '특별한 속옷'."

그녀는 웃으며 내 품안에서 어깨를 살짝 움츠렸다.

"좀더 알기 쉽게 한마디로 표현하자면, 이걸 벗기는 게 간단 한 작업이 아니라는 뜻일까?" 나는 물었다.

"그렇지. 아직 직접 시도해본 사람은 없지만, 아마 그리 간 단하진 않을 거야."

"당신은 특별한 갑옷을 입고, 가설적인 것으로부터 탄탄하 게 방어되고 있다."

"그런 거지."

한동안 침묵이 흐르고, 그사이 나의 의식은 열일곱 살이었 던 무렵으로 하릴없이 끌려갔다. 마치 강한 조류에 휩쓸려가 는 표류자처럼. 나의 내부에서 주위 정경이 전환한다.

나는 너의 몸을 생각한다. 한쌍의 아름다운 가슴을 생각하고, 너의

스커트 안쪽을 생각한다. 그곳에 있을 것을 상상한다. 하지만 상상에 빠져 있는 동안 내 몸의 일부가 어느새 완전히 딱딱해지고 만다. 볼품없는 모양의 대리석 장식품처럼. 딱 붙은 청바지 속에서 성기가 발기하면 엄청나게 불편하다. 어서 원상태로 되돌리지 않으면 자리에서 일어나기도 여의치 않을 것이다.

그러나 그것은 한번 딱딱해지면 의지와 달리 좀처럼 원상태로 돌아가주지 않는다. 아무리 목줄을 당겨도 말을 듣지 않는 기운찬 대형견처럼.

"무슨 생각 해?" 그녀가 내 귓가에 속삭였다.

나의 의식은 지금 여기의 현실로 돌아온다. 이곳은 커피숍 2층에 있는 그녀의 조촐한 주거다. 우리는 소파 위에서 끌어안고 있다. 그녀의 몸은 타이트한 속옷으로 조여져 '가설적인 것'으로부터 빈틈없이 방어되고 있다.

"받아주지 못해서 미안하게 생각해." 그녀가 말했다. "당신을 좋아해. 그래서 가능하면 받아주고 싶어. 정말이야. 하지만 도무지 그럴 기분이 들지 않아."

그후 이어지는 침묵 속에서 나는 그 말을 생각해봤다. 그리고 그 과정에서 떠오른 내 생각을 나름대로 한 차례 검증해봤다.

"기다려도 괜찮을까?" 나는 말했다.

"기다린다면…… 내가 그런 영역에서 적극적인 기분이 되기를 기다린다는 뜻이야?"

"적극적이지 않아도 상관없어."

"보다 수용적인 기분이 된다는 얘기인가."

나는 고개를 끄덕였다. 그녀는 그 제안을 잠시 진지하게 생각했다. 그러고는 고개를 들고 말했다.

"그렇게 말해주면 나야 기쁘지만, 시간이 많이 걸릴지도 몰라. 아니, 적극적이건 수용적이건 두 번 다시 그럴 기분이 들지 않을지도 몰라. 나한테 몇 가지 해결해야 할 문제가 있을 테니까."

"기다리는 것엔 익숙해."

그녀는 잠시 또 생각했다. 그러고는 말했다.

"그렇게 참을성 있게 기다릴 만한 가치가, 나에게 있을까?"

"글쎄." 나는 말했다. "하지만 긴 시간을 들여서라도 기다리고 싶다는 마음에는 나름의 가치가 있지 않을까."

그녀는 아무 말 하지 않고 내 입술에 자신의 입술을 포갰다. 그 입술은 역시 따뜻하고, 부드럽고, 그리고 다른 부분과 다르게 단단한 무언가로 방어되어 있지 않았다.

나는 그녀 몸의 따뜻하고 부드러운 부분과, 견고하고 방어적인 부분의 감촉을 각각 떠올리며 집까지 걸었다. 달이 아름다운 밤, 위스키와 맥주의 취기가 아직 어렴풋이 몸에 남아 있었다.

"기다리는 것엔 익숙해"라고 나는 그녀에게 말했다. 하지만 정말 그럴까, 나는 스스로에게 묻는다. 내가 내뱉는 숨이 딱딱한 물음표가 되어 허공에 하얗게 떠오른다.

나는 기다리는 것에 익숙한 게 아니라, 그저 기다리는 것 말고는 아무런 선택지도 주어지지 않았던 게 아닐까?

게다가 애당초 나는 지금껏 대체 무엇을 기다려왔다는 건가? 자신이 무엇을 기다리는지 정확히 알고나 있었을까? 자신이 무엇을 기다리는지 명확해지기를 그저 참을성 있게 기다렸다, 그게 전부인 건 아닐까? 나무상자 하나에 들어간 더 작은 나무상자, 그 나무상자에 들어간 더 작은 상자. 끝없이 정묘하게 이어지는 세공품. 상자는 점점 작아진다─그리고 또한 그 안에 담겨 있을 것도. 그것이야말로 내가 지금껏 사십몇 년을 살아온 인생의 실상이 아닐까?

대체 어디가 출발점이었는지, 그리고 도달점이라 할 만한 것이 어딘가에 존재하는지, 존재하지 않는지, 생각하면 할수록 판단하기 어려웠다. 아니, 어쩔 줄 몰랐다는 것이 올바른 표현일 것이다. 눈 녹은 물이 졸졸 흘러드는 수면을 쨍하니 맑고 싸늘한 달빛이 비추었다. 세계에는 여러 종류의 물이 있다. 그것들은 모두 위에서 아래로 흘러간다. 자명하게, 아무런 망설임 없이.

어쩌면 나는 그녀를 기다리고 있었는지도 모른다.

그런 생각이 문득 머릿속에 떠올랐다. 이름 없는 '커피숍'을 혼자 꾸려나가는, 특별한 속옷으로 빈틈없이 몸을 감싸고, 주위에 도사린 (것으로 보이는) 가설적인 것으로부터 스스로를 방어하는, 왠지 모르지만 성행위를 수용하기가 불가능한 삼십대 중반의 한 여자를.

나는 그녀에게 호감을 갖고 있고, 그녀도 내게 호감을 갖고 있다. 그 사실은 틀림없다. 우리는 산에 둘러싸인 이 작은 마을에서 (아마도) 서로를 원하고 있다. 그럼에도 우리는 무언가에 가로막혀 있다—딱딱한 실질을 갖춘 무언가에. 그렇다, 이를테면 높은 벽돌 벽 같은 것에.

그런 상대가 내 앞에 나타나기를 나는 지금껏 기다렸던 걸까? 그것이 내게 주어진 새로운 나무상자일까?

말할 필요도 없지만, 내가 그녀를 원하는 마음은 열일곱 살때 그 소녀를 원했던 마음과 같지 않다. 그때처럼 압도적인, 초점을 한데 모아 무언가를 불태울 것처럼 강렬한 감정이 몸안에 돌아오는 일은 아마 두 번 다시 없을 것이다(가령 돌아온다 해도 지금의 나는 이미 그 열량을 견딜 수 없을 것이다). 그커피숍 주인에게 내가 품은 마음은 좀더 넓은 범위에 이르는 것이며, 보다 온당하고 부드러운 옷을 두르고, 나름의 지혜와 경험으로 억제된 것이었다. 그리고 보다 긴 시간성 속에서 파악되어야 할 것이었다.

또하나 중요한 사실―내가 원하는 건 그녀의 모든 것이 아니다. 그녀의 모든 것은 지금 내 손에 쥐어진 작은 나무상자에다 담기지 않을 테다. 나는 이제 열일곱 살 소년이 아니다. 그 무렵의 나는 온 세상의 모든 시간을 손에 쥐고 있었다. 그러나 지금은 다르다. 내가 손에 쥔 시간은, 그것을 쓸 수 있는 사용처는 상당히 제한적이다. 지금 내가 원하는 건 그녀가 걸친 방어벽 안쪽에 있을 평온한 따뜻함이었다. 그리고 그 특수한 소재로 만들어진 돔형의 컵 안쪽에서 맥박 치고 있을 심장의 분명한 고동이다.

그것은, 지금 와서 굳이 내가 원하기에는 너무 소소한 것일까? 아니면 너무 막대한 것일까?

고야스 씨를 그리워하지 않을 수 없었다. 만약 고야스 씨가 여기 있었다면 많은 얘기를 나누고 상담을 청할 수 있었을 것이다. 그리고 그는 유익한 조언을 해주었을 것이다. 육체를 잃은 영혼에게 실로 잘 어울리는 다의적이고 신비로운 조언을. 그리고 나는 그 조언을, 눈앞에 던져진 뼈다귀를 핥는 야윈 개처럼 오랫동안 소중히 맛보았을 게 틀림없다.

생각해보면 나는 죽은 고야스 씨밖에 알지 못한다. 그러나 이미 목숨을 잃은 사람임에도 고야스 씨는 풍요로운 생명력을 지니고 있었고, 나는 그의 존재를, 그의 인품을 생생히 회고할수 있었다. 고야스 씨는 지금 어떻게 지내고 있을까? 아직 어딘가에—그곳이 어디인지 나는 상상도 할 수 없지만—존재하고 있을까, 아니면 완전한 무로 돌아가버렸을까?

저토록 슬픈 얼굴을 하고 있는데 어째서 태워주지 않는지 페르미나 다사가 신기하게 여기고 있자, 선장이 저건 물에 빠져 죽은 여자의 망령이며, 지나가는 배를 건너편 해안의 위험한 소용돌이 쪽으로 꾀어내려는 것이라고 설명했다.

가르시아 마르케스, 산 자와 죽은 자의 경계를 필요로 하지 않았던 콜롬비아의 소설가.
무엇이 현실이고, 무엇이 현실이 아닌가? 아니, 애당초 현실과 비현실을 구분짓는 벽 같은 것이 이 세계에 실제로 존재하는가?
벽은 존재할지도 모른다, 라고 나는 생각한다. 아니, 틀림없이 존재할 것이다. 하지만 어디까지나 불확실한 벽이다. 경우에 따라, 상대에 따라 견고함을 달리하고 형상을 바꿔나간다. 마치 살아 있는 생명체처럼.

62

그날 밤, 나는 그 불확실한 벽을 넘었던 것 같다. 아니면 통과했다고 해야 할까—물컹한 젤리 상태의 물질을 반쯤 헤엄치다시피 해서.

정신이 들었을 때 나는 벽 너머에 있었다. 혹은 벽의 이쪽에.

꿈 같은 게 아니다. 그곳의 정경은 어디까지나 논리적이고 계속적이며 정합적이었다. 세부 하나하나를 눈으로 똑똑히 보고 인지할 수 있었다. 나는 그 세계에 선 채 떠올릴 수 있는 모든 방법으로 몇 번이고 그것이 꿈이 아님을 확인했다(꿈속에서 사람이 그런 짓을 할 리는 없을 것이다). 그렇다, 그건 꿈이 아니다. 굳이 정의하자면, 현실의 가장자리 끝에 존재하는 관념이라고 해야 할 것이다.

계절은 여름이다. 햇살이 따갑고 귀를 찌르는 매미 울음소리가 사방에 가득하다. 한여름, 아마 8월일 것이다. 나는 강물 속을 걷고 있었다. 바지를 무릎까지 걷어올리고, 흰색 스니커즈를 벗어 손에 들고, 물속에 발을 담그고 있다. 산에서 곧장 흘러온 물은 시리도록 차갑고 맑고 깨끗했다. 물의 흐름을 복사뼈 위로 느낄 수 있었다. 얕은 강이다. 군데군데 깊어지긴 하지만 그곳만 피하면 쭉 물속을 걸어 이동할 수 있다. 깊은 곳에는 작은 은색 물고기가 무리지어 있는 것이 보인다. 이따금 낮게 날아가는 솔개의 검은 그림자가 수면을 빠르게 스쳐 갔다. 짙은 여름풀 냄새가 코를 자극했다.

강은 눈에 익었다. 어릴 때 곧잘 와서 놀던 강이다. 물고기를 잡기도 하고, 그저 물의 감촉을 즐기기도 했다. 하지만 여기 있는 나는 이제 어린아이가 아니다. 사십대 중반에 접어든 현재의 나다. 나는 혼자 그 강물 속을 걷고 있었다. 모자를 쓰지 않아 강한 햇볕이 목덜미를 따갑게 태웠지만 땀 한 방울 나지 않았고 갈증도 들지 않았다. 이끼가 낀 돌을 밟고 미끄러지지 않도록 발밑을 주의깊게 살피며 한 걸음씩 옮겼다. 서두를 건 없다. 바람이 물위를 부드럽게 훑고 지나갔다. 멀리 지평선 쪽에 새하얀 구름 덩어리가 보였지만 머리 위에는 얼룩 한 점 없는 푸른 하늘이 펼쳐져 있었다.

나는 상류를 향해 물결을 거스르며 걷고 있었다. 그렇게 걷는 것에 특별한 목적은 없고, 어느 특정한 장소로 향하는 것도 아닌 듯했다. 그저 맨발로 물속을 걷고 싶어서, 그리운 주위 풍경을 보고 싶어서 이렇게 걷는 것이다. 말하자면 걷는 행위 자체가 그때 나의 목적이었다.

그러나 계속 걷는 사이 문득 한 가지 사실을 알아차린다. 강 상류로 거슬러올라갈수록, 아주 조금씩이지만 내 모습이 바뀌어간다는 사실을. 의식의 변화나 인식 혹은 시점의 전환 같은 감각적, 추상적 변화가 아니다. 눈으로 보아 알 수 있고, 손으로 직접 만질 수 있는 구체적인 변화다. 물리적인, 아마도 육체적인 변화다.

나의 육체가 변화하고 있다.

한 걸음 한 걸음 내디딜 때마다 나는 변화를 거듭하고 있다. 착각이 아니다. 오해도 아니다. 확실한 변화의 율동을 온몸으로 실감할 수 있다.

어떤 종류의 변화인지 처음에는 잘 알 수 없었다. 그러나 얼굴에 손을 가져가보고 그 자리에 명백한 변화가 일어났다는 사실을 알아차렸다. 피부가 전에 없이 매끈하고, 턱 아래 살이 사라졌으며, 윤곽이 전체적으로 날렵해진 것 같았다. 팔다리를 내려다보니 피부가 건강한 탄력을 되찾은 게 느껴졌다. 주름도 눈에 띄게 줄어들었다. 몇 군데 남아 있던 흉터도 거의 사라지고 없다.

틀림없다. 이전에 비해—말이 이전이지 불과 몇 시간 전이지만—피부가 확연하게 젊어졌다. 그리고 몸도 마치 누름돌을 들어낸 것처럼 가벼워졌다. 견갑골 안쪽에 오랫동안 버티고 있던 뻐근한 느낌이 말끔히 사라지고 어깨가 유연하고 경쾌하게 움직였다. 폐로 들이마시는 공기조차 한결 신선하고 활기차게 느껴졌다. 귀에 와닿는 갖가지 자연의 소리도 보다 생생하고 또렷했다.

거울이 있으면 좋을 텐데, 나는 생각했다. 그러면 내 얼굴의 변화를 구체적으로 확인할 수 있을 테니까. 거울에 비친 내 얼굴은 젊은 날의 얼굴로 돌아가 있을 것이다. 아마 이십대 후반쯤이다. 지금보다 머리숱이 풍성하고, 턱선이 날렵하며, 뺨도 조금 홀쭉하다. 건강하고, 그늘이 없고, 그리고 (지금 와서 보면) 다소 어리석어 보일 것이다(아마 실제로도 어리석었으리라). 하지만 물론 거울 같은 건 가지고 있지 않다.

내 몸에 대체 무슨 일이 일어나고 있는지, 당연히 내 이해력이 사태의 진전을 따라갈 수 없었다. 일단 머릿속에 떠오르는 가설을 말하자면 상류를 향해 이 강을 거슬러올라갈수록 내가 점점 젊어지는 것 같다—는 정도다.

두말할 것 없이 기상천외한 가설이었다. 그러나 그것 말고는 지금 내 몸에 일어나는 사태를 설명할 수 없다. 나는 주위 풍경을 둘러보고, 구름 없는 새파란 하늘을 올려다보고, 발밑의 맑은 물결을 살펴보았다. 무엇 하나 기이하거나 이질적인 요소는 눈에 띄지 않는다. 어디서나 볼 수 있는 평범한 한여름 오후의 풍경이다. 그러나 이 강은 지극히 당연한 듯 보이면서 무언가 특수한 의미를 품고 있는지도 모른다. 그런 강에 나도 모르게 발을 들이고 말았는지도 모른다.

상류로 좀더 올라가기로 했다. 그러면서 내가 더 젊어진다면 가설이 옳았음이 증명될 것이다.

그런데 그뒤에는 어떻게 될까? 적당한 곳에서 멈추고 뒤돌아가면, 즉 강을 내려가면 다시 원래 나이로 돌아올까? 아니면 뒤돌아가는 일이 허락되지 않는 강일까? 거기까진 알 수 없다. 어쨌거나 지금은 상류로 나아가보는 수밖에 없다. 호기심이 내 발길을 재촉했다.

강에 걸린 몇 개의 다리 밑을 통과해, 물이 얕은 곳을 더듬으며 계속 걸었다. 그사이 스쳐간 사람은 아무도 없었다. 도중에 본 것은 작은 개구리 몇 마리와 돌 위에 가만히 멈춰 서 있는 백로 한 마리뿐이다. 그 새는 한 다리로 서서 꼼짝도 하지 않고 수면을 매섭게 노려보고 있었다.

다리를 건너는 사람들을 몇 명 보았지만 수가 많지 않았고, 누구도 걸음을 멈추고 나를 내려다보거나 하지 않았다. 사람들은 양산을 들거나 모자를 푹 눌러써서 한여름 오후의 뙤약

볕을 피하고 있었다. 그들이 몸에 걸친 의복이나 쓰고 있는 모자가 왠지 낡고 기묘해 보였지만, 그건 내 기분 탓인지도 모른다. 뜨거운 햇살 속에서 멀리 올려다본 광경이니까.

딱 한 번 어린 남자아이가 콘크리트 난간에서 몸을 내민 채 아래쪽을 걷는 나를 향해 입을 크게 벌려 뭐라고 소리쳤지만, 무슨 말인지 잘 알아들을 수 없었다. 무언가 중요한 말을 전달하려는 것 같은데, 목소리가 아주 어렴풋하게만 들렸다. 곧 어머니로 보이는 뚱뚱한 여자가 뒤에서 나타나, 계속 소리치는 아이를 난간에서 억지로 떼어내듯 데려갔다. 그녀는 내 쪽엔 전혀 시선을 주지 않았다. 내가 거기 있다는 게 눈에 들어오지도 않은 것처럼. 그 아이 말고 강물 속을 맨발로 걸어가는 나에게 주목하는 사람은 없었다.

이따금 발을 멈추고 몸 상태를 세세히 살펴보면서 물속을 계속 걸어갔다. 틀림없다. 내 육체는 강을 거슬러올라가면서 조금씩, 그러나 확실하게 젊어졌다. 나는 이십대를 천천히 거슬러 스무 살이라는 분기점에 가까워졌다. 팔을 만져보니 피부가 훨씬 매끄럽고 부드러워졌다. 오랜 세월 독서로 혹사당한 시야가 안개 걷힌 것처럼 또렷해지고, 여기저기 붙었던 군살이 조금씩 깎여나갔다. 평소 체중이 늘지 않도록 제법 신경을 썼는데, 그래도 알게 모르게 몸 곳곳에 필요 없는 살이 붙어 있었다는 걸 알았다. 손을 머리로 가져가보니 머리카락이 확실히 굵어지고 **빽빽**해졌다. 건강한 활력이 넘치는 다리와 허리는 아무리 걸어도 피로를 몰랐다.

상류로 나아갈수록 주위 풍경도 눈에 띄게 바뀌었다. 평지에서 산지 가까이 올라온 것 같았다. 강에 놓인 다리가 띄엄띄엄해지고, 주위의 신록이 한층 짙어졌다. 이제는 인적도 보이지 않는다. 강의 경사도 훨씬 가팔라졌다. 군데군데 물둑이 있어서 넘어가야 했다.

그렇게 좀더 나아가 아마 스무 살의 포인트를 넘어(생각해보면 내 스무 살 전후의 나날은 결코 행복하지 않았다) 십대에 들어섰다. 나아갈수록 몸이 더 가늘어지고 턱선이 날카로워졌다. 허리둘레가 확 줄어서 벨트를 고쳐 매야 했다. 얼굴을 만져보니 이제는 내 얼굴처럼 느껴지지도 않았다. 다른 누군가의 얼굴 같다. 아니면 실제로, 과거에 나는 다른 인간이었는지도 모른다.

그러나 시간을 역행함으로써 변화해가는 건 아무래도 나의 육체뿐인 듯했다. 내가 가진 의식과 기억은 틀림없이 현재의 나의 것이었다. 나는 사십대 중반에 축적된 마음과 기억을 유지한 채, 몸만 십대 청년으로, 혹은 소년으로 돌아가고 있는 것이다.

앞쪽에 모래톱이 보였다. 아름다운 모래톱이다. 하얀 모래로 이뤄졌고 여름풀이 무성하다. 그리고 그곳에 그녀가 있었다. 그녀는 열여섯 살 모습 그대로였다. 그리고 나는 다시 열일곱 살로 돌아와 있었다.

너는 노란색 비닐 숄더백에 굽 낮은 빨간색 샌들을 대충 쑤셔넣고 모래톱에서 모래톱으로, 나보다 조금 앞서 걸어갔다. 젖은 종아리에 젖은 풀잎이 달라붙어 근사한 초록색 구두점을 만들었다.

그녀는 앞장서서 내 앞을 걸어갔다. 내가 뒤에 있다는 걸 조금도 의심하지 않는지, 한 번도 돌아보지 않고. 물속에서 걸음을 옮기는 것, 오직 그것에 의식을 집중하고 있는 듯했다. 이따금 작은 소리로 띄엄띄엄 노래를 흥얼거리면서 그녀는 걸었다(처음 듣는 노래다).

아무것도 신지 않은 우리의 젊은 발은 산에서 흘러내려오는 차고 맑은 물을 조용히 헤쳐나갔다. 나는 그녀의 바로 뒤를 따라가면서, 어깨 위에서 진자처럼 양옆으로 흔들리는 검은색 생머리를 실눈을 뜨고 바라보았다―눈부시게 빛나는 정밀한 세공품을 바라보는 것처럼. 마치 최면술에 걸리기라도 한 듯, 그 생생하고 아름답고 섬세한 움직임에서 눈을 뗄 수가 없었다.

이윽고 그녀는 무언가 생각난 듯 갑자기 멈춰 서서 주위를 둘러보았다. 그리고 물 밖으로 나와 맨발로 흰 모래톱 위를 걸었다. 연녹색 원피스 자락을 조심스레 매만지고서 여름풀에 둘러싸인 탁 트인 장소에 자리잡고 앉았다. 나도 말없이 올라가 그녀 옆에 앉았다. 초록색 메뚜기 한 마리가 바로 옆 풀숲에서 펄쩍 뛰어올라 날카로운 날갯짓소리를 내며 힘차게 어딘가로 날아갔다. 우리는 한동안 그 방향을 눈으로 좇았다.

그렇다. 그리하여 우리 두 사람은 그 지점에서 발을 멈추고, 열일곱 살과 열여섯 살의 세계에 머물렀다. 강물에 둘러싸인 흰 모래톱과 초록빛 여름풀 사이에. 여기서 더 나아갈 일은 없다. 나에게나 그녀에게나, 이 이상 시간을 거슬러오를 필요는 없다.

나의 기억과 나의 현실이 그곳에서 포개져 하나로 이어지고 뒤섞인다. 나는 그 광경을 가만히 지켜본다.

너는 여름풀 위에 주저앉아 말없이 하늘을 올려다본다. 작은 새 두 마리가 상공을 나란히 재빠르게 가로지른다. 네 옆에 앉자 왠지 신기한 기분이 든다. 마치 수천 가닥의 보이지 않는 실이 너의 몸과 나의 마음을 촘촘히 엮어가는 것 같다.

너에게 뭐라고 말을 걸고 싶지만, 말이 나오지 않는다. 벌에 쏘여 혀가 붓고 마비된 것처럼. 현실의 끄트머리에 있는 이 세계에서 나의 몸과 마음은 아직 하나로 이어지지 않았다.

하지만 나는 안다. 나는 여기 이렇게, 언제까지라도 머무를 수 있다. 여기서 더는 앞으로 나아가지도, 뒤로 돌아가지도 않는다. 시곗바늘이 멈추어, 혹은 바늘 자체가 소실되어, 시간은 이 지점에 정확히 정지한다. 이윽고 나의 혀가 정상적인 움직임을 되찾고, 올바른 말을 하나 또하나 찾아낼 것이다.

나는 눈을 감는다. 그 중간적인 어둠에 잠시 머물렀다가 다시 눈을 뜬다. 자칫 무언가를 망가뜨리지 않도록, 조용하고 주의깊게. 그리고 새삼 주위를 둘러보고, 그 세계가 아직 사라지지 않았음을 확인한다. 서늘한 물소리가 들리고 짙은 여름풀 냄새가 난다. 수많은 매미들이 목청껏 무언가를 세계에 호소하고 있다. 너의 빨간색 샌들과 나의 흰색 스니커즈가 모래 위에 나란히 놓여 있다. 가만히 휴식을 취하는 작은 동물들처럼. 둘 다 복사뼈 아래가 곱고 하얀 모래에 묻혀 있다. 슬슬 여름날 해질녘이 다가오고 있음을 하늘의 빛깔이 알려준다.

나는 손을 뻗어 옆에 있는 너의 손에 닿는다. 그리고 그 손을 잡는다. 너도 내 손을 잡는다. 우리는 하나로 이어져 있다. 나의 젊은 심장이 가슴속에서 메마른 소리를 낸다. 나의 기억이 선명한 예각을 지닌 쐐기가 되고, 나무망치가 그것을 올바른 틈새에 정확히 박아넣는다.

그리고 나는 한 가지 사실을 알아차린다. 어느새 내 그림자

가 사라져버린 것이다. 서쪽으로 저무는 여름 해가 지표면에
만물의 그림자를 길고 또렷하게 늘어뜨리는데, 아무리 둘러봐
도 내 그림자는 보이지 않았다. 대체 언제부터 내 그림자가 사
라진 걸까? 어디로 가버렸을까?

다만 신기하게도 그 사실이 그리 불안하게 다가오지 않았
고, 나는 두려워하거나 곤혹스러워하지도 않았다. 내 그림자
는 스스로의 의지로 여기서 모습을 감춘 것이다. 아니면 어떤
사정이 있어 일시적으로 어딘가로 이동했을 것이다. 하지만
다시 내게 돌아올 게 분명하다. 우리는 하나니까.

바람이 물위를 조용히 지나간다. 그녀의 가느다란 손가락이
내 손가락에 소리 없이 무슨 말을 들려주기 시작한다. 말로는
할 수 없는, 중요한 무언가를.

그런 시간에는 너에게도 나에게도 이름이 없다. 열일곱 살과 열여섯
살의 여름 해질녘, 강가 풀밭 위의 선명한 기억―오직 그것이 있을 뿐
이다. 얼마 지나지 않아 머리 위에 하나둘 별이 반짝일 테지만, 별에도
이름은 없다.

너는 똑바로 내 얼굴을 바라본다. 지극히 진지한 눈빛으로,
깊고 맑은 샘물 바닥을 들여다보는 것처럼. 그리고 고백하듯

이 속삭인다. 손을 맞잡은 채.

"이제 알겠어? 우리는 둘 다 누군가의 그림자에 지나지 않아."

나는 흠칫 각성한다. 혹은 틀림없는 현실의 대지臺地로 이끌려온다. 그녀의 목소리가 아직 또렷이 귓가에 남아 있다.

이제 알겠어? 우리는 둘 다 누군가의 그림자에 지나지 않아.

3부

63

저녁 무렵, 여느 때처럼 도서관으로 걸어가던 길에 희한한 소년의 모습을 보았다.

그는 다리 맞은편에 혼자 오도카니 서 있었다. 수면에 흐릿하게 저녁 안개가 깔려 있었다. 봄이 시작될 무렵에는 자주 그렇게 안개가 낀다. 수온과 기온의 차이 탓이다. 안개 때문에 소년의 모습을 확실히 볼 수 없었다. 그러나 입은 옷이 몹시 특징적이라 눈길을 끌었다. 소년은 초록색 요트파카 같은 것을 입고 있었다. 가슴에는 노란색 일러스트가 들어가 있다. 그때 바람이 불어 한순간 안개가 부분적으로 걷히고 그림이 명료히 드러난다. 둥그스름하게 생긴 잠수함 그림이다.

〈옐로 서브마린〉, 비틀스의 애니메이션 영화에 나왔던 노란 잠수함.

길을 오가는 사람들 누구나(라고 해도 그다지 많진 않지만) 칙칙한 색채의 낡은 의복을 걸치고 다니는 이 도시에서, 선명한 색의 그 파카는 어쩔 수 없이 눈에 띄었다. 게다가 그 소년을 보는 것도 처음이었다. 만약 전에 한 번이라도 보았다면 틀림없이 기억에 남았을 것이다.

소년도 마찬가지로 내 쪽을 가만히 보고 있는 것 같았다. 하지만 확실하진 않다. 그가 서 있는 곳은 강 건너 다리 맞은편이었고, 바람이 잦아들자 수면에 다시 안개가 피어올랐으니까. 그리고 내 눈은 도시에 들어올 때 낸 상처를 아직 충분히 회복하지 못했다. 다만 그런 기미를—누군가가 나를 가만히 바라보는 기미를—피부로 느꼈을 뿐이다. 아니면 그 소년은 나에게 무언가를 전하고 싶어하는지도 모른다. 내가 다리를 건너 맞은편 강가로 가서 그에게 말을 걸어야 하는지도 모른다. 나에게 하고 싶은 말이 있느냐고.

그러나 나는 도서관으로 가는 길이었고, 이렇다 할 명백한 이유 없이 평소의 루트를 바꾸고 싶지 않았다. 그래서 그대로 상류를 향해 이쪽 강변길을 걸어갔다.

모래톱 여기저기에 하얗게 남아 있던 눈더미는 봄이 다가오면서 점점 녹아갔다. 눈이 녹으며 강의 수량이 확연히 불어났다. 단각수들은 봄의 도래가 가까웠음을 본능적으로 알아채고, 꿈꾸는 듯한 눈으로 일대를 둘러보며 식물이 초록 움을 틔우기를 참을성 있게 기다렸다. 길게 이어진 혹독한 겨울 사이 그들은 많은 생명을 잃었다. 태반은 늙은 개체들과 충분한 체력을 갖추지 못한 어린 새끼들이다. 어찌어찌 살아남은 짐승들도 만성적인 굶주림으로 야위었고, 가을에 황금색으로 눈부시게 빛나던 털은 광택을 잃었다.

나는 코트 주머니에 손을 찔러넣고 강변길을 계속 걸었다. 여느 때처럼 흐트러짐 없는 규칙적인 발걸음으로. 그러나 마음은 평소와 달리 차분하지 못했다. 옐로 서브마린 파카를 입은 소년의 모습이 이상하게 뇌리를 떠나지 않았기 때문이다.

몇 가지 의문이 머릿속에 떠올랐다. 이 칙칙한 색채의 도시에서, 어째서 그 소년만 그토록 선명하게 눈에 띄는 옷을 입고 있을까? 그리고 왜 그는 나를 가만히 쳐다보고 있었을까? 이 도시 사람들은 누구나 고개를 숙인 채 불온한 무언가의—이를테면 머리 위를 높게 날아다니는 시커멓고 거대한 맹금류의—눈을 피하려는 듯 잰걸음으로 걷는다. 일부러 멈춰 서서 누군가의 얼굴을 물끄러미 쳐다보거나 하진 않는다.

벽에 둘러싸인 이 도시에 오기 전, 즉 저쪽 세계에 살 때 나는 그 애니메이션 영화를 본 적이 있다. 〈옐로 서브마린〉. 그래서 그림이 눈에 익었다. 음악도 기억한다. 그러나 영화의 내용은 전혀 기억나지 않는다. 우리는 모두 노란 잠수함 안에서 살고 있다⋯⋯ 그 말에는 의미가 있고, 동시에 의미가 없다.

소년은 어디선가—어딘지는 알 수 없지만—누가 입던 헌옷을 우연히 손에 넣었나보다. 하지만 옷에 프린트된 그림이 무엇을 의미하는지는 아마 모를 것이다. 높은 벽에 둘러싸인 이 도시에서는 누구도 비틀스의 음악을 들을 수 없으므로. 아니, 비틀스뿐 아니라 그 어떤 음악도. 그리고 '잠수함'이 어떻게 생긴 건지도 모를 테니까.

나는 멍하니 그런 생각을 하면서 해질녘 거리를 걸어갔다. 이윽고 시계탑 앞을 지났다. 지나면서 습관적으로 시계를 올려다보았다. 시계에는 여느 때처럼 바늘이 없었다. 그건 시간을 알려주기 위한 시계가 아니다. 시간에 의미가 없음을 알려주기 위한 시계다. 시간은 멈춰 있진 않지만 의미를 상실했다.

이 도시에 그것 말고 다른 시계는 존재하지 않는다. 아침이 오면 해가 뜨고, 저녁이 되면 해가 진다. 그 이상으로 자잘하게 시간을 분할하는 걸 대체 누가 필요로 할까? 하루와 다음 하루의 차이를—만약 차이라는 게 있다면—누가 알고 싶어할까?

나 또한 그렇듯 시간을 잴 필요가 없는 주민 중 한 사람이다. 해질녘이 가까워오면 옷을 갈아입고 집을 나온 뒤, 여느 때와 똑같은 길을 여느 때와 똑같이 걸어 일터인 도서관으로 향한다. 걸음수도 매일 크게 다르지 않을 것이다. 그리고 도서관 안쪽 서고에서 '오래된 꿈'을 읽는다. 손끝과 눈이 피로해져 더는 읽기 힘들어질 때까지.

그곳에서 시간은 의미가 없다. 계절이 순환하는 것과 마찬가지로 시간 역시 순환한다. 빙글빙글 돌아간다. 같은 곳을? 아니, 그건 알 수 없다. 시간은 나름의 방식으로 조금씩 나아가는지도 모른다. 다만 솔직히 말해 '빙글빙글 돈다'고 표현할 수밖에 없는 것이다. 나머지는 시간에 맡기는 수밖에.

그러나 그날 저녁, 옐로 서브마린 파카를 입은 소년의 모습을 강 맞은편에서 목격함으로써 나의 시간은 평소의 상태에서 얼마간 흐트러졌다. 돌길을 밟는 내 발소리가 여느 때와 조금 다르게 들린다. 모래톱에 자란 냇버들 가지도 여느 때와 조금 다르게 흔들리는 느낌이다.

도서관에서는 여느 때처럼 소녀가 나를 기다리고 있다. 그녀는 먼저 도착해 나를 위한 준비를 해둔다. 추운 계절이면 난로에 불을 지피고, 카운터에서 약초차를 준비한다. 내 눈의 상처를 치유하기 위한 특별한 차다. 약초차로 상처가 완치되진 않지만 통증은 누그러든다. 나는 '꿈 읽는 이'로서 그 눈의 상처를 계속 갖고 있어야 한다.

그리고 내가 '꿈 읽는 이'인 이상, 소녀와 매일 얼굴을 마주하고 몇 시간을 함께 보낼 수 있다. 열여섯 살, 그녀의 시간은 거기에 정지해 있다.

"아까 강 맞은편에서 한 남자아이를 봤어." 내가 그녀에게 말한다. "노란 잠수함 요트파카를 입은 아이야. 나이가 너와 비슷해 보였는데. 혹시 그런 애를 아니?"

"요트파카? 잠수함?"

나는 요트파카가 어떤 것인지 간단히 설명한다. 잠수함에 대해서도. 그녀가 얼마나 이해했는지 몰라도 대략적인 모양새는 전달할 수 있었다.

"그런 남자아이는 본 적 없는 것 같아요." 소녀가 말했다. "봤다면 기억할 테니까."

"이 도시에 새로 들어왔는지도 모르지."

그녀는 고개를 젓는다. "여기 새로 들어온 사람은 없어요."

"확실하니?"

그녀는 초록 이파리를 나무봉으로 잘게 빻으면서 고개를 끄덕인다. "네, 당신 다음에 이 도시에 들어온 사람은 없어요. 단 한 명도."

이 도시 사람들은 자기 말고 또 누가 이곳에 사는지를 훤히 꿰고 있는 모양이다. 낯선 사람이 나타나면 눈에 띌 수밖에 없다. 그리고 도시의 유일한 출입구는 유능하고 강건한 문지기가 엄중하게 지키고 있다.

나는 영문을 알 수 없었다. 분명히 옐로 서브마린 소년의 모습을 보았으니까. 잘못 보았거나 착각했을 리는 없다. 그러나 그 수수께끼 같은 소년 생각은 일단 접기로 한다. 내게는 해야 할 일이 있다.

그녀가 나를 위해 준비해준 걸쭉한 약초차를 마지막 한 방울까지 다 마신 뒤 안쪽 서고로 이동한다. 그녀가 선반에서 골라온 오래된 꿈을 양손으로 감싸고 조용히 읽기 시작한다.

"귀, 어떻게 된 거예요?" 소녀가 갑자기 내게 묻는다. "오른쪽 귓불."

나는 내 오른쪽 귓불로 손을 가져간다. 그 순간 뚜렷한 통증을 느낀다. 그 통증에 얼굴을 살짝 찌푸린다.

"거기가 검붉어졌어요. 꼭 뭔가에 세게 물린 것처럼."

"그런 기억은 없는데." 나는 말한다.

정말로 그런 기억은 없다. 그녀가 말할 때까진 통증조차 느끼지 않았다. 그러나 지금은 귓불이 심장박동에 맞춰 확실히 욱신거렸다. 그녀에게 지적을 받고서야 불현듯 깨물렸다는 사실을 기억해낸 것처럼.

그녀는 곁으로 다가와 귓불을 여러 각도에서 자세히 살펴보고 손끝으로 살짝 건드린다. 그렇게 그녀와 맞닿은 걸 나는 기쁘게 생각한다. 설령 손끝과 귓불의 미미한 접촉이라 해도.

"약을 발라두는 게 좋겠어요. 연고를 만들어 올 테니 조금

기다려요." 그러고서 그녀는 재빨리 서고를 나간다.

나는 눈을 감고 그녀가 돌아오기를 가만히 기다린다. 내 심장이 딱딱하고 규칙적인 소리를 낸다. 딱따구리가 숲속 나무를 쪼아대듯이. 내 귓불에 대체 무슨 일이 일어났는지 전혀 짐작이 가지 않는다. 정말로 무언가가 깨물었을까? 아니, 아무리 그래도 흔적이 남을 정도로 세게 깨물렸다면 바로 알아차렸을 것이다.

그런데 귓불을 깨물렸다면, 이를테면 무엇에게? 동물일까, 아니면 벌레일까. 그러나 나는 이 도시에서 어떤 동물도 벌레도 보지 못했다(단각수는 예외지만, 그들이 밤사이 남몰래 다가와 내 귓불을 깨물었다고 생각하긴 어렵다). 영문을 모르겠다.

이윽고 소녀가 작은 도기 사발을 들고 돌아왔다. 이가 조금 빠지고 투박하게 생긴 그릇이다. 사발에는 끈끈한 겨자색 연고가 담겨 있었다.

"즉석에서 만든 거라 큰 효과가 없을지 몰라도, 아무것도 안 바르는 것보단 나을 거예요."

그녀는 그렇게 말하고 손끝에 연고를 묻혀 내 귓불에 살살 부드럽게 발라주었다. 선득하니 차가운 감촉이 느껴졌다.

"이걸 네가 만들었어?" 나는 물었다.

"네, 맞아요. 뒤뜰 약초밭에서 괜찮아 보이는 걸 골라서."

"아는 게 많구나."

그녀는 조심스레 고개를 저었다. "이 도시 사람이라면 보통 이 정도는 할 줄 알아요. 이곳에는 약을 파는 가게가 없으니까 직접 고안하는 수밖에요."

연고를 바르고 조금 지나자 귓불의 통증이 얼마간 가라앉았 다. 아직까지 느껴지는 차가운 기운이 아픔을 진정시킨 모양 이었다. 내가 그렇게 말하자 그녀는 기쁜 듯 미소를 지었다.

"다행이네요." 그녀는 말했다. "일을 끝내고 한번 더 바르기 로 해요."

나는 다시 책상을 보고 의식을 집중해 오래된 꿈을 읽기 시 작했다. 책상 위에 놓인 유채기름 램프의 불꽃이 크게 한 번 흔들렸다. 그러나 우리 그림자가 벽에 비치는 일은 없다.

이 도시에서는 어느 누구도 그림자를 달고 다니지 않기 때 문이다. 물론 나도.

64

다음날도 소년의 모습을 보았다. 옐로 서브마린 요트파카 차림의 야위고 몸집이 작은 소년이다. 동그란 금속테 안경을 끼고 있다. 머리는 귀 뒤로 넘길 수 있는 길이고, 팔다리가 가늘고 홀쭉했다. 밥은 제대로 먹는지 걱정스러울 정도다. 소년은 어제와 마찬가지로 다리 맞은편에 서서 나를 똑바로 바라보고 있었다. 무언가를 호소하는 것처럼. 다른 사람들은 보이지 않는다.

그날은 강안개가 끼지 않아서 그의 모습을 전날보다 또렷하게 확인할 수 있었다. 역시나 예전에 본 기억은 없다. 아니, 지금껏 한 번도 이 도시에서 십대 남자아이를 본 적이 없다. 도서관에서 일하는 소녀를 제외하고 내가 도시 길거리에서 보는 사람들은 중년에서 노년 사이의 성인 남녀뿐이었다(아마 그럴 것이다. 다들 얼굴을 감추다시피 고개를 숙이고 걸으니 몸동작이나 체형으로 나이를 추측하는 수밖에 없지만).

순간 다리를 건너가 그에게 말을 걸고 싶은 충동이 들었지만(전날보다 강하게), 생각을 고치고 그만두었다. 이 도시에서는 어지간히 중요한 용건이 아닌 이상 모르는 사람에게 말을 걸지 않는다―더욱이 길거리에서는. 눈을 마주치거나 하지도 않는다. 이곳에서는 중요한 예의 같은 것이다. 이 도시에서 생활하는 사이 나도 그런 의식이 자연히 몸에 뱄다. 길은 걷기 위해 있는 것이다. 그것도 되도록 잰걸음으로 간결하게.

그렇기에 소년이 다리 맞은편에 멈춰 서서, 어디에도 가지 않고 그저 나를 가만히 바라보는 건 예사롭지 않은 일이었다. 절대 일어날 수 없는 일이다. 그것도 한 번이 아니라 이틀 연속으로. 그는 저곳에서 내가 지나가기를 계속 기다리고 있었을까? 그런데 무엇을 위해? 짚이는 데가 전혀 없었다. 내 마음은 기이할 정도로 흔들렸다.

그래도 나는 멈추지 않고 그대로 강변길을 걸어 도서관으로 향했다.

도서관에서 그날 밤의 '꿈 읽기' 작업을 마치고, 여느 때처럼 소녀를 집 앞까지 바래다주었다(우리는 어깨를 나란히 하고 돌이 깔린 강변길을 걸었다. 발소리의 리듬을 맞추며, 말은 거의 하지 않고). 그러나 집으로 돌아오고 나서도 옐로 서브마린 소년의 모습이 뇌리를 떠나지 않았다. 그는 기억의 잔상 속에서 하염없이 내 쪽을 바라보고 있었다. 침대에 누워 잠들자 이번에는 꿈속에 나타났다. 꿈속에서도 역시 강 건너 돌다리 맞은편에 서서 나를 바라보고 있었다. 하지만 그 이상은 아무 일도 일어나지 않는다. 그는 그곳에 서서 나를 바라볼 뿐이다. 꼼짝도 하지 않고.

밤사이 오른쪽 귓불이 심장박동에 맞춰 계속 욱신거렸다. 그 희한한 소년의 모습을 강 건너로 본 것과 귓불에 통증이 생긴 것이 거의 동시였던 탓에, 두 사건 사이에 무슨 관련성이 있는 게 아닐까란 생각이 들 수밖에 없었다. 어느 쪽도 제대로 설명이 되지 않는, 이례적인 일이다. 그 두 가지 일이 이상하게도 거의 동시에 일어난 것이다.

그날 밤 나는 몇 번이나 잠에서 깼다. 드문 일이다. 이 도시에 살게 된 뒤로 한밤중에 깬 적은 거의 없었다. 한번 잠자리에 들면 그 무엇에도 동요하지 않고 아침까지 심신의 휴식을 취할 수 있었다. 그런데 그날 밤은 소년이 등장하는 꿈과 욱신거리는 귓불 때문에 푹 잠들지 못했다. 그리고 띄엄띄엄 찾아오는 잠도 결코 편안하지 않았다. 나는 몇 번이고 베개 위치를 바꾸고, 흐트러진 이불을 바로잡고, 땀이 난 몸을 수건으로 닦아야 했다. 자꾸 몸을 뒤척이다 불안정한 뜬잠 속에 날이 밝았다.

무언가가 시작되려는 걸까?

나는 무언가가 시작되기를 원하지 않았다. 내게 필요한 건 아무것도 시작되지 않는 것이다. 이 상태가 끝없이 영원히 이어지는 것이다. 그러나 일단 시작된 변화는—그게 어떤 종류건—더이상 멈출 수 없는 게 아닐까, 그런 예감이 들었다.

다음날 같은 시각에—아마 같은 시각일 테지만 시계가 없는 이 도시에서는 정확하지 않다—나는 다리 앞을 지나갔다. 그런데 그날은 옐로 서브마린 소년이 보이지 않았다. 그리고 그의 부재는 내 마음에 한층 깊은 혼란을 가져왔다.

왜 오늘은 그가 저곳에 없을까?

그건 상반되는 감정이었다. 나는 그의 존재를 원하지 않는다. 그럼에도 그의 부재에 당황한다. 왜일까? 어쨌거나 소년 생각은 그만하기로 했다. 최대한 머릿속을 비우고 도서관을 향해 걸었다. 그러나 평소와 달리 머릿속을 완전히 공백으로 만들 순 없었다. 옐로 서브마린 파카를 입은 작은 소년이 기억의 잔상 속에서 언제까지고 나를 바라보고 있었다.

붉게 타오르는 난로 앞에서, 소녀가 불안한 눈빛으로 내 얼굴을 보았다. 곁으로 와서 오른쪽 귀를 찬찬히 살펴보고 손끝으로 살짝 귓불을 건드렸다. 그러고는 말했다.

"왠지 어제보다 더 심하게 부은 것 같아요."

"밤사이 계속 욱신거리더군. 덕분에 잠을 잘 못 잤어."

"잠을 잘 못 잤다?" 소녀는 고개를 들고 미간을 찌푸리며 말했다. 아마 이 도시에서 있어선 안 되는 일인가보다.

"응, 밤중에 몇 번이나 깼어."

그녀는 고개를 가로저었다. "제 주위 사람들에게 귓불이 그렇게 붓는 증상에 대해 물어봤어요. 하지만 아무도 그런 걸 본 적 없는 모양이더군요. 원인도 치료법도 아직은 모르겠지만, 다른 연고를 가져왔으니 오늘은 그걸 발라봐요."

그녀는 라벨이 붙어 있지 않은 작은 병의 뚜껑을 열고 끈끈한 진갈색 연고를 두 손가락에 묻혀 내 귓불을 집듯이 살살 발랐다. 감촉이 얼얼했다. 처음에 그녀가 만들어준 연고와는 많이 다르다.

"효과가 어떨지 지켜봐요. 잘 들으면 좋을 텐데."

그녀가 불안한 표정을 지은 건 그때가 처음이지 싶다. 소녀는 늘 침착한 태도로 당황하거나 곤혹스러워하는 기색 하나 없이, 매일의 도서관 업무를 담담하고 차분하게 완수해왔다.

그리고 그녀의 그런 걱정스러운 표정은 내가 품고 있던 막연한 불안을 한층 가중시켰다. 내 귓불의 부기는 단순히 벌레가 물어서 생긴 것이 아니라 나쁜 질병의 증상인지도 모른다.

그 탓이었는지 나는 그날 밤 '오래된 꿈'을 제대로 읽지 못했다. 오래된 꿈들이 그날따라 유독 내 손바닥에 순순히 몸을 맡기려 들지 않았다. 그들은 잠에서 깨어 형체를 띠고 내 쪽으로 서서히 다가왔지만, 직전에 이르러 주춤대다 그대로 어딘가로 사라졌다. 아마 원래 있던 껍질로 돌아갔을 것이다.

"오늘은 이상하게 잘 안 되는 것 같아." 몇 번 시도해본 뒤 나는 소녀에게 말했다.

그녀는 고개를 끄덕였다. "귓불이 부어서 욱신거리는 탓일 테죠. 그래서 마음을 집중할 수 없는 거예요. 부기를 가라앉히는 게 먼저예요."

"하지만 부기의 원인은 아무도 모르고, 치료법도 보이지 않는다는 거지."

그녀는 다시 한번 끄덕였다. 어렴풋이 우울한 표정을 짓는 그녀는 평소보다 몇 살쯤 성숙해 보였다. 소녀가 아니라 한 사람의 성인 여자처럼. 그리고 그 사실에 나는 적잖이 당황했다. 그녀의 인상이 지금까지와 미묘하게 달라진 것에.

우리는 다른 날보다 이르게 도서관을 닫았다. 어차피 할 수 있는 일이 없었기 때문이다. 나는 언제나처럼 그녀의 집 앞까지 함께 걸어가려 했다. 그러나 그녀는 거절했다.

"오늘은 혼자 가고 싶어요."

그 말에 순간 가슴이 조여들어 숨이 잘 쉬어지지 않았다. 처음 도서관에 와서 며칠이 지난 후로 나는 단 하루도 빠뜨리지 않고 일이 끝난 뒤 그녀를 집까지 바래다주었다. 둘이서 나란히 강변길을 걸어 직공 지구의 오래된 공동주택까지 갔다. 그리고 그건 내게 무엇보다 중요한 의미를 지니는 일상의 일부가 되었다. 그 안정된 일상이 오늘 처음으로 흐트러졌다. 사다리의 단이 하나 빠져버린 것처럼.

나는 그녀에게 물었다. "내가 오래된 꿈을 읽지 못해서일까? 아니면 귓불이 부었기 때문에?"

그녀는 그 물음에 대답하지 않았다. 대신 이렇게 말했다.

"내가 생각해야 할 일이 조금 있어요."

그녀의 목소리에서 더는 질문을 받지 않겠다는 완결된 울림이 느껴졌다. 그래서 우리는 그 자리에서, 그 이상의 대화 없이 헤어졌다. 그녀는 강 상류를 향해 걷고, 나는 하류 쪽, 내가 생활하는 숙소를 향해 걸었다. 그녀의 발소리가 차츰 멀어지다 이윽고 완전히 사라졌다. 귀에 와닿는 건 강의 물소리뿐이다. 밤의 강물은 지극히 고독했다.

나는 갈 곳을 잃은 어슴푸레한 마음을 안고 새벽이 다가오는 길거리를 혼자 걸었다. 여느 때와는 다르게 헤어지고 나니 나 자신이 외톨이라는 사실이 유독 사무쳤다. 그리고 그에 호응하듯 귓불이 한층 심하게 욱신거렸다.

어떻게든 원래의 생활을 되찾아야 한다. 마땅한 일상으로 복귀해야 한다. 그러려면 일단 귀의 상처를 낫게 해야 한다. 그리고 옐로 서브마린 소년의 모습을 뇌리에서 쫓아내야 한다.

그러나 대체 어떻게 해야 그럴 수 있을까?

집으로 돌아와 옷을 갈아입고 램프를 끄고 침대에 누웠다. 그리고 머릿속을 텅 비우려고 노력했다. 하지만 귀는 여전히 쉼없이 욱신거렸고, 옐로 서브마린 소년의 모습은 시야를 떠나지 않았다. 그 불가해한 두 가지 사건은 떼어낼 수 없는 한 쌍의 존재가 되어 내 안에 눌러앉아버린 듯했다.

65

그날 밤도 역시 깊이 잠들지 못했다.

그리고 흠칫 잠에서 깼을 때, 머리맡에 누군가 있다는 걸 알았다. 말없이 가만히 내 얼굴을 내려다보고 있는 것 같았다. 찌르는 듯한 똑바른 시선이 피부가 얼얼하리만큼 느껴졌다. 물론 시각은 알 수 없다. 하여간 밤의 가장 깊은 부분이었다. 더 깊어질 수 없을 만큼 깊은 곳이다.

나는 침대에 누운 채 살풋 눈을 뜨고, 그곳에 있는 것이 누구인지 확인하려 했다. 방안의 어둠에 눈이 익숙해질 때까지 시간이 걸렸다. 창의 덧문 틈새로 희미하게 흘러드는 달빛이 유일한 광원이었다. 나는 상대가 알아차리지 못하도록 천천히 소리 죽여 숨을 쉬면서, 서두르지 않고 어둠에 눈을 길들였다.

그러나 그렇게 어두운 방에 철저한 무방비 상태로 정체 모를 누군가와 함께 있는데도 불안이나 공포는 전혀 느끼지 않았다. 심장박동도 거의 평정을 유지했다. 그 안정된 박동음이 나를 진정시켰다.

　왜일까, 나는 의문스럽게 여긴다. 한밤중에 눈을 떠보니 누구인지 모를 사람이 베갯머리에 앉아 내 얼굴을 내려다보고 있다. 좀더 마음이 흐트러질 법하다. 공포도 느낄 법하다. 그러는 게 평범한 반응이다. 그런데 나는 신기할 만큼 평정을 지키고 있다. 왜일까?

　낯선 누군가는 내 생각을 고스란히 읽은 것 같았다.

　"당신이 태어난 날은 수요일입니다"라고 그 누군가가 말했다. 젊은 남자의 목소리다. 약간 새된 울림이 있다. 변성기를 거친 지 그리 오래되지 않았는지도 모른다.

　내가 태어난 날은 수요일?

　"당신은 수요일에 태어났습니다." 누군가는 말했다.

　나는 침대 위에서 일어나려 해봤지만 몸이 말을 듣지 않았다. 가위눌린 것처럼 팔다리에 감각이 없다. 귓불의 욱신거림도 이젠 느껴지지 않았다. 신경에 무슨 이변이 생겼는지도 모른다. 나는 별수없이 그대로 침대에 누워 있었다.

　수요일에 태어났다는 게 나한테 뭔가 의미가 있는 일일까?

　"아뇨, 그건 단순한 사실에 불과합니다. 수요일은 그저 한 주의 하루입니다." 젊은 남자는 말했다. 변경의 여지가 없는 수학 정리를 해설하듯 간결하게, 감정을 담지 않고.

어둠 속에서 상대의 얼굴을 알아보긴 아직 힘들었지만, 아마 옐로 서브마린 파카를 입은 그 소년일 것이다. 그 외의 가능성이 떠오르지 않았다. 그는 밤이 가장 깊은 시각에 나를 만나러 여기까지 왔다. 내가 수요일에 태어났다는 '단순한 사실'을 인사를 대신한 선물로 들고서.

"저를 무서워하지 마세요." 소년이 말했다. "당신에게 해를 가하진 않습니다."

나는 작게 끄덕였다. 턱을 아주 조금 움직여서. 말을 하고 싶어도 입을 열 수 없었다.

"한밤중에 이렇게 갑자기 머리맡에 나타나 놀라셨겠지만, 이 방법 말고는 당신과 단둘이 대화할 기회를 만들 수 없었습니다."

나는 몇 번 눈을 깜박였다. 눈은 깜박여진다. 턱을 조금 움직일 수도 있다. 그러나 몸의 다른 부위는 말을 듣지 않는다.

"부탁이 있습니다." 소년은 말했다. "저는 그러려고 여기 왔습니다. 벽을 통과해서."

문지기의 허가 없이, 라는 말일까?

"네, 그렇습니다." 소년은 내 생각을 읽고서 대답했다. 이소년은 그런 능력이 있는 것이다.

"문지기 모르게, 눈에 상처도 내지 않고, 이 도시에 들어왔습니다. 이 도시에 머무르는 걸 정식으로 인정받진 않았어요. 그래서 눈에 띄지 않도록 이런 시간에 찾아온 거고요."

네게는 그림자가 있느냐고 나는 물었다. 그림자를 가진 인간이 이 도시에 들어오기란 불가능하다.

"아뇨, 제게는 그림자가 없습니다. 제 허물을 저쪽 세계에 남겨두고 왔어요. 아마 그것이 제 그림자라 불리는 것일 테죠. 아니면 반대로 제가 그림자인지도 모릅니다. 저쪽이 본체일 수도 있어요. 어쨌거나 저는 그 허물을 아무도 찾지 못하도록 깊은 숲속에 숨겨놓고 왔습니다. 이 도시에 들어오기 위해서."

그리고 그는 내게 할 부탁이 있다.

"네, 저는 당신에게 부탁이 있습니다. 저는 '꿈 읽는 이'가 되어야 합니다. 오래된 꿈을 읽는 것, 그게 제 유일한 바람입니다. 그러나 저는 이 도시의 주민이 아니기에 정식으로 그 일자리를 얻을 수 없습니다. 그래서 저는 당신과 하나가 되고 싶습니다. 당신과 하나가 되면 저는 당신 자격으로 매일 이곳에서 오래된 꿈을 읽을 수 있어요."

나와 하나가 된다?

"네, 그렇습니다. 말도 안 되는 소리라고 생각할지 모르지만, 결코 그렇지 않습니다. 오히려 자연스러운 일입니다. 당신과 내가 하나가 된다는 건. 왜냐하면 저는 원래 당신이고, 당신은 원래 저니까요."

나는 몹시 당황하지 않을 수 없었다. 원래 내가 그이고, 그가 나라고?

"네, 맞습니다. 부디 믿어주세요. 우리는 원래 하나였습니다. 그러다 어떤 연유로 이렇게 별개의 개체가 되고 말았습니다. 하지만 이 도시에서라면 다시 하나가 될 수 있습니다. 그러면 저는 당신의 일부로서 '꿈 읽는 이'가 되어 앞으로도 오래된 꿈을 읽을 수 있어요."

그가 오래된 꿈을 읽는다…… 내가 더는 오래된 꿈을 읽지 않아도 된다는 의미일까?

소년은 말했다. "아뇨, 그렇진 않습니다. 당신은 지금껏 그랬듯 그 도서관 안쪽에서 오래된 꿈을 계속 읽을 겁니다. 왜냐하면 저는 당신이고, 당신은 저니까요. 제 힘이 당신 자신의 힘이 됩니다. 물과 물이 섞이는 것처럼. 저와 하나가 된다고 해서 결코 당신의 인격이나 일상에 변화가 생기진 않아요. 당신의 자유가 속박당할 일도 없습니다."

나는 어떻게든 조금이나마 머릿속을 정리하려 했다. 그리고 마음속으로 그에게 물었다.

왜 너는 그렇게 오래된 꿈을 읽고 싶어하지?

"왜냐하면 오래된 꿈을 읽는 것이 저의 천직이니까요. 저는 '꿈 읽는 이'가 되기 위해 이 세상에 태어났습니다. 다만 제가 속한 세계에서는 '꿈 읽는 이'가 되는 방법을 도저히 찾아낼 수 없었어요. 그러나 마침내 이렇게 당신을 만났습니다. 부디 제 말을 믿고 저와 하나가 되어주세요. 그리고 제가 이 도시에 계속 살 수 있게 해주세요. 저는 '꿈 읽는 이'로서 당신을 도울 수 있습니다. 만약 그러기를 원한다면, 당신은 언제까지나 매일 밤 도서관을 오가며 그 소녀를 계속 만날 수 있습니다."

만약 내가 그러기를 원한다면.

그런데 구체적으로 어떻게 해야 너와 '일체화'할 수 있을까?

"아주 간단합니다. 제게 당신의 왼쪽 귓불을 깨물게 해주세요. 그러면 우리는 하나가 됩니다."

그렇다면 어디선가 내 오른쪽 귓불을 깨문 것도 너였니?

"네, 제가 깨물었습니다. 저쪽 세계에서 당신의 오른쪽 귓불을 깨묾으로써 저는 이 도시에 들어올 수 있었습니다. 그리고 이쪽 세계에서 왼쪽을 깨물면 당신과 일체화할 수 있습니다."

그 말의 옳고 그름을 판단하는 데는 시간이 필요하다. 나는 어지럽혀진 머릿속을 정리해야 한다. 마비된 몸을 정상으로 되돌려야 한다. 옐로 서브마린 소년과 하나가 될지 말지, 그건 아마 내게 중요한 결단일 것이다. 그로 인해 나라는 인간의 모습이 크게 바뀌어버릴지도 모른다. 이 생면부지 소년이 하는 말을 어디까지 믿어야 될까? 내가 무언가 중요한 것을 놓치고 있진 않을까?

"죄송하지만 길게 생각할 시간적 여유가 없습니다. 이 도시에서 저는 불법침입자입니다. 제 존재가 문지기에게 알려지기라도 하면 몹시 난처해집니다. 도시의 누군가가 저를 목격하고 문지기에게 이를지도 몰라요. 그러면 그는 당장 저를 잡으러 올 테죠. 그에게는 그럴 만한 힘이 있습니다. 그러니까 최대한 빨리 당신과 일체화할 필요가 있습니다."

아직도 영문을 알 수 없었다. 어째서 이 소년이 나고, 내가 이 소년인가? 그건 대체 무슨 의미일까?

그런데 이유는 알 수 없지만, 이 낯선 소년이 차분한 목소리로 들려주는 내용을, 논리적으로는 이해할 수 없을지언정 의심 없이 받아들여도 되겠다는 기분이 차츰 들기 시작했다.

"네, 부디 제 말을 믿어주세요. 저와 하나가 됨으로써 당신은 보다 자연스러운, 보다 본래에 가까운 당신 자신이 될 수 있습니다. 결코 후회할 일 없을 거예요. 그리고 떠날 시기가 왔다 싶으면 당신은 이곳을 떠날 수도 있습니다. 그렇습니다, 하늘을 나는 새처럼 자유롭게."

하늘을 나는 새처럼 자유롭게?

그러나 아무리 열심히 머리를 쥐어짜도 생각이 하나로 정리되지 않았다. 의식이 점점 흐릿해져 이윽고 아무 생각도 할 수 없게 되었다. 아무래도 다시 잠에 빠지려는 것 같았다.

"잠들지 마세요." 소년이 날카로운 투로 내 귓가에 말했다.

"조금만 더 깨어 있으면서 제게 인증해주세요. 당신의 왼쪽 귀를 깨물어도 상관없다는 인증을. 기회는 지금뿐이에요. 제게는 그게 꼭 필요합니다."

나는 몹시 졸렸다. 이제는 뭐가 어떻게 되든 상관없는 자포자기 심정이었다. 한시라도 빨리 잠이라는 편안한 휴식의 세계로 가라앉고 싶었다. 누구에게도 방해받지 않고.

좋아, 상관없어, 나는 비몽사몽간에 중얼거렸다. 그렇게 깨물고 싶다면 깨물렴.

소년은 지체 없이 내 왼쪽 귓불을 깨물었다. 잇자국이 남을 정도로 세게.

그리고 나는 그대로 깊은 잠의 세계에 빠져들었다.

66

다음날 아침 늦게, 나는 여느 때와 다름없이 여느 때의 나 자신 그대로 눈을 떴다. 지난밤 온몸이 마비됐던 감각은 사라졌다. 팔다리가 자유롭게 움직였다. 밝은 빛이 덧창 틈새로 은 은하게 흘러들고 주위는 몹시 조용했다. 여느 때의 아침과 마찬가지로.

잠에서 깨자마자 지난밤의 옐로 서브마린 소년을 떠올리고 가장 먼저 귓불을 더듬어봤다. 오른쪽 귓불, 이어서 왼쪽 귓불을. 그러나 어느 쪽도 붓지 않았고 통증도 없었다. 별다를 것 없이 부드럽고 건강한 한쌍의 귓불이다.

지난밤 소년은 무척 세게 내 왼쪽 귓불을 깨물었다. 잇자국을 남길 기세로 깊고 강하게. 그 아픔을 나는 아직 생생히 기억했다. 그런데 지금 귓불에는 통증도 잇자국도 전혀 남아 있지 않은 듯하다. 상당히 불가사의한 일이다.

나는 밤의 어둠 속에서 옐로 서브마린 소년과 나눈 대화를 하나하나 떠올려봤다. 그 대화를 한 마디도 빠짐없이 기억할 수 있었다. 마치 기록된 문서처럼.

그는 내 인증을 받아 나의 왼쪽 귀를 세게 깨물고, 그 행위에 의해 (아마) 나와 일체화를 이루었다. 그런데 나는 내 몸과 의식에 아무런 위화감을 느끼지 않는다. 눈을 힘주어 감고 어둠 속에서 내 의식을 최대한 깊이 훑어봤다. 크게 숨을 쉬고, 관절이 비명을 지를 만큼 양쪽 팔다리를 한껏 뻗어봤다. 유리잔에 물을 따라 몇 잔 마시고, 긴 소변을 보았다. 하지만 어디를 보나 오늘 아침의 내가 어제 아침의 나와 다른 부분은 하나도 없었다. 그 소년은 정말로 나와 일체화하는 데 성공했을까? 내가 그저 생생한 꿈을 꾸었던 게 아닐까?

아니, 그럴 리 없다. 그에게 왼쪽 귀를 깨물렸을 때의 격심한 통증을 나는 똑똑히 기억했고(아픈 것도 아랑곳않고 바로 곯아떨어지고 말았지만), 그와 나눈 대화를 처음부터 끝까지 한 마디도 빠짐없이 재현할 수 있다. 꿈일 리가 없다. 그토록 명료한 꿈은 도저히 있을 수 없다.

그러나, 라고 나는 생각한다. 짐작건대 현실은 하나만이 아니다. 현실이란 몇 개의 선택지 가운데 내가 스스로 골라잡아야 하는 것이다.

　겨울 끝자락의 맑고 쾌청한 하루였다. 저녁이 될 때까지 오
후 시간을, 나는 덧창을 내린 어둑한 방에 틀어박혀 나라는 존
재에 대해 이런저런 생각을 하며 보냈다.

　만약 옐로 서브마린 소년과 내가 정말로 '일체화'했다면, 나
라는 인간에게—내가 느끼고 생각하는 방식에—무슨 변화가
보일 것이다. 어쨌거나 별개의 인격이 내 안에 새로 들어온 셈
이니까. 그러나 아무리 성심껏 주의깊게 살펴보아도 내 안에
이렇다 할 변화는 보이지 않았다. 위화감 같은 것도 없다. 나
는 평소와 똑같은 나다. 내가 익히 알고 있던 나 자신이다.

　하지만 소년이 근거 없이 대충 말을 꾸며냈다고 생각하긴
어려웠다. 내 머리맡에서 그는 틀림없는 진실을 얘기했다. 온
힘을 다해 나를 설득하려 노력했고, 눈빛도 진지하기 그지없
었다. 나의 왼쪽 귀를 깨묾으로써 자신과 내가 일체화할 수 있
다고 주장하고, 또한 실행에 옮겼다. 나는 그 행위를 인증해주
었다. 내 귀를 깨문 힘에 주저함이라고는 없었다. 그가 말한
'일체화'는 그로써 완수되었을 것이다. 그걸 의심할 만한 이유
는 찾을 수 없었다.

　그렇다. 그리하여 깊고 어두운 밤의 잠 속에서 나와 옐로 서
브마린 소년은 하나로 섞여들었다. 물과 물이 섞이는 것처럼.

혹은 달리 표현하자면, 우리는 원래 모습으로 '환원된' 것이다.

일체화에 의한 변화를 몸으로 느끼려면 시간이 어느 정도 지나야 할까? 나는 그 변화가 나타나기를 그저 얌전히 기다리는 수밖에 없나? 아니면 '일체화'란 그 결과로 성립한 새로운 주체(즉 현재의 나)에게 전혀 내적 변모를 감지시키지 않는 것일까? 요컨대 나라는 새로운 주체에게 새로운 나 자신은 구석구석까지 당연한 존재인 셈이니까.

나는 그이고 그는 나라고 소년은 단언했다. 우리가 하나되는 일은 지극히 자연스러운 일이고, 그로써 나는 보다 본래의 나에 가까워질 수 있다고.

나는 보다 본래의 나에 가까워졌을까? 이것이—이렇게 지금 존재하는 내가—본래의 나일까? 그러나 내가 본래의 나인지 아닌지를 대체 누가 판단할 수 있을까? 금세 뒤섞이려 드는 주체와 객체를 어떻게 준별해야 할까? 생각하면 할수록 나라는 존재를 알 수 없었다.

저녁이 가까워오자 옷을 갈아입고 집을 나와 도서관으로 향했다. 어두워진 강변길을 따라 광장까지 걸었다. 걸음을 멈추어 바늘 없는 시계탑을 올려다보고, 존재하지 않는 시각을 확인했다. 다리 맞은편에는 누구의 모습도 보이지 않았다. 단각수도 없다. 바람에 작게 흔들리는 냇버들 말고는 움직이는 것이 없었다. 나는 눈을 감고 나 자신에게 물었다. 나의 안쪽에 있을 옐로 서브마린 소년을 향해서.

"거기 있니?"

그러나 대답은 없다. 깊은 침묵이 흐를 뿐이다. 나는 다시 한번 물었다.

"거기 있다면 무슨 말을 해주겠니? 그냥 아무 소리나 내도 상관없어."

역시 대답이 없다. 나는 단념하고 다시 도서관으로 향하는 강변길을 걸어갔다.

아마 우리는 완전히 일체화한 것이리라. 혹은 '하나로 환원된' 것이리라. 즉 나는 나 자신을 향해 질문한 셈이다. 그렇다면 대답이 돌아올 리 없다. 혹시 돌아오는 것이 있어도 그저 메아리일 뿐이다.

도서관의 소녀는 내 얼굴을 보고 곁으로 다가와 아무 말 없이 귓불부터 확인했다. 부어 있던 오른쪽 귓불을 자세히 관찰했다. 두 손끝으로 살짝 집듯이 어루만졌다. 그런 뒤 확인차 왼쪽 귓불도 똑같이 살펴보았다. 그리고 다시 한번 오른쪽 귓불을 보았다. 매우 중요한 의미가 있는 것처럼. 그러고는 작게 고개를 기울였다.

"신기하네요. 어제의 부기가 완전히 가라앉았어요. 색깔도 보통으로 돌아왔고. 마치 아무 일 없었던 것처럼요. 그렇게 심하게 붓고 변색됐었는데. 아픈 건 어때요? 아직 욱신거려요?"

아프지도 욱신거리지도 않는다고 나는 대답했다.

"하룻밤 자고 나니 부기랑 통증이 싹 사라졌다는 거예요?"

"네가 어젯밤 발라준 새 연고가 잘 들었나봐."

"그럴 수도 있고요." 그녀는 말했지만 그다지 납득한 것처럼 들리진 않았다.

하지만 옐로 서브마린 소년이 어젯밤 집에 찾아온 일을 그녀에게 알려줄 순 없다. 그가 내 왼쪽 귀를 깨물었고, 그로써 우리가 일체화했다는 것도. 소년은 이 도시에 들어오도록 허가를 받지 않았다. 어쩌면 나와 일체화함으로써 이제는 그 '불법체재' 상태가 풀렸을지도 모른다. 그러나 이 도시에서 그는 여전히 '이물질'이고, 만약 존재가 발각되면 억센 문지기의 손에 의해 엄격히 배제될 것이다. 그러면 그와 하나가 된 나도 함께 배제당할지 모른다―아니, 배제당할 게 틀림없다. 그러니 지난밤에 일어난 일을 누군가에게 털어놓을 순 없다.

나는 이 소녀를 상대로 한 가지 비밀을 품게 되었다. 그것도 큰 의미가 담긴 비밀을. 그전까지는 그녀에게 숨겨야 할 것이 하나도 없었는데…… 그 사실이 나를 적잖이 불안하게 했다.

그녀는 여느 때처럼 내게 따뜻한 쑥색 약초차를 만들어주었다. 나는 시간을 들여 찻잔을 비우고, 마음을 조금씩 가라앉혔다. 실내를 조용히 돌아다니며 필요한 작업을 능숙히 해나가는 그녀의 우아한 동작을 바라보고, 그녀와 단둘이 보낼 수 있는 소소한 시간을 여느 때처럼 마음 편히 누렸다. 이곳에는 바뀐 게 아무것도 없었다. 온화한 고요함과 따뜻한 안락함…… 오늘은 어디까지나 어제의 되풀이고, 내일은 오늘의 되풀이일 것이다.

그 생각이 나를 얼마간 안도하게 했다. 내 주위 것들은 겉으로 보는 한 아무것도 변하지 않았다. 공기도 항상 맡던 공기이고, 빛도 항상 보던 그 빛이다. 주전자의 물이 끓어오르는 소리, 마룻바닥이 희미하게 삐걱이는 소리, 유채기름의 냄새. 모두 있어야 할 장소에 올바르게 자리잡고 있다. 그 조화를 흐트러뜨리는 것은 없다.

약초차를 다 마시자 나와 소녀는 언제나처럼 침묵 속에 안쪽 서고로 이동해서 오래된 꿈을 읽는 작업을 시작했다. 나는 낡은 책상 앞에 앉아 그녀가 가져온 오래된 꿈 하나를 양손으로 감싼 뒤 부드럽고 조심스럽게 그 꿈을 불러냈다. 오랫동안 이 작업을 하다보니 이제는 어느 정도 숙달되어 그들의 경계심을 능숙히 풀 수 있었다. 꿈은 제 발로 살며시 껍질 밖으로 걸어나왔다. 꿈이 은은한 빛을 발하고, 온기가 내 손바닥에 느껴졌다.

그들이 편안하고 느긋한 상태임을 나는 느낄 수 있었다. 그들은 안심하고서 내 손에 몸을 맡기고 자신들의 이야기를 시작했다. 긴 세월—대체 얼마나 긴 시간이었을까—껍질 속에 갇혀 있었던 이야기를.

그런데 신기하게도 그날, 나는 오래된 꿈들이 들려주는 이야기를, 그들의 목소리를 내 귀로 직접 들을 수 없었다. 그저 그들이 얘기할 때 생겨나는 특징적이고 미묘한 떨림을 손바닥에 감지할 뿐이었다. 그들은 분명 얘기하고 있다. 그러나 목소리는 들리지 않는다.

그들의 꿈을 읽는 건 아마 그 소년일 것이다, 라고 나는 추측했다. 내가 그 꿈들을 각성시켜 자기 이야기를 하게 만든다. 그러나 실제로 그 목소리를 듣는 건 옐로 서브마린 소년이다. 즉 우리는 '꿈 읽는 이'의 작업을 분업하는 셈이다. 아니, 그렇지 않다. 나와 소년은 이미 일체화해 같은 존재가 되었으니, '분업'이라는 건 올바른 표현이 아닐지도 모른다. 나는 그저 내 몸의 몇 가지 부분을 각각에 적합한 방법으로 나눠 쓰고 있을 뿐이리라.

솔직히 말해 나는 원래도 오래된 꿈들의 이야기를 충분히 이해했다고 할 수 없었다. 목소리가 작고 말투가 빨라서 알아듣기 힘들었고, 이야기 순서도 중구난방이라 전체적인 내용을 파악할 수 없었다. 그래서 그저 그들의 말을 흘려듣다시피 했다. '꿈 읽는 이'로서 나의 직무는 그들의 마음을 열어 자유롭게 자기 이야기를 하게 만드는 것이지, 그 내용을 정확히 독해하는 게 아니라는 생각이 들었다. 그들의 이야기를 이해하지 못한다고 별다른 지장이 생기는 것도 아니고 아쉬워할 것도 없었다. 그러니 만약 소년이 그들의 이야기를 이해한다면 오히려 환영할 일이었다. 소년은 아마 그들이 들려주는 이야기를 세세한 부분까지 정확히 알아듣고서 자기 안에 착실히 쌓아나가고 있을 것이다. 나는 그저 손바닥으로 오래된 꿈을 부드럽게 덥히고, 그들이 껍질 밖으로 나오도록 유도할 뿐이다.

이윽고 꿈 하나가 자기 이야기를 마치고 편안히 해방되어갔다. 그것은 아련하게 허공에 떠올랐다가 소리도 없이 소멸했다. 내 손에는 텅 빈 꿈의 껍질만 남았다.

"오늘은 작업 속도가 무척 빠르네요." 소녀가 맞은편 자리에서 내 눈을 들여다보며 말했다. 몹시 감탄한 듯이.

나는 고개만 끄덕였다. 입에서 말이 나오진 않았다.

"꿈 읽기 작업에 충분히 숙달됐나봐요." 소녀는 말하고 상냥하게 미소 지었다. "무엇보다 기쁜 일이에요. 이 도시를 위해서나 당신을 위해서나, 그리고 나를 위해서나."

"다행이야." 나는 말했다. 다행이야, 하고 내 안의 옐로 서브마린 소년도 속삭였다. 적어도 어렴풋이 그런 속삭임을 들은 기분이었다. 마치 동굴 안쪽의 메아리처럼.

우리는 그날 밤 전부 다섯 개의 오래된 꿈을 읽어냈다. 지금 까지는 두 개, 기껏해야 세 개밖에 읽지 못했으니 내게는 커다 란 진척이라 할 수 있었고, 그 사실이 소녀를 행복하게 한 모 양이었다. 그리고 소녀가 환히 웃는 얼굴은, 말할 것도 없이 나를 행복하게 했다.

도서관을 닫은 후 나는 예전처럼 소녀를 집까지 바래다주었 다. 강변의 돌길을 밟는 그녀의 발소리가 평소보다 어딘가 가 볍고 즐겁게 들렸다. 나란히 걸으며 나는 별다른 말을 하지 않 고 그 발소리를 넋 놓아 듣기만 했다.

"꿈 읽기는 간단한 작업이 아니에요." 소녀가 털어놓듯 내 게 말했다. "아무나 할 수 있는 일이 아니죠. 하지만 당신이 그 일에 맞는다는 걸 알게 되어 무척 기뻐요."

그녀가 공동주택 출입문 너머로 사라지는 모습을 지켜본 뒤, 나는 강변길을 혼자 걸으며 옐로 서브마린 소년을 향해, 즉 나의 안쪽을 향해 물었다. 이봐, 거기 있는 거니?

그러나 대답은 없었다. 메아리도 돌아오지 않았다.

67

그날 밤, 옐로 서브마린 소년이 내 잠 속에 나타났다.

장소는 작은 정사각형 방이었다. 사방이 밋밋한 벽으로 둘러싸여 있고 창문은 하나도 없다. 방 한가운데 놓인 작고 오래된 나무 책상에 소년과 나는 마주앉아 있었다. 책상 위 작은 접시에 짧고 가느다란 초가 하나 밝혀져 있고, 우리가 내뱉는 숨결에 불꽃이 하늘하늘 흔들렸다.

"여기가 어디지?" 나는 주위를 둘러보고 그에게 물었다.

"당신의 안쪽에 있는 방입니다." 옐로 서브마린 소년이 말했다. "의식의 깊은 밑바닥. 그다지 근사한 장소는 아니지만 지금 저와 당신이 만나서 대화할 수 있는 곳은 여기뿐이에요."

"여기 말고는 너를 만날 수 없다고?"

"네. 우리는 이미 하나가 되었으니 간단히 분리할 수 없어요. 이곳이 둘로 나뉠 수 있는 유일한 장소입니다."

"어쨌든 여기 오면 너를 만날 수 있는 거군."

"네, 이 특별한 장소에 찾아오면 우리는 이렇게 마주보고 대화할 수 있습니다. 이 작은 초가 다 탈 때까지요."

나는 고개를 끄덕였다. 그러고는 말했다.

"다행이네. 너와 다시 대화를 해봐야겠다고 생각하던 참이었어."

"그렇죠. 우리 사이에 의논해야 할 일이 몇 가지 있을 겁니다. 말은 어디까지나 말일 뿐이지만."

나는 남은 초의 길이를 확인한 뒤, 잠시 뜸을 들였다 말했다.

"그날 밤…… 너는 그 도서관에서 나 대신 오래된 꿈을 읽어줬지. 전부 다섯 개를."

소년은 내 눈을 똑바로 들여다보았다. 그러고는 말했다. "네, 그렇습니다. 당신을 대신해 오래된 꿈을 읽었습니다. 평소 당신이 하던 일을 멋대로 가로챈 셈이라, 혹 기분 상하지 않았다면 좋을 텐데요."

나는 몇 번 고개를 저었다. "아니, 그럴 리가. 오히려 고마운걸. 나는 지금껏 오래된 꿈들을 불러내 내 몸속을 통과시키면서도 그들의 이야기를 아주 일부밖에 이해하지 못했어. 마치 외국어로 하는 이야기를 듣는 것처럼."

옐로 서브마린 소년은 가만히 내 눈을 보고 있었다.

"하지만 너는 그들의 말을 이해하는 거지?"

"네, 저는 잘 이해할 수 있어요. 그들의 이야기에 담긴 의미가 제 안쪽을 하나하나 또렷이 통과해갑니다. 책의 활자를 더듬어가듯 명료하게. 대신 저는 아직 그들을 껍질 밖으로 능숙하게 이끌어내지 못해요. 그건 지금으로선 당신만 할 수 있는 일입니다."

"나만 할 수 있는 일?"

"네, 당신의 손바닥이 그들을 편안하게 하고, 그들의 체온을 올려 부드럽고 자연스럽게 밖으로 이끌어낼 수 있어요. 마치 번데기에서 나비가 우화하는 것처럼."

"결과적으로 너와 나는 서로 부족한 부분을 보완하고 있다, 그런 말인가?"

소년은 가볍게 고개를 끄덕였다. "저와 당신은 하나가 됨으로써 서로가 가지지 못한 부분, 모자라는 부분을 보완하고 있습니다."

"나는 오래된 꿈을 손으로 덥혀 껍질 밖으로 이끌고, 너는 그들이 하는 이야기를 해독한다. 우리는 앞으로도 이른바 공동체로 그 작업에 임하게 된다."

"네, 저는 그 작업을 가능하게 하려고 이 도시에 왔어요. 우리는 하나가 됨으로써 그것을 달성할 수 있습니다."

접시 위의 초가 바짝 타들어가 머지않아 꺼질 듯 보였다.

옐로 서브마린 소년은 말했다.

"읽는 것이 타고난 저의 역할입니다. 그리고 이곳에 쌓여 있는 오래된 꿈은 아마 저만 읽을 수 있을 특별한 책들이고요. 그러니 저는 그걸 읽어야 합니다. 그것이 제게 주어진 책무이자, 무엇보다 자연스러운 행위니까요."

"그건, 즉 우리의 그 공동 작업은 언제까지 이어질까?"

"언제까지?"라고 소년이 억양 없는 목소리로 되물었다. "그건 무의미한 질문입니다. 이 도시의 시계에는 바늘이 없으니까요."

"이곳에서는 시간이 나아가지 않는다."

"그렇습니다. 이곳의 시간은 한자리에 머물러 있습니다."

나는 그 말을 잠시 생각했다. 그러고는 말했다.

"시간이 없으면, 축적이란 개념도 없는 건가?"

"네, 시간이 없는 곳에는 축적도 없습니다. 축적처럼 보이는 현상은 현재가 던져주는 잠깐의 환영일 뿐이에요. 책장을 한 장씩 넘기는 광경을 상상해보세요. 책장이 넘어가는데 쪽 번호는 변하지 않는 겁니다. 뒷장과 앞장이 논리적으로 이어지지 않습니다. 주위 풍경이 바뀌어도 우리는 항상 같은 자리에 머물러 있습니다."

"늘 현재밖에 없다?"

"그래요. 이 도시에는 현재뿐입니다. 축적도 없습니다. 모든 것은 덮어쓰이고 갱신됩니다. 그게 지금 우리가 속해 있는 이 세계입니다."

그가 한 말의 의미를 곱씹는 사이, 촛불이 크게 한 번 흔들리며 이윽고 꺼졌다. 방에 완전한 어둠이 내려앉으면서 시간도 사라졌다.

68

겨울이 가고 봄이 왔다. 시간이 머물러 있어도 계절은 순환
한다. 우리가 보는 모든 것이 현재가 비춰내는 잠깐의 환영일
지라도, 책장을 아무리 넘겨도 쪽 번호가 바뀌지 않을지라도,
그래도 하루하루는 흘러가는 것이다.

지표면 여기저기에 딱딱하게 굳어 있던 눈이 점점 녹아 사
라지고, 강은 눈 녹은 물과 합쳐져 수량이 불었다. 헐벗은 수
목에 조금씩 새싹이 움트고, 짐승들의 털은 날이 갈수록 원래
의 광택을 되찾았다. 머지않아 그들은 번식기를 맞고, 수컷들
은 날카로운 뿔로 서로를 사정없이 치고받을 것이다. 적지 않
은 피가 흘러 대지를 검게 물들이고, 그 피가 색색깔 수많은
꽃을 피운다.

갑옷처럼 무거운 코트에서 겨우 해방되어 울 재킷을 입고 도서관을 오가게 되었다. 누군가가 오랫동안 입은 듯 허름한 재킷이지만 신기할 정도로 사이즈가 꼭 맞았다.

봄이 찾아와준 것에 나는 감사했다. 기나긴 겨울이 마침내 끝을 고한 것이다. 기이할 만큼 긴 겨울이었다. 물론 시간이 없는 이 도시에 살면서 무엇이 길고 짧은지 잴 순 없지만, 적어도 나의 개인적인 감각으로는 충분히 길었다. 이 도시에는 다른 계절이 존재하지 않는 걸까 싶을 정도로. 그러므로 실제로 봄이 찾아와준 것에 감사하지 않을 수 없었다.

그 무렵에는 이미 옐로 서브마린 소년과 일체화한 상태에 꽤 익숙해졌던 것 같다. 위화감 같은 건 들지 않았다. 우리는 하나의 밀접한—소년의 말을 빌리면 '분리할 수 없는'—존재로서 행동했다. 부자연스러운 구석은 없다. 도서관의 소녀도 아마 그 변화를 알아차리지 못했을 것이다.

해질녘이 되면 우리는 강변길을 걸어 도서관으로 향했다. 그리고 나는 서고의 책상에서 양손으로 오래된 꿈을 덮혀 껍질 밖으로 이끌고, 소년은 그것을 열심히, 욕심껏 읽어나갔다. 그건 하나가 된 우리가 행하는—서로의 존재를 의식하는—유일한 '분업'이었고, 그 공동 작업은 항상 끊김 없이 원활했으며 정체되지도 않았다.

우리는 이제 하루에 여섯 개에서 일곱 개의 오래된 꿈을 독파할 수 있었다. 그 눈부신 진척에 소녀는 무척 감탄하고 기뻐했다. 그녀는 그 보상으로―아마 보상일 것이다―사과 과자를 몇 번 만들어 왔다. 우리는 그것을 맛있게 먹었다.

"『빠빠라기』라는 책을 읽어보셨어요?"

옐로 서브마린 소년이 그런 말을 꺼냈다. 깊은 지하의 작은 방에서 나와 그는 촛불을 사이에 두고 앉아 있었다.

내가 말했다. "예전에 읽었어. 꽤 오래전이라 자세히 기억은 안 나지만, 사모아 어느 섬의 촌장이 20세기 초 유럽을 여행한 경험을 고향 사람들에게 들려주는 내용이었던 것 같은데."

"맞습니다. 다만 오늘날에는 촌장이 이야기하는 형식을 빌려 독일인 저자가 쓴 순수한 픽션임이 밝혀졌죠. 이른바 위서입니다. 하지만 당시 이 책을 읽었던 많은 이들은 실제 수기라고 생각했죠. 무리한 일도 아닙니다. 유머와 예지가 넘치는, 근대문명에 대한 훌륭한 비평이니까요."

"나도 영락없이 진짜인 줄 알았는데." 내가 말했다.

"진짜든 가짜든 그건 상관없습니다. 사실과 진실은 또다른 것이니까요. 그나저나 이 책에는 야자나무 이야기가 자주 나옵니다. 촌장이 사는 섬에서는 사람들 생활에 야자나무가 큰 의미를 갖기 때문에 뭐든 툭하면 야자나무에 빗대어 얘기하거든요. 친근하고 이해하기 쉬운 비유니까요.

그중에 이런 말이 있습니다. 한자리에 모인 사람들에게 촌장이 말합니다. '누구라도 발을 써서 야자나무에 오르지만, 그 나무보다 높이 올라간 사람은 아직 한 명도 없다.' 아마 도시에 높은 건물을 지으며 한없이 위로 뻗어가려는 유럽인들을 야유하는 발언일 겁니다. '누구라도 발을 써서 야자나무에 오르지만, 그 나무보다 높이 올라간 사람은 아직 한 명도 없다.' 아주 구체적이고 이해하기 쉬운 표현이죠. 누가 들어도 알 법한 비유입니다. 함의도 풍부합니다. 촌장의 이야기를 듣던 청중은—물론 정말로 청중이 있었다면 말이지만—맞아, 맞아 하며 고개를 끄덕였겠죠. 아무리 나무 오르기에 능한 사람도 야자나무 그 자체보다 높이 오르기는 절대 불가능하니까요."

나는 잠자코 이어질 말을 기다렸다. 마치 새로운 지식을 기다리는 사모아섬의 주민처럼.

"그런데 촌장의 말을 반박하는 셈이지만, 이런 식으로 한번 생각해보면 어떨까요. 즉 그 야자나무보다 더 높이 오른 인간이 아주 없진 않다고. 이를테면 바로 여기 있는 저와 당신이 그런 예가 아닐까요."

그 광경을 상상해봤다. 나는 사모아 어느 섬에서 가장 높은 야자나무 꼭대기(대략 5층 건물 높이일 듯하다)까지 올라가 있다. 그리고 더 높이 올라가려 한다. 물론 나무는 거기서 끝났다. 더 위는 남국의 푸른 하늘뿐이다. 혹은 무無가 펼쳐져 있

742

을 뿐이다. 하늘을 올려다볼 순 있지만, 무를 눈으로 볼 순 없다. 무란 어디까지나 개념에 지나지 않으니까.

"즉 우리는 나무를 벗어나 허공에 있다는 말일까? 붙잡을 것이 없는 장소에."

소년은 작지만 힘있게 고개를 끄덕였다. "맞습니다. 우리는 말하자면 허공에 떠 있는 상태입니다. 붙잡을 것이 없습니다. 하지만 아직 낙하하진 않았어요. 낙하가 시작되려면 시간의 흐름이 필요합니다. 시간이 그 자리에 정지해 있으면, 우리도 계속 허공에 뜬 상태를 유지합니다."

"그리고 이 도시에는 시간이 존재하지 않는다."

소년은 고개를 저었다. "이 도시에도 시간은 존재합니다. 다만 의미가 없을 뿐이죠. 결과적으로는 같은 얘기지만."

"즉 우리는 이 도시에 머무르는 한 언제까지나 허공에 떠 있을 수 있다?"

"이론적으로는 그렇습니다."

나는 말했다. "그렇지만 어떤 계기로 시간이 다시 움직이기 시작하면 우리는 그 높이에서 떨어지게 돼. 그 결과는 치명적일지도 모르고."

"아마도요." 옐로 서브마린 소년은 바로 긍정했다.

"요컨대 우리는 우리 존재를 유지하려면 도시에서 벗어날 수 없다, 그런 얘긴가?"

"아마 낙하를 막을 방법은 찾을 수 없겠죠." 소년은 말했다. "하지만 치명적인 결과를 피할 방법이 없진 않아요."

"이를테면 어떤 거지?"

"믿는 겁니다."

"무엇을 믿는데?"

"누군가가 땅에서 당신을 받아주리란 것을요. 진심으로 그렇게 믿는 겁니다. 보류하지 않고, 온전히, 무조건적으로."

나는 그 정경을 머릿속에 떠올렸다. 튼튼한 양팔을 지닌 누군가가 야자나무 밑에서 기다리고 있다가 떨어지는 나를 정확히 받아준다. 하지만 그 사람의 얼굴은 보이지 않는다. 아마 어디에도 존재하지 않는 가상의 누군가일 것이다. 나는 소년에게 물었다.

"네게는 그런 사람이 있을까? 너를 받아줄 사람이."

소년은 고개를 단호히 저었다. "아뇨, 제게는 그런 사람이 없어요. 적어도 살아 있는 이들 중에는 한 명도 없습니다. 그러니 저는 언제까지나, 시간이 멈춘 이 도시에 머물러야겠죠."

그렇게 말하고 소년은 입술을 일자로 굳게 다물었다.

나는 그가 한 말을 생각해봤다. 그 높은 곳에서 격심하게 떨어지는 나를 정확히 받아줄 사람은 (만약에 있다면) 과연 누구일까? 내가 덧없는 상상을 되풀이하는 사이 촛불이 훅하고 꺼졌다. 그리고 칠흑 같은 어둠이 주위를 감쌌다.

69

옐로 서브마린 소년과 마주앉아 야자나무 이야기를 하고 얼마 후, 내 안에서 어떤 미묘한 변화가 일어나고 있음을 알아차리지 않을 수 없었다. 뭐라고 설명할 수 없는 위화감 같은 것이 몸에 느껴졌다. 목 안쪽에 작고 딱딱한 공기 덩어리 같은 것이 생겨서 아무리 해도 없어지지 않았다. 무얼 삼키려고 할 때마다 거슬렸다. 가벼운 이명 비슷한 것도 생겼다. 그 결과, 지금껏 지극히 자연스럽고 원활하던 일상의 행위가 어딘가 전체적으로 삐걱거리게 되었다.

지금껏 보이지 않았던 이런 현상이 계절의 변화로 인한 것인지, 아니면 내가 옐로 서브마린 소년과 하나가 된 일에 기인하는지, 그도 아니면 다른 어떤 요인으로 발생했는지는 판단할 수 없었다.

그 위화감을 대체 뭐라고 표현하면 좋을까? 굳이 말하자면, 마음이 의지와 전혀 다른 방향으로 멋대로 나아가려 한다는 기분을 떨칠 수 없었다. 난생처음 봄날 들판에 나온 어린 토끼처럼, 내 마음이 내 의지에 반해 설명할 길 없고 예측도 불가능한 무제한의 약동을 갈구하는 것 같았다. 그리고 나는 그 방약무인하고 본능적인 움직임을 제어할 수 없었다. 그러나 어째서 그런 토끼가 나의 내부에 난데없이 등장했는지, 그게 대체 무슨 의미인지는 알 수 없었다. 왜 내 의지와 내 마음이 그토록 상반되게 움직이려 하는지도.

그러는 한편, 표면적으로는 지극히 평온하고 잔잔한 나날을 보냈다.

도서관에 가기 전 자유로운 오후 시간, 나는 옐로 서브마린 소년이 바깥세계에서 축적한 방대한 양의 책을 읽어나갔다. 그건 나 한 사람을 위해 제공된 개인 도서관이었다. 소년은 나를 위해 자기 안에 있는 도서관을 고스란히 개방해준 것이다.

그 높고 장대한 서가에는 동서고금의 각종 서책이 끝없이 꽂혀 있었다. 내 두 눈의 상처는 아직 완전히 회복되지 않았지만 의식의 내부에 축적된 책을 읽는 데는 불편함이 없다. 눈이 아니라 마음을 사용해 그 책들을 읽을 수 있으니까. 농업연감에서 호메로스, 다니자키 준이치로에서 이언 플레밍까지. 책이라는 것이 한 권도 존재하지 않는 이 도시에서 형체가 없는, 따라서 눈에 보이지 않는 책을 누구의 눈치도 보지 않고 자유롭게 읽어나가는 일은 내게 끝 모를 기쁨이었다.

자신의 내밀한 도서관을 개방해주고 내가 그 책들을 읽는 사이, 소년 자신은 아무래도 깊은 잠에 드는 것 같았다. 혹은 일시적으로 의식의 스위치를 꺼두는 것 같았다. 어쨌거나 그곳에 있는 건 나 하나뿐이고 펼쳐진 건 나 하나만의 시간이었다. 그렇게 독서하는 오후의 한때, '우리'는 '나'가 되었다.

그럼에도 내 안에서 봄날의 들판을 뛰노는 토끼는 활발한 움직임을 한시도 멈추지 않았다. 지칠 줄 모르는 그 생명력은 휴식을 전혀 필요로 하지 않는 듯했다. 이따금 독서에 집중하는 나를 난폭하게 방해하고, 내 신경을 힘찬 뒷발로 거세게 걷어찼다. 그리고 밤마다 잠을 설치게 만들었다.

나의 내부에서 뭔가 예사롭지 않은 일이 일어나는 듯했다. 그러나 그 '예사롭지 않은 일'이 대체 무엇을 의미하는지는 알 수 없었다. 나는 그저 손놓고 있는 수밖에 없었다.

나와 옐로 서브마린 소년은 기회가 될 때마다 내 의식 밑바닥에 있는 작은 정사각형 방에서 만나, 작은 초를 사이에 두고 여러 주제로 조용히 대화를 나누었다. 한없이 어둡고 깊은 밤에. 그러나 그런 만남도 차츰 횟수가 줄어들었다. 시간이 지날

수록 우리의 결합이 지극히 당연하고 자연스러운 것이 되어 군이 말을 주고받을 필요가 없어졌기 때문일 것이다. 아마도.

그러나 그날 옐로 서브마린 소년은 전에 없이 진지한 눈빛으로 나를 똑바로 응시하고 있었다. 얇은 입술이 일자로 다물리고 동그란 금속테 안경이 촛불을 반사해 날카롭게 빛났다.

나는 소년에게 최근 들어 느끼게 된 위화감에 대해 털어놓은 참이었다. 대체 내 몸에 무슨 일이 일어나는 걸까?

"아무래도 그때가 가까워온 모양이군요." 한동안 이어진 깊은 침묵을 깨고 소년이 내게 말했다.

그가 무슨 말을 하는지 이해할 수 없었다.

"그때?"

소년은 양 손바닥을 위로 향하게 펼쳤다. 천장에서 올바른 말이 떨어지기를 기다리는 것처럼. 그러고는 말했다. "당신이 이곳을 떠날 때입니다."

"내가 이곳을 떠난다고?"

"네, 당신도 마음으로 그렇게 느끼고 있을 거예요"라고 옐로 서브마린 요트파카를 입은 작은 체구의 소년이 말했다.

그게 내 안쪽에 있는 활발한 토끼와 관계가 있을까?

"네, 그렇습니다. 당신 안쪽에 있는 토끼가 직접 알려주고 있어요." 소년이 내 마음을 읽고 말했다.

"내가 이 도시를 떠나는 것을?"

"네, 그래요. 당신의 마음은 이 도시를 떠나기를 원합니다. 아니, 이곳을 떠나는 걸 필요로 합니다. 얼마 전부터 저는 어렴풋이 알아차렸어요. 그리고 그 마음의 동정을 주의해서 지켜보았고요."

나는 소년의 말을 나름대로 곱씹었다.

"하지만 나 자신은 그 움직임의 의미를 아직 알지 못한다, 그런 말일까?"

소년은 가볍게 고개를 기울였다. "네, 마음과 의식은 다른 곳에 있으니까요."

나는 잠자코 소년의 얼굴을 바라보았다.

"내가 이 도시를 떠난다?" 내가 물었다.

소년이 고개를 끄덕였다. "네, 그렇습니다. 당신은 과거에 당신 그림자를 벽 바깥으로 내보냈어요. 그렇죠? 이번에는 저를 뒤에 남기고 당신이 이 도시를 떠나게 됩니다. 그렇게 저와 헤어지고, 벽 바깥에 있는 당신 그림자와 다시 하나가 되는 겁니다."

머릿속을 정리할 시간이 필요했다. 나는 소년에게 물었다.

"과연 그런 게 가능할까? 자신의 그림자와 다시 하나가 되다니."

"네, 가능합니다. 만약 당신이 진심으로 그렇게 원한다면."

"하지만 난 알 길이 없어. 내 그림자가 지금 어디서 뭘 하는지. 무엇보다, 나와 헤어지고 바깥세계에서 혼자 무사히 살아남긴 했을까?"

흔들리는 촛불 너머에서 소년은 내게 조용히 고했다. "괜찮아요. 걱정 없습니다. 당신 그림자는 바깥세계에서 무사히, 멀쩡하게 살아 있어요. 훌륭하게 당신의 대역을 해내면서요."

나는 잠시 말을 잃고 소년의 얼굴을 바라보았다. 그러고는 가까스로 입을 열었다. "너는 바깥세계에서 내 그림자를 만난 적이 있니?"

"몇 번이나." 소년은 짧게 고개를 끄덕이고 말했다.

소년의 발언은 나를 놀라움과 곤혹스러움에 빠뜨렸다. 그가 바깥세계에서 내 그림자를 몇 번이나 만났다?

"맞아요, 당신의 그림자는 저쪽 세계에서 건강하게 살아 있습니다."

나는 말했다. "그리고 나는 다시 한번, 그 그림자와 하나가 되기를 원한다."

"그렇습니다. 당신의 마음은 새로운 움직임을 원하고 또 필요로 해요. 하지만 당신의 의식은 아직 그 사실을 충분히 파악하지 못했습니다. 사람의 마음이란 그렇게 간단히 붙잡을 수 없는 것이라서."

마치 봄날의 들판을 뛰노는 어린 토끼처럼, 하고 나는 생각했다.

"네, 맞습니다." 소년은 내 마음을 읽고 말했다. "봄날의 들판을 뛰노는 어린 토끼처럼, 의식의 느릿한 손으로 붙잡긴 힘들어요."

"이곳에서 나간 내 그림자는 바깥세계에서 내 대역을 문제없이 해내고 있다―조금 전에 그렇게 말했지?"

"네, 그는 당신의 대역을 완벽하게 수행하고 있어요."

"그렇다면 우리는 이미 각자의 역할을 맞바꾸고 말았는지도 몰라. 요컨대 지금은 그가 나의 본체로서 활발히 기능하고, 나는 마치 그의 그림자 같은, 이른바 종속적인 존재가 된 거지. 왠지 그런 생각이 드는걸. 어떨까, 본체와 그림자는 서로 교체될 수 있는 존재일까?"

소년은 그 말을 잠시 생각했다. 그러고는 말했다.

"글쎄요, 그 문제는 저도 뭐라고 말하지 못하겠어요. 누가 뭐래도 당신 자신의 문제니까. 하지만 저 자신에 대해 말하자면, 어느 쪽이건 상관없지 않나 싶습니다. 내가 나 자신의 본체건, 그림자건. 어느 쪽이 됐건 지금 이렇게 여기 있는 내가, 내가 익히 알고 있는 내가 곧 나인 거죠. 그 이상은 알 수 없습니다. 아마 당신도 그렇게 생각해야 할 거예요."

"어느 쪽이 본체고 어느 쪽이 그림자냐 하는 건 큰 문제가 아니라고?"

"그렇습니다. 그림자와 본체는 아마 서로 교체되기도 할 겁니다. 역할을 교환하기도 하고요. 하지만 본체가 됐건 그림자가 됐건, 당신은 당신입니다. 그 사실은 틀림이 없어요. 어느 쪽이 본체고 어느 쪽이 그림자인가를 따지기보다, 각자 서로의 소중한 분신이라고 생각하는 편이 오히려 맞을지도 몰라요."

나는 한참 동안, 무언가를 확인하듯 내 손등을 가만히 내려다보았다. 그것이 육체로서 가지는 질을 새삼 확인하려는 것처럼. 그런 뒤 솔직한 심경을 털어놓았다.

"나는 자신이 없어. 다시 바깥세계로 복귀해서 잘해나갈 수 있을지. 오랫동안 이 도시에 살았고, 이쪽 생활에 매우 익숙해졌으니까."

"걱정할 것 없어요. 자신의 마음이 움직이는 대로 순순히 따라가면 됩니다. 그 움직임을 놓치지만 않는다면 많은 일이 잘 풀릴 거예요. 그리고 당신의 소중한 분신이 당신의 복귀를 틀림없이 든든하게 지지해줄 겁니다."

정말 그럴까? 그렇게 간단한 일일까? 나는 여전히 확신할 수 없다. 그에게 물었다.

"그래서, 만약 내가 이 도시에서 나간다면 너만 뒤에 남는 거지?"

"네, 맞아요. 저는 이 도시에 남습니다. 당신이 이곳에서 사라져도 저는 계속 '꿈 읽는 이'의 역할을 해나갈 수 있을 겁니다. 언젠가 당신이 여기서 나갈 것을 각오하고 조금씩 대비해 왔습니다. 껍질 속의 오래된 꿈들도 이제 어느 정도 마음을 열어주고요. 저는 공감이란 걸 조금씩 배우고 있습니다. 제게는 간단한 일이 아니지만, 아주 느리게나마 진보하고 있어요. 저는 당신에게서 많은 것을 배웠습니다."

"그리고 네가 내 후계자가 된다."

"네, 저는 '꿈 읽는 이'로서 당신을 계승하게 됩니다. 부디 제 걱정은 하지 마세요. 전에도 말한 것처럼, 오래된 꿈을 읽는 일은 타고난 저의 천직입니다. 저는 이곳 말고 다른 세계에서는 원만하게 살아갈 수 없습니다. 그건 무엇보다 확고한 사실이에요."

소년의 목소리는 확신에 차 있었다.

"하지만 어느 날 갑자기 '꿈 읽는 이'가 나에서 너로 바뀌면, 도시가 순순히 받아들여줄까? 사실 너는 이 도시에 머무를 자격을 부여받지 않았잖아."

"아뇨, 걱정할 필요 없어요. 제가 이 도시를 필요로 하는 것처럼 도시도 저를 필요로 하게 됐습니다. '꿈 읽는 이'의 존재가 없다면 이 도시는 성립하지 않으니까요. 그들이 저를 추방할 일은 없습니다. 도시는, 그리고 그 벽은 제게 맞춰 미묘하게 형태를 바꿔나갈 테죠."

"너는 그렇게 확신하니?"

소년은 단호히 고개를 끄덕였다.

나는 말했다. "하지만 설령 내가 이곳을 떠나고 싶다 한들, 구체적으로 어떻게 해야 할까? 높은 벽에 엄중히 둘러싸인 이 도시에서 나가기란 결코 간단하지 않을 텐데."

"마음으로 원하기만 하면 됩니다." 소년은 조용한 목소리로 내게 고했다. "이 방의 이 작은 촛불이 꺼지기 전에 마음으로 그렇게 원하고, 그대로 단숨에 불을 끄면 돼요. 힘차게 한 번 불어서. 그러면 다음 순간, 당신은 이미 바깥세계로 이동해 있을 겁니다. 간단해요. 당신의 마음은 하늘을 나는 새와 같습니다. 높은 벽도 당신 마음의 날갯짓을 막을 수 없습니다. 지난번처럼 굳이 그 웅덩이까지 찾아가 몸을 던질 필요도 없습니다. 그리고 당신의 분신이 그 용감한 낙하를 바깥세계에서 안전하게 받아줄 거라고, 진심으로 믿으면 됩니다."

나는 가만히 고개를 저었다. 그러고는 몇 번 심호흡을 했다. 대체 무슨 말을 어떻게 해야 할까? 할말이 떠오르지 않았다. 지금 내가 놓인 상황을 아직 충분히 이해할 수 없었다.

내 의식과 내 마음 사이에는 깊은 골이 있었다. 내 마음은 어떤 때는 봄날의 들판에서 뛰노는 어린 토끼이고, 또 어떤 때는 하늘을 자유롭게 나는 새가 된다. 하지만 나는 여전히 내 마음을 제어하지 못한다. 그렇다, 마음이란 붙잡기 힘들고, 붙잡기 힘든 것이 마음이다.

"생각할 시간이 좀 필요할 것 같아." 나는 가까스로 그렇게 말했다.

"물론입니다. 생각해보세요." 소년은 나의 눈을 가만히 들여다보며 말했다. "천천히 생각하세요. 아시다시피 이곳에는 생각할 시간이 많으니까요. 역설적인 표현이지만, 시간이 존재하지 않는 만큼 여기에는 시간이 무한히 있습니다."

그리고 촛불이 훅하고 꺼지며 깊은 어둠이 내렸다.

70

 그 소녀를 집까지 바래다주고 헤어질 때 나는 늘 "내일 보
자"라고 말했다. 생각해보면 무의미한 말이다. 이 도시에 정확
한 의미의 내일 같은 건 존재하지 않으니까. 하지만 그걸 알면
서도 나는 그녀에게 밤마다 그렇게 말하지 않을 수 없었다.
 "내일 보자"라고.
 그녀는 그 말에 언제나 어렴풋한 미소를 지었다. 그러나 대
꾸는 하지 않았다. 뭐라고 말하고 싶은 것처럼 입을 살짝 벌린
적도 있지만, 결국 말은 나오지 않았다. 그러고는 휙 돌아서서
치맛자락을 휘날리며 허름한 공동주택 출입문으로 빨려들어
가듯 사라졌다.
 그러면 나는 그녀와 나누었던 침묵을 곱씹고(그렇다, 침묵

이야말로 우리 두 사람이 한밤에 나란히 강변길을 걸으면서 밀접히 공유한 것이었다), 그 자양분을 목 안쪽에서 남몰래 맛보며 혼자 집으로 돌아갔다. 도시에서의 내 하루는 그렇게 끝났다.

"내일 보자"라고, 강변길을 따라가며 나 자신에게도 그렇게 말하곤 했다. 그곳에 내일 같은 건 존재하지 않음을 알면서도.

하지만 그 마지막 밤, 나는 그 말을 할 수 없었다. 어떤 의미로도 그곳에는 더이상 '내일'이 존재하지 않았으니까.

대신 내가 한 말은 "안녕"이라는 한 마디였다. 내가 그렇게 말하자, 그녀는 마치 태어나서 처음 그 말을 들어본 것처럼 의아한 표정을 짓고 나를 찬찬히 바라보았다. 여느 때와 다른 작별인사에 당황한 것 같았다.

나도 그녀의 얼굴을 정면에서 똑바로 바라보았다.

그리고 알아차렸다. 알아차리지 않을 수 없었다. 그녀의 얼굴이 전체적으로 미묘한 변화를 보이고 있다는 사실을. 어디가 어떻다고 구체적으로 지적할 순 없지만 분명히 세부에 몇 가지 변화가 보였다. 얼굴의 윤곽이나 높낮이가 마치 잔물결 일듯 조금씩 원래 모양에서 바뀌어가는 것이다. 트레이싱한 그림이 진동 때문에 원형에서 미묘하게 어긋난 것처럼. 아주 미미한, 보통 사람이라면 놓칠 정도의 변화이긴 했지만.

나의 "안녕"이라는 말이—여느 때와 다른 작별인사가—그녀의 외관에 그런 변화를 가져왔는지도 모른다. 아니, 어쩌면 바뀌어가는 건, 미묘한 변화를 겪고 있는 건 그녀의 얼굴이 아니라 오히려 내 쪽인지도 모른다. 나라는 인간의 마음이 변용을 거듭하는 중인지도 모른다.

"안녕." 나는 다시 한번 그녀에게 말했다.

"안녕." 그녀도 말했다. 마치 처음 보는 음식물을 입에 넣는 사람처럼 주의깊게 천천히, 그리고 조심스럽게. 그러고는 언제나처럼 입가에 작은 미소를 머금었지만, 그 미소도 지금까지와 똑같진 않았다. 적어도 내게는 그렇게 느껴졌다.

내일이 와서 내가 이 도시에서 사라져버렸다는 걸 알면 그녀는 과연 어떻게 생각할까? 아니다, 라고 나는 생각한다. 내가 여기서 없어졌을 때면 소녀 또한 이곳에서 사라졌을지도 모른다. 그녀는 오직 나 하나를 위해 도시가 준비한 존재였는지도 모른다. 그러므로 내가 여기서 사라지면 그녀도 사라진다─충분히 있을 수 있는 일이다. 그리고 다른 누군가가 옐로 서브마린 소년의 '꿈 읽기'를 도와주게 되리라. 그렇게 생각하니 몹시 슬퍼졌다. 내 몸이 반쯤 투명해져버린 기분이었다. 중요한 무언가가 내게서 점점 멀어지고 있다. 나는 그것을 영원히 잃어가고 있다.

그러나 내 결심은 흔들리지 않았다. 역시 나는 이 도시에서 나가야 한다. 다음 단계로 이행해야 한다. 이미 결정된 흐름이다. 이제는 나도 알 수 있었다. 이 도시에는 더이상 내가 있을 곳이 없다. 내가 들어갈 공간은 없어졌다. 여러 의미에서.

이윽고 소녀가 내 얼굴에서 눈을 뗐다. 그리고 여느 때처럼 몸을 휙 돌리고 치맛자락을 휘날리며 공동주택 출입문으로 사라졌다. 어둠에 섞여드는 밤새처럼 적확하고 재빠르게. 불필요한 동작이라고는 없었다.

나는 그 자리에 혼자 서서, 그녀가 남기고 간 존재의 흔적을 오랫동안 가만히 바라보았다. 그 아름다운 모습이 점점 옅어지고 완전히 지워져, 남은 공백을 무無가 메워버릴 때까지.

혼자서 강변길을 걸어 집으로 향하는 동안, 밤꾀꼬리가 고독한 밤의 노래를 부르고, 모래톱의 냇버들이 그에 맞추어 작게 가지를 흔들었다. 물소리가 유난히 컸다. 봄이 온 것이다.

그날 밤 늦게, 나와 옐로 서브마린 소년은 내 의식 가장 밑바닥에 있는 어둡고 작은 방에서 마주했다. 우리는 작은 책상을 사이에 두고 앉았고 책상 위에는 어김없이 작은 초가 밝혀져 있었다. 우리는 한동안 침묵 속에서 그 불꽃을 바라보았다. 우리의 소리 없는 호흡에 맞추어 불꽃이 하늘거렸다.

"그래서, 충분히 생각하셨나요?"

나는 고개를 끄덕였다.

"망설임 같은 건 없고요?"

"없을 거야." 나는 말했다. 없을 것이다.

소년은 말했다. "그러면 여기서 당신과 헤어지게 됩니다."

"이제 너를 만날 일도 없겠지?"

"그럴지도 모르죠. 우리가 마주하는 일은 두 번 다시 없을지도요. 하지만 저도 모릅니다. 누군들 단언할 수 있을까요?"

나는 옐로 서브마린 요트파카를 입은 소년을 새삼 찬찬히 바라보았다. 소년은 안경을 벗고 손끝으로 눈꺼풀을 살짝 눌렀다가 다시 안경을 썼다. 그렇게 안경을 고쳐 쓸 때마다 조금씩 전과 다른 인간이 되어가는 듯 보였다. 바꿔 말해, 그는 시시각각 성장을 거듭하는지도 모른다.

"죄송하지만 저는 슬픔이란 걸 느끼지 못해요." 그가 고백하듯 말했다. "그렇게 타고났습니다. 하지만 만약 그렇지 않았다면, 가령 제가 보통 사람이었다면 이렇게 당신과 헤어지는 것에 분명히 슬픔이란 감정을 느끼리라 생각합니다. 물론 어디까지나 상상일 뿐이고, 슬픔이 어떤 것인지 저는 알 길이 없지만요."

"고마워." 나는 말했다. "그렇게 말해주는 것만으로 기뻐."

옐로 서브마린 소년은 그후 잠시 침묵을 지켰다. 그러고는 말했다.

"역시 우리는 두 번 다시 못 만날 것 같군요."

"그럴 거야." 내가 말했다.

"당신 분신의 존재를 믿으세요." 옐로 서브마린 소년이 그렇게 말했다.

"그게 내 생명선이니까."

"그렇습니다. 그가 당신을 받아줄 거예요. 그렇게 믿으세요. 당신의 분신을 믿는 건 곧 당신 자신을 믿는다는 뜻입니다."

"슬슬 가야겠어." 내가 말했다. "이 촛불이 꺼져버리기 전에."

소년은 고개를 한 번 끄덕였다.

나는 숨을 한껏 들이마시고 잠시 뜸을 들였다. 그 몇 초 동안 수많은 정경이 차례로 뇌리에 떠올랐다. 가지각색의 정경이다. 내가 소중하게 지켜온 모든 정경이다. 그중에는 비가 쏟아지는 드넓은 바다의 광경도 포함되어 있었다. 그러나 나는 더는 망설이지 않았다. 망설임은 없다. 아마도.

나는 눈을 감고 몸속의 힘을 한데 모아, 단숨에 촛불을 불어 껐다.

어둠이 내렸다. 무엇보다 깊고, 어디까지나 부드러운 어둠이었다.

작가 후기

자기 소설에 '후기' 같은 걸 덧붙이는 일을 원래는 좋아하지 않지만(대부분 많든 적든 무언가의 해명처럼 느껴진다) 이 작품에 대해서는 역시 어느 정도 설명이 필요할 것이다.

이 소설 『도시와 그 불확실한 벽』의 중심이 된 것은 1980년 문예지 『문학계』에 발표한 「도시와, 그 불확실한 벽」이라는 중편소설(혹은 조금 긴 단편소설)이다. 아마 사백자 원고지 백오십 매 정도였지 싶다. 잡지에 싣긴 했지만, 내용 면에서 아무래도 마음에 들지 않아(이런저런 앞뒤 사정이 있었지만, 덜 익은 채로 세상에 내놓고 말았다는 느낌이었다) 책으로 내진 않았다. 내가 쓴 소설 가운데 책이 되어 나오지 않은 것은 거의 없을 텐데, 이 작품만은 일본에서도 다른 어느 나라에서도 아직 한 번도 출판되지 않았다.

그러나 이 작품에는 무언가 나에게 매우 중요한 요소가 포함되어 있다고, 처음부터 그렇게 느껴왔다. 다만 당시의 나는 유감스럽게도 아직 그 무언가를 충분히 써낼 만큼의 필력을 갖추지 못했다. 소설가로 데뷔한 지 얼마 되지 않아, 지금의 내가 무엇을 쓸 수 있고 무엇을 쓸 수 없는지 충분히 파악하지 못했던 것이다. 발표한 것을 후회하기도 했지만 이미 일어나버린 일은 어쩔 수 없다. 언젠가 적절한 시기가 오면 천천히 손보아 고쳐써볼 생각으로 그대로 깊숙한 곳에 넣어두었다.

이 작품을 쓸 당시 나는 도쿄에서 재즈카페를 운영하고 있었다. 두 가지 직업을 겸하느라 상당히 바빠서 집필에 좀처럼 집중하지 못했다. 가게 운영도 즐거웠지만(음악을 좋아했고 장사도 제법 잘되었으므로), 소설을 몇 편 쓰는 사이 역시 붓하나로 먹고살고 싶다는 생각이 점점 강해져 가게를 접고 전업작가의 길로 들어섰다.

그렇게 마음을 잡고 본격적으로 첫 장편소설 『양을 쫓는 모험』을 완성했다. 1982년의 일이다. 그리고 이어서 「도시와, 그 불확실한 벽」을 대폭 고쳐쓸 생각이었다. 그러나 그 스토리만으로 장편소설을 진행하기에는 약간 무리가 따랐기에, 또하나 전혀 다른 색깔의 스토리를 덧붙여 '동시 진행' 이야기를 만들자는 발상을 했다.

두 가지 스토리를 병행해 교대로 진행시킨다. 그리고 그 둘이 마지막에 하나로 합쳐진다―라는 것이 내 계획 내지 대략적인 구상이었다. 그러나 두 가지가 어떻게 합쳐질지는 써나가면서도 전혀 짐작이 되지 않았다. 미리 준비해둔 프로그램이 전혀 없이, 마음 가는 대로 자유롭게 써나갔으니까……

생각해보면 꽤나 무모한 얘기지만, 그래도 '뭐, 어떻게든 되겠지' 하는 낙관적인(혹은 무서운 줄 모르는) 자세만은 시종 잃지 않았다. 마지막에는 잘되리라는 자신감 같은 게 있었다. 그리고 예상대로 끝이 가까워오자 두 이야기는 어찌어찌 하나로 잘 이어져주었다. 양쪽에서 뚫어나가던 긴 터널이 한복판에서 보기 좋게 맞닿아 관통하는 것처럼.

『세계의 끝과 하드보일드 원더랜드』 집필은 나에게 더없이 스릴 있고 즐거운 작업이었다. 이 소설을 완성하고 단행본으로 출판한 것이 1985년의 일이다. 그때 나는 서른여섯 살이었다. 여러 가지 일들이 절로 성큼성큼 앞으로 나아가던 시절이었다.

그러나 세월이 흐르고, 작가로서 경험을 쌓아가며 나이가 들면서, 그것으로 「도시와, 그 불확실한 벽」이라는 미완성 작품에―혹은 작품의 미숙성에―적절한 결말을 냈다고는 생각할 수 없게 되었다. 『세계의 끝과 하드보일드 원더랜드』도 한 가지 대응이긴 했지만, 다른 형태의 대응이 또 있어도 좋지 않을까란 생각이 들었다. '덮어쓰기'가 아니라 어디까지나 병립하는, 가능하면 상호 보완적인 작품이.

하지만 '또다른 대응'이 어떤 형태를 취할 수 있을지는 좀처럼 그 비전을 정하지 못했다.

재작년(2020년) 초에 이르러(지금은 2022년 12월이다) 마침내 이 「도시와, 그 불확실한 벽」을 다시 한번, 송두리째 고쳐 쓸 수 있겠다는 생각이 들었다. 처음 발표한 때로부터 꼭 사십 년이 지났다. 그사이 나는 서른한 살에서 일흔한 살이 되었다. 두 가지 일을 겸하는 신출내기 작가와, 나름대로 숙련된 전업 작가(이렇게 말하기도 부끄럽지만) 사이에는 여러 의미에서 커다란 차이가 있다. 그러나 '소설을 쓴다'는 행위에 대한 내 추럴한 애정에는 그리 큰 차이가 없을 것이다.

덧붙이자면 2020년은 '코로나 바이러스'의 해였다. 나는 코로나 바이러스가 일본에서 본격적으로 맹위를 떨치기 시작한 3월 초에 마침 이 작품을 쓰기 시작해 삼 년 가까운 기간에 완성했다. 그사이 외출을 거의 하지 않고, 긴 여행을 떠나지도 않고, 상당히 이례적이며 나름의 긴장이 요구되는 환경 속에서(꽤 긴 중단=냉각기를 사이에 두긴 했지만) 날마다 꾸준히 이 소설을 썼다(마치 '꿈 읽는 이'가 도서관에서 '오래된 꿈'을 읽듯이). 그런 상황이 무언가를 의미할지도 모르고, 아무것도 의미하지 않을지도 모른다. 그러나 아마 무언가를 의미할 것이다. 그렇다고 피부로 실감한다.

처음 1부를 완성하고 일차적인 목표는 달성했다고 생각했는데, 혹시 몰라 반년 정도 원고를 묵혀두는 사이 '역시 이것만으로는 부족하다. 이 이야기는 더 이어져야 한다'고 느끼고, 이어지는 2부와 3부에 돌입했다. 그런 연유로 전부 완성하기까지 생각보다 시간이 걸리고 말았다.

그래도 어쨌거나 「도시와, 그 불확실한 벽」이라는 작품을 이렇게 다시 한번, 새로운 형태로 다듬어 쓸 수 있어서(혹은 완성할 수 있어서) 솔직히 마음이 무척 편안해졌다. 나에게 이 작품은 줄곧 목에 걸린 생선 가시처럼 신경쓰이는 존재였으므로.

그것은 역시 나에게(나라는 작가에게, 나라는 인간에게) 중요한 의미를 지니는 가시였다. 사십 년 만에 새로 쓰면서 다시 한번 '그 도시'에 돌아가보고, 그 사실을 새삼 통감했다.

호르헤 루이스 보르헤스가 말한 것처럼 한 작가가 일생 동안 진지하게 쓸 수 있는 이야기는 기본적으로 그 수가 제한되어 있다. 우리는 그 제한된 수의 모티프를 갖은 수단을 사용해 여러 가지 형태로 바꿔나갈 뿐이다―라고 단언할 수 있는지도 모른다.

요컨대 진실이란 것은 일정한 어떤 정지 속이 아니라, 부단히 이행=이동하는 형체 안에 있다. 그게 이야기라는 것의 진수가 아닐까. 나는 그렇게 생각할 따름이다.

2022년 12월

무라카미 하루키

지은이 **무라카미 하루키**

1979년 『바람의 노래를 들어라』로 군조신인문학상을 수상하며 데뷔했다. 1982년 『양을 쫓는 모험』으로 노마문예신인상, 1985년 『세계의 끝과 하드보일드 원더랜드』로 다니자키 준이치로 상을 수상했다. 2006년 프란츠 카프카 상, 2009년 예루살렘 상, 2016년 한스 크리스티안 안데르센 문학상을 수상하며 문학적 성취를 인정받았다. 『1Q84』『기사단장 죽이기』『여자 없는 남자들』『일인칭 단수』『수리부엉이는 황혼에 날아오른다』외 수많은 소설과 에세이로 전 세계 독자들의 사랑을 받고 있다.

옮긴이 **홍은주**

이화여자대학교 불어교육학과와 동 대학원 불어불문학과를 졸업했다. 일본에 거주하며 일본어와 프랑스어 번역가로 활동하고 있다. 옮긴 책으로 『오래되고 멋진 클래식 레코드』『일인칭 단수』『기사단장 죽이기』『눈의 무게』등이 있다.

문학동네 세계문학

도시와 그 불확실한 벽

1판 1쇄 2023년 9월 6일 | 1판 13쇄 2024년 12월 16일

지은이 무라카미 하루키 | 옮긴이 홍은주
책임편집 양수현 고선향 | 편집 송영경 정혜림 오동규 이현자 염현숙
디자인 이보람 유현아 | 저작권 박지영 형소진 최은진 오서영
마케팅 정민호 서지화 한민아 이민경 왕지경 정유진 정경주 김수인 김혜원 김예진
브랜딩 함유지 함근아 박민재 김희숙 이송이 김하연 박다솔 조다현 배진성
제작 강신은 김동욱 이순호 | 제작처 천광인쇄사(인쇄) 신안문화사(제본)

펴낸곳 (주)문학동네 | 펴낸이 김소영
출판등록 1993년 10월 22일 제2003-000045호
주소 10881 경기도 파주시 회동길 210
전자우편 editor@munhak.com | 대표전화 031) 955-8888 | 팩스 031) 955-8855
문의전화 031) 955-1927(마케팅) 031) 955-1917(편집)
문학동네카페 http://cafe.naver.com/mhdn
인스타그램 @munhakdongne | 트위터 @munhakdongne
북클럽문학동네 http://bookclubmunhak.com

ISBN 978-89-546-9907-5 03830

잘못된 책은 구입하신 서점에서 교환해드립니다.
기타 교환 문의 031-955-2661, 3580

www.munhak.com